떠오르는 지평선(地平線)

떠오르는 지평선(地平線)

정대재 대하장편소설

[제1권]

정은출판

지기地氣가 들끓는 땅

선비의 고장 밀양(密陽)은 경북 안동(安東)과 쌍벽을 이루는 우리나라 2대 유향(儒鄕) 중의 하나이자 산자수명한 전원도시이다. 또한, 밀양이라는 고을 이름이 시사하는 바와 같이 지기(地氣)가 태양처럼 뜨겁게 넘쳐나서 예로부터 구국의 충의열사가 많이 난 열혈의 땅이기도 하다.

밀양은 원래 삼한(三韓) 시대에 변한(弁韓) 12 소국 중의 하나인 미리미동국(彌離彌凍國) 땅으로서 가락국(駕洛國)에 속하였는데, 지증왕 6년(서기 505년)에 신라에 병합되어 추화군(推火郡)이 되었다가, 경덕왕 16년(서기 757년)에 전국을 9주로 나누고 군현의 명칭을 고칠 때, 밀성군(密城郡)으로 개칭하여 밀주(密州)의 관내에 소속시키면서 5개의 속현을 두게 되었다.

이후, 고려 성종 14년(서기 995년)에 전국을 4도호부(都護府) 10도(道)로 구분할 때 경주와 함께 영동도(嶺東道)에 속하였다가, 밀성군의 격을 높여 밀주군(密州郡)으로 개칭하고 2군(창녕군, 청도군) 4현(현풍현, 계성현, 영산현, 풍각현)을 관하에 두었다. 그리고 현종 9년(서기 1018년)에 '밀성군사'로 칭하다가 충렬왕 원년(서기 1275년)에 이곳 출신인 박평, 박공, 박경순, 방보, 계년 등의 주도 하에 주민들이 대몽항전을 이끌었던 삼별초(三別抄) 군에 가담하였다 하여 원나라에 의해 반역향인 귀화부곡(歸化部曲)으로 강등되어 경주와 함께 계림부(鷄林府)에 속하였으며, 왕의 조모가 태어난 곳이라 하여 밀성현(密城縣)으로, 그리고 충렬왕 11년(1285년)에 다시 밀성군(密城郡)으로 승격되었고, 1390년 공양왕 2년에 밀양부(密陽府)로 다시 승격되었다.

밀양부는 조선 왕조 건국 후에 읍호의 수가 계속 늘어나 태조 원년(1392년)에 밀성군으로 칭하다가 태종 15년(1415년)에 이르러 주민수가 일천 호를 넘어서면서 밀양도호부(密陽都護府)가 되어 거읍으로 정착하게 되었다. 그리고 고종 32년(1895년)에 23부제의 실시로 도(道) 이하의 부(府), 목(牧), 군(郡), 현(縣)이 폐지되고 전국이 36군으로 개편될 때에 대구부(大邱府) 밀양군(密陽郡)으로 되었다가 다시 고종 33년(1896년)에 경상남도 밀양군으로 개칭되었다.

그리고 1910년에 한일합방과 더불어 조선총독부의 지방관 관제가 공포되고 면제(面制)의 실시에 따라 밀양군 밀양면을 포함하여 면의 명칭 및 구역이 합병되어 12면을 두게 되었다. 또 1931년 4월 1일에 읍제(邑制)의 시행에 따라 총독부령 제103호로 대전, 순천, 안동 등과 함께 밀양면이 밀양읍으로 승격하게 되었으며, 1989년 1월 1일부터 법률 제4050호로 밀양읍이 밀양시로 승격되어 밀양시와 밀양군으로 분리되었다가, 1995년 1월 1일부터 법률 제4774호로 밀양시와 밀양군의 통합으로 도·농 복합형의 밀양시로 바뀌어 오늘에 이르고 있다.

밀양은 신라에 복속되기 전 삼한 시대에 미리미동국의 옛 터전이었던 만큼 수로와 육로의 교통이 발달하여 일찍이 전략 요충지로 각광을 받았을 뿐만 아니라, 땅이 기름지고 기후가 온난하여 예로부터 각종 물산이 넘쳐나는 풍요의 땅이기도 하였다.

이 고을을 더욱 풍요롭게 하는 젖줄인 밀양강은 예로부터 응천강(凝川江), 또는 남천강(南川江)이라 하였는데, 사행천(蛇行川)을 이룬 물굽이의 굴곡이 심하다 하여 을자강(乙字江)으로 부르기도 하였다.

경부선 기차를 타고 부산을 향해 달리다가 경북 청도역과 유천역을 차례로 지나노라면 왼쪽의 밀양강 북천 지류를 따라 길게 이어지는, 은빛 백사장을 낀 긴 늪 송림이 시야에 펼쳐지게 된다. 그리고 용평동 월연정(月淵亭) 서쪽의 추화산 터널을 지나고 전망이 탁 트인 밀양 읍성 외곽의 용두목 철교에 이르러 멀리 창밖을 내다보면 북천수와 동천수가 만나면서 하나가 되어 이리 구불 저리 구불 사행천을 이루어 흘러가는 밀양강과 송림이 우거진 삼문동 삼각주가 멀리 바라다 보인다.

북쪽의 청도 운문산에서 흘러온 북천수와 동쪽의 영남 알프스 산악지대의 재약산·실혜산에서 흘러온 동천수가 월연정 건너편 섬벌 발치에서 합수하여 드디어 대하다운 풍모를 갖추게 된 밀양강이 경부선 철교가 가로 놓인 용두산(龍頭山)의 용두목에 이르러 풍광이 빼어난 용두연(龍頭淵) 유원지를 만들어 놓고는 다시 두 갈래로 나뉘어져 제 각각 서로 다른 방향으로 흐르고 있는 것이다.

유량이 많은 그 북쪽의 본류는 밀양 읍성이 있는 서쪽의 영남루 앞으로 유유히 흘러가고, 지류인 다른 하나는 밀양역이 있는 남쪽의 가곡동 쪽으로 방향을 바꾸어 왁자지껄하게 여울물 소리를 내면서 바쁘게 흘러가는데, 이 두 갈래의 물줄기가 크게 원을 그리며 만들어 놓은 광활한 모래벌판이 바로 삼문동 삼각주인 것이다.

밀양강에 둘러싸여 거대한 분지를 형성한 삼문동 북쪽의 휘엄한 강변 모랫벌을 따라 짙푸르게 우거진 송림이 끝도 없이 펼쳐져 있고, 그쪽으로 흘러간 밀양강의 본류는 읍성 남문 쪽 성곽 위에 우뚝 솟은 영남루와 그 아득한 절벽 아래의 아랑각 앞에 이르러 깊이를 알 수 없는 검푸른 심연을 만들어놓고는 두 누각의 그림자를 담아 안고 서쪽의 배다리껄 다리 밑으로 유유히 흘러간다.

영남루와 아랑각이 서 있는 그곳 밀양강 본류의 북쪽 강안을 따라 춤추는 봉황의 형국을 한 객산 하나가 강 건너 삼문동 삼각주를 내려다보며 동서로 길게 누워 있다. 그런데 그 앞으로 유유히 흐르는 검푸른 강물과 더불어 한 폭의 그림과도 같은 풍광을 자아내니, 이 산이 바로 밀양 읍성의 주산(主山) 격에 해당하는 아동산(衙東山)이다.

고색이 창연한 읍성 일대를 봉황이 알을 품듯 감싸 안고 응천강 북쪽 강안을 따라 천혜의 성벽처럼 길게 누워 있는 이 산은 관아의 동쪽에 있다고 하여 일찍이 아동산으로 명명되었지만, 이 고을 사람들은 춤추는 봉황의 형국을 한 산의 모양을 따라 흔히들 무봉산(舞鳳山)으로 부르고 있다.

천년 고목이 들어찬 무봉산의 정상 가까운 곳에는 무봉사(舞鳳寺)라고 하는 고찰이 하나 자리 잡고 있는데, 이 산의 서쪽 끝, 그러니까 아직도 옛날의 이름 그대로 '배다리[浮橋]'로 불리는 높다란 현대식 교량이 응천강을 남북으로 가로질러 길게 뻗어 있는 그 북쪽 끝 산기슭의 깎아지른 절벽 위에 비상하는 청학처럼 두 활개를 활짝 펼치고 우뚝 서서 읍성 일대를 굽어보고 있는 우람한 누각이 바로 '영남제일루(嶺南第一樓)'라는 현판을 달고 있는 영남루(嶺南樓)이다.

용두목 철교에서 멀리 서북쪽으로 바라다 보이는 이 누각은 전면 5칸, 측면 4칸, 모두 스무 칸이나 되는 웅장한 이층 목조 건물로서 진주 남강 가의 촉석루(矗石樓), 평양(平壤) 대동강 가의 부벽루(扶壁樓)와 함께 우리나라의 삼대 누각 중의 하나로 일컬어져 오고 있는 명물이기도 하다.

아직도 성벽의 일부가 남아 있는 영남루 절벽 아래의 강가 산기슭에는 짙푸른 죽림이 우거져 있고, 그 깊숙한 대나무 숲 한 옆에 밀양 부사의 딸 아랑(阿娘) 낭자의 전설이 깃들어 있는 아랑각(阿娘閣)이 수백 년 전의 슬픈 사연을 간직한 채 오랜 세월의 무게를 견디며 잊혀진 역사의 뒤안길을 지키듯이 호젓하게 홀로 서 있다. 아랑 낭자의 원혼이 서려 있는 이 아랑각과 조금 떨어진 아름드리 고목 수풀 속에는 이끼 낀 바위와 바윗돌 사이의 골을 따라 절벽 위의 능선으로 아슬아슬하게 이어지는 오솔길이 저승길처럼 아득하게 걸려 있지만, 정조를 지키려다 한을 품고 죽은 아랑 낭자의 원한만큼이나 깊고 유현한 그 우거진 수풀 속으로 들어가기 전까지는 지척에서도 분간할 수 없을 정도로 감쪽같이 숨겨져 있는 아주 비밀스런 길이기도 하다.

이 호젓한 오솔길을 따라 가파른 돌계단과 쇠줄을 붙잡고 절벽 위의 성곽 쪽으로 조심조심 올라가면 예전에는 성 안으로 통하는 작은 문이 하나 나 있었다고 한다. 당시, 영남루 뒤편 민가에서 아랑각 앞의 응천강 물을 길어 나르기 위해 드나들던 문이라 하여 그 이름도 '물문', 또는 '야문(夜門)'이라고 했다는데, 아랑각 쪽에서 영남루 동쪽의 능마루로 이어지는 그 고개의 이름도 그래서 '물문 고개'라고 불리게 되었다는 것이다.

대한제국이 멸망하기 전까지만 하여도, 무봉산 서남쪽 기슭의 가파른 능마루 위에 있는 이 물문 고개에 올라서면, 까마득한 발아래의 응천강 너머로 바다처럼 검푸른 송림과 밤밭으로 뒤덮인 삼문리 일대의 광활한 삼각주와 읍성의 남문 사이를 남북으로 길게 잇는 배다리 부교가 한눈에 들어오고, 부산포로 오가던 세곡선(稅穀船)과 나락 수백 석을 싣는 중선 규모의 상선까지 와 닿을 정도로 흥성거리던 남문 밖의 배다리껄 나루터며, 선술집과 주막이 길게 늘어선 그 아래쪽으로 질펀하게 이어지는 강변을 따라 끝 간 데 없이 늘어선 능수버들 숲까지도 고래 등 같은 영남루의 용마루 너머로 내려다 보였다고 한다.

그러나, 지금은 배다리 부교 대신에 들어선 현대식 철근 콘크리트 다리와, 능수버들이 휘늘어졌던 강변을 따라 높다랗게 축조된 토성 제방을 비롯하여, 최근에 조성된 강변 주차장과 둔치 공원이 대신 눈에 들어올 뿐이다.

하지만, 무정한 세월이 제 아무리 세상을 뒤바꾸고, 하고많은 인걸들을 수없이 오고 가게 하였어도 옛날 밀양 관아를 찾아오는 중앙 관리들의 연회 장소로 쓰였다는, 관아 객사(客舍)의 부속 건물인 영남루를 경치 빼어난 '영남제일루'로 만들어 놓은 응천강 유역의 옛 모습만은 아직도 일망무제로 유구하니, 그나마 다행이라면 다행일까?

그러니 지금도 이 물문 고개에 올라서서 읍성 외곽 쪽으로 유유히 흘러가는 응천강의 유구한 물길 따라 시선을 차례대로 이어 가노라면, 그 유역 곳곳에 흩어져 있는 무수한 역사의 발자취들이 손에 잡힐 듯이 눈에 삼삼 들어오게 되는 것이다.

영남루 앞의 배다리 밑을 통과한 응천강의 검푸른 물굽이는 옛날 밀양부의 관아에 소속된 별포군(別捕軍)의 주둔지였다는 진장(陣場) 앞과, 임금님 진상품인 밀양 생율(生栗)과 고종시(高宗枾)로 유명했던 삼문동 남안의 비단결 같은 모랫벌을 차례대로 휘돌아 나가면서 끝도 없이 이어지게 된다.

그래서, 날씨가 좋은 날 사연도 많은 이 물문 고개에 올라서서 멀리 서남쪽을 바라보면 부북면 감천리 앞의 감내 나루와, 사포리 앞의 우도(牛島)를 차례로 휘돌아 나간 응천강의 물굽이가 그 깊이를 더해 가면서 수면에 드리워지는 월현산(月峴山) 왕자봉의 그림자를 품어다가 그 옛날 점필재(佔畢齋) 김종직(金宗直) 선생이 시작(詩作)과 음유(吟遊)를 즐기며 놀았다는 마암소(馬岩沼) 절경을 빚어 놓고, 원나라의 강압으로 고려 삼별초군[(三別抄軍)을 진압하기 위하여 관군이 출병했을 때 병영지로 쓰였다는 병구지(兵區地)를 차례대로 감돌아 흘러가서 멀리 봉수대가 있던 종남산 아래의 예림리 들판 앞을 아득하게 휘돌아 나가는 모양이 꿈결인 듯 가물가물 눈에 잡히는 것이다.

그리고, 그 아득한 물굽이마다 점점이 흩어져 있는 원근의 크고 작은 강마을과, 길목마다 자리 잡았던 사연 많은 나루터와 주막 자리며, 시계가 탁 트인 동남방으로 그 옛날 교통과 통신의 요충지로서 각광을 받았다는 광활한 상남벌 평야 지대까지도 차례대로 눈에 들어오게 되는 것이다.

상남벌은 밀양부의 남쪽 관문에 해당하는 부남(府南) 지역으로서, 옛날에는 공문을 전달하고, 관물을 수송할 때 역원들과 말이 쉬어 가던 금동역(金洞驛), 백족역(白足驛)을 비롯하여, 출장 관원들이 쉬어 가던 조화원(助火院), 무량원(無量院), 마산원(馬山院), 팔량적원(八良赤院)과 같은 교통·통신과 관련된 숙박 시설들이 산재해 있었던 곳이었다.

그러나, 대한 제국이 멸망하면서 그 수효도 줄어들고, 용도마저 일제의 식민지 경영 정책에 따라 약탈 물산의 저장용 창고와 군용 비행장 터로 쓰이면서 격납고와 각종 시설물들이 끝없이 펼쳐진 벌판 곳곳에 남아 있다가 그나마 해방이 되면서 왜놈들의 깃발과 더불어 그것마저도 사라진 지 이미 오래였다. 그리고 지금은 그 벌판을 안고 유유히 흐르는 응천강과, 경지 정리가 잘 되어 있는 벌판을 따라 나 있는 샛강들 사이로 형성된 갈대숲의 흔적만이 옛날의 모습을 겨우 간직한 채 아득한 연무 속에서 무심하게 가물거리고 있을 뿐이다.

무상한 세월의 상념에 젖어 있던 우수 가득한 마음을 접고 다시 영남루 북쪽으로 시선을 돌려보면, 흔히 성내로 불리는 읍성 지역이 한눈에 들어온다. 밀양 고을의 심장부에 해당하는 읍성 지역은 풍수지리설에 따라 땅의 기운이 넘친다는 명당자리에다 터를 잡았는데, 아직도 변한 시대의 퇴뫼식 산성과 조선 시대의 봉수대가 남아 있는 추화산(推火山)을 배산(背山)으로 하고, 멀리 있는 서쪽의 화악산(華岳山)을 우백호로, 남쪽으로 삼문리 삼각주 너머로 뚝 떨어져 웅장하게 치솟은 종남산(鐘南山)을 안산(案山)으로 하고 있다.

국운이 기울어져 가던 구한말, 을사보호조약이 강제로 체결되던 해인 광무 9년(서기 1905년) 정월 초하룻날에 대동아공영권(大東亞共營圈)의 맹주(盟主)를 꿈꾸던 일제에 의해 조선 경제 수탈의 기간 시설로서 경부선 철도가 일찌감치 서둘러 부설, 개통되고 그와 더불어 일본인들이 본격적으로 이주해 들어오기 시작하면서부터 조선 공략에 나선 일제 당국의 손에 의해 헐려 버렸다는 옛 관아 터엔 언제부터인가 왜색의 관청 건물들이 앞을 다투듯 들어섰다가 그것마저 현대식 건물들로 바뀌고 말았지만, 그래도 고색이 창연한 천년 고도의 자취만은 아직도 예나 변함없이 시내 곳곳에 남아 있는 것이다.

밀양 읍성의 중심부는 관아 터를 비롯한 옛 유적지가 밀집해 있는 내일동(內一洞) 지역으로 '城內古有東西南北中五部今內一洞[(성내고 유동서남북중오부금내일동: 옛날 성 안에 있었던 동서남북 가운데의 오부가 지금의 내일동이다)]이라는 읍지(邑誌)의 기록도 그 사실을 뒷받침해 주고 있다.

읍성의 동서남북 사방에는 사대문이 있었으며, 그 지역을 일컬어 각 각 '동문껼', '서문껼', '남문껼', '북문껼'이라 하였고, 사대문 밖의 사람들은 성 안에 사는 사람들을 일컬어 흔히들 '성내 사람'으로 부르곤 하였다.

그런데, 이들 사대문 안의 성내에는 밀양부의 관아는 말할 것도 없고, 향청(鄕廳) 성황사(城隍祀), 장군정(將軍井), 밀성대군단(密城大君壇), 천진궁(天眞宮), 밀성재(密城齋), 영남루(嶺南樓), 아랑각(阿娘閣), 무봉대(舞鳳臺)와 같은 유서 깊은 사적지와 문화유산들이 가는 곳마다 산재해 있을 뿐만 아니라, 이 지역을 관향(貫鄕)으로 하는 터줏대감 격의 호족인 밀양 박씨(密陽朴氏), 밀양 손씨(密陽孫氏)와 같은 명문거족들의 혈손들이 많이 살고 있기 때문에 예로부터 성 안에 사는 그들의 자부심은 대단하였다.

그리고 성 밖에도 밀양 박씨, 밀양 손씨들의 전거지(奠居地)와 각 분파의 종택들을 유지, 관리하며 살아가는 후손들이 교동 일대와 내일동 외곽의 향청껼, 내이동의 해천껼이며, 산외면 다죽리와 동문 고개 너머 용활동 일대에 산재해 있어 그들이 성 밖에 산다고 해서 얕잡아 볼 사람이 있을 리 없었으나, 어쨌든 성내 사람들을 양반 동네의 사람들로 간주하며 선망의 대상으로 바라보는 사람들이 많았던 것은 사실이었다.

더욱이, 이 지방 사람들이 읍성의 수호신이자 성황사신(城隍祠神)으로 모시는 인물마저도 박 대장군(朴大將軍)·손 대장군(孫大將軍)으로 밀양 박씨, 밀양 손씨들의 옛 조상들인 것이다.

봉수대가 있는, 읍성 성곽 너머 북쪽의 추화산성 안에는 고려 태조 왕건(王建)을 도와 후백제를 평정하는데 공을 세워 좌명공신(佐命功臣)에 선록(選錄)되었던 삼한벽공(三韓壁控) 도대장군(都大將軍) 박욱(朴郁) 선생과, 신라 말과 고려 초기에 이 지역의 토호로서 대장군이 되어 견훤의 아들 신검을 사로잡아 고려 태조 왕건이 후삼국을 통일하는데 공을 세움으로써 삼중대광사도(三重大匡司徒) 광리군(廣理君)을 추증(追贈) 받고 교동을 중심으로 세거(世居)하고 있는 밀양 손씨들의 중시조(中始祖)가 된 손긍훈(孫兢訓) 선생을 사신(祠神)으로 함께 모시는 성황사(城隍祠)가 기나긴 세월을 뛰어넘어 의연히 엄존하였고, 지금도 거기에 모셔졌던 두 분의 목상(木像)이 지방 문화재로 지정되어 밀양 박씨들의 사당인 익성사(翊聖祠)와 밀성 손씨들의 사당인 숭모사(崇慕祠)에 각각 안치되어 있는 것이다.

어디 그 뿐이랴. 천년 고도 밀양 땅에는 그들 양대 집안 외에도 명문가는 얼마든지 더 찾아볼 수가 있다. 고려 말의 충신으로서 두문동(杜門洞) 칠십이현(七十二賢)으로 손꼽히면서 후세에 충의를 길이 남긴 문절공(文節公) 기우자(騎牛子) 이행(李行) 선생을 비롯하여, 품성이 청직하고 문장과 필법이 저명하여 중종 4년(1509년)에 대과에 급제하여 내외 관직을 역임하였고, 그 당시 전횡을 일삼던 권신 김안로(金安老)가 병풍의 글씨를 청하였을 때 "내 손이 어찌 권귀(權貴)에게 더럽힘을 받겠느냐"고 하면서 거절하고 권간(權奸)이 정치를 문란하게 하는 것을 사초(史草)에 직소(直書)하였고, 1519년에 함경도(咸鏡道) 도사(都事)로 있을 때 남곤(南袞)·심정(沈貞)이 기묘사화(己卯士禍)를 일으키자 그날로 벼슬을 버리고 향리로 돌아와 웅천 강변에 월연대(月淵臺)를 짓고 자호를 월연(月淵)이라 하고 자연을 벗삼아 음풍농월하며 학문에만 힘쓰면서 정쟁에 휩쓸리지 않는 선비의 깨끗한 지절(志節)의 모범으로 널리 칭도(稱道)되었던 월연(月淵) 이태(李迨; 1483~1536) 선생의 용활동 여주(驪州) 이씨(李氏)네 집안도 밀양의 명문중의 명문이다.

그리고 태조 이성계의 이복형인 이원계(李元桂)의 사위이자 정몽주의 문인으로 고려 말에 과거에 급제하여 밀직사(密直司) 등을 역임하였으나, 이방원의 왕자의 난 때 정도전의 일파로 몰려 참살된 춘당(春堂) 변중량(邊仲良)과, 네 살에 고시(古詩)의 대구(對句)를 외우고 여섯 살에 글을 짓는 천재성을 타고나 이색·정몽주 밑에서 가르침을 받았고, 1392년 조선 건국 때 천우위중령중랑장(千牛衛中領中郎將) 겸 전의감승(典醫監丞)이 되었으며, 정도전(鄭道傳)과 권근(權近)의 뒤를 이어 조선초 관인문학(官人文學)을 좌우하며 〈태행태상왕시책문(太行太上王諡册文)〉과 경기체가인 〈화산별곡(華山別曲)〉을 지어 태조 이성계(李成桂)의 조선 건국과 한양 천도를 찬양하였고, 과거시험의 폐단을 개혁하는데 힘쓰면서 《태조실록》의 편찬과 《고려사》 개수에 참여하였으며, 〈청구영언〉에 시조 2수를 남긴 춘정 변계량과 춘당 변중량 형제의 초동면 밀양 변씨(卞氏)네 집안도 빼놓을 수가 없다.

또, 조선 유학의 종조(宗祖)로 우뚝 서서 동방오현(東邦五賢)으로 손꼽히는 한훤당(寒暄堂) 김굉필(金宏弼), 일두(一蠹) 정여창(鄭汝昌)을 비롯하여 당대를 풍미한 탁영(濯纓) 김일손(金馹孫), 임계(林溪) 유호인(兪好仁), 추강(秋江) 남효온(南孝溫)과 같은 큰 인물들을 문하생으로 길러내고 일선(一善) 김씨(金氏) 문충공파(文忠公派)의 중시조(中始祖)가 된 부북면 제대리(堤大里)의 점필재(佔畢齋) 김종직(金宗直) 선생의 선산김씨(善山金氏: 일명 일선 김씨) 집안도 이 고장이 자랑할 만한 명문거족으로 손꼽지 않을 수가 없을 것이다.

선생은 여말(麗末)·선초(鮮初)의 거유(巨儒)로서 포은(圃隱) 정몽주(鄭夢周), 목은(牧隱) 이색(李穡)과 함께 고려 충신 삼은(三隱) 중의 한 사람으로 추앙 받는 야은(冶隱) 길재(吉再) 선생의 문인으로, 고려 왕조가 무너지자 1400년 (정종 2년)에 이방원(李芳遠)이 태상박사(太常博士)에 임명하였으나 사직에 대한 충절을 지키기 위하여 단연코 뿌리치고 경북 구미에 은둔하였던 문강공(文康公) 강호(江湖) 김숙자(金

叔滋) 선생의 자제였다. 어릴 때부터 신동으로 소문이 났던 점필재 선생은 스물 두 살이 되던 단종 1년(1453년)에 태학에 들어가 주자학의 원류를 탐구하여 그 해에 진사시에 합격하고, 스물여덟 살이 되던 세조 5년(1459년)에 식년(式年) 문과(文科)에 정과로 급제하여 승정원(承政院)의 권지부정자(權知副正字)가 되면서 관운은 일취월장(日就月將)으로 순탄하게 이어졌다.

성종 초에 경연관(經筵官) 참교(參校)를 시작으로, 함양군수(咸陽郡守), 선산부사(善山府使)를 거쳐 응교(應教)가 되어 다시 임금의 학문 수양을 위해 신하들이 임금에게 유교의 경서와 역사를 가르치는 경연(經筵)에 나갔으며, 1483년 우부승지에 이어 좌부승지, 도승지, 이조 참판, 동지경연사, 예문관 제학, 병조참판, 홍문관 제학, 한성부 판윤, 공조참판, 형조판서 등을 두루 거쳐 그 벼슬이 지중추부사(知中樞府事)에 이르렀다.

점필재 선생은 고려 말의 성리학자인 정몽주. 길재를 비롯하여 아버지 김숙자로부터 전수받은 도학사상을 정여창(鄭汝昌), 김굉필(金宏弼), 김일손(金馹孫), 유호인(俞好仁). 조위(曹偉) 등과 같은 제자들에게 전수시키면서 영남학파의 학맥을 형성하여 도학정치의 기반을 구축하였다.

성종 임금의 신임이 두터웠던 점필재 선생은 제자들을 과감히 등용하여 권력 기관인 삼사(三司)에 배치시켰으며, 제자인 영남 사림학파들은 진부한 기성세력 훈구파에 맞서며 그들을 소인배로 취급하였다.

점필재 선생은 자신을 전별(餞別)하는 문인들을 『우리당(吾黨)』이라고 불렀는데, 그를 종주(宗主)로 삼았던 정치 세력이 바로 사림(士林)이며, 이것이 붕당 정치의 시원(始原)으로 간주되는 것도 선생의 정치적인 영향력이 그만큼 컸던 때문일 것이다.

정여창, 김굉필, 권경유, 김안국, 이목, 김정국, 김일손 등이 모두 그의 제자였고, 남명(南冥) 조식(曹植)은 정여창의 제자로서, 그리고 정암(靜庵) 조광조(趙光祖)는 김굉필의 제자로서 그의 손제자(孫弟子)였으며, 남효온(南孝溫)과 송석충, 김전, 이성원 역시 그의 문하생이었다.

한때, 서얼 출신으로 무예가 출중한 유자광(柳子光)이 경상도 함양(咸陽)에 들렀다가 한시 한 수를 지어 군수에게 현판을 만들어 달게 하였는데, 이듬해에 함양 군수로 부임한 점필재 선생은 그 현판을 보자 이맛살을 찌푸리며 즉시 떼어 불살라 없애 버렸다고 한다.

이 소식을 들은 유자광(柳子光)은 영남 사림들에게 심사가 뒤틀렸고, 전라감사로 재직할 때 세조의 비 정희왕후(貞熹王后)의 상중에 기생과 놀아난 잘못으로 탄핵을 받았던 이극돈(李克墩) 역시 큰 불효를 저지른 일이 있었는데, 그것이 망애작락(忘哀作樂)의 죄로 지목되면서 자신을 탄핵하는 상소문이 수도 없이 올라와서 사관들에 의해 사초에 실리게 되자 그에 대한 앙갚음을 하려고 작심하였다.

이에, 유자광과 이극돈을 비롯한 훈구(勳舊) 세력들은 점필재 선생 일파를 제거하려고 절치부심하였는데, 연산군 4년(1498년)에 선생의 제자들이 실록청(實錄廳)을 개청하여 성종실록 편찬에 착수하자, 당상관이 된 이극돈은 「조의제문(吊儀祭文)」을 문제 삼아 폭군 연산을 충동질하여 무오사화(戊吾士禍)를 일으켰던 것이다.

무오사화의 화근이 되었던 이 「조의제문」은 1457년 10월에 점필재 선생이 밀양에서 경산(京山: 지금의 경북 성주)으로 가던 중 답계역(踏溪驛)에서 숙박하다가 꿈에 신인(神人)이 나타나 전하는 말을 듣고 슬퍼하며 기록한 글로서 계유정란(癸酉靖亂)의 참화를 염두에 두고 쓴 것이었다.

그 내용인즉, 점필재 선생이 꿈속에서 중국 초나라의 화왕을 만난 사연을 적은 것으로, 초의 항우가 의제(義弟)인 화왕을 강물에 던져 죽이고 왕이 되었다는 게 그 줄거리였다. 그런데 그것은 한눈에 보기에도 계유정란 때 단종을 폐출(廢黜)시키고 왕위에 오른 세조의 배역(背逆)을 풍자한 내용임이 분명하였다.

이 「조의제문」을 점필재 선생의 제자 김일손 등이 사관(士官)으로
있을 때 사초(史草)에 올려놓았는데, 훗날 사림파로부터 질시를 받았던
훈구파(勳舊派)의 이극돈(李克墩). 유자광(柳子光) 등이 연산군에게 그
내용을 고자질하였고, 이에 연산군은 점필재 선생의 제자들인 30여 명
의 신진 사림파를 죄인으로 몰아 참살하고 나머지는 귀양을 보내고, 이
미 6년 전에 고인이 되어 이곳 상남면과 초동면의 경계를 이루는 덕대
산 기슭의 무량원(無量院) 서산(西山) 건좌손향(乾坐巽向)의 무덤 속
에 잠들어 있던 점필재 선생의 시신을 끄집어내어 목을 자르는 부관참
시(剖棺斬屍)까지 가하였으나 그 후 중종반정(中宗反正)으로 모두가
신원(伸寃)되었다.

일찍이 기라성 같은 제자들을 길러내어 정암(靜庵) 조광조(趙光祖)
와 남명(南冥) 조식(曺植)과 같은 영남 사림파 인물들을 탄생시켰던 김
종직 선생을 주벽(主壁)으로 향사하기 위해 1567년 (명종 22년)에 당
시 밀양부사 이경우(李慶祐)가 밀양 유림의 요청으로 퇴계(退溪) 이황
(李滉)의 자문을 받아 밀양 읍성 근처 자시산 아래의 영원사 옛터인 덕
성동에 세운 서원이 덕성서원(德誠書院)이었다. 그것이 임진왜란 때 소
실되었다가 1606년 (선조 39년)에 상남면 예림리에 복원되면서 예림
서원(藝林書院)으로 이름이 바뀌었고, 1635년 (인조 13년)에 부북면의
출생지 근처 후사포리로 자리를 옮겨 중건된 것이 지금의 예림서원인
것이다.

그리고 점필재 문하에서 정여창, 김굉필, 김일손, 유호인 등과 배우
고 교유하며 연산군·중종 조에 걸쳐 당대 제일의 향현(鄕賢)으로 이름
을 크게 떨쳤고, 사후에도 그들의 지극한 효우와 학문을 기리기 위하여
향중의 유림에서 낙동강변 삼강 포구의 오우정(五友亭) 옆에 〈삼강서
원(三江書院)〉을 세워 주벽 인물로 모시고 여표비(閭表碑)를 세워 추
모하였던 욱재(勗齋) 민구령(閔九齡), 경재(敬齋) 민구소(閔九韶), 우
우정(友于亭) 민구연(閔九淵), 무명당(無名堂) 민구주(閔九疇), 삼매당

(三梅堂) 민구서(閔九敍) 선생 오형제를 비롯하여, 대대로 인재를 배출한 상남면 동산리(東山里)와 하남면 파서리(把西里), 상동면(上東面) 매화리(梅花里) 일대의 여흥(驪興) 민씨(閔氏)네 집안도 황실의 척족으로서 대대로 권력을 누려 온 이 지역의 토호 권문으로 손꼽지 않을 수가 없는 것이다.

민씨 오형제는 조선 유학의 종조(宗祖)로서 이 지역 유림을 대표하는 역사적 큰 인물이었던 점필재(佔畢齋) 김종직(金宗直) 선생의 진외종손(陳外從孫)이자 그 문하생으로서 연산군·중종 조에 걸쳐 문명을 떨쳤는데, 그들의 효우와 학덕을 숭모하고 제향(祭享)하기 위하여 향사림(鄉士林)과 후학들에 의해 밀양 십경 중의 하나인 낙동강 삼랑 포구의 오우정(五友亭) 옆에 세워진 서원이 바로 삼강서원(三江書院)인 것이다.

그들의 효성과 우애와 학덕이 얼마나 깊었는지는 생전은 물론 사후에도 적잖이 쏟아져 나온 그들을 칭송하는 정찬(亭讚) 시문(詩文)으로도 가히 짐작할 수 있는데, 다음에 소개하는 조선 순조 때 이조참판, 대사헌, 병조판서, 판돈녕부사 등을 역임한 문신 황산(黃山) 김유근(金㙔根)의 〈次前韻贈主人(차전운증주인): 앞의 시「오우정에서 주인의 벽에 쓰다」에 차운하여 주인에게 주다〉도 그 중의 하나다.

莫說風光屬何誰(막설풍광속하수): 자연 풍광이 누구의 소유라 말하
지 마라.
無何且醉習家池(무하차취습가지): 조금 뒤엔 습씨 집 연못에서 취할
것이니,
人稱孝友隱君子(인칭효우은군자): 사람들이 효성과 우애로 칭찬하는
은둔 군자
宅近林園樂盛時(택근림원락성시): 집 가까운 숲에서 태평성대를 즐
기는구나!

過境每多三宿戀(과경매다삼숙련): 이 지역 지날 때마다 늘 쉬어 가고
　　　　　　　　　　　　　　　싶픈 생각이 많아
浮生漫作百年思(부생만작백년사): 뜬구름 같은 인생 부질없어 백년
　　　　　　　　　　　　　　　을 생각하네.
梨花夜月殷勤意(이화야월은근수) : 달 아래에 핀 배꽃 같은 다정한
　　　　　　　　　　　　　　　뜻으로
慾向松間更卜期(욕향송간갱복기): 솔숲 사잇길을 향해 다시 올 날을
　　　　　　　　　　　　　　　기약하노니!

* '습씨(習氏) 집 연못에서 취할 것이니' : 중국 진(晉)나라 산간(山簡)이 양양(襄陽)
에 있을 때, 그 지방 습씨 집 연못을 자주 찾아가 술을 마시고는 만취하여 부축을 받
고 돌아왔다는 고사를 인용한 말이다. 〈晉書〉

　　그 밖의 밀양 명문가로는 고려 말의 학자 여은(麗隱) 이사지(李思
之) 선생과, 연산군의 패륜(悖倫)으로 야기된 중종반정 때 공을 세워
정국공신(靖國功臣)으로 녹훈(錄勳)되었고, 삼포왜란 때 웅천성이 함
락되자 경차관(敬差官)으로 출전하여 다시 탈환하였으며, 1516년에는
영안도순변사(永安道巡邊使)로 부임하여 여진족의 동태를 살펴 그 대
비책을 세웠고, 선조 때 최응춘(崔應春)·선홍복(宣弘福) 등이 모반을
꾀하자, 포착금부도사(捕捉禁莩事)로서 이들의 체포에 공을 세워 6품
직을 제수(除授) 받았으나 반정의 삼훈(三勳)이었던 박원종(朴元宗),
성희안(成希顔), 류순정(柳順汀) 등이 왕을 위협하고 왕비를 폐출시키
는 등, 정쟁을 일삼자 향리로 낙향하여 경치가 삼한에서 으뜸이라는 초
동면 검암리 곡강(曲江)에서 은거하였던 성산군(星山君) 동파(東坡)
이식(李軾) 선생을 배출한 무안면의 내진(來進) 이씨(李氏)네 집안 또
한 명문으로 손꼽지 않을 수 없다.
　　그리고 세종 5년(1423년)에 문과에 급제하여 집현전 직제학(直提

學)으로 있으면서 중시(重試)에 합격하여 벼슬이 부제학(副提學), 대사헌(大司憲)에 이르렀으며, 문종 2년(1452년)에 집현전 여러 학사들과 함께 임종을 앞둔 문종 왕의 고명(顧命)을 받고 그 뜻을 받들다가 수양대군의 계유정란(癸酉靖難) 후 1453년(단종1년)에 외임으로 쫓겨나 충청감사가 되었다가, 왕위를 찬탈한 수양대군 일파에 의해 황보인(皇甫仁), 김종서(金宗瑞) 등이 죽임을 당할 때 그 일당으로 지목되어 양산(梁山)에 귀양 가서 죽임(賜死)를 당하였고, 이양(李穰), 민신(閔伸), 조극곤(趙克寬), 이경유(李耕柔) 등과 함께 다섯 영걸(英傑)이라 일컬어졌으며, 정조 15년(1791년)에 영월(寧越)의 정충단(貞忠壇)에 배양되어 부식제사를 받으며 추앙 받고 있는 정암(貞庵) 안완경(安完慶) 선생을 필두로 하여, 점필재 김종직 선생의 문하에서 수학하고 학덕이 고매하여 사간원 사간으로 재직할 때 올곧은 충언으로 조정의 실세인 심정(沈貞)의 미움을 받고 외직으로 쫓겨났으나, 업적이 당시의 제일이라 하여 고을 사람들이 송덕비를 세우고 조정에서는 청백리에 기록하였으며, 그 업적이 「동국여지승람」과 「청도명환록」, 「밀주지(密州誌)」에 올려지고 비문을 성호 이익(李瀷)이 지었던 태만(苔巒) 안구(安覯) 선생과, 9세 때 조모님 병환에 손가락을 끊고 수혈하여 소생케 하고, 13세 때 아버님 상을 당하여 예절을 지키며 슬픔을 어른과 같게 하여서 지극한 효성이라 하여 세인들의 칭송이 높아 문암(門巖) 손석관(孫碩寬)이 「송균설(松菌說)」을 지어 옛날 왕상(王祥)이 한겨울에 죽순을 얻은 효성에 비하며 높이 찬양하였던 송와(松窩) 안명하(安命夏)를 선생을 비롯하여, 조선 말의 학자로서 성재(性齋) 허전(許傳)의 문인으로 대과에 급제하여 승문원(承文院) 권지부정자(權知副正字)를 거쳐 성균관 전적(典籍), 사간원(司諫院) 정언(正言), 대사간(大司諫), 사헌부(司憲府) 장령(掌令), 집의(執義), 홍문관(弘文館) 수찬(修撰), 부응교(副應教), 통례원(通禮院) 좌통례(佐通禮) 등을 역임하고, 고종 28년(1891년)에 승정원(承政院) 동부승지(同副承旨)를 사직하고 귀향하였다가, 광무 7

년(1903년)에 관찰사 박제홍(朴齊興)의, 주천으로 비서원승겸장례원 장례(秘書院丞兼掌禮院掌禮)에 제수된 뒤 갑신정변 때 청나라 장수 원세개(元世凱)가 왕에게 독대(獨對)를 청하자 분개하여 진언하기를, "원(元)의 공이 비록 중하지만 외국의 사신이고 신 등은 못났어도 내신(內臣)인데 어찌 외신(外臣)과의 독대를 용납하겠습니까?" 하고 물러가지 아니하였으며, 나라가 망하자 융희처사(隆熙處士)로 자처하며 두문불출하며 부북면 삽포에서 성호(星湖) 이익(李瀷) 선생의 전집(全集) 간행에 전념하였던 시헌(時軒) 안희원(安禧遠) 선생 등, 대대로 청고(淸高)하고 지조를 지킨 큰 인물들을 연이어 배출한 부북면 사포리와 단장면 태룡리, 안법리 일대에 세거하고 있는 광주(廣州) 안씨(安氏)네 집안도 밀양의 대표적인 명문 중의 하나이다.

또한, 문과에 급제해 장악원정(掌樂院正)을 지낸 증조부 임효곤(任孝昆)과 괴과(魁科)에 급제해 강계부사를 지낸 임종원(任宗元)의 손자로, 중종 39년 10월 17일에 교생(敎生)이었던 임수성(任守成)의 둘째 아들로 태어나서 어머니 달성 서씨(達城徐氏)가 죽은 후 일찍이 김천 직지사(直指寺)에서 승려가 된 뒤, 선조 25년 4월에 임진왜란이 일어나자 조정의 근왕문(勤王文)과 스승 휴정의 격문을 받고 의승도대장(義僧都大將)이 되어 의승병 2천여 명을 이끌고 평양성과 중화(中和) 사이의 길을 차단하여 평양성 탈환의 전초 역할을 담당하였고, 울산성 대첩을 비롯한 전국 곳곳에서 혁혁한 전공을 세워 선교양종판사(禪敎兩宗判事)를 제수 받고 전쟁 중에 네 차례에 걸쳐 가등청정[加藤淸正]과 담판하였으며, 전쟁이 끝나자 일본으로 건너가 도쿠가와 이에야스[德川家康]를 만나 성공적인 강화를 맺고 포로 3천 5백 명을 데리고 돌아와 그 전말과 적정(敵情)을 알리는 〈토적보민사소(討賊保民事疏)〉를 올리는 등의 공로로 그 벼슬이 가선대부동지중추부사(嘉善大夫同知中樞府事)에 이르렀던 송운(松雲) 사명대사(四溟大師)도 본관이 풍천(豊川) 임씨(任氏)로 밀양 무안면 고라리 출신의 호국 명승(名僧)이다.

그리고 퇴계(退溪) 이황(李滉) 선생의 문인으로 문명을 크게 떨쳤던 조암(操庵) 남필문(南弼文), 진사(進士) 남계선(南繼善), 교수(敎授) 남영길(南榮吉), 감정(監正) 남이흔(南以炘)의 단장면 사촌리의 의령(宜寧) 남씨(南氏), 조선 명종 때의 거부로 삼남 지방에 기근이 들었을 때 수만금을 희사하여 구휼(救恤)하였던 가연(柯淵) 조말손(曺末孫)과 임진왜란 때 창의하여 이등공신으로 책봉되었던 조계상(曺繼祥), 양옹(養翁) 조면주(曺冕周), 소암(笑菴) 조하위(曺夏瑋), 가암(可菴) 조하종(曺夏琮)의 상남면 동산리 백족 부락의 창녕(昌寧) 조씨(曺氏)를 비롯하여, 남들이 따를 수 없는 지극한 효행으로 나라로부터 대효(大孝)로 표창 받고 훈련원 판관으로 추서된 뒤, 중봉서원(中峯書院)의 주벽(主壁) 인물로 제향(祭享)되고 있는 매죽당(梅竹堂) 신동현(申東鉉) 선생의 무안면 평산(平山) 신씨(申氏) 등등…….

이처럼 역사적 큰 인물들을 무수히 배출해 옴으로써 충의 열혈의 고장으로 높이 일컬어져 온 밀양도 나라가 안과태평을 구가할 때에는 있는 듯 없는 듯이 아름답고 고요한, 학문과 수신제가(修身齊家)·효제충신(孝悌忠信)을 숭상하는 선비의 고장 본연의 평화로운 모습을 보이기 마련이었다. 하지만, 나라가 일단 누란(累卵)의 위기를 맞이하게 되면 멸사봉공의 충의 정신이 불같이 일어나서 힘차게 꿈틀거린 역사적인 내력을 예로부터 수없이 갖고 있었던 것이다.

고려 말에 대몽 항전을 펼쳤던 고려 삼별초 군의 박평, 박공, 박경순, 방보, 계년 등의 구국 항전의 내력이 그것이요, 경상도·전라도 지역에서 노략질을 일삼던 왜구들의 본거지인 대마도를 정벌하고 평정한 선초의 명장 충의백정국군(忠義伯靖國君) 박위(朴威) 장군을 위시하여, 그 후 세종 때에 삼남 지방에 출몰하던 왜구들을 토벌할 때마다 연전연승하여 비룡장군(飛龍將軍)이라는 말만 들어도 왜구들을 벌벌 떨게 만들었던 전설의 인물인 어변당(魚變堂) 박곤(朴坤) 장군에다, 임진왜란 때 승병을 이끌고 평양성의 탈환에 결정적인 역할을 하는 등, 전국 곳곳에서 큰 전공을 세웠던 의승대장 사명대사(四溟大師)가 그 좋은 예가 될 수 있는 것이다.

그리고 명종 18년 밀양 무안면 가례리 서가정에서 태어나 선조 21년(1588년)에 식년 문관(式年文官) 병과로 급제하여 동래 교수(東來敎授)로 봉직할 때 임진년 봄이 되어 집에 쉬러 와 있다가 왜병이 상륙하였다는 소식을 듣고 동래로 달려가서 성현의 위판(位版)을 안고 동래 부사 송상현(宋象賢)과 같이 왜병을 맞아 분전하다가 전사한 뒤, 그의 부인 이씨마저 남편의 혼패(魂牌)를 안고 엄광산 벼랑에서 투신 자결하여 남편의 뒤를 따르자 나라에서 도승지(贈都承旨)를 추승하여 향리의 중봉사(中峰祠)와 동래 정충사(程忠祠)에서 제향을 받들게 하고, 그들 부부의 갸륵한 충(忠), 효(孝), 열(列) 정신을 기리기 위하여 나라에서 이문현판(里門懸板)을 내린 것을 고향 무안면 서가정 마을 입구에 세워지게 되면서 마을 이름도 삼강오륜의 삼강(三綱)을 본따서 삼강동(三綱洞)으로 불려지게 한 노개방(盧蓋邦) 선생 부부 역시 충신과 열녀의 귀감이 되는 밀양인이 아닐 수 없다.

어디 그 뿐이랴! 선조 때 무과(武科)에 급제하여 북보만호(北堡萬戶)를 지내고, 선조 22년(1589년)에 비변사(備邊司)의 이산해(李山海)·정언신(鄭彦信) 등의 추천으로 가덕진첨절제사(加德鎭僉節制使)가 되었다가 임진왜란이 발발하자 합천(陜川)에서 김면(金沔)·박성(朴惺)·정인홍(鄭仁弘)·곽준(郭遵) 등에 의해 의병장으로 추대되어 무계(茂溪)에서 왜병을 격파하고, 동래부사(東萊府使)가 되었으나 부임하기 전에 마진(馬津) 싸움에서 전사하여 병조 판서에 추증(追贈)된 손인갑(孫仁甲) 선생과, 그러한 부공(父公)의 전사 소식을 듣고 전장으로 달려가 남은 군사들과 함께 싸우다가 장렬하게 순사(殉死)한 손약해(孫若海) 선생 부자의 살신성인하는 충의 정신도 밀양 의열(義烈) 정신의 모범이 되고 있는 것이다.

또한, 임진왜란 때 부산진성과 다대포성을 차례대로 연파한 왜병들이 사흘 만에 동래성을 함락하고 파도처럼 밀려 왔을 때, 그들을 맞아 삼랑진 낙동강변의 작원관(鵲院關) 요새를 비롯한 곳곳의 전략 요충지에서 신출귀몰하며 산하를 덮치고 오는 그들 본진의 북진을 막으며 분전한 밀양부사 박진(朴晉) 장군의 피눈물 나는 대일항전(對日抗戰)의 역사가 있는 것이다.

그리고 조선 왕조의 국운이 절망적으로 기울었을 때, 애국투혼의 고장 밀양의 열혈 정신은 또다시 꿈틀거리기 시작하였고, 이곳의 선각자들이 구국의 전선에 몸을 던져 앞장서 나아갔으니, 저 대일(對日) 독립운동사에 찬란하게 빛나는 윤세용(尹世茸), 윤세복(尹世復), 전홍표(全鴻杓), 손일민(孫逸民), 김원봉(金元鳳), 윤세주(尹世胄), 김대지(金大池), 황상규(黃尙奎), 고인덕(高仁德), 최수봉(崔壽鳳), 김상윤(金相潤) 등을 비롯한 수많은 애국 독립투사들이 바로 그들이었다.

백암(白菴) 윤세용(尹世茸)과 단애(檀崖) 윤세복(尹世復) 선생은 형제로서 천석지기 전 재산을 정리하여 만주로 망명하여 교육사업과 애국계몽, 그리고 독립투쟁에 앞장섰던 것이다. 1910년 경술년에 일제가 조선을 강점하자 윤세용은 이원식(李元植) 등과 함께 조국광복에 헌신할 것을 결의하고 1912년 1월에 만주 봉천성 환인현으로 이주하였으며, 여기서 독립전쟁을 성공적으로 이끌기 위해서는 먼저 투철한 애국사상을 가진 인재가 있어야 한다고 느낀 윤세용은 환인현에서 〈동창학교(東昌學校)〉를 설립하여 독립군 양성에 헌신하였다.

대종교에 입문해 시교사(施敎師)가 되고 삼대 교주가 되어 대종교의 정신을 항일투쟁으로 밀고 간 윤세복은 1918년 11월에 만주 길림에서 2·8독립선언과 3·1만세운동의 도화선이 된 대종교의 주도 하에 발의·공포된 〈무오독립선언서〉의 주도자로서 남 먼저 서명하였으며, 이회영(李會榮), 이시영(李始榮) 6형제들과 신흥무관학교의 전신인 신흥학교의 설립에도 참여하였다.

을강(乙江) 전홍표(全鴻杓)는 사재를 털어 밀양에서 동화학교(同和

學校)를 세워 학생들의 애국심 함양에 진력하여 약산(若山) 김원봉(金元鳳), 석정(石正) 윤세주(尹世冑)와 같은 불세출의 독립투사들을 수없이 길러내었고, 손일민(孫逸民)은 1912년 만주로 망명하여 〈무오독립선언서〉에 고향 선배인 윤세복과 후배인 백민(白民) 황상규(黃尙奎)와 함께 서명하였다. 그 뒤, 그는 1920년 11월 청산리 전투에서 크게 승리한 북로군정서(北路軍政署)에서 참모로 활약하였는데, 그가 길림에 근거지를 잡은 것은 그 뒤 밀양 출신의 독립투사들이 그곳으로 진출하는데 큰 힘이 되었던 것이다.

일봉(一峰) 김대지(金大池)는 애국 독립투사 양성의 사표로서 이름을 떨치고 있던 을강 전홍표 선생이 사재를 털어서 세운 동화학교(同和學校)에서 애국애족 교육에 헌신한 후 만주로 망명하여 길림과 봉천에서 비밀결사를 조직하려다 체포당해 옥고를 치른 후, 상해 임시정부수립 핵심요원 29명 중의 한 사람으로 참여하여 독립운동의 방향을 제시한 후 의정원(議政院)의 내무위원과 〈의열단(義烈團)〉의 간부로 활약하였고, 백민 황상규는 청년기에 일찍이 교육 사업에 힘쓰며 「동국사감(東國史鑑)」이라는 역사 교과서를 직접 저술하기도 하였다. 그 후, 1913년에 경북 풍기에서 조직된 〈풍기광복단(豊基光復團)〉의 후신인 〈대한광복단(大韓光復團)〉의 비밀결사 요원으로 대구의 악질 친일 부호인 장승원(張承遠)과 충남 아산군의 도고면장인 친일 앞잡이 박용하(朴容夏)를 사살하는 등, 활발한 활동을 펼치다가 일본경찰로부터 주목받게 되자 1917년 만주의 길림(吉林)으로 망명하여 서일, 유동열, 김규식, 김좌진 등과 함께 북로군정서(北路軍政署) 조직에 참여하고 재정담당에 임명되어 군자금 모금에 주력하였다.

피어린 그들의 투쟁은 자라나는 후학들에게 많은 영향을 끼쳤는데, 읍 단위 지역이면서 1만 5천 3백여 명이나 되는 연인원이 참가한 1919년의 3 · 13 밀양만세 운동이나, 〈의열단(義烈團)〉 창단의 주역으로 의백(義伯)이 되어 1920년 9월 박재혁(朴載赫)의 '부산경찰서 투탄의거',

같은 해 11월 최수봉(崔壽鳳)의 '밀양경찰서 투탄 의거', 1921년 9월 김익상(金益相)의 '조선총독부 투탄 의거', 1922년 3월 오성륜(嗚成崙)·김익상·이종암의 '상해 황포탄 저격 의거' 등을 결행하여 일제 고관대작들과 친일 앞잡이들의 간담을 서늘케 한 약산(若山) 김원봉(金元鳳)과 그를 도운 석정(石正) 윤세주(尹世胄), 김상윤(金相潤), 최수봉(崔壽鳳), 김병환(金幷煥), 한봉인(韓鳳仁)·한봉근(韓奉根) 형제 등의 의열단 핵심 인물들과 조선의용대(朝鮮義勇隊)의 중심 인물들이 밀양에서 많이 배출된 것은 모두 그런 분위기 때문이었다. 실제로 그렇게 밀양 청년들이 앞다투어 신흥무관학교로 간 것은 그곳에서 애국독립 교육사업을 펼치고 있던 윤세용의 영향이 크게 작용한 때문이기도 하였다.

그리고 김대지와 황상규는 약산 김원봉이 이끈 〈의열단(義烈團)〉의 창단을 도왔으며, 창단된 뒤에도 고문 역할을 이어갔던 것이다.

1910년 일제에 의해 한일합방이 이루어진 이후 많은 민족 운동가들이 빼앗긴 조국을 되찾기 위한 방략(方略)으로 만주와 연해주로 건너 간 선각자들이 〈경학사(耕學社)〉와 〈권업회(勸業會)〉와 같은 독립운동 단체들과 비밀결사인 〈양군호(養軍號)〉와 〈해도호(海島號)〉를 창설해 운영하고 있을 때, 밀양에서도 만주로 망명한 윤세용, 윤세복, 손일민 등과 관계를 맺으면서 〈일합사(一合社)〉와 같은 비밀결사 단체를 조직하였던 것이다.

이러한 비밀결사 운동의 영향 아래 동화학교에서도 〈연무단(鍊武團)〉이라는 비밀 애국단체가 조직되었던 것인데, 동화학교는 을강(乙江) 전홍표(全鴻杓) 선생이 광무 연간(1897~1906)에 밀양읍 내일동에 소재한, 조선시대 밀양군의 군무를 관할하던 옛 군관청 자리에 설립한 중학 과정의 사립학교였다. 이와 같이 동화학교 설립자 전홍표의 영향을 받은 밀양 출신의 〈연무단〉 단원들은 민족해방 운동에서 주도적 역할을 담당했던 것이다.

특히, 윤세주, 최수봉을 비롯한 밀양 청년들은 3·13 밀양 만세운동과 같은 평화 시위에서의 경험을 통해 일본 제국주의는 자기희생적 결단에 의한 무장 투쟁노선에 의해서만 타도 될 수 있다고 생각하고 의열투쟁 대열에 대거 합류하였다. 김원봉과 윤세주처럼 〈일합사〉에서 활동했던 중심 인물들의 다수가 1920년대 〈의열단(義烈團)〉에 참여했던 것도 그런 차원에서 비롯된 결과였다.

〈의열단〉은 1919년 11월 9일 만주 길림성 파호문 밖 평화로 57번지 반씨 집 화성여관에서 결성한 항일 무장 비밀결사 단체로서 밀양의 김원봉(金元鳳) · 한봉근(韓鳳根) · 한봉인(韓鳳仁) · 윤세주(尹世胄: 일명 윤소룡) · 김상윤(金相潤: 일명 김옥기)을 비롯하여 창원의 배중세(裵重世: 일명 배동선), 대구의 이종암(李鍾巖: 일명 양근호)과 경북 고령의 신철휴(申喆休), 상주의 권준(權俊: 일명 권중한), 달성의 서상락(徐相洛), 그리고 본적은 함경북도 경원이면서 노령(露領) 동부시베리아 우스문에서 출생한 이성우(李成宇), 청주의 곽재기(郭在驥: 일명 곽경), 함경남도 삼수 출신의 강세우(姜世宇: 일명 강비호돌) 등 13명이 창단에 참여하였고, 그 주역이 바로 밀양 출신의 의백(義伯) 김원봉이었던 것이다.

1919년 3월 13일에 일어난 밀양장날의 만세운동이 연인원 1만5천3백여 명의 참여에 150명이 넘는 사망자와 이루 헤아릴 수 없을 정도의 피검자가 생겼을 정도로 치열하게 펼쳐질 수 있었던 것이나, 4월 4일의 단장면 태룡리 만세운동과 4월 6일에 일어난 부북면 춘화리의 만세운동이 연이어 일어나게 된 것도 〈일합사〉와 〈연무단〉의 영향이 있었기 때문에 가능한 일이었다. 그리고 그것은 일찍이 윤세용 · 윤세복 형제들과 손일민 · 전홍표 · 황상규와 같은 열혈 독립운동가들에 의해 길러진 밀양의 항일 독립의식이 이 운동을 통해 표출된 것이기도 하였다.

어느 향토 사학자가 임진왜란 때에 동래성을 지키기 위하여 상하 민관이 하나로 뭉쳐 중과부적의 수적 열세 속에서도 최후의 일인까지 목숨을 던져 파도처럼 밀려오는 수만 명의 왜병과 맞섰던 결사항전의 애국 투혼을 찬양하면서 이르기를, '역사란 우리 선조들이 목숨과 피눈물로 세워놓은 굳건한 다리가 없다면 후손들이 결코 건널 수 없는 숙명의 강'이라고 단언하였다.

그런 점에서 본다면, 지기(地氣)가 태양처럼 뜨겁게 넘쳐나서 예로부터 선비의 고장, 애국 충절의 고장으로 널리 일컬어져 온 밀양 땅이야말로 뜨겁고도 숙명적인 진정한 역사의 고장이라고 하지 않을 수 없을 것이다. 위에서 살펴 본 바와 같이, 신분제도가 엄존하였던 고려 · 조선 시대엔 양반 사대부들의 충효 정신이 뜨겁게 발현하였고, 동학 혁명과 갑오개혁을 겪으면서 신분제도가 철폐된 이후부터는 신분의 고하를 막론하고 무수한 애국지사들이 항일 독립 운동의 선봉에 서서 애국 투혼을 불살라 조국 광복의 초석이 되었으니 말이다.

이 작품은 태양처럼 들끓는 지기와 함께 그와 같은 타고난 뜨거운 애국투혼을 불사르며 우리 민족으로 하여금 일제 암흑기라는 험난하고 암울한 역사의 강을 무사히 건널 수 있도록 튼튼한 역사의 다리를 놓으며 살신성인하였던 밀양 향민들의 치열하고도 눈물겨운 독립운동의 발자취를 그려낸 픽션이다.

필자는 이 작품을 통하여 지난 왕조 시대의 황실 척족으로서 위정척사적(爲政斥邪的) 이념을 고수하며 왕정복고 운동에 주력하는 상남면 동산리의 토호(土豪) 집안인 여흥 민씨가의 문중 종손인 중산(重山) 민정식(閔廷植)을 위시한 그들 집안의 사람들과, 일찍이 만주로 망명한 이 지역 출신의 원로 우국지사들의 뒤를 이어 독립운동에 새로 뛰어든 젊은 〈의열단〉 단원들이며, 그들을 돕는 선배 독립 운동가들이 공화주의적 이념을 견지하며 경쟁적으로 독립운동을 펼치면서 겪게 되는 반목과 배신, 응징과 화해 과정을 통하여 일제 암흑기의 민족적 자화상을 그려 보고자 노력하였다.

그리고 그들이 왕조복고를 지향하는 위정척사적 복벽주의(復辟主義)와, 민족자결주의가 대세를 잡아 가는 시대적 흐름에 따라 공화주의를 제각각 표방하며 독립운동을 펼치는 가운데 필연적으로 겪게 되는 계파간의 갈등 관계를 비롯하여, 어두운 역사의 뒤안길에 악령처럼 드리워져 있는 후유증을 어떻게 치유·극복하여 새로운 지평을 열어 가는가를 보여 줌으로써, 오늘날 이념과 계층 간의 갈등으로 남다른 시대고를 겪고 있는 우리 모두에게 무엇을 시사해 주는지에 대하여 다 같이 겸허하게 숙고하고 반성하는 계기로 삼고자 하였다.

떠오르는 지평선 · 제1권 _ 정대재 대하장편소설

제1장

산사를 다녀오던 날

◇ 두 친구

3·1 만세 운동이 일어나기 바로 일 년 전인 무오년(1918년) 단옷날-.

오늘은 액막이 단오빔 차림으로 각종 민속놀이를 즐기던 농경사회의 중오절(重五節) 큰 명절, 또한 창포 삶은 물에 머리를 감아 빗고 풍년 농사를 하늘에 빌던 기풍명절(祈豊名節)이기도 하다. 그래서 정월달 신축일(辛丑日)에 만백성들의 풍년농사를 위해 원구단(圜丘壇)에 친행하여 기곡대제(祈穀大祭)를 올려주던 나라님이 그리워진 겨레의 가슴마다 조국 광복을 염원하는 구국의 불심이 용솟음치고 있는 것일까?

사월 초파일 연등제를 올리고 한동안 깊은 적막 속에 묻혀 있던 고을 안의 크고 작은 사찰마다 구름 같은 신도들이 모여드는 가운데 모처럼 단오 불공이 장엄하게 봉행되고 있었다. 삼한 시대의 미리미동국(彌離彌凍國) 시절에 처음 쌓고, 조선 성종 때 개축했다는 밀양 읍성 안의 무봉산(舞鳳山) 정상부에 자리 잡은 천년 고찰 무봉사(舞鳳寺)도 예외는 아니었다. 아침부터 연이어 밀려들었던 불공 인파는 해가 서산마루에 설핏해질 무렵에야 겨우 빠져 나가기 시작하였다. 그리고 불공 왔던 신도들이 거의 다 돌아가고, 산자락에 자욱하던 향불 냄새마저 까마득한 절벽 아래쪽에서 치켜 부는 응천강(凝川江) 강바람에 밀려서 거의 다 걷혀 갈 무렵이었다.

서산으로 뉘엿뉘엿 기우는 저녁나절의 햇살은 아직도 수면에서 갓 피어난 물안개처럼 숲속에 자욱한데, 신록이 꽃처럼 피어나는 이 고즈넉한 무봉사의 오솔길을 따라 산책을 하듯이 천천히 걸어 내려오는 젊은이 둘이 있었다. 언뜻 보기에도 범상치 않은 기상이 느껴지는 그들 두 사나이는 날이 저물고 있어도 전혀 개의치 않는 듯, 어깨를 맞대고 황톳빛 비탈길을 천천히 걸으면서 기분 좋게 한담을 나누고 있는 중이었다.

"참으로 아까운 사람일세!"

절간 쪽을 돌아보며 한 사나이가 말했다. 나뭇가지에서 가지로 옮아다니는 산새 소리만 간간이 들려올 뿐, 사위는 죽은 듯이 고요하다.

"아깝다니, 누구 말인가?"

다른 사나이도 그의 시선을 따라 방금 걸어온 뒤쪽을 힐끗 돌아다본다.

깎아지른 듯한 벼랑 위의 능선을 따라 이리 구불 저리 구불, 산사 쪽으로 기어오른 오솔길이 투명하도록 여린 신록 사이로 꿈결인 듯 아스라이 뚫려 있다. 짙푸르게 우거진 산죽의 군락 사이로 흐드러지게 피어난 길가의 산철쭉은 바야흐로 한지에 쏟아 놓은 선혈빛 물감인 양 가지마다 뭉게뭉게 농담(濃淡) 짙은 화무(花霧)를 피워 올렸는데, 짝을 찾는 산새들이 그 꽃구름 사이를 넘나들며 연분홍빛 정분을 내듯 이따금씩 재재재 뱃쫑 뱃쫑! 하고 은방울 소리를 내면서 지저귄다.

뒤따라 내려오는 사람들의 인기척이 뒤에서 느껴졌으나 흐드러진 꽃구름 수풀에 가려서 그 모습은 잘 보이지 않는다.

"자운(紫雲)이라는 그 학승(學僧) 말일세!"

청아한 젊은 목소리가 상큼한 꽃향기를 타고 저만큼 방초 우거진 길섶 수풀께로 표현히 흘러간다.

화무(花霧)는 십일홍(十日紅)이라, 산새들에게도 쉬이 흐르는 꿈같은 계절이 아쉬운 것일까? 하늘하늘한 녹둣빛 여린 수풀이 겹겹이 우거진 호젓한 산길, 나무 그늘에서 그늘로 아롱거리며 끝도 없이 이어진 좁다란 오솔길은 아름드리 수목 사이로 꿈길처럼 열렸는데, 길 따라 굽이 따라 일편단심으로 붉은 산철쭉 꽃향기 그윽하니 짝을 찾아 우짖는 산새 소리마저 꿈결인 듯 아련하다.

"자운 스님이 왜?"

의아해하는 젊은 얼굴에 호기심이 선연하다.

"첫 인상부터가 어딘지 모르게 범상치 않아서 하는 말이네! 무림의 고수 같은 늠름한 풍모에다 온유함 속에서 발하던 그 강렬한 눈빛이 퍽 인상적이었거든!"

"사람하고는 참…. 신학문을 익힌다며 일본 유학을 다녀오더니 사람이 오히려 아주 구식이 되어 버렸군 그래! 자네가 언제부터 그렇게 남의 관상을 보고 다녔는가?"

"그런 건 아니지만…. 왜, 사람에게는 직감이란 게 있지 않은가?"

"직감? 그 사람에 대한 직감이 대체 어떠했기에 하는 말인가?"

"낭중지추(囊中之錐)라고나 할까. 무쇠처럼 단단하게 느껴지는 균형 잡힌 듬직한 체형하며…. 이목구비가 뚜렷한 그 첫인상이 잿빛 승복 속에서 썩히기에는 너무 아깝다는 생각이 들어서 하는 말이네!"

"그래? 하기야 나도 자네의 그 직감에 대해서는 굳이 반대할 생각은 없다네!"

시선과 시선이 마주치면서 젊은이들의 얼굴에서도 주변의 산목련 같은 싱싱한 미소가 개화하듯이 화안하게 피어난다.

둘 다 이십대 후반쯤은 되었을까. 한 사람은 훌쩍 큰 키에 챙이 넓은 대갓을 쓴 쪽빛 도포 차림이었고, 다른 한 사람은 그보다 약간 작았으나 역시 훤칠한 키에 검정색 왜색 양복을 말쑥하게 차려입고 머리에는 검정색 중산모자(中山帽子, bowler hat: 둥근 테가 달린 펠트 모자)를 쓰고 있었다. 구식과 신식으로 차림새가 상반된 두 젊은이는, 그러나 오랜 죽마고우나 문경지우(刎頸之友)라도 되는 듯, 오가는 말투부터가 따뜻하고 부드러운 게 전혀 흉허물이 없어 보인다.

"이보게, 운사(雲史)! 우리가 이렇게 어깨를 맞대며 여유롭게 한담을 나누며 걸어 보는 게 얼마만인가?"

도포 차림의 사내는 새삼스럽게 만감이 교차하는 듯, 정다운 벗의 얼굴을 거나하게 바라다본다.

"자네와 둘이서 이 길을 걸어 보는 게 내가 예림서원 경학원을 뛰쳐나온 이후로는 처음이니까, 꽤 오래된 것 같군 그래!"

"정확히 칠 년만이네, 칠년! 그때 자네가 일본 유학을 떠나며 마지막으로 이 길을 걸으면서 한 말을 나는 아직도 생생하게 기억하고 있다네!"

"우리들의 우정에 관한 얘기 말인가?"

"어디 우정뿐이었던가?"

"오호라. 한쪽이 아들을 낳고 다른 한쪽이 딸을 낳으면 사돈을 맺자고 했던 그 태중언약(胎中言約) 말인가 보군 그래!"

"이 사람 말을 빙빙 돌리긴…. 물론, 태중언약도 하였지만 그것 말고 그 다음에 한 약조 말이네."

"그럼 뭐란 말인가?"

"어허, 이 사람 좀 보게. 벌써 잊었는가? 십 년이 넘도록 동문수학하던 조선 유학(儒學)을 무정하게 던져 버리고 일본 유학을 떠나면서 나에게 위로삼아, 아니 되돌릴 수 없는 정표처럼 남겨 놓고 떠났던 그 약조 말일세!"

"이 사람, 나는 또 뭐라고! 몸은 떠나도 마음만은 하나로 남아 자자손손 변치 말고 이어 가자고 맹세하였던 그 말 말인가? 안심하게나, 중산! 한학을 하건 신학문을 하건, 나의 근본은 예나 지금이나 아무런 변함이 없다네! 책임 있는 토반의 후예가 타국의 물을 조금 먹고 왔다고 해서 그 마음이 어디 변할 리가 있겠는가?"

"칠년이면 조금 먹은 건 아니지! …이보게, 운사. 하지만 나는 자네도 믿고 운명도 믿는다네!"

"운명?"

"그렇다네. 자네와 나는 말할 것도 없고, 우리 아이들까지 같은 운명의 끈으로 묶여 있다는 생각 말일세! 권속 많은 사대부 집안의 종가에서 태어난 문중 종손이 무엇인지, 집안 어른들의 등쌀에 못 이겨서 자네보다 훨씬 일찍 장가를 들었다가 앵도화 같은 딸을 가슴에 묻고 천일기도로 와신상담하던 끝에 겨우 금쪽같은 종손을 보았는데, 그것도 자네와 둘이서 나란히 한날한시에 똑같이 득남을 하게 되다니. 이게 어찌 천지신명의 뜻이 아니겠는가? 그것도 일 년 중 양기가 가장 왕성하다는 단오절 길일의 운세를 타고 나란히 태어났으니 말이네! 사돈이 되자던 태중언약은 애석하게도 깨어지고 말았지만, 우리가 똑같이 득남을 한 건 사돈지간이 되는 그 이상의 유대를 가지고 망국의 시대고를 대를 이어 함께 헤쳐 나가라는 천지신명의 뜻이 분명하지 않겠는가?"

천지신명에 대한 믿음 때문인지, 감개무량한 중산이라는 선비의 얼굴에 형언할 수 없는 비장감마저 묻어난다.

"천지신명의 명령이라…!"

"우리는 태양처럼 들끓는 지기(地氣) 때문에 예로부터 충의열사가 끊이지 않았던 애국 선비의 고장 밀양 땅에서 나고 자란 사람들일세! 시대가 시대이니만큼 유서 깊은 이 고을의 대표적인 토반과 유림의 후예로서 누린 것이 많았던 만큼, 우리가 함께 책임져야 할 일도 그만큼 많이 있지 않겠는가?"

"들어 보지 않아도 자네가 무슨 말을 하려는지 알겠네!"

그러면서 운사로 불리는 사내는 본능적으로 주변을 둘러본다. 자기들이 함께 책임져야 할 일이란 게 무엇인지 뒤늦게 깨달은 것이리라.

"우리 둘이서 자식을 낳으면 서로 사돈이 되자며 태중언약을 한 것이 언제였던가? 그런데 사돈지간의 인연 대신 한날한시에 각기 득남의 기쁨을 먼저 누리도록 하였으니 이건 우연이 아니라, 필시 천지신명과 우리 양대 문벌의 선조님들께서 깊은 뜻이 있어서 점지해 주신 어떤 필연일 걸세! 설령, 끝내 사돈지간이 못 되는 경우가 생기더라도 우리의 우의와 삶이 다음 세대에서도 그대로 이어지게 하려는 운명적인 필연 말일세!"

꽃 같은 여식을 가슴에 묻고 남 다른 고통 끝에 얻은 농장지경(弄璋

之慶)이라, 아버지로서의 기대와 책무 또한 그만큼 크고 무겁게 느껴지는 것이리라. 쳉이 넓은 갓에 도포 차림을 한 중산이라는 선비는 새삼스러운 듯, 감회에 젖어들며 신록 사이로 아득하게 뚫린 먼 데 하늘을 한참 동안이나 부신 눈으로 바라다본다.

그는 상남면(上南面) 동산리(東山里)에 사는 중산(重山) 민정식(閔廷植)이라는 사람으로, 그곳의 오랜 토반인 여흥(驪興) 민씨(閔氏) 이참공파(吏參公波) 동산리 지손종가(支孫宗家)의 차세대 당주(當主)였고, 양복 차림의 젊은이는 지근거리에 있는 읍성의 터줏대감격인 밀양 손씨 문중의 신진 사류로서 성내에 사는 운사(雲史) 손태준(孫泰俊)이라는 일본 동경 유학생 출신의 인텔리였다.

그들은 같은 스승의 문하에서 관학유생(館學儒生)으로 숙식을 함께 하면서 한학을 익힌, 가장 촉망받던 막역지우 사이로 각기 같은 또래의 아들딸을 엇갈려 얻게 되면 서로 며느리 사위로 삼자며 태중언약까지 했던 각별한 사이였다. 그런데 낳고 보니 둘 다 아들이라, 그 약조는 이미 물거품이 되고 만 것이다.

나라는 망했어도 백성들의 명절 신명은 피폐해질 대로 피폐해진 가슴 속 어딘가에 이직도 남아 있었더란 말인가. 멀리, 어디선가 이따금씩 농악패들의 풍물소리와 함께 군중들의 함성이 꿈결에서인 듯 아득하게 들려온다. 탄력 넘치는 이 지방 고유의 〈밀양백중놀이〉 가락에 실려 오는 함성이다. 올해도 송림이 우거진 강 건너 삼문리의 응천강 모랫벌에서 고달픈 일상을 잊은 민초들의 단오놀이가 조촐하게나마 벌어진 모양이다.

"이보게, 운사! 유수 같은 게 세월이라더니 벌써 맹하(孟夏)일세. 하지만, 큰일이네 그려! 우리의 지식이 아무 짝에도 쓸모없이 된 이 마당에 저 아이들의 앞날인들 어디 평탄하겠는가?"

갓으로 그늘진 중산의 얼굴에 안개와도 같은 우수가 문득 어린다.

"우리의 지식이 아무 짝에도 쓸모가 없게 되었다니, 갑자기 그게 무슨 소린가?"

운사가 적이 놀란 얼굴로 반문했으나 중산의 얼굴 표정엔 아무런 변함이 없다.

"나라가 패망하고 말았는데, 우리네의 구식 학문이 무슨 소용이 있겠는가 그 말일세!"

중산은 지역 토호이자 황실 척족 집안의 종손으로서, 그리고 부친의 일을 대신하고 있는 차세대 당주로서 자신이 몸소 뼈저리게 느껴 온 오욕의 역사를 확인이라도 하려는 듯, 비탈진 숲 속을 빙 둘러본다. 화란 춘성(和蘭春城)하고 만화방창(萬化方暢)이라더니, 문자 그대로 꽃이 활짝 피어 성안에 가득하고 바야흐로 만물이 약동하는 호시절임에도 불구하고 쓰라린 역사의 생채기는 수풀 곳곳에도 어김없이 남아 있었다.

아득한 그 옛날 서기 3세기 경 변한 12국 중의 하나였던 미리미동국 시대에 처음 쌓고 조선 성종 때에 개축했다는 유서 깊은 이곳 밀양 읍성의 성벽들은 왜놈들이 경부선 철도를 부설하면서 응천강 철교의 교각용 석재로 이용하는 바람에 남문에서 서문 사이는 모조리 헐려 나가 흔적도 없이 사라진 지 이미 오래였고, 그나마 무사했던 이곳 무봉산 기슭의 성벽마저도 왜인들이 공사(公私)를 가리지 않고 암암리에 빼내어 쓰는 바람에 형편없이 허물어져서 성벽 속에 채웠던 잡석만이 산비탈 곳곳의 잡초 더미 속에 피압박 민족의 주검처럼 처참하게 방치되어 있었다.

"신학문이 들어왔다고 해서 자네의 그 해박한 한학이 반드시 퇴색되는 것은 아니지 않는가!"

위로 삼아 이렇게 응수한 운사도 딴은 공감이 되는지 길게 한숨을 내쉰다.

"…하기사, 나라 꼴을 생각하면 피통이 터질 일이지만, 그래도 이럴 때일수록 더욱 심기를 굳건히 하고, 신중에 신중을 기하여 미래를 도모해야 하지 않겠나? 나의 신학문과 자네의 한학이 합쳐지면 아무도 우리를 무시하지는 못할 걸세! 우리 둘이 아직은 서로 사돈으로 맺어지지는 못했지만, 그래도 앞으로 그렇게 될 기회는 얼마든지 찾아오지 않겠는가?"

"글쎄, 우리의 뜻대로 과연 그렇게 잘 되어 줄까…?"

무상한 게 세월이라, 중산은 영 믿지 못하겠다는 투다.

"그래서 사돈이 못 되었어도 아이들끼리 친형제처럼 운명을 같이하며 상부상조하며 살아가게 하려고 오늘 이렇게 축수 불공도 나란히 함께 올리지 않았는가, 이 사람아. 우리야 우리들이지만, 저 아이들한테 무슨 죄가 있는가 말일세!"

"지당하신 말씀이네! 왜놈들의 서슬 푸른 무단 정책들이 사흘이 멀다 하고 속속 불거져 나오는 판국이니…. 정말이지, 나는 앙천맹서(仰天盟誓)컨대 식민 치하의 이런 욕된 모습을 우리 아이들한테까지 결코 물려주고 싶지는 않다네!"

"그거야 조선인이라면 누구나 다 가지고 있는 생각이 아니겠는가, 당연히! 더구나 우리는 안동과 쌍벽을 이루는 유서 깊은 유향(儒鄕)이자, 왕성한 지기 때문에 충의 열사가 넘쳐났던 밀양 고을의 뿌리 깊은 선비 집안의 후예들이 아닌가?"

"그런 뜻이 아니라, 상남면 동산리와 하남면 파서리의 우리 여흥 민 가들은 임진왜란 때 왜구들한테 멸문지화나 다름없는 참화를 당한 한 맺힌 구원(舊怨)이 있는 데다, 부귀와 권력을 누렸던 황실의 오랜 외척으로서 나라에 진 역사적인 빚도 있고 해서 하는 말일세!"

중산의 말소리엔 비장감마저 느껴질 정도로 어떤 힘이 실려 있다.

"자네의 가문이 왜놈들한테 당한 빚이야 어디 그것뿐이겠는가. 하지만, 이런 때일수록 그런 것은 아이들이 커 가는 것을 보아 가면서 좀더 신중하게 생각하고 대처해야 하지 않을까?"

운사의 말투는 중산의 그것과는 달리 어딘지 모르게 온유하고 여유가 있어 보인다.

"세월이 흐른다고 해서 나라 꼴이 나아질 것 같은가? 그래도 우리 둘이 사돈을 맺게 되었더라면, 그야말로 혈맹의 관계가 될 수 있었을 텐데 말이네. 그렇게 되었더라면 아이들의 장래 문제도 함께 논의할 수 있었을 것이고…."

중산은 그게 못내 아쉬운 듯, 말끝을 흐리면서 운사를 바라본다. 같은 스승 밑에서 동문수학한 친구 사이라고는 하여도 엄밀히 따져보면 그들은 오래 전부터 상호 신뢰하는 혼반(婚班)의 인연을 맺고 있는 사이였다. 윗대에 벌써 두 가문 사이에 통혼한 선례가 몇 차례 있었기 때문이다.

"그랬더라면 이 밀양 고을 최초로 양 대에 걸쳐 일본 유학생 부부가 탄생하는 진기록이 세워지게 되었을 걸세, 아마도!"

운사의 얼굴에 여유롭게 웃음기가 번진다.

"글쎄, 과연 그렇게 되었을까…? 내가 아들을 낳고, 자네가 딸을 낳았어도…? 관건은 누가 아들을 낳느냐에 달려 있는 것이지, 욕심에 따라 결정될 일은 아닐세 그려!"

중산의 목소리는 나직하고 부드러웠다. 그러나 억양이 높은 운사의 말투에 비해 한결 곧은 목소리였다.

"하기야, 칼자루는 어차피 아들을 낳는 쪽에서 쥐게 되겠지만, 그래도 나는 내 사위가 일본 유학생이 되어서 서구 문물을 더 많이 배워 오기를 원했을 걸세!"

〈세루〉 양복에 나비넥타이까지 맨 운사는 그러면서 슬쩍 뒤를 돌아다본다. 그들보다 이삼십 보쯤 뒤쳐진 곳에는 그 역시 제각기 물색 고운 한복과 왜색의 양장 차림을 한 젊은 귀부인 둘이 초롱꽃 무늬의 불란서제 양산을 함께 쓴 채 무언가 다정하게 얘기를 나누면서 산철쭉이 우거진 연둣빛 신록 속의 오솔길을 따라 천천히 걸어 내려오고 있었다. 그리고 그들 뒤에는 각기 상전의 아기를 안은 유모와 작은 보자기를 손에 든 그만그만한 하녀 둘이 조심조심 산기슭을 내려오고 있는 것이었다.

"그게 소위 말하는 개화 지식인들의 절충주의, 합리주의라는 겐가?"

중산이 정색을 하고 물었으나 운사는 긍정도 부정도 하지 않고 그냥 담담하게 웃기만 한다.

"운사 자네의 가슴속에는 언제나 자신감이 솟아나는가 보이! 나는 자네의 그런 면이 언제나 부럽기만 하다네."

중산은 길게 한숨을 내쉬면서 아름드리 거목을 이룬 서어나무, 고로쇠나무, 물푸레나무들의 신록 사이로 아슴푸레 뚫려 있는 먼 데 하늘을 아득히 바라다본다. 여말·선초의 대학자인 양촌(陽村) 권근(權近) 선생이 밀양 읍성의 동남쪽 성곽 안쪽에 위치한 이곳 무봉산 기슭의 영남루에 올랐다가 지었다는 칠언율시(七言律詩)가 문득 생각났기 때문이다.

次密陽城嶺南樓韻[(차밀양성영남루운) 밀양성 영남루 시에 차운함]

高樓百尺控長天(고루백척공장천) 백척 높은 다락이 긴 하늘을 끌어 당기니
風景森羅几案前(풍경삼라궤안전) 책상머리에 풍경이 삼라(森羅)하였네.
川近水聲流檻外(천근수성류함외) 시내가 가까우니 물소리가 난간 밖에 지나가고
雲開山翠滴簷邊(운개산취적첨변) 구름이 개니 산의 푸르름이 처마 끝에 듣네!

千畦壟畝禾經雨(천휴농묘화경우) 천휴 밭이랑에 벼가 비를 겪었고,
十里閭閻樹帶煙(십리여염수대연) 십릿길 마을 거리의 나무는 연기를 띠었구나!
匹馬南遷過勝地(필마남천과승지) 필마로 남으로 와서 경치 좋은 곳을 지나니

可堪登眺忝賓筵(가감등조첨빈연) 올라와 바라보며 손님 자리에 낄
만도 하네 그려.

옛 선비는 가셨어도 영남루에 올랐다가 남기신 그분의 고결한 시심
(詩心)은 오백여 년의 세월이 흐른 지금에도 생생하게 남아 온 산자락
에 그윽하게 어려 있는 듯도 하였다.

중산은 옛 선현의 묵향 깊은 체취를 정결한 신록 속에서 느끼면서
몇 번이나 심호흡을 한다. '국파산하재(國破山河在)' 하니 '성춘초목심
(城春草木深)'이라 더니, 나라는 망했건만 이날따라 청태 낀 성곽 안의
무봉산 신록은 더욱 푸르고, 쪽빛 하늘도 정신이 아찔할 정도로 높고
청명하였다.

옛날, 세종 임금 때 한글 창제에 참여하기도 했던 범옹(泛翁) 신숙
주(申淑舟) 같은 이도 이곳 영남루에 올라, "신라 고을 60여 관청에 누
(樓), 사(寺), 대(臺), 관(館)이 없는 곳이 없으나 홀로 이 다락만이 영
남이라는 이름을 얻은 것은 그 경치의 아름다움이 영남에서 으뜸이기
때문임을 이제야 알겠노라."고 하였다던가?

그러나, 그 영남루를 에워싼 사방 천지에 이렇듯이 신록이 눈부시게
우거지고, 멀리 응천강 건너편의 백사장 쪽에서 단오절 풍악 소리가 낭
자하게 들려오건만, 분명히 상하 관민이 하나 되어 두루 흥겨웁던 지난
날의 그 대단한 조선 단오 명절의 분위기는 아니었다.

'지도자 없는 오합지졸들끼리 무얼 한단 말인가. 이건 아니야. 모두
가 다아 허깨비 놀음일 뿐이야!'

하루가 다르게 서구의 문물이 들어오고, 극단적으로 보수적이던 양
반 사대부 집안에서도 친일 개화파 인사가 속출하는 판이었다. 혹자는
이 시대를 일컬어 말세라고도 했고, 혹자는 싫건 좋건 간에 신·구의 양
대 조류가 혼재하는 가운데 우리 민족이 긴 잠에서 깨어나고 있는 개화
격변기라고도 하였다.

그러나, 중산은 자기가 살아가고 있는 이 식민지 시대를 결코 인정할 수가 없었다. 그리고 이 시대에 쉽사리 적응할 수도 없었다.

망국의 한을 품고 비명에 가신 승당(承堂) 할아버지와, 벼락 맞은 고목처럼 파란만장한 세월 속에 홀로 남아서 외로이 가문을 지키고 계시는 후원의 용화당(龍華堂) 할머니….

요즘, 조석으로 용화 할머니께 혼정신성(昏定晨省)으로 문안 인사를 여쭐 때마다 중산은 자기가 열 네 살 되던 해인 지난 을사년 늦가을 어느 날 저녁, 벼슬도 버린 채 홀연히 서울살이를 중단하고 황황히 낙향하셨던 승당 할아버지의 그 벼락 맞은 고목 같은 모습을 떠올리곤 하였다. 국운이 풍전등화와 같던 시절, 착검을 한 일본군의 협박과 그들의 조종을 받은 을사오적들의 매국적 흉계로 인하여 합방의 전 단계인 보호조약이 체결되었을 때, 궁내부(宮內府) 칙임관(勅任官)으로 나라님을 가까이서 모시던 노신하로서, 그리고 황후의 총애를 받았던 황실의 한 외척으로서 느꼈던 그분의 심정은 과연 어떠하셨을까.

비분강개로 망국의 한을 견디다 못해 낙향하시던 그 길로 가족들의 만류도 한사코 뿌리친 채 첩첩한 천황산(天皇山)·재약산(載藥山)이 맞닿은 금강동(金剛洞)의 표충사(表忠寺) 골짜기로 잠적하셨던 승당 할아버지—.

중산은 첩첩 산중 토굴 움막 속에서 경술국치의 비보를 접하자마자 마침내 할복 순절로써 파란만장한 생을 접으셨던 승당 할아버지의 모습을 떠올릴 때마다 남다른 비애에 젖어들지 않을 수 없었다.

그런데 망국의 한을 품고 그렇게 분연히 세상을 등지셨던 할아버지의 용력(勇力) 못지않게 위풍당당하신 모습으로 비어 있는 엄부(嚴父)의 자리를 담대한 여장부의 기개로 채워 가며 수많은 가솔들과 가문을 의연하게 이끌어 오시던 여황 같던 할머니의 기상마저도 이제는 예전 같지가 않으신 것이다.

고집스럽도록 엄연한 오랜 가풍에 따라 아직도 옛날 선비의 모습을 그대로 간직한 채 살아가는 외양처럼, 중산은 그 사고방식이나 생활 태도에 있어서도 여전히 할아버지와 할머니의 그늘에서 한 치도 벗어날 수가 없었다. 그리고 급변하는 시대에 적응하려고 해도 지난 시절의 철옹성 같은 위정척사적(爲政斥邪的) 가풍 때문에 사고의 진전에는 한계가 있었고, 운신의 폭은 언제나 옛날의 그 자리에 머물러 있을 수밖에 없었다.

그래서 그런지는 몰라도, 왜색 풍의 외양을 하고 다니거나, 일본 유학을 하고 돌아왔다고 해서 모두가 다 친일 인사가 되는 것이 아닌 줄을 뻔히 알면서도 중산은 왠지 그런 사람만 보게 되면 이방인을 대하는 것처럼 서먹서먹해지고, 어떤 거리감이 느껴지곤 하는 것이었다. 방금 일본 유학을 하고 돌아온 운사에게 부럽다고 한 것도 따지고 보면 결코 좋은 뜻으로 뱉어낸 말만은 아닌 것이다.

그와 오랜 친구인 운사도 그러한 중산의 의중을 잘 읽고 있는 듯, 다소 어색한 표정을 지으며 이렇게 응수하는 것이었다.

"부러워할 게 뭐 있겠나? 자네보다 엄격하지 못한 내 성격 탓인 것을. 유사 이래로 왜놈들이 시시때때로 우리 민족에게 가해 온 수많은 만행들을 생각하면 치가 떨려서 하루도 마음 편안하게 살 수가 없겠지만, 그래도 우리가 처한 현실을 부정하고 살 수만은 없지 않은가?"

"하기야…. 망해 버린 나라의 백성으로서 우리가 무난하게 살아 나갈 수 있는 길은 자네가 말하는 그런 방식으로 살아가는 것이 딴은 가장 무난할지도 모르지! 현실은 현실로 받아들이되, 그 속에서 다음 일을 도모하면 될 테니까 말일세!"

중산은 아이들의 장래에 관한 태중언약이 무산된 채 각기 다른 길을 걷게 된 자기들 둘 사이가 못내 아쉬운 듯, 다시금 먼 곳으로 시선을 돌리다가 슬며시 걸음을 멈추고 만다. 어디선가 흥겨운 장구 소리가 들려오기 시작한 것이었다.

바람결에 실려 오는 그 흥겨운 장구 소리는 발밑으로 까마득하게 펼어진 절벽 아래의 웅천강 건너편 송림 가의 백사장에서 아까부터 들려오던 민중들의 그 농악 소리가 아니었다. 한량들이 끼고 노는 기생들의 춤사위에나 어울릴 법한, 그 흥을 타고 뚜당땅거리는 몸에 휘감기는 듯한 장구 소리는 그들이 한 눈으로 내려다 볼 수 있는 저 길 아래의 영남루 쪽에서 들려오는 소리가 분명하였다.

"살벌한 분위기를 조성하여 자기네의 식민지 경영에 협조하라고 갖은 협박과 공갈로써 기부금을 뜯어 가면서도 오히려 큰소리를 땅땅 치며 잔뜩 주눅이 들게 만들더니만, 드디어 단오맞이 관제(官制) 관민 합동 연회의 마무리 단계인 여흥이 시작된 모양이군!"

신음을 토하듯이 중산이 내뱉는다.

"성안의 청루나 요릿집에서 하는 줄 알았는데, 그게 아닌가 보이!"

민심을 들끓게 한, 고을 안의 유력한 토호 유림들과 지역 유지들을 강제로 참여시킨 정략적인 관제 관민 합동 연회라 운사도 잘 알고 있었는지 영남루 쪽을 내려다보며 귀를 세운다.

오늘은 특별한 날이라, 멀리서 풍물 소리가 들려온다고 해서 이상할 것은 없었다. 아까 무봉사 절간을 나설 때부터 군중들의 요란한 함성과 함께 이따금씩 농악꾼들의 흥겨운 풍물 소리가 시원한 바람결에 실려 오곤 하는 것도 단오절이면 으레껏 접하게 되는 이 고을의 오랜 명절 분위기인 것이다. 그러나 그것은 옛날의 얘기일 뿐, 보나마나 지금은 저 고목이 우거진 절벽 밑으로 뚝 떨어진 웅천강 건너편의 삼문리(三門里) 강변 솔숲 백사장에서는 황소를 상품으로 걸어놓고 마을끼리 겨루던 그 씨름판이나 소싸움 대회를 비롯한 국궁대회가 전격적으로 취소되어 버린 채 힘없는 민초들끼리 그들만의 반쪽 잔치로 형편없이 축소되어 김이 빠진 나머지 겨우 흉내만 내는 수준으로 벌어지고 있을 게 뻔하였다.

오늘은 우리 민족의 삼대 명절 중의 하나인 오월 단오절이다. 일 년 중 양(陽)의 기운이 가장 왕성하게 겹친다는 이 단옷날은 마을마다 부락마다 양반가에서는 차례를 올린 뒤, 붉은 색의 단오 부적을 붙이거나 단오선(端午扇)을 나누며 차륜병(車輪餅)이라고 하는 수레바퀴 모양의 쑥떡과 화채 같은 초여름 음식을 즐기면서 조용히 보내지만, 농사를 짓는 민가에서는 보다 다양하고 요란하게 단오 명절을 쇠는 것이다.

일찌감치 창포 삶은 물에 머리를 감아 빗은 다음 붉고 푸른색의 옷을 입고, 창포 뿌리를 잘게 잘라 만든 비녀에는 수(壽)·복(福) 두 글자를 새기고, 액막음의 뜻으로 그 끝에 붉은 색칠을 하여 머리에 꽂아 단오장(端午粧)을 하고 하인들이 매어 놓은 후원 깊숙한 나무 그늘 속에서 추천을 은밀히 즐기는 것으로 만족해야 했던 반가의 여인네들과는 달리, 여염의 부녀자들은 마음껏 몸단장을 하고서 아예 집 밖으로 진출하였던 것이다. 그리하여 동구 밖의 정자나무 그늘에서 그네를 타거나 산과 들에서 약쑥과 익모초를 채집하며 집에서 준비해 가지고 간 음식들을 나누어 먹으면서 하루해를 보내기 마련이었다.

그리고 민가의 남정네는 물론이요 양반가의 머슴과 하인들도 일손을 놓고 단오 행사에 나가 한바탕 명절 기분을 만끽하고는 강가로 나가 천렵을 하거나, 저들끼리 씨름이나 풀싸움 같은 들놀이를 하면서 하루를 즐길 수 있도록 허락이 되어 있는 것이 바로 이 단오 명절의 오래 된 풍습인 것이다.

그러나, 그런 단오 명절을 마음대로 즐길 수 있었던 것도 옛날의 일이었다. 왜놈들이 많은 민중들이 한데 어울리는 대중집회를 금하고 있기 때문에, 나라 잃은 백성들에게는 명절 쇠기도 예전 같지가 않아서 옛날부터 일반 민초들과 모모한 고을 안의 한량 선비들이 구름처럼 모여든 가운데 관민 합동으로 〈밀양 백중놀이〉와 더불어 국궁(國弓) 대회며 소싸움대회, 씨름 대회가 거창하게 열리곤 하던 강 건너 삼문리 모랫벌에서는 아침나절부터 일반 민초들만 참여한 가운데 맥 빠진 백중놀이와 마을 대항의 씨름판 정도만 겨우 벌어지고 있을 것이다.

그리고 모처럼 오늘 하루 자유의 몸이 된 머슴, 하인배들은 벌써부터 반쪽자리 행사에 흥을 잃고 배다리 아래의 진장 쪽 모랫벌에 몰려

가서 저들끼리 천렵을 하고 있는지, 모래알 같은 사람의 그림자가 멀리 옹천 강변을 따라 점점이 가물거리는 게 눈에 들어오는 것이다.

"오늘같이 뜻 깊은 날에 저런 꼴을 보게 되다니…!"

중산은 옹천 강변에서 시선을 돌려 오솔길이 구불구불 흘러내리는 발밑 능선 아래의 영남루 쪽을 눈 여겨 바라보다가 이맛살을 찌푸린다. 이목구비가 뚜렷한 귀골 풍의 얼굴에 일순 어두운 그림자가 스치고 지나간다. 꽤 먼 거리임에도 불구하고 천년 고목들이 들어찬 푸르른 수풀 사이로 만경창파를 헤치고 수면 위로 떠오른 고래 등처럼 시커멓게 드러난 영남루의 거창한 기왓골과, 정략적인 관제 주연이 한창 베풀어지고 있는 그 아래 누대 위의 연회장 모습이 손에 잡힐 듯이 빤히 내려다 보였기 때문이다.

밀양 읍성 일대가 한눈에 내려다보이는 높다란 영남루 누각 위에서는 지금 왜놈들 일색인 이 지역의 고관들과, 아직도 영향력이 만만치 않은 군내의 모모한 조선인 토반 호족들을 망라한 유지급 인사들이 참석한 가운데 언필칭 왜놈들이 써 먹는 말대로 단오맞이 관민 합동의 친목 연회가 한창 베풀어지고 있는 것이었다.

명절도 명절이지만, 모처럼 일 년 중 양기가 가장 왕성하다는 단옷날을 택하여 부부 동반으로 목욕재계까지 해 가면서 어린 종손을 위한 축수 불공을 드리고 돌아오는 길에 그런 눈뜨고는 차마 못 볼 장면을 목도한다는 것이 중산에게는 왠지 호사다마처럼 불길하게 여겨지는 것이다.

"고을 안의 내로라하는 모든 유지급 인사들에게 협조 공문까지 일일이 보내가며 군 청사 이전 건립 기념 단오절 연회에 참석하라고 노골적인 협박까지 했다고 하더니만, 과연 목불인견(目不忍見)의 장면일세 그려!"

중산을 따라 영남루 쪽을 잠자코 바라보던 운사도 이맛살을 찌푸리며 한마디 거들었다.

"저들은 언필칭 한일 선린 우호 관계 운운하며 걸핏하면 저렇게 지방 유지들을 상대로 거액의 기부금을 강요하며 애써 불러 모으곤 하지만, 그 속셈이야 뻔하지 않는가? 이번 일만 해도 그렇지! 일부러 민족의 큰 명절인 단옷날을 택하여 저런 연회를 열기로 한 것도 사실은 민족정신을 결집시킬 수 있는 좋은 기회를 갖지 못하도록 방해하려는 술책이 아니고 무엇이겠는가 말일세!"

군청에서 주관하는 관민 합동 연회는 원래 일본 명치 천황의 생일인 천장절(天長節)에 열리는 게 관례였다. 그런데 올해엔 한민족의 큰 명절인 단옷날에 이렇게 별도로 열리고 있는 것이다.

"자네의 말을 듣고 보니 과연 일리가 있네 그려. 해마다 열렸던 양반들의 국궁대회는 물론, 민초들의 씨름대회와 추천대회마저 예전처럼 열리지 못할 거라고 하더니만…."

"어디 그 뿐인 줄 아는가? 앞으로는 민중들이 크게 운집하여 한데 뭉치는 〈감내 게줄 당기기〉와 같은 민속놀이는 일체 열지 못하도록 일제 당국에서 엄히 조처를 내린 모양일세!"

"설마 그럴 리가…?"

"아닐세! 나도 들은 바가 있어서 하는 소리라네! 그리고 이런 날, 하고 많은 연회 장소를 다 놔두고 왜 하필이면 사방 천지 사람들이 다 바라다 볼 수 있는 저렇게 높다란 누대 위에서, 그것도 저토록 요란스럽게 잔치를 베푸는가 말일세!"

"아니, 그건 또 무슨 소린가?"

영남루 쪽을 바라보던 운사의 시선이 중산한테로 옮아간다. 그러나 중산은 천천히 발걸음을 옮기면서도 시선은 여전히 낭자하게 술판이 벌어지고 있는 영남루 난간 위에 가 있었다.

"저들이 단오와 같은 큰 명절날을 일부러 골라서 왜 막대한 기부금을 긁어모아 가면서 저런 짓을 하고 있다고 생각하는가? 저들의 말대로 한일 선린우호 관계를 위해서…? 천만의 말씀이네! 내로라하는 이

지방 유지들을 저렇게 모두 한 자리에 불러 모아 꼼짝 못하게 발을 꽁꽁 묶어 놓는 것보다 손쉬운 동족 계층 간의 이간, 와해 전술이 어디에 또 있겠는가? 무지한 민초들의 각종 민속놀이에 적지 않은 자금을 대어 주며 민심의 동향에 지대한 영향을 끼쳐 온 유력한 지도급 인사들을 저렇게 한 자리에 꼼짝 못하게 묶어 놓았으니 어찌 되겠는가? 민초들의 민속놀이는 고사하고 유생들의 국궁대회인들 맥이 풀려서 제대로 열릴 수 있겠는가 말일세! 어느 쪽에도 낄 수 없게 된 일반 양반 사대부들은 사대부들대로 일제의 강압적인 무단정책에 허리가 잘려 버린 불구 상태로 비분강개(悲憤慷慨)하며 술잔이나 기울이고 있을 터이고, 민초들은 또 그들대로 수장을 잃은 호합지졸 꼴로 저렇게들 강가에 몰려나와 신명도 없이 천렵과 술추렴으로 심란한 마음들을 달래면서 단오놀이를 대신하고 있는 게 아니겠는가? 왜놈들의 속셈이 어디 그 뿐이겠는가? 각종 민속놀이의 물주 노릇을 하던 양반 사대부들을 하늘같이 우러러 보며 믿고 따랐던 일반 민초들의 눈에 저렇게 하나같이 친일 매국노처럼 보이게 함으로써 민족 심리를 분열시켜 갈등을 조장해 보려는 심사가 아니고 무엇이겠는가 이 말일세!"

열띤 중산의 분노에 운사는 눈을 크게 뜨고 그를 바라본다.

"역시, 자네의 얼음장 같은 냉철한 안목과 그 예리한 통찰력은 여전한가 보이! 나는 거기까지는 미처 생각하지 못했는데, 자네의 말을 듣고 보니 딴은 그럴 듯도 하네 그려!"

"딴은 그럴 듯도 한 정도가 아니라니까, 이 사람아! 웅천강 가에 민초들이 저렇게 몰려들어 민속놀이를 즐기고 있는 것처럼 보이지만, 지도자 하나 없이 저들끼리 무슨 일을 도모할 수가 있겠는가? 그야말로 장수 잃은 오합지졸 꼴이지! 그런데 왜놈들의 흉계와 야욕은 끝이 없는데, 우리한테는 아무 대책이 없으니, 이것이야말로 큰 일이 아니고 무엇이냐 이 말일세!"

비분강개하여 머리를 절래절래 흔들면서 중산은 다시 불같이 울분을 토해낸다.

" …자네가 놈들의 심장부인 동경 한복판에 가서 저들의 신학문을 배우고 있는 동안에 나는 우리 삼천리강토에서 벌어지고 있는, 소위 말하는 일제의 식민지 통치 정책의 실상들을 하나하나 직접 겪으면서 분통이 터지다 못해서 오장육부가 썩어 문드러질 지경이 되고 말았단 말일세!"

그러면서 중산은 책망이라도 하는 듯이 운사를 이윽히 바라본다.

"이보게, 중산! 이제 생각해 보니 나의 유학 생활이 자네에게 막대한 심려를 끼치지 않았는지 심히 걱정이 되네 그려! 혹시라도 예전보다 많이 달라진 나의 이런 외양이 자네의 비위를 상하게 했다면 용서하시게. 하지만, 이 손태준이는 예나 지금이나 우리 민족을 위해서 죽었으면 죽었지, 자네의 그 뿌리 깊은 민족주의를 욕되게 하지는 않을 테니까 과히 염려하지는 말게나!"

운사는 심기가 불편해진 중산에게 어떤 확신이라도 시켜 주려는 것처럼 그의 두 손을 마주 잡으며 굳게 힘을 준다.

"예끼, 이 사람아! 내가 자네를 두고 의심을 하다니, 그런 망발이 어디 있는가?"

이렇게 한마디 던져 놓고 잠시 침묵을 지키던 중산은 좀 미진하다는 생각이 들었던지 한참 만에 다시 입을 열었다.

"하기야…말이 나왔으니까 하는 말이네만, 솔직히 말해서 의심은 아니지만 자네와 같은 해외 유학파들에 대해서 염려가 되는 바가 없지는 않다네! 그게 뭔고 하니, 신학문도 좋고 일본 유학도 다 좋은데, 해외 유학파들의 현실과 타협하는 듯한 그 우유부단한 온건주의는 솔직히 말해서 내 마음에 들지 않는 구석이 있는 게 사실이니 하는 말일세!"

"사람하고는 참…. 누가 승당 선생의 자손이 아니랄까봐서? 하지만 나를 너무 나무라지 말게, 이 사람아! 우리 해외 유학파들 중에도 자네와 같은 강골은 많아! 그리고 날카로운 무쇠 창과 명검만이 적의 숨통을 끊어 버릴 수 있는 게 아니라, 때로는 부드러운 그물이나 통발로도 더 크고 많은 물고기들을 얼마든지 잡을 수 있다는 것도 좀 알아주시게 나."

그들이 이렇게 현실 대응 방식에 대하여 각자의 의견을 주고받으며 걷다 보니 어느 새 국화원(菊花園) 마당까지 와 있었다. '국화원'이란, 영남루 앞의 드넓은 마당을 일컫는 말로서 천연의 황톳빛 사암(砂巖)이 인공으로 깎은 듯이 반듯하게 깔려 있는 마당 바닥에 국화 모양의 아름다운 석화(石花) 문양이 은하수처럼 점점이 박혀 있기 때문에 생겨난 이름이었다.

누구나 국화원에 발을 들여놓으면 우선 그 눈부시게 아름답고 기이한 천연의 석화에 마음이 끌리게 된다지만, 중산과 운사는 약속이나 한 듯이 누대 위의 연회장부터 먼저 올려다본다. 어른들 키만큼이나 높은, 거대한 사다리꼴 각주(角柱) 모양의 화강암 초석(礎石)을 발판 삼아 도열한 스무 개의 거창한 진사(辰砂) 빛깔의 두리기둥들이 늠름하게 떠받치고 있는 높다란 누대 위에서는 바야흐로 국책 관제연회가 무르익을 대로 무르익었는지, 요란한 주악 소리와 함께 흥겨운 춤사위가 한창 벌어지고 있었다.

아마도 고을 안의 기생이란 기생들은 다 불러낸 것이리라. 화려하게 몸단장을 하고 군무를 추는 무희들의 수만도 기십 명은 족히 되어 보였고, 풍악을 울리는 남녀 악공들의 수도 만만치 않아 보였다. 한일 합방이 된 지 거의 십 년이 다 되어 가지만, 아직도 유림을 중심으로 하여 결집되고 있는 이 지역의 배타적인 민족 정서를 와해시키기 위하여 국책사업으로 베풀어지고 있는 행사인 만큼, 초청 인사의 수만도 빈자리가 없을 정도로 백 명이 훨씬 넘어 보였고, 상 차림새도 흥청망청 먹고 마실 만큼 아주 융숭해 보였다.

그러나 한일합방 이후, 원만한 식민지 통치의 활로를 모색해 온 일제가 자기들 나름대로 어떤 원칙을 세워 놓고 그러는지는 몰라도, 그러한 억지 잔치가 과연 그들이 바라는 대로 그 효과가 나타나게 될지는 미지수였다. 그리고 연회에 참석하고 있는 인사들 중에서 과연 몇 사람이나 마음을 열어 놓고 그들의 말에 귀를 기울이고 있는지 그것도 의문이었다.

"이럴 줄 알았으면 저 더러운 꼴을 안 보게 진작부터 동문 쪽의 고갯길로 내려갈 걸 그랬네 그려!"

슬며시 걸음을 멈춘 운사는 중산을 돌아보며 소태 먹은 표정을 짓는다. 그러나 중산은 안으로 타는 듯한 눈길로 여전히 누대 위를 노려보고 있었다.

"우리가 저 자리를 피해서 갈 이유가 무에 있는가? 오히려 피해야 할쪽은 저쪽이 아닌가!"

"그래도 억지 춘향이가 된 고을 어른들께서 좌불안석으로 겪고 계실 고초도 좀 생각해 드려야 하지 않겠나? 노구를 무릅쓰고 저 자리에 앉아서 겪고 계실 그분들의 육체적, 정신적인 고생인들 오죽하겠는가 말일세!"

"그러고 보니 교동(校洞) 손씨(孫氏) 문중의 당주이신 자네 춘부장께서도 병을 핑계 삼아 끝까지 버티시다가 결국 총을 멘 왜놈 순사의 호위를 받으며 죄인처럼 저 더러운 연회에 끌려가서 일석을 차지하고 계실 터이니, 그것을 두고 하시는 말씀이렷다?"

모처럼 운사를 쳐다보는 중산의 얼굴에 한 줄기 웃음기가 번지고 지나간다. 그러나 그것은 입가에 깊게 골이 패는 고뇌에 찬 웃음이었다. 고을 안에서도 가장 영향력 있는 대표적인 토반 문벌이라는 이유만으로 왜놈들의 집중적인 협박과 공갈에 끊임없이 시달림을 당하며 동족간의 갈등에 이용되고, 동시에 친일 공작의 표적이 되어야만 하는 현실을 명문 호족의 일원인 자기네도 똑같이 겪고 있었기 때문이다.

"사돈께서 남의 말을 하고 계시는구먼! 그렇게 말하는 동산리 여흥민씨 문중에서도 무사하지는 못했을 텐데 그래?"

중산은 거기에 대해서는 아무 말도 하지 않으면서 무심하기만 한 운사의 모습을 쓸쓸하게 미소를 띤 얼굴로 가만히 바라보기만 한다.

운사의 입가에도 웃음이 번진다. 하지만 그의 웃음은 중산의 그것보다는 한결 장난스럽고 여유가 있어 보인다.

"성 안에 사는 밀양 손씨와 밀양 박씨는 이곳이 관향인 터줏대감들이니 그렇다 치고, 왜 멀리 읍성 밖의 외지에 사는 우리 여흥 민가들까지 성 안으로 불러내려고 그 야단이냐 이 말일세!"

그들은 뒤쳐진 부인네들의 모습이 보이지 않자, 누가 먼저랄 것도 없이 슬며시 걸음을 멈춘다. 국화 무늬가 있는 돌뜰이라 하여 국화정(菊花庭)이라는 이름으로 더 잘 알려진 드넓은 영남루 앞마당이다. 길게 드리워진 영남루 그림자가 초상집의 차일인 양 처량하게 뒤덮고서 점점 그 영역을 넓혀 가고 있는 저쪽 마당 끝에는 민족의 성전인 천진궁(天眞宮)이 서산으로 기우는 창백한 저녁 햇빛을 받으며 망국민의 한을 조상(弔喪)하듯 쓸쓸하게 서 있었다.

"왜놈들이라면 자다가도 벌떡 일어나 이를 갈았다는 승당 선생의 혈손인 자네가 그런 소리를 하다니, 과연 오래 살고 볼 일일세 그려! 저들이 어떤 놈들인데 그런 소리를 하는가? 명치유신 이래로 조선을 공략하기 위해 일찌감치 팔도의 지형지세며, 각종 문화재와 삼림, 지하자원의 분포 상태에다 명문 호족들의 족보까지도 샅샅이 연구해 두었다는 저놈들인데, 동산리 사는 그 유명한 오우(五友) 선생의 후손들을 어찌 모르겠는가? 어림없는 일이지! 더욱이 을사 보호 조약 체결 후에 망국의 한을 품고 입산하셨다가 끝내 의거 순절로써 조선 선비의 기개를 보이고 생을 마감하셨던 자네 조부님의 일까지도 빤히 꿰뚫고 있을 저들일 텐데 말일세!"

오우 선생이라 함은 삼랑진 낙동강 가의 후포산 벼랑 위의에 자리 잡은 삼강서원의 주벽 인물로서 향사림과 후학들의 향사를 받고 있는 욱재(勖齋) 민구령(閔九齡), 경재(敬齋) 민구소(閔九韶), 우우정(友于

亭) 민구연(閔九淵), 무명당(無名堂) 민구주(閔九疇), 삼매당(三梅堂) 민구서(閔九敍) 등, 다섯 형제를 일컫는 말이었다. 이들 민씨 오형제는 조선 유학의 종조(宗祖)로서 이 지역 유림을 대표하는 역사적 큰 인물이었던 점필재(佔畢齋) 김종직(金宗直) 선생의 진외종손(陳外從孫)이자 그 문하생으로서 연산군·중종 조에 걸쳐 문명을 떨쳤는데, 그들의 효우와 학덕을 숭모하고 제향(祭享)하기 위하여 향사림과 후학들에 의해 경치 빼어난 삼랑 포구에 세워진 서원이 바로 삼강서원(三江書院)인 것이다.

"딴은 옛날 임진왜란 때 저놈들의 선조들이 쑥대밭으로 만들어 버렸던 우리 파서리, 동산리 여흥 민가 문중의 후손들이 지놈들이 주는 봉작도 마다하고 아직도 이렇게 두 눈이 시퍼렇게 살아서 옛 명성을 유지하고 있으니 알고도 모르는 척 하고 있기는 하지만, 앞으로 우리의 동태를 보아 가며 그냥 내버려 둘 그놈들이 아닐 테지! 그래서 지금도 우리 아버님께서는 주무시다가도 왜놈이라는 소리만 들어도 벌떡 일어나시어 부르르 치를 뜨시거든! 물론, 목에 칼이 들어와도 저런 자리에 나가실 생각은 아예 꿈에도 하지 않을 듯이 말이네!"

가슴에 맺힌 오랜 원한처럼, 망국의 한을 품고 살아가는 백의민족의 어혈인 양 드넓은 황톳빛 마당 바닥에 점점이 박혀 있는 국화꽃 모양의 기이한 천연 문양을 당혜(唐鞋)를 신은 발길로 쓰라린 가슴을 내리 쓸듯이 조심스럽게 문질러 보면서 중산은 다시금 깊은 감회에 젖어든다.

"어련하시려나! 왜놈들의 꼴이 보기 싫어서 당주 일까지 자네한테 떠넘긴 분이시니 그렇다 치더라도, 동산리 민씨 왕국의 촉탁 외무대신 격인 죽명(竹鳴) 선생이 왜놈들의 심장부인 성내에 엄존해 계시는데, 연로하신 종가의 당주께서 친히 거동하실 필요가 무에 있으시겠는가?"

운사의 말투에는 그런 와중에도 짓궂은 장난기가 숨어 있었다. 어쩌면 어두워진 중산의 기분을 생각하여 일부러 그러는지도 모를 일이었다. 그러나 중산은 그가 농담을 하고 있는 줄을 뻔히 알면서도 죽명 선생이라는 바람에 오히려 불시에 허를 찔린 듯이 얼굴의 근육이 움찔하고 경련을 일으킨다.

각종 관공서가 들어선 저 아래의 성내 한복판에 〈혜민당(惠民堂)〉이란 한의원을 열고 있는 죽명(竹鳴) 민영국(閔泳國) 선생은 동산리 여흥 민씨 가문에서는 전무후무한 개화파 인물로서 중산에게는 막내 숙부가 되는 사람이었다. 일찍이 약관의 어린 나이로 식년시에 합격하여 부산항 개항과 함께 부산진의 두모포[(豆毛浦): 고관(古館)이라 불리는 지금의 수정동] 에서 개관한 뒤 관세 부과에 불만을 품은 일제의 압력으로 문을 닫았다가 개항한 지 7년만에 청나라의 도움으로 초량 왜관 앞 용미산 (龍尾山) 포구의 신항에 다시 문을 연 부산 해관의 감찰관으로 있었던 그는 갑신정변(甲申政變)에 연루된 조야 인사들과 교류했다는 이유 때문에, 당시 사헌부(司憲府) 집의(執義)로 있었던 부친 승당 어른의 노여움을 싼 나머지 가문의 이단자로 낙인이 찍혀 오래 전에 문중에서 축출된 바 있는 비운의 개화 지식인이었다.

그런데 운사는 지금 그 죽명 선생도 동산리 민씨 문중을 대표하여 저 어용 연회에 참석하고 있을 것이란 점을 상기시키면서 은근히 농담을 해 오고 있는 것이다.

그러나 중산은 운사의 말에 대해 구차하게 부정하고 싶은 생각은 없었다. 그리고 그만한 일에 기가 꺾일 중산도 아니었다. 왜냐 하면, 운사야말로 예전부터 그런 죽명 선생을 두고 용기 있는 대표적 진보주의 개화 신지식인이라며 흠모한 나머지, 끝내는 그분의 조언을 들어가며 일본 유학 길에 나섰다가 이 고을에서는 보기 드물게도 보란 듯이 어엿한 양의(洋醫)가 되어 돌아온 장본인이었기 때문이다.

"하기야, 자네의 말이 틀림없을 걸세! 저런 어용 연회야말로 죽명 숙부님처럼 용기 있는 풍운아들께서 직접 참석해야 할 자리가 아닌가 말일세!"

용기 있는 풍운아(風雲兒)—. 물론 이것은 죽명 숙부와 운사를 한데 묶어서 지칭하는 말이었다.

"아니, 이거 왜 이러나? 내가 쏘아 보낸 화살로 당장 이렇게 맞받아치다니!"

이렇게 농담을 하면서 한바탕 웃어넘긴 운사가 이번에는 정색을 하고 묻는다.

"하지만, 범을 잡기 위해서는 호랑이 굴로 들어가라는 말도 못 들었는가, 중산?"

"호랑이 굴…?"

되묻는 중산의 시선이 그의 얼굴에 가 머문다.

"그렇다네! 바로 그 속담 그대로일세! 내가 판단하기에 죽명 선생께서는 그런 생각으로 지금까지 살아오신 것이 분명하단 말일세! 온갖 수모를 겪으면서도 불평 한마디 하지 않으시고 말이네. 말이 났으니까 하는 말이지만, 왜놈들을 상대해야 하는 문중 일이 있을 때마다 좌우의 눈총도 아랑곳하지 않고 문중을 대신하여 발 벗고 나서시는 그 일이 어디 아무나 할 수 있는 일인가? 쉽지 않아! 우리처럼 범속한 사람들로서는 어림없는 일이지! 그럼에도 불구하고 자네 집안에서는 근 삼십 년 전에 죽명 어른께 내린 '수화불통(水火不通)'의 조처를 아직도 풀지 않고 있다니, 그게 어디 말이나 되는 일인가? 더구나 온 부중(府中)의 불쌍한 민초들이 구세주처럼 우러러보는 그분을 두고서 말이네!"

그러나 중산은 모처럼 목청을 돋구며 몰아세우는 운사의 그런 지적을 받고도 한동안 아무 말이 없다.

'수화불통'이란, 일찍이 승당 어른이 자기의 영을 어긴 막내아들을 문중에서 내칠 때 사용한 용어로서 '물과 불은 서로 통하지 않는다.'는 뜻이었다. 말하자면, 갑신정변에 연루된 친일 개화파 피붙이들과 교류가 있었던 죽명 선생의 행위는 그것을 금하는 문중의 규율에 위배되므로 같은 혈족으로서 더 이상 서로 화합할 수 없다는 이단(異端)의 논리였다.

중산은 자기가 태어나기도 전의 일이라 그 상황을 잘 알 수가 없었지만, 어른들의 그런 추상같은 단죄 의식이 지금도 여전히 남아 있음을 시시때때로 느낄 수가 있었다. 그리고 그것이 규율을 엄히 지켜 온 오랜 가풍과, 명성황후(明成皇后)를 지원했던 자기네 가문의 정치적인 논리와, 문중 어른들의 대쪽 같은 자존심에서 나온 것임도 쉽게 짐작할 수가 있었다. 그래서 그는 운사가 그 문제를 거론하는 자체부터가 심히 곤혹스러울 수밖에 없는 입장이었다.

자신의 가슴 속 응어리나 되는 것처럼 무수히 박혀 있는 영남루 마당 바닥의 국화석 무늬를 발끝으로 툭툭 건드려 보면서 중산이 모처럼 스스로 기를 꺾으면서 나직하게 읊조리는 것이다.

"사실, 나도 곤혹스럽다네! 하지만 그런 조처를 내리신 할아버님의 뜻이 변질되지 않는 한 그게 그리 쉽게 해금(解禁)될 리가 있겠는가?"

"죽명 어른의 행위가 반민족적 이단이 아니라는 사실이 그렇게 오래도록 밝혀져 왔는데도 말인가?"

"어쨌든 그 어른께서 갑신정변에 가담한 일부 친일 인사들의 혈족과 교류하신 것은 사실이 아닌가?"

이렇게 대꾸하던 중산이 슬그머니 고개를 들었다. 운사의 의중을 뒤늦게 읽은 것이었다.

"자네, 혹시 우리 숙부님께서 부중의 빈민들한테 의료 시혜를 베풀면서 살아 오셨다고 해서 그러는 게 아닌가? 만약에 그렇다면, 그야말로 언감생심일세 그려! 개화 지식인인 자네한테 이런 말을 해도 되는지 모르겠네만, 솔직히 말해서 지금도 우리 집안의 어른들께서는 그 어른이 천민들의 살가죽을 찢어 고름이나 짜고 다니는 것부터 아주 마땅치 않게 여기고 계시다네! 그런데, 그것으로 해금의 논리로 삼다니 그야말로 어불성설일세 그려!"

죽명 선생의 의료 시혜 사업을 폄하하며 내뱉는 중산의 말에 운사는 오히려 발끈하여 목청을 높인다.

"어허, 이 사람이! 지금이 어느 때라고 자네같이 점잖고 명철한 사람이 아직도 그런 험하고 케케묵은 언사를 함부로 입에 담는단 말인가? 자네도 잘 알다시피 지금은 빈부귀천의 신분을 가리던 그런 호랑이 담배 피우던 시절이 아니란 말일세! 촌철살인의 예리한 안목을 가진 자네가 그런 말을 하면 안 되지! 정말 안 되고말고!"

한바탕 열을 올리던 운사는 스스로 생각하기에도 좀 과하다 싶었던지 잠시 사이를 두었다가 다시 입을 열었다.

"…우리 양의들한테는 마땅히 지켜야 하는 〈히포크라테스 선서〉라고 하는 불문율이 있다네! 이 선서에는 치료에 관한 학문 또는 지식으로서의 의학과, 기술 혹은 행위로서의 의술, 그리고 덕목이나 윤리로서의 의덕이 함축적으로 담겨 있단 말일세! 말하자면 이론적 측면으로서 의학과 실천적 측면의 의술, 그리고 도덕적 측면의 의덕이 삼위일체가 되고 있단 말일세. 본시 인간은 지위 고하를 막론하고 천부인권을 가지고 태어났고, 그래서 인간의 목숨은 빈부귀천 지위의 고하를 막론하고 모두 다 하늘처럼 소중하고 귀하다고 하는 평등정신 말이네! 그리고 모름지기 그런 정신적 바탕 위에서 환자의 질병을 돌보는 것이 의생(醫生)의 본분이거늘, 어찌하여 인명을 귀히 여기고 봉사하는 그런 의로운 사업에 헌신하시는 분을 두고 아주 천한 일이나 하는 것처럼 그렇게 험한 말로 폄하할 수가 있단 말인가?"

"갑오개혁 이후로 노비 제도가 철폐되고 시대가 많이 달라진 것은 사실이지만, 어찌됐건 간에 의생 노릇은 예로부터 중인이나 일반 천민들이 도맡아 해 왔던 천한 일인 것만은 엄연한 사실이 아닌가?"

"어허, 이 사람이 그래도 그런 험한 말을…!"

"허허, 사람하고는 참…. 이 보시게 신식 양반! 너무 흥분하지 마시게나. 동경까지 가서 수년 동안 양의학을 배우고 돌아온 자네를 염두에 두고서 한 말은 결코 아니니까 말이네. 사실, 내가 하고 싶은 말은 연로하신 우리 문중 어르신들의 뜻이 그저 그렇다는 것일세!"

운사가 의외로 완강하게 나오는 바람에 오히려 마음의 여유가 생기는 것일까. 중산은 일부러 농담조로 받아 넘긴다.

"아무리 어르신들의 뜻이 그러하기로서니 자네마저 그럴 수는 없지 않은가, 이 사람아!"

"자네의 말뜻을 내 모르는 바 아닐세! 그리고 그 어른께서 부중 빈민들에게 의료 시혜를 베풀고 계시다는 소문은 나도 이미 듣고 있었다네. 하지만, 그것하고 우리 문중의 정론(定論)을 어긴 일하고는 완전히 다른 별개의 일이 아닌가, 이 말씀일세!"

"다르긴 무엇이 다르단 말인가? 거듭 말하지만, 내가 강조하고 싶은 것은 자네가 항시 염두에 두고 있는 그 무력적인 항일 투쟁만이 능사가 아니란 말일세! 의술을 통한 빈민 구휼사업이나, 사학 건립을 통한 신교육 운동을 일으켜서 훌륭한 인재들을 양성하는 일도 다 앞으로 나라를 되찾는데 필요한 항일 독립 운동의 일환이 된다는 사실을 자네는 왜 모르는가?"

그러면서 운사는 본능적으로 주위를 둘러본다.

"글쎄 말일세. 세상이 온통 뒤죽박죽이라 이제는 나도 뭐가 뭔지를 잘 모르겠네!"

결국 그렇게 중산이 한 발자국 물러서는 바람에 운사의 마음도 한결 누그러지는 모양이었다.

"하기사, 문중의 차세대 당주로 매인 몸이니 층층시하로 기라성 같은 집안의 어른들이 수도 없이 많이 계시는데, 자네 혼자 나선다고 해서 쉽게 해결될 일은 아니겠지!"

탄식하듯 내뱉으면서 운사는 몇 번이나 고개를 끄떡인다.

◇ 천추에 새긴 문양文樣

　부인네들의 모습이 마당가에 나타나자, 그들은 다시 발길을 옮기기 시작한다. 중산은 저쪽 마당 끝의 천진궁(天眞宮) 쪽으로 천천히 걸으면서 관군 수백 명을 한꺼번에 조련을 할 수 있을 정도로 넓은 국화원 바닥의 황토빛 사암이 만들어 낸 천연의 기이한 국화꽃 문양을 내려다보며 하나하나 헤아리듯 밟아 보면서 혼자 생각에 잠긴다.

　국화원의 이 국화 문양은 우리 민족정신의 꽃인 양 세세무궁토록 이렇게 본래의 제 모습을 온전히 지키고 있건만, 오늘을 사는 우리네의 현실은 왜 이 모양 이 꼴들일까. 국화원의 이 문양들이 오랜 세월 속에서도 변치 않는 것이 어쩌면 정월 대보름 달밤에 저 영남루 누대 위로 달 구경을 하러 나왔다가 기둥 뒤에서 불쑥 나타난 치한으로부터 정절을 지키기 위해 스스로 까마득한 응천강 낭떠러지 아래로 몸을 던져 죽었다는 그 아랑(阿娘) 낭자의 서릿발 같은 원혼이 이 문양 위에 덧씌워진 때문은 아닐까. 여자가 한을 품고 죽으면 한여름에도 서리를 내린다고 하였으니…!

　조선 명종 때 밀양 부사의 딸인 아랑 낭자 윤동옥(尹東玉)의 원혼을 달래기 위해 후세 사람들이 세워 준 아랑각(阿娘閣)이 영남루 저쪽 벼랑 아래의 응천강 가에 있었으니, 중산이 그런 생각에 잠기는 것도 무리는 아니었다.

　민족의 성전인 천진궁 앞의 빈터에 이르렀을 때, 중산은 비로소 고개를 들었다. 이 앞을 지나면 바로 일본인들이 모여 사는 성 안 중심부로 통하는 내리막길이 되는 것이다.

　천진궁은 단군을 비롯하여 가락국, 부여, 고구려, 백제, 신라, 고려,

조선 등, 우리 민족 역대 여러 제국들의 시조 왕들을 모시는 민족의 성전이었고, 그 입구 옆에는 전설 속에서 밀양 박씨의 시조인 신라 왕자 밀성대군 박언침(朴彦忱)의 묘지가 있었다고 전해지는 잡초밭이 꽤 넓직하게 자리를 잡고 있었다.

밀성대군은 신라 54대 경명왕의 첫째 왕자로서 박혁거세 거서간(居西干)의 30세 손으로 어머니는 석(昔)씨였다고 한다. 밀성대군부에 있는 풍류현(風流峴)과 이궁대(離宮臺), 세루정(洗陋亭)은 옛날 신라 왕들이 거동하여 놀던 곳이라고 하는데, 신라의 어진 사람들이 백성을 덕화함으로써 동경(경주의 옛지명)이 태평성사에 젖었기 때문에 이들의 이름도 당시의 풍속과 민요에서 나온 것이라고 전해지고 있었다.

중산은 밀성대군의 묘지터 앞을 지나다가 슬며시 발걸음을 멈추며 잡초가 무성한 그곳을 유심히 바라본다. 뒤따라 길을 멈춘 운사도 그의 시선이 머문 곳으로 눈길을 보낸다.

그 자리가 밀성대군의 묘지터라는 전설이 구전해지고는 있어도 아직도 그것에 대한 물증을 찾지 못해 밀양 박씨들이 무진 애를 태우고 있었는데, 중산이 바로 이곳 밀양 읍성 서문 쪽 해천껄의 밀양 박씨 집안으로 장가를 든 장본인이었던 것이다.

"운곡(雲谷) 선생님의 소원처럼 하루 빨리 이곳이 밀양 박씨 시조의 묘지터라는 물증을 찾아 봉분과 단을 조성하여 향사를 올려야 할 텐데 말이야!"

운사는 중산의 의중을 떠 보기라도 하려는 듯이, 짐짓 그런 말을 하면서 그의 반응을 살핀다. 운사의 말처럼 봉분과 제단을 조성하고 향사를 올려야 할 밀성대군은 그들이 동문수학한 예림서원 경학원의 큰 스승인 운곡 선생의 조상이었고, 운곡 선생은 바로 중산의 처조부였기 때문이다.

"지난 삼월달 상정일(上丁日)의 예림서원 춘계 제향 때, 운곡 선생님께서 나한테 자네의 안부를 각별하게 물으셨지!"

뜬금없는 중산의 말에 운사는,

"선생님께서 내 안부를 물으셨다고…?"

하고 되물으며 감정마저 지워진 얼굴로 그를 멀거니 바라본다. 서양 의술을 배우기 위해 한학을 중단하고 일본 유학을 떠난다고 했을 때, 적국에 가서 민족혼까지 팔아먹고 올 놈이라며 노발대발하던 운곡 선생의 얼굴이 불현듯이 떠올랐기 때문이다. 운곡 선생은 이 지역 동방이학의 산실인 예림서원 경학원의 강장과 원장 등을 두루 역임한 그들의 큰 스승이었는데, 운사가 일본으로 떠나기에 앞서 하직 인사차 뵈러 갔을 때, 진노한 나머지 작별 인사도 받지 않았던 것이다.

"그렇다네…!"

중산은 정색을 하고서 안타까운 눈으로 운사를 쳐다본다.

"이보게, 운사. 그렇게 차일피일 미루고 있을 게 아니라 이제라도 큰맘 먹고 한번 찾아가 뵙게나!"

"아니, 아직은 시기상조일세! 진작 찾아뵙고 다시 한 번 호된 꾸지람을 받아야 도리이겠지만, 지금은 마음의 준비가 되어 있지 않아서 그렇게 할 자신이 없다네. 그리고 요즘은 개업 준비를 하느라고 사실 아무 여력이 없단 말일세. 자, 그만 가세나!"

뒤처졌던 부인들이 가까이 오는 것을 보고 운사는 황황히 발길을 옮긴다. 길은 천진궁 옆으로 해서 왜놈 헌병대가 있는 언덕 아래로 이어지고 있었다.

"이 보게, 운사! 지금 저 헌병대 감옥 안에서 누가 옥고를 치르고 있는지 아는가?"

새로 쌓아 올린 헌병대 건물의 높다란 담장을 끼고 내려가면서 중산이 멀리 정문 쪽을 기웃거리며 운사에게 묻는다. 그러자 운사는 그의 의도를 금방 알아차리고는 본능적으로 주위를 둘러보고 나서 어깨를 치며 나무란다.

"이 사람아, 목소리를 낮추시게! 누가 들으면 어쩌려고 그러나!"

그러나 중산은 개의치 않고 오히려 언성을 높인다.

"까짓 것, 들으라면 들으라지! 저 안에는 지금 우리 지역에서 오래도록 의병운동을 주도하다가 체포된 남포(南浦) 선생을 위시하여 거기에 연루된 많은 유생들과 민초들까지 수도 없이 갇혀서 곤욕을 치르고 있단 말일세!"

그러자 운사도 사뭇 낮은 목소리로 대꾸를 한다.

"지난 1월달에 터진 '광복단(光復團) 사건' 얘기는 나도 이미 듣고 있었네! 그동안 극비리에 가동되던 조직 체계가 탄로나면서 검거 선풍이 대대적으로 펼쳐지는 바람에 전국 각지에서 왜놈 경찰과 헌병들한테 줄줄이 붙잡혀 간 사람들이 부지기수라면서?"

"그동안 일부 지도급 인사들만 알고 은밀하게 운영되고 있던 비밀결사 조직이 지난 1월에 어느 배신자가 천안경찰서에 밀고함으로써 전국의 조직망이 노출되는 바람에 〈광복단〉의 총사령인 대구의 박상진 선생을 비롯한 핵심 인사 거의 대부분이 체포되고 말았다고 하니 이 얼마나 통탄스러운 일인가?"

광복단의 총사령 박상진의 스승인 왕산(旺山) 허위(許蔿) 선생은 중산의 조부인 승당 선생과도 교분이 있었던 분이었다. 그는 1907년의 헤이그 밀사 사건과 그에 따른 고종황제의 강제 퇴위 및 군대 해산으로 대한제국의 명운이 경각에 달렸을 때, 고종 황제의 거의(擧義) 밀명을 받들어 경기도 양주에서 전국 의병장들의 모임을 열어 여주 출신의 이인영을 총대장으로 추대하고, 자신은 원수부13도군사장이 되어 일만 명에 이르는 전국 규모의 의병 연합군을 이끌었던 인물이었다.

1908년 1월에 그는 조선 통감부를 격파하기 위하여 감사병(敢死兵) 3백 명을 이끌고 동대문 30리 밖에 있는 수택리에 먼저 도착하였으나 거기서 집결하기로 한 의병부대가 도착하기도 전에 그 정보를 입수한 일본군의 선제공격으로 필사의 전투를 벌였으나 중과부적으로 양주로 후퇴하고 말았다. 그때, 총리대신 이완용은 사람을 보내어 관찰사나 내부대신 자리를 주겠다며 그를 유혹하기도 하였으나 오히려 심히 꾸짖으며 일언지하에 뿌리쳤다고 한다.

그 후, 그는 적성 동남쪽 감악산에 의병 훈련장을 만들고 화약을 구하기 위해 김창식 등을 서울로 파견하고 경현수에게 밀서를 주어 청국혁명당에 도움을 요청하기도 하고, 고종황제의 복위와 외교권의 반환, 통감부 폐지 등 30개 항목을 통감부에 요구하면서 재차 서울 공격을 서두르던 중, 그해 6월 11일 철원에서 오타 기요마츠[太田淸松] 대위가 이끄는 일본 헌병부대의 기습을 받아 체포되고 말았다. 교수형을 언도받고 그해 10월 23일 형장에 섰을 때, 그는 일본 승려가 와서 명복을 빌어 주겠다고 불경을 염송하려고 하자, "충의의 넋은 어차피 극락에 가게 되어 있다. 설사 지옥에 떨어진다 한들 원수 놈의 손을 빌어 극락 가기를 바라겠느냐"며 큰 소리로 내치고 형장의 이슬로 사라지고 말았던 것이다.

"을사년과 경술년에 외교권과 나라를 팔아먹던 매국노가 있더니, 이번에도 또 우리 조선인이란 말인가?"

비분강개하는 중산의 열띤 통탄에 그때까지 평정을 유지하고 있던 운사의 얼굴이 일시에 일그러진다.

"차마 입에 담기도 부끄러운 일이지만 이건 지울 수 없는 엄연한 사실이라네! 위정척사[(爲政斥邪): 정학(正學)을 지키고 사학(邪學)을 배척하는 유교의 벽이단(闢異端) 이념을 대변해 온 조선 유학의 근본 사상으로서 조선왕조 체제의 봉건적 질서 유지를 위한 이념이었던 공(孔)·맹(孟)·정(程)·주(朱)의 학통을 유일한 정학으로 보고 양명학(陽明學)을 비롯한 불교·도교·예수교를 포함한 서학(西學) 등 모든 다른 사상과 학문을 이단적인 (邪學)규정하여 온 말]의 이념을 고수하며 조선 왕조의 복원을 주창(主唱)하던 우리 유림계의 의병운동 지원사업이 뜻을 이루기도 전에 이 지경이 되고 말았으니…."

명성황후 시해사건과 단발령으로 촉발된 한말의 항일 의병운동은 허위 선생에 이어 한일합방 후 고종 황제의 밀지를 받은 전라도 순무대장 임병찬이 조직한 〈독립의군부(獨立義軍府)〉와 〈풍기광복단(豊基光復團)〉 시절만 해도 조선왕조 복고를 위한 복벽주의(復辟主義) 기류가 대세였던 것이다.

그러나 1910년대 초에 중국의 신해혁명과 제1차 세계대전이 발발하는 등, 급변하는 국제 정세 속에서 조직한 국내 최초의 독립운동 단체인 〈풍기광복단(豊基光復)〉에 대구의 혁신 유림인 박상진이 경제력이 있는 유력 인사들을 중심으로 조직한 〈조선국권회복단〉과 영남에서 분산적으로 활동하던 황상규 · 김대지 · 이각(李覺: 일명 이수택) 등의 독립운동가들이 참여하여 〈대한광복단〉으로 확대 · 개편되고, 1916년에 노백린 · 김좌진 · 신현대 등이 합세하면서 복벽주의 색체는 크게 희석되고 대세는 민족주의와 공화주의로 기울고 말았다.

〈광복단〉은 많은 단원들을 포섭하여 조직을 확장하고 중앙에 총사령 박상진, 부사령 이석대(後에 김좌진으로 교체됨), 지휘장 권영만을 두었고, 그 아래에 재무부와 선전부를 설치하였으며, 각 도(道)에는 지부장을 두었다. 이석대가 남만주 회인성에 주재하면서 독립활동을 하였는데, 그 후 우재룡이 길림에서 주진수 · 양재훈 · 손일민 · 이홍주 등과 협의하여 광복단의 만주지부를 결성하기도 하였다.

학식과 덕망이 높았던 전통적인 유가(儒家) 출신으로 허위의 문하에서 수학한 광복단 총사령 박상진은 원래 척사적 반외세 민족의식이 강했던 사람이었으나 양정의숙 전문부 법과에 들어가 신학문을 공부하여 판사가 되고, 한일합방 이듬해에 망국의 설움을 안고 만주 지방을 여행하면서 허위의 형인 허겸과 손일민 · 김대락 · 이상용 · 김동삼 등의 독립운동가들을 두루 만나 대일투쟁 방략을 논의하게 되면서, 그리고 그당시 중국 대륙을 휩쓸던 신해혁명을 직접 목격하고 우리나라에도 민주적인 혁명의 필요성을 절감하게 되면서 그때까지 견지하고 있던 복벽주의적 사고를 완전히 떨쳐버리게 된 인물이었던 것이다. 광복단에는 의병 출신들이 많았고, 신교육을 받은 혁신 유림 인사들과 한학 교사며 개별적으로 활동하던 독립운동가들이 속속 참여함으로써 혁신적 성격이 강해졌으며, 일부 지도층 인사들은 국조인 단군을 신봉하며 항일운동에 전력투구하는 대종교(大倧敎: 일명 檀君敎)와도 깊은 관계를 맺고 있었다.

이렇게 여러 계층의 인물들로 구성된 〈광복단〉은 민족의 반역자인 친일 인사 척결에도 나서게 되었는데, 조직 자체가 비밀결사였던 관계로 실체가 좀처럼 노출되지 않았으나, 경상도 관찰사 출신으로 악질 친일 부호가 된 경북 칠곡의 장승원과 충청남도 아산군의 도고면장인 친일파 박용하 등을 처단하면서 『曰維光復 天人是符 聲此大罪 戒我同胞 聲戒人 光復會: 외치는 바는 광복이다. 하늘과 사람이 도리에 일치된다. 너의 큰 죄를 꾸짖고 우리 동포에게 경고를 주노라. 꾸짖고 경고하는 자, 광복회』라는 처단고시문(處斷告示文)을 현장에 붙이는 바람에 그 실체가 드러나고 말았다. 그리고 올해 1월에 단원인 이종국이란 자의 밀고로 벌어진 일제의 대대적인 소탕작전으로 인하여 박상진 총사령을 비롯한 핵심 인물 37명이 체포되는 소위 〈광복단 사건〉이 터지게 된 것이었다.

그 바람에 노백린 · 김대지 등 10여 명은 중국 상해로, 박성태 · 김좌진 · 황상규 등은 만주로 망명하는 등, 일제의 검거망을 피한 나머지 단원들마저 모두가 뿔뿔이 흩어짐으로써 위정척사의 이념을 고수하며 조선 왕조의 복원을 꿈꾸면서 〈풍기광복단〉을 발판으로 출발하였던 이씨 황실과 척족 세력들을 비롯한 유림계 의병운동가들의 복벽주의는 그야말로 치명적인 타격을 입게 되고 만 것이었다.

"영남 의병 운동의 본거지인 경북 오지의 문경, 봉화, 풍기를 비롯한 산악 지대는 말할 것도 없고, 우리 밀양에서 의병 군자금을 모금하던 장본인께서 저렇게 투옥되어 계시니 큰일이 아닌가? 앞으로 우리 밀양 유림계가 아주 어렵게 생겼어! 저렇게 꼬리가 잡혔으니 왜놈들이 눈에 불을 켜고 설쳐댈 게 아닌가?"

중산은 자기네 가문이 한결같이 추구해 온 조선왕조 복원의 꿈이 멀어진 것이 못내 아쉬운 듯 두 주먹을 불끈 쥐며 고개를 절레절레 흔든다.

"설마하니 남포(南浦) 선생께서 쉽게 입을 열기야 하시겠나? 옥중에서 물 한 모금 안 마시고 버티면서 오히려 왜놈들한테 호통을 치며 계신다고 하던데…!"

위로하는 운사의 말에 중산은 몸을 부르르 떨다가 다그치듯 항변을 한다.

"그러니 어디 목숨인들 부지하시겠나? 게다가, 그것만도 아닐세! 농토를 강탈당하고 왜놈들한테 대들었다가 붙잡혀 간 우리 민초들은 또 어떻고! 왜놈들이 무등록 토지들을 국유지로 환수하는 바람에 조상 대대로 농사를 지어 오던 무연고 전답과 역둔토를 몰수당하고 하루아침에 알거지가 된 우리 상남면의 금동역, 백족역의 역마을 사람들 말이네! 그리고 이런 저런 사정으로 억울하게 땅을 빼앗긴 무지한 백성들이 앞뒤 가리지 않고 왜놈들한테 뒤늦게 대들었다가 모조리 잡혀 가서 갖은 고초를 겪으면서 아직도 저 안에 갇혀 있는 사람들이 많다고 하잖는가, 이 사람아! 그런데, 내가 어찌 피가 끓어오르지 않겠는가?"

"놈들의 마각이 날로 날카로워지고 있다는 건 알았네만, 듣고 보니 정말 기가 차구만…. 하지만, 젊은 혈기만 가지고 적수공권으로 당장 무얼 어찌 하겠는가? 그야말로 계란으로 바위 치기지!"

"계란으로 안 되면 돌멩이라도 던져 봐야지!"

그들은 착검을 한 왜놈 헌병이 보초를 서고 헌병대 정문이 저만큼 바라보이자 잠시 대화를 중단한 채 밀양 관아의 객사 쪽으로 난 언덕길을 따라 아래로 내려간다. 길은 새로 들어선 일본인 주거 지역을 지나서 객사가 있는 송림 쪽으로 이어지고 있었다.

일본인 주거지역을 벗어나자 저만큼 언덕 아래쪽에 기역자 모양으로 처마를 맞대고 서 있는 객사 건물이 내려다 보였다. 지금은 그 일부를 개조하여 일본인 관리들의 관사로 쓰고 있는 모양이지만, 예전에는 조정에서 파견된 사신들의 숙소로 사용되던 밀양부(密陽府) 관아의 부속 건물이었다.

조선 시대에는 행정상 중요한 지역에는 읍성을 두고, 국방상 중요한 그 읍성의 요충지마다 산성을 설치하는 것이 관례였다. 그리고 각 도의 중요한 읍성에는 왕의 위패를 모시거나 조정에서 파견된 사신들이 묵어 갈 수 있도록 반드시 객사를 설치했던 것이다. 왕권을 상징하는 객사 건물은 읍성의 가장 중심부에 배치하는 게 관례였으며, 객사의 정면에 넓은 광장을 만들고 서쪽에는 문관이 사용하는 본부 향청을 배치하였던 것이다. 그리고 동쪽에는 중영, 훈련원, 군기고 등을 배치했는데, 일종의 교육 기관인 향교와 공자의 위패를 모시는 문묘는 약간 떨어진 한적한 곳에 두는 것이 상례였다.

그런데, 영남루와 같은 거창한 건물이 조정에서 파견된 사신들이 묵어가던 관아 객사의 부속 건물이었다고 하니, 당시 조정 사신들의 위세가 어떠했는지는 과히 짐작을 하고도 남을 일이었다.

옛날, 한양으로 가던 나그네들은 밀양 읍성의 남문과 서문으로 들어오고 동문과 북문을 통해 한양으로 가는 영남대로(嶺南大路)를 이어 갔다는데, 응천강에 떠 있는 배다리 부교를 건너온 길손들 치고 강가 벼랑 위에 우뚝 서 있는 저 영남루를 그냥 지나치는 사람이 없었다고 한다. 그러나 그 아름답고 웅장한 누각이 관아 객사의 부속 건물이었으니 힘없는 일반 백성들이 영남루에 오른다는 것은 꿈도 꿀 수 없는 일이었을 것이다.

층계로 연결한 서쪽의 침류당(枕流堂)과 동쪽의 능파당(凌波堂)을 부속 건물로 거느린 독특한 양식의, '영남제일루(嶺南第一樓)'라는 현판을 단 영남루──. 그 이름만큼이나 높고 아름다운 옛 누각은 민족의 쓰라린 비극을 아는지 모르는지 오늘도 옛날과 변함없이 밀양 부중을 내려다보며 거기 그렇게 두 활개를 활짝 펼치고서 우람하게 서 있었다.

그런데, 조선 선비들의 그 위세와 풍류가 넘치던 영남루도, 동헌을 비롯한 부중의 유서 깊은 크고 작은 여러 기관의 건물들은 대부분 헐려서 왜놈들의 관사 건립 목재로 쓰이거나 원형 유지하고 있는 것도 지금은 모두 왜놈들의 차지가 되고 말았으니 힘없는 조선 백성들에겐 멀리서 바라보며 구경이나 해야 하는, 그야말로 그림의 떡과 같은 존재가 아닐 수 없었다.

"저것 좀 보게. 뜻 깊고 유서 깊은 옛 건물들은 말할 것도 없고, 성내 중심부의 요충지란 요충지는 모두 다 왜놈들의 차지가 되지 않았는가? …망할 놈들 같으니라구!"

눈 아래로 펼쳐진 성내 일대를 내려다보면서 중산이 새삼스럽게 불 같은 목소리로 비분강개를 한다.

"글쎄 말이네! 이번에 귀국하고 보니 우리 밀양성 안의 모습도 그새 천지개벽을 해 버린 것 같으이. 이렇게 되어 가다가는 왜놈들의 등쌀에 이 아름다운 우리 삼천리강토에 무엇 하나 제대로 남아나는 것이 없겠네 그려!"

"그래서 국내에서 매일 이런 꼴만 보고 살자니 피통이 터져 못 견디겠다는 말이 아닌가, 이 사람아! 하지만, 그래도 이건 약과일세! 그놈들이 펼치고 있는 소위 〈토지조사사업〉이라는 것을 가만히 지켜보았더니, 이건 순전히 날강도 같은 짓거리더란 말일세!"

중산은 지난날 겪었던 지긋지긋한 〈토지조사사업〉에 관한 일들을 떠올리며 진저리를 친다.

한반도를 강점한 일제는 농업이 주산업인 조선의 식민지 정책을 원활히 수행하기 위하여 토지 제도를 식민지 경영에 알맞은 형태로 개편할 필요성을 절감하고 일찌감치 〈토지조사사업령〉을 공포해 놓고서 벌써 근 십 년 가까이 그 사업에 박차를 가해 오고 있었던 것이다. 거기에는 일본 자본의 조선 토지 점유를 위한 장애를 제거해 줌으로써 일본인들의 자유로운 토지 매매를 보장함과 동시에, 식민지 통치를 위한 조세 수입을 늘리려는 검은 의도가 숨어 있었다. 그리고, 이미 과잉 상태에 놓여 있는 자국 농민들의 생계 보전 수단인 한반도 이주 정책을 조속히 실현시키기 위하여 정책적인 뒷받침을 해 주려는 속셈도 함께 깔려 있었다.

이에 따라, 소위 대동아공영권의 맹주를 꿈꾸는 일제는 광무 9년이 던 지난 1905년에 자기들의 뜻대로 〈을사보호조약〉을 강제로 체결하고, 1906년 2월에 조선 통감부를 설치하면서부터 일찌감치 〈토지조사사업〉을 계획하여 합방이 되던 경술년(1910년) 3월에 조선 토지 조사국을 설치하였던 것이다. 그리고 동년 8월 29일에는 국권 침탈과 동시에 그 업무를 통감부를 확대·개편하여 새로 만든 조선 총독부 안의 임시 토지 조사국에서 전담케 하였던 것이다.

식민지 조선 약탈의 최우선 과제였던 〈토지조사사업〉은 1909년 6월에 〈역둔토 실지 조사〉와, 11월에 경기도 부천에서 시험적인 세부 측량을 함으로써 제1차 사업 계획을 세우는 등, 제4차까지의 사업 계획을 거쳐서 올 11월쯤에 토지 조사 종료식을 갖기로 되어 있다는 것이다.

치밀하게 계획된 이와 같은 방대한 〈토지조사사업〉은 첫째, 자본주의적 토지 제도의 확립으로 식민 통치의 안정을 기하기 위하여 필요한 행정 구역 · 도로 · 헌병 주재지 등을 설정하는 데 이용하며, 둘째, 일본 이주민의 조선 정착에 필요한 토지 확보의 수단으로도 이용하고, 셋째, 무지주 · 무신고 토지의 국유화로 통치 기구의 재정을 굳건히 하고 조세의 원천을 확실히 하며, 넷째, 전통적인 양반 계층의 지주권(地主權)을 일제 법상의 식민지적 지주 계층으로 개편하여 식민 사회의 기반을 구축하는 데 이용하며, 다섯째, 조선인의 거주 실태와 동정을 토지와 결부시켜 살핌으로써 영구적인 식민 통치의 기반을 구축하며, 여섯째, 모든 자원과 세금 파악을 확실히 하는 수탈 경제의 기반을 마련하는 데 그 목적이 있었다.

이 사업이 근 십 년 동안 진행되어 온 결과, 지금까지 실제로 토지를 소유해 왔던 수백만의 조선 농민들은 졸지에 토지에 대한 권리를 잃고 영세 소작인이나 화전민 또는 거리의 노동자로 전락하고 있었으며, 그 반면에 〈토지조사사업〉을 대대적으로 벌여 왔던 조선 총독부는 벌써 전 국토의 40%에 해당하는 전답과 임야를 차지하는 대지주가 되어 가고 있는 것이었다.

토지 수탈에 혈안이 되었던 조선 총독부는 이들 토지를 지난 1908년에 국책 회사로 설립한 〈동양척식주식회사〉를 비롯한 〈후지흥업[不二興業]〉·〈가타쿠라[片倉]〉·〈히가시야마[東山]〉·〈후지이[藤井]〉 등의 일본 토지 회사와 일본 이주민들에게 무상, 또는 헐값으로 불하하여 일본인 대지주가 이미 오래 전부터 전국 각 지역에서 속속 생겨나고 있는 실정이었다.

이렇게 장구한 세월에 걸쳐 치밀하게 실시된 〈토지조사사업〉은 언필칭 '근대적 토지 소유 제도의 확립'이라는, 저들이 내세운 그럴 듯한 취지에도 불구하고 애초에 그 근본적인 목적이 자기네의 식민지 통치를 효율적으로 수행하기 위한 것이었던 만큼, 그 부작용은 이미 전국 방방곡곡에서 오뉴월 장마에 독버섯이 돋아나듯이 속속 불거져 나오고 있었다.

토지 조사를 하는 과정에서 논과 밭, 대지 등, 이전부터 소유 개념이 명확했던 토지의 개인 소유권은 인정되었으나, 종래에 소유권이 설정되지 않은 채 잠재적 소유지로 남아 있었던 미개간지나 산림, 산야 등은 민유지임을 입증하지 못하면 모두 국유지로 편입시켜 이미 그 소유권을 가차 없이 박탈하고 있는 상태였다.

특히, 이 토지 조사는 과세 대장을 만들기 위한 것이었던 만큼, 신고를 하면 세금을 많이 내야 한다는 소문까지 나도는 바람에 아예 신고조차 하지 않는 사람이 속출했고, 이미 경작하고 있는 땅을 제외한 황무지, 잡종지와 촌락 공동체의 전토(田土) 등에 대해서도 신고를 하지 않은 땅이 많았기 때문에, 이들 토지들은 모조리 국유지로 편입이 되어 가차 없이 조선 총독부로 넘어가고 있는 판국이었다. 그 바람에 조상 대대로 금동역, 백족역, 마산역과 무량원, 마산원, 팔량적원, 이창원과 같은 역과 원의 둔토를 경작하던 상남면·하남면의 조선 농민들은 하루아침에 전답을 빼앗기고 살길을 찾아 만주로 떠나거나 남의 집 하인으로 몸을 팔기도 하고, 일거리를 찾아 헤매는 일용 노동자로 거리에 나앉는 일이 비일비재하였다.

이렇게 만들어진 국유지들은 대부분 조선에 이주한 일본인들에게 염가로 불하해 주는 바람에 거의가 사유화가 되고 있었는데, 상남면 기산리의 대흥동 마을[일명 복강촌(福岡村)]이 바로 그런 일본인들이 모여 사는 왜인촌이었다. 마을 이름이 그렇게 불리게 된 것도 이토 히로부미가 통감으로 부임한 조선 통감부 시절부터 일본 북구주 지역의 복강현에 살던 부랑 하층민들을 자기들의 조선 식민지 경영 정책에 따라 이곳에 집단적으로 이주시켜 마을을 이룬 데서 유래하였다.

그리고 '짐일동'이란 이름도 따로 있었는데, 이것은 하루아침에 농토를 왜인들에게 빼앗긴 이곳 조선 사람들이 호구지책으로 짐꾼 노릇을 하게 되면서 생겨난 이름이었다. 이곳 일대는 강폭이 넓은 응천강 하류를 따라 상남면의 예림리, 기산리, 평촌리가 인접해 있는 지역으로서 수십 수백 만 평이나 되는 기름진 땅이 질펀하게 펼쳐져 있는 광활한 평야 지대였다.

그런데 국운이 기울어져 가던 구한말, 을사보호조약이 강제로 체결되기 직전인 광무 8년(서기1904년)에 일본인 토목 기술자인 송하(松下: 마쯔시다)라는 사람에 의하여 설계 시공된 송하보(松下洑)라는 관개 시설도 그와 같은 일본 이주민들을 위해 서둘러 건설한 토목 사업 중의 하나였다. 흔히들 '송합또랑' 혹은 '송하보통'으로 불리는 이 송하보는 읍성 십 리 밖의 응천강 위로 경부선 철교가 가로 놓여 있는 가곡동의 용두산 유원지의 용두목 절벽 밑에 굴을 뚫어 지상 구간의 수로에 연결한 다음, 그 수로를 다시 밀양역과 예림리 사이로 흐르는 응천강 강바닥의 지하 터널을 통하여 상남들 초입의 지상으로 연결한 거대한 수리 시설이었다.

경술국치가 있었던 지난 1910년에 이 보(洑)의 공사가 완성된 후에는 복강촌이 있는 상남면 일대의 가뭄 피해가 많던 천수답은 물론, 왜인들에게 저가로 불하된 모래밭과 갈대밭으로 뒤덮여 있던 황무지가 전부 전국 제일의 옥답으로 바뀌었고, 그 바람에 관개 시설이 완벽하게 갖추어진 수리 안전답에서 복락을 누리며 살게 된 일본 이주민들은 시공자인 송하를 기념하기 위하여 커다란 동상까지 세워 놓고 있었다.

조선총독부가 일본 이주민들을 위하여 특수 토목 기술을 동원하여 송하보를 세운 것까지는 좋았으나, 그 후속 조치로 수리조합이 설치 운영되고, 송화보에서 낙동강 본류와 만나는 웅천강 하구에 이르는 수십 리나 되는 상남제(上南堤), 밀성제(密城堤) 등의 제방 축조 공사까지 후속으로 펼쳐지는 바람에 그 자금 조달을 위한 강요된 기부금 헌납과, 이용하지도 않는 수리 시설에 대한 거액의 수리 조합비까지 떠안게 되면서 이래저래 등골이 휠 정도로 큰 짐을 지게 된 것은 모두 중산네 집안을 비롯한 이 지역의 오랜 토반인 대지주들의 몫이었다.

예로부터 웅천강 하류의 평야 지대라는 지리적 특성 때문에 수량이 풍부한 웅천강의 물을 끌어들여 전 국토가 빨갛게 타 들어가는 큰 가뭄 속에서도 대대로 물 걱정 없이 농사를 지어 왔는데, 지반이 높은 상류 지역의 복강촌 왜인들을 위하여 관개시설을 만들어 놓고는 그 건설비용의 대부분을 아무 혜택도 누리지 못하는 조선인 지주들에게 전가시키고 있었으니 그들로서는 그야말로 졸지에 부자가 된 복강촌 일본 이주민들의 마을 잔치에 풍악만 실컷 울려 주고 나서 난데없이 뺨을 얻어맞는 격이 아닐 수 없었다.

게다가, 중산네 집에서는 그 지역의 대표적인 토호라는 이유 때문에 팔자에도 없는 지주총대(地主總代)라는 감투까지 강제로 떠맡게 되면서 각종 기부금과 수리조합비와 같은 준조세나 다를 바 없는 납부금 고지서를 돌리는 부역 잡무까지 강제로 떠맡는 바람에 그야말로 재주는

곰이 부리고 돈은 왕 서방이 버는 꼴이 되어 버렸고, 그 바람에 친일 집안으로 비춰지기 십상인 불명예까지 감당해야 하는 신세가 되고 만 것이었다.

그 뿐만도 아니었다. 파서리, 동산리의 여흥 민씨네 문중도 남부 밀양의 대표적인 토반으로 군내의 도처의 각종 토지를 다수 소유하고 있었으므로, 아무런 보수도 없이 이렇게 남들의 눈총을 의식해 가며 지주 총대 노릇을 하는 그들도 그러한 〈토지조사사업〉을 무사히 피해 갈 수는 물론 없었다.

토지 조사 사업의 목적 중의 하나가 전통적인 양반 계층의 지주권을 일제법상(日帝法上)의 식민지적 지주 계층으로 개편하여 식민 사회의 기반을 구축하는 데 이용하기 위함이었던 만큼, 자기네 문중이 밀양의 남부 지역을 대표하는 토호였으므로, 밀양 여흥민씨 이참공파(吏參公派)의 원손계인 하남면 파서리와 지손계인 상남면의 동산리 양쪽 종택 모두 지주들의 대표격인 지주총대를 강제로 떠맡게 된 것도 바로 그런 이유 때문이었던 것이다.

"하기야 대쪽 같은 자네 성질에 지주총대 노릇을 하기가 어디 쉬웠겠나?"

위로 삼아 던지는 운사의 말에 중산은,

"말도 말게!"

하고 손사래를 치고 나서,

"오죽했으면 참을성 많으신 우리 아버님께서도 역겨움을 참다못해 막중한 당주 노릇을 못해 먹겠다며 두 손을 터시고 뒤로 물러나 왕조복고 운동에만 매달리고 계시겠는가? 그 바람에 아무 능력도 없는 내가 졸지에 당주 노릇을 대신 해야 하는 신세가 되고 말았지만, 참으로 나는 목하 긴 오욕의 세월을 겪고 있는 중이라네!"

하고 끓어 넘치는 분노를 긴 한숨에 담아서 허공 속으로 날려 보낸다.

"그래도 참으로 용하이. 자네의 그 성질에 여태까지 묵묵히 참아내는 것을 보면, 역시 명문 종가의 종손 기질은 아무나 타고나는 게 아닌 가 보이!"

"참아내는 게 다 뭔가? 죽지 못해서 하는 짓인데, 그나마 죽명 숙부 님께서 궂은일을 도맡다시피 하면서 뒤에서 남몰래 돌봐 주시고 계시 니까 그렇지, 나 혼자서는 어림도 없지! 죽어서도 못할 일이야!"

"하기야 문중 일이라면 견마지로를 아끼지 않으시는 공로가 계시 니…. 말이 났으니 다시 한 번 하는 말이지만, 그분께서 마른일 궂은일 을 가리지 않고 뒤에서 보살펴 오신 게 어디 어제 오늘의 일인가?"

이렇게 죽명 선생의 공로를 은근 슬쩍 입에 담은 운사는 기회를 놓 치지 않고 본격적으로 제 목소리를 낸다.

"그래서 내가 노상 하는 얘기지만, 죽명 선생님의 해금(解禁)을 서둘 러야 한다는 얘기가 아닌가?"

"아니, 이 사람이 또…!"

중산이 끝까지 제 소신을 굽히지 않자, 운사는 화제를 다는 데로 슬 쩍 돌린다.

"어찌됐건 토지 문제는 다들 일단락되었다면서?"

일찍이 죽명 숙부의 영향으로 신학문에 경도되어 자기와 동문수학 하던 조선 유학을 접은 채 일본 동경 유학까지 가서 양의가 되어 돌아 오더니 그동안 병원 개업 문제로 둘이서 자주 만나곤 한다더니만, 이제 는 은밀하게 나누지 않은 얘기가 없는 모양이다.

"그것으로 끝날 일이라면 다행이게? 산 너머 산이라더니, 이놈들이 하는 짓이 끝이 없으니 피통이 터져 죽겠다는 소리 아닌가?"

"〈토지조사령〉 말인가?"

"두말 하면 뭘 하겠나! 아마 자네들 문중에서도 한바탕 곤욕을 치렀 겠지만, 나라로부터 할양 받은 사패지(賜牌地)와 공훈지(功勳地)야 엄 연히 문서가 있으니 별일이 없었네만, 조상 대대로 수백 년 동안 소유 해 온 일반 점유 토지들을 하루아침에 문서상으로 소유 관계를 입증하라니, 그게 어디 쉬운 일인가?"

"그래도 전답과 대지 문제는 그런대로 소유 관계를 어렵지 않게 입증할 수 있었다면서?"

운사는 중산의 부탁으로 그런 일들을 대신 처리해 준 죽명 선생으로부터 거기에 관련된 온갖 얘기를 같은 성내에 사는 죽명 선생으로부터 죄다 듣고 있었던 모양이었다.

"전답은 소작지와 자작 농토가 명확하게 구분되어 경작되고 있고, 대지도 현재 집들이 서 있으니까 별 문제가 없었지만, 그대로 버려두다시피 한 임야와 잡종지 문제는 그보다 훨씬 더 까다로웠으니까 그렇지!"

게다가, 자기네 여흥 민씨 문중 사람들이 개인적으로 소유하고 있는 땅은 말할 것도 없고, 서원이며 재실과 정자가 딸린 선산, 임야들이 군내 도처에 산재해 있어서 그것들을 모두 측량하고 실사하는 과정을 거쳐서 토지 조사부와 지적도가 고시되고, 불복 신고와 재결 처리 과정을 거쳐서 법적인 소유 관계를 밝히는 데만 꼬박 5년이 넘게 걸린 것이었다.

"낙동강변의 하천 부지하고 잡종지 문제는 아직도 결판이 나지 않았다면서?"

"말도 말게. 자칫 잘못하다가는 모조리 왜놈들의 손에 넘어가고 말 판이네!"

"그건 또 무슨 말인가?"

"이번에 공포된 〈수리조합령〉 말이네. 이제는 아주 노골적으로 마각을 드러내며 협박조로 나오니…!"

"협박이라니, 그건 또 무슨 말인가?"

"놈들이 예림의 남포 나루에서 오우진(五友津) 나루에 이르는 웅천강 제방 축조 공사판을 대대적으로 벌여놓고는 일언이폐지 하고 기부금을 내놓으라는 게야!"

"기부금을 내놓지 않으면 토지 조사에 불이익을 주겠다는 심뽀로군!"

"뉘 아니래나!"

중산은 발등의 불로 떨어진 기부금 문제도 문제이지만, 지주들의 족쇄로 이용하려는 〈임야조사령〉에 대응하여 지난 수백 년 동안 조상 대대로 물려받아 지켜 온 방대한 지역에 걸쳐 있는 문중 임야에 대한 법적인 소유 관계를 뒷받침할 수 있는 증빙 문건을 마련하는 문제로 지금도 더 큰 골머리를 썩이고 있었다.

게다가, 일제 당국이 부역이라는 이름으로 엄청나게 많은 인력들을 응천강 하구의 제방 공사장으로 강제로 투입시키는 바람에 빚어지는 문제점도 한두 가지가 아니었다. 우선, 자기네의 농토를 주로 부쳐 먹고 사는 상남면, 하남면과 응천강 건너편의 삼랑진면의 주민들을 비롯하여, 응천강 주변에 사는 모든 주민들을 대상으로 가구당 한 명씩의 부역 인부를 강제로 차출하여 하루에도 수천 명씩이나 되는 부역 인부들을 무리하게 토목 공사 현장에 투입하는 바람에 아직도 모내기를 하지 못한 곳이 있는가 하면, 수만 평이나 되는 방대한 지역이 공사장으로 변하게 되어 아예 모내기조차 하지 못한 채 방치되고 있는 형편이었다.

그런데, 오늘은 민족의 큰 명절인 단오절이라 그 골치 아픈 제방 축조 공사도 중단된 상태였고, 공사장의 모든 일꾼들도, 집안의 하인 머슴들도 모두 오늘 하루 단오 명절을 쉬러 나간 상태였기 때문에 중산 자신 또한 모처럼 휴무일을 맞이한 꼴이 되어 참으로 오래간 만에 부부 동반으로 이렇게 먼 곳까지 바깥나들이를 할 수 있게 된 것이었다.

하지만, 외유 삼아 모처럼 홀가분한 마음으로 집을 나선 처지이기는 해도, 그의 머릿속에서는 시종 방만하고 복잡한 문중사와 집안 일이 떠올라 여름 장마 때 자기네의 상남벌을 감싸고 흘러가는 응천강의 홍수처럼 어지럽게 소용돌이를 치고 있는 것이었다. 어쩌면 그것이 한도 많고 탈도 많은 이 식민지 시절에, 그것도 혈족 많은 동산리 여흥 민씨 집안의 종손으로 태어나서 세상을 등지고 소일하는 부친의 일까지 대신해야 하는 자기의 숙명인지도 모를 일이었다.

숙명은 숙명으로 겸허하게 받아들이면 그만이었지만, 거기서 파생되는 정신적인 번민과 고뇌만은 그로서도 감당하기 어려운 고통이 되지 않을 수 없었다.

죽명 숙부에게 내려진 〈수화불통〉의 조치와 금족령 문제만 해도 그랬다. 그것은 자기네 문중이 안고 있는 오랜 숙제로서 이제는 풀지 못할 오랜 전설처럼 굳어져 버린 과거지사가 되고 만 것이었다.

자기로서는 감히 발설조차 하기 어려운 죽명 숙부에 대한 해금 문제! 그러나, 문중의 오랜 숙제인 그것은 종손인 자기의 몫으로 고스란히 돌아와서 두고두고 혼자서 번민하고 혼자서 시달림을 당하게 만드는 풀지 못할 해묵은 숙제가 되어 버린 지 이미 오래였다. 이따금씩 만나는 운사를 비롯한 가까운 지기들은 말할 것도 없고, 일 년에 한 번씩 있는 삼월 상정일(上丁日)의 서원 제향 때와 정기 유회(儒會)나 강회(講會) 때에 어김없이 만나게 되는 동료 신진 사류들로부터도 두고두고 시달림을 받게 되고, 그때마다 그 모든 불상사가 마치 자기의 잘못으로 비롯된 것인 양 피해 당사자인 죽명 숙부에게는 감당할 길이 없는 송구스러운 마음으로 사무쳐 와서 통렬하게 가슴을 때리곤 하기 때문이었다.

〈토지조사사업〉이 실시되고, 〈수리조합령〉이 공포되면서 그동안에 마주쳤던 수많은 고비 때마다 문중 어른들 몰래 죽명 숙부를 찾아다니면서 때로는 지도를 받고, 때로는 그 어른의 손을 직접 빌어 가면서 해결한 일이 한 둘이 아니었건만, 그분의 공로가 인정되도록 만들기는커녕, 그런 도움이 있었다는 사실조차 아무한테도 발설하지 못한 채 혼자서 그렇게 속앓이만 해 오고 있는 중산인 것이다.

만약에 운사가 그런 사실까지 알아차린다면 자기를 어떻게 생각하고 어떻게 몰아세울 것인지.

중산은 생각이 거기에 미치자 모골이 다 송연해지고 만다. 조심스럽게 오가던 중산과 운사의 대화는 그쯤에서 일단 중단되고 말았다. 어느새 성내 중심부를 가로지른 큰길가에 다다랐기 때문이었다.

옛날에 동헌, 향청, 혜민청 등이 자리 잡고 있던 성내에는 일제의 시가지 정비 사업으로 어느 새 새로운 관청 건물들이 들어섰고, 남문에서 서문, 북문에 이르기까지 수 킬로에 다다랐던 성벽도 일제가 허물어서 경부선 철도 부설 공사에 쓰면서 남문이 있던 자리에도 어느 새 저자 거리가 형성되고 있었다. 그리고 그 저자 거리의 요충지마다 왜색 풍의 신식 건물이 하나 둘씩 자리를 잡아가고 있는 것이었다.

"이보게, 중산. 우리 집에 다시 들러서 다식이라도 들면서 잠시 쉬었다 가지 않겠나?"

남문걸이 저만큼 바라다 보이는 저자 거리 가까운 곳에 이르렀을 때, 운사가 양복 호주머니에서 금줄이 달린 회중시계를 꺼내어 보면서 물었다. 거기 길가 풀밭에는 중산 일행이 타고 온 말과 가마가 등대하고 있었다.

중산은 근처 나무 그늘에 앉아 있다가 길 떠날 차비를 차리려고 서둘러 일어서는 김 서방과 가마꾼들을 바라보면서 가만히 고개를 내젓는다. 운사의 집은 가까운 동문 안쪽의 장군정(將軍井) 근처에 있는 것이다.

"아침에 들러서 그만큼 민폐를 끼쳤으면 됐지, 또…? 나야 수시로 읍내에 나오곤 하니까 그때 들르기로 함세!"

부인을 동반한 나들이라 가마꾼에다 유모와 하녀며 말구종에 이르기까지 딸린 식솔만도 적지 않으니 한번 움직이기도 예삿일이 아닌 것이다.

"잘 가게, 중산!"

악수를 청하는 운사의 손을 잡으며 중산이 묻는다.

"참, 병원 개원일을 칠월 칠석 날로 잡았다고 했던가?"

"그렇다네! 그 날이 개원일로서는 아주 좋은 길일이라는군!"

"한동안 눈코 뜰 새 없이 바쁘게 생겼네 그려. 내가 도울 일이 있으면 언제라도 말씀하시게나. 내 우리 집 기둥뿌리를 뽑아서라도 견마지로를 아끼지 않겠네!"

"고맙네! 말만 들어도 뒤가 든든하이!"

"자네의 개원 얘기를 소상하게 듣고 싶지만, 오늘은 여기까지 온 김에 처가에도 가 봐야겠고, 시간이 있으면 죽명 숙부님 댁에도 한번 들러 볼 생각이네!"

"잘 생각했네! 자네가 여기까지 왔다가 그냥 돌아간 것을 아시게 된다면 외로우신 그 어른께서 얼마나 서운하시겠는가?"

죽명 어른 댁에 한번 들러 볼 생각이라는 바람에 운사는 더 이상 자기 집으로 가자고 권하지 않는다.

"어째든 그렇게 생각해 주니 고맙네. 자네가 개원하는 칠월 칠석 날 그 때 보세나! 그새 좀이 쑤시면 자네가 우리 집에 한번 다녀가든지."

"작년에 담가 둔 자네 집 매화주가 제대로 익을 때쯤 해서 내가 한번 들름세! 조심해서 잘 다녀가시게나."

뒤쳐졌던 부인네들도 뒤따라 왔으므로 운사기 먼저 손을 흔들면서 하직 인사를 한다.

"자네가 올 때까지 학수고대하고 있겠네!"

대단한 작별이라도 하는 것처럼 중산도 손을 흔들면서 훗날을 기약한다.

중산은 그들 부부에게 하직 인사를 한 다음에도 쉽게 자리를 뜨지 못한 채 부인과 함께 인력거를 타고 장군정 쪽으로 사라지는 운사의 뒷모습을 오래도록 지켜보고 서 있었다.

제2장

일락서산(日落西山)

◇ 처가(妻家)
◇ 유종(儒宗)의 고향

◇ 처가妻家

중산은 향청껄에 있는 죽명 숙부님 댁에 먼저 들를까 하다가 그 어
른이 자기의 부탁으로 부친을 대신하여 영남루 연회에 참석하기로 하
였으므로 순서를 바꾸어 그곳보다 멀리 있는 처가부터 먼저 들르기로
하였다. 그의 처가는 밀양 박씨, 밀양 손씨들의 전거지(奠居地)와 각 분
파의 종택들이 즐비하게 자리 잡은 서문 안의 해천껄에 있었다.

그 지역을 관통하고 흐르는 해천에는 해천교와, 그 하류 쪽에 누교
또는 '누다리'라고 하는 석교가 하나 놓여 있었는데, 이 누다리는 읍성
의 남문인 공해루(控海樓) 앞에 있다 하여 붙여진 명칭인 것이다. 해천
은 향교가 있는 상류의 교동 뒷산에서 흘러 내려온 물길을 인위적으로
끌어다가 읍성의 서문과 북문 성벽에 바짝 붙여 흐르게 한 수방지계의
결과로 생긴 내였다. 그런데, 그 해자천 위에 누교가 나 있는 것이다.

옛날부터 낙동강과, 밀양강으로 더 잘 알려진 응천강 곳곳에는 크고
작은 지천(支川)이 많았고, 그 때문에 나루와 크고 작은 교량도 그만큼
많을 수밖에 없었다. 마땅한 육상 운송 수단이라고는 달구지와 가마 정
도밖에 없는 시절이라 수운이 그만큼 중요한 교통수단이 되었던 것이다.

그러나, 교량의 대부분은 큰 강을 피하여 작은 지천에 놓이기 마련
이어서 그 규모가 그리 크지는 않았다. 그것은 기술적, 재정적인 문제
때문이기도 했지만, 그 당시 사람들이 풍수지리설을 중요시하여 지혈
(地穴)을 끊는 토목 사업을 금기시 한 탓에 교량을 설치할 때에도 수운
을 방해하지 않는 범위 내에서 제한적으로 공사를 할 수밖에 없었던 결
과였다.

하지만, 사방팔방으로 나루와 교량이 있어도 지역에 따라서는 일반

백성들이 그걸 이용하기가 그리 만만치 않았던 곳도 더러 있었다. 옛날부터 밀양을 찾는 외지 사람들이 육로를 이용할 때는 조금 더 서두르거나 멀리 둘러 가는 한이 있더라도 곳곳에 포진하여 수입을 노리는 관리들의 패악과 강을 건널 때마다 물게 되는 도진세를 피하기 위하여 먼 우회로를 선택하기 마련이었다.

같은 까닭으로, 삼문동 삼각주를 가로질러 오는 지름길인 육로를 버리고 읍성 남쪽 십리 밖에 있는 이창원(耳倉院)의 남포(南浦) 나루에서 부북면 사포 나루 쪽으로 둘러서 오는 뱃길도 그래서 예로부터 각종 상인들과 둘러서 오는 길손으로 늘상 붐볐다고 한다. 상남면 남포 나루에서 부북면의 사포 나루와 하감 마을 앞을 거쳐서 오는 웅천강의 뱃길은 종착지인 읍성 남문 밖의 배다리 나루에 와 닿게 되고, 뱃길을 따라온 우회로 육로 역시 사포 나루와 하감 마을의 감천교를 지나서 내륙으로 방향을 틀어 진장(陳場) 저쪽에서 서문과 남문 사이에 난 누교로 연결되고 있었다.

멀리 부산진이나 구포 나루와 물금의 황산진 나루를 출발한 세곡 조운선이나 황포돛배가 삼문동 삼각주 남단을 우회하여 오는 부북면의 아랫감천—하감 마을에는 지난날 조선 시대에 관리들이 옷을 갈아입고 부임하는 개복처(改服處)로서 남정원(南亭院)이라는 원(院)과 객줏집들이 있었다고 한다.

그러나 지금은 그 자리에 객줏집만 남아 있고, 멀리 부북면 서북쪽의 화악산 계곡에서 발원한 부북천 하류의 감천(甘川)이 그 앞으로 유유히 흘러내리고 있었다. 밀양의 서북쪽에 위치한 부북면 서대동리 한골 쪽에서 흘러온 이 내를 감천이라고 부르게 된 것은, 조선 성리학의 종조(宗祖)로서 그 명성을 날렸던 점필재 김종직 선생이 그곳 한골 후산 기슭에서 태어났을 때, 사흘 동안이나 달콤한 냇물이 흘렀다는 전설에서 유래된 것이었다.

그런데, 점필재 선생의 출생지에서 흘러온 이 감천 위를 가로지른다리가 감천교요, 이 감천교를 멀리서 바라보며 읍성 쪽으로 곧장 가게 되면 누교가 저만큼 바라다 보이는데, 그곳 해천껄에 중산의 처가가 있는 것이다.

그곳은 토박이인 밀양 박씨의 집성촌으로 수백 년 묵은 고가들이 즐비하게 군락을 이루고 있는 양반촌으로서, 조선 성종 때에 밀양 읍성이 축조되기 전까지만 하여도 밀성 손씨들의 집성촌인 교동 일대와 맞물려서 밀양부의 중심을 이루던 지역이었다.

토박이 양반촌인 이들 지역의 외곽으로는 자연 성곽을 형성한 아북산과 맞물려 수방지계의 일환으로 조성한 해천이 흐르고 있었으나 일제가 경부선 철도를 부설하면서 남문에서 북문에 이르는 성곽을 전부 헐어내고 새로운 시가지 정비 사업을 시작하는 바람에 해천껄은 새롭게 사통오달의 교통 요충지로 탈바꿈하여 신시가지를 형성해 가고 있었다.

중산 내외가 뭇 시종들을 거느리고 그 해천껄 한복판에 자리 잡은 처가의 솟을대문 앞에 당도했을 때, 그새 누가 기별을 넣었던지 솟을대문 밖에 미리 나와 있던 청지기 장 서방이 그들을 반갑게 맞이하였다.

"동산리 새 서방님, 아씨 마님! 오셨습니꺼?"

인사를 여쭙기가 무섭게 말고삐를 건네 받은 장 서방은 뒤따라 나온 행랑 아이에게 그것을 건네고는 서둘러 대문 안으로 달려 들어간다.

그리고, 바깥사랑채 쪽을 향하여 안에다 대고 큰소리로 고하는 것이다.

"나으리 마님! 동산이 새서방님 내외분께서 오셨습니더!"

바깥사랑에 고한 장 서방의 그 소리는 다시 내실이 있는 안채와 바깥사랑, 중사랑, 안사랑의 하인을 통하여 지체 없이 웃전에게로 차례대로 전해지기 마련이었다.

박씨 부인이 유모와 하녀들을 거느리고 내외벽 격장(隔墻) 중문 안으로 사라진 뒤, 중산은 하인의 안내를 받으며 바깥사랑, 중사랑을 거쳐서 곧장 처조부님이 계시는 안사랑으로 들어간다.

예전 같으면 단오 명절을 맞이하여 꽤 붐볐을 유서 깊은 거대 문중의 대종가였지만, 왠지 집안은 조용하였다. 지난 정초에 세배 인사차 다녀간 뒤로도 몇 차례 들렀건만 그 때는 이러하지 않았는데, 그새 무슨 일이라도 있었던 걸까.

중문을 들어선 중산은 안사랑의 양춘재(陽春齋) 섬돌 아래에 이르러 마치 낯선 집에나 온 것처럼 사방을 한 바퀴 빙 둘러본다. 그리고는 곧장 계단을 조심스럽게 밟고 축대 위로 올라간다.

처조부님은 분합문(分閤門)이 올려진 묵향 그윽한 방 안에서 차를 마시며 망중한을 보내고 있다가 그를 맞이하였다. 원지에서 온 손님인 듯, 유복(儒服) 차림을 한 나이 지긋한 손님과 함께한 자리였다.

방만한 고을 안의 밀양박씨 문중 인사들 중에서도 이 고을의 유림을 대표할 만한 큰 어른이시니 이런 저런 손님이 끊임없이 찾아오는 건 흔히 있는 일이었다.

하지만 밀양의 유림 치고 모르는 사람이 거의 없는 중산의 눈에도 그 손님은 처음 대하는 낯선 얼굴이었다. 조그마한 체구에 도수 높은 안경을 쓰고 있어서 그런지 반석처럼 단단한 신념과 하늘 높은 줄 모르는 기상으로 똘똘 뭉쳐진 사람 같았다.

여덟 간 대청마루에서 사제의 예를 갖추어 처조부님께 큰절을 올린 중산은 늘 하던 대로 문안 인사를 여쭙는다.

"할아버님, 그동안 기체후일향만강(氣體候一向萬康)하옵시고 가내제절(家內諸節)이 두루 균안(均安)하옵는지요?"

노스승 앞에 무릎을 꿇고 앉은 손서(孫壻)는 어느 새 예림서원 안의 경학원을 오가며 학문을 배울 때의 옛 제자의 모습으로 되돌아 가 있었다. 운곡 선생은 환갑, 진갑을 오래 전에 다 넘긴 상노인이었지만, 중산에게는 여전히 학당 시절과 다름없이 지엄한 사부였고, 자기네 집안의 여황제 같은 용화 할머니보다도 더 대하기가 까다롭고 어려운 사람이었다.

사실, 그의 스승은 이 노학자의 자제 분이자 장인어른인 필운(筆雲) 선생이었다. 다시 말해서, 지금도 이 지역 유학의 총본산이라고 할 수 있는 예림서원 경학원의 강장으로 있는 필운 선생은 아직도 그곳의 원장 직함을 가지고 있는 부친인 운곡(雲谷) 선생으로부터 학문을 전수 받았고, 중산은 다시 강장인 그 필운 선생으로부터 한학을 익히는 틈틈이 원장인 운곡 선생의 특별한 배려로 그로부터 직접 시강(施講)과 보강(補講)을 받아 온 것이었다.

밀양 박씨 송은공파(宋隱公派)의 대를 이은 중심인물인 운곡 선생은, 오늘날 이 지역의 유림을 대표하는 영향력 있는 인물 중의 한 사람으로서 고려 말의 충신 팔은 중의 한 분이었던 충숙공(忠肅公) 송은(松隱) 박익(朴翊) 선생의 후손이었다. 송은 선생은 그의 문우인 포은 정몽주, 춘정 변계량, 야은 길재 선생 같은 이들과 교분이 깊었으며, 특히 포은 선생이 다음과 같은 화상운(畵像韻: 초상화를 보고 읊은 시)을 남겼을 정도로 학문이 뛰어나고 청절했던 것으로 알려지고 있었다.

畵出長髥十尺身(화출장염십척신): 긴 수염 십 척 장신을 그림으로 그려냈으니
看來尤得兩容眞(간래우득양용진): 볼수록 두 모습이 똑같기도 하구나.
莫言公道無形跡(막언공도무형적): 인생무상 자취 없다고 이르지 말게나.
死後有存不死人(사후유존불사인): 사후에도 안 죽는 사람이 그냥 있겠네!

송은 선생은 지금도 초동면 신호리에 있는 덕남서원(德南書院)의 주벽 인물로 추앙 받으며 포은 정몽주 선생의 제자이자 자신의 자제분인

우당(憂堂) 융(融), 인당(忍堂) 소(昭)와 함께 향사를 받고 있지만, 운곡 선생도 그분들 못지않은 명망을 가지고 이 지방 유림의 맥을 잇고 있는 인물인 것이다.

운곡 선생은 어렸을 때, 초동면 신호리에 있는 그 덕남서원에서 강장으로 있던 조부한테서 기초 학문을 익혔으며, 그 후 그는 조선 유학의 종조(宗祖)로서 영남학파의 학맥을 세운 점필재 김종직 선생의 학풍을 이어가기 위하여 그를 추모 봉향하는 예림서원(藝林書院)의 경학원에 입문하여 점필재를 사숙(私塾)하는 과정에서 중산의 조부인 승당어른과 남다른 교분을 쌓았던 인물이기도 하였다. 중산이 그와 그의 아들인 필운 선생의 제자가 되고 사위가 된 것도 윗대로부터 그러한 학맥이 닿아 있었기 때문이었다.

예림서원은 부북면 후사포리에 있는 서원으로 영남 유림의 사종(師宗)인 점필재 김종직 선생의 학문을 사숙하는 대표적인 교육 기관으로서 전국에서도 몇 손가락 안에 들어가는 동방이학의 산실이었다.

고려말의 안향으로부터 시작된 조선의 도학이 포은 정몽주, 야은 길재를 거쳐서 그의 제자이자 점필재 선생의 부친인 강호(江湖) 김숙자(金叔滋) 선생에게로 이어지고, 그것이 다시 그 아들이자 문하생인 점필재 선생에 이르러 영남 사림파가 형성됨으로써 선생은 그 사종으로 추앙받게 되었고, 그 후로 동방 오현[(東方五賢: 조선조 광해 2년(1610년)에 문묘에 종향되었던 김굉필, 정여창, 조광조, 이언적, 이황 등의 거유를 이르던 말]으로 추앙받는 한훤당 김굉필과 일두 정여창을 비롯하여 탁영 김일손, 임계 유호인, 추강 남효온과 같은 명유(名儒)들이 그 문하에서 조선 성리학을 꽃피워 온 것이었다.

흥선 대원군의 서원 철폐 이후, 대부분의 서원이 훼철 편액되기도 했으나, 그 후로 속속 중수 복원하여 밀양부 내에는 아직도 열 네 개의 서원이 명맥을 유지 존립하고 있으며, 이들 서원들을 거점으로 한 밀양의 유림들은 지금도 수기치인(修己治人) · 효제충신(孝悌忠信)하는 점필재 학통을 이어 가고 있는 것이었다.

　말하자면, 운곡 어른도 점필재 학통을 이어받은 영남 석학의 한 사람으로서 몇 안 남은 문우들과 함께 이 지역 유림을 이끌고 있는 노학자였고, 아까 헤어진 운사도 중산과 함께 그 문하에서 수년 동안 경학을 배운 바가 있는 것이다.

　찻잔과 서안 위에 펼쳐 두었던 서책이며 문서를 치우고 중산을 맞이한 운곡 선생은 언제나 허리를 꼿꼿이 세운, 한결같이 단정한 모습 그대로였다.

　"어서 오너라. 먼 데까지 오느라고 고생이 많았다! 그래, 정경부인께서도 강녕하시고, 영동(嶺東) 선생 내외분도 무탈하시느냐?"

　운곡 선생은 백발이 성성한 노령임에도 불구하고 그 목소리만은 아직도 예나 다름없이 카랑카랑하였다. 영동 선생이란 경북 의성 현감을 지낸 바 있는 중산의 부친을 일컫는 말이었다.

　"네, 잘들 계십니다. 두 분께서도 할아버님께 안부 말씀을 전해 올리라 하셨습니다. 특히, 용화 할머니께서는 저희 내외에게 며칠을 유하는 한이 있더라도 할아버님의 기체후며 섭생 사정을 잘 보살펴 드리고 무탈하심을 확인한 연후에 돌아오라는 별도의 당부 말씀이 계셨습니다."

　"잘 계시다니 다행이구나. 승당의 유지를 받들자면 그 누구보다도 노부인께서 기력이 좋으셔야지. 그리고 내 걱정은 그렇게 안 해도 되느니라."

　중산의 조부이신 승당 어른께서 작고하신 이후, 그 자제인 영동 어른이 가통을 이어 받았음에도 불구하고 황실의 섭정처럼 사실상 용화 부인이 집안의 여황제처럼 집안을 다스리고 있는 게 현실이라, 남녀가 유별함에도 불구하고 양가의 두 어른은 대내·대외의 대소사는 물론이요, 문후에 관한 사항까지도 승당 선생이 살아 있을 때 그분과 소통했던 방식 그대로 하인이나 대리인을 통하여 서로 소통하였고, 중요한 문제는 서찰로 대신하기도 하였다.

그런데 오늘은 중산이 처가 나들이를 하는 김에 그 중간 다리 역할을 대행하고 있는 셈이었다.

처가에 오면 큰 어른이신 처조부님께 문안 인사를 여쭙는 것은 정한 이치임에도 불구하고 용화 할머니께서 별도로 그렇게 각별하게 당부하시는 말씀을 잊지 않는 것을 보면 필시 그만한 까닭이 있을 터였다.

"그래. 그리하셨겠지. 그리고 할머니께서 잘 계시다니 다행이야. 승당의 유지를 받들자면 그 누구보다도 노부인께서 기력이 좋으셔야지. 암, 암, 그렇고말고!"

이렇게 혼잣말처럼 되뇐 운곡 선생은 그제서야 옆에 앉은 손님을 가리키며 중산에게 분부를 내린다.

"인사 올리거라! 원지에서 어렵게 왕림하신 귀한 손님이시다. …타계하신 조부님과도 친분이 계셨던 분이니라!"

방 안으로 들어올 때 먼저 묵례를 올렸던 중산은 자리에서 일어나 손님에게 정식으로 다시 배례 인사를 올린다.

"처음 뵙겠습니다. 시생은 상남면 동산리에 사는 중산 민정식이라고 하옵니다."

"이 사람이 바로 시생의 손서랍니다. 경술국치 때 의거 순절하신 승당 선생의 장손이기도 하지요!"

운곡 선생이 중산에 대해서 간단명료하게 설명을 하자 여태까지 그의 모습을 무심히 바라보고 있던 노선비는 적이 놀라는 모습으로 얼른 자세를 고쳐 앉으며 그 말을 받았다.

"아, 그렇습니까? 이거 미처 알아보지 못해서 송구스러우이!"

승당 선생의 손자라는 바람에 그리하였던 것일까. 아니면 운곡 선생의 손서라는 바람에 그리하였던 것일까. 노선비는 운곡 선생에게 상체를 굽혀 자신의 결례에 대해,

"시생이 대단한 결례를 하였소이다. 혼사 때 진작 왕림했더라면 구면이 되었을 터인데…."

하고 사과의 예를 표한다. 그리고 중산에 대해서도,

"이거 정말 미안하게 됐네 그려!"

하고 거듭 깎듯이 사과를 하는 것이었다.

만고풍상을 다 겪은 사람처럼 파뿌리 같은 수염발을 쓰다듬으면서 운곡 선생에 대해서는 물론이요, 자신에게까지도 지나치다 싶을 정도로 면구스러워하는 노선비의 태도가 중산에게는 예사롭게 보이지가 않는다.

"아니올시다! 산 속에 들어가 큰일을 하시는 분이 어찌 문우들의 사사로운 가정사에 일일이 마음을 쓰실 수가 있었겠습니까? 송구하다시는 말씀은 당치가 않아요!"

자책하는 손님의 말에 오히려 운곡 선생이 더욱 무안스러워 한다.

중산은 운곡 선생의 기체후와 섭생을 직접 살피고 오라는 용화 할머니의 각별한 당부의 말씀이 있는데다가 시국도 좋지 않은 때인 만큼, 두 어른 사이에 오가는 얘기며 행동들을 하나도 놓치지 않고 귀담아 들으며 지켜보고 있었다.

오래 전에 고인이 된 승당 할아버지와도 친분이 있었다는 것을 보면 두 분이 오랜 세월을 넘나들며 서로 뜻을 같이해 온 문우요, 지기 사이인 것만은 분명해 보였다.

하지만 두 분 사이에 오가는 얘기는 더 이상 없었고, 손님의 관향은 물론이고 어디 사는 누구인지조차 알 수가 없었다. 중산은 그럴수록 처조부님과 이 노선비의 사이가 단순한 교분 관계를 떠나 그 이상의 어떤 공적인 관계를 맺고 있는 사이인지도 모른다는 생각을 떨쳐 버릴 수가 없었다. 다른 무엇보다도 바로 이유도 모른 채 용화 할머니의 분부를 받들어 처가로 와서 처조부님을 뵙는 자리에서 이 어른을 친견하게 된 오늘의 일이 아무래도 우연이 아니요, 부중 일각에서 벌어지고 있는 시국 상황과 무관치 않으리라는 생각이 들면서 더욱 그런 느낌을 갖게 하였다.

예전 같으면 근엄함 속에서도 사소한 것까지 이것저것 물어 보면서 학문적 스승으로서, 그리고 처조부로서의 각별한 정을 숨기지 않던 어른이 오늘따라 유난히 언행을 절제하고 계시구나, 하고 있을 때였다.

중산의 모습을 이윽히 바라보던 운곡 선생은 문갑 서랍 속에서 미리 준비해 두었던 듯, 한지로 된 웬 서찰 하나를 찾아 서안 위에 가만히 올려놓는다.

"천기에 버금가는 기밀이 담긴 문서이니라! 달리 첨언하지 않더라도 알겠지만, 정경부인께서 친견하시도록 네가 직접 갖다 드리도록 하여라!"

사석에서 뵈올 때면 근엄함 속에서도 언제나 정이 은은히 배어 있곤 하던 지금까지의 언행과는 달리 운곡 선생의 어조는 사뭇 엄숙하였다.

중산은 천기라는 바람에 머리끝이 쭈뼛해지는 것과 동시에 이것 역시 이 낯선 손님과 직·간접적으로 어떤 관련성이 있으리라는 것을 직감적으로 느끼면서 마음을 가다듬는다.

"네. 할아버님, 분부대로 차질 없이 거행하겠습니다."

대답을 하면서도 중산의 눈은 얼핏 보기에도 꽤 두툼한 서찰 봉투를 유심히 살펴보고 있었다. 이것 때문에 용화 할머니께서 처조부님을 친견하라고 특별히 당부하셨던 게로구나. 무슨 내용이 담겨 있을까. 겉봉에는 흔히 볼 수 있는 수신인은 물론이요, 간찰 서지 한 자도 적혀 있지 않았다.

서찰을 선뜻 집어 들지도 못한 채 좀 전에 운곡 선생이 한 말을 되새기며 겉봉을 살펴보는 중산의 손끝이 가늘게 떨린다.

지금까지 운곡 선생과 용화 할머니 사이에 오가던 웬만한 서찰들은 양가의 하인들을 통하여 전해지기 마련이었고, 특별한 문서를 전달할 때도 특별히 양가의 신임 받는 집사들을 시켜서 하곤 하던 것이 관례였던 것이다.

"지중한 문서이니 서찰부터 품에 지니거라!"

운곡 선생의 말을 듣고서야 중산은 서찰을 고이 접어서 품속 깊숙이 찔러 넣는다.

"귀가하는 즉시 아무도 모르게 직접 전해 드려야 하느니!"

제자이자 손서인 자신도 못 미더워 거듭 뒤를 다지는 것도 전에 없던 일로 예사롭지가 않았다.

"네, 할아버님. 명심하여 거행하겠습니다!"

"암, 그래야지…!"

운곡 선생은 중산이 옷깃을 단단히 여미는 모양을 끝까지 보고 나서야 안심이 된다는 듯이 고개를 천천히 끄떡인다.

방 안엔 한동안 침묵이 흐른다. 중산은 그 침묵 속에서 승당 할아버지 살아생전에 두 분 사이에 쌓였던 시대적 교감이 지금은 이렇게 은밀한 간찰 속에 숨겨져서 용화 할머니는 물론이요, 다른 문우들에게도 전달되고 있었구나 하는 생각을 하고 있었다.

이윽고 운곡 선생이 자세를 고쳐 앉으며 말머리를 돌려서 중산에게 묻는다.

"토지 소유권 문제는 법적인 문제까지 해결을 봤느냐?"

말소리가 갑자기 부드러워진다.

"예. 할아버님."

그러나 중산은 긴장을 풀 수가 없었다.

"그놈들이 이번에는 또 〈수리 조합법〉을 들고 나와서 모든 지주들에게 제방 축조 기부금을 내놓으라고 한다면서?"

왜놈들이 중산네 집에다 그 지역의 지주들을 대표하는 지주총대의 직책을 강제로 맡겨 놓고서 자기네가 펼치는 조선 경제수탈의 일선 첨병 노릇을 하게 시키고 있는데 대한 물음이었다.

"예. 할아버님."

공손하게, 그러나 쓰디쓰게 대꾸하는 중산의 말에 운곡 선생이 망연히 고개를 쳐든다.

"고얀지고! 토지 조사를 한답시고 힘없는 조선 백성들의 땅을 빼앗아 저들끼리 노나 갖고는 이제 와서 제방을 축조한답시고 기부금을 내놓으라니, 그게 어디 될 법이나 한 말이더냐?"

"그래도 기부금이야 내놓으면 그만이지만, 지난날 용두산 밑에 굴을 뚫어 가곡동의 송하보(松下洑) 공사를 대대적으로 벌일 때처럼 소위 급조한 근로보국대 차출이라 하여 수많은 양민들을 강제 징집하듯이 제방 축조 공사장으로 대거 내몰고 있으니 더욱 큰일입니다. 이러다가는 일손이 모자라서 올해 농사를 못 짓게 될지도 모르는 형편이라…. 게다가, 우리 도구늪들이 있는 응천강변 일대가 공사판으로 변하는 바람에 아예 묵혀 두어야 할 수답이 적지가 않습니다."

"허허 그것 참…! 하기야 야만스러운 섬나라 주구들이니 무슨 짓인들 못하겠나. 그러니…."

입가에 경련을 일으키며 통탄하던 운곡 선생의 시선이 옆에 앉은 손님에게로 무언중에 옮아간다.

그러나 내내 꼿꼿하게 책상다리를 하고 앉아 있는 노선비는 자세가 더욱 경직되고 있을 뿐, 일체 말이 없었다. 그게 부담스러워진 것이리라. 운곡 선생은 얼굴 표정을 누그러뜨리며 슬며시 말머리를 돌린다.

"불공 갔던 민실이도 함께 왔느냐?"

"네. 할아버님. 할아버님의 건강을 각별히 보살펴 드리고 오라는 용화 할머니의 분부까지 받들고 나선 길이라, 이번에는 저 대신 뒤에 남아서 하루 이틀쯤 더 묵고 갈 생각인 모양입니다."

그러면서도 할아버님의 기후와 체후며 섭생까지도 직접 살펴보고요, 하는 말은 입에 담지 않았다.

"자넨 사돈 양반을 대신하여 행하는 문중의 일만도 번다할 터인데…."

운곡 선생의 입에서 이제야 집안일에 눈코 뜰 새 없이 바쁜 중산을 염려하는 말이 흘러나온다. 오래간 만에 모처럼 친정 나들이를 하는 손녀딸을 위하여 중산이 시간을 특별히 할애했음을 알고 하는 말씀인 모양이다.

"윗분들께서 흔쾌히 용납하신 일입니다."

하루 이틀쯤 묵어가는 데는 아무 지장이 없을 거라는 뜻이었다.

"그래, 그렇다면 이런 명절날 모처럼 원지 출타를 했으니…."

오래간 만에 부부 동반으로 처가 나들이를 했으니 마음 편하게 쉬어 가라는 말일 터였다.

운곡 선생은 말 끝을 길게 늘이며 무르팍에 앉혀 놓고 손수 한학을 가르칠 정도로 유난히 예뻐했다는 손녀딸을 데리고 놀던 옛일을 생각 하는지, 잠시 감회에 젖는 듯 하더니 중산을 이윽히 바라본다.

"듣자 하니 무봉사 절간에 가서 아이 축수 불공을 올리고 왔다고?"

안사랑 깊숙한 곳에 앉아 있어도 집안 돌아가고 있는 일만은 손바닥 들여다보듯이 훤히 꿰고 있는 혜안과 당찬 기상이 꼿꼿한 그의 얼굴과 앉음새에 배어 있었다.

"네, 할아버님."

중산은 몹쓸 짓을 하다가 들킨 것처럼 얼굴을 붉힌다.

"어험! …물론 자네의 뜻은 아니렸다?"

그를 바라보는 운곡 선생의 노안에 일순 언짢은 냉기가 어린다. 유교 이외의 모든 종교와 학문을 사학(邪學)으로 배척하는 소위 위정척사의 이념이 아직도 엄존하고 있는 게 유림계의 현실이라, 자기네 권속들이 그 목적이 어디에 있건 절간을 드나드는 것이 유림의 거목인 운곡 선생에게 좋게 보였을 리 만무하였다.

"자식을 먼저 보내는 참척(慘慽)의 슬픔을 두 차례나 겪었는지라…."

중산이 어린 자식의 축수를 위한 불공이었노라고 변명 삼아서 해 보는 말이었으나 운곡 선생은 여전히 혀를 끌끌 차면서 고개를 가로 젓는다.

"쯧쯧, 늙으나 젊으나 아녀자들이란 다 그렇다니까. 인명은 재천인 것을…!"

중산이 무어라고 하든 오늘의 불공은 결국 부처를 신봉하는 아녀자들의 뜻에 따른 것임을 미루어 짐작하면서 하는 말이었다.

"그런 게 아니오라, 마침 운사 동문하고 만날 일이 있던 차에 두 안식구들끼리 아이들 축수 불공을 한다기에 절에 함께 가게 된 것입니다."

불공도 불공이지만 운사와 함께 한 산행 길이었음을 내심 강조한 말이었다. 중산은 무봉사라고 하면 처조부의 입에서 혹시라도 아까 무봉사에서 만나 보려고 했다가 허탕을 친 청관 스님의 얘기가 흘러나오지나 않을까 하고 내심 기대를 하며 일부러 그렇게 말한 것이었다.

그러나 운곡 선생의 반응은 영 딴판이었다. 운사라는 바람에 안색이 순식간에 돌변한 것이다.

"운사하고…?"

짧게 되묻는 노안에서 일순 찬바람이 인다.

"그놈은 일전에 지 처하고 여길 다녀갔지! 집 안에 들이지 말라고 내 엄중히 일렀는데, 그래도 청지기 장 서방의 얘기를 들어 보니 경학원 공부가 싫다고 나라 밖으로 뛰쳐나간 놈이 바깥세상 물을 먹고 오더니 제 딴에는 꽤 많이 개명을 한 모양이야."

문전박대로 운사를 그대로 돌려보냈다지만 그에 관한 뒷소문은 놓치지 않고 챙기신 모양이다. 그러고 보니 운사는 아까 한 말과는 달리, 예를 갖추어 귀국 인사를 드리러 이곳에 왔다가 허탕을 치고 돌아간 일을 묻어둔 채 운곡 선생의 노여움이 풀릴 때까지 기다리기로 작정한 것이리라.

운곡 선생은 그 뿐, 더는 말이 없었다. 그러나 가슴팍까지 닿은 허연 수염발이 가늘게 떨리는 것만은 어쩌지 못하고 있었다. 노스승은 뿌리 깊은 조선 유학을 중도에 그만두고 도일 유학한 두뇌 명석하던 옛 제자의 거취가 아직도 영 못마땅한 모양이었다.

중산은 가슴에 무거운 돌이 하나 날아와 얹히는 기분이었다. 그것은 언젠가는 자기의 손으로 들어내어야 할 돌이라고 그는 생각했다.

　운곡 선생이 더는 언급할 얘기가 없다는 듯이 입을 꾹 다물고 마는 바람에 중산은 그대로 큰절을 올리고 물러나는 수밖에 없었다.

　안사랑에서 물러 나온 중산은 중문을 거쳐서 중사랑으로 향한다. 그에게 있어서 처가는 관학 유생으로 기숙 생활을 하였던 예림서원의 경학원이나 다를 바가 없었다. 이 처갓집은 사대가 한 울타리 안에서 사는 엄청난 살림 규모도 규모려니와, 언제나 운곡 선생을 찾아 온 모모한 내방객들의 발길이 끊일 날이 없는, 이 지방 유림들의 사랑방 구실을 톡톡히 하고 있는 고택이었다.

　높고 낮은 토담 격장과 중문을 사이에 두고 정사(亭舍)마다 무슨 어른이고, 방방이 글깨나 읽은 선비들이 사방에서 찾아와서 며칠씩 묵으면서 나라 안팎의 시국을 담론하거나 논쟁을 벌이면서 진을 치기 일쑤였다. 그런 까닭으로 중산은 바쁜 일상 속에서 잠시 이완되었던 마음도 이곳에 오기만 하면 명주실처럼 팽팽하게 긴장하게 되고 사뭇 조심스러워지게 마련이지만, 정신만은 명경지수처럼 아주 맑아지곤 하였다.

　그러나, 그의 장인 필운 선생은 예림서원 경학원의 강장으로 학문적인 스승으로서 뿐만 아니라, 삶의 고비 때마다 생활의 지표를 제시해 주는 훈장이나 도유사 같은 존재이기도 하였다.

　필운 선생은 영남루 연회가 파하기도 전에 도망치듯 빠져나와 부랴부랴 달려온 듯, 아직도 상기된 얼굴로 그를 맞이하였다.

　"그래, 무봉사에 갔던 일은 어떻게 되었는가?"

　중사랑으로 찾아가 예를 갖추고 자리에 앉았을 때, 평상복으로 갈아입은 필운 선생은 그것부터 먼저 물었다.

　"한 발 늦어서 청관(淸灌) 스님은 만나지 못했습니다, 장인어른!"

　중산은 아쉬운 마음에 한숨을 푹 내쉰다. 그가 첫돌을 맞이한 아들의 축수 불공을 핑계삼아 운사와 함께 동부인 하여 무봉사에 가게 된 것도 사실은 청관 스님을 자연스럽게 한번 만나 보려는 또 다른 목적이 있었기 때문이었다.

"만나지 못했다고? …왜?"

필운 선생은 믿기지 않는다는 듯이 중산을 바라보며 적잖이 실색을 한다.

"일전에 지리산 쪽으로 떠났다고 했습니다."

"무봉사를 떠났다고? 내가 듣기로는 칠석날까지는 거기에 유할 것이라고 했는데. 갑자기 지리산 쪽으로 가다니, 누가 그러던가?"

"자운(紫雲) 스님이라고 하는 분이 그렇게 전해 주었습니다."

"자운 스님이라니…? 처음 듣는 이름인데, 그자는 또 누구라던가?"

"스스로 청관 스님의 상좌라고 했습니다. 저와 비슷한 연배였는데, 저의 좁은 안목으로 보기에도 풍채가 넉넉하고 안광에서 정기가 넘치는 게 범상치 않은 인물 같아 보였습니다…."

중산은 아까 들었던 운사의 인물평을 떠올리며 무봉사 요사채에서 만났던 자운 스님의 모습을 다시금 눈앞에 그려본다.

"그것 참, 이상한 일이로군! 청관 스님의 연륜으로는 그만한 상좌를 두기엔 아직 시기상조일 터인데…."

필운 선생은 책상다리를 하고 앉은 채 손바닥으로 턱을 어루만지며 혼자 생각에 잠긴다. 청관 스님은 승당 선생이 서울에서 벼슬살이를 할 때 하녀 삼아 두었던 첩의 소생이라고 최근에 와서야 그는 듣고 있었다. 그것도 지난 삼월 달 상정일의 예림서원 향례 때 단장면 태룡리에서 온 유학자로서, 무봉사 주지인 향봉(響峰) 스님과 친분이 깊다는 무릉(武陵) 선생으로부터 은밀히 전해들은 얘기였다. 무릉 선생이라면 단장면의 터줏대감 격인 태룡 안씨(台龍安氏) 집안의 유학자로서 임진왜란 때 의승장으로서 평양성을 탈환하는 등, 나라를 구하는데 큰 공을 세운 사명대사를 비롯하여 서산대사와 기허대사 등 세 분의 충렬을 기리기 위해 그분들의 위패를 봉안한 표충사(表忠寺) 경내의 표충서원

(表忠書院)에서 사찰 측과 합동으로 일 년에 두 번씩 3월과 9월의 상정일(上丁日)에 추모대제를 봉행할 때 유림 측의 집례자로서 의식을 관장해 온 인물이었다.

그의 전언에 의하면, 옛날 무봉사 주지 스님이 단장면 구천리 재약산(載藥山) 기슭에 있는 호국사찰 표충사에서 수행생활을 하고 있을 때, 무릉 선생의 각별한 주선으로 입산한 열 예닐곱 살 된 행자 아이 하나가 있었는데, 그 아이가 바로 재약산과 천황산(天皇山) 사이에 있는 금강동 골짜기의 토굴 움막집에서 은거하다가 한일 합방의 비보를 접하고 의거 순절한 승당 선생의 첩실 소생이었다는 것이다.

승당 선생이 서울에서 벼슬살이를 접고 낙향한 후, 그 어미와 함께 서울에 남아 있었으나 승당 선생이 본가에서 나와 금강동 골짜기로 들어가 은거한다는 소식을 전해 듣고 뒤따라 내려와 하인이라고 신분을 숨긴 채 그동안 토굴 움막집에서 기거를 함께 하며 승당 선생의 뒷바라지를 해 왔는데, 한일 합방의 비보를 접하자마자 승당 선생이 할복 자결하는 바람에 그도 곧장 머리를 깎고 중이 되어 버렸다는 것이었다.

그런데, 그 첩의 소생이 표충사 큰절에서 몇 년 동안 행자 노릇을 한 끝에 사명대사의 직계 법손(法孫)이 되어 심신 수련을 거듭하다가 연무(鍊武)를 관장하던 스승을 따라 동래 범어사로 승적(僧籍)을 옮겨 떠나고 말았는데, 바로 얼마 전에 당당한 청년 승려가 되어서 무봉사 절에 탁발 수행차 와 있다는 것이었다.

물론, 무봉사 주지 스님이 그 유생한테 그 중의 얘기를 스스로 끄집어내게 된 것도 이 지방에서는 모르는 사람이 거의 없는 이 지역을 대표할 만한 오랜 토반인 승당 선생의 피붙이였기 때문이었을 것이다. 그 경위야 어쨌든 필운 선생한테는 대단한 소식이 아닐 수 없었다. 승당 선생이라면 일찍이 자신의 부친과 교분이 두터운 오랜 문우요, 또한 사돈 집 가문의 큰 어른인 동시에 망국의 울분을 참지 못하고 의거 순절함으로써 이 지역 유림의 기상을 만천하에 떨쳤던 분이기에 더욱 그러하였다.

그러나, 아무리 그렇다고는 해도 그 중이 승당 선생을 시봉하였던 하녀의 소생으로 사돈댁의 가정사에 얽힌 사람이니만큼, 필운 선생의 대응은 그만큼 조심스러울 수밖에 없었다.

'바깥어른의 일이니 용화당의 사부인은 물론 자제분들은 응당 알고 있을 것으로 사료되었지만, 그 일을 비밀에 붙인 끝에 정작 종손인 중산은 아직도 모르는 모양인데, 이 얘기를 전해 주어야 하나, 말아야 하나…'

그러나 그게 내 딸의 시댁 일로서, 조정에 출사하여 기우는 조선 왕조의 사직과 함께 인생의 곡절을 겪었던 고인의 유업을 제대로 정리하도록 하기 위해서라도 필운 선생은 어떻게든지 그 사실을 종가를 이끌어 갈 차세대 당주이자 자기네 사위인 중산에게만은 그대로 알려 주는 게 도리일 거라는 판단이 섰던 것이다.

그래서 무봉사 신도인 자신의 부인에게는 비밀로 하고 무봉사 주지 스님과 잘 아는 사람에게 다리를 놓기도 하고, 그것도 모자라 청지기인 장 서방을 은밀히 보내어서 다시 자세히 알아볼 만큼 알아보았으나 새로 알아낸 사실은 별로 없었으며, 자기의 사승을 따라 표충사를 떠나간 뒤로 동래 범어사에 승적을 두고는 사명대사가 입적했다는 합천 해인사며, 그의 행적이 남아 있는 오대산 월정사와 백담사와 같은 전국의 유명 사찰들을 돌면서 수행생활을 하고 있다는 것과 겉으로 드러난 청관 스님의 언행과 됨됨이만 좀 더 자세하게 알아온 게 고작이었던 것이다.

그런데, 무봉사를 다녀온 장 서방의 말로는 분명히 그 청관 스님이라는 사람이 이십대 후반으로 보이는 청년 승려라고 했는데, 자운이라는 중이 자기 자신이 같은 또래인 청관 스님의 상좌라고 했다니 도무지 납득이 되지 않는 것이다.

"민 서방. 자네더러 불공하러 가는 길에 무봉사에 와 있는 청관 스님을 만나 보라고 급히 기별을 넣은 것은 앞으로 이런 기회를 좀처럼 잡기가 어려울 것 같아서 그리하였던 것이라네! 그런데 말이야. 자네 혹시 무얼 잘못 알고 온 게 아닌가?"

기상이 서릿발 같은 운곡 선생보다는 어느 모로 보나 온유한 모습, 그러나 흙으로 빚은 듯이 단아한 필운 선생의 얼굴에 학문으로 닦은 지혜와 온유한 자애의 빛이 흐른다.

"하오면 제가 무얼 잘못 알고 왔다는 뜻이온지…?"

이때, 밖에서 인기척이 나더니 단오빔을 예쁘게 차려입고 중산과 그의 아내를 따라 함께 왔던 하녀가 밖에 서 있는 이곳 떠꺼머리 하인으로부터 화채 상을 받아들고 방 안으로 들어왔다. 그 바람에 두 사람의 대화는 거기서 중단되고 말았다. 그들은 입을 다문 채 하녀가 하는 양을 물끄러미 바라보고 있었다.

열 예닐곱 살쯤은 되었을까. 본디 이곳 처가에 있던 하녀였지만 중산의 아내 박씨 부인이 동산리로 시집을 때 교전비로 데리고 왔던 도화(桃花)라는 몸종이었다. 상전의 친정 나들이에 수행차 따라왔으니 그녀도 오랜만에 친정에 온 셈이었다. 그래서 그런 걸까. 두 상전을 조심스럽게 받드는 복사빛 얼굴에 마음이 설레는 듯 얇은 홍조가 흐른다.

중산은 복사꽃처럼 피어난 그 아이의 다소곳한 자태에서 은연중에 아내의 처녀 시절의 모습을 대하는 심사였다. 이곳 처가에 있는 여러 계집종들 중에서도 행실이 가장 음전하고 영특한 아이라 어깨 너머로 언문을 깨치고 천자문도 읽을 줄 안다며 자랑하던 아내의 말을 떠올리며 그녀가 하는 양을 유심히 바라보고 있었다.

분홍색 댕기 머리에 익모초 줄기로 뒤꽂이를 하고 분단장까지 한 하녀는 두 상전이 먹기 좋게 화채 그릇을 반듯하게 정리한 다음에 뒤로 두어 걸음 물러나 치맛귀를 부여잡으며 목례를 올리고는 뒷걸음질로 문가에 이르더니 바람처럼 밖으로 사라진다.

"식기 전에 어서 들게."

필운 선생이 자신은 수저를 들 생각도 않고 중산에게 권한다. 석청

꿀을 탄 오미자 국에 갓 익은 새빨간 앵두와 잣을 정갈하게 띄운 화채였다. 인기척이 밖으로 사라진 뒤에 중산이 화채를 한 모금 마시는 것을 보고서야 필운 선생은 다시 말을 잇는다.

"이 보게, 민 서방. 무봉사를 다녀 온 장 서방의 말로는 분명히 이십 대 후반쯤으로 보이는 사람이라고 했는데, 같은 나잇살의 상좌를 두었다니 그게 좀 이상하지 않은가? 청관 스님이 지리산 쪽으로 갔다고 말한 그 자운이라는 젊은 중 말이야. 그 자가 바로 당사자인 청관 스님이 아닐까 이 말이네!"

"장인어른, 설마하니 그럴 리가 있겠습니까?"

말은 그렇게 하였으나 중산도 미상불 그런 생각이 들지 않는 바는 아니었다.

"아니야. 그자가 청관 스님이라면 벌써 우리 쪽의 움직임에 대해 눈치를 채고 충분히 그럴 수도 있었을 게야! 내가 들은 바에 의하면 언행이 분명하고 외양부터가 심상치 않은 출중한 인물이었다는 게야! 서출이기는 해도 승당 사장어른의 핏줄을 타고 났는데, 그 두뇌와 기상이 어디로 가겠는가? 될성부른 나무는 떡잎 때부터 알아본다고, 어릴 적부터 그랬다는 게야. 자신의 실체가 드러나 행여나 부친의 명예에 누가 될세라, 처음부터 하인으로 행세하며 은둔 생활의 수발을 들 정도였으니 어련하겠는가? 모르긴 해도, 자네가 동산리 민씨 집안의 사람인 줄을 눈치 채고 자신의 신분을 감추기 위해서 일부러 그렇게 둘러댄 게 분명한 모양일세!"

"그렇다면 제가 사람을 놓아 다시 한 번 자세히 알아보면 어떠하올는지요?"

내심 가슴을 치며 중산이 물었으나 필운 선생은 천천히 고개를 가로 젓는다.

"그럴 필요까지는 없을 것 같네! 내 짐작대로라면, 아마도 그 사람은 이미 무봉사를 떠나고 없을 테니까 말일세!"

"그분이 무봉사를 떠났다면 어디로 갔을까요?"

"글쎄, 내가 알아 본 바로는 운수납자(雲水衲子)처럼 전국의 유명 사찰들을 돌며 수행생활을 하고 있는 모양이던데, 승적을 옮겨 간 동래 범어사로 곧장 갔으면 모를까, 난들 그 향방을 짐작이나 할 수가 있겠는가? 이번에 무봉사에 온 것도 탁발을 가장하여 다른 은밀한 목적으로 지나치는 길에 용무가 있어 일부러 들렀던 것이라고 하니 말일세!"

"………."

중산은 갑자기 할 말을 잃은 채 한 줄기의 청량한 솔바람이 한바탕 가슴을 후려치고 지나가 버리고 만 듯한 허전함을 느낀다. 좀전에 느꼈던, 허탕 뒤에 오는 아쉬움만은 아니었다. 놀라운 건지, 경이로운 건지 그 자신도 알 길이 없는 신비로운 느낌이었다.

어느 날 갑자기 자신의 첨예한 관심사로 떠오른 승당 할아버지의 첩실 소생이라는 청관 스님―.

중산은 자운이라고 자기소개를 한 그 젊은 중이 장인어른의 말대로 청관 스님이 맞을 것이라는 생각이 들면서 그것이 하나의 확증처럼 머릿속에 뚜렷이 자리를 잡아가는 심사였다.

'참으로 아까운 사람이야! 그 자운 스님이라던 학승 말일세. 첫 인상부터가 어딘지 모르게 범상치가 않아서 하는 말이네. 청동으로 빚은 듯이 당당한 체형하며 온유함 속에서 발하던 그 강렬한 지혜로운 눈빛이 퍽 인상적이었거든!'

아까 들었던 운사의 말도 그런 믿음을 더욱 확고하게 만들어 주고 있었다.

"참, 아버님은 양춘재에 혼자 계시던가?"

운사의 말을 떠올리며 청관 스님의 생각에 젖어 있는 중산에게 필운 선생이 불쑥 묻는 말이었다.

"아닙니다."

중산은 짧게 대답했다가,

"한 번도 뵌 적이 없는 웬 낯선 손님 한 분이 그곳 안사랑에 와 계셨습니다."

하고 잠시 잊고 있었던 아까 그 노선비의 존재를 떠올린다.

"아직도 그대로 계셨구먼! 먼 데서 오신 손님이야. 호암(毫巖) 선생이라고, 경북 의성(義城)에서 오신 분이라네!"

"경북 의성에서요?"

"그렇다네! 자네 조모님의 친정이 있는 경북 의성 말일세! 오래도록 산 속에 은둔하며 의병 활동을 하고 계셔서 그렇지, 의김(義金) 쪽의 거목이라 할 만큼 학문이 깊고 의기가 출중한 분이시지!"

의김이라면 용화 할머니와 한 집안인 안동 김씨 족벌의 의성파(義城派)가 아닌가! 중산은 갑자기 무엇이 쿵하고 뒤통수를 후려치는 듯함을 느끼면서 자신도 모르게 내심 가슴을 친다.

"용화당의 자네 조모님과도 촌수가 닿을 만한 사람이니, 자네도 면식(面識)을 익혀 두는 게 좋을 게야."

"예… 그랬었군요! 그런데도 불구하고 저는 그 어른을 여태까지 모르고 있었다니, 좀 뜻밖이라는 생각이 듭니다."

중산은 용화 할머니의 장손으로서 큰 무례라도 범한 것처럼 얼굴이 화끈해짐을 느낀다.

"친정과 측간은 멀수록 좋다고 했으니 그거야 그럴 수밖에!"

당연하다는 듯이 이렇게 공감을 표한 필운 선생은 활짝 열린 문 밖을 한번 살펴보고 나서,

"그 어른은 그동안 태백산 일대에서 많은 제자들을 이끌고 의병 활동을 쭉 해 오고 계셨다네! 그래서 좀처럼 실체를 드러내실 수가 없으셨던 게지."

하고 왜놈들이 알면 총칼을 들고 들이닥칠 놀라운 말을 입에 담아내는 것이었다.

의병이라는 바람에 중산도 헌병대 감옥에 갇혀 있는 남포 선생의 모

습을 후딱 떠올리며 부지불식간에 활짝 열린 문밖 마당 끝의 중문 쪽부터 살펴본다. 그러면서 지금 자기 품속에 간직한 서찰이 예사 성질의 것이 아님을 직감하고 얼른 옷깃을 여미는 것이다. 그리고 단오절을 맞아 흥성거려야 할 처가를 감싸고도는 이상야릇한 정적마조도 섬뜩하게 느껴지는 것이었다.

드넓은 중사랑 마당에는 엷은 저녁나절의 햇살이 엷게 깔려 있을 뿐, 사람 그림자 하나 얼씬하지 않고 있었다.

"왜, 아버님께서 그 손님을 소개해 주시지 않던가?"

중산이 눈에 띄게 긴상하는 것을 보고 필운 선생이 묻는다.

"승당 할아버님과 친분이 계신 분이라는 말씀은 하셨지만, 다른 말씀은 일체 없었습니다."

중산의 말로 미루어 운곡 선생의 의중을 읽었는지 필운 선생도 천천히 고개를 끄떡이며,

"…아마도 의병 활동을 하시는 분이라 보안상의 이유도 있지만, 시국이 극히 불안한지라 자네에게 불편한 마음의 짐을 지우거나 위험에 빠뜨리지 않으시려는 배려에서 그리하셨을 게야. 그러니 자네도 그 어른에 대해서 자세하게 알려고 하지 않는 게 좋을 것 같네!"

하고 갑자기 태도를 바꾸며 그 손님에 대해서는 더 이상 언급하려 하지 않았다. 그리고 중산도 두 어른들께서 자신을 보호하기 위하여 그리한다는 걸 미루어 짐작할 수 있을 것 같아서 굳이 더 이상 알려고 하지 않았다.

'천기에 버금 갈만 한 문서라고 했으니, 내가 그 천기를 품은 셈이 되었구나!'

중산은 본의 아니게 나라의 운명을 좌우할 만큼 대단한 밀서를 몸에 지닌 밀사라도 되는 것처럼 가슴이 쿵쿵거리는 것을 느끼면서 그렇게 내심 감격을 한다.

그런데 이상한 일이었다. 막상 처가를 나와서 죽명 숙부 댁으로 향

하는 동안에 중산의 머릿속을 가득 채우고 있는 넘실거리는 것은 방금 얘기를 나누었던 그 노선비에 대한 궁금증이 아니었다. 어떤 면으로든 용화 할머니와도 무슨 관계가 있을 것만 같은 그 노선비보다는 돌아가신 승당 할아버지의 얼굴이 생생히 떠오르며 자꾸만 머릿속에 자리를 잡아가고 있는 것이었다. 그리고 그 위에 아까 무봉사에서 본 그 청관 스님의 범상치 않던 풍모가 교차되면서 운사가 하던 그에 관한 인물평이 시종 귀에 쟁쟁 맴도는 것이었다.

'승당 할아버지에게 자기도 모르는 피붙이가 따로 있었다니!'

중산은 예기치 못한 사실을 접하는 놀라움보다도 청관 스님에 대한, 단순한 호기심의 차원을 넘어서 거의 외경스럽기까지 한 궁금증이 자꾸만 증폭되고 있는 데 대해서 스스로 놀란다.

'그런데 아버님과 용화 할머니께서는 그 피붙이의 존재를 알고 계시기나 한 것일까.'

서울에서 상주하고 계셨던 것은 아니었지만 조정에 출사한 할아버지의 서울살이를 집에서 이따금씩 올려 보낸 사람들을 통하여 멀리서 내조하며 안팎의 집안일을 여황처럼 관장해 오신 용화 할머니께서 그만한 일을 모르고 계실 리가 없다는 생각이 들기도 하였다. 그렇다면 그동안 처조부님과 용화 할머니 사이에 빈번하게 오고간 서찰들도 어쩌면 청관 스님의 문제와도 무슨 연관이 있었을지도 모르는 일이 아닌가?

중산은 죽명 숙부님 댁이 있는 향청껼로 향하면서 자꾸만 그런 생각이 들었다. 그리고 자기네 가정사에 얽힌 천고의 비밀이라도 알아낸 것처럼 가슴이 으스스 떨려오는 것이었다. 그리고 또한 그 청관 스님이라는 사람이 정녕코 승당 할아버지가 서울살이를 할 때 떨구어 놓은 한 점 혈육이라면, 이제 자기는 그 사실을 집안의 다른 어른들은 몰라도 집안의 온갖 현실적인 문제들에 대해 비밀을 공유하면서 조언을 받고 있는 죽명 숙부님한테만은 숨김없이 이야기할 수 있을 것 같았다.

제 아무리 첩실 소생을 가문의 혈육으로 안정하지 않는 것이 자기네 집안을 비롯한 일반 양반 사대부가의 오랜 관례이자 불문율이기는 해도, 가문에 욕이 되고 누가 되지 않는 출중한 인물이라면 서출도 하나의 피붙이로 인정할 것은 인정해 주어야 되지 않을까. 운사의 말을 빌리지 않더라도 지금은 충분히 그럴 수도 있는 개명된 세상이 아닌가?

그러나, 그것은 어디까지나 중산 자신의 생각일 뿐, 문중 어른들이며 집안 식구들이 그 문제를 어떻게 받아들일지 그것은 아무도 장담하지 못할 일이었다.

죽명 숙부의 향약원을 겸한 혜민당(惠民堂) 한의원은 남문 안 향청껄 한길 가에 있었다. 옛날에 향청이 있었던 거리라 해서 향청껄이라고 했지만, 지금은 일제의 시가지 정비 사업으로 향청은 간 곳이 없고, 한옥을 개조한 그만그만한 상가들이 앞 다투어 들어서고 있는 지역이었다.

한의원과 맞붙어 있는 죽명 숙부의 저택은 바깥은 전통 기와집이었지만 집 내부는 전부 생활하기에 편리한 서양식으로 꾸며 놓고 있었다.

젊은 나이로 유산 하나 물려받지 못한 채 문중에서 축출된 죽명 숙부가 사람들의 내왕이 많은 그런 저자거리 한복판에 일본인 못지않게 살림집 옆에 별도의 건물을 지어 낭하로 연결해 놓고 한의원을 개업한 것을 보면 누가 뭐라고 하든 시대를 앞서 간 문중의 기린아로서 딴은 대단한 사람임에는 틀림이 없었다.

언제나 그랬듯이, 탕약을 달이고 각지에서 구해 온 각종 약초들을 손질하며 대문간의 약제실을 지키고 있던 강 주사와 김 군이 중산 일행을 가장 먼저 맞이하였다. 영남루의 연회가 끝나지 않았는지 죽명 숙부님은 아직도 집에 돌아오지 않고 있었다.

애초부터 왜놈들의 음흉한 의도에서 추진된 관제 행사여서 그런지, 영남루 연회가 꽤 길게 이어지고 있는 모양이었다. 관민 합동 연회에 참석하라는 군청의 강압적인 공문을 받고 그 대책을 논의하기 위하여 중산이 처음 혜민당에 들렀을 때, 늘 낙천적이던 죽명 숙부도 퍽 난감해했던 것이다.

저들이 〈토지 조사 사업〉이라는 칼자루를 서슬 푸르게 휘둘러대고 있는 마당에 화를 면하기 위해서는 참석을 하지 않을 수는 없고, 자기네 문벌의 일반적인 정서와는 상반된 그런 난처한 관제 행사에 자기 집안에서 군이 참석하려면 자기밖에 없는 게 현실인데, 집안 형편을 좇아 거기에 참석했다가는 또 어떤 결과가 초래될지 모르는 일이라 운신하기가 그만큼 어렵다는 것이었다.

"관제 연회를 개최하려는 저들의 속셈이 뻔한데 우리 집안에서 그 자리에 불참했다가는 어떤 봉변을 당하게 될지 모르는 일이 아니냐! 저들의 큰 명절인 천장절도 아니고, 우리의 큰 명절인 단오절에 이와 같은 관제 관민합동 연회를 열 때에는 고을 안의 내로라는 모든 유지들을 자리에 불러 모아야 할 필요가 있다는 얘기인데, 이럴 때 저들의 눈 밖에 나는 짓을 했다가는 적잖은 불이익과 불상사를 당할 게 뻔하니 안 나갈 수도 없고 이것 정말 큰일이구나! 어머님이나 문중 어르신들께서 아신다면 요지부동으로 버티실 것은 자명한 일이고……."

쓴 입맛을 쩝쩝 다시면서 오래도록 심사숙고하던 죽명 숙부는 그러나 결국 이번에도 문중을 지키기 위하여 하는 수 없이 방패막이 노릇을 스스로 자임하고 나섰던 것이다.

중산은 죽명 숙부가 돌아오는 대로 인사만 올리고 돌아갈 요량으로 수행원들을 현관 옆의 환자 대기실에 등대시켜 놓고 곧장 안채 내실로 들어갔다.

"어서들 오너라."

처가에서 보낸 기별을 받고 목이 빠지게 기다리고 있었던지, 중산 내외를 맞이한 막내 숙모님은 죽었던 아들이 살아서 돌아오기라도 한 것처럼 반가워하면서 어쩔 줄을 몰랐다. 하녀를 시켜도 될 것을 손수 두 소매를 걷어붙이고 나서 가지고 얼굴과 손을 닦도록 물수건을 내어 온다, 다과상을 차려 온다 하면서 야단이었다.

"어디 보자, 우리 금자동이 보물단지!"

민망할 정도로 손님 접대에 한바탕 정성을 쏟아낸 죽명 숙모님은 물 묻은 손을 닦기가 무섭게 오늘 첫돌맞이 축수 불공을 드리고 온, 포대기에 싸여 있는 어린 병준이 곁에 수선을 떨며 다가앉는다.

"귀하디귀한 우리 종손을 이 막내 할미가 한번 안아 봐도 되겠느냐?"

일찍이 바깥양반이 당한 〈수화불통〉의 처결로 늘 문중으로부터 배척되는 기조 속에 겉돌면서 서러움을 감내하며 살아야 했던 죽명 선생의 아내 이씨 부인은 유모의 손에서 아이를 받아 안아 보면서 그것만으로도 분에 겨운 듯 지나칠 정도로 몹시 황감해 한다. 여주이씨(驪州李氏)인 그녀도 동산리 여흥 민씨네 문중의 여느 부인네들과 마찬가지로 고르고 골라서 맞아들인 뼈대 있는 양반가의 규수 출신이었다.

그녀 역시도 송곡(松谷)이라는 택호를 가지고 있었으나 이곳 사람들은 그녀를 두고 모두 '향약원 댁 사모님', 또는 '혜민당 사모님'이라고 부르고 있었다. 특히, 혜민당의 대민 규휼사업으로 은혜를 입은 사람들 사이에선 그들 부부에 관한 칭찬이 자자하였다.

"이름을 병준(丙俊)이라고 지었다지?"

아이의 뺨에 입술을 갖다 대어 보며 송곡 부인이 옆에 앉은 종가의 질부 박씨 부인에게 묻는다.

"그렇답니다, 숙모님. 아버님께서 그렇게 지으셨는데, 용화 할머님께서도 아주 좋은 이름이라며 크게 기뻐하셨답니다."

"물론 그리하셨겠지, 그리하셨겠지! 이 도련님이 어떤 자손인데. 금이야 옥이야, 하고 모두들 야단이셨겠지!"

중산은 숙모님이 처음 보는 어린 종손을 두고 왜 이렇게 감격해 하시는지, 그 심정을 충분히 이해할 수 있을 것 같았다. 죽명 숙부님한테 내려진 수화불통의 조처가 거두어진 것도 아닌데, 아직도 여전한 집안의 분위기를 무릅쓰고 자기만이라도 이렇게 남부여대하여 숙부님 댁을 찾아 준 것이 여간 눈물겹도록 고맙고 대견스럽지 않는 것이리라.

중산은 그런 숙모님에게 어떤 말을 해 드리는 게 위로가 될 것인지를 생각하다가 이내 그 해답을 찾아낸다.

"숙모님, 서울에 가 있는 관식(寬植)이하고 인식(仁植)이한테서는 자주 소식이 오는지요?"

중산의 생각은 과연 빗나가지 않았다. 아이의 얼굴을 들여다보고 있던 송곡 부인이 비로소 고개를 들고 반색을 하며 그를 쳐다본 것이다.

"그럼, 오고말고! 지난 공일날에도 둘이서 함께 다녀갔는거로!"

중산을 바라보는 그녀의 얼굴에 잔잔한 미소가 번진다. 그러다가 그 눈이 점점 뜨거워지는 것 같더니 큼직하게 생긴 두 눈에 그예 그렁그렁 물기가 어리고 만다. 이십 년이 다 되도록 가문에서 축출된 이단자의 아내로 살아오면서 어린 자녀들이 마음의 상처를 입을세라 남모르게 속을 태우며 겪어야 했던 수많은 곡절들이 불현듯 생각난 것이리라.

"고생 모르고 자라난 아이들인데, 객지 생활에 어려운 점은 없었다는지요?"

배재고보 상급반에 재학 중인 사촌 동생 관식이와 지난해 초 이화학당에 입학한 누이동생 인식이가 서울 서소문 밖의 어느 외국인 선교사 집에서 생활하고 있다는 것까지는 중산도 알고 있었다.

"젊어서 고생은 사서도 한다는데 고생은 무슨 고생!"

중산을 바라보며 찬찬히 웃는 송곡 부인의 촉촉이 젖은 눈에 따뜻한 정감이 어린다. 그것만으로는 부족했던지 그녀가 말했다.

"자네는 앞으로 복 많이 받고 살 것이네. 젊은 사람 같잖게 매사에 이렇게 생각이 넓고 깊으니…."

말을 하다 말고 송곡 부인은 다시 품에 안은 아기한테로 눈길을 가져가는 것이었다. 상남면 일대에서 소왕국을 이루고 살아가는 동산리 여흥 민씨 문중의 혈손으로서 여태까지 대궐 같은 종가의 문지방도 한 번 밟아 보지 못하고 자라난 자신의 자녀들을 생각노라니 더욱 그런 생각이 드는 모양이었다.

"숙모님도 참 별 말씀을 다 하십니다! 숙부님의 처지를 뻔히 알면서도 아무런 도움도 모 드리고 있는 것만 해도 송구스러워 죽겠는데, 왜 자꾸 그런 말씀을 하십니까? 문중의 종손으로서 그런 말씀을 들어야 하는 제가 오히려 부끄럽습니다."

중산은 숙모님이 그렇게 나올수록 더욱 송구스러운 생각이 들었다.

"그래도 '수화불통'이라 하여 출문 조처가 내려진 이후로 문중 사람들은 물론이고 아랫것들까지 얼씬도 하지 못하고 있는 우리 집에 시선을 많이 받는 대종가의 종손이 이렇게 처자식들을 거느리고 버젓이 발을 들여 놓기가 어디 쉬운 일인가?"

출문 조처를 당하고 절해고도나 다름없이 적적하게 살아 온 지난날들의 버려진 삶이 두고두고 가슴에 맺히는 것이리라.

"그래도 종손인 저라도 발걸음을 꾸준히 잇고 있어야 친족으로서의 도리가 아니겠습니까?"

"그래도 그렇지, 종손이라고 해서 아무나 다 이렇게 하지는 못할 터인데!"

"숙모님, 조금만 더 기다려 주십시오! 세상이 온통 뒤집어지는 판인데, 미구에는 무슨 수가 나지 않겠습니까?"

중산은 숙모님의 한을 풀어드리지 못하는 것이 모두 자기의 죄나 되는 것처럼 가슴이 무거운 나머지 자기가 감당하기 어려운 일임에도 불구하고 희망적인 위로의 말을 서슴지 않고 입에 담는다.

"그래, 그래. 제발 그렇게만 되어 준다면야 얼마나 좋을꼬!"

송곡 부인은 몇 번이나 고개를 끄떡여 보다가 다시금 품에 안은 아이한테로 눈길을 가져간다.

"어쩌면 이렇게 신수가 훤하게 잘도 생겼을꼬. 숯검정처럼 짙은 눈썹을 보니 틀림없는 우리 가문 종손의 모습일세! 어디 보자, 어디 보자. 아버지를 닮았나, 할아버지를 닮았나. 얼굴 윤곽은 아버님을 닮은 것 같고, 턱하고 이마 쪽을 보니 돌아가신 증조할아버지를 닮은 것 같기도 하고, 여기 있는 중산 조카를 닮은 것 같기도 하고…"

시댁의 여러 어르신들을 직접 뵌 적도 없으면서 그렇게 칭송의 변을 인사삼아 쏟아 내던 송곡 부인은 문득 생각이나 난 듯이, 한 자리 건너 편의 소파에 앉아 있는 조카며느리인 박씨 부인한테로 눈길을 가져간다.

"이보게, 질부. 아이한테는 뭐니 뭐니 해도 지 엄마의 모유가 제일이라는데, 젖은 잘 나오는가?"

"예, 숙모님. 젖은 유모의 신세를 안 질 정도로 잘 나오는 편이랍니다."

박씨 부인은 공연히 얼굴을 붉히며 겸연쩍어한다. 혼인할 때 폐백도 못 드리고 친정 신행길에 잠시 들러 예를 올렸던 비운의 막내 시숙모님이었다. 친정집하고 몇 마장도 채 떨어지지 않은 가까운 거리였으나, 친정집 나들이를 삼가는 것이 해천결 친정댁의 오랜 풍습인데다가 혜민당 한의원에 대해서는 문중 사람들에게 금족령까지 내려져 있는 터이라 남편과 동행하면서도 남들의 이목에 신경을 쓰며 은근히 마음을 졸여야만 했던 박씨 부인으로서는 또 그녀대로 마음에 켕기는 바가 한둘이 아니었다.

"젖이 모자라지 않는다니 다행이네."

고개를 끄떡이던 송곡 부인의 애틋한 시선이 새삼스럽게 새색시의 모습이 여전한 박씨 부인의 얼굴을 더듬는다.

"이보게 질부! 나는 시집 어른으로서 아무 노릇도 해 준 것이 없는데, 이렇게 어려운 발걸음을 해 주니 얼마나 고마운지 모르겠네."

"뵐 때마다 숙모님께서 자꾸 이러시니 저는 정말 몸 둘 바를 모르겠습니다."

박씨 부인도 송구스럽기는 매한가지라 새삼 얼굴을 붉힌다.

"이 사람 말이 맞습니다, 숙모님. 이제는 제발 그런 말씀 그만 하시도록 하세요. 사실 따지고 보면 숙부님께서 그렇게 되신 것도 모두가 다 시대를 잘못 만난 탓이 아닙니까?"

보다 못해 중산도 한마디 거들고 나선다. 사실이 그랬다. 죽명 숙부에게 죄가 있다면 청나라 세력을 등에 업은 민씨 정권과 그 정권을 무너뜨리려고 일본을 등에 업은 개화파 세력들이 본격적으로 움직이기 시작하던 바로 그 민감한 시기에 남다른 총명함으로 약관의 어린 나이로 식년시에 장원 급제하였던 게 죄였다. 다시 말해서, 그가 갑신정변에 연루된 개화파 인사들과 엮이게 된 것도 그 당시 민씨 척족 정권의 정점에 있던 민태호 대감과 사헌부 집의였던 부친 승당 어른이 왜인들과 개화파 인사들의 동태를 파악하기 위하여 그들의 내왕이 잦은 부산포의 해관 감찰관으로 특별히 파견한 데서 비롯된 결과였기 때문이다.

그러나 이제 문제는 죽명 숙부님의 진보적인 사상이 〈수화불통〉의 조처로 청산된 것이 아니라 아직도 진행 중에 있다는 사실이었다. 그분은 문중에서 엄중히 금기시하고 있는 예수교를 아직까지 버리지 않고 믿고 있었고, 그래서 거실 한쪽 벽면에는 커다란 예수의 성화 액자가 보란 듯이 걸려 있고, 찬송가를 비롯한 신·구약 성서며, 예수교와 관련된 각종 서적들이 서가 한 칸을 다 차지하다시피 잔뜩 꽂혀 있는 것이었다.

집안 어른들과 죽명 숙부님과의 사이에 아직도 해결할 수 없는 미완의 숙제가 있다면 그것은 다른 그 무엇도 아닌, 종교적인 문제와 이단자로 인식되고 있는 죽명 숙부의 거취 문제로 요약할 수 있을 것 같다. 그리고 그것은 양자 중 그 어느 쪽에서도 양보 할 수 없는 근원적인 문제임을 중산은 인식하고 있었다. 그래서 그는 문중의 차세대 당주라는 신분상의 막중한 책임감 때문에 그 양자 사이를 오가면서 오랜 갈등의 풍파를 몸소 체험하면서 자기 나름대로 격변기가 가져다주는 남다른 시대적인 아픔을 겪고 있는 셈이었다.

죽명 숙부님은 제법 길어진 초여름 해가 설핏해질 무렵에야 집으로 돌아왔다. 얼굴에는 아직도 불그스레하게 취기가 남아 있었다. 예수교인들은 술을 마시지 않는다는데, 오늘 연회가 어떠했는지 안 마시던 술까지 마셔야 했던 것을 보면 영남루 연회장에서 못 먹는 술을 억지로 마셔 가면서 종교적인 금기마저 어기지 않으면 안 되는 사정이 있었던 모양이다.

"오, 우리 젊은 차세대 당주님께서 왕림해 계셨구먼! 어이쿠, 우리 천사 같은 질부님께서도 와 있었고!"

이렇게 너스레를 떨며 나타난 죽명 어른도 일단 안으로 들어와 큰댁 조카 내외로부터 큰절을 받을 때만은 집안의 여느 어른들이나 마찬가지로 근엄한 모습으로 되돌아가 있었다.

"숙부님, 단오절 연회는 무사히 잘 끝났는지요?"

예를 갖추고 의례적인 인사말이 오간 뒤에 중산이 조심스럽게 물었더니, 죽명 어른은 쓰라린 속을 노골적으로 드러내며 고개를 절래 절래 흔드는 것이었다.

"말도 말아라! 그 자리가 어떤 자리인데 무사히 끝났겠느냐? 노엽고 지겨워도 좋은 듯이 참고 있노라니 참으로 사람으로는 못할 노릇이었는데, 술이 거나하게 돌고 파장 무렵이 되니까 아니나 다를까, 너나없이 한마디씩 불평들을 늘어놓는데 이만저만이 아니더구나!"

중산은 연회에 참석한 인사들 중에는 왜놈들이 심어놓은 조선인 첩자나, 친일 인사도 없지 않았을 거라는 생각을 하고 있었다. 그러나 전체적인 분위기가 그렇게 흘렀다니 그나마 다행스런 일이라고 생각하며 다시 묻는다.

"주로 어떤 말들이 나왔는데요?"

"불평이야 뻔하지 머. 〈토지조사사업〉과 지난 〈토지 조사령〉으로 몰수해 간, 조선 사람들의 토지들을 당장 돌려 달라. 수리 조합비는 조합원들에게만 거두되, 과도한 기부금은 절대로 거두지 말아라. 관에서 우리 조선 사람들을 너무 강압적으로 대하지 말아라. 관에서 토목 공사를 할 때 묘소와 각종 유적들을 함부로 파괴하지 말고 훼손된 것들은 원상 복구시켜라. 호구세를 없애고 농지세를 낮춰라…. 말들이야 부지기수로 많았지만 그놈들이 어디 콧방귀나 뀔 놈들인가!"

잘 다듬어진 수로에 물이 흐르듯이 자연스럽게, 그러면서도 무심하다 싶을 정도로 담담하게 들려주는 죽명 숙부의 얘기를 귀담아 들으면서 그를 누구보다도 잘 이해한다고 자부하는 중산도 가끔씩 헷갈리거나 의문을 가져보는 수가 있었다.

문중 어른들 사이에서 오래 전부터 친일 개화파로 낙인찍힌 나머지 문중에서 축출되었던 어른의 말이라는 선입견 때문만은 아니있다. 죽명 숙부에게서는 남들이, 특히 의식 있는 식자들이 다 가지고 있는 시대고(時代苦)가 절절하게 묻어나지 않는다는 점이었다. 매사에 불가능이 없고 거리낌이 없으며, 남이야 자신을 무엇이라고 평하든 간에 자신이 옳다고 생각하는 일에 대해서는 제 갈 길을 당당하게 걸어가는 삶의 자세며, 그런 삶의 태도가 중산의 눈에도 때로는 불가사의하게 비쳐지기 십상이었다.

그러나 정상적으로 살아가기 힘든, 문중 축출이라는 특수한 상황에 놓여 있는 그의 처지를 생각해 보면 이해하지 못할 바도 아니었다.

중산이 지금까지 지켜보기에 죽명 숙부는 늘 그랬다. 남들이, 특히 집안 어른들이 뭐라고 생각하고 뭐라고 평하든 간에 소신대로 살아가는 그 어른의 삶의 자세는 유유한 강물처럼 한결 같았다. 그게 그 어른을 지금까지 흔들리지 않고 제 갈 길을 갈 수 있도록 떠받쳐 준 예수교라고 하는 신앙의 힘일지도 모른다고 중산은 자기 나름대로 해석을 하고 있었지만, 그것만으로는 해답이 될 것 같지가 않은 것이다.

"숙부님, 분위기가 그러한 데도 왜놈들이 그런 노골적인 말들을 그냥 잠자코 듣고만 있었단 말씀입니까?"

중산이 믿어지지 않는다는 듯이 귀를 세웠으나 죽명 어른은 한결같은 자세로, 그러나 분명한 어조로 말했다.

"한일 선린 관계를 위한답시고 자기네들이 베푼 연회 석상에서 하고 싶은 말들이 있으면 기탄없이 해 달라고 스스로 부탁한 그런 상황에서 지놈들이 무얼 어떻게 하겠느냐? 하지만 가만히 있지는 않을 게야. 항의하고 불평하는 사람들의 면면이를 놓치지 않고 파악해 두었을 것이니 앞으로 그것을 꼬투리 삼아서 불시에 칼을 들이대는 문제가 더러 불거지겠지. 애초에 민원을 들어 주기 위해서라기보다 단오절을 맞이하여 민족정신이 결집되는 일이 없도록 군내 유지들의 발을 한 자리에 묶어 놓고서 효과적인 식민지 경영을 위한 민심 파악을 하려던 게 주목적이었을 테니까 말이야!"

"여우보다도 교활한 족속들이니 그야 물론 그랬을 테지요!"

죽명 어른은 왜놈들과 접촉이 잦았던 만큼 그들의 속내도 중산 못지않게 훤히 꿰뚫어보고 있었다. 중산은 그 문제에 대해서는 더 이상 할 말이 없었다.

"그래, 왜놈들이 밀성제 제방 축조 공사로 부역 일꾼들을 강제 동원하는 바람에 농사지을 일손이 모자라 야단들이라 하던데, 모내기는 아무 탈 없이 잘 끝마쳤느냐?"

늘 그랬던 것처럼, 죽명 어른은 중산을 만나기만 하면 자기가 도와줄 일이 없는지 그것부터 이렇게 먼저 챙기곤 하였다.

"숙부님, 그놈들이 억지로 밀어붙이는 일인데 아무 탈 없이 진행될 리가 있었겠습니까?"

"하기야 그렇겠지. 어쨌든 말썽 나는 일이 없도록 하는 기이 상책일 게다. 그놈들한테 한번 발목이 잡히기만 하면 두고두고 고초를 겪게 될 기이 뻔하니까 말이다. 속에 칼을 품더라도 외관상으로는 그렇게 좋은 듯이 지주총대라는 직책을 맡아서 언제나 호의적인 태도를 보여 주는 게 우리 신상에 좋을 게야."

"………."

그런 얘기만 나오면 중산은 늘 입을 굳게 다물고 만다. 표리부동한 언동으로 살아야 뒤탈이 없다는 숙부님의 말씀이 일견 타당한 면도 없지 않았으나 듣기에도 영 거북스러운 말이었기 때문이다. 하지만 그런 죽명 숙부의 외부 지원이 없었더라면 〈토지조사사업〉만 해도 무사히 겪어내지는 못했을 것이다.

"숙부님, 사실은 조용히 상의 드릴 말씀이 있는데요…!"

거실에서의 담소가 끝나갈 무렵, 중산은 귀엣말로 청을 넣어 숙부님을 따라 한의원으로 통하는 낭하를 따라 저쪽의 진료실로 들어갔다. 읍내 장날만 되면 난민 수용소처럼 외래 환자들로 북새통을 이루는 진료실 안이었다.

"왜? 무슨 일이기에 그리도 심각한 표정을 짓는 게냐?"

자리에 앉자마자 죽명 어른이 먼저 물었다. 중산은 그런 숙부님의 얼굴을 찬찬히 바라본다.

"혹시 숙부님께서는 돌아가신 승당 할아버님의 옛날 서울살이에 대해서 잘 알고 계시는지요?"

불문곡직하고 묻는 중산의 물음에 죽명 선생은 무엇에 부딪친 것처럼 멍한 표정을 짓는다.

"아버님의 서울살이? 글쎄다…. 그런데 새삼스럽게 그런 옛날 얘기는 갑자기 왜?"

"사실은 오늘 무봉사에 불공드리러 갔다가 요사채로 찾아가 청관 스님이라는 학승 한분을 만났더랬습니다."

"무봉사에서 학승을 만났다고?"

"예, 숙부님!"

"그렇다면 그 학승하고 아버님의 서울살이하고 무슨 관련이라도 있단 말이냐?"

죽명 선생의 미간이 모아지면서 예상보다 크게 관심을 드러낸다.

"아직 정확하게 확인된 것은 아니지만, 그럴 가능이 충분히 있어서 그럽니다."

"그럴 가능성이 충분히 있다?"

죽명 선생은 오욕으로 얼룩진 자신의 지난 반생을 되짚어 보기라도 하는 것처럼 길게 한숨을 내쉬면서 한동안 생각에 잠겨 있더니,

"자네는 그런 얘기를 어디서 들었는가?"

하고 마치 그 무슨 불경한 죄를 지은 사람을 대는 듯이 중산을 바라보는 것이었다.

"죄송합니다, 숙부님. 장인어른께서 최근에 귀띔해 주셨는데, 단장면에 사는 어느 유생의 입을 통하여 알게 되었다는 것만은 말씀드릴 수가 있지만, 저도 잘 모르는 일이라 현 단계에서는 그 얘기를 어렵게 귀띔해 주신 분의 입장도 있고 하여 더 이상은 발설하기가 어렵습니다."

중산은 장인어른의 입장을 고려하여 그 정도의 선에서 얼버무린다. 부친을 대신하여 문중 일을 도맡다시피 하고 있는 중산인 만큼, 죽명 선생도 거기에 대해서는 더 이상 알려고 하지를 않았다. 그 대신 잠시 옛 생각을 더듬는 듯하더니,

"자네가 그래도 숙부라고 나한테 돌아가신 아버님의 서울살이에 대하여 묻고 있다만, 나 역시 그 어른의 자식이면서도 자네한테 들려 줄말이 별로 없어 민망하기 짝이 없구만! 출문의 변고를 당하기 전에 몇차례 서울로 호출당한 적은 있지만, 아버님의 서울살이에 대해서 잘 안다고는 할 수가 없으니까 하는 말이네. 그 어른께서 워낙 까탈스러운 강골이시라 가족들은 말할 것도 없고 일가친척들도 아무나 서울 집에 출입을 하게 놔두시지를 않으셨으니까 하는 얘기야."

자괴 어린 숙부의 말에 중산은 용기를 내어 묻는다.

"할아버님께서 서울 현직에 계실 때 북촌 집에서 침수 수발을 들던 하녀가 있었다면서요?"

그래도 그 정도의 얘기는 알고 계실 것이 아니냐는 뜻에서 해 보는 소리였다.

"거느리고 있는 비복(婢僕)들이 한 둘이 아니었으니 어찌 침수(寢

睡) 수발을 드는 계집종이 없었겠느냐!"

"그렇다면 할아버님께서 서울 집의 하녀한테서 서자(庶子)를 보신 사실에 대해서도 숙부님께서는 이미 알고 계셨겠군요?"

"아버님께서 서울살이를 하시면서 데리고 있었던 하녀한테서 서자를 보셨다고?"

화등잔 만하게 커진 죽명 선생의 두 눈이 중산의 얼굴을 더듬는다. 그 바람에 중산은 가슴이 철렁하면서 자신이 경거망동을 한 게 아닌가 하고 잠시 할 말을 잊고 머뭇거린다.

"하기야 양반 사대부들의 축첩은 나라에서도 용인한 일이요, 제 아무리 신변 관리에 철저한 원칙주의자라 해도 오랜 서울살이에 고향과는 천릿길이 원격하여 무척이나 적적하셨을 터이니, 그럴 수도 있었겠지!"

죽명 선생은 혼잣말로 그렇게 중얼거리더니,

"그렇다면 자네가 방금 말한 무봉사에 온 그 학승이 바로 그 하녀한테서 난 아버님의 서자일 수도 있다는 말이 아닌가?"

자기를 바라보는 죽명 숙부의 안광이 워낙 강렬하였으므로, 중산은 온몸에 전율을 느끼면서 그대로 고개를 끄덕인다.

"예, 숙부님! 제가 들은 바에 의하면 그런 모양입니다만…."

"그랬었구나! 그렇게도 인간관계에 엄격하시더니 당신께서도 생애의 마지막 순간에 하얀 수의 위에 떨구어 놓으신 앵혈(鶯血) 같은 숨겨진 곡절이 있었던 게로구나!"

죽명 선생은 천고에 묻혀 있던 대단한 이변이라도 발견한 사람처럼, 그러나 하늘같았던 부친에게도 그런 일이 있었던가 하고, 한동안 할 말을 잊고 있었다. 그러나 부친에게도 그런 인간적인 면이 있었다는 사실에서 오히려 어떤 위안을 느꼈음인지, 연신 고개를 끄덕이며 가슴 깊이 아로새기듯이 이렇게 혼잣말로 중얼거리는 것이었다.

"그런데 나는 어찌 그런 아버님을 염라대왕처럼 두려움의 대상으로

만 여겼는지 알다가도 모를 일이로세!"

"그러고 보니 숙부님께서도 그런 사실에 대해서는 전혀 아시는 바가 없으셨던 것이로군요?"

"그러게나 말이다! 내가 미욱하고 불민했던 탓이지. 이런 불효막심한 일이 세상에 어디 또 있겠느냐?"

"그것을 두고 어찌 숙부님의 불효라 할 수 있겠습니까?"

중산은 대충 그렇게 얼버무리고 나서 장인어른한테서 들었던 청관 스님의 얘기를 조심스럽게, 그러나 아는 대로 자세하게 털어놓았다.

"천만 뜻밖의 일이긴 하여도 사대부들이 첩실을 두는 것이야 당연지 사였으니 새삼스러이 놀랄 일은 아니다마는, 침수 수발을 받들던 하녀 한테서 후사가 있었다는 얘기는 나로서도 금시초문이로구나!…"

"그러시다면 숙부님께서는 후사 얘기는 몰라도 첩실 삼아 거느린 노비가 있었다는 사실은 알고 계셨다는 말씀이로군요?"

"글쎄다…. 임오군란 후에 관노가 된 반란군의 여식을 노비로 하사 받았다는 얘기를 겉귀로 들은 적은 있어도 노비의 몸에서 후사까지 두 었다는 사실은 금시초문이야. 출문조처를 당하여 철저하게 배척된 삶을 살아 온 내가 식솔들이 알세라 쉬쉬하며 비밀에 부쳤음이 분명한 그런 사실을 어찌 알 수 있었겠느냐? 허나, 그런 문제야 관례가 되어 항용 있어 온 일이라 새삼스러울 것도 없지를 않느냐? 그리도 신변 관리에 엄격하시던 아버님한테서 그런 일이 있었다는 게 좀 뜻밖이기는 하지만 말이다!"

겉으로는 크게 문제 될 게 없다는 눈치를 보이면서도, 그러나 죽명 선생은 다음 말을 잇지 못한다. 첩을 두거나 거기서 후사를 보는 것이 당시 사대부 사회의 일반적인 관행이기는 해도 그게 신변 관리를 잘못한 자기에게 '수화불통'이라는 전대미문의 출문 조처까지 내렸던 부친의 일이라고 하니 한편 놀랍기도 하거니와, 또 다른 한편으로는 자식 된 도리로 아들까지 본 조카에게 무어라고 해야 할지 갑자기 할 말이 없어진 때문인지도 모른다.

중산은 내심 충격을 느낀 것이 분명한 죽명 숙부를 바라보면서 어디지 모르게 승당 할아버지의 모습을 닮은 것 같았던 청관 스님의 얼굴을 눈앞에 떠올려 보고 있었다.

"오늘 제가 불공을 끝내고 일부러 요사채로 찾아갔을 때, 청관 스님이 왜 저에게 자신의 신분을 숨기고 감쪽같이 따돌렸을까요? 이곳 무봉사에서 이삼십 리밖에 떨어져 있지 않은 동산리에 승당 할아버님의 본가가 있고, 자손인 우리가 살고 있다는 사실이 그만큼 부담이 되었던 것일까요?"

중산은 죽명 숙부와 한 통속으로 추방당한 또 한 사람의 혈육을 찾아내기라도 한 것처럼, 청관이라는 그 스님에 대해서도 이미 마음이 자유롭지 못하고 있었다.

"갑오개혁으로 신분제도가 철폐되었다고는 하나 아직도 반상의 법도가 엄연히 살아 있으니 노비의 몸에서 난 서출 주제에 자기가 감히 어떻게 하겠느냐? 더구나 아버님께서 오래 전에 돌아가신 이 마당에…!"

자신의 처지와 너무도 닮아 있는 청관 스님의 얘기를 무 자르듯 싹둑 잘라 버린 죽명 선생의 얼굴에는 언제부터인가 노기인지 오기인지 모를 비감한 기색이 역력하게 자리 잡고 있었다.

이날, 숙질간에 오고 간 청관 스님에 관한 얘기는 그것뿐이었다. 그러나 말을 아끼는 숙부님의 가슴 속에도 남다른 생각이 꿈틀거리고 있는 것 같았고, 중산 자신도 청관 스님의 존재에 대해 왠지 이대로는 끝낼 수 없으리라는 생각이 오랜 망각 속에서 건져 낸 승당 할아버지의 손때가 묻은 유품처럼 가슴 한구석에 깊이 자리를 잡고 눌러앉는 것이었다.

집에 바쁜 일이 없다면 하룻밤 자고 가라며 숙모님이 한사코 붙잡았지만, 중산은 서둘러 길을 나섰다. 이제부터 자기는 자기대로, 또 부인은 부인대로 각기 다른 일정이 이미 정해져 있었기 때문이었다. 그러니 쉽게 계획을 바꿀 수도 없는 노릇이었고, 설령 바꾼다 해도 유모와 하녀에다 가마꾼들까지 거느린 대식구가 거기서 하룻밤 유한다는 것은 피차간에 대단히 번거로운 일이 아닐 수 없었다.

게다가, 집을 나설 때 박씨 부인은 친정에 들러 형편에 따라서는 며칠 간 쉬어도 좋다는 허락을 받았지만, 자기는 당일로 귀가하겠다고 집안 어른들께 이미 고하고 왔으므로 갈 길을 서두르지 않으면 안 되었던 것이다.

◇ 유종(儒宗)의 고향

백마를 탄 중산과 나귀를 탄 김 서방이 앞장을 서고, 가마를 탄 박씨 부인과 유모며 하녀들이 차례대로 그 뒤를 따랐다. 남부여대하여 향청 결을 벗어난 그들 일행은 누교 앞의 갈림길에 이르러 잠시 지체하였다. 앞장서 걸어가던 중산이 친정에서 하루 이틀을 더 쉬어 가기로 한 부인과 하직 인사를 하기 위해 길을 멈추고 말에서 내린 것이다.

"가마에서 내릴 것 없어요. 집 걱정은 말고 나중에 돌아와서 후회 안 되게 그동안 못다 한 친정 어르신들에 대한 효도를 마저 해 드리고 쌓인 회포도 풀고 잘 쉬었다 오구료."

중산은 가마 문이 열리자 부인에게 먼저 하직 인사를 한다. 층층 시하의 종갓집 종손 며느리의 친정 나들이가 어디 쉬운 일인가. 게다가 한 번 행차하려면 그 준비와 절차가 얼마나 까다롭고 복잡한가. 고단한 시집살이를 하는 부인에 대한 미안함으로 이번 나들이의 준비를 하면서 윗전들께 스스로 앞장서서 친정집에서의 유숙을 허락 받은 그였다.

중산은 가마 문이 닫히는 것을 보고 돌아서다 말고 다시 부인에게 거듭 당부를 한다.

"특히, 용화 할머님께서 주문하신 운곡 할아버님의 섭생과 기후며 체후를 두루 보살펴 드리고 오는 일에 각별히 신경을 써 주오."

"명심하고 있으니 제 걱정은 마시고 부디 조심해서 가십시오."

가마 안에서 새어 나오는 부인의 나직한 목소리를 듣고서야 중산은 말에 훌쩍 올라탄다.

박씨 부인은 가마를 타고 유모와 하녀를 거느린 채 아까 들렀던 해천껄 친정집으로 다시 향하였고, 김 서방과 함께 뒤에 남은 중산은 시야에서 멀어져 가는 그들의 행렬을 잠시 지켜보고 있다가 모처럼 홀가분한 마음으로 천천히 발길을 돌린다.

여기서 자기네 집이 있는 상남면 동산리까지는 삼십 리가 넘는 먼 길이다. 하지만 남문 밖의 배다리 나루에서 나룻배를 엮어서 만든 부교를 건너서 삼문리 벌판을 가로질러 가는 지름길이 있고, 길은 멀어도 배다리 나루에서 황포돛배를 타고 감내 쪽의 사포(砂浦)를 우회하여 멀리 동산리까지 강을 따라 흘러가는 뱃길도 따로 열려 있었다.

그러나 해천의 누교를 지나서 곧장 지름길인 배다리껄로 향해야 할 중산은 김 서방과 말구종 춘돌이를 대동하고 그대로 사포 쪽으로 통하는 대껄 큰길로 접어들었다.

"서방님, 감내 쪽으로 둘러서 가시게요?"

먼 길을 바라보며 김 서방이 물었다.

그 길은 지름길이 있는 영남루 아래의 배다리 나루 쪽하고는 전혀 다른 방향인 것이다.

"감내 장터에 들렀다 가세!"

앞장을 선 중산은 갓끈을 고쳐 매며 저 멀리 뿌옇게 피어 오른 연무 속에서 서산으로 기운 저녁 햇살을 받아 더욱 아득하게 보이는 부북면 제대리(提大里) 쪽을 바라본다. 그쪽 하늘만 바라보면 떠오르는 생각,

그것은 조선 성리학을 접하기 훨씬 이전의 어린 유년 시절부터 집안 어른들로부터 귀에 못이 박히도록 들어서 화석처럼 굳어져 버린 점필재 김종직 선생에 대한 확고한 신념과 함께 보석처럼 가슴 깊이 간직 하게 된 그분에 대한 그리움이었다.

그는 내친 김에 점필재 선생의 고향으로 그의 탄생에 관한 전설이 남아 있는 감천 쪽에 들렀다가 거기서 밀양·구포 간을 내왕하는 황포 돛배를 타고 동산리로 돌아갈 생각인 것이다.

아침에 읍성으로 나올 때 점필재 김종직 선생이 태어난 감천리(甘川里) 하감 마을에서 정월 대보름에나 주로 행해지던 〈감내 게줄 당기기〉 놀이가 오늘도 다시 열린다는 소문을 들었기 때문이었다.

감내 마을의 게줄 당기기—.

그것은 아득한 옛날부터 오늘날까지 해마다 정월 대보름날이면 으레껏 한 번씩 행해지던 포구 마을의 평범한 민속놀이에 지나지 않았다. 하지만, 그 내력이 점필재 김종직 선생의 출생과 깊은 관련이 있는데다, 왜놈들의 무단정책에서 나온 대중집회 금지 조처로 인하여 앞으로는 두 번 다시 열리지 못하게 되는 바람에 지난 정월 대보름에 행한 바 있는 그 민속놀이를 단오 명절인 오늘 마지막으로 다시 펼치기로 했다고 하니 중산으로서는 애석한 마음과 함께 크게 관심을 갖지 않을 수 없었던 것이다.

서기 1431년 세종 13년 6월 8일 경자일(庚子日)에 밀양 고을의 서쪽 부북면 서대동리[提大里] 한골 후산 기슭에서 점필재 김종직 선생이 탄생했을 때, 장차 조선 유학의 태두로 우뚝 서리라는 전조(前兆)였던지 사흘 동안 단물이 흘렀다는 감내천—.

지금도 그의 향리인 제대리 한골 마을 앞으로 흐르는 냇물을 감천(甘川)이라 하고, 마을 이름을 감천리(甘川里)라 지칭하게 된 것도 거기서 유래된 것이었다. 그리고 그 감내천이 흐르는 제대리 한골 마을은 점필재 선생의 출생지이자, 선생의 진외종손이면서 동시에 문하생이기도 했던 동산리 여흥 민씨 문중의 오랜 자랑인 오우선생(五友先生) 다섯 분이 출생한 곳이기도 하였다.

오우선생(五友先生)은 효도와 우애와 학문으로써 성종(成宗)과 연산군(燕山君) 시대에 명성을 크게 떨쳤던 욱재(勖齋) 민구령(閔九齡) 선생을 비롯한 경재(敬齋) 민구소(閔九韶), 우우정(友于亭) 민구연(閔九淵), 무명당(無名堂) 민구주(閔九疇), 삼매당(三梅堂) 민구서(閔九敍) 등의 오형제를 일컫는 말이었다. 오우선생의 조부는 통덕랑(通德郎) 민제(閔除)로서 고려 말의 삼은(三隱) 중의 한 분이었던 야은(冶隱) 길재(吉再) 선생의 문인이자 점필재 김종직 선생의 부친이기도 한 강호(江湖) 김숙자(金叔滋) 선생의 사위였고, 부친은 그분의 유복독자(遺腹獨子)로서 외가(外家) 곳인 이곳 제대리에 처음 복거(卜居)한 진사(進士) 민경(閔頴)이었다.

그렇게 따진다면 특히 한골에는 중산의 14세 조인 제(除)와, 15세 조인 경(頴)을 비롯하여 욱재(勖齋), 경재(敬齋), 무명당(無名堂) 등 오우 할아버지들의 유택이 있는 곳이어서 중산의 오랜 혈통의 고향이자 학문의 고향이나 다를 바가 없는 아주 특별한 곳이었다.

그래서 그는 점필재 김종직 선생과 자기네의 자랑스러운 오우 선생 다섯 분을 이곳과 따로 분리하여 생각해 본 적이 없었다. 점필재 선생의 누이 몸에서 태어난 오우 선생 다섯 형제들은 일찍이 그 진외종조부(陳外從祖父)의 문하에서 학문과 인격을 배우고 닦으며 성장하여 동방오현(東邦五賢)으로 문명을 떨치던 정여창(鄭汝昌), 김굉필(金宏弼)을 비롯하여 김일손(金馹孫), 권오복(權五福), 남효온(南孝溫), 조위(曺偉)·유호인(兪好仁) 등과 같은 문생들과 함께 명망 높은 유현(儒賢)이 되는 은혜를 입었다. 그리고 그분이 천수를 다했을 때 어린 유자녀를 대신하여 장례를 치러 드렸음은 물론이요, 무오사화로 부관참시를 당하였을 때도 사태를 수습하고 유골을 이장하는 등, 생전과 사후에 걸쳐 사제와 인척으로서의 도리를 다함으로써 보은의 본보기가 되었으니,

조상 대대로 점필재 선생과 오우 선생 모두를 학문과 삶의 사표로 삼아 그 명성에 누를 끼치지 않으려고 저마다 노력해 온 결과로서 오늘날까지 자기네 문중의 풍속과 내력이 이 정도로 유지되고 있음도 그분들의 큰 유덕(遺德)으로 여겨 왔기 때문이었다.

그런데 문중의 오랜 숭모 대상인 그 오우 선생 다섯 분이 시작(詩作)으로 음풍농월(吟風弄月)하던 곳이 바로 경상좌도의 영남대로(嶺南大路)와 접속하는 수운 교통의 요충지인 삼랑진 낙동강 가의 후포산 벼랑 위에 있는 오우정(五友亭) 정자요, 향중의 후학들이 그분들의 높은 학덕과 깊은 효우(孝友)를 기려 춘추로 향사(享祀)하기 위하여 그분들의 사후에 오우사(五友祠)와 함께 세운 서원이 바로 삼강서원(三江書院)인 것이다.

그리고 점필재 선생을 향사하는 예림서원 또한 그곳 오우진 나루에서 황포돛배를 타고 반나절이면 와 닿을 수 있는 제대리 감내 마을의 인근에 있으니, 그곳의 출입은 예림서원 부설 경학원에서 학문을 닦은 유생인 중산에게 있어서는 학문과 생활 속에서 흐트러진 정신을 다시 가다듬는 정신적인 수양의 일환인 동시에 가문의 영원한 영광의 표상인 그분들 모두를 기리는 경건한 숭모의 의식 절차나 다를 바 없는 것이다.

감내까지 간다는 바람에 김 서방은 중산의 말고삐를 잡고 앞에서 타박거리며 걸어가는 나이 어린 말구종 돌이를 자신이 타고 가는 나귀 등에다 올려 앉힌다.

"서방님, 예림서원에 들렀다가 가실랍니까?"

나귀에 태운 춘돌이를 뒤에서 한 손으로 껴안고 가면서 김 서방이 묻는다.

지난날, 중산이 자기네 문중 안에 있는 학당에서 한학 공부의 기본 과정을 마치고 책씻이까지 끝낸 후에 삼강서원의 강학 과정을 거쳐 이곳 예림서원의 경학원에 정식으로 입문하면서부터 그를 그림자처럼 수행하며 수없이 서원 나들이를 했던 김 서방이고 보니 대뜸 그렇게 묻는 것도 무리는 아니었다.

"아니, 예까지 온 김에 〈감내 게줄 당기기〉나 구경하고 가세나."

그러면서 중산은 춘돌이를 나귀 등에 태우고 가는 김 서방을 거나하게 돌아본다. 먼 길을 간다는 말에 어린 아이부터 먼저 챙기는 그의 충직한 모습이 여간 미덥지가 않은 것이다.

"서방님께서 〈감내 게줄 당기기〉 구경을 하시게요?"

김 서방은 뜻밖이라는 듯이 고개를 갸웃거린다. 감내 마을은 경술병탄이 있기 전까지 남정원의 둔토를 경작하면서 조상들이 살았던 그의 고향인 것이다. 원이란 역과 역 사이, 또는 역 부근에 공용으로 여행하는 관원들을 위하여 설치한 일종의 국영 여숙소 같은 곳이었는데, 원집에는 원주를 두어 소속된 전답을 경작하여 경비를 충당케 했던 것이다.

"왜, 나는 민초들의 그런 놀이를 구경해서는 안 된다는 말인가?"

"아, 아니 그런 것은 아니옵고…. 날이 저물어서 지금 가게 되면 게줄 당기기가 모두 끝나 버렸을지도 모르는데, 허탕이라도 치게 되시면 우찌하시게요?"

"해가 아직 서산 위에 저렇게 많이 남아 있는데, 그럴 리가 있겠나!"

중산은 느긋하게 읊조리며 서산마루에 걸린 저녁 해를 바라본다. 멀리 부북면 일대가 지평선 위의 산 그림자처럼 아른거리는데 그래도 그곳이 한눈에 들어오자 오월초의 하루해가 생각보다는 길게 느껴지면서 오히려 마음의 여유가 생기는 것이다.

〈감내 게줄 당기기〉는 원래 농한기인 정월 대보름날에 행해지는 민속놀이로서 아침부터 저녁때까지 긴 시간에 걸쳐 행해진다는 사실을 중산은 알고 있었다. 그렇다면 지금 가도 〈감내 게줄 당기기〉의 본 놀이인 〈게줄 당기기〉는 몰라도 대미를 장식하는 〈뒤풀이〉 춤사위만은 충분히 구경할 수 있을 것 같았다.

사실, 이 놀이의 유래에 얽힌 전설에 관한 옛날 얘기는 유년 시절에 이따금씩 그를 데리고 예림서원으로 행차하시던 부친한테서 처음으로 들은 바가 있었다. 게다가 그가 예림서원의 경학원에 입문하면서부터 아마(兒馬)의 고삐를 잡고 길잡이로 따라 다녔던, 이 마을이 고향인 김 서방한테서도 여러 차례나 들은 바가 있었고, 또한 함께 구경까지 한 적도 있는 것이다.

그가 들은 바에 의하면, 점필재 선생이 탄생한 이후에 마을 앞 냇물에서는 사흘 동안이나 내리 단물이 흘렀고, 그로부터 달라진 좋은 물맛 때문에 해마다 민물 게 풍년이 들었다고 한다. 그런데도 이곳 감내 마을 사람들은 그 게를 더 많이 잡기 위하여 위·아랫마을 사람들끼리 패가 갈리어 서로 좋은 목을 차지하려고 다투기 일쑤였고, 그 바람에 자연히 마을 인심도 거칠어질 수밖에 없었다는 것이다. 그러자 마을 어른들이 숙의한 끝에 〈게줄 당기기〉를 하여 그 결과로 구역을 할당하기로 했는데, 과연 그 후로부터 두 마을 사람들끼리 서로 반목하는 폐단이 사라져 버렸다고 한다.

그런데, 해마다 열리곤 하였던 그 〈감내 게줄 당기기〉를 오늘을 마지막으로 다시는 열지 못하게 될 것이라고 하니 그 행사가 점필재 선생의 출생 설화와 밀접한 관련이 있는 만큼 중산으로서는 여간 아쉽고 애석하지가 않는 것이다.

하기야 예전에도 농한기인 정월 대보름날이 아니더라도 단옷날이나 칠월 백중날 같은 명절을 택하여 다리를 놓거나 보(洑)를 고치는 일 등의 부역을 걸고 이 놀이를 간혹 했기 때문에 정월 대보름에 했다고 해서 단오절에 다시 못 할 이유는 없었다. 하지만 문제는 왜놈들의 군중 집회 금지 조처에 묶여서 조상 대대로 즐겨오던 이와 같은 유서깊은 민속놀이마저도 앞으로는 일체 열지 못하게 되었다는 사실에 문제의 심각성이 있는 것이고, 중산의 아쉬움 또한 이만저만이 아닌 것이다.

"이보게, 김 서방. 자네 게줄 당기는 구경을 못할까봐 걱정인 게로구면?"

중산이 농담 삼아 한마디 했더니 김 서방은 당나귀 채찍을 든 손으로 손 사레를 치면서 완강하게 거부 의사를 나타낸다.

"아, 앙입니다요! 게줄 당기기 놀이 귀경은 수도 없이 했는데, 그럴 리가 있겠습니껴?"

"그러면 되었네! 몸이 다소 고단하더라도 고달픈 민초들의 마음을 읽을 수 있는 오늘은 특별히 좀 참아 주게!"

"거기까지 갔다가 서방님께서 게줄 당기기 귀경을 못해도 괜찮으시다면야 소인은 길바닥에 널브러지는 한이 있더라도 괜찮습니다요. 그런데 서방님, 나중에 집으로 돌아갈 때는 하감 나루에서 배를 타실랍니껴?"

날이 저물면 말과 나귀를 타고 어두운 길을 가야하고 험한 고갯길도 넘어야 하는데, 그런 육로보다는 짐승과 사람이 함께 타고 갈 수 있는 황포돛배가 제격일 터였다.

"아마도 그래야겠네!"

그런 말을 하면서도 중산의 머릿속에서는 집안일에 대한 생각이 잠시도 떠나지 않고 있었다. 하남벌과 상남벌의 전답 대다수를 나누어 소유한 자기네 파서리·동산리의 여흥 민씨가에서도 수많은 소작인들과 주민들을 대상으로 양쪽 종가 합동으로 〈감내 게줄 당기기〉와 같은 민속놀이를 한번 도입해 치러 보면 어떨까. 자기네 집안의 하인들과 머슴들이며 소작농들은 물론, 인근 마을의 일반 민초들까지 한데 모아 넉넉히 상품을 걸어놓고 풍물을 울리면서 풀베기 시합이라도 한번 벌인다면 민초들에게는 대동축제가 될 것이고, 수많은 소작인들을 관리해야 하는 자기네한테도 민심을 어루만져 주는 좋은 기회가 되지 않겠는가.

종원과 권속들이 많은 이참공파(吏參公派) 원손가인 파서리 쪽과 연대하기가 난망하다면 지손계인 자기네 동산리 쪽에서만이라도 바다처럼 일망무제로 펼쳐져 있는 응천 강변의 자기네 도구늪들에 산재해 있는 늪지대에 지천으로 자라나서 밀림을 이루고 있는 갈대와 억새풀 베기 실력을 서로 겨루게 하여 푸짐하게 상을 주고, 술과 기름진 음식들을 장만하여 주린 창자를 실컷 채우고 난 뒤에 풍악을 울리면서 한바탕 대동축제를 벌이게 한다면 이곳 〈감내 게줄 당기기〉보다 못하란 법이 없지 않겠는가!

언제나 그랬던 것처럼, 길을 재촉하면서도 중산의 머릿속에서는 사방팔방에 널려 있는 문중 토지와 집안의 대소사 문제에 대한 생각이 그렇게 끊임없이 흘러가고 있었다.

이제는 용화당 할머니의 조언을 들어가며 방만한 집안의 대소사를 직접 처결하시던 부친마저도 나날이 피폐해져 가는 이 시대를 탓하며 세상일에 대해서는 아예 등을 돌린 채 옛 문우들을 찾아 서원 순례 길에 나서거나, 숫제 명산대천을 찾아 팔도강산을 유람하고 다니는 형편이니, 문중의 크고 작은 일이며 집안의 대소사는 모두 중산 자신의 차지가 되고 만 것이었다.

중산 일행이 싸전, 옹기전들이 즐비한 저자 거리를 저만큼 옆에 두고 시야가 탁 트인 들판 길로 나서자 대껄 마을과 반촌 마을인 송정리(松亭里) 일대가 한눈에 들어왔다. 서둘러 길을 재촉하노라니 올망졸망 촌락을 이룬 인가들 사이로 마을 이름값이라도 하려는 듯이 푸른 대나무 숲들이 여기저기 흩어져 있는 대껄 마을이 먼저 그들을 맞이하였다.

대껄을 지나자 유기그릇으로 유명한 송정리 마을이 나타났고, 그 마을을 빠져 나가자 멀리 감내들을 안고 흐르는 감내천이 한눈에 들어왔다.

중산은 말고삐를 당겨 걸음을 늦추며 사방을 둘러본다. 그만그만한 마을들이 듬성듬성 늘어선 푸른 들판이 살아 있는 하나의 거대한 생명체처럼 시야 가득 넘실거리며 다가서는 것이다. 오른쪽으로는 임진왜란 때 의승병을 이끌고 평양성 탈환에 큰 공을 세웠던 사명대사의 탄생지가 있는 무안면으로 가는 신작로가 한창 벼들이 자라고 있는 들판을 가로질러 길게 허리띠를 펼쳐 놓은 듯이 뻗어 있었고, 왼켠으로는 지난

날 밀양 관아 별포군(別捕軍)의 군사 훈련장으로 쓰였던 웅천 강변의 진장(陣場) 벌판이 시야 끝까지 펼쳐져 있었다.

그 옛날 밀양부 관아를 지키던 별포군들의 자취가 흔적도 없이 사라진 그 넓은 벌판에는 지금 이 지역에 배치된 일본군 헌병들이 기마 전술 훈련이라도 하는지, 몇 마리의 말들이 왜놈 헌병들을 태우고 먼지를 일으키며 달려가고 있는 모습이 멀리 훈련장 곳곳에서 눈에 띄는 것이다.

일제는 〈토지 조사 사업〉을 펼치면서 수탈한 조선의 땅들을 정책적으로 본토에서 이주시켜 온 자국의 빈민들에게 헐값으로 불하해 주면서 철도역이나 관청이 있는 곳마다 그들을 정착시켜 오다가 자국 이주민 수가 늘어날 대로 늘어나 마침내 집단 이주촌이 형성되자 그들을 보호하기 위하여 그런 곳마다 어김없이 경찰 병력을 주둔시키고 있었다.

그런데 그것만으로도 안심이 되지 않았던지 왜놈 이주민들이 주로 모여 사는 이쪽 밀양 성중은 말할 것도 없고, 삼랑진역 부근에 새로 조성된 본정목(本町目)의 일본인 집단 주거 지역에도 경찰 주재소와 함께 다시 헌병 파견 분견대까지 주둔시켜 놓고 있었다.

"자, 길을 서두르세!"

앞장 선 중산이 갈길을 재촉하자 어린 말구종을 나귀 등에 함께 태운 김 서방도 나귀에게 채찍을 가하며 바쁘게 그 뒤를 좇아간다.

중산 일행이 하감 마을로 접어들었을 때, 해는 아직도 서산마루 위에 걸려 있었건만, 〈감내 게줄 당기기〉 놀이는 이미 끝이 났는지 장터 거리 초입의 마을 분위기는 한껏 고즈넉하였다.

"서방님, 아무래도 우리가 너무 늦게 온 것 같은데요?"

앞장서서 길을 안내하던 김 서방이 맥 빠진 얼굴로 중산을 돌아본다. 줄꾼들의 함성과 풍물소리가 낭자하게 울려 퍼지면서 요란스러워야 할 장터거리가 너무도 조용한 것이다.

"아직 해가 저렇게 남아 있는데 그럴 리가 있나? 아마도 앞놀이만 끝난 상태로 쉬고 있을 게야!"

말을 탄 중산은 야트막한 난전의 휘장 너머로 김 서방이 미처 발견하지 못한 것을 바라보고 있었다. 김 서방이 서 있는 반대편의 저쪽 골목에서 장터거리를 향해 몰려가는 한 무리의 구경꾼들을 목격한 것이다.

〈감내 게줄 당기기〉는 아침 일찍부터 시작하여 저녁 늦게까지 진행되는 긴 민속놀이 중의 하나였다. 앞놀이에 해당되는 〈서낭 굿놀이〉와 〈오방 지신(五方地神) 밟기 놀이〉를 반드시 거쳐야 하고, 본 놀이인 〈게줄 당기기〉에 있어서도 곁줄을 만들어 붙이는 예비 절차가 있고, 〈게줄 당기기〉가 끝나고 승패가 갈라지고 나서도 〈뒷놀이〉라고 하는 춤 잔치를 한바탕 크게 벌임으로써 대미를 장식하게 되어 있는 것이다.

전국 각지에서 행해지고 있는 하고많은 놀이 중에서도 이 〈감내 게줄 당기기〉처럼 길게 뜸을 들이며 신명을 돋워 나가는 민속놀이도 아마 드물 것이다. 그런 만큼, 해가 지지도 않은 이 시각에 벌써 본 행사에 해당되는 〈게줄 당기기〉는 몰라도 그 뒤에 이어지는 〈뒷놀이〉까지 끝났을 리는 만무하였다.

조선 천지에 어디를 가나 마을마다 서낭당이 있기 마련이지만, 유별나게도 이 감천리에는 네 개나 되는 당산이 사방에 흩어져 있어서 매년 〈감내 게줄 당기기〉가 열릴 때면 다른 지방에서는 보기 드문 고사를 지내고 있는데, 대개 마을의 길복과 그 해 농사의 풍년을 기원하는 것까지는 타 지역과 별로 다를 바가 없었다. 그러나 타 지역과는 달리, 이곳의 사방 당산에는 서북쪽에 '박씨 할매'를 비롯하여 동북쪽에 '뒤왕산', 동남쪽에 '장승배기', 서남쪽에 '짐대거리' 등의 각기 다른 서낭신을 모시고 있기 때문에 그만큼 당제의 절차가 길고 복잡한 것이 〈감내 게줄 당기기〉의 특징인 것이다.

당제의 제관은 한 사람이 맡아서 차례로 지내는 게 상례였으나, 적임자가 없을 때는 소위 신탁이라고 하여 내림굿처럼 대를 잡게 하여 뽑는 경우도 더러 있었다. 제관의 인도로 사방 당산의 당제가 차례대로 올려지고 나면 〈오토 지신(五土地神)풀이〉라고 하는 터 밟기로서 잡귀

막이를 진행하게 된다. 이어서, 〈밀양 덧배기〉의 춤판으로 흥을 고조시킨 다음, 앞소리에 따라 곁줄을 드리게 되는 것이다.

그러는 한 편으로, 마당 안에서는 〈농발이 놀이〉를 통하여 수농부(首農夫)를 뽑고, 나무 구유와 지게 목발 장단에 따라 '밀양 아리랑'이나 '칭이나 칭칭 나네'와 같은 이 지역의 민요와 춤사위로 사기를 돋우고, 동·서 양편의 수농부는 곁줄과 대밭을 당기고 밀면서 게를 잡는 터를 빼앗는 예비 시합을 하는 것이다.

〈감내 게줄 당기기〉는 마을 동부의 상감 부락과, 서부의 하감 부락으로 편을 나누어 시합을 진행하지만, 게줄을 만들 때나 춤판을 벌일 때에는 서로 어울려서 협동하는 미풍이 있어서 처음부터 치열한 시합을 벌이는 것은 결코 아니었다.

그러나 〈앞놀이〉와 예비 시합이 끝나고 마침내 줄도감의 징소리에 따라 〈게줄 당기기〉에 들어가면 사정이 달라진다. 정해진 시간이 흐르는 동안에 자기네 편으로 줄을 더 끌어오기 위하여 양쪽 마을 사람들끼리 한 치의 양보도 없는 팽팽한 힘의 대결이 벌어지는 것이다.

"서방님 말씀대로 우리가 아주 늦지는 않았나 봅니다요!"

장터거리까지 먼저 달려간 김 서방도 그쪽 사정을 살펴본 뒤에야 활짝 펴진 얼굴로 이쪽을 향해 고함을 친다.

김 서방을 따라 중산이 장터거리 초입으로 들어섰을 때, 드넓은 길거리에는 흰옷 입은 마을 사람들로 인산인해를 이루고 있었다. 마을 한복판의 시장통 신작로 바닥에는 어른 허리까지 와 닿는 거대한 게줄이 여의주를 입에 물고 풍운을 기다리는 황룡처럼 누런 속살을 드러낸 채한 일자로 길게 뻗어 있었으며, 시합에 참가한 수많은 줄꾼들은 제각기 지네발처럼 무수하게 나 있는 5인용, 10인용, 20인용 등의 다양한 곁줄 위에 걸터앉아서 막걸리를 나누어 마시며 쉬고 있는 중이었다.

뒷놀이까지 하려면 아직도 멀었지만, 길거리에 나앉은 수많은 사람들의 얼굴에는 벌써들 얼큰하게 취기가 도는 게 지금까지 진행되어 온

〈감내 게줄 당기기〉 놀이의 기나긴 여정과 그 열기를 실감케 해 주고 있었다. 그런데 그래도 시합에 임하는 긴장감보다는 놀이를 즐기려는 마음의 여유와 신명의 기운이 얼굴마다 비지땀과 함께 흠뻑 배어 있는 것 같았다.

중산 일행이 멀찍이서 각기 말과 나귀에서 내려 놀이마당으로 들어 서자, 사방에서 몸을 추스르고 일어나 정중하게 인사를 올리는 사람들이 하나 둘씩 나타나기 시작하였다. 나이 지긋한 사람도 보이고, 청·장년 층의 남자들과 부녀자들도 보인다. 어떤 사람은 염치도 없이 중산의 손을 덥석 잡으며 어디 사는 누구라며, 자기의 신분을 애써 밝히며 코가 땅에 닿도록 절을 하기도 한다.

자기네의 전거지나 땅이 있는 군내의 어디를 가나 흔히 있는 일이라 새삼스러울 것은 없었지만, 그래도 중산은 오늘따라 공연히 민망한 생각이 들어 마지못한 얼굴로 일일이 고개를 끄떡여 답례를 하면서 그 앞을 지나간다.

개중에는 자기네의 농토를 경작하는 소작인이 있을 수도 있었고, 이곳 일대에서 해마다 조상들의 묘제를 지내는 그들 문중의 위세를 익히 알고 있거나 이곳 출신인 김 서방 때문에 그의 설명을 들어 알고 있는 사람이 있을 수도 있었다. 그리고 어쩌면 이 지역이 낳은 인물 중의 인물인 점필재 선생의 선산 김씨 집안과 사돈을 맺은 혼반(婚班) 관계인 여흥 민씨 문중의 사람이라는 사실 때문에 이곳 출입이 잦은 그를 기억하고 있는 사람이 있을 수도 있었다.

중산은 그 인사하는 연유야 어찌 되었건 간에, 이곳 사람들이 아주 먼 타관 사람처럼 낯설지 않아서 좋았다. 그렇다고 동산리 마을 사람들처럼 분명한 상하 관계로 선이 그어진 속에서 이웃이 되어 살아가는 사이도 아니어서 그리 신경 쓸 일이 있는 것도 아니었다.

아직도 반상의 관계가 엄존하는 현실 속에서 대인 관계에 있어 자유롭다는 것은 바로 이러한 경우를 두고 이르는 말이리라.

중산이 모처럼 편안한 마음으로 전망이 좋은 자리를 찾아 걸음을 멈추자, 김 서방은 말구종 돌이와 함께 서둘러 나귀와 말을 몰고 장터 외진 곳에 멀찍이 있는 쇠전 쪽으로 걸어간다. 나중에 떠날 때까지 거기 있는 쇠전의 소 말뚝에다 두 짐승의 고삐를 비끌어 매어 두고 올 심산인 것이다.

한편, 중산이 구경하고 서 있는 놀이마당 쪽에서는 이곳저곳 사방에서 온갖 종류의 떡들이 나누어지고, 그 밖의 다른 전과 생선이나 고기 토막 같은 기름진 음식들도 곳곳에서 나누어지고 있었다.

"자, 떡이요, 떡! 떡 받으시오! 거룩하신 서낭신들께서 남겨 주신 시루떡이요!"

"내 떡은 서북쪽의 서낭신이신 '박씨 할매'가 남겨 주신 훨씬 더 맛좋은 인절미요! 지금 몬 얻어 묵으믄 두고두고 한이 될 인절미요!"

음식 광주리를 어깨에 둘러멘 남정네들은 모이를 뿌리듯이 떡과 음식 조각들을 나누어 주면서 익살을 부리고, 음식을 한 토막이라도 더 얻으려는 사람들은 그들이 있는 곳을 향하여 기를 쓰고 밀려든다.

"여기 떡 하나 주소! 나는 몬 받았소!"

"나도 몬 받았심더!"

"보소! 여기요, 여기! 팔이 안 닿으니까 전이나 떡이나 그냥 한 움큼 훌쩍 던져 주소!"

"아야! 떡을 얻으려거든 얌전히 얻지, 와 남의 등을 함부로 밀치고 이래쌓노!"

"엄마! 나는 멀리 있다고 안 준다, 안 줘!"

팔을 뻗어 흔드는 사람, 남의 어깨 너머로 목을 뽑고 애원하는 사람, 인파에 밀려 아예 접근도 하지 못한 채 안타깝게 발만 동동 구르는 사람, 여러 번의 도전에도 실패를 거듭하다가 끝내 울음을 터뜨리고 마는 어린 아이들 하며…. 가난에 찌든 백성들의 슬픈 본능은 이런 축제 마당에서도 속절없이 아비규환을 만들어 내고 마는 것이다.

불빛을 향하여 무작정 덤벼드는 부나방처럼 음식을 향한 사람의 물결은 끝도 없이 밀려드는데, 그러나 음식을 나누어 주는 사람들은 진땀을 뻘뻘 흘리면서도 그저 신바람이 나는지 얼굴마다 희희낙락이다.

인파에 밀려서 그러는지, 김 서방은 좀처럼 돌아오지 않고 있었다. 중산은 눈물겨운 민초들의 배고픈 실상들을 멀찍이서 지켜보면서도 이따금씩 김 서방이 사라진 쪽을 돌아다보곤 한다.

바로 그때였다. 몇 사람 건너 쪽에서 웬 사내 둘이 주고받는 얘기 소리가 중산의 귀에까지 들려오는 것이었다.

"저기 서 있는 선비 차림의 양반도 이 마을 사람입니까? 한 눈에 보기에도 신수가 훤한 게 우선 보기에는 신선 같은 귀골풍이다만 저런 모습을 유지하려고 힘없는 민초들의 피 눈물께나 짜 먹었겠구만!"

외지에서 온 듯한 한 사내가 이 마을 청년으로 보이는 허름한 옷차림의 일행에게 묻는 말이었다.

"옥색 도포 차림에 대갓을 쓴 저 선비 말씀입니껴?"

농사꾼 차림을 한 총각의 시선이 이쪽으로 화살처럼 날아왔다. 중산은 모르는 척하고 얼른 시선을 피한다.

"여기 모인 사람들이란 전부 불쌍한 민초들뿐인데, 그럼 누구를 보고 하는 말이겠소?"

"멀리서 온 최 선생님께서는 저 분을 잘 모르고 이곳의 민심도 잘 모르실 깁니더! 저 양반을 한마디로 말하자면 여기서 수십 리 밖에 있는 동산리 여흥 민씨네 왕국의 종손이 되는 사람 앙입니껴!"

"동산리 여흥 민씨네 왕국이라고요?"

"하모예! 하남면 파서리와 상남면 동산리의 민씨네 왕국을 모른다카모 이 지방 사람이 앙이지요!"

"그러고 보니 나라를 말아먹은 이씨 황실의 외척 집안사람인 게로구먼!"

말소리와 함께 사내의 따가운 시선이 중산의 뒤통수에 느껴진다.

"최 선생님예, 목소리를 낮추시소! 여기서 함부로 입을 잘못 놀렸다가는 몰매를 맞고 죽게 될 깁니더. 이 지역에는 어디를 가나 아직도 옛날처럼 점필재 선생과 그분의 진외종손 집안의 후손이라꼬 하면 무조건 고개를 숙이고, 그 사람들의 그림자도 밟지 않는 사람들이 진짜로 쫙 깔려 있다 앙입니껴!"

"그것 참, 듣던 중 희한한 말씀이로군요! 나라가 망한 지 거의 십년이 다 되어 가는데, 아직도 망하지 않은 왕국이 있다니요?"

"아이고 선생님도 참! 와 자꾸 이래쌓십니껴? 이러다가는 진짜로 무신 봉변을 당할지 모르겠꾸마는. 세발 목소리를 낮추시라 캐도 그러시네! 이곳 부북면은 지체 높은 양반 사대부들이 많이 사는 데다 아직도 저 사람들의 손에 명줄이 달린 소작농이 많은 곳이라 타 지역하고는 인심이 달라도 너무도 많이 다르다 앙입니껴!"

"아니, 이 보시오, 김 동지! 내가 어디 틀린 소리를 했습니까? 나라는 망하고 농토를 빼앗긴 불쌍한 백성들은 추풍낙엽처럼 뿔뿔이 흩어져서 원귀처럼 객지를 떠돌다가 살길을 찾아 황무지로 뒤덮인 동토의 땅 만주를 향해 살 길을 찾아 떠나가는 판국인데, 국록을 먹고 큰소리치던 양반 사대부들 중에서 어느 놈 하나 책임지고 나서는 작자가 없으니, 정말 속이 터지고 기가 막히는 노릇이 아닙니까? 왕조에 빌붙어 대대로 부귀영화를 누렸으면 나라가 망한데 대한 응분의 책임을 져야지, 아직도 민초들 위에 군림하며 떵떵거리며 살다니요?"

중산이 애써 시선을 피한 채 귀를 기울이고 있는 줄도 모르고 저쪽 사람들의 대화는 이렇게 한동안 계속 이어지면서 점입가경으로 치닫고 있었다. 자신을 비판하는 사람의 행색을 보니 이곳 토박이는 아닌 성싶었다. 말쑥하지는 않지만 그래도 허름하나마 검정색 양복 차림에 중절모까지 눌러 쓰고 있는 품이 어디서 신지식께나 익힌 논객이거나, 어쩌면 망국의 현실에 비분강개하며 나랏일을 걱정하는 우국지사일 수도 있는 인물 같아 보였다.

"최 선생님, 속이 다소 뒤틀리시더라도 고마 참으시이소! 알고 보면 저 양반도 아마 최 선생님 못지않게 속이 썩어 문드러지고 있을 깁니더!"

"아니, 그건 또 무슨 말씀이오?"

"이곳 밀양 땅은 옛날부터 애국 충절의 고장 아입니껴! 동산리에 사는 저 황실 외척 집안만 해도 그렇지예. 임진왜란 때 낙동강을 타고 한양으로 쳐들어 올라오던 왜놈들 손에 삼랑진 후포산 기슭에 있던 동산이 여흥 민씨네의 삼강서원하고 오우정 정자가 불타고 거기에 살던 민씨 일가가 몰살되다시피 했으니까 그렇지요! 그라고요, 지난 경술년에 나라가 망한 뒤에는 한양서 벼슬살이를 하던 저 양반의 조부 되시는 분이 표충사 인근의 계곡으로 들어가 동굴 움막 속에 숨어 살다가 칼로 배를 그어 할복자살을 했다 안 캅니껴!"

"아, 그거야 뭐 나라 잃은 슬픔보다는 자기네 가문의 부귀영화가 종언(終焉)된 데에 대한 분함 때문이 아니겠소?"

"아무려면 그럴 리야 있겠습니껴? 명색이 높은 자리에서 국록을 묵은 막중한 신하로 비명에 간 명성황후의 인척까지 되는 사람인데요!"

"아니지요! 임오군란, 갑신정변으로 권력 다툼을 하다가 나라를 말아먹은 자들이 누군데요?"

기고만장하는 사내의 비판이 최고조에 달하는 바로 그때였다. 난데없이 우렁우렁한 김 서방의 목소리가 바로 등 뒤에서 들려 오는 것이다.

"아니, 그기이 무신 말이요? 당신은 누군데, 무엄하게 지체 높으신 남의 집 서방님을 보고 그런 상스런 소리를 함부로 지껄이는 기요? 우국충정으로 할복 순절하신 우리 서방님의 조상님을 두고 무엇이 어떻다고요?"

말과 나귀를 매어 놓고 돌아오던 김 서방도 구경꾼들 사이를 비집고 들어오다가 그 소리를 들은 모양이었다.

"허참…! 이건 또 뭐야? 보아하니 아직도 남의 집 종노릇이나 하고

있는 주제인가 본데, 남이야 굵은 홍두깨로 이빨을 쑤시든 남의 흉을
보든 비싼 밥 먹고 당신이 무슨 상관이요?"

김 서방의 차림새로 보아 그 신분을 이미 간파했는지, 사내는 목청
을 높이며 더욱 기세를 올린다.

"참으며 듣고 보자니까 이 자슥이 눈에 비는 기이 없나, 뒈질라꼬 환
장을 했나! 어디서 굴러 묵던 개뼉다구 같은 놈이길래, 보는 눈이 많은
장터거리에서 지체 높으신 남의 집 서방님을 몰라보고 함부로 입을 놀
리며 개지랄이야, 개지랄이!"

김 서방은 짙은 눈썹을 곤두세우며 당장이라도 사내의 멱살을 싸잡
아 쥐고 비틀어 버릴 기세였다.

"어, 이 사람 말하는 것 좀 보게!"

"와, 내가 몬 할 소리를 했나? 야, 이 노무 새끼야! 나라가 망할 때는
어디서 쥐새끼처럼 존재도 없이 가만히 죽치고 숨어 있다가 인자 와서
남의 탓만 하믄서 목소리를 높이고 행패야 행패가! 요새 나라가 망한
틈을 타서 양반들 욕이나 하고 댕기믄서 기세를 올리는 얌체 같은 놈들
이 있다꼬 카더니만, 니놈이 바로 그런 놈 앙인가, 이 자슥아!"

"어, 이 양반이 이러다가 정말 사람을 치겠네!"

김 서방이 우람찬 체구로 옷소매를 걷어붙이며 거세게 앞으로 다가
서는 바람에 사내는 갑자기 기가 꺾여 버린 듯, 한 발자국 뒤로 물러서
면서 주위를 두리번거린다. 그러나 주위의 모든 사람들마저 한결같이
겁먹은 얼굴로 중산의 눈치를 살피면서 자기를 지켜보자 그제서야 사
내는 침 먹은 지네처럼 기가 꺾여 용서를 구하려는 듯 중산 쪽을 돌아
보는 것이었다.

"김 서방, 그 양반을 너무 몰아붙이지 말고 이리로 잠깐 모시고 오도
록 하게!"

날벼락과 같은 때 아닌 그런 봉변을 당했음에도 불구하고 중산은 스
스로 생각해도 믿기지 않을 정도로 전혀 마음의 동요가 일어나지 않았

다. 그리고 그런 상스러운 말을 듣고도 모욕감이 느껴지기는커녕 오히려 신선한 충격과 함께 뜻밖에도 진실로 배짱 좋은 의인 한 사람을 만났다는 생각이 드는데 대하여 스스로 놀란다. 그래서 그는 아까부터 짐짓 모르는 척하면서 사내가 쏟아내는 모든 소리를 다 들을 요량으로 그의 말소리에 잠자코 귀를 기울이고 있었던 것이다.

김 서방이 모실 것도 없이, 큰 소리로 이르는 중산의 목소리를 듣고 제 발로 인파 속을 헤집고 이쪽으로 접근해 온 사내는 중산의 외양부터 새삼스럽게 눈여겨 살펴보더니 뜻 밖에도 자기가 사람을 잘못 보았노라며 사과부터 먼저 하는 것이었다.

"보아하니 양식 있는 반가의 후손이신 모양인데, 동행자의 만류도 듣지 않고 본의 아니게 객기를 부려 누를 끼치고 말았으니 무어라고 사과의 말씀을 드려야 할지 모르겠소이다!"

중산의 집안이 대대로 왜놈들과 원수지간이라는 동행자의 설명이 있어서 그러는 것일까. 아니면 자기를 너무 몰아붙이지 말고 이쪽으로 모시라는 정중한 중산의 태도에 스스로 자숙하려는 생각이 든 것일까. 아니 어쩌면 막말로 안하무인격으로 덤비는 기골이 장대한 김 서방의 태도에 그만 기가 꺾여 버렸는지도 모를 일이었다.

가까이서 보니 중산 자기보다는 나이가 열 살 정도는 능히 더 많아 보이는 사람이었다. 행색은 변변치 못해도 자기 나름대로 뚜렷한 소신을 가졌는지 일단 자신의 실수를 깨닫게 된 순간부터 정중하게 사과를 먼저 하고 나오는 분명한 언행으로 보아 예상했던 대로 막돼먹은 사람은 아닌 성싶었다.

"여기서 이럴 게 아니라, 어디 조용한 데로 가서 잠시 담소라도 좀 나누었으면 좋겠는데, 그리해도 괜찮겠습니까?"

이런 길거리에서 몇 마디의 담소만 나누고 헤어지기에는 여러 가지 궁금한 점이 많기에 중산이 먼저 정중한 자세로 그렇게 청하였다. 그리고는 사내가 무어라고 대답도 하기 전에 갓끈을 고쳐 매며 김 서방에게 이르는 것이다.

"김 서방, 이분하고 조용히 담소를 나눌 만한 마땅한 장소부터 알아봐 주게."

"예, 서방님. 그러시다면 저쪽 객줏집으로 가시지요!"

이곳 출신인 김 서방은 사내와 함께 온 김 동지라는 사람의 손을 잡고 무어라고 귓속말을 주고받으며 객줏집 향하여 한 발자국 먼저 걸어간다. 그의 태도로 보아 두 사람은 예전부터 서로 잘 아는 사이임이 분명해 보였다.

객줏집은 장터 한옆의 쇠전 근처에 있었다. 이곳은 옛날부터 남정원이란 개복처(改服處)가 있었을 정도로 나그네의 내왕이 잦은 포구를 낀 교통의 요충지로서 닷새마다 열리는 장터에다 주막집이 즐비하던 지역이었다. 그리고 한일합방 후에는 조선총독부가 순수 민간 신문인 대한매일신보(大韓每日申報)를 매수하여 기관지인 경성일보의 자매지로 만든 매일신문의 보급소까지 있을 정도로 시골치고는 비교적 번성하고 개화가 많이 된 곳이었다.

중산은 김 서방의 안내를 받으며 근처에 있는 한 객줏집으로 갈 때까지 사내에게 아무 말도 하지 않았다. 사내도 중산이 행하는 처사가 그리 싫지만은 않은 듯, 묵묵히 뒤따라오고 있었다. 단지, 김 동지로 지칭된 이 마을에 사는 사내의 동행자만이 김 서방과 이웃사촌이라도 되는 듯이 아까 있었던 일에 대해 서로 잘잘못을 따지는지 저들끼리 앞서 가며 무어라고 얘기를 나누고 있는 눈치였다.

제3장

우국(憂國)의 밤

◇ 이상한 만남

단오 명절과 장날이 겹친 데다 큰 민속놀이까지 벌어지는 날이어서 그런지 객줏집도 잔칫집처럼 흥성거리고 있었다. 장날마다 단골로 의례 껏 진을 치는 주당들에다 봇짐을 꾸려놓은 보부상들을 비롯하여 왜놈 첩자처럼 〈도리구찌〉 모자를 쓴 행객 차림의 사내며, 신의주에서 왔다 는 사내처럼 양복에 중절모를 쓴 사내도 더러 눈에 띄었다. 벽촌 마을이 라고는 하여도 밀양과 구포 간의 뱃길이 열려 있어서 원근 각처에서 몰 려든 각종 장사치들은 물론 외지인들의 내왕이 그만큼 잦은 것이다.

중산 일행은 마당 곳곳의 평상과 멍석에서 술잔을 기울이거나 요기 를 하고 있는 그들과는 동떨어진 이쪽 마당 깊숙한 곳의 감나무 그늘 아래의 평상에 가 따로 자리를 잡고 앉았다.

"초면에 곡절은 다소 있었지만, 이렇게 만나게 된 것도 인연이라면 인연이 아니겠습니까? 그러니 조금 전의 일은 괘념치 마시고 여기서 목을 축이면서 허심탄회하게 얘기나 좀 나누다가 일어서도록 합시다."

중산은 흔쾌히 따라 와 준 사내에게 그것만으로도 고마운 듯이 그렇 게 말하고는 주모를 불러 직접 주문을 한다.

"주모! 여기 두 사람씩 대작을 할 수 있도록 주안상 둘을 봐 올리시 오! 값은 얼마든지 치를 터이니 괘념치 말고 융숭하게 따로 두 상을 차 리되, 차별 없이 똑같이 차려 주시오. 아, 참. 저 아이한테는 따로 소고 기 국밥 한 그릇을 말아 주시구려!"

그리고 술상이 날라져 오자 그는 다시 주모에게 이르는 것이다.

"이보시오, 주모. 술상 하나는 따로 조용한 방으로다 옮겨 줄 수 있겠 소? 아, 저쪽 후미진 뒤란 쪽의 방이 괜찮겠구면."

남다른 그의 요구에 사내 쪽을 유심히 쳐다본 주모가 군소리 없이 술상 하나를 들고 뒤란 쪽의 방으로 향하자, 그는 다시 김 서방에게 이른다.

"김 서방, 이 손님하고 둘이서 따로 긴히 나눌 얘기가 있으니 자네는 여기서 잡인이 얼씬도 하지 못하게 단속을 좀 해 주게나!"

"예, 서방님!"

그를 객줏집으로 안내할 때부터 상전의 의중을 꿰뚫고 있었던 김 서방은 본능적으로 주변을 둘러보고 나서 허리를 구부리며 다짐을 한다.

"서방님, 이쪽 걱정은 마시고 마음 편히 담소를 나누시다가 분부하실 일이 있으시면 즉시 소인을 불러 주시소!"

중산은 그래도 마음이 놓이지 않는지, 왁자지껄한 술청과 마당 쪽을 한번 유심히 살펴보고 난 다음에야 사내와 함께 주모를 따라 멀찍이 떨어진 토방 쪽으로 멀어져 간다.

황토의 속살이 그대로 드러난 허름한 방이었다. 방 안으로 들어서자 메주 냄새 같기도 하고 생선 비린내 같기도 한 고약한 냄새가 코를 찔렀다. 포구 가까이에 있는 객줏집이라 장이 서는 날이면 타관에서 온 수많은 보부상들과 짐꾼들이 밤늦도록 술판이나 투전판을 벌이면서 묵어가는 곳인 모양이었다.

천장도 없이 지붕의 서까래와 서까래 사이에 황토 흙을 발라 놓은 것이 그대로 천장인 셈이었고, 방바닥은 수숫대로 엮어서 만든 투박한 돗자리가 깔려 있었는데, 사방 흙벽에는 손톱으로 눌러 죽인 피 묻은 빈대 자국에다 숯검정으로 그려진 온갖 글씨의 낙서며, 바를 정자(正字) 모양으로 장사치들이 그려놓은 계산의 흔적들까지 곳곳에 남아 있었다.

술상을 가운데 두고 마주 앉으면서 중산이 먼저 사내에게 손을 내밀면서 정식으로 악수를 청하였다.

"어쨌든 이렇게 만나 뵙게 되어 반갑습니다. 아까 그쪽 동행자가 말했듯이, 시생은 동산리 여흥 민씨 종가의 종손인 중산이라고 하는 사람입니다."

그러자 사내도 그의 손을 마주 잡으며 주저하지 않고 자기소개를 하는 것이었다.

"아, 그렇습니까? 나는 신의주에서 미곡상을 운영하고 있는 황상태(黃祥泰)라고 하는 사람인데, 출신이 변변치 못하여 자호 같은 것은 아예 없습니다!"

아까 동행자가 지칭할 때는 최 선생이라고 하더니, 자신은 여기서 황상태라고 다른 이름을 대면서도 어떤 거리낌이나 망설임 같은 것이 전혀 없어 보였다. 그가 그렇게 할수록 중산은 호기심이 더욱 일면서 어떤 확신이 서는 기분이었다.

"오, 그래요? 그렇다면 아주 먼 신의주에서 이런 벽촌까지 어려운 발걸음을 하셨소이다 그려!"

사내의 잔에 술을 따라 권하는 중산의 얼굴에 일순간 묘한 표정이 스치고 지나간다. 마치 그의 겉껍질 속에 숨겨진 천고의 비밀이라도 감지해 내었다는 듯이. 그러면서도 그를 바라보는 시선만은 호기심이 넘쳐나고 있었다. 안으로 타는 듯한 뜨거운 눈빛이었다.

"장사를 하는 사람이 돈 될 만한 곳이 있으면 어디인들 못 가겠소!"

사내는 중산의 잔에 술을 따라 주면서 안광이 빛나는 그의 얼굴을 무심한 눈빛으로, 그러나 의미심장한 표정으로 유심히 바라본다.

"그래요? 그러시다면 이런 원처에까지 어려운 걸음을 하셨는데, 어떻게 거래는 좀 하셨습니까?"

미곡상이라고 하는 바람에 그의 반응이 어떻게 나오는지 짐짓 시치미를 떼고 물어 보는 말이었다.

"원래 장사라고 하는 것이 재미를 좀 볼 때도 있고, 그렇지 못할 때도 있고 하는 것이 다반사라⋯."

사내는 거짓인지 참인지도 모를 궁색한 말을 하면서도 그런 게 몸에

밴 듯이 정연한 몸가짐과 의례적인 말소리에는 전혀 흔들림이 없었다.

중산은 술잔을 입으로 가져가 술을 천천히 마시고는 안주를 집어 먹을 생각도 않고 점잖게 술을 들이키는 사내를 이윽히 바라본다. 가까이 마주 앉아 자세히 바라보니 생각했던 것보다 나이가 그리 많아 보이지는 않았다. 대략 서른 대여섯 전후쯤은 되었을까. 허름한 양복에 노색인 밤색의 중절모를 쓰고 있어서 그렇지 실제로는 그보다 더 나이가 적을 수도 있을 것 같았다.

그러나 그가 밝힌 대로 정말로 한·만 국경 지대인 신의주에서 온 사람인지는 모르겠으나 아무래도 단순한 미곡상은 아닌 성싶었다. 아까 남다른 시국관을 가지고 자기네를 비판한 사실도 그렇고, 무엇보다도 이쪽에서 '중산'이 자호(字號)라고 밝히지 않았음에도 불구하고 대뜸 자호를 들먹이며 신분을 염두에 두고 말하는 것이며, 어떤 원칙이 밴 듯한 그의 말투부터가 거친 시장 바닥에서 함부로 굴러먹으며 잔뼈가 굵어진 타산적인 장사치들의 그것과는 사뭇 거리가 먼 것이다.

그러나 중산은 사내의 말을 액면 그대로 받아들이는 척하면서 넌지시 그의 속을 다시 떠 본다.

"그런데 미곡 거래를 하시려면 미곡 생산과 거래가 일상적으로 크게 이루어지는 곳으로 가셔야지, 이런 궁벽한 포구 마을로 오시다니. 시생이 보기에는 암만 해도 길을 잘못 찾아오신 것 같소이다 그려."

"내가 잘못 찾아오다니요? 당치도 않습니다. 넓은 수답(水畓)을 끼고 있는 이곳 감내 정도면 미곡 생산지로서는 좁은 곳이 아니지요!"

이곳 지리에도 어둡지 않은 듯, 사내의 말에는 아무 주저함이 없었다.

"그건 그렇지가 않아요! 이곳보다는 우리 동산리의 상남벌과 파서리의 하남벌이 훨씬 더 넓지요! 진정으로 산지 미곡을 다량으로 직접 매입하실 요량이시면 여기서 시간을 허비하실 게 아니라…"

중산이 무슨 말을 할 것인지를 눈치 챈 것일까. 사내는 그의 말을 자르며 이렇게 반문한다.

"그야 장사를 하다 보면 대규모로 도매를 할 수도 있고, 형편에 따라서는 소매도 할 수 있는 일이 아니겠습니까?"

이번에 이곳에 온 것은 소매를 위한 것이니 중산이 말하는 상남벌이나 하남 벌과 같이 아주 넓은 미곡 생산지에는 아예 가 볼 생각조차 없다는 뜻이리라.

그러나 중산도 속으로 생각하는 바가 있어서 자기의 뜻을 굽히지 않고 하고 싶은 말을 끝까지 피력한다.

"시생의 집이 있는 동산리는 이곳보다 들판이 넓은 데다 교통편도 훨씬 편리하지요! 우리 문중의 도구늪들 앞에도 벼 수백 석을 실은 배가 정박할 수 있는 석제진(石提津)이라고도 하는 돌티미 나루가 있고, 또 삼랑진역이 지척이라 미곡을 매집(買集)하여 철도편으로 바로 신의주나 만주 쪽으로 운반할 수가 있기에 드리는 말씀입니다. 게다가, 기차보다는 운임이 훨씬 싼 배편으로 남해 바닷길로 나가 신의주까지 갈 수도 있으니 여기보다는 그쪽이 어느 모로 보나 교통이 훨씬 편리하지 않겠습니까?"

중산은 진실로 사내의 신분이 무엇인지 스스로 가늠해 보면서 그의 진심을 파악하기 위하여 차근차근 성의 있게 말을 이어 가고 있었다. 지금까지 살펴본 결과로 사내의 신분이 단순한 미곡상이 아니라는 확신이 선 것이었다. 그리고 그가 그럴수록 자기네 동산리 얘기를 자세하게 하면서 그 반응을 살펴볼 요량인 것이다.

그의 말대로 동산리 앞으로 흘러가는 응천강과 낙동강이 만나는 삼랑리 일대는 조선조 후기에는 경상도 삼조창(三漕倉)의 하나로 후조창(後漕倉)까지 설치된 곳이었다. 그런데, 그 당시에는 밀양, 양산, 현풍, 창녕, 영산, 울산, 동래 등 인근 7개 군현의 조세를 징수 보관하고 수로를 이용하여 운반하던 한 도회로서 차소(差所), 선청(船廳), 통창(統倉), 고마창(雇馬倉), 객줏집, 여인숙 등과 같은 건물들이 즐비했으며,

거기에 따른 선주(船主), 조군(漕軍), 색리(色吏), 고자(庫子), 관노(官奴)들의 활동 무대가 되었고, 인근 고을에서 거두어들인 수많은 조세 곡들이 배에 실려 그곳에 모여들곤 하였다. 그리고 어마어마한 양의 그 조세 곡들은 통창에 보관해 두었다가 큰 배에 옮겨 싣고는 낙동강으로 내려가 남해를 거쳐 통영까지 가서 삼도수군통제영(三道水軍統制營)의 군량미로 넘겨주거나 서해로 북상하는 뱃길을 이용하여 한양 도성의 마포나루와 한강진까지 운반하곤 하였는데, 지금도 그 시발지로서 예전처럼 번성하지는 않으나 수로의 요충지 역할만은 여전히 하고 있는 것이다.

긴 시간에 걸쳐 자세하게 설명하는 중산의 성의 때문인지, 사내가 비로소 속에 있던 말을 입에 담았다.

"사실은 나도 구포와 동래를 거쳐서 부산포를 자주 가는 편이라, 이 지역의 역사와 지리에 대하여 아주 백면서생은 아니지요! 예배당이 있는 마산리 앞의 마산포 나루에서 유숙을 한 바도 있었고, 동래를 거쳐서 부산포로 가는 길에 구포까지 배를 타고 가 본 적도 더러 있어서 하는 말입니다."

예배당이 있는 마산리 앞의 마산포 나루에서 유숙을 한 적이 있다는 것과 그 지역에 대해서 알 만큼은 알고 있다고 뒤늦게 실토하는 사내의 말에 중산은 갑자기 머리끝이 쭈뼛해지는 심사였다. 아까 게줄 당기기 놀이마당에서 뭇 사람들 앞에서 공개적으로 떠벌리던 그의 막말이 이쪽에서 들으라고 의도적으로 행한 짓이 맞았구나 하는 생각이 다시금 뒤통수를 후려쳤기 때문이다.

"그러시다면 우리 집안에 대해서도 알 만큼은 알고 계시다는 말씀이 시오?"

눈을 크게 뜨고 바라보는 중산의 목소리에 바람이 인다.

"글쎄요! 지난 임오년에 무위영 소속의 구훈련도감 군병들이 선혜청 도봉소를 습격하여 군란을 일으켰을 때, 그들의 공격 대상이 되었던 척족정권의 실세였던 여흥 민씨 일파가 나라가 망한 지금도 향리 곳곳에서 가세를 유지하면서 위세를 떨치고 있다는 얘기는 이미 듣고 있었지요!"

한가로운 풍월처럼 읊조리고는 있어도 임오군란에 대하여 각별한 사연이 있는지 사내의 말 속에는 가시가 박혀 있었다.

"그러시다면 혹시 선생께서는 우리 여흥 민가들한테 무슨 원한이라도…?"

중산의 의식은 자기도 모르는 사이에 비수처럼 차갑게 날을 세운다. 아무래도 사내의 가슴 속에 무언가 자기에게 감추는 것이 있다는 생각을 지울 길이 없는 것이다.

"이씨 왕가이든 민씨 척족 세력이든, 아니면 대대로 국록을 먹으면서 부귀영화를 누려 온 여느 권문 사대부 집안이든, 나라를 이 지경으로 만든 위정자들의 책임이 크다는 뜻이지, 사적으로 진 빚이 없는 나 같은 사람이 여흥 민씨들에게 별 다른 원한이 있을 까닭이 없지를 않겠습니까? 특히, 왜놈들에게 원한이 맺혀 있다는 이곳 민 선비 집안에 대해서는 말이외다!"

"그래도 시생이 느끼기에는 그렇지가 않은 것 같습니다마는…!"

그러면서 중산은 임오군란 때 관노가 되었던 반란군의 여식을 종으로 하사 받았다는 승당 할아버지의 옛일을 떠올리고 있었다.

"글쎄올시다! 그렇게 따진다면 세상에 빚이 없는 사람이 어디 있겠습니까? 다만, 지난 역사 속에서 할 바를 다하지 못한 정권 실세들이 있다면 얘기가 달라지겠지만 말이외다. 그리고 그것을 통감하고 이제라도 지난날에 진 그 빚을 청산하는데 물심양면으로 힘을 쏟아 준다면 권문 사대부로서의 도리로 그보다 값진 일이 또 어디에 있겠느냐는 뜻이 아니겠습니까!"

중산은 그제서야 그의 의중을 간파하고 답답하던 가슴 한 쪽이 희미하게 터여 옴을 느끼면서 잠시 생각에 잠긴다. 그러다가 손수 술을 따라 한 잔 마시고 나서 정색을 하고 묻는다.

"아까 신의주에서 미곡상을 한다고 말씀하셨는데, 그 말을 액면 그대로 받아들여도 되겠습니까?"

"아, 그 얘기요? 그쪽이 어떤 집안인지 확실히 알았으니 이제야 안심하고 드리는 말씀입니다만, 신의주에서 미곡상을 운영하면서 사실은 대종교(大倧敎)의 사교(司敎) 노릇도 아울러 하고 있지요!"

"대종교라고요?"

눈썹이 짙은 중산의 미간이 좁게 모아진다.

"우리 국조(國祖)이신 단군대황조성신(檀君大皇祖聖神)을 모시는 민족종교 말이외다!"

"네에…. 그러시다면 장차 시생하고 미곡 거래를 하실 요량은 없으십니까? 앞으로 시생이 직접 처분해야 될 미곡이 해마다 수천 석이 되고, 동산리 우리 집안사람들의 것까지 합치면 일만 석은 좋이 웃돌 양이기에 드리는 말씀입니다."

중산은 사내가 자기네에게 꽤 비판적인 시각을 가졌음에도 불구하고 그와의 인연을 여기서 끊고 싶지는 않았다. 그를 통하여 자기네 황실 척족 세력들에 대한 세간의 민심을 알아보면서 그로부터 얻은 궁금증을 그의 객관적인 입을 통하여 속 시원히 풀고 싶었는지도 모를 일이었다.

"호오, 그래요? 선생께서 나락 수천 석을 직접 처분하신단 말씀입니까? 그리고 동산리 집안사람들의 것까지 합치면 그게 일만 석은 좋이 웃돌 거라고요?"

중산의 얘기를 덤덤하게 얘기를 듣고 있던 사내의 눈에서 갑자기 광채가 번쩍하고 빛난다. 중산은 거기에 힘을 얻어 더욱 분명한 목소리로, 그러나 아무렇지도 않은 듯이 이렇게 덧붙이는 것이다.

"예, 그렇습니다. 하지만 하남면 파서리의 우리 원손가 쪽에다 대면 그건 아무것도 아니지요!"

중산의 말에 그만 기가 질려버린 것일까. 아니면 아까와는 생각이 달라진 것일까. 사내는 벌린 입을 다물지 못하고 중산을 멀거니 바라보다가 갑자기 목이 타는 듯이 앞에 놓여 있던 술잔을 입으로 가져가서 홀쩍 들이킨다.

자기의 잔에 술이 철철 넘치도록 다시 가득 채운 사내가 갑자기 비장한 목소리로 입을 열었다.

"미곡 생산 규모가 그 정도라면 우리 같은 피라미들과 거래를 하실 것이 아니라 수만금을 떡 주무르듯이 주무르는 거상들과 거래를 직접 하시는 편이 좋지 않겠습니까?"

중산의 기대와는 달리 사내는 뜻밖의 말을 하고 있었다.

"거상들이라니요? 갑자기 그게 무슨 말씀입니까?"

중산은 사내가 자기의 속을 떠 보기 위해서 대자본을 가진 왜놈 무역상들을 염두에 두고 하는 말이 아닌가 하고 애써 평정을 유지하며 그의 얼굴을 유심히 바라본다. 아까 장터거리에서 그로부터 들은 소리가 있는데다, 조선 황실과 자기네 황실 외척들에게 꽤 비판적이던 면까지 확인한 터라, 그의 속내가 더욱 궁금해지는 것이다.

"민 선비께서는 혹시 백산상회(白山商會)라는 말을 들어 보셨습니까?"

그러면서 갑자기 예리해진 사내의 눈빛이 불을 뿜듯이 뜨거워지면서 중산의 안색을 유심히 더듬는다.

"갑자기 시생더러 백산상회라니요?"

중산은 그의 속내를 알 길이 없어 짐짓 신경을 곤두세우고 반문을 한다.

"거상(巨商)이라고 하면 대개 왜놈 무역상들을 떠올리시겠지만, 백산상회는 경우가 다르지요!"

"백산상회는 경우가 다르다니요?"

"그야 무역회사라고 하면 돈 많은 왜놈들이나 차릴 수 있는 것인데,

백산상회는 우리 조선사람들이 세운 합자회사이니까 해 보는 소리지 요!"

사내는 시간이 흐르면서 스스로 자기의 본색을 한 꺼풀씩 드러내고 있었다.

"그래서요?"

"백산상회는 지난 1909년에 대동청년당(大東靑年黨)을 조직하여 구국운동을 전개했던 백산(白山) 안희제(安熙濟) 선생이 경술국치 이듬 해인 1911년에 만주와 시베리아를 돌아다니면서 독립운동의 실상을 목격하고 돌아온 후 지난 1914년에 이유석·추한식과 같은 지역 자본 가들과 함께 부산부 본정 3정목에 설립한 민족 기업이지요!"

"아, 그렇다면 윤상은(尹相殷) 선생과 함께 동래 구포에서 구명학교 (龜明學校)를 설립하여 2년간 교편을 잡았다는 그 경남 의령 출신의 기업가 말씀입니까?"

중산도 언젠가 부친이 자기네 집을 찾아온 윤상은 선생을 비롯한 지인들과 사업 얘기며 시국을 논하는 자리에서 백산 선생의 얘기를 주고 받는 것을 겉귀로 들은 적이 있었다. 그런데 멀리 신의주에서 왔다는 사내는 자기도 잘 모르는 이곳 백산상회와 안희제 선생에 대해서 줄줄 꿰고 있는 것이다.

파평(坡平)이 본관인 윤상은 선생의 부친은 동래부사와 사천군수를 지낸 윤홍석(洪錫)이라는 분이었고, 일본어에 능통한 그는 1904년에 동래감리서(東萊監理署) 주임이 되어 일본영사관을 출입하면서 대일관계 사무를 전담하다가 을사조약이 체결되자 동래감리서를 뛰쳐나와 구포에 사설 강습소를 만들어 육영사업에 주력하다가 안희제 선생과 함께 사립구명학교를 설립하였던 것이다.

그런데 그 후에 장우석(張禹錫)이라는 분과 함께 구포저축주식회사 (龜浦貯蓄株式會社)를 설립하였던 윤상은 선생이 조선총독부의 방해 공작에도 불구하고 그것을 발판 삼아 구포은행을 설립하여 부산지점을 개설한 뒤에 은행 이름을 경남은행(慶南銀行)으로 개칭하여 본점을 부산으로 이전했다는 얘기는 들었어도 그와 손을 맞잡고 구명학교를 설립하였던 안희제 선생이 일본인 천지인 부산 신항의 왜관 가까운 곳에 백산상회라는 민족기업을 열었다는 얘기는 중산도 처음이었다.

중산이 할 말을 잃고 잠자코 바라보고 있자니까 그는 더욱 기세를 올린다.

"그런데 백산 선생은 그것으로도 성이 차지 않아서 지난해에는 구포의 갑부 윤현태 선생과 자본금 일백만원으로 다시 개창(開刱)한 바가 있었고. 그것도 모자라 경주 최부잣집의 최준(崔浚) 선생과 갑부 윤현소(尹顯素) 선생, 그리고 진주의 대지주인 강복순 선생 등 많은 유지의 협조를 얻어서 백산상회를 백산무역주식회사로 확장할 계획인 모양인데, 듣기만 해도 대단한 쾌사가 아닙니까?"

구포와 부산포를 자주 가는 편이라고 하더니, 그렇다면 그가 하는 일도 백산상회와 무슨 연관성이 있다는 말인가? 그리고 사업자금 확보 문제로 동료를 대동하고 부친을 만나러 왔던 윤상은 선생과 장시간에 걸쳐 환담을 나누었던 자리에서 안희제 선생이 설립한, 그것도 민족기업인 백산상회의 얘기가 한번도 거론되지 않았던 것은 대체 무슨 사연 때문이었을까?

중산에게 있어서 사내는 시간이 흐를수록 더욱 첨예한 호기심을 불러일으키는 불가사의한 인물이 되어 가고 있었다.

"그러시다면 황 선생님의 뜻을 시생더러 백산상회와 거래를 해 보라고 권유를 하시는 것으로 이해하여도 되겠습니까?"

"아, 그야 우국지사들 사이에서는 그런 일도 벌어지고 있다는 뜻이니까, 그것은 전적으로 민 선비의 의중에 달린 일이니 좋을 대로 하시지요! 길이 열려 있어도 가고 안 가고는 순전히 당사자의 마음먹기 나름이 아니겠습니까?"

사내는 일부러 민족기업이라는 백산상회의 얘기를 먼저 거론해 놓고서도 막상 중산이 그런 얘기를 하자 별로 기대를 걸지도 않은 채 얼버무려 버리고 마는 것이었다.

"아, 그야 그렇겠지요!"

그가 유보적인 언사를 보이니 중산도 그 정도로 대응할 수밖에 없었다. 그리고 그가 하고 다니는 역할에 대하여 알고 싶은 바가 많았으나 더 이상 물으려고 하지 않았다. 그의 신분을 대충은 짐작할 수가 있게 되었으니 구차하게 더 이상 캐묻기도 부담스럽거니와, 그렇게 한다고 해서 초면에 본색을 완전히 드러낼 사내도 아닐 터였다.

두 사람의 이야기는 거기서 중단되고 말았다. 그러나 그들은 긴 침묵 속에서 말없이 주거니 받거니 하면서 술잔을 천천히 비워내고 있었다. 그리고 그 침묵 속에서 제각기 서로 다른 계산을 하면서도 자기네의 생각을 정리하는 시간만은 함께 공유하는 듯하였고, 그런 만큼 방 안에는 한동안 팽팽한 긴장감이 흘렀다.

그러다가 주전자에 남은 마지막 술을 사내의 잔에 따르면서 중산이 잠자코 입을 열었다.

"황 선생님! 혹시 이 다음에라도 미곡을 매입하실 일이 있거나 이곳을 지나치는 일이 있으시거든 우리 동산리로 유람하는 셈 치고 시간을 내어 한번 왕림해 보실 의향은 없으십니까?"

중산의 말에 사내는 들고 있던 잔을 입으로 가져가다 말고 중산을 이윽히 바라보더니 잔에 가득 찬 술을 단숨에 들이킨다. 그리고 안주로 나온 두부 지짐 조각을 한 점 집어 입 안에 넣고 천천히 씹으면서 무언가 생각에 잠기는 눈치이더니,

"장사를 하는 사람이 돈 될 만한 곳이 있으면 어디인들 못 가겠소! 민 선비님의 뜻이 정 그러시다면야 나도 생각을 바꾸어 멀지 않은 장래에 일정을 잡아 직접 한번 찾아뵙도록 하겠습니다!"

하고는 입에 넣고 우물거리던 두부 지짐을 무슨 명약이라도 되는 듯이 소리 나게 꿀꺽하고 삼키는 것이다.

"좋습니다! 그렇게 직접 우리 집으로 왕림해 주신다면 오늘 못다 한 시국 얘기를 나누며 아무 후회되는 일이 없도록 시생이 각별히 신경 써서 모시도록 하지요!"

말을 마친 중산은 오늘의 감내 나들이에서 뜻밖의 소득이라도 얻은 것처럼 한결 느긋해진 얼굴로 사내를 바라본다. 이제는 더 이상 나눌 얘기는 없었다.

밖에서 큰 함성과 함께 요란하게 농악 소리가 들려오고 있었으므로 사내가 먼저 몸을 일으켰고, 중산도 서둘러 자리에서 일어난다.

밖에는 이미 황혼이 깃들고 있었다. 땅거미가 깔리기 시작한 길거리로 나서면서 김 서방이 중산에게 물었다.

"서방님께서 보시기에도 앞에 가는 저 양복 입은 사람이 나락 장사로 보이십니껴?"

"갑자기 그런 것은 왜 묻는가?"

"그 사람을 데리고 온 경봉이 재는 나락 장수가 맞다고 끝까지 빽빽 우겼지만, 소인이 보기에는 암만 봐도 장사치는 아닌 것 같아서 여쭙는 말씀입지요!"

"글쎄, 그건 앞으로 좀 더 시간을 두고 봐야 알 것 같네!"

그러면서 중산은 멀찍이 앞에서 걸어가고 있는 사내와 길잡이로 나선 경봉이라는 농민 차림의 청년을 유심히 바라본다. 그들 역시도 이쪽에 대해서 무슨 긴밀한 얘기를 나누고 있는 중인지 서로 얼굴을 쳐다보며 풍물 소리가 들리는 장터거리를 향해 나란히 걸어가고 있었다.

장터거리 한복판에서는 이미 〈게줄 당기기〉에 들어갈 준비가 한창 시작되고 있었다. 새참을 먹으면서 농주 잔을 기울이고 있던 줄꾼들은 옹배기에 남은 술들을 마저 마시고는 서둘러 술그릇들을 치웠고, 놀이를 주관하는 사람들은 농기를 든 길잡이와 풍물패를 앞세우고 다니면서 전열 정비에 여념이 없었다. 시합에 임하는 사람들은 끝도 없이 뻗어 있는 게줄을 따라 저마다 제 자리를 찾아 앉았으며, 구경꾼들은 구경꾼들대로 좋은 자리를 서로 차지하려고 그들 주변으로 우우하고 몰려들고 있었다.

"그래도 서방님께서는 아까 그 낯선 양복 입은 사람하고 같이 온 이 감내 마을 청년이 누구인지는 잘 모르시지요?"

"아까 자기네들끼리 얘기를 나눌 때 나와 우리 집 내력에 대해서 잘 알고 있는 것을 보니 감내 마을 주민이거나 이곳에 연고가 있는 사람임이 분명하지 않겠는가."

"맞습니다요. 김경봉(金景鳳)이라고, 집은 읍내 해천껄 내이리에 있는데, 이곳 감내리에 외갓집하고 생모의 무덤이 있습지요!"

그러면서 김 서방은 저 청년의 아버지가 일본어 역관(譯官) 출신의 중인 계급으로 재산도 제법 모았는데, 생모가 김경봉을 낳고 죽은 뒤에 계모가 들어와서 줄줄이 동생들을 낳았는데도 또 부친이 밖에서 여자를 보고 거기서도 다시 여러 명의 자식이 생기고 해서 여러 가지로 집안 일이 복잡하게 되었다는 것과, 그래서 장남인 손위의 형도 집에 있지 못하고 이곳저곳을 떠돌아다니다가 일찍이 독립운동을 하다가 중국으로 망명한 고모부를 찾아 나라 밖으로 떠나가고 없다는 집안의 복잡한 사정을 소상하게 들려주는 것이었다.

"김 서방, 자네는 어찌 저 청년의 집안 사정을 그리도 소상하게 잘 알고 있는 겐가?"

그가 어릴 때 나고 자란 곳이 여기이니 그럴 만도 하다 싶었으나 이곳을 떠난 지가 오래되었는데, 최근의 사정까지 너무 소상하게 알고 있다 싶어 슬그머니 궁금증이 생기는 것이다,

"아, 그거야 쟤 생모가 쟤를 낳고 얼마 안 되어 죽고 말았지만, 이곳 감내리가 바로 쟤를 낳은 생모가 태어난 곳으로 묘소가 있고, 아직도 외가가 있어서 그렇습지요. 사정이 그런지라, 아주 어린 시절에 소인 놈이 이곳 감내천에서 외가에서 자라던 쟤를 데리고 나와 가재를 잡아 주기도 하면서 데리고 놀기도 한 적이 있었으니까 그렇지요!"

"하기야 어릴 때 그렇게 데리고 놀았던 사이라면 그럴 수도 있겠구면…."

천천히 고개를 끄떡이며 잠시 생각에 젖어 있던 중산은 갑자기 무슨 생각이 들었는지 김 서방에게 다시 묻는다.

"방금 저 청년의 손위 형이 중국으로 망명한 친척을 찾아 나라 밖으로 떠났다고 했는가?"

"예, 서방님! 재 고모부 되시는 분이 한학을 한 선각자라 저 친구의 형이 어릴 때부터 총명한 것을 보고 한문을 가르치면서 뒤를 돌봐 주기도 했다는데, 그 후로 중국으로 망명하여 지금은 만주에서 독립군이 되어서 무슨 큰일을 하고 있다 합디다요! 전에 배를 타고 읍내 장에 가는 길에 마산리 예배당에 다니는 아랫마을 교인들이 자기네들 끼리 모여서 귓속말로 주고받는 이바구를 들은 적이 있는데, 왜놈들이 몬 잡아서 안달이 날 정도로 대단한 사람인 모양이더라고요!"

무심하게 들려주는 김 서방의 얘기에 중산은 무엇이 쿵하고 뒤통수를 내리치는 듯 함을 느낀다.

"저 청년의 고모부가 중국에서 독립운동을 한단 말인가?"

되묻는 중산의 두 눈이 순간적으로 긴장하면서 본능적으로 주변을 살핀다. 그리고는 좀 전에 만났던 그 사내를 찾으려고 앞쪽을 두리번거리는 것이다. 그러나 조금 전까지만 해도 어깨를 나란히 하고 앞에서 얘기를 나누며 걸어가던 그들 두 사람은 어느 새 감쪽같이 사라져 버리고 보이지 않았다.

"서방님, 우찌 그리도 놀라십니껴?"

덩달아 놀란 김 서방도 그들의 행방을 찾아 사방을 두리번거린다. 그러나 중산은 그들의 행방을 애써 찾기보다는 김 서방의 입단속부터 먼저 시키는 것이다.

"김 서방, 오늘 내가 여기서 신의주에서 왔다는 그 사람을 만난 사실을 그 어느 누구한테도 발설해서는 안 되네. 우리 문종 어르신들은 물론 아랫것들 모두에게도 말이네!"

크게 뜬 왕방을 같은 두 눈을 껌벅거리며 의아한 눈으로 쳐다보는 김 서방에게 그렇게 엄중하게 이른 중산은 천천히 발걸음을 다시 옮기면서 혼자 생각에 잠기는 것이었다. 신의주에 사는 사람이 유명한 독립군의 처조카와, 그것도 독립운동을 하는 고모부를 찾아 만주로 떠나갔다는 사람의 동생과 함께 그들 어머니의 묘소와 외가가 있는 이곳에 다니러 왔다면 그 역시도 독립운동을 하는 사람이거나 그들의 연락책으로 활동하고 있는 사람일 가능성이 높다는 생각을 떨쳐 버릴 수가 없었기 때문이었다.

'장사를 하는 사람이 돈 될 만한 것이 있으면 어디인들 못 가겠소! 선생의 뜻이 정 그러시다면야 나도 생각을 바꾸어 멀지 않은 장래에 일정을 잡아 직접 한번 찾아뵙도록 하겠습니다!'

아까 사내가 한 말을 생각하면 할수록 지울 수 없는 여운으로 남아 시종 귓가에 쟁쟁 맴도는 것이다.

'그래, 그 양반도 후일을 기약했으니, 언젠가 때가 되면 다시 만나게 될 날이 있겠지!'

그러나 중산의 이러한 생각도 가까운 데서 들려오는 요란한 징소리에 순식간에 휘말려 버리고 만다. 아까부터 풍물 소리에 맞춰 몇 차례나 함성을 지르며 기를 돋우던 줄꾼들이 모두 다 제각기 자기 앞의 곁줄들을 움켜잡으며 전열을 가다듬자, 마침내 줄도감이 징을 머리 위로 치켜들고서 냅다 두드리기 시작한 것이다. 드디어 오늘 축제의 꽃인 〈게줄 당기기〉가 시작된 것이었다.

천둥이 울 듯, 파상적으로 울려 퍼지는 징소리에 따라 죽은 듯이 누워 있던 거대한 지네 모양의 게줄이 팽팽하게 기지개를 켜듯이 꿈틀거리기 시작했다.

웬만한 집채보다도 큰 볏짚더미를 허물어서 연 이틀 동안 수십 명의 장정들이 달라붙어 새끼를 꼬고, 그것으로 다시 굵은 밧줄을 들이고,

그것을 다시 엮고 묶어서 만든 게줄이었다. 짚으로 만든 단순한 피조물에 지나지 않던 하찮은 게줄도 한 마음 한 뜻으로 어우러지고 뭉쳐진 마을 사람들의 소망과 신명 앞에서는 스스로 거대한 생명체가 되고, 잠자는 무지한 영혼들을 일깨워 주는 신령스러운 영물이 되고 마는 것일까?

숨 가쁘게 울려 퍼지는 풍물 소리와 "영치기 영차!" 소리의 진폭에 따라 양 방향에서 거센 파도와도 같은 힘이 연거푸 실려 오자, 거기서 기운을 얻은 게줄은 마침내 여의주를 얻은 풍운 속의 황룡처럼 거대한 몸뚱어리를 곧게 뻗쳐 올리면서 승천을 위한 최후의 몸부림을 치듯 꿈틀꿈틀 움직이기 시작하는 것이었다.

"영차! 영차! 영치기 영차!"

"상감 이겨라!"

"하감 이겨라!"

구경꾼들도 어느 새 응원 전을 펼치면서 두 편으로 나누어졌다. 불을 뿜듯 토해내는 양쪽의 구령 소리가 맞부딪치면서 하늘이 울리고 땅도 들썩거린다. 땅바닥을 딛고 버티는 무수한 발길들을 따라 흙먼지가 구름처럼 솟구치고, 용을 쓰는 얼굴마다 팔뚝마다 지렁이와도 같은 시퍼런 힘줄들이 불끈불끈 솟아오른다.

그러나 뜨거운 열기와 거친 숨소리와 응원 소리와 흙먼지가 뒤범벅이 된 속에서 줄 도감이 지키고 서 있는 기준선 위를 넘나들던 줄의 균형도 미처 일백을 헤아리기도 전에 완전히 깨어지고 만다. 게줄의 중앙에 꽂혀 있는 깃발의 위치 변동을 지켜보며 수를 헤아리고 있던 줄 도감의 징이 또 한 번 허공에서 벼락을 치듯 울어대기 시작한 것이었다.

"우와! 이겼다! 우리 하감 마을이 이겼다아 !"

초판 승부의 결과를 놓고 희비가 엇갈리는 환성과 소란이 미처 가라앉기도 전에 두 진영의 위치 교체가 이루어지고, 드디어 두 번째의 힘겨루기가 다시 시작되는 것이었다. 그러나 삼판 양승제의 규약에 따라 두 번째 시합을 그렇게 요란하게 벌여 봐도 결과는 역시 초판과 마찬가지였다.

"젠장 맞을 거, 정월 대보름날에도 졌는데, 오늘 또 지고 말았구마!"

이긴 하감 마을 사람들은 한 덩어리가 되어 덩실거리며 춤을 추면서 흥을 내기에 바빴고, 시합에서 진 상감 마을 사람들은 저마다 툴툴거리며 불만들을 쏟아내고 있었다.

"이거 참, 시합을 할 때마다 번번이 지기만 하니 체면이 말이 아니네, 정말!"

"하감 사람들은 단합을 잘 하는데, 우리는 그기이 잘 안 되는 기이라!"

"마, 시끄럽다, 시끄러워! 이유는 딴 데 있는데, 지고 나서 그렇게 자꾸 떠들어 봐야 죽은 자슥 고추 만지기 앙이가?"

"이유가 딴 데 있다니, 그거는 또 무신 소리고?"

"생각해 보라모. 연거푸 두 판을 내리 졌으니 이유야 보나마나 뻔한 거 앙이가! 이거는 당제를 잘못 지내서 부정을 탄 기이 틀림없는 기이라. 부정 말이다!"

"어허, 큰일 날 소리! 제관이 들으믄 펄펄 뛸 기인데, 그런 소릴랑은 아예 하지도 말아라!"

시합에 지고 만 상감 마을 사람들은 모두들 손을 툭툭 털고 일어서면서 그래도 아쉬움이 남는지 저마다 와자지껄하게 떠들어대며 한마디씩 푸념들을 쏟아내는데, 그러나 그 패인에 대해서만은 의견들이 분분하였다.

"아따, 지고 나서 그런 소리들을 하믄 머 하능교! 그렇게 해 가지고는 백날을 해도 안 될 기이구마는. 안 돼지, 안 돼! 간밤에 딴 데다 온통 용을 다 써 삐렸는데, 천 번 만 번을 덤벼 봐야 머 하겠노? 이길 턱이 없는 기이라!"

진 쪽에서 떠들썩하게 푸념들을 터뜨리자, 이긴 하감 마을 사람 하나가 그 옆에서 기다렸다는 듯이 이렇게 그 말을 날름 받아서 놀린다. 〈게줄 당기기〉의 미진한 여운 때문에 다시금 두 마을 사람들 간에 말장난이 시작되는 것이다.

"예끼, 이 사람아! 니도 이 성님처럼 나이를 한번 잡숴 바라, 어데 힘을 쓸 수가 있는강!"

"허허 참, 밤새도록 감내 물 다 퍼 마시고 신내 나는 군트림질하는 소리 하고 있네! 허구한 날, 밤이면 밤마다 잠도 안 자고 기를 쓰고 씩씩거리면서 운동만 실컷 해 놓고서는 어디 와서 무신 소리를 하고 있능교, 시방?"

"예끼 이 사람아! 밤마다 용을 쓰고 한다는 운동은 뭣이고, 감내 물 다 퍼 마시고 신내 나는 군트림질 한다는 소리는 또 머꼬?"

"아니, 그것도 몰라서 묻는 기요? 윗감내 사람들이 밤마다 피땀 흘려 가면서 용을 쓰고 난 뒤에 온통 초주검이 되어 가지고 샛노란 피오줌만 실컷 싸놓고 와서는 와 그래 쌓느냐 그 말 앙인교? 상감에서 피를 쏟듯이 그렇게 찐하디 찐한 생오줌을 날이면 날마다 잔뜩 쏟아 놓고 흘려보내는 바람에, 우리 아랫감내 사람들은 허구한 날 그 찐하디 찐한 오줌물을 묵고 통통하게 살이 찐 게를 실컷 잡아 묵고 살아서 모두 다 이렇게 힘이 장사가 되었다 그 말 앙이요! 그러니 〈게줄 당기기〉를 할 때마다 우리가 번번이 이길 수밖에 없는 기이라요!"

"허허, 저 사람 말하는 것 좀 보게! 우리한테 이겨 보겠다꼬 죽을 둥 살 둥 모르고 용을 온통 써 놓고는 인자 와서 무엇이 어떻게 됐다꼬? 이거 듣자 듣자 하이 젊은 사람이 성님 앞에서 버릇없이 몬 하는 소리가 없구만 정말!"

"와요? 내가 어데 비싼 밥 묵고 틀린 소리를 했능교?"

"틀린 소리를 하다마다! 머리에 피도 안 마른 새파랗게 젊은 사람이 우리 윗감내 어르신네 젖 묵던 힘까지 모조리 쫄딱 빼 놓게 하고서 그렇게 복장 찌르는 소리만 골라서 하고 있으니, 그기이 어데 틀린 소리

중에서도 어디 예사로 틀린 소린강!"

"하이구, 진짜로 감내 물 다 퍼마시고 신내 나는 군트림질하는 소리 하고 있네! …하기사 성님의 말마따나 그렇게 몸뚱이는 다 늙어서 맥을 몬 추는지는 몰라도, 요새 우리 형수님 얼굴을 보이 아직도 성님의 아랫배의 힘은 보통이 앙인 눈치던데요?"

"뭐, 뭐라고? 이 노무 자슥아, 시방 니 갑자기 무신 소리를 하고 있노! 찢어진 입이라꼬 설사 똥같이 줄줄 쏟아내믄 다 말인 줄 아나!"

드디어 말장난이 고비에 차오르면, 진 쪽에서는 옷소매를 걷어붙이고 짐짓 대들듯이 팔을 을러메면서 다가서기 마련이다. 그러면 상대편도 지지 않고 큰소리를 치면서 일단 응수부터 하고 본다.

"으하하하, 달덩이 겉은 형수님 말을 했더니 우리 성님이 진짜로 화가 디기 나는 모양이네! 그런데, 그렇게 날마다 힘을 다 쏟아 삐렸으이 앞으로 호리낭창한 우리 형수님을 옆에 두고 밤마다 그 뒷감당을 우찌할라는공!"

"이 노무 자슥이 그래도 입만 살아 가지고! 무엇이 으쩌구 으째?"

"이크, 달라빼자! 껵정이 겉은 우리 성님한테 붙잡혔다가는 뼈도 몬 추리게 될 기이다!"

그리하여 결국 하감 마을 사람은 줄행랑을 치면서 항복을 하고, 〈게줄 당기기〉에서는 졌지만 이 말싸움에서의 승리는 결국 상감 마을 쪽으로 돌아가고 마는 것이다.

〈게줄 당기기〉는 끝이 났다. 승천하는 황룡처럼 허공 속에서 꿈틀거리던 누런 게줄은 벼락 치듯 울려 퍼지는 징소리와 함께 그만 순식간에 생명을 잃고 땅바닥에 나뒹굴고 말았다. 하지만 승부에 따른 뒷공론은 아직도 그렇게 사방에서 분분하였다.

하지만 그것도 잠시뿐, 줄꾼도 구경꾼들도 윗감내 아랫감내 할 것 없이 모두들 어깨와 어깨를 맞대고 춤을 덩실덩실 추며 신명을 내기 시작한다. 〈게줄 당기기〉에서 이긴 하감 마을 사람들이 풍물패를 앞세우고 한바탕 승자의 호기를 부리며 흥을 낸 다음, 땅바닥에 주저앉아 있던 상감 마을 사람들을 일으켜 세워 춤판으로 끌어들이면서 본격적으로 뒤풀이인 〈뒷놀이〉가 시작된 것이다.

그러자 농기와 농기 사이에 걸린 새끼줄에 하나 둘씩 지전들이 내걸리기 시작하였다. 사방을 에워싸고 있던 구경꾼들 사이에서 기부금이 쏟아져 나오기 시작한 것이다. 목돈은 아니지만 한 푼 두 푼 모아 두었던 때문은 쌈짓돈들이 아낌없이 쏟아져 나오면서 모두가 함께 즐기는 축제 마당에서 뜻 깊은 화합의 꽃으로 피어나고 있는 셈이다.

수십, 수백 명이나 되는 양쪽 마을 사람이 흥겹게 춤을 추면서 만들어 내는 소용돌이가 크게 원을 그리며 맴을 도는 속에서 꽹매기가 악을 쓰고, 열두 발 상모가 돌아가고, 둔중한 징소리도 쌓였던 시름을 토해 내듯 용을 쓰면서 마음껏 운다. 가난 때문에 핍박받던 사람도, 연 이은 보리 흉년에 부황이 들었던 사람도 모처럼 시름을 털고서 두 활개를 크게 벌리고 너울너울 춤을 추는 것이다.

지지리도 정이 많고 애가 많은 민족이니 그만큼 신명도 많은 것인가? 〈게줄 당기기〉가 끝난 이때만큼은 구원(舊怨)도 애원(哀怨)도 모두 모두 신명 속에 불살라 버리고 이렇게 모두가 하나 되어 덩실덩실 춤을 추면서 흥을 낼 수 있는가 보다.

"김 서방 이것도 저기 농기의 새끼줄에 걸어 주게!"

중산도 그 모양을 보고 가만히 있지 못하고 도포 소매 속에 미리 준비해 지니고 있던 적잖은 액수의 돈 봉투를 구경꾼들 속에서 어깨를 들썩이고 있는 김 서방에게 건네준다.

뜨거운 열기 속에서 〈게줄 당기기〉가 끝나고, 뒷놀이가 진행되는 모양을 점잖게 바라보면서 중산은 천하를 움직일 수 있는 조선 민중들의 불기둥 같은 거대한 힘을 실감하면서 미동도 하지 않고 거기 우두커니 서 있었다.

그것은 놀라움이었고, 신선한 충격이었다. 갑오년 민란 때 전라도 일원에서 총포로 무장한 관군의 저지선을 무너뜨리고 전주성을 함락시켰던 동학군들의 힘의 원천도 저런 것이 아니었을까. 지금 그의 눈앞에서 벌어지고 있는 여흥의 소용돌이는 암담한 현실 속에서 잠자고 있던 조선 민중들의 민족혼을 불러일으켜 세우는 회오리바람보다 드센 힘이었고, 어둠 속에서 찾아낸 한 가닥 불빛처럼 반갑고 소중한 것이었다.

"서방님, 대단하지요? 예전에도 〈감내 게줄 당기기〉를 더러 보았지만, 오늘처럼 이렇게 피눈물 나도록 야단스럽지는 않았던 기라요!"

본능적인 감동에 있어서는 상하가 따로 없는 것이리라. 주민들이 건네는 막걸리 사발을 연거푸 비우고 있던 김 서방도 〈뒷놀이〉로 이어지는 낭자한 춤사위에 그저 신명이 나는지 연신 어깨를 들썩이며 우쭐거린다. 황소처럼 둔한 체구에 어찌 그리도 신명이 많은지, 자칫하다가는 하늘같은 상전인 중산의 옷소매를 잡아끌면서 우쭐우쭐 함께 춤을 추자고 덤빌 기세다.

'김 서방의 생각도 다르지 않는구나! 오늘의 이 놀이는 다른 때 보던 것하고는 전혀 딴판인 걸. 달라도 너무 달라. 정말로 모두가 다 신명에 미친 것 같고, 신들린 사람들 같지 않은가!'

중산은 속으로 중얼거리면서 전신을 감싸고도는 불기둥 같은 전율을 느낀다. 그런데 그 신들린 듯한 민중들의 신명 속에서 민의(民意)에 대한 두려움보다는 왜 자꾸만 조선 민중들의 뿌리 깊은 서러움과 한이 느껴지는 것일까.

중산은 그게 저물어 가는 서쪽 하늘의 붉은 노을이 흰옷 입은 민중들을 핏빛으로 온통 물들이고 있기 때문이 아닌가 하고 몇 번이나 심호흡을 한다. 그런데 속으로 뇌인 자기의 말소리를 알아채기라도 한 것일까.

충직하기 짝이 없는 김 서방이 이심전심으로 그의 마음을 읽은 것이리라.

"서방님! 저 사람들이 오늘 따라 우찌 저렇게 미친 사람처럼 흥을 내는지 아십니껴? 사연 많은 〈감내 게줄 당기기〉도 오늘로써 마지막이라 꼬 저러는 기이 앙이겠습니껴, 마지막이라꼬요!"

"아니, 김 서방! 자네도 그렇게 생각하나?"

"예, 서방님! 아까, 그 경봉이가 그럽디다요! 왜놈들의 등쌀에 앞으로 〈감내 게줄 당기기〉는 두 번 다시 몬하게 될 기이라꼬요! 오늘 이 행사도 그래서 부랴부랴 마련한 기이라꼬요!"

"왜놈들이 앞으로는 이 행사를 못하게 했다는 말이 정녕코 사실이란 말이지?"

중산은 오늘 낮에 무봉사에서 내려오다가 멀리 응천강 건너 삼분리 모랫벌에서 들려오는 조선 민중들의 단오놀이 함성과 풍물 소리를 들으면서도 가슴 한 구석에서 피어나던 공허한 생각이 이제는 암담한 현실이 되어 눈앞을 확 덮치는 심사였다.

왜놈들이 무단 정책을 강화하면서 인정 많고 흥이 많은 조선 민중들이 신명나는 민속놀이를 통하여 항일의식으로 결집되는 것을 차단하기 위하여 앞으로는 많은 인원수가 동원되는 그 어떤 민속놀이 행사도 금하고 나설 거라는 소문은 이미 듣고 있었지만, 지금 이렇게 막상 현장에 와서 직접 눈과 귀로 확인을 하게 되고 보니 그게 무성한 헛소문이 아니라서 그만 억장이 무너져 내리고 마는 것이다.

중산은 마을 주민들이 남녀노유 없이 한 덩어리가 되어 거대한 소용돌이처럼 빙빙 돌아가고 있는 춤판을 바라보면서 그들이 왜 그렇게 죽기 살기로 한사코 신명을 내는지, 이제야 그 심정을 이해할 수 있을 것 같았다.

가난 속에 핍박만 받고 굶주리며 살아온 망국민의 응어리진 한과 사무친 슬픔을 낭자한 풍물 소리와 함성에 담아서 한바탕 신명으로 용해시켜 버리곤 했던 〈감내 게줄 당기기〉──.

암담한 식민지 시대의 아픔도 설움도 농익은 신명으로 승화시킬 수 있었던 그 피어린 대동 축제를 앞으로는 영영 못하게 되었으니, 어찌 저렇게 신들린 사람들처럼 미쳐 날뛰지 않을 수 있으리! 그리고 저 둥실둥실 떠오르는 〈뒷놀이〉의 흥과 신명이 어찌 피맺힌 조선 민족의 원한과 울분과 설움보다 더욱 더 아프고 쓰라리지 않다고 말할 수 있으리!

말과 나귀를 함께 태운 황포돛배에 몸을 싣고 돌아오는 중산의 단옷날 귀갓길은 그래서 더욱 더 멀고 먼 유랑의 길처럼 쓸쓸하고 처량하기만 하였다. 날은 이미 저물어 짙붉은 석양빛이 망국의 한을 품고 죽어간 애국선열들이 토해 낸 선혈처럼 온 천지를 핏빛으로 물들이기 시작하였고, 황톳빛 기폭 가득 실려 오는 강바람도 구성진 늙은 사공의 뱃노래 소리만큼이나 처량하고 스산스럽기만 하였다.

구포로 가는 마지막 황포돛배라 손님이라고는 그들 일행과 함께 감내 나루에서 승선하였던 대여섯 명의 남정네들과, 읍성 쪽에서 승선하여 온 다른 사내 너댓에 아이를 업은 아낙과, 그 시누이인 듯한 처녀 하나가 전부였다.

"김 서방, 요즘도 통소를 가지고 다니는가?"

뱃전에 기대앉아 저문 석양 속으로 아득히 멀어져 가는 감내 마을 쪽의 먼 산들을 오래도록 바라보고 있던 중산이 몸을 홀쩍 일으키며 문득 그렇게 물었다.

"서방님, 통소라 말씀하셨습니껴?"

김 서방은 선뜻 대답을 못한 채 늘 품 속에 넣고 다니던 통소를 본능적으로 더듬는다.

"그거는 언제나 이렇게 소인놈 품속에 들어 있지만, 왜 갑자기 통소를 찾으시는지…?"

김 서방은 통소를 가지고 왔노라고 대답을 해 놓고서도 정작 그 묻는 까닭을 알지 못한 채 멍한 얼굴이다.

동산리 여흥 민씨네 종가에서는 하인들이 북이나 장구 같은 풍물을 다루는 것은 물론 통소 같은 악기 소리조차 아무데서나 내지 못하도록 금하고 있었다. 표면적으로는 집안에 문중 아이들을 가르치는 강학당과 글 읽는 윗전들이며 그들을 찾아온 방문객들이 방마다 득시글거리고 있기에 잡음이 있어서는 안 된다는 게 그 이유였다. 하지만 집안의 상전, 아랫것들 할 것 없이 풍류나 속악 가무에 젖다 보면 사리 분별력이 흐려지고 본능적으로 들끓는 감성에 휘둘리기 십상이어서 양반 사대부가 식솔으로서의 체통과 품격을 떨어뜨리게 된다는 것이 내면적인 이유였다.

그래서 그는 통소를 버리지 못하고 늘 품 속에 지니고 다니면서도 집안은 물론 집 밖에 나와서도 외딴 곳이나 상전들의 시선이 미치지 않는 곳에서만 동료 하인들의 성화에 못 이겨서 한 번씩 불어 보는 게 고작이었다.

"김 서방, 뭐 하는가? 그 통소 한번 불어 보지 않고!"

말을 하면서도 중산은 멀리 산을 돌아나간 물길을 따라 끝없이 멀어져 가는 뱃길만 뒤돌아보고 있었다.

어느덧 저승처럼 까마득히 멀어져 버린, 아득한 뱃길 저쪽의 하감 마을에는 아직도 집으로 돌아가지 못한 마을 남정네들이 썰물처럼 인파가 쓸려 나가 버린 텅 빈 장터거리를 방황하면서 멍든 가슴마다 권커니 마시거니 술을 쏟아 부어 넣고 있을지도 모른다. 그리고 저녁 식사 준비 때문에 먼저 집으로 돌아간 부녀자들은 밥솥에 불부터 지펴 놓은 뒤, 곧 돌아올 남정네들을 위하여 텃밭의 아욱을 솎아다가 해장국을 끓이느라고 분주할 것이고, 집집마다 굴뚝마다 매캐한 솔가지 타는 저녁 연기가 솔솔 피어오르고 있을 것이다.

또, 아이들은 아이들대로 아직도 집으로 돌아오지 않고 있는 아버지를 찾아 사립문을 나서거나, 어쩌면 혼기에 찬 형과 누이들을 찾아서 그네 터나 빨래터로 어두운 길거리를 헤매고 다닐지도 모른다.

그리고 상처 난 마음들이 원귀처럼 떠돌고 있을지도 모를 그 썰렁한 하감 마을 저편의 서대동리 한골 마을에는 점필재 선생의 생가인 추원재(追遠齋)가 김일손이 사초에 올린 「조의제문(弔義帝文)」으로 촉발된 무오사화 때 이곳까지 휘몰아쳤던 슬픈 역사의 무게를 견디며 오늘도 망국의 하늘 아래 쓸쓸하게 서 있을 것이고, 죽어서 억울한 누명을 쓰고 부관참시(剖棺斬屍)를 당한 선생의 뼈들을 추슬러 상남면 무량원(無量院)의 덕대산(德大山) 기슭에서 이장해 온 그 옆의 유택(幽宅)도 그때 참수를 당한 애제자들이 흘린 선혈과도 같은 저 노을빛에 물들어 있을 것이다.

그러나, 그곳으로 열려 있는 저 아득한 물길도 머잖아 시시각각 짙어 오는 어둠 속으로 자취도 없이 묻혀 버리게 될 것이고, 새카맣게 타 버린 가슴처럼 내려앉은 그 검은 밤하늘에는 지금은 사라져 간 그리운 옛 선현들의 혼불처럼 깜빡이는 별무리가 하나 둘씩 돋아나게 될 것이다.

"서방님! 지금 소인보고 통소를 불어 보라고 하명하셨습니껴?"

충직한 심복인 김 서방의 눈에도 중산의 태도가 이상했던지 먼 산만 바라보고 있는 그의 쓸쓸한 뒷모습을 한참 동안이나 지켜보고 있다가 그 진의를 확인하려고 다시 물었다.

"김 서방, 이건 명령이 아니라 부탁하는 것이라네!"

"하늘같은 서방님께서 하찮은 소인놈에게 부탁을 하시다니, 당치도 않으신 말씀입니다요! 그런데 시상에 우찌 이런 일이…!"

전에 없던 일이고, 집안에서 여전히 금기시 하는 일이기에 김 서방은 덜컥 두려운 생각부터 드는 모양이다.

"심란해서 그런다네. 아마도 자네의 통소 소리는 이럴 때 듣는 게 제격일 게야. 그러니 어서 한번 불어 보게나!"

"아! 예, 예, 그러시다면야 기꺼이 불러 드립지요!"

다른 때 같으면 오래 살다 보니 별 희한한 꼴도 다 보겠다며 속으로 웃었을지도 모른다. 그러나 김 서방은 군소리 없이 혓바닥으로 마른 입술을 축이고는 통소를 입으로 가져간다.

그리고 몇 번이나 호흡을 가다듬은 그는 있는 재주를 다 부려 가며 통소를 불기 시작하였다. 응어리진 가슴마다 시름을 접고서 신들린 사람처럼 흥겹게 춤을 추던 민초들의 설움을 생각하면서 불고, 그 모양을 보고 가슴이 아파서 저렇게 못내 심란해하는 상전을 위해서 부는 것이었다.

나라 잃고 땅도 잃은 민초들의 가슴처럼 속은 텅텅 비고 구멍마저 적지 않게 숭숭 뚫려버린 하찮은 악기이건만, 그래도 곧게 자란 대나무 중에서도 가장 실한 것을 골라 베어다가 직접 자르고 다듬어 만든 소중한 통소였다. 그래서 그의 통소 소리는 더욱 구성지고 처량한지도 모르겠다.

쓸쓸한 저녁 강바람을 타고 끊임없이 밀려 와서 뱃전에 부서지는 작은 물결 소리마저도 올올히 가슴을 저미어 놓는 황혼 빛의 저녁 어스름 속에서 소복한 청상(靑孀)처럼 목 놓아 흐느끼는 김 서방의 구슬픈 통소 소리는 뒤에 두고 온 인정에 한사코 이끌리는 마음처럼 자꾸만 뒤쪽으로 흘러가는데, 기폭 가득 바람을 안은 황포돛배는 날 저문 웅천강 물굽이를 따라 무거운 정적을 소리도 없이 가르며 하류로 하류로 흘러서 간다.

김 서방은 말과 나귀가 서 있는, 돛대 옆의 뱃전에 걸터앉아 통소를 불었고, 중산은 늙은 사공이 지키고 있는 돛배의 후미진 좌판 앞에 우뚝 서서 그 소리에 귀를 기울이고 있었다. 주인을 섬기는 충복은 통소에 혼을 불어넣는 명인의 위치로 돌아가고, 주인은 그 소리의 품격을 알아주는 단 하루만의 한량이나 풍류객이라도 되어 버린 것일까. 정말로, 하인의 통소 소리가 듣고 싶어진 주인도, 그에게 충성을 바쳐 온 하인도 이때만큼은 아무 격의도 없이 마음과 마음의 문을 활짝 열어 놓고 그동안에 한 번도 겪어 보지 못하였던 애달픈 감정의 소통을 구슬픈 통소 소리를 통하여 함께 누리며 교감하고 있는 것인지도 모른다.

구슬프기 짝이 없는 김 서방의 통소 소리에 몇 안 되는 다른 길손들도 넋이 빠진 모습으로 그를 쳐다보고 있었다. 허름한 바지저고리 위에 검정색으로 물들인 광목 두루마기를 걸치고, 질끈 동여맨 행전에다 패랭이까지 눌러 쓴 우람한 체구-. 갑오민란 이듬해에 역원제가 철폐된 뒤 국권을 침탈한 일제에 의해 대대로 부쳐 먹던 역원 둔토(屯土)를 하루아침에 빼앗긴 뒤 부친은 얼마 못 가서 홧김에 죽고, 모친을 따라 문전걸식으로 연명하다가 그 모친마저 병들어 죽은 후에 스스로 종놈이 되어 살길을 찾고 나서 주인에 대한 충성만이 유일한 신앙이 되어 버린 김 서방이었다. 어쩌면 그는 지금 자기의 그런 인생역정을, 그 절절한 충성심을 수십 년 묵은 원한인 양 통렬한 퉁소 소리에 담아서 그렇게 역설적으로 토로하고 있는지도 모를 일이었다.

핏빛 노을에 물들어 있는 강물처럼 그의 퉁소 소리는 시간이 흐를수록 더욱 애조를 띠어 가고 있었다. 정말로 오늘 따라 김 서방은 피를 토하며 봄밤을 새워 운다는 두견새보다도 더 서러운 악공이 되어 버렸는지도 모를 일이다. 아니, 어쩌면 지금은 그도 어쩔 수 없이 서러운 한 민초의 자리로 돌아와 그렇게 처절한 가슴으로 신들린 사람처럼 퉁소를 불고 있는 것은 아닐는지.

중산의 가슴에 젖어 있는 비애가 아까 보았던 감내 마을의 그 민초들한테서 온 것이라면, 김 서방의 퉁소 소리도 어쩌면 나라 잃은 설움에 송죽 같은 가슴으로 흐느끼며 토해 내는 피어린 조선 민족의 통곡은 아닐는지!

◇ 안개 마을

　날이 저물면서 동산리 일대엔 천지 분간을 못할 정도로 밤안개가 짙
게 깔려 있었다. 예로부터 운막향(雲幕鄕) 또는 운포향(雲布鄕)으로
불릴 만큼 사시사철 운무가 잦은 곳이라 드물게 보는 광경은 아니었
다. 더욱이 지금처럼 응천강의 유량이 늘어나는 하절기가 시작되면 사
흘이 멀다 하고 조석으로 이렇게 쌀뜨물 같은 물안개가 천지를 뒤덮기
일쑤였고, 문중 종산인 동산(東山)을 배산으로 하고 동향으로 자리 잡
은 종가를 중심으로 무수한 기와집들이 즐비하게 늘어선 여흥 민씨네
의 동산리 집성촌은 운무로 뒤덮인 태산준령의 영봉들처럼 무수한 기
와지붕의 용마루들이 올망졸망 키를 다투며 안개가 만들어내는 순백의
장막 위로 아슴하게 고개를 내밀기 마련이었다.

　이렇게 순백의 운무가 온 세상을 장엄하게 뒤덮을 때마다 그것을 바
라보는 인간의 내면에서도 태초의 천지개벽과도 같은 이변 현상이 일
어나기 마련이었다. 생활 속에서 분출된 온갖 욕망과 흑심들은 시야 가
득 실려 오는 순백의 안개 속에서　순수한 본연의 모습으로 깨끗이 정
화되고, 세상을 바라보는 눈길마저도 천상의 세계를 대하는 듯 한결같
은 고결함으로 충만하게 되는 것이다.

　그런 것을 보면, 안개 속에는 순리와 순수를 지향하는 하늘의 뜻이
담긴 습한 포자들이 은밀하게 서식하고 있는지도 모를 일이었다. 한
낱 미세한 수분의 집합체에 불과한 안개가 이처럼 천심과도 같은 무소
불위의 힘을 지니고 있다는 사실은 놀라운 일이었다. 그리고 그와 같
은 경이로운 경험을 일상적으로 할 수 있다는 것은 이곳 사람들만이 누
리는 자연의 특별한 혜택인 동시에 천심을 생각하면서 하늘에 대한 두
려움을 곱씹게 되는 계기가 되기도 하였다.

하지만 오늘의 중산에게는 그런 혜택을 누릴 겨를이 없었다. 황포돛배를 타고 오는 동안 중산의 가슴 속에서 들끓던 여러 가지 잡다한 감정들은 안개 속으로 접어들면서 다소 진정되는 듯하였으나, 감내에서 겪었던 별난 체험의 잔상은 광복단 사건에 대한 두려움과 함께 여전히 복잡한 그의 머릿속을 어지럽게 휘젓고 있었다. 게다가, 청관 스님의 문제와 임오군란에 대한 여러 가지 수수께끼까지 첨예한 관심사로 떠오르면서 그의 마음은 더욱 혼란스럽기만 하였다.

그가 집으로 돌아왔을 때, 오늘도 집 앞의 바깥마당에서는 난전의 국밥집처럼 일렬로 내걸린 가마솥마다 허연 김을 내뿜으며 국과 밥이 끓고 있었으며, 사방에 펼쳐진 멍석마다 배급 받은 국밥으로 주린 배를 채우는 빈민들로 북새통을 이루고 있었다. 하지만 아직도 차례를 기다리는 굶주린 걸객들의 행렬은 긴다리강의 목교가 바라다 보이는 바깥마당 밖의 행길까지 길게 꼬리를 늘이고 있었다.

그 모양을 보고 말에서 내린 중산은 김 서방에게 말고삐를 건네고는 그때까지 배식 작업에 여념이 없는 남녀종들의 모습을 유심히 지켜보고 있다가 마당을 휘젓고 다니며 급식 작업을 진두지휘하고 있던 청지기 서 서방을 발견하고 그를 불러 세운다.

"서 서방! 오늘 따라 배식이 왜 이리도 늦은 겐가?"

"서 방님, 이제 오셨습니껴? 이럴 줄 알고 저녁 일찍부터 서둘렀지만, 오늘이 단오절이라 돼지 국밥을 준다는 소문이 퍼지는 바람에 급식을 해도해도 끝이 없습니더!"

서 서방은 가쁜 숨을 몰아쉬며 목에 걸친 광목 수건으로 이마에 내맺힌 땀을 닦으면서 머리를 절래절래 흔든다.

"이럴 줄 알았으면 좀더 일찍부터 서두르지 그랬나?"

"그야 물론 그렇게 했습지요! 그렇지만 아무 소용이 없었습니더. 고깃국을 얻어 묵을라꼬 멀쩡한 사람들까지 저렇게 날이 어둡기를 기다렸다가 화적 떼처럼 몰려오는 바람에 여태까지 이러고 있는 기이 앙이겠습니껴?"

"아니, 사람들이 날이 어둡기를 기다리다니 그건 무슨 말인가?"

"문딩이, 걸뱅이들은 말할 것도 없고, 구휼미를 받았던 절량농가에다 집에 양식이 있는 멀쩡한 마을 농사꾼들까지 고깃국을 얻어 묵을라꼬 저마다 앞다투어 아이들 손에 커다란 바가지를 들려 가지고 내보낸 기이 앙이겠습니껴! 베룩이한테도 낯짝이 있다고, 지들도 남세시럽었던 모양지요."

서 서방은 이마의 땀을 연신 닦으며 볼멘소리를 한다. 남녀종들은 물론 병절 휴가로 일손을 놓은 머슴들까지 동원하여 끝도 없이 밀려드는 사람들에게 급식을 하다 보니 거의 녹초가 다 될 지경인 모양이었다.

"듣고 보니 딴은 그럴 수도 있었겠구면!"

"그럴 수 있다뿐이겠습니껴? 사흘을 굶으면 남의 집 담장을 안 넘을 장사가 없다꼬 하는데, 그래도 남의 눈을 생각할 정도로 여유가 있는 걸 보면 아직도 피눈물 나는 배고픔을 겪어 보지 못한 기이라예!"

"그래도 오죽했으면 염치 불구하고 저렇게 아이들을 있는 대로 다 내보냈겠나?"

기근이 들 때마다 원근의 소작농과 마을 빈민들에게 구휼미를 나누어 주는 일은 미리 대상을 정해 놓고 하기 때문에 그런 일은 없었지만, 유리걸식하며 떠돌아다니는 문둥병 환자와 거지들을 대상으로 하는 급식 작업은 그런 절차가 없으니 그야말로 얻어먹는 사람들의 마음먹기에 달린 것이다.

"이 보게, 서 서방! 그래도 오늘이 명절이니 먹는 밥에 인색해서야 되겠는가? 다소 힘이 들더라도 기왕에 불쌍한 사람들을 돕자고 하는 일이니, 밥을 못 먹고 돌아가는 이가 한 사람도 없도록 유념하여 각별히 보살피도록 하게!"

중산은 지금 〈감내 게줄 당기기〉 민속놀이 현장에서 보았던, 주린 배를 채우기 위하여 아비규환을 만들어 내던 민초들의 모습을 떠올리고 있는 것이다.

"예, 서방님. 명심하고 분부 받들겠습니더!"

"그리고 서 서방! 행여라도 저 사람들에게 언짢은 기색을 보여서 마음 상하는 일이 있게 해서도 결코 아니 될 것이네!"

청지기의 소임이 내방객들을 상대하는 일이다 보니 의관을 갖춘 양반님 네들은 몰라도 불쌍한 민초들에게는 그의 존재가 다락같이 높은 사람으로 보일 수도 있겠기에 해 보는 소리였다.

"명심하겠습니더, 서방님!"

오늘 따라 중산의 단속이 예사롭지 않다고 여겼음인지, 서 서방은 허리가 땅에 닿도록 굽실거린다.

멀쩡한 마을 사람들까지 명절에 나오는 기름진 고깃국을 얻어먹으려고 눈치를 살피면서 어린 식솔들을 떼로 내보냈다고 하지만, 벌써 음력 오월이니 절량농가가 생겨날 춘궁기가 다 된 것이다. 해마다 오뉴월 보릿고개로 접어들게 되면 이렇게 구휼미로 밥을 삶고 국을 끓여 사방에서 밀려드는 민초들의 주린 배를 채워 주는 일이 어제 오늘의 일은 아니었다. 민심은 천심이요, 농사는 천하지대본이라 하였으니 수많은 소작인들의 힘을 빌려 농사를 지어야 하는 대지주의 입장으로서는 결코 소홀히 할 일은 아닌 것이다.

하지만 적잖은 곡식들이 축나는 것은 수천 석 지기 살림살이이니 그렇다 치더라도, 일일이 밥을 삶아 내고 국을 끓여 사람마다 공평하게 나누어 주는 일을 춘궁기 내내 조석으로 이렇게 반복해야 하니 그 일을 감당해야 하는 남녀 하인들로서는 여간 벅차고 진력나는 일이 아닐 터였다.

그렇다고 조상 대대로 행해 온 구휼 사업을 이제 와서 중단할 수는 없었다. 더욱이 일제에 농토를 빼앗기고 헐벗고 굶주리다 못해 만주로, 연해주로 살길을 찾아 떠나는 민초들의 눈물겨운 행렬이 끊이질 않고 있는 참담한 시절이 아닌가.

서 서방에게 급식 작업에 대해 각별하게 당부를 한 중산은 말과 나귀를 끌고 축사로 갔던 김 서방이 돌아오자 그에게도 특별히 당부를 한다.

"이보게, 김 서방! 얼른 저녁밥을 먹고 오늘은 자네가 여기서 급식 일을 좀 챙겨 주어야겠네."

아무래도 서 서방만으로는 안 되겠다는 생각이 들었던 것이리라.

"서방님, 무신 말씀인지 잘 알겠습니더!"

상전을 모시고 먼 길을 다녀오느라고 고단할 법도 하련만, 김 서방은 언짢은 빛이 전혀 없다. 중하고 어려운 일일수록 보다 믿음직한 충복에게 시킨다는 것을 그는 잘 알고 있는 것이다.

그가 중산을 모시고 솟을대문 안으로 들어서는 순간이었다.

"서방님 어서 오시이소!"

언제부터 그러고 있었는지, 세 살배기 김 서방의 딸을 데리고 나와 행랑 마당에서 노닥거리고 있던 삼월이가 멀찍이서 중산에게 허리를 굽혀 인사를 한다. 그러더니 뒤따라가는 김 서방에게 쪼르르 다가서며 귀엣말로 묻는 것이다.

"을순이 아부지, 서방님 저녁 진짓상을 차려 올릴까예?"

남들은 아직도 일손을 놓지 못하고 정신없이 돌아가고 있는 판국에, 그런 것에 아랑곳하지 않고 어미 없는 남의 어린아이에게 새털 같은 머리를 땋아 앙증맞은 작은 댕기까지 물려 가며 예쁘게 치장을 시켜준 걸 보면 김 서방에 대한 정성이 여간 곰살맞지 않다.

그러나 김 서방은 그게 오히려 더 부담스럽고 고깝게 여겨졌던지,

"허허, 당연히 서둘러 차려 올려야지, 그기이 말이라꼬 하나?"

하고 퉁명스럽게 내뱉는다. 그러자 앞서 가던 중산이 그 소리를 들었는지 한마디로 딱 잘라 버린다.

"밥 생각이 없으니까 저녁상을 올릴 것 없네, 그만들 두게!"

사실, 안채 후원에 자리 잡은 용화당으로 곧장 향하는 중산의 마음

은 입맛이 없을 정도로 산란하였다. 머리에 가득 찬 잡다한 생각으로 식욕을 잃어버린 그는 품속에 지닌 밀서를 더듬거리다가 목이 타는 갈증을 느끼면서 마른 침을 삼킨다.

"천기(天機)에 버금가는 기밀이 담긴 문서니라! 달리 첨언하지 않더라도 알겠지만, 정경부인께서 친견하시도록 네가 직접 갖다 드리도록 하여라."

천둥소리처럼 증폭된 운곡 선생의 지엄한 목소리가 천지를 진동시키면서 머리 꼭대기에서 울려 퍼지는 듯하였다. 그렇게 지중한 기밀문서라면 수많은 사람들의 목숨이 달린 일과 무관치 않을 것이다. 어쩌면 지금도 왜놈들의 조사와 취조가 계속되고 있는 광복단 사건과 관련된 문서인지도 모르지 않는가.

중산은 그런 생각을 하면서 등골을 타고 흘러내리는 쩌릿한 전율을 느끼면서 넓디넓은 집안을 빙 둘러본다. 처마 끝마다 내걸린 장명등의 안온한 불빛들이 자욱이 깔린 밤안개와 함께 온 집 안을 천상의 별천지처럼 만들어 놓고 있었다. 전국 각지에서 찾아 온 시인묵객들과 내방객들이 차지한 사랑의 객실마다 환하게 밝힌 황촉으로 불야성을 이루고 있었지만, 집안은 어쩐지 전에 없이 깊은 정적에 휩싸여 있었다. 괴괴하다고 해야 하나, 쓸쓸하다고 해야 하나….

오늘따라 왜 이리도 섬뜩한 기분이 드는 것일까.

중산은 졸지에 살얼음 같은 시국의 한복판에 홀로 서 있게 된 것처럼 무거운 중압감을 느끼면서 심호흡을 한다. 그러나 모골이 송연하도록 첨예하게 뇌리에 각인 찍힌 오늘의 일들이 주마등처럼 되살아나고 있어서 천근만근이나 되는 가업의 하중을 감당해야 하는 두 어깨와 마음은 어디까지나 무겁기만 하였다.

임오군란 때 관노가 된 여종의 몸에서 태어난 할아버지의 핏줄이라는 청관 스님과, 경북 의성에서 왔다던 호암 선생-. 그리고 지난 왕조 시절에 정권을 잡았던 실력자들의 책임론을 거론하며 은근히 신경을 건드리던 신의주의 미곡상이자 대종교의 사교라고 신분을 밝히면서도 황상태라는 가명을 쓰면서 끝까지 연막을 치던 의문투성이의 중절모를 쓴 사내 하며….

중산이 그들의 모습을 차례대로 되짚어 보면서 조심스럽게 할머니의 처소로 들어섰을 때, 용화당에는 의관을 정제한 부친이 먼저 와서 무슨 일 때문인지 심각한 얼굴로 할머니와 둘이서 밀담을 나누고 있었다. 이런 시각에 부친이 용화당에 와 있는 것도 그렇고, 며칠 전에 행장을 꾸린 노구의 길잡이 하인 김 영감까지 대동하고서 원지 출타에 나섰던 점을 감안하면 부친이 지금 혼정신성의 문안 인사차 찾아온 것은 아닐 터였다.

무슨 얘기가 오갔는지 방 안에는 전에 없이 팽팽한 긴장감이 흐르고 있었다.

중산이 조심스럽게 안으로 들어가 큰절을 올리고 자리에 앉자, 호피가 깔린 비단 보료 위에 무릎을 세우고 여황처럼 성장을 한 모습으로 앉아 있던 용화 부인은 영동 어른과 하던 얘기를 중단하고 자세를 고쳐 앉으며 다소 상기된 얼굴로 그를 맞이하였다. 도화서의 화공이 그린 금강산의 실경산수도 병풍을 배경으로 단정하게 앉아 있는 그녀의 모습에서는 정녕코 여황과도 같은 기상과 위엄이 넘쳐흐르고 있었다.

"할머니, 소손 성내에 가서 볼일을 보고 무사히 잘 귀가하였습니다!"

의례적으로 하는 중산의 인사마저 오늘 따라 막중한 공무를 완수하고 돌아와 알현하는 신하의 그것처럼 엄숙하고 신중하였다.

"그래, 해천껄엔 가내제절이 다 무탈하다냐?"

중산을 바라보는 용화 부인의 가체 머리 위에서 오색 영롱한 선봉잠(先鳳簪)과 떨잠이 보일 듯 말 듯 하늘거린다.

"예. 처조부님께서도 강녕하시고 장인어른 내외분도 잘 계셨습니다."

"그래. 모두들 잘들 계신다니 다행이로구나!"

"처조부님께서도 할머님의 건강을 많이 염려하고 계셨습니다."

"그것이야 피차 동병상련으로 같은 처지에 있으니 그럴 수밖에 없지를 않겠느냐! 나라를 잃고 국권을 지키려던 막역지우마저 망국한으로 잃은 터에 할일은 아직도 태산 같은데, 수족 같이 움직이던 수하의 인재들마저 줄줄이 잃고 보니 믿을 것이라고는 친인척들밖에 없게 되었으니 그런 게지!"

용화 부인은 원지 출입이 잦은 부친을 대신하고 있는 예비 당주로서 아직 경험이 일천한 젊은 종손에게 지금까지 한 번도 거론한 적이 없는 어려운 시국 상황을 무심결에 내비치며 보기가 민망할 정도로 깊은 한숨을 내쉬었다. 아무래도 남몰래 추진 중이던 굵직굵직한 안팎의 일들이 뜻과 같이 잘 풀리지 않는 모양이다.

중산은 지금 이 자리에서 두 분 어른들 앞에서 오늘 밖에서 보고 들었던, 자기네와 무관치 않았던 일들을 말씀 드리고 거기에 대한 자신의 뜻을 밝히면서 상의하고 싶은 바가 많았다. 그동안 밖에서 유림 동료들로부터 들어 알고 있는 광복단의 얘기를 비롯하여, 무봉사에서 조우하였던 청관 스님의 얘기며, 신의주에서 왔다던 양복 입은 사내와 겪었던 체험담과 의성에서 왔다던 노선비의 얘기에다, 심상치 않게 들끓으며 불기둥 같은 신명으로 결집되던 민중들의 동태에 관한 얘기 하며….

하지만 생각만 간절했을 뿐, 어느 것 하나 두 분께 쉽게 아뢸 수가 없었다. 밀양 유림이 연루된 것이 분명한 광복단 사건을 비롯한 시국에 관한 얘기는 말할 것도 없고, 심지어 무봉사에 불공을 갔다가 청관 스님이라는 범상치 않은 젊은 스님을 만났다는 가정사의 얘기마저 감히 입에 담을 수가 없었다. 방 안의 심상치 않은 분위기도 분위기이려니와, 따지고 보면 그 모든 것들 중에서 황실의 척족 세력으로서 무소불위의 권력을 누렸던 자기네 가문이 짊어져야 할 무거운 짐과 어느 것하나 무관치 않은 것이 없다는 생각이 들었던 것이다.

그리고 다른 무엇보다도 문중 종가의 당주 일을 대신하고 있는 종손으로서 지극히 보수적인 가풍 속에서 자기가 감당하기에는 여러 모로 어려움이 많은 현실 여건이 무거운 책임감과 함께 감당할 수 없는 두려움으로 다가온 때문이기도 하였다.

"네 처조부님께서 따로 전하라는 서찰은 없었느냐?"

용화 부인이 기다리다 못해 먼저 물었다. 중산은 그제서야 언뜻 정신이 들어 품속에 지니고 왔던 운곡 선생의 서찰을 두 손으로 조심껏 받들어 올린다.

"운곡 선생님께서 할머님이 친견하시도록 귀가 즉시 직접 전해 드려라 하셨습니다."

늘 사용하던 '처조부님'이라는 말 대신에 '운곡 선생님'이라고 지칭하게 된 것도 그게 공적인 문건임을 의식한데서 온 긴장감의 결과였다.

"그래, 알았느니라!"

용화 부인은 서찰을 받아들고 떨리는 손으로 겉봉을 살펴보다가 아무런 글자도 적혀 있지 않은 것을 보고는 그대로 문갑 서랍 안에 집어 넣더니 자물통까지 엄중히 채우는 것이었다.

"그런데 달리 하고 싶은 얘기라도 있는 것이냐?"

서찰을 갈무리하고 나서 심상치 않은 중산의 안색을 뒤늦게 발견하고 용화 부인이 옆에 배석한 영동 어른을 슬쩍 돌아보면서 묻는다.

중산은 무슨 말을 어떻게 해야 할지 몰라 잠시 망설이다가 방금 전해 올린 서찰과 깊은 관련이 있을 듯하여 용기를 내어 양춘재에서 만났던 낯선 노선비의 얘기를 조심스럽게 입에 담는다.

"오늘 불공을 마치고 처가에 들렀을 때, 안사랑 양춘재에 웬 귀한 손님 한 분이 와 계셨습니다. 호암선생이라고, 경북 의성에서 오신 분이라고 들었습니다!"

중산은 그 얘기마저도 부친이 동석한 자리에서 발설해도 되는 것인지를 몰라 조심스럽게 운을 떼고는 두 윗분들의 얼굴을 번갈아 쳐다보면서 반응을 살핀다.

호암 선생이라는 바람에 용화 부인은 옆에 앉은 영동 어른을 향하여

의미심장하게 고개를 끄떡이더니,

"그분 역시도 우리 일을 돕고 있는 의성의 네 진외가 집안의 어른이 시니라!"

"그러시다면 그분도 성내 헌병대 감옥에서 고초를 겪고 계신 남포 선생님과 함께 항일 독립운동에 동참하고 계신 분이란 말씀이십니까?"

"어허, 그 무슨 신중치 못한 경망스러운 말버릇이냐! 우리 문중의 존폐가 걸린 막중지대사를 가지고 종손 같잖게…."

중산이 '항일 독립운동'이라는 말을 함부로 입에 담자 그때까지 그의 행동을 주시하고 있던 영동 어른이 펄쩍 뛸 듯이 놀라며 엄하게 질책을 한다.

"너도 알다시피 우리한테 나라를 되찾아 왕조를 복원하는 일만큼 지중하고 화급한 문제는 없느니라! 허나, 그것이 문중의 명운이 걸린 막중지대사이니 위험천만한 그런 밀사를 거론할 때에는 혈육 간에도 직설을 엄중 삼가는 것이 종손인 네가 지켜야 할 수신제가의 근본이 아니겠느냐? 그러니 앞으로는 그 사실을 명심하고 말과 행동에 각별히 조심하고 신중에 또 신중을 기해야 할 것이니라."

장성한 종손이 제 아비로부터 심히 질책을 받는 게 보기가 딱했던지, 잠자코 듣고만 있던 용화 부인이 대신 안존한 목소리로 마음 상하지 않게 중산을 타이르며 입단속을 한다.

"앞으로 할머님과 아버님의 말씀을 금과옥조로 삼고 윗분들께 심려를 끼치지 않도록 언행에 각별히 신중을 기하며 조심하도록 하겠습니다!"

중산은 머리를 조아리며 지체없이 사죄를 한다. 어려서부터 오우선생의 효우를 배워 가슴 깊이 새기고 성장한 중산에게는 그러한 가풍을 지키고 윗분들의 뜻을 받들어 행하는 것이 목숨처럼 소중하게 여겨야 할 생활수칙이었다.

"그리고 또 차후로는 그 일에 대해서는 아무것도 모르는 듯이 행동할 것이며, 또한 알려고도 하지 말아야 할 것이니라!"

거듭되는 부친의 엄중한 경고에 용화 부인이 다시 첨언을 한다.

"사흘이 멀다 하고 남들이 보기에 서원 순례에다 명산대천을 찾아 팔도 유람을 하고 다니는 듯이 소일하고 있는 네 아비를 보면 너에게도 달리 느껴지는 바가 있을 것이니라."

"더구나 너는 장차 우리 문중을 이끌어 갈 막중한 책임이 있는 종손이 아니더냐? 너의 모든 언행이 장차 우리 문중의 명운과 직결된다는 사실을 명심하고 만사를 행함에 있어 신중을 기하고 조심에 또 조심을 해야 할 것이야!"

용화 할머니와 부친의 거듭 되는 다짐에 아뢰고 싶은 바가 많았던 중산은 그만 몸도 마음도 바윗돌처럼 뻣뻣하게 굳어지고 만다. 여기서 오늘 겪은 일들에 대해서 더 이상 입을 연다는 것은 상상조차 할 수 없는 일이었다. 왜냐하면, 그것이야말로 두 분의 가슴에 불을 지르는 대단한 불효가 될 것임은 의심할 여지가 없었기 때문이다.

그런 확신이 서자 중산은 무거운 몸을 이끌고 그대로 자리에서 조심조심 일어날 수밖에 없었다. 큰절을 올리고 뒷걸음질로 물러나는 아들을 바라보면서 영동 어른은 자식을 잘못 가르쳐서 모친께 대단한 불효를 저지르고 말았다는 듯이 혀를 끌끌 찼고, 용화 부인은 그런 영동 어른의 행동마저도 눈에 거슬렸던지 자못 언짢은 얼굴로 길게 한숨을 토해내고 있었다. 그리고 밖으로 나간 중산의 기척이 멀리 사라지는 것을 확인하고서야 자탄가처럼 신음소리를 토해내는 것이었다.

"음…, 이런 것이 바로 신중치 못한 자의 자업자득이로고! 아비가 불같은 의분을 참지 못하고 위정척사 세력의 의병부대에 들어간 구한국 군인들과 사단을 벌이는 바가 있었으니, 누구보다도 사려 깊은 중산이 젊은 의기를 참지 못하고 저러는 것도 부전자전으로 다 자네의 탓이 아니겠는가?"

"예, 어머님! 지당하신 말씀이십니다. 어머님께 돌이킬 수 없는 크나 큰 불효를 저지르고 말았는데, 소자가 어찌 그걸 모르겠습니까? 그래서 엎질러놓은 물을 되담는 심정으로 이렇게 늘 속앓이를 하고 있는 게 아니겠습니까?"

영동 어른은 회한에 찬 목소리로 이렇게 토로하고는 하늘에 대고 고해성사라도 하는 듯이 두 눈을 지그시 내리감는다.

이날 밤 용화당에서는 왕조복원이라는 가문의 명운이 걸린 현실의 타개책을 숙의하느라고 밤이 이슥하도록 불이 꺼지질 않았다. 그리고 비밀의 장막처럼 드리워진 바깥의 안개 또한 그날 밤 내내 걷히질 않고 있었다.

◇ 성내에 부는 바람

중산의 막내 숙부 죽명 민영국 선생과 운사 손태준이 다니는 〈밀양 읍교회〉는 읍성 안 서문께에 있었다. 민가를 구입하여 세운 교회라 건물 규모는 그리 크지 않았으나 설립한 지 십 년이 되는 만큼 규모에 비해 교인 수도 제법 많았고, 지역 유력 인사들의 사랑방 구실을 하는 목사관까지 갖추고 있어서 그 역할과 지역사회에 미치는 영향력도 적지 않았다.

그러나 민가를 사들여 그것을 토대로 중수한 교회라 종탑이 있는 앞부분만 붉은 벽돌로 쌓아 올렸을 뿐, 나머지 부분은 주변에 있는 여느 반가와 마찬가지로 기와집 형태를 그대로 갖추고 있었다. 담장이 없는 교회 둘레에는 하얀 페인트칠을 한 나무 울타리가 둘러 서 있었고, 교회 앞마당에는 성목이 다 된 정원수며, 여러 개의 벤치가 마련되어 있어서 햇볕이 따가운 여름철이면 교인들은 물론 이웃의 주민들과 지나가던 장꾼들과 멀리서 온 타관의 길손들까지 그 그늘에서 회합을 갖거나 쉬어 갈 정도로 지역사회의 쉼터 공간으로도 널리 이용되고 있었다.

그리고 교회 마당 한옆에는 상추와 쑥갓, 가지, 오이, 호박 같은 채소들이 자라는 채마밭이 있어서 엄숙하고 경건한 교회라기보다는 마을 공동체가 운영하는 소박하고 정겨운 회관과도 같은 부위기를 자아내고 있었다.

그 뿐만도 아니었다. 교회 건물과 야트막한 나무 울타리를 경계로 하여 경사진 언덕 밑에는 목사관이 따로 세워져 있었고, 그 앞쪽에는 소담하게 가꾸어 놓은 정원과 교회 부녀회와 청년회 회원들이 정성스레 가꾸어 놓은 그리 넓지 않은 과수원까지 딸려 있었는데, 거기에는 매실나무, 오얏나무와 같은 각종 과일나무들이 한창 자라고 있어서 그 가장자리에 조성된 예쁜 화단과 함께 교회 전체의 분위기를 더욱 싱그럽고 아름다운 이상촌(理想村)과도 같은 분위기로 만들어 주고 있었다.

눈부신 태양이 밝게 빛나는 오월 한낮, 오전의 주일 예배가 끝나자 교회 문이 활짝 열리면서 찬송가와 성경책을 든 교인들이 하나 둘씩 밖으로 쏟아져 나오기 시작하였다. 갓을 쓴 두루마기 차림의 남정네도 더러 보였고, 조선 치마저고리를 입은 나이 지긋한 여인네도 없지 않았다. 하지만 대다수의 남녀 교인들은 비교적 나이가 젊었고, 옷차림새도 개화된 신식 복장들을 하고 있었다. 그들의 얼굴마다 신의 축복인 양 신앙에 감화된 미소가 가득하였고, 주고받는 말소리 또한 밝고 건강하였다.

읍성 안팎에 아직도 곳곳에 남아 있는 향교와 서당이며 서원을 중심으로 하여 보수 향반(鄕班) 유림들이 그들만의 세계를 구축하고 지난 시절과 마찬가지로 항일 의병운동에 연연하고 있는 반면에, 이곳 밀양 읍교회를 비롯하여 지난 1915년 10월에 일제가 총독부령 제83호로 소위 〈종교 통제안〉이라는 것을 만들어 대종교를 종교 단체로 가장한 항일 독립 운동단체로 불법화시켜 버린 이후로 지하화 한 대종교의 밀양

지사(密陽支司)를 중심으로 한 청·장년층의 근대적 사고방식을 가진 개화된 사람들은 주로 상공업에 종사하며 자본주의 사회를 구축해 나가는 속에서 그들 나름대로 항일 독립운동 지원 사업에 대한 방향을 모색하고 있었다.

그래서 밀양 성내에는 이들 상공인들이 만든 금융조합이며 잠사조합(蠶絲組合)과 시장번영회 같은 유관 기관들이 우후죽순처럼 생겨나고 있었고, 이곳 밀양읍교회와 대종교 밀양지사 쪽에서는 혈기 넘치는 젊은 인재들이 합세하여 문맹 퇴치 운동을 비롯하여 물산 장려 운동, 생활 개선 운동과 같은 각종 청년운동을 활기차게 펼치고 있었다.

오늘이 밀양 장날이라 교회 앞 신작로에는 지나다니는 사람이 많았다. 그리고 길가의 교회 앞마당 나무 그늘에 장바구니를 내려놓고 앉아 쉬었다 가는 사람도 더러 있었다.

눈부신 햇살에 손 가리개를 하고 밖으로 쏟아져 나온 젊은 교인들은 집으로 돌아갈 생각도 않고 저마다 교회 앞마당에 삼삼오오 모여 서서 저들끼리 왁자지껄하게 한담을 나누기에 여념이 없다.

"손태준씨, 잠깐만요!"

산뜻한 양복 차림으로 죽명 선생과 얘기를 나누며 교회 현관 앞 계단을 내려서는 운사를 향하여 마당에 모여 있던 기독 청년회 회원들 중에서 누군가 소리친다. 운사가 그쪽을 바라보니 미곡상을 경영하며 기독교 청년회 회장직을 맡고 있는 김병환(金幷煥)이 손짓을 하며 다가온다. 운사가 발길을 멈추자 가까이 다가온 김병환은 죽명 선생께 목례를 보내고는 운사에게 나직하게 묻는다.

"오늘 밤에 시간 좀 내어 주실 수 있겠습니까?"

죽명 선생의 권유로 기독교인이 된 지 얼마 되지 않는 운사였다. 그런데다가 이름 있는 반가 출신으로서 흔치 않게 일본 유학까지 다녀온 운사라 그에게 적극적으로 친밀감을 드러내며 접근해 오는 사람은 아직 없었고, 그나마 청년회 회장인 김병환이 직무상 그를 가까이 하려고 애를 쓰고 있는 편이었다.

"시간요? 시간이야 얼마든지 있습니다만…"

운사가 무슨 일이냐는 듯이 의아해 하자, 김병환은 부자연스럽게 웃으며 머리를 긁적인다.

"오늘 밤에 이곳 목사관에서 우리 기독교 청년회와는 별도로 중요한 회합이 있는데, 손태준씨를 특별히 참관인으로 모셔볼까 해서요!"

"우리 회장님께서 청하시는 일이라면 무슨 일인들 못하겠습니까. 그런데 몇 시까지 오면 됩니까?"

말은 그렇게 했지만 운사의 얼굴에 까닭 모를 긴장감이 나타나며 태도마저 확연히 달라진다.

"열 시쯤 목사관 뒷문 쪽으로 와서 문을 세 번 두드리면 됩니다."

비밀스럽게 속삭이는 김병환의 말에 운사 얼굴의 긴장감이 더욱 뚜렷해진다.

"남들이 알면 안 되는 비밀 회합이로군요?"

"네. 무엇이든지 우리가 하는 일은 왜놈들이 알면 좋을 것은 하나도 없지요!"

김병환이 그런 말을 던지고 동료들 곁으로 되돌아가자 운사는 긴장감이 풀리지 않은 얼굴로 죽명 선생을 돌아보며 묻는다.

"선생님께서 말씀하셨던 그 청년회 합동 모임이 오늘 밤에 이곳 목사관에서 있는 모양이지요?"

"아마도 그런 모양일세! 사실은 나도 그 일과 관련된 모임이 있어서 지금 목사관으로 가는 길이라네."

"아, 그랬었군요!"

운사는 죽명 선생이 목사관에서 모임이 있다는 말에 잠시 망설이다가 다시 묻는다.

"저, 선생님. 혹시 〈일합사(一合社)〉와 〈연무단(鍊武團)〉에 관하여 알고 계십니까?"

"아, 그것 말인가? 자네도 그런 것까지 알게 될 정도로 우리 성도들과 소통이 잘 되고 있는 게로구먼. 그런데 갑자기 그런 건 왜…?"

"교회 안에서 청년회 소속의 교우들이 주고받는 얘기를 들어 보니 그것에 대해 저만 잘 모르고 있는 것 같아서 그럽니다."

죽명 선생은 주위를 한번 살펴보고는 갑자기 언성을 낮춰 그 얘기를 들려준다.

"〈일합사〉는 밀양 공립 보통학교의 전신인 사립개창학교(私立開創學校) 출신들인 황상규(黃尙奎)·김대지(金大池)·구영필(具榮泌)·명도석(明道奭)·이수택(李壽澤)·안곽(安郭)·이각(李覺)·윤치형(尹致衡) 등의 청년 운동가들이 일찍이 보통학교 시절에 결성한 비밀 결사 단체이고, 〈연무단〉은 을강(乙江) 전홍표(全鴻杓) 선생이 설립한 사설 동화학교(同化學校) 출신인 김원봉(金元鳳)·최수봉(崔壽鳳)·윤세주(尹世胄) 등의 청년들이 학창 시절에 조직한 애국 비밀단체라네!"

"사립개창학교라고요?"

사립개창학교라고 하는 바람에 운사는 내심 놀라는 기색이 역력하다.

"그렇다네!"

짧게 대답을 한 죽명 선생은 사뭇 긴장된 얼굴로 운사를 데리고 사람들이 없는 마당 한 옆의 나무 그늘로 걸어간다. 거기에 있는 나무 벤치에 앉으면서 죽명 선생이 다시 말을 이었다.

"자네가 없는 동안에 자고로 전통 깊은 유향이자 애국 충절의 고장인 우리 밀양에도 많은 변화가 생겨나고 있었다네! 다른 무엇보다도 재력 있는 우국지사들이 적극적으로 펼친 사학 건립 운동의 결과로 민족 정신이 투철한 패기 넘치는 젊은 인재들이 아주 많이 생겨나고 있다네! 답답하고 캄캄한 우리네 가슴을 대낮처럼 밝혀 줄 기라성 같은 투사들 말일세!"

"네, 어쩐지 분위기가 이상하게 돌아가고 있더라니, 그런 일들이 벌어지고 있었던 거로군요?"

사립 개창학교라고 하면 밀양 최초의 근대학교로서 조정의 의결 기관인 중추원 의관을 지낸 자기네 집안의 문산(文山) 손정현(孫貞鉉) 선생이 지난 정유년(1897년) 11월 1일에 향반 계열의 개명 유학자들의 뜻을 모아 향청에 속한 관아 부속 건물에 설립한 군내 최초의 학교가 아니던가! 문산 선생은 나라 안의 선각자들이 근대학교 설립 운동을 한창 벌이던 구한말에 이곳 밀양에서 민족 운동의 일환으로 근대학교 설립 운동에 앞장서다 을사보호조약이 체결되던 해에 그로 말미암은 비분과 함께 타계하고 말았지만, 이 사립개창학교의 설립이 기폭제가 되어 극히 보수적인 이곳 밀양에도 개화와 혁신의 바람이 불게 되었고, 그 결과로 세워진 사립학교만도 동화학교, 동진학교, 계성학교, 경신학교, 일신학교, 집성학교 등 여섯이나 되었던 것이다.

그리고 동화학교는 승정원 동부승지를 사직하고 귀향하였던 시헌(時軒) 안희원(安禧遠) 선생이 1906년 3월에 밀양 향교 명륜당 자리에 스스로 교장이 되어 개교한 진성학교의 교사로 재직했던 을강 전홍표 선생이 밀양의 군무를 관장하던 옛 군관청(軍官廳)자리에 세운 사설 학교로서 청년을 교육하고 자주 독립의 애국사상을 고취시켜 항일 투사를 육성하는 것을 교육 목표로 하는 중학교 과정의 사립학교였다.

"그런데 선생님. 혹시 〈연무단〉과 〈일합사〉의 회원들이 누구인지 알고 계십니까?"

"아니, 왜 그러는가? 혹여 자네도 거기에…?"

"글쎄요. 그런 것은 아니고요….."

운사는 방금 김병환이 말한 오늘 밤의 비밀 회합이 〈연무단〉이나 〈일합사〉와 관련이 있지 않을까 싶은 모양이었다.

"아서시게! 그런 비밀결사 단체에서 헌신적으로 몸을 던져 일하기에는 밀양의 유림을 떠받치고 있는 자네 집안과 의사라는 자네의 그 직업이 오히려 걸림돌이 될 수도 있을 걸세!"

죽명 선생은 마치 자신의 경험에서 얻은 결과이기라도 한 것처럼 단호한 어조로 충고를 한다. 그러면서 그는 아무 말도 않고 바라보는 운사에게 보충 설명을 하는 것이다.

"잘은 몰라도 일찍이 경북 풍기에서 〈풍기광복단〉으로 창설되었다가 확대 개편된 〈대한광복단〉에 가담하여 친일파들을 처단한 후, 그 실체가 드러나는 바람에 일제의 검거 선풍이 불게 되자 중국으로 망명하여 서간도 지역에서 독립운동을 하고 있는 고모부 황상규 선생을 찾아간 김원봉(金元鳳)이라는 처조카도 이곳 개창학교의 후신인 밀양공립보통학교 출신으로 자기 고모부의 뒤를 이어 〈일합사〉 회원이 되었던 모양일세! 그런 사람들은 성장할 때부터 외지로 나가 애국 독립운동의 기반을 다졌던 사람들이니 우리하고는 여러 가지로 다른 점이 많다네! 그러니 경술병탄이 터지자 일찍이 일천 석 지기가 넘는 전 재산을 털어 항일 독립운동에 뛰어든 우리 밀양 출신의 선각자인 윤세용·윤세복 선생 형제분들처럼 가문의 몰락을 무릅쓰고 극단의 각오를 하면 모를까, 칡넝쿨처럼 뒤엉킨 문중의 굴레에 얽매인 우리네 같은 사람들은 뒤에서 후원하는 것은 몰라도, 그들처럼 직접 독립운동에 뛰어드는 것은 언감생심으로 아마 어려울 걸세!"

1915년을 전후하여 나라 안의 우국지사 및 선각자들에 의해 〈대한광복회〉와 〈조선국권회복단〉 등 국권 회복을 위한 비밀결사 단체들이 앞다투어 결성될 무렵, 이곳 밀양에서도 국외의 무장 독립노선과 흐름을 같이한 비밀결사 〈일합사〉가 결성되었는데, '조국 독립을 위하여 청춘의 일편단심을 합한다.'는 뜻의 〈一合社〉는 구국 운동을 결심한 황상규, 김대지, 구영필, 윤치형, 안곽, 이영재, 이각 등이 조직한 비밀결사 단체였다.

그런데 그들 중 이미 오래 전에 그 실천을 위하여 광복단에서 활동하다가 중국으로 망명한 황상규, 김대지 같은 사람도 만주에서 이회영

· 이시영 선생 6형제들과 함께 신흥무관학교의 전신인 신흥학교의 설립에 참여한 윤세용 · 윤세복 선생 형제들과 그 후배인 밀양 손씨 집안의 손일민(孫逸民: 일명 孫一民) 선생의 영향이 컸던 모양이었다.

"선생님, 혹시 저기에 모여 있는 기독교 청년회에도 〈일합사〉나 〈연무단(鍊武團)〉에 소속된 단원들이 물론 섞여 있겠지요?"

"그야 망명한 고모부를 찾아 밀양을 떠나간 김원봉 군처럼 항일 의식이 골수에 박힌 이들은 대부분 고향을 떠나거나 나라 밖으로 나가서 활동을 하고 있지만, 국내에 남아서 같은 일을 도모하는 이도 당연히 있을 수 있겠지."

"네, 선생님의 말씀을 듣고 보니 딴은 그럴 수도 있겠네요!"

"이보게, 태준 군. 내 얘기를 한번 들어 보게!"

그러면서 죽명 선생은 운사의 태도가 아무래도 마음에 걸렸던지 을강 전홍표 선생한테서 들었던, 상남면 마산리 출신의 최수봉(崔壽鳳)이라는 그의 제자에 관한 얘기를 들려준다.

"아마도 최수봉이라는 을강 선생의 제자가 밀양 공립 보통학교에 다닐 때의 일본 역사 수업 시간이었나 보네. 최 군을 가르치던 왜놈 선생이, 일왕의 시조인 아마데라스 오오미까미(天照大神)에게는 스사오노오 미코토(素嗚尊)라고 하는 남자 동생이 하나 있었는데, 조선의 단군 임금이 그 스사오노오 미코토의 동생이라고 터무니없는 거짓말을 했던 모양이야. 그러자 최수봉 군이 벌떡 일어나서 큰 소리로 반론을 제기했다지 뭔가! 단군은 지금으로부터 4천 2백 년 전의 우리 조상이고, 일본의 스사오노오 미코토는 2천 생5백년밖에 안 되는 후대의 사람인데, 어떻게 나이가 많은 단군이 나이가 적은 스사오노오 미코토의 아우가 될 수 있느냐, 하고 말이네!"

어린 최수봉이 이렇게 반문하는 바람에 왜놈 선생은 크게 당황할 수밖에 없었는데, 그러나 그는 약이 오를 대로 올랐던지 이치에 닿지도 않는 그 두 인물간의 관계를 학교의 정식 시험 문제에 그대로 버젓이 출제하였다는 것이다.

"그런데 최수봉 군이 시험지에다 그 답을 어떻게 썼는줄 아는가? '스사오노오 미코토는 단군의 중현종(重玄宗)'이라고 써놓고는 밖으로 횡하니 나와 버렸다는 게야!"

"중현종이라고 하면, '고손자의 고손자'라는 뜻이 아닙니까?"

"그야 물론이지!"

"거 아주 명답 중의 명답이로군요! 그런데 그 후에 최수봉이라는 학생은 어찌 되었다고 했습니까?"

"화가 난 왜놈 선생이 교장실로 끌고 가서 일본 황실을 모독했다는 죄목으로 죽도록 때려서 나이 어린 불령선인(不逞鮮人) 분자라는 딱지까지 붙여 가지고 당장 퇴학 처분을 내렸다는 게야. 그 바람에 최 군은 한동안 방황하다가 을강(乙江) 전홍표(全鴻杓) 선생이 설립한 이곳 해천껄의 동화학교(同和學校)에 편입학하여 중학교 과정을 마쳤다지 뭔가."

애기를 끝낸 죽명 선생은 다시 한 번 운사에게 정색을 하며 이르는 것이다.

"이보게, 운사! 이 최수봉이라는 청년도 방금 애기한 김원봉 군처럼 〈일합사〉 단원으로 애국 독립운동을 하기 위하여 고향을 떠난 지 오래라네. 그러니 자네는 그런 비밀결사 단체의 단원을 넘보기보다는 불쌍하고 힘없는 우리 조선 민중들의 건강을 돌보는 게 애국운동에 동참하는 최상의 방법이 되지 않겠나? 조선 독립투쟁에 뛰어드는 사람은 많으나 서양 의술을 익힌 재원은 우리 밀양에서도 아직은 찾아보기가 힘든 귀한 존재이니 말일세. 그러니 딴 생각하지 말고 내 말을 명심하게나!"

죽명 선생은 장조카 중산의 둘도 없는 친구이자 자기의 든든한 의료 사업의 동지이기도 한 운사에게 각별하게 주의를 준 뒤에 그의 어깨를 몇 번이나 두드려 주고는 언덕 아래의 목사관을 향해 성큼성큼 걸어간다.

선생이 목사관의 회의실로 들어섰을 때, 거기에는 국채보상운동이 전개되던 1908년 9월에 사재를 털어 사설 동화학교를 설립하여 밀양 청년들의 애국 독립정신 함양에 힘써 온 장본인인 을강 전홍표 선생과 밀양 역전 가곡리에서 정미소를 겸한 곡물 무역상에다 비단 가게와 운수업까지 겸업하여 거부가 된 한춘옥(韓春玉) 사장이 먼저 와 있었다.

"어서 오시요, 죽명 선생! 벌써 예배가 끝났나 보구려?"

죽명 선생이 들어서자 언제나 그랬듯이, 조선 바지저고리에 검정색 누루마기를 차려입은 선형표 선생이 먼저 인사를 한다.

"예, 조금 전에 끝났지요. 그러니 우리 고삼종 목사님께서도 이제 곧 내려오실 겝니다!"

"오늘이 진료를 쉬시는 공일이라, 예배까지 보셨으니 선생께서는 벌써 하루 일과를 마치신셈이로군요?"

을강 선생은 죽명 선생을 만날 때마다 늘 이렇게 친밀감을 드러내곤 한다. 그는 반가 출신의 유생으로 예전의 사마소(司馬所) 후신으로 설치되어 밀양 유림의 상징적 공간으로 젊은 유생들이 모여 시서예악(詩書禮樂)을 강습하고 시국을 논하던 연계소(蓮桂所)를 중심으로 활동하면서 을사보호조약 이후에는 궁내부 주사 출신의 감암(紺巖) 박상일(朴尙鎰) 선생과 공모하여 선생이 연락책을 맡고, 자신은 의병진을 구성하여 거병을 준비하기도 했던 전력이 있는 인물이었다.

그러나 그는 의병운동의 한계를 느끼고 진성학교의 교사로 재직하면서 승정원 동부승지를 지낸 설립자 시헌(時軒) 안희원(安禧遠)선생의 영향으로 대종교(大倧敎)에 입문하여 독립운동에 기여할 인재 양성에 심혈을 기울일 정도로 민족의식이 아주 강한 열혈 선각자 중의 한 사람이었다.

그래서 그는 사재를 모두 털어 사설 동화학교를 설립한 후, 교장의 신분으로 스스로 교단에 서서 열정적인 항일 민족교육으로 일관하여 밀양의 젊은 청년들에게 애국 독립 정신을 주입시켜 왔고, 그 결과로 그에게서 배운 김원봉, 최수봉, 윤세주와 같은 많은 인재들이 저마다 신명을 바쳐서 조선 독립운동에 앞장서고 있는 것이다.

그러나 그의 이러한 적극적인 교육관은 결국 일제 당국의 덫에 걸려 자신이 세운 동화학교는 채 십 년을 넘기지 못하고 강제로 폐교당하고 말았다. 하지만 그럴수록 그의 민족정신은 더욱 불타올랐으며, 자신이 가르친 제자들 대부분이 이곳 밀양읍교회와 간판을 내렸지만 아직도 지하화 하여 명맥을 지키고 있는 대종교 밀양 지사를 거점 삼아 독립운동을 결의하고 활발하게 움직이는 것을 보고 스스로 그들의 후견인이 되어 보살펴 주면서 시간이 날 때마다 이곳에 나와 지역의 유력 인사들과 자신의 교육 신념과 시국 얘기를 나누면서 시간을 보내곤 하는 것이었다.

죽명 선생이 을강 선생과 인사를 나누고 나서 나무 의자를 끌어다 옆에 앉자 한춘옥 사장이 양복 조끼 주머니에서 회중시계를 꺼내어 시간을 확인해 보면서 그에게 인사 대신 농담 삼아 한마디 건넨다.

"우리 혜민당 선생께서는 그렇게 열심히 예수님을 믿으시니 아마도 사후에는 틀림없이 천당에 가실 수 있을 것 같소이다 그려!"

"글쎄요, 우리 교인들이야 모두 천당 가는 게 꿈이 아니겠습니까?"

그러면서 죽명 선생은 바로 이곳이 그 꿈을 실현시켜 주는 산실이나 되는 것처럼 회의실 안을 거나하게 한 바퀴 빙 둘러본다. 바른편 벽에는 십자가에 못 박힌 예수 상과 죽은 예수를 무릎 위에 올려놓고 고뇌하는 성모 마리아 상을 그린 피에타 성화가 걸려 있었다. 그 밖에 장식물이라고는 이곳에 필요한 작은 집기들과 방 한가운데에 길게 자리를 차지한 커다란 나무 탁자와 그 둘레에 놓인 많은 걸상들이 전부였다.

"죽어서 이루는 꿈도 좋지만 살아서 이루는 꿈이 더 좋지 않겠습니까?"

무슨 심산에서인지 한춘옥 사장이 그의 말에 다시 토를 달고 나선다.

"글쎄요. 우리 인간들의 삶이란 주어진 여건과 사명에 따라 얼마든지 달라질 수가 있겠지요."

죽명 선생은 그의 진의가 무엇인지 알지 못하고 잠시 그를 바라본다. 어쩌면 그가 말하는 '살아서 이루는 꿈'이란 조선의 독립을 두고 이르는 말인지도 모를 일이었다.

"만주에 있는 우리 독립군들이 나라를 되찾아 주도록 뒤에서 물질적으로 돕는 것도 꿈을 추구하는 일이 될 수 있지만, 온몸으로 헌신하며 죽어가는 환자들에게 신분을 가리지 않고 인술을 베풀어 귀한 목숨을 건져 주는 것도 혜민당 선생이 추구해야 할 거룩한 꿈이 아니겠소이까?"

잠자코 듣고 있던 을강 선생이 그들 사이에 끼어들며 한마디 던진다. 김원봉이 독립운동을 하기 위하여 한 사장의 큰댁 조카인 한봉근과 함께 중국에 망명해 있는 고모부 황상규 선생을 찾아갈 때 한춘옥 사장 자신이 상시로 모금한 독립운동 자금을 그들에게 쥐어 준 것처럼, 죽명 선생도 그런 그에게 독립운동 자금을 넉넉하게 기탁해 보라는 뜻으로 하는 말로 받아들인 것이리라.

일찍이 향교와 연계소를 드나들며 유생으로 활동한 바 있는 향반 출신인 전홍표 선생은 평민의 신분으로 당대에 자수성가하여 큰돈을 모아 밀양 갑부가 된 상술 능한 한춘옥 사장보다는 아무래도 자기와 같은 유림 출신인 죽명 선생의 덕망과 인격에 더욱 호감을 가지고 있는지도 모를 일이었다.

아니, 어쩌면 독립 운동가들에게 활동 자금을 대 주면서 지인들에게 그것을 은근히 과시하는 한 사장보다는 죽명 선생처럼 직접 발로 뛰면서 빈민 구휼사업을 펼치면서도 일체 그런 내색을 하지 않고 남모르게 인술을 베푸는 죽명 선생의 의료 행위가 더 가치 있고 거룩한 일이라고 판단하고 있는지도 모를 일이었다.

그들이 이렇게 한창 한담을 나누고 있을 때, 백발이 성성한 고삼종(高三宗) 목사가 나타났다.

"우리 혜민당 장로님만 여기에 계실 줄 알았는데, 두 분께서도 벌써 와 계셨군요!"

회의실로 들어서면서 이렇게 인사를 한 고삼종 목사는 예복을 벗어 옷걸이에 걸고는 죽명 선생 옆의 의자에 와 앉는다.

"참, 아까 예배 전에 물어 보려다가 말았는데, 서울에 있는 자녀분들은 요새 잘 지내고 있습니까?"

고삼종 목사가 자신의 자녀 얘기를 꺼내는 바람에 죽명 선생은 얼른 예를 갖추며 각별한 언성으로 대답한다.

"예, 목사님 덕분에 잘 지내고 있답니다!"

죽명 선생은 고삼종 목사의 주선으로 관식과 인식 남매가 서울 서소문 밖의 워랜이란 호주 선교사 집에서 기숙하며 편하게 서울 유학 생활을 하게 된 데 대하여 고삼종 목사가 세운 이 교회의 장로로서 누리는 큰 축복으로 여기고 있었다.

이곳 밀양은 호주 장로회 선교회 본부가 있는 마산 선교 지역에 속했는데, 밀양 지역에서 덕망과 재력을 겸비한 고삼종 목사는 의료 선교에 주력하던 호주 장로회 선교회 소속의 어빈 선교사로부터 복음을 전수받아 예수님을 영접하게 되었으며, 대구 부흥집회에서 큰 은혜를 받고 부북면 춘화리에 있는 춘화교회에 입교하여 십여 년 간 예수를 믿으며 교회 설립을 위하여 기도하다가 1908년 11월 5일에 이곳 밀양읍 내일리에 사재를 털어 교회를 세웠던 것이다.

"지난번에 마산 부흥회에 갔다가 워랜 선교사를 만났는데, 민 장로님의 자녀분들이 젠틀 넘버원이라며 엄지손가락을 세워 보입디다."

"그분께서 철없는 우리 애들을 그렇게 좋게 봐 주시니 그것도 다 주님과 주님의 뜻을 전파하시는 목사님의 은혜와 축복 때문이 아니겠습니까!"

두 사람이 이렇게 얘기를 주고받고 있는 사이에 나머지 인사들이 차례로 모습을 드러내고 있었다. 그 면면이를 보면, 지방위원회를 거쳐 밀양면장이 된 이성희, 식산조합과 금융조합의 박장억, 이영집, 안삼득 씨를 비롯하여 무역업, 금융업, 잠사업과 같은 각종 업종과 식산조합, 밀양장업회, 금융조합과 같은 각 기관을 대표하여 나온 인사들이 모두 스무 명이 넘었고, 심지어 기독교 청년회 회장인 김병환도 마지막으로 모습을 드러내었는데, 그를 제외하면 모두가 이름을 대면 읍민 모두가 알 만한, 만만찮은 재력을 갖춘 지역 유지급 인사들이었다.

회의 시간을 기다리면서 이런저런 얘기를 나누던 끝에 돌아가며 인사를 나눈 그들이 모두 탁자 주위의 의자에 겹겹이 빙 둘러 앉자 회합 장소를 제공한 고삼종 목사가 먼저 자리에서 일어나 인사를 하였다.

"공사다망한 중에도 우리 교회에 초대된 모든 분들이 이렇게 한 분도 빠짐없이 다 나와 주신데 대하여 이곳 주인으로서 고맙다는 인사 말씀부터 먼저 올립니다. 그리고 전지전능하신 우리 주 예수님을 기리는 이 거룩한 성전에서 이루어지는 오늘의 회합이 주님의 뜻 안에서 성공적으로 이루어질 것으로 믿으면서 오늘 이 모임을 주선해 주신 우리 이성희 면장님을 소개해 올립니다. 그러면 면장님께서 먼저 오늘 모임의 취지부터 말씀해 주시겠습니다."

고 목사의 소개로 자리에서 일어난 이성희 면장은 감개무량한 얼굴로 참석자 모두의 얼굴을 일일이 하나하나 훑어보고 나서 목청을 가다듬고 점잖게 입을 열었다.

"안녕들 하십니까? 밀양면장 이성희올습니다. 공사다망한 중에도 초빙에 응하여 이렇게들 많이 왕림해 주셔서 감사합니다. 이 자리는 우리 밀양읍교회와 대종교 밀양지사의 청년회가 현 시국을 타개해 나가기 위하여 애국 청년운동 단체를 만들기로 했는데, 그 지원 방안을 모색하기 위하여 마련한 것입니다. 여러 가지 직종과 여러 기관에서 일하고 계시는 우리 밀양면의 유지급 인사들이 이렇게 모두 한 자리에 모이기란 참으로 어렵고 드문 일이라 사료됩니다. 그러니 오늘은 주최 측의 뜻에 따라 우리 지역이 안고 있는 여러 가지 시국에 관한 문제점들과 그 대책들을 의논하는 장소가 되었으면 합니다. 그런데 여러분들도 잘 아시다시피 우리 밀양군에는 우리보다 훨씬 유식하고 영향력이 큰 명문 사대부 집안도 많고 인재들도 많습니다만, 내로라는 유림의 인사들은 소위 위정척사라고 하는 배타적인 이념에 사로잡혀 타 종교를 사교(邪敎)라 백안시 하여 우리와의 연합을 도외시한 채 자기네들 끼리 독불장군 식으로 의병운동을 한답시고 기고만장하여 설치면서 이념의 갈등으로 내홍을 겪다가 그나마 내부 변절자의 고발로 촉발된 소위 '광복단 사건'을 겪은 뒤로는 복벽주의계 따로 공화주의계 따로 뿔뿔이 흩어지고 말았다고 하더이다. 형편이 이러하니 현하의 시국이 안고 있는 국권 회복 문제와 우리 사회가 안고 있는 제반 문제점들을 놓고 그 타개책을 강구하기 위해 대종교와 기독교계의 우리 밀양 청년들이 연합하여 가칭 〈밀양청년 독립단〉이란 비밀결사 단체를 결성하기로 뜻을 모았다고 합니다. 그러니, 이런 때에 밀양성 안팎에 사는 개명한 우리 상공인들만이라도 먼저 뜻을 모아 청년들이 펼치고자 하는 사회운동의 지원 방안에 대해 허심탄회하게 의논해 보는 자리가 되었으면 좋겠습니다. 그러면 먼저 이곳 밀양읍교회의 기독교 청년회 회장 일을 맡아 하고 있는 김병환 군의 얘기부터 먼저 들어 보도록 하겠습니다."

면장의 인사말과 소개가 끝나자 앞으로 나온 김병환은 원탁을 중심으로 빙 둘러 앉아 있는 기라성 같은 자기네 지역의 유지급 인사들에게 사뭇 상기된 얼굴로 허리를 깊게 숙여 인사를 올린다. 그리고는 떨리는 손으로 양복 호주머니 속에서 미리 작성해 둔 원고를 꺼내더니 조심스럽게 한마디 한마디 읽어 나가기 시작하였다.

"존경하는 우리 밀양 지역의 유지, 명사 여러분 안녕하십니까. 저는 대한 예수교 장로회 밀양읍교회에서 기독교 청년회 회장 일을 맡아서 하고 있는 김병환이라는 사람입니다. 우리 밀양면 안에는 우리 말고도 밀양청년회가 있는 걸로 알고 있습니다. 하지만 무력으로 왜놈들에게 빼앗긴 나라를 되찾기 위해서는 그들처럼 야학운동이나 계몽운동, 봉사활동과 같은 미온적인 사회운동만으로는 불가능한 일이고, 무력으로 하는 독립 투쟁만이 최상의 방법이라고 생각합니다. 그래서 우리 기독교 청년회에서는 대종교 밀양지사의 청년단과 연대하여 뜨거운 피가 가슴 속에서 들끓고 있는 열혈 회원들을 중심으로 국권 회복을 위한 독립 투쟁에 나서기로 뜻을 모았습니다. 하지만 조선 독립을 쟁취하기 위해서는 피 끓는 의기만으로는 불가능한 일이고, 우리 지역을 대표하는 여러분들과 같은 유지 분들의 물질적인 지원과 정신적인 협조가 독립 투쟁의 승패를 좌우하는 절대적인 요소라 생각됩니다. 따라서 앞으로 우리 기독교 청년회와 대종교 밀양 지사의 청년단이 일체가 되어 결성하는 〈밀양청년독립단〉이 하는 일에 대해 많은 관심을 가져 주시고 그와 더불어 물심양면으로 많은 지원을 해 주실 것을 간곡히 부탁드리는 바입니다. 감사합니다."

김병환의 간단명료한 청원의 말이 끝나자 여기저기서 박수가 터져 나오기도 하였으나 어쩐지 전체적인 분위기는 신통치 않았다. 사실 서슬 푸른 일제의 무단정책이 최고조에 다다른 시점이라 위험 부담이 적지 않은데다, 거기에 있는 인사들 중에는 다른 일반 청년운동 단체의 임원이거나 회원들 다수가 섞여 있었던 것이다.

그러자 고삼종 목사가 다시 자리에서 일어나 부탁의 말을 전하는 것이었다.

"우리 교회의 기독교 청년회에는 피가 끓는 애국 청년들이 많습니다. 이미 만주로 간 김원봉 군이 있고, 독립 투쟁의 길을 찾아 떠난 최수봉 군도 있습니다. 그들이 떠날 때 적지 않은 자금을 남몰래 쥐어 준 인사도 여기에 참석해 계시는 걸로 알고 있습니다. 이제 독립 청년단이 조직되면 앞으로 무력에 의한 조선 독립 투쟁을 위해 나라 밖으로 나가게 될 인재들도 많이 있을 것입니다. 그러니, 많든 적든 간에 능력이 있는 여러 분들의 지원이 많이 있어야 할 것 같습니다. 앞으로 여러분들께서 저마다 절실한 우리의 일로 여기시고 많이들 도와주시기 바랍니다!"

고삼종 목사의 얘기가 끝나는 것을 보고 겨우 안심을 하고 밖으로 나온 김병환은 이마에 맺힌 땀을 닦으며 먼 산을 바라보며 길게 한숨을 내쉰다. 그리고는 주먹을 불끈 쥔 팔을 하늘을 향해 쭉 뻗치면서 속으로 크게 부르짖으며 다짐하는 것이었다.

'이제 시작일 뿐이고, 첫술에 배부를 수는 없다. 심는 대로 거둘 수 있다는 신념을 가지고 밀고 나가야 한다. 그러면 우리한테도 조국 광복 운동의 문은 활짝 열리게 될 것이다!'

◇ 북쪽에서 온 손님

청명하던 날씨가 오후 들어 꾸무럭거리는가 싶더니 저녁이 되면서 기어이 비가 내리기 시작하였다. 비는 시간이 지날수록 더욱 심해졌고, 밤이 되자 세찬 바람까지 휘몰아치기 시작하였다. 음력 오월 달에는 보기 드문 세찬 비바람이었다.

주민들의 쉼터처럼 늘 밝고 평화롭기만 하던 밀양읍교회도 칠흑 같은 한밤의 비바람 속에서는 어쩔 수 없이 유령의 집처럼 으스스한 분위기에 휩싸일 수밖에 없었다. 더구나 주변의 민가들과는 동떨어진 언덕 위의 외딴곳이라 천지를 뒤흔드는 천둥소리와 함께 번갯불이 백납같이 번쩍일 적마다 벽돌로 높게 쌓아 올린 앞쪽의 종탑과 그 위의 십자가가 마치 악마가 사는 이역의 성채인 양 음흉스럽게 그 모습을 드러내고 내곤 하였다.

심야 비밀 회합이 열리는 날이어서 목사관으로 통하는 언덕 아래의 채마밭 샛길의 외등은 일찌감치 꺼져 있었다. 그러나 채마밭 쪽을 향해 기역자 모양으로 증축하여 달아낸 목사관의 회의실 들창 가에서는 묵직하게 드리워진 커튼 사이로 환하게 켜 놓은 방 안의 불빛이 밤늦도록 은밀하게 밖으로 새어 나오고 있었다.

한 구비의 세찬 비바람이 사목인 들창문을 때리고 지나가자 멀리서 순찰을 도는 일경들의 호각 소리가 비수처럼 날카롭게 어둠 속을 파고들며 들려온다.

그리고 얼마나 지났을까. 자전거를 탄 왜놈 순사 하나가 교회 채마밭 바깥의 울타리 너머에서 슬며시 멈추어 서는가 싶더니 후레쉬 불을 이리저리 비춰 보고는 그냥 천천히 지나쳐 버린다.

그리고 또 얼마나 지났을까. 이번에는 웬 검은 그림자 둘이 교회 반대쪽의 어둠 속에서 밤도깨비처럼 불쑥 튀어 나오더니 단숨에 행길을 가로질러 목사관이 있는 교회 언덕 아래의 과수원 쪽 어둠 속으로 잽싸게 몸을 숨긴다. 두 사람 모두 날랜 동작으로 보아 젊은 청년들 같았으나 그것도 이따금씩 번쩍이는 번갯불 속에서 순간적으로 드러난 윤곽일 뿐, 정확한 모습은 분간할 길이 없었다.

그들은 조금 전에 왜놈 순사가 사라져 간, 경찰서가 있는 성내 중심가 쪽을 살펴보다가 흰색 페인트를 칠한 나무 울타리를 훌쩍 뛰어 넘는가 싶더니 눈 깜짝할 사이에 현관 반대편의 회의실 뒷문 앞으로 득달같이 달려드는 것이다.

"오, 윤 부장! 왜 이렇게 늦었는가?"

그들이 목사관 울타리 안으로 들어섰을 때, 뒷문 밖에 나와서 서성이고 있던 한 사내가 반색을 하고 그들을 맞이하였다. 그는 이 교회의 설립자인 고삼종(高三宗) 목사의 아들로서 대구 계성학교(啓星學校)를 나와 연로한 부친 밑에서 총무 일을 담당하고 있는 고인덕(高仁德)이라는 사람이었다.

"갑자기 볼일이 생겨서 출타했다가 서둘러 귀가했으나 우리 모임을 참관하시기로 한 손님께서 늦게 오시는 바람에 이렇게 늦어지고 말았습니다."

윤 부장으로 지칭된 청년은 그러면서 자신이 데리고 온 낯선 사내를 그에게 소개하는 것이었다.

"이분이 바로 어제 밤에 부산으로 가시는 길에 날이 저물어 우리 집에서 주무시고 가셨다던 그 신의주에서 오신 손님이십니다. 시간이 있었다면 진작 선생님께 바로 모실까 했는데, 바쁜 용무가 있으셔서 아침 일찍 부산으로 급히 떠나시는 바람에 그러지 못했습니다. 그런데 오늘 밤 여기서 우리의 회합이 열린다는 얘기를 들으시고 신의주로 돌아가시는 길에 일부러 다시 들르셨기에 이렇게 우중을 무릅쓰고 늦게나마 모시고 오게 되었습니다."

"아, 그런가? 그런데 우리는 그런 줄도 모르고 공연히 무슨 일로 이렇게 늦는가 하고 걱정들을 하면서 애를 태웠지, 뭔가!"

이렇게 말하면서 크게 안심을 한 고인덕은 처음 보는 낯선 손님에게 예를 갖추어 인사를 한다.

"오늘 낮에 세주 군으로부터 선생님의 얘기를 잠깐 들었습니다. 여러 가지 일로 바쁘실 텐데, 이렇게 다시 찾아와 주셔서 정말 감사합니다. 자, 우선 안으로 드시지요!"

"예, 고맙습니다. 저녁 늦게 염치없이 이렇게 불쑥 찾아와서 미안합니다."

"염치없이 찾아 오셨다니요? 당치도 않습니다. 저희들은 선생님과 같은 분을 모시게 되어 오히려 큰 영광인걸요."

그들이 우의를 벗고 안으로 들어서자 회의실 안에는 나이가 엇비슷한 이삼십 대의 청·장년들이 스무 명도 넘게 모여 있었다. 그 중에서도 가장 눈에 띄는 인물은 정갈하게 손질한 조선 바지저고리와 검정색 두루마기 차림에 하이칼라 머리를 한 단정한 모습으로 회의실 탁자 정면의 가운데 의자에 점잖게 앉아 있는 을강 전홍표 선생이었다. 그는 이번에 창단되는 〈밀양청년독립단〉의 결성을 배후에서 지도하였고, 또 핵심 단원 대부분이 동화학교 출신의 자기 제자들이거나 자기네 대종교 쪽의 청년들이었기 때문에 그들의 대부이자 후견인으로서 여기에 와 있는 것이었다.

"선생님, 귀하신 손님 한 분을 모시고 오느라고 이렇게 늦어지고 말았습니다!"

윤 부장이란 청년이 그에게 다가와 고개를 숙이고 인사를 한 뒤 자기가 데리고 온 낯선 손님을 정중하게 소개해 올린다.

"이분은 신의주에서 만주를 오가며 미곡 무역상을 하고 계시는 최응삼(崔應三) 선생님이십니다. 선생님께서는 얼마 전에 대종교의 총본사가 있는 동만주 화룡현 삼도구에 가셨다가 거기서 애국 독립 운동과 이주 동포들을 상대로 민족 교육에 힘쓰고 계시는 우리 밀양 출신의 단애(檀崖) 윤세복(尹世復) 총전강님을 만나 뵙는 과정에 마침 거기에 와 계시던 백민(白民) 황상규(黃尙奎) 선생님과도 인사를 나누게 되신 모양입니다."

낯선 손님을 데리고 온 청년은 독립운동을 하러 중국으로 간 김원봉의 단짝 친구인 윤세주(尹世胄)였다. 그는 읍성 안 내일리에서 김원봉과 앞뒷집 이웃으로 각각 태어나 형, 아우 하면서 자라난 사이였다. 그들은 어릴 때부터 같은 서당에 다녔는데, 나이가 두 살 위인 김원봉이 1908년에 밀양공립보통학교로 편입학하자 윤세주도 뒤따라 편입학하여 늘 함께 붙어 다녔을 정도로 다시없는 단짝이 되었던 것이다.

을강 선생은 윤세주가 데리고 온 손님이 만주로 망명하여 독립운동을 하고 있는 이곳 출신의 선각자이자 독립운동가인 윤세복 선생과 김원봉의 고모부인 황상규 선생을 만나고 왔다는 바람에 크게 반색을 하며 자리에서 벌떡 일어난다.

"호오, 그래?"

두 눈이 휘둥그레진 을강 선생은 폭풍우를 무릅쓰고 찾아온 낯선 손님에게 백년지기나 되는 것처럼 두 손을 내밀어 악수를 청하면서 반갑게 맞이한다.

　"어서 오십시오! 시생은 을강 전홍표라는 사람입니다. 그동안 대종교 밀양지사를 물려받아 교세 확장과 더불어 사설학교를 세워서 애국교육사업을 펼치다가 왜놈들에 의해 학교는 강제로 폐교를 당하고, 우리 시교당마저 조선총독부의 〈종교 통제령〉으로 간판을 내리게 되는 바람에 이렇게 옛 제자들의 뒤치다꺼리나 하면서 소일하고 있지요!"

　"예, 그렇잖아도 이번에 동만주 화룡현 삼도구에 있는 우리 대종교 총본사에 출장을 갔다가 윤세복 총전강님과 백민 선생으로부터 애국교육 사업에 헌신하셨다는 을강 선생님의 얘기를 많이 들었습니다! 한때는 의병모집 활동도 하셨다면서요?"

　최응삼 선생도 을강 선생과 손을 굳게 맞잡으면서 스스럼없이 크게 반색을 한다.

　"예, 그렇기는 합니다만, 우리 밀양에는 어쩐 일로…?"

　"이번에 윤세복 총전강님을 찾아뵙는 자리에서 이곳 출신인 백민 황상규 선생을 우연히 만나게 되었는데, 밤을 새워 가며 얘기를 나누는 중에 제가 업무 수행차 밀양을 지나 구포와 부산에 가는 일이 잦다고 하니까 그분이 저에게 간곡히 부탁한 바가 있었기 때문이지요. 이곳 밀양의 대종교 지사에 인품이 고매하신 을강 전홍표 선생님이라는 훌륭한 우국지사 분이 계시고, 부북면 감내 마을에는 자신의 처가가 있는데, 혹시 업무 수행차 구포나 부산에 가는 일이 있으면 밀양에 잠시 들러서 을강 선생도 만나볼 겸 감내 마을에 있는 처가에 들러서 자신의 안부와 전하는 말을 좀 전해 줄 수 없겠느냐고요. 그래서 이번에 마침 구포를 거쳐 부산에 갈 일이 있어서 내려왔는데, 감내 마을에는 어제 이미 들렀고 볼일을 보고 신의주로 올라가는 길에 늦었지만 오늘 이렇게 을강 선생을 찾아뵙게 된 것입니다."

"그런데 선생께서 정말로 그 먼 만주까지 가서 우리 단애 선생님과 백민 선생을 직접 만나보고 오셨다는 말씀이시오?"

"예, 그렇다니까요!"

을강 선생이 적잖이 놀라워하는 것을 보고 최응삼의 목소리에도 힘이 실린다.

"이렇게 험한 날씨에 여기까지 오시느라고 수고가 많으셨소이다. 자, 다소 불편하시겠지만 우선 여기에 좀 앉으시지요!"

을강 선생이 옆에 있던 걸상을 끌어당겨 앉기를 권하자, 최응삼은 거기에 앉으면서 정중하게 자기 자기소개를 한다.

"우선 저의 소개 말씀부터 올리겠습니다. 저는 신의주에서 온 최응삼이라고 하는 사람입니다. 방금 윤세주 군이 저를 두고 미곡 무역상을 하는 사람이라고 소개했만, 사실은 〈반도상회〉라는 간판을 걸고 미곡상 행세를 하면서 대종교 신의주 지사(支司)의 사교 노릇과 함께 우리 대종교 산하의 독립운동 단체인 〈중광단(重光團)〉의 국내 통신 연락책으로 활동하고 있지요!"

그러면서 그는 지난 을묘년(1915년)에 일제가 소위 총독부령 제83호로 〈종교 통제안〉이라는 것을 만들어 민족정신을 불러일으키는 대종교를 종교로 가장한 항일 독립운동 단체라고 불법화 시키자 그 충격으로 나철(羅喆) 대종사가 황해도 구월산에서 순교조천(殉敎朝天)한 이후, 그 뒤를 이은 제2대 김교헌(金敎獻) 총전교가 지난해에 왜놈들의 박해를 피해 본격적으로 독립운동을 펼치기 위해 북만주 화룡현으로 총본사를 옮긴 뒤로 공무 수행차 그곳을 드나들다가 고향이 이곳인 윤세복 총전강을 만나 뵙게 되었다는 것이다.

"그런데 거기서 이번에 지난날 〈광복단〉에서 활동하다가 경상북도 관찰사를 지낸 경북 칠곡의 악덕 지주 장승원(張承遠)과 충남 아산의 도고면장 박용하(朴容夏) 등의 친일파들을 처단하는 일에 가담한 뒤, 그 사실을 공포하면서 조직의 실체가 드러나는 바람에 왜놈들의 검거 선풍을 피해 만주 길림으로 망명하셨다는 이곳 출신의 황상규 선생을 만나게 되었지 뭡니까!"

"호오, 일이 그렇게 된 것이구료? 그런데 황상규 선생은 요새 어떻게 지내고 계시던가요?"

"지금 길림성 왕청현에 본영을 두고 있는 〈중광단(重光團)〉에서 재무담당으로 활동하고 계신다고 들었습니다."

"아니, 〈중광단〉이라고요?"

"예. 나철 교주가 순교 조천했을 때, 항일 무장투쟁을 위해서 교통 계승마저 사양했던 백포(白圃) 서일(徐一) 선생이 한일합방을 전후하여 국내에서 의병운동을 하다가 만주로 망명해 간 계화(桂和)·채오(蔡五)·양현(梁玄) 등의 대종교 교도들을 중심으로 하여 1911년에 조직한 무력 항일 단체인 〈중광단〉 말입니다!"

"예, 그렇습니까? 시생은 백포 선생의 명성과 그분이 창설한 〈중광단〉에 관한 얘기를 들은 바가 있지만, 백민 선생이 〈중관단〉에 들어가서 활동하고 계시다는 얘기는 금시초문입니다. 그런데 우리 밀양의 백민 선생도 서일 선생과 함께 중광단에서 활동 중이라니 참으로 듣던 중 반가운 소식이구료!"

"이곳 밀양이 예로부터 의열 애국지사가 많이 난 충절의 고장이니 어련하시겠습니까?"

그러면서 최웅삼은 그것만으로는 성이 차지 않았던지 백포 서일 선생에 대하여 다시 이렇게 설명을 덧붙이는 것이었다.

"백포 선생은 함경북도 경원 출신으로 18세까지 향리의 서당에서 한학을 배우다가 신학문에 뜻을 두고 경성에 있던 성일사범학교를 졸업하신 것으로 알고 있습니다. 그리고 스물다섯 살에 을사조약의 체결을 겪었고, 서른 살에는 망국의 경술국치를 겪으셨는데, 서른한 살 때인 그 이듬해에 국내에서의 항일투쟁의 어려움과 조국의 암담한 현실을 통분해 하시면서 당시 우국지사들이 많이 망명해 있던 동만주 왕청현으로 떠나셨던가 봅니다!"

　백포 서일은 그곳에서 한승점(韓承点)이 설립한 대종교 계통의 명동학교에서 교편을 잡으며 나라가 망하는 것을 보고 국경을 넘어 물밀 듯이 이주해 오는 고국의 한인 자녀들을 가르치며 단군사상과 함께 조국 독립의 강한 의지를 불붙였으며, 이듬해 10월에는 선생 자신도 마침내 대종교에 귀의하게 되었다는 것이다.

　홍익인간의 건국이념을 추구, 실행하는 대종교의 정신은 망망한 만주 벌판을 누비던 우리 독립군들에게 막강한 정신력을 심어 주는데 더할 나위 없이 좋은 방편이었고, 그는 그 사업에 신명을 다 바쳤다고 한다. 두만강을 넘어 망명해 오는 열혈 청년들이 줄을 이을 때, 서일 선생은 북간도 일대에서 대일항전을 노리는 의병들을 규합하여 중광단을 조직하였으며, 단장에 취임한 그는 무력항쟁의 기틀을 잡기 위한 체제 구축에 심혈을 기울이는 한편 대종교의 이념 계승과 전파에 전력을 다하고 있다는 것이다.

　그 결과, 그는 대종교 입교 후 3년 동안에 동만주, 북만주, 연해주, 함경도 일대에서 무려 10여만 명에 이르는 교우를 확보하는 눈부신 포교 능력을 발휘하였으며, 이들 교우들 중에서 젊은 청년들을 선별하여 독립군으로 편입시키고, 일반 교우들에게는 군량 조달 등 다른 직무를 적절하게 부여하는 등, 인적 자산 관리에도 각별히 신경을 쓴다는 얘기였다.

　"서일 선생과 중광단을 비롯하여 우리 밀양의 단애 선생과 백민 선생에 관한 얘기를 이렇게 소상하게 듣게 되었으니, 오늘 여기에 모여 있는 우리 모두에게 독립운동의 값진 귀감이 되고 확고한 활동 지표가 될 수 있을 것 같소이다!"

　서일 선생과 중광단에 대한 그의 설명을 듣고 난 을강 선생은 사뭇 감동한 얼굴로 거기에 대한 답례 삼아 자신이 걸어 온 발자취를 소개를 한다.

　"시생도 이곳 밀양에서 백포 선생처럼 인재 양성을 위한 애국교육

사업에 종사하다가 뒤늦게 대종교에 입문하게 된 사람이외다! 그 후, 대종교 밀양 지사의 일을 보며 사설 동화학교를 세워서 교편을 잡고 있다가 왜놈들이 학교를 강제로 폐교시키고 우리 대종교마저 불법화 시키는 바람에 지금은 이 밀양읍교회와 간판을 내린 예전의 우리 대종교 밀양지사의 시교당을 비밀리에 드나들며 지난날 가르쳤던 옛 제자들의 뒷바라지를 하면서 소일하고 있지요."

"을강 선생께서 가르치신 옛 제자들 중에는 의기 넘치는 백민 선생의 처조카도 있었다면서요? 그분이 말씀하시기를, 자기에게 자식이나 다름없이 돌봐 온 김원봉이라는 처조카가 있는데, 보통학교에 다닐 때 왜놈들의 국경일인 천장절(天長節)에 '일장기 훼손 사건'을 일으킨 바 있는 소년 항일투사로서 장차 독립운동사에 이름을 크게 남길 걸출한 재목감이라고요! 그리고 그 처조카의 사설학교 동문으로서 우리 단군 왕검 대황조를 일왕가의 후손이라고 우리 역사를 터무니없이 왜곡하여 엉터리로 가르치는 왜놈 선생한테 조목조목 따지며 당차게 대들었다가 죽도록 얻어맞고 강제 퇴학 처분을 받았다는 소년 항일투사 최경학 군의 피눈물 나는 얘기하며, 이곳 밀양에서 백민 선생을 비롯한 여러 동지들이 학창 시절에 결성한 〈일합사〉와 〈연무단〉의 정신을 계승한 많은 후배들이 지금도 대한독립 운동을 삶의 지표로 삼고 을강 선생님 밑에서 믿음직한 꿈나무로 커 가고 있다고 들었습니다."

그들이 서로 자신을 소개한 가운데 대종교 총본사의 윤세복 선생과 '광복단 사건'으로 중국으로 망명한 백민 선생의 근황이며, 서일 선생이 창단했다는 〈중광단〉의 얘기에 이어 김원봉과 최경학의 얘기까지 흘러 나오자 회의실 여기저기에 삼삼오오 모여서 잡담을 하고 있던 모든 청년들이 약속이나 한 듯이 하나 둘씩 그들 곁으로 모여들기 시작하여 어느 새 그들 주위를 겹겹이 에워싸고 있었다.

을강 선생은 그와 같은 휘하 청년들의 관심과 호기심을 의식하고 그들이 가장 궁금하게 여기고 있을 중국으로 간 김원봉 군의 근황 얘기부터 먼저 물어본다.

"그러시다면 선생께서는 우리 김원봉 군의 소식도 백민 선생한테 들어서 잘 알고 계시겠군요?"

"예, 알다마다요! 백민 선생이 이렇게 말씀하셨지요. 처조카인 김원봉 군도 당신처럼 조국 광복에 헌신하기 위하여 오래 전부터 군사 강국인 독일 유학의 꿈을 꾸고 있었는데, 지난 1916년 10월부터 천진에 있는 덕화학당(德華學堂)이라는 덕국계(德國系: 독일계) 학교에 다니도록 선생께서 직접 주선해 주었다고요. 그런데 국제 정세가 급변하는 바람에 지난해에 극비리에 일시 귀국을 하였던 모양입니다."

"아니, 김원봉 군이 작년에 귀국하였다고요?"

중국에 있어야 할 김원봉이 귀국했다는 바람에 을강 선생은 적잖이 놀란다.

"예. 제1차 세계대전의 여파로 중국과 덕국이 적대 관계가 되면서 그 학교가 문을 닫는 바람에 그렇게 되었다고 들었습니다. 그래서 지금은 비구니인 이모할머니가 있는 서울에서 모교인 중앙학교의 교우들과 함께 독립운동가의 꿈을 꾸며 앞날을 모색하고 있는데, 곧 중국으로 불러들여 독일어학과가 개설돼 있는 남경의 금릉대학(金陵大學)에 편입학을 시킬 계획인 모양입디다."

"예, 일이 그렇게 된 게로군요! 그 친구는 중국으로 가기 전에 서울 중앙학교에 다니면서 인촌(仁村) 김성수(金性洙)·석농(石儂) 유근(柳瑾)·민세(民世) 안재홍(安在鴻) 선생과 같은 훌륭한 민족주의자들을 스승으로 모시고, 윤치영(尹致暎), 김두봉(金枓奉) 등과 교유하게 되면서 그분들의 영향으로 독립군의 지도자가 되는 원대한 포부를 지니게 된 것으로 알고 있습니다. 그러니까 국내에 와 있는 지금도 아마 여전히 군사 강국인 덕국 유학의 꿈을 버리지 못하고 있을 겝니다."

"예, 저도 그렇다고 들었습니다. 그런데 백민 선생께서는 독립운동가의 꿈을 꾸고 있는 고향의 다른 후배들에게도 길을 열어 주기 위하여 많은 생각들을 하고 계시는 눈치였습니다. 저더러 밀양에 가는 기회가 생기면 을강 선생을 꼭 한번 만나 뵙기를 부탁하시면서 〈일합사〉와 〈연무단〉 시절의 후배들 얘기를 자세하게 해 주시는 것을 보면 그들에게 걸고 있는 기대가 얼마나 큰지 능히 짐작할 수가 있었으니 말입니다.”

“오늘밤 최웅삼 선생께서 전해 주신 단애 선생과 백민 선생의 얘기를 비롯하여, 김원봉 군의 근황 얘기는 앞으로 〈밀양청년독립단〉에서 활동하게 될 여기 있는 모든 우리 청년 동지들에게 더할 나위 없이 좋은 길잡이가 되고 힘이 될 것 같습니다!”

“제가 전하는 소식이 여기 있는 많은 청년 동지들에게 그 정도로 큰 도움이 된다면야 저로서도 더 이상 바랄 것이 없지요! 그런데 을강 선생님께서는 원래 유림의 신분으로 의병운동을 하셨다고 했는데, 어찌하여…?”

최웅삼 사교는 유림 출신인 을강 선생이 의병운동을 그만두고 대종교로 입문하게 된 사연이 궁금한 모양이었다.

“아, 그것 말씀입니까? 사실은 시생이 향교와 사마소(司馬所)를 드나들며 유생 노릇으로 소일하다가 을사늑약이 강제로 체결되는 것을 보고 의분을 참지 못하여 궁내부 주사 출신인 감암(紺巖) 박상일(朴尙鎰) 선생이라는 분과 공모하여 의병진을 구성하여 거병을 준비한 적이 있었지요. 하지만 태산같이 믿었던 우리 유림들은 나라를 구하기에 앞서 저마다 복벽주의다, 위정척사다, 외세의 배척이다 하면서 이념과 명분에 사로잡힌 나머지 파벌 싸움에만 몰두하며 허송세월 하는 꼴을 지켜보다가 마침 비밀 결사대를 조직하여 국내와 만주에서 독립운동의 선봉이 되고 있는 대종교 쪽의 소문을 접하고 감화된 바가 적지 않아서 망설일 것도 없이 대종교에 입문하게 된 것이지요!”

일찍이 국권회복을 꿈꾸면서 사설 동화학교를 설립하여 밀양의 청년들에게 애국 독립 사상 전파에 혼신의 힘을 다해 오다가 한민족의 시조인 단군왕검(檀君王儉)을 대황조(大皇祖)로 모시는 대종교가 독립운동의 선봉에 서는 것을 보고 뒤늦게 대종교에 뛰어들게 되었다는 을강 전홍표 선생—.

그는 얘기가 나온 김에 최응삼 사교와 나란히 앉은 자세로 두 눈을 감고 하늘에 계신 국조 단군왕검을 우러러 잠시 기도를 올린다.

'배달겨레의 국조이신 한배검님이시어! 나라 잃은 우리 백의민족을 불쌍히 여기시고, 여기 모인 우리 동지들이 불굴의 독립투사가 되어 하루 속히 국권을 되찾을 수 있도록 인도하여 주시옵소서!'

국조인 단군왕검을 신위로 모시는 순수한 민족 종교인 대종교는 시교 당시에 성(性)·명(命)·정(精)의 삼진귀일(三眞歸一)과 지(止)·조(調)·금(禁)의 3법을 근본 교리로 하는 순수한 민족 종교로 출발하였지만, 지금은 종교로서보다는 항일 독립 운동 쪽에 더 큰 뜻을 두고 활동하고 있는 막강한 대표적인 애국 단체 중의 하나였다.

초대 교주 나철(羅喆)은 전남 순천 출생으로 부정자 벼슬까지 지낸 사람이었는데, 을사 보호 조약이 체결되자 의분을 참지 못하고 매국 대신들의 암살을 기도하였다가 1907년 거사 직전에 탄로가 나는 바람에 전라남도 신안군 지도로 유폐되어 유배 생활을 하였던 인물이었다.

그 후, 특사로 풀려난 그는 조선에 대한 일본의 간섭과 강박이 날로 심해지자, 이를 항의하고자 세 차례에 걸쳐 도일하였으나 뜻을 이루지 못한 채 귀국하여 구국 운동이 몇 사람의 애국 정객만으로는 이룩될 수 없다고 판단하고, 1909년 음력 정월 대보름날 중광절(重光節)에 오기호(嗚基鎬)를 비롯한 십여 명의 동지들과 함께 서울 한복판인 종로구 재동에서 단군 대황조 신위를 모시고『단군교 포명서』를 공포함으로써 고려 때의 몽골 침략 이후 근 7백년 간 단절되었던 국조 단군을 숭앙하는 단군교를 창시하였던 것인데, 그것이 바로 지금의 대종교인 것이다.

구국 정신 일념으로 그렇게 창설된 단군교는 시교한 지 1년만인 1910년에는 교도 수가 2만여 명에 이를 정도로 교세가 크기 확장되는

데 힘입어 교명을 대종교로 개칭하는 한편, 애국 독립운동을 본격적으로 전개하기 위하여 같은 해에 만주 북간도에 지사(支司)를 설치하였으나 일제의 탄압으로 초대 교주 나철은 순교조천(殉敎朝天)하고 말았다. 그리고 제2세 교주가 된 김교헌(金敎獻)이 일제의 탄압을 피해 본격적으로 독립운동을 펼치기 위하여 만주 화룡현으로 아예 총본사를 옮겼던 것이다.

그는 일찍이 대과 문과에 응시하여 병과(丙科)로 급제, 기거주를 시작으로 권지부정자, 예조참의, 대사성, 규장각 부제학 등을 거쳐 벼슬이 가선대부에 이르렀던 사람이었다.

하지만, 그 해에 한일 합방이 되는 바람에 나라를 되찾기 위하여 대종교에 입교하게 되었으며, 이듬해에 영계(靈戒)를 받고, 총본사의 부전리, 경리부장을 거쳐 도사교위원, 총본사 전강 등을 두루 역임하고 교통(敎統)을 승계하게 된 것이었다.

그런데 그러한 교세에 힘입어 대종교 밀양 지사(支司)에서도 항일 구국 운동에 뜻을 둔 젊은이들이 많이 모여들었으나 지금은 일제의 종교 탄압으로 지하화 하여 기독교 쪽 인사들과 연대하여 〈밀양청년독립단〉을 결성하려고 암암리에 활동하고 있었는데, 지금 이 목사관에 모여 있는 청년들이 바로 그들이요, 지금도 비밀리에 대종교 밀양 지사의 명맥을 이어 가며 그들의 후견인과 정신적인 지주 역할을 하고 있는 사람이 바로 을강 전홍표 선생인 것이다.

윤세주가 옆방에서 들고 온 인삼차를 마시면서 그들은 화기애애한 분위기 속에서 환담을 이어 간다. 최웅삼 사교는 인삼차를 한 모금 마시고는 만주에 갔다가 들었던 을강 선생의 얘기를 다시 끄집어낸다.

"을강 선생께서는 가산을 털어 동화학교를 세워 교편을 잡고 계셨을 때, 가정 형편이 어려워서 학교에 못 가거나 일본식 교육에 반발하여 공립학교에서 뛰쳐나온 학생들을 불러 모아 항일 애국 투사로 키워 오셨다고 들었습니다!"

"나같이 미력하고 부족한 사람이 그렇게 발버둥쳐 봐야 무슨 성과가 있었겠습니까? 이미 그 학교마저도 왜놈들의 등쌀에 배겨나지 못하고 벌써 오래 전에 문을 닫고 말았는데요, 뭘…. 생각만 해도 정말 기가 막히고 분통 터지는 일이지만, 이것도 다 망국민이 겪을 수밖에 없는 치욕스런 수난이 아니겠습니까?"

을강 선생은 모처럼 찾아 온, 그것도 〈중광단〉의 국내 연락책으로서 대한 독립운동에 일익을 담당하고 있다는 북방 신의주 교우의 찬사에 고무되어 의분을 터드린다.

"아니지요! 뜻이 있는 곳에 길이 있다고 했는데, 을강 선생님께서는 동화학교를 설립하여 김원봉 동지나 여기 있는 윤세주 동지 같은 젊은 독립 인재들을 키워내신 것만으로도 충분히 그 역할을 다 하신 셈이지요! 게다가, 이번에 또 〈밀양청년독립단〉까지 창단하신다고 하니 이 얼마나 감격스런 일입니까?"

"글쎄요. 조국 광복을 위해 미력이나마 힘을 보태려고 노력하고 있기는 합니다만, 날이 갈수록 심해지는 왜놈들의 횡포를 속수무책으로 당하고만 있는 게 현실이고 보니 앞길이 결코 순탄치만은 않을 거외다!"

"하기야, 어제 황상규 선생의 처가를 찾아갔다가 둘째 처조카가 된다는 김경봉 군의 안내로 그곳의 오랜 민속놀이인 〈감내 게줄 당기기〉라는 놀이를 구경하였는데, 그것 정말 대단하더군요! 그런데 예전부터 온 마을 사람들이 한 마음 한 뜻으로 뭉쳐서 천지가 들썩이도록 즐겨 왔다는 그 오랜 전통 민속놀이마저 왜놈들의 집회금지 조처에 따라 앞으로는 하지 못하게 되었다고 하더이다!"

"어디 그 뿐인 줄 아십니까? 이곳 읍성 안에서는 어제 단오절 큰 명절을 맞이하여 군내의 명문 호족들과 영향력 있는 모모한 유지들을 향중의 모든 민초들이 다 바라볼 수 있도록 높다란 영남루 누대 위에 강제로 불러 모아 가지고 수십 명이나 되는 기생들과 악공들을 대대적으로 동원하여 자칭 '단오맞이 관민 합동 대연회'라는 것을 열었다지 뭡니까? 그런데 한번 생각해 보십시오! 오랜 전통에 따라 양반 집 자제들의 국궁대회를 비롯하여 일반 민초들의 소싸움대회, 추천대회, 씨름대회 등속의 각종 민속놀이가 베풀어져서 상하귀천이 하나가 되어 즐기는 성대한 단오절 큰 잔치를 예상하고 응천강 가의 삼문리 백사장으로 구름처럼 모여들었던 향중의 백성들이 왜놈들의 농간으로 올해는 허탕을 치고 말았다고 하니 참으로 기막힌 일이 아닙니까? 그것도 예전과 다름없이 거금의 행사 자금을 희사하여 단오절 행사를 이끌어 주어야 할 유력한 지역 인사들 모두가 왜놈들이 주관하는 영남루 누대 위의 대연회에 참석하여 기생들을 옆에 끼고 보란 듯이 흥청망청 즐기는 꼴을 강가 백사장에 주저앉아서 닭 쫓던 개처럼 넋을 놓고 바라다보고 있어야만 했다니 말입니다!"

"하기야 나도 김경봉 군한테서 그 얘기를 전해 들었지요! 그동안 왜놈들이 소위 무단정책이니, 문화 말살정책이니 하고 미쳐 날뛰더니 급기야는 그것도 모자라서 우리 민족 계층 간의 갈등을 조장하여 스스로 황국신민으로 주저앉게 하려는 이간 책동이 아니고 무엇이겠습까?"

"뉘 아니랍니까? 군중집회이건 민속놀이이건, 왜놈들한테는 우리 민족이 한 자리에 모여서 대동단결하는 것보다 두려운 게 없다는 뜻이지요! 그래서 모처럼 단오절 큰 명절을 맞이하여 온 부민들이 지위고하, 빈부귀천에 관계없이 한데 어울려 흥청망청 즐기던 각종 단오절 민속놀이 행사를 막음으로써 우리 민족의 대동단결을 사전에 차단함과 동시에, 관제 연회에 참석한 지도급 인사들 모두를 일반 민초들의 눈에 친일 인사로 비치게 함으로써 민족 계층 간의 갈등까지 조장하려는 이중적 포석의 간계인 셈이지요!"

어제, 〈감내 게줄 당기기〉 구경을 하면서 김경봉으로부터 들었던 얘기가 많았던지 최응삼 사교는 밀양 토박이 못지않게 이곳 사정을 잘 알고 있었으며, 을강 선생은 그런 그의 관심에 감복한 나머지 바쁜 일정

속에서도 짬을 내어 밀양을 찾아 준데 대하여 새삼스럽게 사의를 표명한다.

"그러게나 말입니다! 그런데 미곡상과 신의주 대종교 지사의 업무에다 중광단 연락책으로서의 일만도 만만치 않으실 터인데, 몸소 이렇게 우리 밀양을 찾아 주시다니 최 선생이야말로 참으로 열정이 대단하십니다 그려!"

이렇게 최웅삼의 노고에 대해 감사의 뜻을 전한 을강 선생은 기왕 내친김에 자기를 중심으로 겹겹이 에워싸고 있는 기라성 같은 젊은이들을 한 사람씩 가리키면서 그에게 정중하게 소개해 나가기 시작한다.

"그러면 여기에 모인 우리 미래의 역군들을 소개해 드리도록 하겠습니다. 먼저, 방금 최 선생님을 모시고 여기에 온 윤세주 군부터 소개해 드리지요. 선생께서도 이미 잘 알고 계시겠지만, 윤 군은 우리 동화학교를 거쳐 서울의 오성학교(五星學校)를 졸업하고 지금은 고향의 청년들과 함께 사회운동을 활발하게 펼치고 있는 재원이랍니다. 약관(弱冠)의 어린 나이에도 불구하고 이곳 밀양읍교회에서 기독교 청년회의 사회교육부장을 맡아 문맹퇴치 운동에도 열심이고요!"

이렇게 윤세주를 소개하면서 스스로 열기가 오르기 시작한 을강 선생은 더욱 고무된 언성으로 다음 말을 이어 간다.

"여기에 모여 있는 청년들 대부분은 우리 대종교 청년들과 이곳 밀양읍교회의 기독교 청년회 소속 회원들로서 특별히 우리 조국과 민족의 문제에 대해서 남다른 열정을 가지고 있는 사람들이라는 것부터 미리 말씀을 드리는 것이 이해에 도움이 될 것 같소이다! 특히, 여기 시생의 옆에 앉아 계신 이 분은 고인덕씨라고, 바로 이곳 밀양읍교회의 설립자이신 고삼종 목사님의 자제분으로 일찍이 대구 계성학교를 졸업한 뒤로 이 교회에서 선교 사업과 교무 일을 맡아 하면서 교세 확장에 혼신의 힘을 다해 왔는데, 이번에 추진하고 있는 〈밀양청년독립단〉의 결성에도 앞장서서 초대 단장을 맡아 앞으로 크게 공헌을 하게 될 것입니다. 그리고 그 옆에 앉아 있는 사람이 우리 윤세주 군의 오성학교 선배이자 〈입합사〉회원인 윤치형(尹致衡)씨이고, 그 다음 사람이 근처 내이리에서 미곡상을 운영하고 있는 김병환(金炳煥)씨, 그 뒤는 김원봉군과 함께 독립운동을 하러 중국에 가 있는 한봉근(韓鳳根) 군의 동생인 한봉인(韓鳳仁) 군인데, 가곡동에서 미곡 무역상과 운수업을 하는밀양 갑부 한춘옥 사장이 바로 이 한 군 형제들의 숙부가 되는 사람이지요! 또한, 1912년부터 이곳에서 명도석(明道奭)·김대지(金大池)·이수택(李壽澤)·안곽(安郭)·이각(李覺)·황상규 선생 같은 동지들과여기 있는 윤치형(尹致衡)씨와 함께 〈일합사〉를 조직하여 활동하던 중,이태 전인 지난 1916년에 〈일합사〉의 활동 무대를 중국으로 옮기려고봉천성으로 가다가 평양역에서 김대지 동지와 함께 보안법 위반 혐의로 친일 앞잡이 김태석 형사에게 체포되어 작년 5월에 평양 복심법원에서 6개월의 징역형을 선고 받고 복역한 바 있는 구영필(具榮泌) 선생이 바로 그들의 고종사촌 형님이 되는 사람이기도 하고요."

"아, 그렇습니까? 구영필 선생은 감옥에서 석방된 뒤 단동과 봉천에서 〈원보상회〉와 〈삼광상회〉를 열어 운영하면서 독립운동 자금 지원과교통 연락책으로 활동하고 있는 관계로 저하고도 국경을 오가며 서로소통하고 있는 분이지요."

"아 그렇습니까? 시생도 한춘옥 사장으로부터 그 양반이 그런 활동을 하고 있다는 얘기는 은밀히 듣고 있었소이다."

을강 선생의 말을 듣고 최응삼 사교는 초면임에도 불구하고 몇 사람건너편에 서 있는 한봉인 군을 향하여 고개를 끄떡여 보이면서 친밀감을 표시한다.

을강 선생의 단원 소개가 다시 이어진다.

"한봉인 군의 옆에 앉은 다음 사람이 김명규(金明圭), 김소지(金小池), 그 다음 사람이 이성우(李成宇) 군으로 세 사람 모두 신앙심과 패기가 넘치는 젊은이들이니 앞으로 크게 기대를 해도 좋을 듯싶습니다!

그리고 저쪽 끝에 앉은 사람이 일찍이 사립 개창학교를 설립하여 우리 밀양 땅에 근대교육의 회오리바람을 일으키고 작고하신 문산 손정현 선생의 후손으로 동경 유학을 갔다가 양의사가 되어 최근에 돌아온 손태준 선생이지요!"

을강 선생의 말을 들으며 거기 있는 사람들의 면면이를 일일이 하나씩 눈여겨 살펴보고 있던 최응삼이 자기가 지금까지 소개받았던 사람들을 다시금 한 바퀴 빙 둘러보더니 을강 선생에게 정중하게 묻는 것이었다.

"예로부터 이곳 밀양 고을이라는 데가 선비의 고장이자 의혈 충절의 고장으로 그 이름이 높았는데, 오늘 여기 와서 보니 과연 듣던 바 그대로인 것 같습니다! 그런데 을강 선생의 제자 분들 중에 최경학(崔敬鶴)이라는 사람이 있다고 들었는데, 그 분은 왜 여기에 보이지 않는지요?"

"최경학(崔敬鶴)이요?"

"예. 밀양공립보통학교 시절부터 역사 시간에 왜놈 선생의 코를 납작하게 만들어 버렸다는 그 최경학씨 말입니다!"

"아, 최수봉(崔壽鳳) 군을 말씀하시는 모양이군요!"

을강 선생은 그제서야 만면에 웃음을 띠며 크게 고개를 끄떡인다.

"최수봉이라고요?"

"예, 그렇습니다! 본명은 최경학이지만, 내 밑에서 공부하겠다고 찾아왔을 때, 시생이 앞으로 큰일을 해낼 인물임을 알아보고 일부러 그렇게 가명을 하나 지어 주었지요! 그런데, 그 친구는 요즘 밀양에는 없고, 동화학교가 폐교된 뒤로 동래 범어사 안에 있는 명정학교(明正學校)를 거쳐 평양 숭실학교(崇實學校)로 옮겨가서 공부하다가, 그 학교에 재직하고 있던 많은 애국지사 교사들이 일제에 의해 강제로 퇴출되는 바람에 미련 없이 자퇴하여 지금은 평안북도 창성군에 있는 어느 사금광(砂金鑛)에서 때를 기다리며 날품팔이를 하고 있는 것으로 알고 있습니다만…"

을강 선생은 최수봉의 근황에 대해 이렇게 대답하고 나서,

"헌데, 어찌하여 최수봉 군에 대해서 이렇게 관심이 많으신지요?"

하고 의아한 얼굴로 묻는다. 아마도 요즘은 자기도 만나 본 지가 꽤 오래 된 옛 제자의 얘기를 먼 곳에서 온 타관 사람이 이렇게 불쑥 물으니, 그 내막이 사뭇 궁금해진 것이리라.

"아, 네…. 좀 전에도 말씀 드렸다시피 황상규 선생으로부터 보통학교에 다닐 때 역사 수업 시간에 우리 대종교의 대황조이신 한배검님을 일왕가의 후손인 것처럼 폄하 왜곡하여 조선 역사를 엉터리로 가르치는 왜놈 선생한테 어린 나이에도 기죽지 않고 조목조목 논리적으로 따지면서 대들었다는 기막힌 얘기를 들었기 때문이지요! 그리고 그 일로 크게 매를 맞고 강제 퇴학을 당한 뒤로 선생님께서 운영하시는 동화학교에 편입학하여 중학교 과정을 배우게 되었다고요!"

"아, 네…, 그랬었나 보군요! 만주서 황상규 선생을 만나 고향 후배들의 얘기를 들으셨다면 최수봉 군도 그 양반의 처조카인 김원봉 군과 우리 동화학교를 함께 다녔던 절친한 선배였으니까 최 군의 얘기도 당연히 했을 겝니다!"

지금은 뿔뿔이 흩어져 버린 옛 제자들의 얘기가 나오자, 을강 선생은 벌써 십 년이 다 되어 가는 지난날의 생각을 떠올리고는 크게 기뻐하며 깊은 감회에 젖어든다.

"지금은 나이가 벌써 스물다섯 살이나 되었겠는데, 그 최경학 군은 어릴 때부터 의협심이 강하고 재기가 넘치는 아이였지요!"

이렇게 운을 뗀 을강 선생은 새삼스럽게도 감개가 무량한 듯, 몇 번이나 고개를 끄떡이다가 다시금 가만히 입을 여는 것이었다.

"최수봉 군이 일으킨 왜놈들의 '조선역사 왜곡 항거 사건'은 시생이 최수봉 군을 거두어 우리 동화학교에서 가르치게 된 계기가 되기도 했던 쾌거인데, 어디 다시 한 번 들어 보시겠습니까?"

신중하게 말문을 연 을강 선생은 최수봉이 밀양 공립보통학교에 다

닐 때, 역사 수업 시간에 있었던 예의 그 왜곡된 역사 수업을 강요하는 일제 당국의 처사에 반발하여 끝까지 항변하다가 퇴교당한 최수봉의 보통학교 시절 얘기를 자세하게 들려 주었고, 만주에서 황상규 선생으로부터 그 얘기를 이미 들었다고 한 최웅삼도 마치 처음 듣는 일인 듯이 이렇게 맞장구를 치는 것이었다.

"욱일승천하는 태양처럼 경배하는 일본 황실을 더욱 신격화하기 위하여 의도적으로 왜곡한 조선 역사를 마치 사실인 것처럼 학교의 정규 수업 시간에 버젓이 가르치는 왜놈 역사 선생에게 반만 년이나 되는 단군기원을 들먹이며 논리적으로 따지고 대들었으니 그들로서는 최수봉 군 같은 똑똑한 조선인 학생을 그대로 두었다가는 큰일 나겠다는 생각은 말할 것도 없고 결코 참을 수 없는 치욕과 모멸감을 느꼈겠지요! 그래서 나이도 어린 최수봉 군에게 불온 분자라는 어이없는 딱지까지 붙여 가지고 서둘러 퇴학 처분을 시키게 된 것이 아니겠습니까?"

최웅삼은 마치 자기 혈육의 일이라도 되는 것처럼 비분강개한 나머지 정작 그 얘기를 전해 주는 을강 선생보다 더욱 목청을 높이고 있었다.

"그야 여부가 있겠습니까?"

"어쨌거나 그 사건은 우리 대한의 어린이가 얼마나 의롭고, 지혜롭고, 당당했는가를 단적으로 보여 주는 아주 속시원한 쾌거가 아니겠습니까?"

"그렇지요! 그런데 통쾌한 애국소년 의거 사건이라면 여기 있는 우리 윤세주 군과 중국에 가 있는 그 김원봉 군이 주도하였던 일장기 사건도 또한 빼 놓을 수가 없을 겝니다!"

"아, 백민 선생이 저에게 들려 준 바 있는 그 '일장기 훼손 사건' 말씀입니까?"

"예, 그렇습니다! 선생께서도 그 얘기를 이미 들으셨군요?"

을강 선생은 그렇게 맞장구를 치면서 맞은편에 앉아 있는 윤세주를 애정 어린 눈으로 바라다본다.

두 사람의 얘기가 드디어 자기에게로 옮겨 오자, 윤세주는 부끄러운 과거사가 밝혀지기라도 하는 것처럼 얼굴이 붉어진다. 그러나 을강 선생은 개의치 않고 그의 얘기를 서슴지 않고 끄집어내고야 마는 것이다.

"김원봉 군과 윤세주 군이 둘이서 같이 밀양 공립보통학교에 다니던 때였으니까, 최수봉 군의 의거 사건이 일어나고 일 년도 채 안 되었을 때의 일이었나 봅니다. 아마도 그때 김원봉 군의 나이가 열네 살이고, 윤세주 군은 열두 살 때의 일이었을 겝니다. 경술국치 이후에 왜놈들이 첫 번째로 맞이한 명치 천황의 생일인 1911년 11월 3일의 천장절((天長節)에 강인수, 윤세주 군과 함께 일장기를 학교 변소 분뇨통에 처넣은 희대의 쾌거를 일으켰던 것이지요! 천장절이라고 하면 왜놈들한테는 가장 대표적인 국경일이 아닙니까? 그놈들이 우리 조선을 집어삼킨 지 꼭 1년 만에 식민지 땅 조선에서 처음 맞이한 천장절이었으니, 그놈들의 감회가 과연 어떠했겠습니까? 그런데 대대적으로 기념행사를 치르게 되어 있는 그 흥분되고 감격스러운 국경일 날, 각급 관공서와 기관장들은 물론 일반 하객들까지 대거 참석한 가운데 기념행사가 성대하게 열리게 될 밀양공립보통학교 운동장 행사장 앞의 국기 게양대에 자랑스럽게 펄럭이고 있던 일장기가 우리 대한의 어린이들 손에 의해 그곳 변소의 더러운 똥통 속에 형편없이 처박히는 희대의 사건이 터져 버렸던 것이지요! 그것도 나이 어린 보통학교의 어린이가 그 혐오스러운 일장기를 사정없이 끌어내리다가 역한 냄새가 코를 찌르는 학교 변소의 똥통 속에 처박아 버리는 거사를 감행했으니, 이 얼마나 장쾌하고도 포복절도할 일입니까?"

"뉘 아니랍니까? 될성부른 나무는 떡잎 때부터 알아본다고, 사실 그런 일은 장차 대단한 독립군이 될 어린이가 아니고서는 아무나 할 수 있는 일이 아니지요!"

"그러게나 말입니다! 가뜩이나 들떠 있던 국경일에 이런 일이 벌어졌으니, 그 후의 상황이 어찌 되었겠습니까? 전국 방방곡곡에 신궁(神宮)을 차려놓고 궁성요배(宮城遙拜)다 뭐다 하여 경축일 축하 행사로 들떠 있던 왜놈들 모두가 불시에 오물을 뒤집어쓴 듯이 발칵 뒤집어진 것은 말할 나위 없거니와, 범인이 다름 아닌 조선의 코흘리개 어린이로 밝혀지자 다시금 아연실색하고 말았던 것이지요! 비슷한 일로 먼저 퇴학당한 최수봉 군의 경우처럼, 이 친구들도 왜놈 교장한테 붙들려 간 것은 말할 것도 없고, 갖은 기합과 협박을 다 당한 것도 또한 최수봉 군의 경우와 똑같았지요! 하지만 김원봉 군은 끝까지 자백하기를 거부하고 당당하게 버티다가 왜놈 교장한테 죽도록 얻어맞고 강제 퇴학 처분을 당했고, 뒤에 남았던 윤세주 군과 강인수 군도 더러운 왜놈들 밑에서는 더 이상 배울 필요가 없다고 생각하여 똑같이 자퇴한 뒤에, 우리 동화학교로 옮겨와서 시생 밑에서 공부를 하게 된 것이 아니겠습니까?"

잠시 말을 중단하고 좌중의 윤세주와 강인수를 번갈아 가며 쳐다본 을강 선생은 기대에 찬 어조로 이렇게 얘기를 마무리 짓는 것이다.

"이 친구들이 어린 나이에 조선 어린이의 항일정신을 유감없이 발휘한 것이나, 우리 동화학교로 옮겨와서 공부를 계속 하기로 한 것이나, 모두가 다 최수봉 군의 경우와 크게 다를 바가 없으니, 시생으로서는 이 네 명의 제자들이 일으킨 의거 사건에 대해서는 따로 분리하여 생각할 수가 없다는 것이지요!"

"과연 그렇겠군요! 그런데 군사 강국인 독일 유학의 꿈을 꾸며 때를 기다리고 있는 김원봉 동지는 그렇다 치더라도, 그렇게 대단하던 최수봉 동지는 변방의 광산촌을 떠돌면서 날품팔이를 하고 있다니, 어찌하다가 일이 그 지경이 되었는지 쉽게 납득이 되지 않습니다."

최응삼은 잔뜩 기대를 하고 왔던 최수봉이 척박한 광산촌의 날품팔이가 되어 있다는 바람에 크게 실망을 했는지, 아주 아쉬워한다. 그러나 을강 선생은 오히려 더욱 열을 띠어 가면서 그런 최수봉에 대한 자신의 기대감과 확고한 믿음을 조금도 흔들림이 없는 단호한 어조로 이렇게 피력하는 것이었다.

"하지만, 그렇게 염려하지 않으셔도 좋을 겝니다! 그 최수봉 군은 생각이 깊고 의지가 굳은 아이였으니까요! 어디 가서 무슨 일을 하고 있든지 간에 어린 시절에 가슴 속 깊이 심어 주었던 그 애국 애족하는 마음만은 언젠가는 큰일을 해낼 수 있을 만큼 일취월장으로 커 가고 있을 겝니다. 다른 곳도 아니고 굳이 작업이 험하기로 소문난 광산촌에 가서 일을 하고 있을 때는 다 그럴 만한 까닭이 있지 않겠습니까?"

그러면서 을강 선생은 최수봉이 굳이 첩첩 산골의 사금광에 가서 일을 하고 있는 것을 보면 분명히 단순한 생활의 방편이 아닌, 또 다른 목적이 있을 것임을 믿어 의심치 않았다. 금광이라면 바위 속의 금맥을 찾아서 무시로 바위에 구멍을 뚫어서 그 속에 폭약을 쑤셔 넣고 발파 작업을 일상적으로 벌이는 위험천만한 곳이 아니던가!

"그 친구는 부족한 시생의 훈도를 받다가 우리 동화학교마저 왜놈들 때문에 폐교가 되어 버리는 바람에, 그 길로 동래 범어사로 가서 우여곡절 끝에 그 절간 안에 있던 명정학교를 다녔을 정도로 속에 품은 뜻은 반드시 관철시키고야 마는 강골이었으니까요! 그리고 그 후, 고향으로 돌아왔다가 폐허가 되어 잡초 더미 속에 파묻혀 버린 모교 동화학교를 둘러보며 울분을 삭이고 있다가 자기가 다니던 마산리 교회의 한 장로님의 도움을 받아 평양으로 가서 많은 애국지사들이 포진해 있던 숭실학교에 편입학을 했던 것이지요! 하지만, 애국 민족교육으로 이름을 떨쳤던 그 숭실학교마저 그가 흠모하던 수많은 우국지사 스승들이 일제 당국의 갖은 탄압으로 줄줄이 학교를 떠나게 되는 바람에 더 이상 학교에 다닐 수 없는 지경이 되고 말았으니 수봉 군의 심정이 과연 어떠했겠습니까?"

연속되는 민족학교의 수난 얘기를 하다 보니 절로 감정에 겨워 목이 메여 오는지, 을강 선생은 여기서 잠시 말을 끊었다가 마음을 가라앉히고 나서야 다시 말을 잇는다.

　"허나, 시생은 그 제자가 어디에 가 있든지 결코 허송세월을 보내고 있으리라고는 생각지 않습니다. 언젠가는 반드시 큰일을 한 번쯤은 해내고야 말게 될 것입니다. 두고 보십시오!"

　을강 선생은 그렇게 강조하면서 자기도 모르게 두 주먹을 불끈 쥔다.

　"얘기를 듣고 보니 저도 을강 선생님이 참 부럽다는 생각이 듭니다. 그렇게 끝까지 믿음을 주는 제자들이 사방에 흩어져 있으면서도 저마다 선생님의 가르침을 잊지 않고 뜻 깊은 일들을 지금도 열심히 하고 있으니 말입니다!"

　"글쎄요! 이런 걸 두고 행복하다고 해야 할지 불행하다고 해야 할지…."

　이야기를 하면서도 조국 광복에 대한 신념만은 어찌할 수가 없는 듯, 최응삼 사교를 바라보는 을강 선생의 눈에 뜨거운 열기가 눈에 띄게 뻗쳐오른다.

　이따금씩 뇌성벽력이 거듭되는 속에서 밤은 점점 깊어만 가는데, 두 사람이 주고받는 얘기에 모두들 취한 듯, 방 안의 분위기는 뜨거운 열기 속에서도 한껏 가라앉아 있었다. 움직이는 사람도 없고, 기침 소리 하나 내는 사람이 없었다.

　"이거, 저 때문에 오늘 밤의 모임이 잘못되어 버린 게 아닌지 모르겠습니다."

　최응삼은 대화가 진행되는 동안에 방 안의 모든 시선들이 을강 선생과 자기한테로 온통 쏠려 있는 사실을 그제야 깨달은 모양이었다. 그러나 을강 선생은 오히려 환한 얼굴로 그의 말을 받는다.

　"아니, 괜찮습니다. 우리가 오늘 밤에 여기에 모이기로 한 것도 바로 이런 얘기들을 하자는 게 목적이었으니, 부담스러워하실 까닭은 조금도 없습니다!"

최응삼을 안심시킨 을강 선생은 그제서야 생각이 난 듯,

"참, 아까 백민 선생이 시생에게 전하라고 한 것이 있다고 하셨는데, 그게 뭔지 말씀해 주실 수 있겠습니까?"

"아 참, 내 정신 좀 보게! 여기에 백민 선생이 전하라고 하신 서찰이 있습니다."

최응삼은 양복 안주머니에서 편지 한 통을 꺼내어 을강 선생에게 소중스레 건넨다. 그것을 받아 든 을강 선생은 마치 대단한 의식이라도 치르려는 듯이, 청년들을 향하여 사뭇 근엄한 얼굴로 정숙하게 자리에 앉아 줄 것을 당부한다.

"자, 그렇게 둘러 서 있을 게 아니라 모두들 제 자리로 가 앉읍시다."

잠시 어수선하던 자리가 정돈되자 자리에서 일어난 을강 선생은 황상규 선생이 보낸 비밀 편지의 겉봉을 조심스럽게 뜯어서 그 내용을 하나하나 가슴에 새기듯이 읽어 내려가기 시작하였다.

거기에는 자기를 비롯한 밀양 출신의 애국지사들의 근황을 소상하게 소개한 뒤, 중국에 망명해 있는 여타 유명 인사들의 동태와 중국 사회에서 돌아가고 있는 사회적 현상이며, 조선 독립을 위해서는 무력 투쟁만이 최상의 방법일 것이며, 그곳의 독립운동 방향도 그렇게 돌아가고 있으니 고향에서도 그러한 현지 사정을 감안하여 후배 독립 운동가들을 많이 양성해 주기 바란다는 부탁의 말이 급히 쓴 글씨로 빼곡하게 적혀 있었다.

을강 선생이 황상규의 편지를 읽는 동안에 회의실을 가득 메우고 있던 청년들은 숨소리 하나 내지 않고 그의 입과 눈을 주시하고 있었다. 편지의 내용을 두 번 세 번 확인하며 다 읽고 난 을강 선생은 그것을 원래대로 고이 접어서 봉투 속에 넣어 두루마기 안쪽의 조끼 주머니 속에 깊숙이 찔러 넣었다.

그리고는 앞으로 자기네가 〈밀양청년독립단〉을 창단하여 추진해 나갈 활동 목표를 한마디로 묶어서 이렇게 밝히는 것이었다.

"황상규 선생의 편지를 읽어 보니 요즘 만주에 진출해 있는 많은 독립운동 단체들 역시도 앞으로의 독립운동 전개 방향을 무력투쟁 쪽으로 돌리고 있다고 하지 않습니까? 그러니 우리가 이미 설정했던 그대로 첫째도 무력 투쟁, 둘째도 무력 투쟁, 이 무력 투쟁만이 국권 회복을 위한 최상의 길이라는 것을 전제로 하고 지금부터 그 구체적인 대비책과 실천 방안에 대하여 본격적으로 논의해 보아야 하겠습니다."

밖에는 아직도 험악한 조국의 현실처럼 창대 같은 폭풍우가 거세게 휘몰아치고 있었건만, 회의실 안의 분위기는 진지함 속에서도 새로운 열기가 서서히 뻗쳐오르기 시작하였다.

제4장

운막향(雲幕鄕)의 후예들

◇ 오리무중(五里霧中)
◇ 여황(女皇)의 행차

◇ 오리무중 五里霧中

꿩 궈 먹은 자리라고 해야 할까, 비오리 지나간 자리라고나 해야 할까. 운곡 선생의 서찰을 전해 받은 용화 부인한테서는 그날 이후로 아무런 변화도 일어나지 않았다. 조심스러운 모종의 움직임이 있을 법하련만, 일상의 거동이 달라진 바도 없었고, 처음 서찰을 받았을 때처럼 얼굴에 긴장되고 초조한 빛이 내비치는 것도 아니었다. 그렇다고 심부름꾼을 은밀히 밖으로 내보내느냐 하면 그런 것 같지도 않았다.

아무런 변화의 조짐이 없는 것은 영동 어른의 경우도 마찬가지였다. 여장을 꾸린 김 영감을 대동하고 집을 나선 지 사흘 만에 돌아온 그날 이후로도 그의 일상은 예전과 별로 달라진 바가 없었다. 중사랑의 대청마루 끝에 주렴을 길게 드리워 놓고 끊임없이 찾아오는 내방객을 맞아 한가롭게 대작을 하면서 담론을 하거나 바둑을 두기도 하고, 때로는 여름빛이 풍기기 시작하는 뒤뜰을 거닐며 시작(詩作)으로 소요음영(逍遙吟詠)할 뿐, 또다시 행장을 꾸린 종자를 대동하고 서원 순례나 명산 유람 길에 나서질 않았고, 나설 것 같은 조짐조차 전혀 보이지 않고 있었다.

변한 것이 있다면 오로지 중산 자신뿐이었다. 언행에 각별히 조심하라는 용화 할머니와 부친의 엄명을 받고 은인자중하는 속에서도 눈과 귀를 곤두세우고 두 어른의 동태를 예의주시하는 나날이 계속되고 있는 것이다.

"너도 알다시피 우리한테 나라를 되찾아 왕조 복원을 달성하는 일만큼 지중하고 화급한 문제는 없느니라!"

천기에 버금간다는 운곡 선생의 서찰을 받은 자리에서 그런 말을 하고서 평소와 다름없는 일상을 지속하고 있다는 게 중산으로서는 쉽게 납득이 되질 않았다. 현실에 맞지 않는 폭풍전야와도 같은 그런 평온한 일상이 그에게는 오히려 경천동지할 일이 벌어지는 현장을 지켜보는 것 이상으로 두렵고 긴장되는 마음을 갖게 하였다.

마땅히 나타나야 할 현상이 전혀 나타나지 않고 있는 이런 이변 현상이 병가(兵家)에서 말하는 소위 연막전술(煙幕戰術)이라고 한다면, 윗분들이 보여 주는 이 지극한 일상적인 평온함이야말로 쥐도 새도 모르게 연막전술을 펼치면서 '화급을 다투는 중대사'를, 가문의 명운이 걸린 모종의 거사를 추진 중에 있다는 증좌가 아니겠는가?

왜냐하면, 지금까지 당신들께서 하시는 일들 모두가 그러했듯이, 천기에 버금간다는 운곡 선생의 서찰을 받고서도 집안에서 아무런 변화의 조짐이 없다는 것은 문중의 명운이 걸린 막중지대사를 연막전술로 목하 추진 중에 있음을 역설적으로 반증해 주고 있는 셈이기도 하였기 때문이다.

하지만 그 일에 대해서는 알아서는 안 되고 알려고도 하지 말라는 엄명을 받은 중산의 처지로서는 그야말로 속수무책으로 벙어리 냉가슴만 앓고 있을 수밖에 없었다. 다만, 그 일에 대해서는 아무것도 모르는 듯이 행동할 것이며, 또한 알려고도 하지 말아야 할 것이라고 부친이 엄명을 내렸을 때, 그 말을 들은 용화 부인이 당주의 일을 중산 자기에게 일임한 채 세상을 등진 듯이 살아가는 부친의 행동양식을 화두(話頭)처럼 한마디 던져준 것이 그나마 큰 위안이 되고 있었다.

"사흘이 멀다 하고 서원 순례에다 명산대천을 찾아 팔도 유람을 하고 다니는 듯이 소일하고 있는 네 아비를 보면 너에게도 달리 느껴지는 바가 있을 것이니라!"

나라를 되찾아 왕조를 복원하는 일에 대해서는 알아선 안 되고, 알려고도 하지 말라는 엄명을 내린 자리에서 그런 호신책(護身策)을 자못 엄중하게 일러 듣기는 것을 보면, 기필코 그 속에는 자기에게 전하려는 용화 할머니의 깊은 다른 속뜻이 숨어 있으리라는 게 중산의 생각인 것이다.

그렇지 않고서야 실언 한번 하는 일 없이 용의주도하신 용화 할머니가 절간의 노승이 철부지 어린 행자 승에게 툭하고 던지는 선문답(仙問答)의 화두와도 같은 그런 말을 굳이 입에 담을 까닭이 없는 것이다.

하지만 그게 부친으로부터 엄한 질책을 당한 자신의 상처 난 마음을 다독여 주려고 단지 위로 삼아 하신 말씀인지, 아니면 살얼음판 같은 현 시국 속에서 거대 문중의 미래를 짊어지고 나갈 종손으로서 제 소임을 다해야 하는 경우가 생겼을 때, 온전히 살아남기 위해서는 그보다 더 좋은 보신책이 없으리라는 노파심에서 일부러 일러듣긴 일종의 행동지침 같은 암시인지 그것은 분간할 길이 없었다.

그런 속에서도 수십 명이나 되는 남녀노소의 종들과 머슴을 부리며 사대 직계가 한 울타리 안에서 살아가는 대궐과도 같은 종가의 방대한 일상은 아무 탈 없이 제대로 굴러가고 있었다. 중산의 오형제 중 혼례를 올린 지 삼 년째가 되던 지난해에 이웃으로 분가해 나간 둘째인 초암(草庵)은 『오우선생실기(五友先生實記)』 책판의 필사에 도전해 보겠다고 하더니 벌써 그 작업에 몰두하고 있는지 이따금씩 어른들을 뵙고 돌아가는 길에 바깥사랑에 들르곤 하던 발길이 근자에 이르러 뜸해지는 듯하였다. 그리고 동래 객사에 나가 그곳 향교에서 경학(經學)을 공부하고 있는 셋째 청암(靑岩)과 넷째 송암(松岩)도 일정한 간격을 두고 번갈아 가며 그곳 소식을 인편을 통해 변함없이 전해 오곤 하였다. 그리고 아직 관례를 올리지 않은 충년(沖年)의 효식(孝植)과 그 아래의 막내 누이동생 선이(善伊)도 안사랑 영양재(迎陽齋)의 문중 강학당에서 한문 공부를 하는 틈틈이 뒤뜰에 나와 행랑 아이들이 잡아 주는 나비와 잠자리를 실에 묶어 날리면서 노는 모습이 이따금씩 눈에 띄곤 하였다.

그런데 일상적인 집안의 그 모든 일들 중에서 대쪽 같은 선비 기질을 타고 난 과묵하고 신중한 초암과는 달리, 성질이 괄괄한 둘째 청암이 무슨 바람이 불었는지, 최근에 이르러 동래고보(東萊高普)에 편입학하여 신학문을 배우고 싶다는 뜻을 거듭 전해 와서 중산의 신경을 곤두서게 하는 일이 생긴 게 변화라면 큰 변화였다.

갑오개혁으로 과거제도의 폐지와 함께 국가의 정규 교육을 담당하였던 향교의 교육 기능이 폐지되면서 동래 향교의 명륜당은 지역 유림들의 유회(儒會) 장소로서의 기능만 담당하게 된 지 오래였지만, 그래도 일본식 신학문을 거부하는 일부 보수 성향이 강한 지역 향반의 자제들은 아직도 청암과 송암처럼 동래 향교에서 교수(敎授)와 훈도(訓導)로 봉직했던 명망 있는 유학자들로부터 사적으로 한학 지식을 쌓고 있는 축들도 적지 않았는데, 이제는 그런 동료들마저도 아주 줄어들고 있는 모양이었다.

'용화 할머니 살아생전에는 우리 문중의 개화·개방은 결코 쉽지 않을 것임을 충암도 잘 알고 있을 터인데, 왜 그런 뜻을 편지에 적어 보내는지 알다가도 모를 일이구나…'

농감(農監) 곽 서방을 대동하고 삼랑진의 안태로, 행촌으로, 때로는 멀리 수산과 초동면까지 모내기가 끝난 소작지의 추곡의 작황실사(作況實査)를 다니면서 용화 할머니와 청암의 생각에 젖곤 하던 어느 날 저녁때였다.

안사랑의 김 영감이 식전 댓바람에 용화당 노마님의 부름을 받고 격장 중문 안으로 달려 들어갔다는 말이 안사랑 마당에서 비질을 하고 있던 하인의 입을 통하여 중산의 귀에 들어왔다. 김 영감이라면 일찍이 승당 할아버지께서 현직에 계실 때 한양까지 오가며 그림자처럼 뒷바라지를 했던 원로 하인으로서 지금은 안사랑의 영양재 문간방에서 용화 부인을 도와 옛 상전의 유훈(遺訓)과 유업(遺業)을 받들며 영동 어른의 외유 때나 가끔 수행하고 다니면서 쓸쓸하게 노년을 보내고 있는 한일합방 때 의거 순절한 승당 할아버지의 충복이었다.

'이제야 비로소 용화 할머니께서 움직이기 시작하신 게로구나!'

중삼은 직감적으로 그런 느낌이 가슴에 왔다. 그 바람에 조반을 먹는 둥 마는 둥하고 자신의 거처 바깥의 누마루에 나와 서성이며 안사랑 영양재 쪽을 연신 바라보고 있을 때였다.

아니나 다를까, 아침 식사를 끝내기가 바쁘게 의관을 갖춘 김 영감이 일각대문을 나서기가 무섭게 있는 후원을 가로질러 말과 나귀가 있는 축사 쪽으로 종종걸음을 치는 것이었다.

그의 출행을 눈치 챈 중산이 밖에 있던 하인을 불러서 행선지가 어디인지 알아보고 오라고 일렀더니, 성내까지 나가서 몇 군데 둘러서 지중한 임무를 받들고 오라는 용화당 노마님의 엄명이 떨어졌다는 말만 남긴 채 행랑에 있던 손자 춘돌이를 불러내어 서둘러 나귀에 올라타고 떠났다는 것이었다.

그러나 지중한 임무를 띠고 성내로 나갔던 김 영감은 그날 밤 늦게까지 집에 돌아오지 않았다. 그리고 그 다음날도, 또 그 다음날도 역시 감감무소식이었다.

김 영감이 떠난 지 나흘째 되는 날 아침이었다. 이날도 여느 때처럼 산책을 하려고 새벽같이 축사 뒤뜰 채마밭 쪽으로 기지개를 켜며 나서는데, 땅거미가 미처 가시지도 않은 옅은 안개 속에서 인기척이 나는 것이다.

이렇게 이른 시각에 대체 누구일까.

일각대문이 있는 축사 쪽으로 걸음을 옮기려다 말고 자세히 살펴보니 찬모(饌母)의 딸 삼월이었다. 중산은 제 어미를 닮아서 손끝이 여물고 음식 솜씨가 보통이 아니라던 부인의 말을 떠올리며 가던 길을 멈추고 그녀의 모습을 잠자코 지켜본다. 다른 일꾼들이 기침을 하기도 전에 새벽같이 채마밭으로 나와서 대나무 소쿠리를 옆에 끼고 아욱과 근대며 상추 잎을 따서 담는 그녀의 손놀림이 야무지고 날래기 그지없다.

"여문이가 죽은 지도 벌써 삼년이 지났는데, 김 서방을 저렇게 언제까지나 넋 빠진 홀아비 꼴로 살아가게 내버려 둘 수는 없지 않겠느냐?"

김 서방이 산후 풍으로 죽은 아내의 제삿날 밤에 가장골 무덤가에 가서 밤을 하얗게 새운 뒤 새벽녘에 두 눈이 퉁퉁 부어서 돌아왔다는 얘기를 했을 때, 그의 처지를 걱정하던 모친의 말이 무심결에 떠오른다. 중산도 심지 굳은 자기의 충복을 생각하는 어머니 이씨 부인의 의중을 모르는 바 아니었다. 그러나 당사자들이 서로를 어떻게 생각할지 몰라 작당한 때를 기다리면서 차일피일 하고 미루어 왔던 그였다.

죽은 아내에 대한 김 서방의 마음이야 세월이 약이 될 게 뻔 하지만, 꽃다운 처녀인 삼월이의 마음이 어떠할지 몰랐는데, 지난 단옷날 저녁 감내 마을을 거쳐서 집으로 돌아왔을 때 행랑 마당에서 을순이를 데리고 놀다가 김 서방을 보고 반기던 모습으로 보아 그에 대한 감정이 예상 밖으로 꽤 호의적임이 밝혀졌으니 별로 기대를 하지 않았던 중산으로서도 여간 놀랍지 않은 것이다.

'물 오른 실버들처럼 나이가 한창 어린 숫처녀가 자식까지 있는 홀아비를, 그것도 상처한 지 삼년이 지나도록 상사병에서 헤어나지 못하고 있는 남자를 좋아하다니, 여자의 마음은 알다가도 모를 일이로고!'

이쪽에서 중산이 그런 생각을 하면서 지켜보고 있는 줄도 모르고 삼월이는 이슬에 젖은 비비추 같은 순박한 자태를 뽐내며 아침 반찬거리 장만에 여념이 없다.

서른이 넘은 홀아비 주제에다 자식까지 딸린 김 서방의 처지로 찬밥 더운밥을 가릴 계제도 아니지만, 그러나 꽃다운 나이에 요절한 조강지처를 그토록 못 잊어 하고 있는데 그런 열부(烈夫)한테 무조건 대놓고 물어볼 수도 없지를 않은가?

중산이 가슴 한 쪽으로 상사초 같은 김 서방의 아픔을 느껴 보며 발길을 옮기려고 하는데, 웬 떠꺼머리총각 놈 하나가 마구간 쪽문 뒤에 숨어서 이쪽 채마밭에서 하녀 같잖게 요조(窈窕)의 뒤태를 뽐내며 찬거리

장만에 여념이 없는 삼월이를 넋 빠진 얼굴로 훔쳐보고 있는 것이다.

'아니, 저 녀석은 사고뭉치 삼수 놈이 아닌가?'

중산이 지켜보고 있는 줄도 모르고 삼수 녀석이 무엇에 홀린 듯이 삼월이가 있는 쪽으로 암탉을 취하려는 장닭처럼 기를 세우고 살금거리며 다가오기 시작하는 것이다. 아니, 저 녀석이 무슨 수작을 부리려고 저러는 겐가? 바로 그때, 축사 너머에서 홰를 치는 닭 울음소리가 시선한 새벽 공기를 가르며 시끄럽게 들려온다. 그 바람에 삼월이 곁으로 다가가던 삼수는 멈칫하고 걸음을 멈추더니 누구 보는 이가 없나 하고 사방을 두리번거린다. 그러다가 이쪽의 중산을 발견하고는 소스라치게 놀라더니 걸음아 날 살려라! 하고 마구간 쪽으로 정신없이 냅다 달려가는 것이다.

중산이 바쁜 걸음으로 기다란 축사 마구간 쪽으로 들어섰을 때, 삼수 녀석은 언제 그런 일이 있었냐는 듯이 시치미를 딱 떼고 그의 백마를 밖으로 끌고 나와 묵직한 가죽 안장을 올리고 있었다. 그런 일은 마부인 그의 아비 황 서방이 도맡아 하던 일이었다. 중산이 그 시각에 새벽 산책길에 나선다는 사실을 집안일에 관심이 없는 삼수가 알고 있었을 리가 만무하거니와, 설령 알고 있었다 하더라도 제 아비를 대신하여 그렇게 먼저 달려 나와 말 안장을 올려서 대령할 아이도 아닌 것이다.

"서, 서방님, 밤새 안녕히 주무셨습니껴?"

제 풀에 놀라 혼비백산하여 달아나더니, 그런 와중에도 중산이 산책하러 나서는 길임을 곧바로 눈치 채고서 한 치의 허술함도 없이 민첩하게 대응하는 것도 놀랍거니와 시치미를 딱 떼고 능치는 수작 또한 여간이 아니다.

'어젯밤에도 남몰래 저녁마을을 나갔다가 이렇게 새벽녘에야 월장을 하여 돌아온 길이렷다!'

삼수가 찔끔하여 그 자리에 얼어붙는 것을 본 중산은, 그러나 생각하는 바가 있어 그를 꾸짖는 대신에,

"네 아비는 어디 가고 네가 여기서 이러고 있는 것이냐?"

하고 시치미를 떼고 묻는다. 아침 일찍 일어나 말들의 여물을 끊이고 마방을 살피는 것으로 시작되는 것이 그의 아비 황 서방의 일과인 것이다.

"며칠 전에 암내를 맡은 수말한테 채여 가지고 허, 허리가 아파서 운신하기가 힘들다꼬 하기에 지가 먼저 나왔십니더!"

비복들 중에서도 어릴 때부터 사고뭉치로 소문난 말썽꾸러기라, 그 말을 믿어 줄 중산이 아니었다. 그러나 그는 아무 말도 하지 않는다. 그 대신 녀석이 하는 짓을 끝까지 관찰해 볼 요량으로 안장을 올려서 끈을 단단히 조여 묶은 삼수 녀석이 백마의 고삐를 잡고 솟을대문 밖의 하마석 앞에 대령할 때까지 그가 하는 양을 잠자코 지켜보고 있었다. 천만 뜻밖에도 아무런 꾸중도 호통도 없이 침묵으로 일관하는 그의 점잖은 무대응이 오히려 더욱 두려웠던 것일까. 삼수는 말을 끌고 밖으로 나오면서도 시종 쩔쩔매며 몸 둘 바를 모른다. 그러다가 중산이 하마석을 딛고 말에 오르자 스스로 말구종 노릇을 해 주기로 작심한 듯, 그에게 고삐를 넘겨 줄 생각도 않고 그 대신 냉큼 앞장을 서는 것이다. 그러나 계산된 그의 약삭빠른 마음을 모를 리 없는 중산은,

"따라 올 것 없느니라!"

하고 말고삐를 엄한 얼굴로 넘겨받고는 사지에서 벗어난 사람처럼 안도의 한숨을 내쉬는 그를 뒤에 남겨둔 채 아무런 일도 없었다는 듯이 혼자서 말을 타고 유유히 바깥마당을 가로질러 집 앞의 한길로 뚜벅뚜벅 걸어 나간다.

무인지경의 새벽 공기는 계절에 관계없이 언제나 상쾌하였다. 단오절이 갓 지난 이런 때 집 앞의 한길을 지나고 '장교강(長橋江)'이라고도 하는 '긴다리강' 위의 목교(木橋)를 건너서 누런 황토가 깔린 들판 길로 나서게 되면 어둠이 채 걷히지도 않은 미명 속에서 냉기를 실은 습한 강바람과 함께 종가 앞의 초록빛 바다 같은 도구늪들이 광활하게 눈

앞에 펼쳐지기 마련이다. 상남벌 중에서도 응천강 하류 쪽에 위치한 이 도구늪들은 퇴비를 별로 쓰지 않아도 풍작이 될 정도로 땅이 기름질뿐만 아니라 대대로 부귀영화를 누려 온 중산네 조상들의 발자취와 혼이 깃들어 있는 유서 깊고 금싸라기 같은 문전옥답 지역이었다.

그러나 벼가 한창 자라고 있는 이 벌판도, 그 사이로 흐르는 샛강과 거미줄처럼 뻗어 있는 농로도 안개가 아직 걷히질 않고 있어서 그게 하늘인지 땅인지 분간할 길이 없었다. 삼랑진 일대가 응천강 너머로 멀리 바라다 보이는 이곳 동산리 일대는 〈동국여지승람〉을 비롯한 몇몇 옛 문헌에서 삼한 시대에 변한 12 소국 중의 하나인 미리미동국(彌離彌凍國)의 옛 터전이라고 전하는 고촌 지역으로서, 예로부터 운막향(雲幕鄕), 또는 운포향(雲布鄕)으로 지칭될 정도로 안개가 자주 끼곤 하는 것이다.

그래서 응천강이 얼어붙는 겨울철을 제외하고는 저녁 어스름 때부터 다음날 아침까지 한 치 앞을 내다볼 수 없는 짙은 안개가 천지를 온통 뒤덮곤 하였는데, 이튿날 새벽 첫닭이 울고 둘째 닭이 울고 나면 시시각각으로 밝아 오는 여명과 함께 그 짙은 안개가 천지개벽을 하듯이 서서히 걷히면서 유유히 흐르는 응천강과 그 옆으로 까마득히 펼쳐진 상남벌이며 동산을 배산으로 등지고 있는 동산리 일대가 제 모습을 드러내면서 광활한 평야 지대의 장관이 유감없이 펼쳐지기 마련이었다.

길가 풀밭에서는 밤을 새워 울던 풀벌레 소리가 아직도 요란한데, 그 사이로 흐르는 긴다리강은 여울목이 없어 아무 소리도 내지 않는다. 그야말로 침묵의 강이요, 사색의 강인 셈이다. 그래서 이 샛강은 중산에게는 언제나 긴 상념의 길을 함께 걷는 동반자가 되어 주곤 하였다. 그리고 첫새벽에 일어나 이렇게 말을 타고 자기네 토지가 널려 있는 상남벌 도구늪들 일대를 운동 삼아 한 바퀴 도는 것이 그의 하루 일과의 시작이었다. 또한 그것은 윗대의 승당 할아버지도 그랬고, 부친인 영동 선생도 그랬던 것처럼 동산리 여흥 민 씨네 종가의 당주들이 일상을 여는 전통이 되어 있는 것이다.

긴다리강을 끼고 이어지는 길 양쪽의 풀밭에서는 갈대며 억새들이 벌써 아이들의 키높이 만큼이나 자라고 있었다. 도구늪들을 남북으로 가로지르는 중앙 농로에 해당하는 이 넓은 옛길은 늪지대를 매립·개간하면서 새로 만든 일직선의 다른 농로들과는 달리 굴곡이 심한 긴다리강을 따라 끝도 없이 구불구불 뻗어 있었다. 가을철이면 마른 갈대와 억새가 밀림을 이루는 잡초밭 사이로 흐르는 긴다리강과 함께 뻗어 있는 황토 빛깔의 이 오래고 널찍한 중앙 농로는 길가 풀밭의 황갈색과 그 옆의 강물과 함께 묘한 색조를 이루면서 마치 한 마리의 거대한 용이 마음껏 용트림 질을 하는 형상을 하고 있어서, 집을 등지고 걸어가는 중산으로 하여금 그 황룡이 마치 자신을 향해 시시각각으로 요동쳐오는 듯한 착각에 빠지도록 만들곤 하였다.

그리고 착각 속에서 중산을 덮친 그 용이 마지막 승천을 위하여 그의 등 뒤에서 머리를 쳐드는 듯한 형상을 한 독산이 바로 그들 여흥 민씨 문중의 종산인 동산(東山)이요, 동서로 길게 누운 그 야산을 배산(背山)으로 하여 고래 등 같은 기와집들이 즐비하게 늘어선 마을이 바로 민씨들이 모여 사는 동산이 부락의 집성촌이며, 문중 종택인 중산의 집은 집성촌 가운데의 동산 기슭에 자리 잡고 있는 것이다.

서북쪽으로 초동면과 경계를 이루는 우람한 덕대산(德大山) 줄기가 남으로 길게 퍼져 내려와서 광활한 상남벌에 이르러 군데군데 떨구어 놓은 크고 작은 여러 개의 독뫼 중에서도 가장 규모가 큰 동산을 중심으로 하여 형성된 이 동산리는 1914년에 일제가 식민지 경영의 효율화를 위해 시행한 행정 구역 개편 때에 동산 남쪽 기슭을 따라 분포한 세천리와 서쪽 산자락 아래에 자리 잡은 백족리를 아우르는 새로운 법정리(法定里)로서 동산리의 동산·당곡 부락에다, 백족리의 백족·소백족을 비롯하여, 세천리의 아랫마인 매화나뭇골·중마인 중세천·웃마인 상세천 부락이 새로 편입되어 모두 일곱 개의 자연 부락으로 이루어져 있었다.

'동산리'라는 마을 이름은 동산리의 배산 격인 동산과 백족리 앞에
있는 마산과 모산 등 세 개의 독산 중 규모가 가장 큰 동산에서 따 온
것이었다. 중산이 사는 동산리의 동산 부락 앞으로는 광활한 상남벌과
경부선 철길을 끼고 유유히 흐르는 웅천강이 차례로 펼쳐져 있었으며,
영남의 서부 지역을 관통하여 하남면 쪽에서 흘러온 낙동강 본류와 웅
천강이 만나는 삼랑 포구 일대가 한 눈에 들어올 정도로 시계가 일망무
제로 탁 트인 곳이었다.

일곱 개의 자연 부락 중 동산리의 중심에 위치한 동산 부락은 마을
의 주산(主山)인 동산을 배산으로 하여 동북방을 향하여 터를 잡았으
며, 웅천강 쪽의 도구늪들 한복판에 뚝 떨어져 있는 야중촌(野中村)인
들마와 낙동강 본류 쪽으로 처져 있는 하남면의 오산, 외산, 어은골과
인접하였는데, 마을 전체가 여흥 민씨들의 집성촌을 이루고 있었으므
로 예로부터 이곳 사람들은 이 동네를 일컬어 '동산이 집성촌' 또는 '동
산이 민씨촌'이라 지칭하기도 하였으나 흔히들 편하게 줄여서 그냥 '동
산이'로 부르는 경우가 더 많았다.

'동산이'는 조선 연산군 · 중종 때의 명현이었던 오우 선생 다섯 형
제 중 셋째 우우정(友于亭) 민구연(閔九淵)의 후손인 중산네 문중이 하
남면 파서리 쪽의 이참공파(吏參公派) 원손 계보에서 분파하여 가세를
키우며 오래도록 세거(世居)해 온 여흥 민씨들의 집성촌으로서, 구한말
에 그들의 조상이 세운 영양재 재사가 있는 종택을 중심으로 하여 방계
세대의 수많은 고래 등 같은 기와집들이 처마를 잇대며 호위하듯 그 주
변을 에워싸고 있는 것이다.

중산이 마을 앞길을 지나 사방으로 나 있는 농로를 따라 들판을 둘
러보며 석제진(石帝津)이라고도 하는 돌티미 나루에 거의 이르렀을 때
였다. 시시각각으로 엷어져 가는 운무를 헤치며 삼랑진 쪽에서 거슬러
올라오고 있는 나룻배 여러 척이 희끗희끗 눈에 들어왔다. 미처 걷히지

않은 물안개를 뚫고 오는 올라오는 나룻배에는 이른 아침부터 길을 나선 사람들이 가득 실려 있었다. 장꾼들은 아닌 것 같고, 저마다 머리에 허연 수건들을 질끈 동여매고 있는 것을 보니 아마도 아직도 끝나지 않은 밀성제 제방 축조 마무리 공사장으로 일하러 가는, 일제 당국에 의해 강제로 동원된 근로 보국대 부역 인부들인 모양이었다. 중산은 그 모양을 한참 동안이나 바라보고 있다가 혀를 끌끌 차면서 속절없이 말머리를 돌리고 만다.

안개가 걷히면서 모내기를 끝낸 연둣빛의 들판이 제 모습을 드러내기 시작하였다. 이제 겨우 뿌리를 내리고 쑥쑥 자리기 시작한 벼 포기들마다 모내기 두레 일에 나섰던 수많은 민초들의 한숨과 애환이 풀빛으로 옹어리져 스며 있는 듯도 하였다. 그러자 중산의 머릿속에서는 지난 단옷날 〈감내 게줄 당기기〉놀이의 뒤풀이 마당에서 보았던 민중들의 모습이 주마등처럼 스치고 지나가기 시작하였다.

꽹과리가 악을 쓰고, 열두 발 상모가 돌아가고, 둔중한 징소리도 쌓이고 쌓였던 시름을 토해내듯 용을 쓰며 마음껏 우는 속에서 수십, 수백 명이나 되는 윗감내·아랫감내 마을 사람들이 흥겹게 화합의 춤을 추면서 크게 원을 그리며 소용돌이치던 그때 그 모습이 환영이 되어 떠오르면서 망망한 벌판 위에 넘실거리는 것이다.

지지리도 애가 많은 민족이니 그만큼 신명도 많았던 것일까? 불기둥 같은 신명으로 크게 원을 그리며 소용돌이치던 그때만큼은 구원(舊怨)도 애원(哀怨)도 남김없이 흥겨움 속에 불살라 버리고, 모두가 하나 되어 덩실덩실 춤을 추면서 흥을 내던 한도 많고 원도 많은 흰옷 입은 사람들—.

그때, 눈앞에서 벌어지고 있던 그 여흥의 소용돌이는 암담한 현실 속에서 잠자고 있던 조선 민중들의 민족혼을 일으켜 세우는 회오리바람보다 드센 힘이었고, 어둠 속에서 찾아낸 한 가닥 불빛처럼 반갑고 소중한 것이 아니었던가?

그러다가 중산은 자기도 모르게 아련한 환상 속에 빠져들고 말았다. 그리고 그와 동시에 헐벗은 민초들의 한숨과 애환이 이 들판에도 어김없이 깃들어 있으리란 생각에 절로 가슴 한 켠이 아릿하게 아파 오면서 온 들판을 뒤덮은 무수한 벼포기들이 중산 자신을 향하여 한사코 손을 흔들어대는 헐벗은 그들의 환영(幻影)으로 바뀌면서 시야 가득 넘실거리며 밀려오는 듯도 하였다. 그리고 어느 결엔가 둥트는 하늘 꼭대기에서 경술병탄 때 의거 순절한 승당 할아버지의 목소리가 천둥소리처럼 우렁우렁 울려 퍼지기 시작하였다.

－정식아. 이 들판이 모두 조상 내내로 일구고 가꾸어 온 우리의 땅이니라! 이곳 말고도 삼랑진의 안태와 행촌에도 우리 선산과 전답이 있고, 멀리 부북면 감내리와 하남면 수산 쪽에도 우리 여흥 민씨 가문의 토지와 재실이며 정자가 널려 있지만, 그 중에서도 나라로부터 공훈지와 사패지로 할양 받아 직접 경작해 온 문전옥답인 이 도구늪들이야말로 자랑스러운 우리의 진정한 봉토(封土)가 아니겠느냐? 그런 까닭으로 우리 조상님들께서 왜놈들이 일으켜 7년 동안이나 계속된 생지옥 같은 임진란 속에서 고귀한 고서적들과 목판을 소장하던 삼강서원과 오우정이 모두 불타고, 거기에 살던 수많은 우리 조상들마저 화마의 제물로 사라지는 환란역경을 겪으면서도 온전히 보존해 온 삶의 터전이니 똑똑히 보아 두고 너희 대에도 한 뼘도 훼손되는 일 없이 잘 지키도록 해야 하느니라!

문중 강학당 시절, 해마다 설날 아침이 되면 세배를 받고 덕담과 훈육을 끝낸 승당 할아버지가 어린 그를 말에 태우고 은색의 설원으로 변한 넓디넓은 벌판을 둘러보고 다니면서 으레껏 하던 말이었다.

중산은 정신이 번쩍 드는 심사였다. 하지만 그렇게 단단히 훈육하고 다짐하던 승당 할아버지도 임진왜란의 원흉이었던 왜놈들의 국권 침탈로 말미암아 또다시 불귀의 객이 되고 말았으니, 조상 대대로 위해를 가해 온 왜놈들이야말로 자기네 문중에게는 만고의 숙적(宿敵)이요, 철

천지원수가 아닐 수 없었다.

'내 비록 이립(而立)의 나이에도 못 미친 미력하고 경험이 없는 일개 유생에 불과하지만, 대대로 국록을 먹으며 체통을 지키고 살아 온 사대부 집안의 문중 종손으로서 이름을 걸고 이 땅을 굳건히 지키면서 섬나라 왜놈 주구들한테서 대대로 진 철천지원수를 내 당대에 반드시 갚아 주리라, 기필코 갚아 주고야 말리라!'

하지만 그것은 부친을 대신하여 당주 일을 맡아서 행하고 있기는 하나 아직도 층층시하의 문중 어른들을 모셔야 하는, 더구나 시국과 관련된 문중의 일에 대해서는 일체의 함구령과 함께 접근 금지령까지 내려진 젊은 중산에게는 너무도 벅찬 과제요, 아직은 풀 수 없는 면면 숙제일 뿐이었다.

남은 여정을 돌면서도 중산의 머릿속에서는 용화당 할머니의 심부름으로 길을 떠난 김 영감의 행적에 대한 궁금증과 함께 내내 태산 같은 그 생각으로 가득 차 있었다.

그 무렵, 집에서는 대식구를 거느린 종가의 하루 일과가 부산하게 시작되고 있었다. 유모와 침모는 기침을 한 웃전들의 방마다 나이 어린 하녀들을 데리고 돌아다니며 조심조심 소리 나지 않게 침구 정리와 방 청소를 시키느라 정신이 없었고, 찬모는 말 같은 하녀들을 거느리고 부엌과 물통 간을 오가며 아침 식사 준비에 여념이 없었다. 그리고 행랑의 수많은 하인들과 젖머슴, 중머슴, 상머슴들은 청지기 서 서방의 지시에 따라 사방에 흩어져서 마당을 쓸거나 장작을 패는가 하면, 축사의 마부 황 서방은 정성껏 여물을 썰어 커다란 가마솥마다 잔뜩 쏟아 넣고 아궁이에 불을 지피고 나서 말과 나귀들의 등에 비질을 하며 발굽까지 일일이 살펴보고 있었다.

"김 서방 형님, 삼수 저놈아가 형님한테 그렇게 야단을 맞고도 어제 밤에 또 밖에 나가서 자고 왔다 합니더!"

빗자루를 들고 밖으로 나갔던 이술이가 활짝 열린 솟을대문 안으로 뛰어 들어오다가 길게 뻗은 행랑 툇마루에 걸터앉아 미투리를 고쳐 매고 있던 김 서방을 발견하고는 냉큼 달려와 일러바친다.

"아니, 그놈이 또?"

언성을 높이던 김 서방은, 그러나 바깥사랑채 쪽에서 상전의 인기척이 나는 것을 보고는 목소리를 낮춘다.

"그래, 알았으니 앞으로도 그놈이 무슨 짓을 하고 싸돌아 댕기는지 이술이 니가 잘 살펴보도록 해라. 알았제?"

"야, 알았심더!"

김 서방은 이술이가 밖으로 사라지는 것을 보고 뒷간에 들렀다가 황 서방을 찾아 이곳저곳 살피면서 바깥사랑 쪽문으로 해서 후원 텃밭 쪽으로 걸어간다. 거기는 황 서방의 부자가 아침저녁으로 여러 개의 가마솥에서 정성껏 여물을 삶아 먹이면서 보살피는 말과 당나귀들의 축사가 연해 있는 곳이다.

"이른 아침부터 무신 일이고?"

가마솥에 여물을 썰어 안치고 불을 때고 있던 황 서방이 부지깽이를 들고 엉거주춤 일어서면서 김 서방이 무어라고 말하기도 전에 먼저 묻는다. 중산이 당주 일을 맡게 된 뒤로 그를 수행하는 집사 노릇을 하게 되면서 위상이 달라진 김 서방을 보고 뒤가 켕긴 나머지 지레 무슨 낌새라도 느낀 것이리라.

"삼수는 어디 가고 형님 혼자서 이러고 있능교?"

"삼수? 아, 그놈아는 내가 어제 저녁에 어디로 심부름을 좀 보냈는데, 밤늦게 돌아왔길래 좀 더 자빠져 자라고 내버려 뒀다 앙이가."

황 서방은 김 서방의 시선을 피하며 부지깽이로 공연히 장작불을 뒤적거린다.

"그라모 아직도 행랑 수청방에서 자고 있다 그 말인교?"

"그, 그렇지, 머!"

그러나 김 서방은 그가 거짓으로 둘러댄다는 사실을 모르지 않는다.

"형님, 아무래도 아들 단속부터 신경 좀 써 주시야 되겠심더!"

"아니, 와? 우리 삼수가 또 무신 일이라도 저질렀는가?"

황 서방의 눈에 은근히 겁이 실린다.

"그놈아가 그렇게 경을 쳤는데 요새도 남몰래 마산리교회를 들락거리고 있다 합디다! 방구가 잦으모 설사를 하게 되는 기이 정한 이치 앙인교? 그라고 바깥으로 싸돌아 댕기는 똥개는 주둥이 성할 날이 없다카는데, 삼수 개가 또 무신 일을 저지르기 전에 단속을 하는 기이 좋겠다 싶어서 미리 디리는 말이지요. 그러니 내가 이런다꼬 너무 섭섭하게 생각지는 마소!"

"그렇다모 다행이고. 알았으니 너무 걱정하지 말거라."

"그라면 나는 형님만 믿고 그만 가 볼라요."

볼멘소리를 하며 김 서방이 돌아가는 것을 보고 황 서방은 뒤에서 부지깽이를 내팽개치고는 혼자서 고추 먹을 소리를 한다.

"에잇, 빌어 묵을 거! 어느 놈이 고삐 풀린 망아지 같은 그놈아한테 헛바람을 잔뜩 불어넣어 가지고 미친개처럼 싸돌아 댕기다가 새벽마다 도둑놈처럼 담을 타고 넘어오게 맨들어서 아무 죄도 없는 지 애비만 이렇게 싫은 소리를 들어가며 걱정하게 만드노, 어느 놈이! 굴러온 돌멩이가 박힌 돌을 친다 카더마는, 역마을 역리 자식으로 꼴에 글을 깨쳤다고 젊은 중산 서방님을 등에 업고 홀애비 주제에 집사 자리를 꿰차더니 인자는 마 대놓고 애비 같은 나한테까지 상전 행세를 하고 설치니 참으로 눈꼴사나워서 몬 보겠네! 그렇잖아도 청지기가 된 서 서방만 보아도 부아가 나서 심란해 죽겠는데!"

삼수가 일할 생각도 않고 밤낮으로 빈둥거리며 꾀를 부리는 것이 어제 오늘의 일은 아니었다. 하지만, 삼수가 예수를 믿는다는 것은 진작 눈치 챘지만 멀리 마산리까지 저녁마을을 다닌다는 사실을 황 서방이 알게 된 것은 최근의 일이었다. 저녁 늦게 심부름 시킬 일이 있어 행랑채를 온통 뒤지며 방방이 찾았으나 종적이 묘연하였던 것이다. 그 후,

삼수가 밤새도록 들어오지 않는 것을 보고 불길한 예감이 든 황 서방은 새벽잠을 설쳐 가며 기다렸다가 첫 닭도 울기 전인 꼭두새벽에 도둑놈처럼 행랑 담을 타고 넘어오는 삼수 놈을 보고 멱살을 잡아끌고 방으로 들어와 물었더니, 누가 좀 보자고 해서 마산리 예배당으로 갔다가 거기서 친구들이랑 놀다가 자고 왔다는 것이었다.

"이 세상에 니 겉은 사고뭉치를 보자는 사람이 있었다꼬? 허, 참! 초상집 똥개가 들어도 웃을 일이 다 있구마! 도대체 어느 미친놈이 그라더노?"

"누군 누구야, 당곡의 박수무당 아들 풍수지, 머!"

"당곡 풍물패의 상쇠잡이 염록술이 아들 말이냐? 그놈아는 머리에 피도 마르기 전에 허파에 바람이 잔뜩 들어 가지고 집을 뛰쳐 나간 뒤 장돌뱅이 약장사를 따라 댕기믄서 풍각쟁이 노릇을 한다꼬 하지 않았느냐?"

"지 아무리 팔도강산을 바람처럼 떠돌아다닌다는 풍수라 할지라도 마음만 묵었다 하모 우찌 집에 몬 오겠노? 밀양 장에 오는 길에 잠시 집에 들렀다가 내가 보고 싶어서 밤에 좀 만나자꼬 살짝 불렀다 앙이가!"

황 서방도 말 잘 듣는 다른 아이들 같았으면 그 말을 그대로 믿고 안심했을 것이다. 그러나 삼수는 어릴 때부터 인사말이나 젓가락질보다 거짓말과 싸움질부터 먼저 배웠고, 부모의 가르침보다는 남들로부터 험담과 욕이나 들으며 자랐을 정도로 행랑의 머슴과 하인들마저도 인간 취급을 하지 않고 슬슬 피해 버리는 사고뭉치였다.

삼수가 그리 된 것을 자기의 탓으로 여기는 황 서방은 오늘도 제 발이 저린 나머지 김 서방이 돌아간 뒤에도 여전히 마음이 켕겼으나 다행히 그날 내내 웃전들로부터는 아무 말이 없었다. 그리고 어릴 때부터 밥 먹듯이 사고를 치며 닳을 대로 닳아빠진 삼수 녀석도 눈치 하나는 빨라서 종가 사람들의 감시망에 걸렸다 싶으면 자기 할 일은 물론이고,

남의 일까지 가로채서 할 정도로 웃전들의 눈에 성심을 보이는 시늉만
은 제대로 해내고 있어서 황 서방은 그나마 한시름 놓을 수가 있었다.

◇ 여황女皇의 행차

성내에 나갔던 김 영감이 돌아온 것은 집을 나선 지 나흘째가 되던
바로 그날 저녁 때였다. 그리고 온 집안이 벌집을 쑤셔놓은 듯이 바쁘
게 돌아가기 시작한 것은 노구에 기진맥진해 돌아온 김 영감이 용화당
으로 들어가서 자신이 수행하고 온 중대한 임무의 결과를 보고하고 물
러나온 바로 그 다음 순간이었다.

김 영감의 보고를 받고 내린 용화 부인의 엄한 분부로 갑자기 바빠
진 것은 안방마님 이씨 부인 양동 댁을 비롯하여 그녀의 밑에서 수족처
럼 일하는 하녀들이었다. 그렇다고 다른 상전들이나 하인들도 손을 놓
고 있을 계제는 물론 아니었다.

"노마님께서 멀리 있는 표충사(表忠寺) 큰절에 불공을 디리러 가신
다 하십니다!"

그 소문은 꼬리에 꼬리를 물고 안채로, 사랑채로, 행랑채로 전달되어
서 순식간에 온 집 안으로 퍼져 나갔다.

"표충사 큰절에 불공을…?"

김 서방으로부터 처음 그 말을 들었을 때, 중산은 자기의 귀를 의심
하지 않을 수 없었다. 그가 아주 어렸을 때 벼락으로 소실된 표충사 대
광전의 중건을 위한 시주금 모금 불사가 대대적으로 벌어져서 온 밀양
땅이 들썩거렸을 때, 그 중건 시주 공양물로 일백 석이 넘는 나락을 소
달구지로 직접 실어다 바쳤다는 얘기는 들은 바는 있어도 승당 할아버

지 사후에 있었던, 유림들의 정서에 반하는 사십구제와 극락왕생을 위한 천도제 때를 제외하고는 용화당 할머니가 손수 불공을 드리러 나서기란 전에 없이 보기 드문 일이었다. 그것도 예전에 늘 다니던 삼랑진의 만어사(萬魚寺) 큰절을 지척에 두고 굳이 일백 리나 떨어진 단장면 구천리에 있는 재약산 표충사에서 불공을 드리기 위하여 적잖은 인원들을 거느리고 노구에 직접 행차하신다는 것은 여간 놀라운 일이 아닌 것이다.

중산이 그 사실을 확인하기 위하여 안채 깊숙이 자리 잡은 용화당의 내실로 찾아갔을 때, 할머니는 벌써 어머니 양동 댁을 불러 놓고 불공 준비에 관하여 여러 가지 분부를 내리고 있었다.

"이번 일에는 중산이 너는 빠지고 네 아비가 동행토록 할 터인즉, 그리 알고 네가 직접 나서서 한 치의 어긋남도 없이 모두가 만반의 불공 준비를 갖출 수 있도록 일일이 확인하고 챙기도록 하여라. 장을 봐 올 물목에 대해서는 내가 이미 손수 적어서 네 어미한테 일러두었으니 따로 챙기지 않아도 될 것이야."

중산에게 떨어진 명령은 곁가지의 설명도 없이 간단명료하였다. 그러나 불공을 위해서는 불전에 올리는 각종 공양물의 준비가 무엇보다 중요한 만큼, 이번 불공 준비는 아무래도 모친과 그의 아내 박씨 부인이 옷소매를 걷어붙이고 나설 수밖에 없는, 여인네들이 해야 할 일거리들이 대부분이었다.

그러나 용화 부인이 만반의 준비를 갖추라고 직접 당부를 한 만큼 중산의 어깨는 적잖이 무거웠다. 온갖 시주 물품들을 실은 달구지와 가마꾼이며 시종 비복들을 거느리고 떠나게 될 이번의 불공 길은 급히 서두른다고 해도 왕복 사나흘은 족히 걸리고도 남을 멀고도 먼 원지 출행이었다. 따라서 거기에 따라 여러 가지로 준비할 것도 실로 방대하다 아니할 수 없었다.

다음날 아침 일찍 양동 댁이 용화 부인이 직접 붓으로 적어 준 물목을 가지고 안사랑의 김영감과 지 서방을 비롯하여 찬모가 인솔하는 장꾼들을 데리고 밀양 읍성 남문 밖의 배다리 나루와 구포 간을 내왕하는 황포돛배 편으로 성내 장으로 떠나고, 중산은 김 서방과 함께 집에 남아서 나머지 준비를 서두르지 않으면 안 되었다.

"서방님, 할머님께서 표충사 큰절의 부처님께 올릴 공양물과는 별도로 사찰 음식을 넉넉히 준비하여 따로 포장하라고 어머님께 당부하셨다고 합니다."

장꾼들이 돌아오기 전에 미리 해 두어야 할 불공 준비 상황을 점검하러 갔을 때, 부엌에서 나온 박씨 부인이 손에 묻은 물기를 행주치마에 닦으면서 전하는 말이었다. 늘 향긋한 지분 냄새가 은은히 배어 있던 박씨 부인의 몸에서도 이날따라 언제나 체취처럼 풍기던 지분 향기 대신에 온갖 음식 냄새가 잔뜩 배어 있었다. 찬모가 읍내 장으로 나가는 바람에 그녀가 대신 부엌에 나와서 하녀들을 데리고 조반 준비를 하고 있었던 것이다.

중산은 박씨 부인이 친정에 다녀 온 뒤로 별로 쉴 수도 없었는데, 이렇게 불공 준비 때문에 고생이 많다는 의례적인 인사말도 따로 전할 겨를이 없었다.

"할머님께서 공양물과는 별도로 사찰 음식을 준비하라고 하명하셨단 말이오?"

"예, 분명히 그리 말씀하셨다고 어머님께서 말씀하셨습니다. 그 음식물들을 따로 포장하라고 하신 것을 보면 불공 외에 별도의 다른 용무를 보실 의향이 있으신가 봅니다."

"별도의 사찰 음식을 준비하고 포장도 따로 하라고 하셨다면 그럴 공산이 큰 것 같구료!"

갈수록 태산이라더니, 중산은 어제 오늘 벌어지고 있는 일을 두고 더욱 혼란에 빠지지 않을 수 없었다. 기일이 아니더라도 승당 할아버지께서 의거 순국하신 현장과 가까운 사찰에 가서, 그것도 예전에 대웅전

중수 불사 때 적잖은 공양미를 실어다 바쳤던 절에 가서 또다시 할아버지의 극락왕생을 축원하는 천도제를 대대적으로 드리기로 한 데에 대해서는 용화 할머니께서 노구에 챙기시는 과욕이라 생각하면서도 때가 때인 만큼, 망국한으로 순국하신 할아버지를 숭모하는 지극한 정성으로 이해할 수는 있었다.

그런데 따로 사찰 음식을 마련하여 별도의 용무를 보실 의향이라는 사실에 대해서는 좀처럼 납득하기가 어려웠다. 게다가, 젊은 자기를 배제시키고 집안일에 손을 놓은 지가 오래인 부친을 대동한다는 사실 또한 예사롭지가 않은 것이다.

할아버지의 핏줄이라는 청관 스님이 지금 표충사 절에서 승려 생활을 하고 있다면 그와 관련된 일로 이해할 수 있겠지만, 장인어른의 얘기로는 자기의 사승(師僧)을 따라 표충사를 떠나간 뒤로 동래(東萊) 범어사(梵魚寺)에 승적(僧籍)을 두고 있다고 하지 않았는가? 그리고 사명대사가 입적했다는 합천 해인사를 비롯하여 오대산 월정사와 백담사와 같은 전국의 유명 사찰들을 돌면서 수행생활을 하고 있기 때문에 종적을 찾기가 쉽지 않을 거라고 덧붙였던 것이다.

그렇다면 따로 마련한 사찰 음식은 어디에 쓰시려는 것일까. 표충사 경내에 있다는 영정학교(靈井學校) 학생들에게 나누어 주려는 것일까. 그런데 이번의 불공 행차 길에 용화 할머니께서 따로 만나고자 하는 사람은 도대체 누구란 말인가?

중산은 한 나절 내내 그 생각에 젖어 있었다. 장꾼들이 도구늪들 앞의 돌티미 나루에서 대기하고 있던 마차와 소달구지에 장에서 구입한 물품들을 잔뜩 싣고 돌아온 것은 기나긴 오월의 하루해가 저물어 서산마루에 걸려 있을 무렵이었다. 물에 불린 떡쌀을 뒤꼍의 디딜방앗간에서 빻고 콩고물을 만드는 한 편으로, 전 부칠 재료로 쓸 야채들을 씻어서 물기를 빼고, 사찰 반찬거리의 주재료인 연뿌리와 우엉 껍질을 벗기는 등, 집에서 미리 해 두어야 할 준비는 이미 끝나 있던 상태라, 다음날 아침 일찍부터 대대적인 불공 준비로 온 집안이 상하 없이 떠들썩하게 움직이기 시작하였다.

안채에서는 양동 댁의 진두지휘 하에 절간에 시주할 공양물들이 품목별로 고리짝에 담겨서 속속 묶어지고, 아궁이마다 불이 지펴진 부엌에서는 부처님 전에 올릴 시루떡, 백설기며 약식 같은 음식물들을 안친 솥에서 허연 김들이 아침부터 뿜어져 나오고 있었다. 마당에서는 머슴들이 치는 떡메 소리가 요란하였고, 부엌 앞 축대 밑에서는 따로 내다 건 솥뚜껑 가에 둘러앉은 하녀들이 파 마늘과 같은 사찰의 금기 식재료가 들어가지 않은 각종 전 붙이 지짐을 굽느라고 야단법석들이었다.

거기에다 향촉을 비롯한 각종 불공 용품들이 별도로 묶여지고, 도중에 남의 집을 빌려 숙식을 하게 될 경우를 대비하여 거기에 따른 주·부식물과 밑반찬은 또 그대로 따로 묶어 준비해야 했으므로, 격장 토담 너머에서는 이른 아침부터 저녁 늦게까지 하루 내내 일꾼들의 분주한 발자국 소리와 떠드는 소리가 잠시도 끊이질 않고 있었다.

그리고 뒤껼 고방 앞에서는 한 무리의 하인과 머슴들이 그들대로 시주미로 싣고 갈 쌀의 티와 돌을 골라내고 가마니에 넣어 묶느라 부산하였고, 다른 한편에서는 웃전들이 타고 갈 가마와 말안장을 손질해야 했고, 말의 편자도 갈아 박아야 했고, 짐을 싣고 갈 우마차들의 바퀴를 갈아 다는 것은 물론, 가마꾼들이 신고 갈 여벌의 짚신과 멜빵도 넉넉히 장만하는 등, 용화 부인을 수행할 하인과 머슴들이 챙기고 준비해야 할 것들 또한 한두 가지가 아니었다. 그러는 사이에 초량 미곡창에 내려가 있던 재무담당 김 서기가 용화당을 급히 다녀가는 것으로 보아 모종의 준비가 별도로 이루어지고 있는 모양이었다.

온 집안이 이렇게 부산스러운 속에서 중산은 집 안팎을 둘러보면서 불공 떠날 준비 상태를 일일이 점검하느라고 혼이 모두 빠져 달아날 지경이었다.

'의병운동이나 항일 독립운동 지원과 관련된 일인가 내심 긴장을 했

는데, 난데없는 불공이라니!'

그런 와중에도 이따금씩 이런 미혹한 생각과 함께 걷잡을 수 없는 당혹감이 불쑥불쑥 떠오르는 데는 용화 할머니의 뜻을 하늘같이 존중하는 중산으로서도 어쩔 도리가 없었다.

무슨 사정이 있어서인지는 몰라도 중산은 용화 할머니가 불공을 마치고 돌아오면 저절로 알게 될 일이라며 내심 마음을 다잡고는 온 집안을 휘젓고 다니면서 할머니의 불공 준비에 아무 차질이 없도록 만전을 기하였다.

드디어 불공을 드리러 떠나는 날 아침이 밝아 왔다. 이른 아침부터 짐을 잔뜩 실은 여러 대의 우마차가 솟을대문 밖에 등대하였고, 용화 부인이 타고 갈 가마와 영동 어른이 타고 갈 말도 대령하고 있었다. 그리고 가마를 메고 갈 가마꾼에다, 중도에 그들과 교대할 예비 가마꾼이며, 용화 부인을 수행하며 모실 김 영감과 교전비에다 침모며 찬모를 비롯하여 영동 어른을 안내할 길잡이에다, 우마차를 끌고 갈 인부 등등, 솟을대문 앞의 바깥마당으로 속속 모여드는 인원수만도 수십 명은 족히 될 성싶었다.

상전들이 거동하기를 기다리며 길 떠날 준비를 하고 있던 수행 하인과 머슴들은 자기의 처지에 따라 이런저런 심사를 드러내며 저들끼리 두런두런 얘기를 나누고 있었다.

"가마를 메고 왕복 이백 리나 되는 먼 길을 터벅거리고 가자면 두 어깨가 남아날는지 모르겠네!"

산전수전을 다 겪은 종가의 오랜 가마꾼 오 서방이 허리춤의 곰방대를 뽑아 등을 긁다 말고 굳은살이 박힌 어깨를 주물러 보면서 볼멘소리를 한다.

예전에 부친상을 당하여 멀리 의성에 있는 친정을 다녀올 때 어깨의 살가죽이 벗겨져서 피를 흘리는 가마꾼들을 위하여 용화 부인이 스스로 가마에서 내려 산 고개를 넘었다는 옛 일화가 전설처럼 전해 오고 있었지만, 노구의 그녀를 모시고 가는 이번 행차에서는 그런 요행도 기대해 볼 수 없는 처지인 것이다.

"그래도 용화당 큰 마님 덕분에 복에도 없던 표충사 큰절을 귀경하게 생겼으니 이런 횡재가 어디 또 있겠노? 표충사라 카모 옛날에 왜놈들이 전쟁을 일으켰을 때 온갖 도술을 부려 가지고 쪽발이 놈들이 말만 들어도 벌벌 떨게 만들었다는 그 유명한 사명대사의 사당이 있다는 유명한 큰절 앙이가?"

같은 일을 하면서도 나이와 처지에 따라서는 거기에 임하는 마음가짐부터 다른 법이라, 이번 불공 길에 종가의 가마꾼으로 쌍수를 들고 지원 나온 중산의 운당(雲堂) 첫째 종조부 댁의 머슴인 종팔이가 제 세상을 만났다는 듯이 싱글벙글하며 내뱉는 말이었다. 그는 한창 팔팔한 나이에 구경길 삼아 주인집의 큰댁 일에 나선 길이라 힘이 절로 솟는지 가마를 메고 가서 태산이라도 덜렁 떼어 올 기세다.

"사명대사의 위패를 모신 사당만 있는 줄 아나? 임진란 때 입었던 가사 장삼하고 승군을 지휘할 때 불었다는 소라 나팔에다 임금님이 내린 지휘봉도 있다꼬 도 안 하더나! 그라고 요새도 표충사에서는 힘이 넘치는 젊은 중들이 사명대사가 했던 것처럼 왜놈들을 몰아낼 준비를 한다꼬 죽창을 들고 밤낮으로 산을 오르내리며 신체 단련을 하고 있다는 소문까지 나돌고 있던데, 역시 보통 절간은 아닌 모냥이라!"

그 역시도 같은 마산리 출신의 종팔이와 한통속으로 자주 어울리는 중산의 초당(草堂) 둘째 종조부 댁에서 지원 나온 또출이라는 젊은 머슴이었다. 젊은 피가 뜨거운 가슴 속에서 지글거리는 그들에게는 무거운 가마의 무게를 감당하며 걸어야만 하는 왕복 이백 리의 먼 길도 구경삼아 즐길 수 있는 원족(遠足) 나들이 길 정도로밖에 여겨지지 않는 모양이다.

"이보게들, 표충사의 젊은 중들이 왜놈들을 몰아낼라꼬 죽창을 들고 설친다는 그 말이 사실인가?"

표충사 절에 유람이나 가는 듯이 떠들어대는 그들의 얘기에 내심으로 귀가 솔깃해진 지 서방이 관심을 나타내며 묻는다. 종가에서 가마꾼 노릇을 하며 지난 반생을 살아 온 그도 혹시 행선지에서 벌어지고 있는 그런 일 때문에 무슨 요행수라도 생겼으면 하는 기대감에서 해 보는 소리인지도 모를 일이었다.

"우리끼리 한 말인데, 신분이 천한 종놈들 주제에 그런 건 와 묻능교? 남의 집에서 같이 일하고 있으니까 우리도 당신네 종놈들하고 똑같은 줄 아요?"

표충사 얘기를 먼저 끄집어낸 종팔이가 아버지뻘이나 되는 지 서방과 오 서방을 번갈아 쳐다보며 안하무인격으로 눈알을 부라린다. 그가 하는 말 속에는 새경을 받고 계약직으로 일하는 머슴이라는 자기네의 신분이 종놈들의 그것과는 비교도 되지 않는다는 우월감이 실려 있었다.

"아, 그야 우리가 가야 할 멀고 먼 절간에서 그런 일이 벌어지고 있다면 예삿일이 아니라 싶어서 묻는 말이 아닌가, 이 사람아!"

나이 지긋한 지 서방으로서는 아무리 인륜 도덕이 땅바닥에 굴러 떨어진 왜놈들의 세상이기로서니 새파랗게 젊은 남의 집 머슴 놈이 주인댁 종가에 와서 이렇게 개망나니 같은 짓을 해도 되느냐 싶었을 것이다. 그러나 종팔이의 기세가 만만치가 않고, 또한 그의 말이 전적으로 틀린 말도 아니어서 지 서방은 얼굴이 붉으락푸르락하면서도 오히려 그의 심사를 달래기에 바쁘다.

"남의 일에 머가 그리 궁금하요? 아, 종갓집 나리들한테 표충사 절에 가면 위험천만한 일이 생길 기이라꼬 우리 이름을 대면서 출행을 몬하게 초를 치며 그대로 낼름 일러바치게요?"

이번에는 또출이까지 합세하며 무거운 가마를 메어 보기도 전에 젊은 혈기로 객기를 부리면서 노쇠한 종가 하인들의 기를 완전히 꺾어 놓을 듯이 나서는 것이다.

하기야 머슴들이 하인들을 얕잡아 보는 것도 무리는 아니었다. 지난 갑오개혁 때 노비 제도가 폐지되면서 노비 문서가 불태워지고 자유의 몸으로 풀려나는 기회가 있기는 하였으나 실제로 그들에게는 그림의 떡에 지나지 않았던 것이다. 오랜 종살이로 의탁할 일가친척이나 생계 수단이 전무한 상태로 하루아침에 종살이에서 해방된다고 한들 상전의 집 대문간을 나서는 그 순간부터 집도 절도 없이 굶주림의 나락으로 굴러 떨어지는 일만 그들을 기다리고 있었기 때문이다. 그 바람에 지금까지 종살이를 하고 있는 사람들은 그 당시에 노비 문서를 불태우고 자유의 몸으로 방면하려는 상전들에게 오히려 애탄글탄 매달리면서 종살이를 구걸하는 웃지 못 할 일들을 경험한 끝에 도로 제 자리에 눌러 앉은 축들이 대다수인 것이다.

"이 사람아! 일러바칠 일이 따로 있지, 아무려면 그런 걸 일러바치겠나?"

지 서방은 잘못하다가는 큰 봉변을 당하겠다 싶었는지 더 이상의 충돌을 피하여 한 옆으로 비켜나 앉으며 먼 산으로 시선을 돌리고 만다.

"그라모 남이사 무신 소리를 하든지 잠자코 듣고만 있을 일이지, 와 오지랖 넓게 나서느냐 이 말이요!"

"우리가 죽을 고생을 하며 가마를 메고 가야 할 표충사 절간의 중들 이바구를 하니까 그 먼 곳까지 우찌 갈꼬 걱정이 되어서 무심결에 해 본 소리 앙이겠나? 자네들이사 마음만 묵으면 가마꾼 노릇을 몬하겠다고 지금 당장 손을 털고 뒤로 물러날 수도 있겠지마는, 우리 겉은 종놈들은 그럴 처지가 몬 되어서 하는 말이 앙인가? 그러니 언짢아하지 말고 좋게들 생각하게나!"

머나먼 가맛길을 앞에 놓고 난감해 하던 오 서방까지 나서서 비위를 맞추며 몸을 낮추는 바람에 양측 간의 언쟁은 일단 그것으로 뒤탈 없이 그대로 가라앉고 만다.

그러나 서 서방은 기대했던 요행에 대한 미련이 아직도 남아 있는지 혼잣말로 퉁명스럽게 중얼거리는 것이다.

"그런데 표충사 중들이 그런 준비를 하고 있는 기이 사실이라모 노마님께서는 머 할라꼬 멀리 있는 위험한 절간에 불공하러 가시는지 모르겠구마!"

"시 살 묵은 얼라도 앙이겠고, 우리보다 유식한 웃전들이 그것도 모르고 그 먼 곳까지 불공하러 가시겠소?"

종가의 젊은 가마꾼 하나가 나이 지긋한 자기네 집 하인들이 새파란 남의 집 머슴들한테서 봉변을 당하는 게 보기가 딱했던지 볼멘소리로 한마디 한다.

"하기사 황새 겉은 웃전들의 속을 뱁새 겉은 우리들이 우찌 알겠노!"

결국 지 서방도 요행수를 바라던 미련을 버리고 저승길 같은 가마꾼 노역을 숙명으로 받아들이면서 길게 한숨을 내쉬고 만다.

하마터면 가마꾼들 사이에서 편이 갈리어 지중지란이 일어날 뻔 하였으나 그것으로 양자 간의 실랑이는 그대로 마무리 되었으며, 가마꾼들은 저 마다 제 자리를 찾아 앉으며 전열을 가다듬기 시작한다. 남아있던 빈자리가 뒤늦게 당도한 가마꾼들로 모두 채워지고, 교대할 예비 교군들까지 속속 나타나자 시종장 격인 김 영감의 안내로 교전비를 앞세운 용화 부인과 영동 어른이 뭇 식솔들의 배웅을 받으며 대문 밖에 나타난다.

"할머님, 아버님! 원지 출행에 옥체 미령하기 않게 잘 보존하시고 부디 안녕히 다녀오십시오!"

뒤에 남은 가족들을 대표하여 환송 인사를 여쭙는 중산의 얼굴에는 근심 걱정으로 비장감마저 내비친다. 그러나 정작 용화 부인은 한껏 상기된 얼굴로 여장부답게 여유를 잃지 않고 그의 인사를 받는다.

"그래, 알았느니라. 종택과 문중의 만사를 너한테 맡기고 떠나니 너의 책무가 실로 막중하니라!"

그러나 젊은 중산에게 문중과 집안일을 통째로 맡기고 떠나는 영동 어른은 아무래도 마음이 놓이질 않는지 강한 어조로 뒷일을 당부한다.

"돌다리도 두드려 보고 건너는 마음으로 집안일을 돌볼 것이며, 특히 아랫것들 단속에 유념토록 하여라!"

여황처럼 위용을 갖춘 용화 부인이 수행 하녀들의 부축을 받으며 가마에 오르자 영동 어른과 김 영감도 제각기 말과 나귀에 올라탄다.

길잡이로 나선 김 영감과 함께 영동 어른이 선두에 나서자 용화 부인이 탄 팔인교가 그 뒤에서 드디어 움직이기 시작한다. 용화 부인의 불공 행렬은 길가에 늘어선 대소가의 친인척들과 뭇 시종들의 환송을 받으며 황포돛배가 와 닿는 돌티미 나루를 향하여 위풍도 당당하게 천천히 멀어져 갔다.

긴다리강까지 따라 나가 불공 행렬을 전송한 중산이 집으로 막 돌아왔을 때였다. 표충사로 가져갈 짐들을 배에 싣기 위해 일꾼들을 거느리고 먼저 돌티미 나루로 나갔던 김 서방이 바쁜 걸음을 치며 돌아와 심각한 얼굴로 그에게 고하였다.

"서방님, 표충사 절에 있는 젊은 중들 이바구를 혹시 들으셨습니꺼?"

말 고삐를 춘돌이에게 건네고 솟을대문 쪽으로 향하던 중산은 무슨 일인가 하고 발길을 멈추며 그를 돌아다본다.

"표충사 절에 있는 젊은 중들의 얘기라니, 그게 무슨 말인가?"

"배를 떠나보내고 달구지를 끌고 돌아오면서 갑환이가 전하는 말이 아무래도 마음에 걸려서 이렇게 정신없이 달려왔습니다요!"

"이 사람아, 도대체 무슨 얘기를 들었기에 이리도 허둥거리는가?"

"아까 집을 떠나기 전에 가마꾼으로 지원 나왔던 운당 나리 댁과 초당 나리 댁의 머슴들이 주고받았던 말이라며 갑환이가 대신 전해 주는데, 요즘 표충사 절의 젊은 중들이 왜놈들을 몰아낼라꼬 조석으로 산을 오르내리면서 죽창을 들고 체력단련을 하고 있다는 말을 했답니다요!"

"표충사 젊은 중들이 체력단련을 한다고 해서 이러는 겐가? 나는 또 무슨 큰 걱정거리라도 생겼나 했지…. 그러고 보니 김 서방 자네도 요새 나처럼 신경이 아주 예민해진 모양이로구먼!"

잔뜩 긴장을 했던 중산은 겨우 그 얘기냐며 실소를 하고 만다.

그러나 중산의 얘기를 어떻게 받아들였는지, 김 서방은 오히려 그의 처지를 걱정하는 것이다.

"요새 서방님께서 살얼음판을 딛고 생활하고 계시는데, 무서운 말을 함부로 지껄여대는 머슴 놈들의 말을 듣고 소인 놈의 신경이 우찌 곤두서지 않겠습니꺼? 그들은 모두가 서양 오랑캐들과 한패라는 예수쟁이들인데…."

사실, 김 서방은 죽창을 늘고 체력 단련을 하고 있는 표충사 중들의 얘기보다도 마산리교회에 다니고 있다는 머슴들이 그런 말을 겁도 없이 함부로 흘리고 다닌다는 사실 자체가 더욱 마음에 걸리는 모양이다.

"이 보게, 김 서방! 너무 걱정하지 말게나. 표충사의 젊은 승려들이 죽창이나 죽봉을 가지고 체력단련을 하면서 호신술을 익히고 있다는 얘기는 나도 예전부터 들어서 이미 잘 알고 있다네. 하지만 그건 호국사찰인 표충사의 오래 된 전통이라는 게야."

표충사는 임란 때의 의승대장이었던 사명대사를 비롯한 서산대사와 기허대사 등 세 분 호국승들의 위패를 모시고 있는 경내의 표충서원에서 해마다 춘추로 밀양 유림과 사찰 측이 합동하여 그분들의 호국정신을 기리는 향사를 받들고 있는 것이다.

"그래도 왜놈들이 그런 사실들을 알면 가만히 있겠습니꺼?"

"걱정할 것 없네! 표충사는 사명대사의 구국정신을 기리는 호국 사찰일세. 그런 무술 수련은 예전부터 종교적인 수행 차원에서 전통적으로 시행해 왔다고 하니 동티가 나려면 진작부터 났을 걸세. 안 그런가?"

"정말로 그럴깝쇼?"

"그건 군사적인 문제가 아니라 종교적인 수행 차원의 문제라, 왜놈들도 감히 어쩌지 못하고 있는 게 아니겠는가? 다만, 그놈들도 호국사찰인 표충사의 내력을 잘 알고 있을 터이니, 수행생활이라고는 하여도 무예 수련에 대해서 눈에 불을 켜고 살피고는 있을 것일세!"

"서방님의 말씀을 듣고 보이 소인 놈이 그런 것도 모르고 지레 겁을 묵고 설쳤던 거 같습니다!"

"김 서방, 자네가 공연한 걱정을 한 건 아닐세! 우리 문중의 식솔들이 함부로 그런 말을 하고 다니는 건 좋지 않으니까, 자네가 나서 가지고 엄중하게 입단속만은 단단히 좀 해 주게나!"

"예, 그라모 그렇게 분부를 받들겠습니다!"

발길을 돌린 김 서방이 저만큼 바쁘게 걸어가자, 어린 딸을 돌봐야하는 그의 홀아비 신세를 딱하게 여긴 중산이 뒤에서 의미 있는 말을 한마디 던진다.

"이보게, 김 서방! 주야로 그렇게 우리 걱정만 할 게 아니라, 앞으로는 자네 걱정도 좀 하게나!"

걸음을 멈춘 김 서방이 중산을 이윽히 바라보더니 무슨 말을 하려다 말고 그대로 행랑 측간 쪽으로 멀어져 간다.

그러나 중산은 안으로 들어갈 생각도 잊은 채 여전히 마당을 거닐고 있었다. 표충사를 향해 떠나간 용화 할머니의 가마 행렬이 그 많은 수행원들을 거느리고 오늘 밤을 어디서 유하기로 하신 것일까. 중도에서 날이 저물면 그곳 어디메 객줏집이나 어느 반가에서 하룻밤 유숙을 해야 하지 않을까. 아니 어쩌면 어느 의병운동가의 은둔처에 들러 현하의 비책을 숙의하기로 일정을 짜 놓았을지도 모를 일이 아닌가.

온갖 생각에 잠겨 있던 그는 갑자기 머리를 후려치는 또 다른 생각에 정신이 번쩍 드는 심사였다.

운곡 선생의 서찰을 받은 후에 처음으로 드러낸 움직임이 표충사 절간으로의 불공 행차라면 이것 역시 병가에서 말하는 소위 연막전술의 일환일 수도 있지 않겠는가?

김 서방이 전해 준 말처럼, 표충사의 젊은 중들이 죽창을 들고 조석으로 체련단련에 임하고 있다는 소문이 공공연하게 나도는 이 마당에 용화 할머니가 온 세상 사람들이 다 알도록 요란하게 표충사 절까지 불공하러 떠나는 걸 보면, 그 이면에는 보다 깊고 은밀한 의도가 숨어 있으리라는 게 중산의 짐작인 것이다.

'그런데 내가 왜 여태까지 그 생각을 하지 못했을까!'

더구나 그놈들이 무너뜨린 대한제국의 황실 척족 세력으로서 예전만은 못하지만, 그래도 여전히 지역사회에 끼치는 영향력이 큰 우리 집안의 일거수일투족에 온갖 첩보망을 펼쳐놓고 감시에 감시를 거듭하고 있을 그놈들의 존재를 용화 할머니께서 간과하고 계실 리가 없지 않은가?

중산은 모처럼 인동덩쿨처럼 자신을 둘러싸고 있던 숙제의 매듭 하나가 오늘 드디어 풀렸다는 생각에 두 주먹을 불끈 쥐고 혼잣말로 다짐하는 것이다.

"할머님과 아버님께서 극비리에 도모하고 계시는 일을 전혀 모른 채 속수무책으로 수수방관하는 것도 자손으로서 취할 올바른 도리라고는 할 수 없을 것이다. 그보다는 윗분들께서 처하신 사정을 제대로 숙지하고 있으면서 그분들의 지엄한 단속에 따라 언행을 삼가는 것이 더 크고 바른 효도의 길이 되지 않겠는가!"

생각이 그와 같이 뻗어 나가자 시시각각으로 짙어 오는 아침 햇살 속에서 중산의 두 눈이 모처럼 뜨겁게 빛을 발한다. 자기가 수행할 중요한 일거리 하나를 생각해 낸 것이다.

제5장

운명의 그림자

◇ 석양에 온 여승女僧

불공 행렬을 멀리 표충사로 떠나보낸 종가는 종일토록 빈 집처럼 한산하였다. 새로 찾아오는 내방객의 발길이 뜸해지면서 경향 각지서 찾아와 시국과 민족의 앞날을 걱정하며 비분강개하던 사랑 객실의 논객들도 하나 둘씩 떠나가고, 할일 없이 시권(詩卷)이나 읊조리며 남의 집밥만 축내는 장기 식객들 몇 사람만 남게 된 것이다.

오뉴월의 긴긴 하루해도 어느덧 저물어 서산으로 기운 저녁 햇빛이 종가 앞의 늙은 은행나무를 비추면서 생긴 거대한 나무 그림자가 행랑 용마루 위에 흑룡처럼 두 다리를 걸친 형상을 하고 있을 무렵이었다. 은행나무 밑동의 굵은 가지 사이로 스며든 석양빛을 등에 받으며 잿빛 천을 둘러씌운 삿갓을 눌러 쓴 웬 비구니 스님 하나가 솟을대문 앞에 나타났다.

굳게 닫힌 솟을대문 안을 한참 동안 들여다보며 기웃거리던 여승은 좀처럼 인기척이 나지 않자, 마침내 목탁을 두드리며 천수경을 읊조리기 시작하였다.

정구업진언 수리수리 마하수리 수수리 사바하….

깊게 눌러 쓴 잿빛 삿갓으로 얼굴을 통째로 가린 여승은 단아한 몸매에 약간 처진 듯한 좁은 어깨와 연륜이 웬만큼 지펴 보이는 외양으로 보아 오십대 초반 정도는 될 성싶었다. 그러나 나이에 어울리지 않게 천수경을 읊조리는 목소리만은 유난히도 낭랑하고 청아하였다.

오방내외안위제신진언 나무 사만다 못다남 옴 도로도로 지미 사바
하….

여승은 독경을 시작하기 전 대문 안을 기웃거릴 때에 삿갓을 한번
살짝 들어 올렸을 뿐으로 얼굴 생김새는 전혀 드러내지 않고 있었다.
그러나 비록 낡았으나 풀을 빳빳하게 먹인 잿빛 바랑에다 사바(娑婆)
의 온갖 고뇌를 아로새기듯이, 수십 개의 천 조각들을 서로 연결하여
한 땀 한 땀 꿰매어 만든 승복을 깔끔하게 손질하여 맵시 있게 차려입
은 매무새가 그녀의 고상하고 꼼꼼한 성격과 지난 반생을 그대로 대변
해 주는 듯하였다.
지엄한 상전들이 원지 출행을 떠나고 찾아오는 내방객들의 발길이
뜸해지자 청지기 서 서방마저 어디서 코를 골며 늘어지게 낮잠이라도
자고 있는 것일까? 굳게 닫힌 묵직한 솟을대문은 좀처럼 열릴 줄을 모
른다. 그러나 몸매 호리호리한 비구니는 거기에 개의치 않고 얼음장 위
를 굴러가는 차돌멩이처럼 청랑하고 탄력적인 목탁 소리와 함께 천수
경 독경을 계속 이어 가고 있었다. 안에서 누가 나오든지 말든지 상관
없이 한결같이 맑은 목소리로 읊조리는 비구니의 독경 소리는 은행나
무에서 한가롭게 울려 퍼지는 매미소리와 함께 종가를 감싸고도는 석
양 무렵의 나른한 적막감을 깨트리며 한동안 계속되고 있었다.
그렇게 시작된 여승의 독경이 거의 반 식경이나 계속되었을 무렵에
야 비로소 육중한 솟을대문이 삐거덕! 하고 소리를 내면서 열리는 것
이었다. 커다란 바가지에 시주미를 잔뜩 퍼 가지고 뒤늦게 대문 밖으로
총총히 모습을 드러낸 사람은 새댁같이 젊은 병준이의 유모 옥이네였
다.
안에서 누가 나오는 것과 상관없이 언제까지나 계속될 것 같던 나이
지긋한 비구니의 독경 소리는, 그러나 유모가 바가지에 넉넉하게 담아
온 시주미를 느슨하게 걸머진 자신의 바랑 속에 조심조심 쏟아 부어 주

는 것과 거의 동시에 거짓말처럼 멈추고 마는 것이었다.

비구니의 위아래를 유심히 살피던 옥이네가 깊게 눌러쓴 삿갓 때문에 얼굴을 좀처럼 살펴볼 수 없게 되자 그대로 단념을 하고 대문 안으로 막 사라지려고 할 때였다.

"저어, 보살님!"

비구니가 나직한 목소리로 그녀를 가만히 불러 세우는 것이다.

"예, 시님. 저한테 무슨 하실 말씀이라도…?"

옥이네는 걸음을 멈추고 뒤돌아서며 의아한 낯으로 비구니를 바라본다.

"혹여 이 댁이 예전에 한양 도성에서 궁내부(宮內府) 칙임관(勅任官)을 지내신 승당 민 대감님 댁이 맞는지요?"

"예, 그렇기는 합니다만, 그런 것은 와 물으시는데예?"

옥이네는 호기심이 잔뜩 실린 얼굴로 정확한 연륜을 분간할 길이 없는 비구니의 위아래를 새삼스럽게 눈여겨 살펴본다.

"아, 빈도는 한양에 있는 삼각산 진관사에서 탁발 수행차 내려온 객승이온데, 동래 범어사로 가는 길에 민 대감님 댁 정경부인 마님의 안부나 한번 여쭈어 보고 갈까 하고 잠시 들러 보았습네!"

"우리 노마님께서는 표충사 절에 불공하러 가고 지금은 안 계시는데, 이 일을 대체 우찌하면 좋습니껴?"

옥이네는 비구니가 멀리 한양에서 왔다는 바람에 허탕을 치고 돌아가는 게 딱하다는 듯이 낭패감을 감추지 못한다.

"아, 안 계셔도 괜찮습네!"

비구니는 집을 제대로 찾아와서 용화 부인의 안부를 알 수 있게 된 것만으로도 족하다는 듯이 황급히 두 팔을 내젓는다.

"범어사로 가시는 길이라면 아직도 갈 길이 먼데 여기서 하룻밤 주무시고 가실랍니껴? 아니면 노마님께서 돌아오실 때까지 쌓인 여독을 푸실 겸 아예 며칠 동안 유하시다가 만나 보시고 가시든지…."

"아, 아닙네다!"

완강하게 고개를 흔드는 품이 비구니는 당황하는 기색이 역력하였
다.

"그러시다면 날이 저무는데, 갈 길을 서두르셔야겠네예. 혹시 노마님
께 전할 말씀이라도 있으시면 저한테 퍼뜩 하시소!"

마음씨 고운 옥이네는 동래로 간다는 여승의 만만찮은 전도가 마치
자신이 가야할 길이라도 되는 듯이 조바심을 낸다.

"민 대감님께서는 예전에 표충사 경내의 은둔처에서 극락왕생을 하
신 것으로 알고 있습네다만, 그 뒤로 노부인 마나님께서는 어떻게 지내
고 계시온지요?"

"우리 집 노마님께서는 아직도 기체가 예전처럼 한결같이 정정하시
고 정신도 젊은 사람 못지않게 명경처럼 맑으시지예!"

"예…. 그렇게 정정하시다니 정말 다행입네다! 그러면 안녕히 계십
시오, 나무관세음보살…."

비구니는 용화 부인이 집에 없어도 이 정도의 근황을 알았으니 이제
는 더 이상 아무런 미련도 아쉬움도 없는 듯, 옥이네를 향하여 허리를
깊게 숙여 합장 배례를 하고는 그대로 돌아서더니 종종걸음으로 표연
히 사라지고 만다.

'삿갓으로 애써 얼굴을 가리는 걸 보믄 그냥 탁발하러 온 시님은 아
닌 것 같은데, 웬 일로 찾아 왔일꼬?'

비구니를 그대로 떠나보낸 옥이네는 한동안 움직일 줄을 모른 채 그
자리에 오도카니 서 있었다. 멀리 한양에서 왔다며 예전에 순국하신 승
당 대감 나으리의 직함을 들먹이는 것도 그렇고, 용화당 노마님의 안부
를 묻기 위해 일부러 들렀다는 것도 예사롭지가 않은 것이다.

'그런데, 왜 하필이면 노마님께서 절간으로 불공하러 떠나고 안 계실
때 찾아왔일꼬?'

까마귀 날자 배 떨어진 격으로 우연히 그리 된 것인지, 아니면 출타

중임을 알고 일부러 날을 잡아 찾아 온 것이지 그것은 알 수 없었지만, 예사로 보아 넘길 일이 아닌 것만은 분명해 보였다.

안채로 들어간 옥이네는 그 사실을 그대로 별당의 박씨 부인에게 전해 올렸고, 적이 놀란 박씨 부인은 울렁이는 가슴을 주체치 못하고 있다가 그날 밤 침소에 들른 중산에게 그 얘기를 한껏 상기된 얼굴로 전하고는 그의 반응을 유심히 살피는 것이었다.

"서방님, 오늘 석양 무렵에 한양 삼각산 진관사에서 탁발 수행차 내려왔다는 비구니 스님 한 분이 다녀갔다고 합니다. 그런데 옥이네가 전하는 바에 의하면, 나이 지긋해 뵈는 그 여자 스님은 궁내부 칙임관을 지내신 승당 대감 나으리 댁이 맞느냐고 묻고서 출타하신 용화당 할머님의 근황까지 알아보고는 무엇에 쫓기는 듯이 총총히 사라져 버렸다고 합니다!"

"아니, 나이 지긋한 비구니가 찾아와서 승당 할아버지의 직함을 대며 용화 할머니의 근황을 알아보고 돌아갔다고요?"

중산은 불시에 차가운 물 한 바가지를 통째로 뒤집어쓴 것처럼 정신이 번쩍 드는 심사였다.

그렇잖아도 운곡 선생의 밀서를 용화 부인에게 전해 올리고 윗분들의 엄명에 따라 거기에 수반된 모종의 일에 신경을 곤두세우며 은인자중하는 속에서 청관 스님의 행적에 대해서만은 은밀히 한번 알아보려던 참이었는데, 막상 그 얘기를 듣고 보니 할머니의 불공 행차에 대한 복잡한 생각과 맞부딪치면서 무엇이 어떻게 되어 가고 있는지 도무지 종잡을 수가 없는 것이다. 용화 할머니가 따로 준비한 사찰 음식들을 가지고 떠나간 표충사 인근에도 비구니 스님들이 수도하는 대원암(大願庵)이란 암자가 있다고 했는데, 멀리 한양 땅 삼각산 진관사에서 왔다며 용화 할머니의 안부를 묻고 간 나이 지긋한 비구니는 또 누구란 말인가? 승당 할아버지를 모셨던 청관 스님의 생모가 뼈대 있는 무반집 군관의 여식이라고 하더니, 승당 할아버지 순절 후에 삼종지의(三從

之義)의 부도(婦道)를 지키고자 먼저 승려가 된 자식을 따라 머리를 깎고 중이 되어 찾아온 것은 아니었을까? 그렇지 않고서야 서울에서 내려왔다는 비구니 스님이 승당 할아버지의 직함을 대며 자기네 집을 찾아 올 까닭이 없지를 않은가?

"서방님 생각에는 그 여자 스님이 누구이며, 그 먼 서울에서 무엇 하러 천릿길을 걸어 우리 집을 찾아 왔다고 생각하시는지요?"

자기의 얘기를 듣고서 오래도록 말이 없는 중산을 보고 비단 금침 위에 병준이를 눕혀놓고 재우고 있던 박씨 부인이 자못 큰 관심을 가지고 재우쳐 묻는다.

"글쎄요…. 난들 그것을 어찌 알 수가 있겠소?"

승당 할아버지에 대한 자신의 비밀스러운 생각이 들키기라도 한 것처럼 내심 당황한 중산은, 그러나 짐짓 무심스런 표정을 지으며 능청스럽게 반문을 한다. 하지만 그의 심중을 그대로 들여다보는 듯이 찬찬히 바라보는 부인의 진지한 눈길 앞에서 그의 시선은 벌써부터 눈에 띄게 흔들리고 있었다.

박씨 부인은 중산의 그런 모습을 보고 이러한 기회가 오기만을 애타게 기다리고나 있었던 듯, 그의 의표를 찌르며 다시 캐묻는 것이다.

"서방님, 지난 단옷날 해천껄에 갔을 때, 혹시 그동안 우리 시집의 윗분들께서 일체를 비밀에 부치고 함구하셨던 승당 할아버님의 과거사 얘기를 친정아버님으로부터 전해들은 바가 없었는지요?"

"허허, 부인께서는 지금 무슨 말씀을 하시려는 게요?"

그 정도의 암시를 받고 떳떳하게 사실대로 털어놓았더라면 좋았을 것을, 천고의 비밀을 지키려다가 불시에 허를 찔린 사람처럼, 중산은 그렇게 본의 아니게 역정을 내고 만다. 그러나 그의 얼굴은 이미 귀밑까지 홍당무처럼 벌겋게 달아오르고 있었다.

"서방님, 그렇게 염려하지 않으셔도 됩니다. 부부는 일심동체라 하지 않았습니까? 부창부수(夫唱婦隨)는 삼종지의(三從之義)의 버금 항목으로 남편을 따라야 하는 아내의 도리요, 가정의 화목과 금슬지락을 일구는 요체라고 어려서부터 『내훈(內訓)』을 통하여 배웠습니다. 제가 동산이 민씨 가문의 종부가 된 지도 어언간 십 년이 넘는 연륜이 쌓였는데, 일심동체라는 부부지간에 못할 말씀이 무에 있다고 그렇게 당혹스러워하십니까?"

박씨 부인은 부부가 된 연륜과 자신이 어렸을 때 배웠던 여필종부(女必從夫)의 가르침이 세세히 담겨 있는 『내훈』까지 언급하면서 중산으로 하여금 추호의 심적 부담도 없이 스스로 마음의 문을 열게 하려고 내심 애를 쓰고 있었다.

『내훈』이라는 서책은 그녀가 방금 말한 것처럼, 유년 시절에 친정에서 배웠던 부도교육(婦道敎育)의 교본이었는데, 그녀가 이 자리에서 그런 사실까지 굳이 언급한 까닭은 그 교본이 이상적인 여성상인 부덕(婦德) · 부언(婦言) · 부용(婦容) · 부공(婦功) 등의 네 가지 행실을 갖추어야 한다고 가르치고 있었기 때문이었다. 게다가, 부녀교육을 위하여 그 책을 지은 사람이 다름 아닌 세조 임금의 며느리이자 중산네 가문에서 자랑하는 오우 선생 다섯 분의 진외종조부였던 점필재 김종직 선생을 유난히 총애하였다는 성종 임금의 어머니인 소혜왕후(昭惠王后) 한씨(韓氏)였다는 사실도 그녀가 그렇게 떳떳하게 말하는 정서의 밑바닥에 당연히 깔려 있었다.

『내훈』을 지은 소혜왕후는 친정아버지 한확(韓確)의 밑에서 유교적 부덕을 닦고 언행도 법도에 어긋남이 없었을 뿐만 아니라, 왕손의 양육에 있어서도 어떤 실수나 허물도 비호하지 않고 훈계하여, 시아버니인 세조로부터 폭빈(暴嬪)이라는 말까지 들었을 정도였던 것이다.

또한, 『내훈』의 서(序)에서 대개 남자는 호연(浩然)한 마음을 가졌고 뜻은 오묘한 진리를 찾는 데 두어 옳고 그름을 분별할 수 있으나, 여자는 오로지 침선(針線)과 방적(紡績)이 잘되고 못되었는가만 따지고 덕행을 알지 못하므로 성인의 가르침을 부녀자에게도 가르치려는 의도에서 이를 지은 것이라고 밝히고 있어서, 후손 교육을 가업의 으뜸으로 여기는 여흥 민씨 가문의 가치관과도 잘 부합되는 교본이었던 것이다.

"아니, 그러고 보니 당신도 지난 단옷날 친정에 갔을 때 승당 할아버님의 하녀가 낳았다는 청관 스님이라는 서출 자식의 얘기를 들었던 모양이구료?"

중산은 부인에게조차 결코 알리고 싶지 않았던 승당 할아버지의 과거사 얘기를 그녀가 알고 있다는 사실이 전혀 예상 밖이라는 듯이 적잖이 놀란다.

"예, 서방님! 서방님께서 처가에 갔다가 큰 숙제를 받아 왔는데, 아내인 제가 그 사실을 모른대서야 어찌 생의 반려자라 할 수 있겠습니까? 하지만 저는 서방님께서 저의 친정을 떠나신 그날 밤에야 저의 처소로 몸소 건너오신 친정아버님으로부터 승당 할아버님이 한양 현직에 계실 때 시중을 받들던 하녀의 몸에서 태어난 청관 스님이라는 그 서자의 얘기를 듣게 되었답니다. 친정아버님께서는 저에게 하신 얘기를 서방님한테도 이미 다 하셨다고 말씀하셨지만, 직접적으로 말씀하시기가 곤란했던 부분도 없지 않으셨던 모양입니다. 왜냐하면, 청관 스님을 낳은 하녀의 친동생으로 예전에 우리 집에 있다가 떠나간, 아주 어릴 때 들었던 '언년이'라는 노비에 대한 얘기는 서방님께 굳이 말할 필요가 없겠다 싶어 안 하신 것 같았기 때문에 드리는 말씀입니다."

"아니, 해천껄 처가에도 청관 스님을 낳은 하녀의 여동생이 노비로 있었다니 그건 또 무슨 말씀이오?"

그렇잖아도 얼굴이 귀밑까지 벌게져 있던 중산의 두 눈이 화등잔만 큼이나 둥그레진다.

"예, 서방님! 제가 아주 어렸을 때의 일이라 잘은 모르지만 그런 걸로 알고 있습니다."

"그런데 장인어른께서 나한테 일언반구의 언급이 없었던 그런 얘기를 부인한테는 따로 했다는 말씀이오?"

윤곽이 뚜렷한 중산의 검은 눈에서 일순간 서늘한 바람이 인다.

"예, 서방님! 하지만 서방님께 비밀로 덮어두기 위해서가 아니라, 그 얘기를 듣고 어떻게 받아들이게 될지 몰라 부부지간인 저의 입을 통하여 자연스럽게 알게 되기를 바라는 마음에서 일부러 그리하신 것이 아닐는지요?"

"허허, 도대체 그 언년이라는 노비가 그 무슨 대단한 존재였기에 장인어른께서 나한테는 함구할 정도로 그렇게 신경을 쓰셨다는 말씀이오?"

중산의 반응이 예상외로 민감하게 나타나자 박씨 부인은 당황하는 기색을 감추지 못한다. 하지만 친정아버지가 못한 얘기를 자기가 대신하기로 작심한 그녀로서는 이미 발설한 얘기를 다시 주워 담을 수도 없거니와 또, 피해 가고 싶은 생각도 전혀 없는 모양이었다.

"언년이는 그리 대단한 존재도 아니고, 제가 세 살 되던 해에 저희 친정에서 면천 방면된 그저 마음씨 착한 일개 노비였을 뿐이랍니다. 또한, 언년이의 얘기를 제가 들은 것이 아버님께 천자문과 소학을 배우던 아주 어린 시절이라, 사실 저도 그동안 까맣게 잊고 있었던 일이기도 하고요."

박씨 부인은 중산이 의외로 민감하게 반응하는 바람에 언년이가 오래도록 잊고 있었던 대수롭지 않은 망각 속의 하찮은 존재였음을 애써 강조한다. 그러나 그럴수록 중산의 태도는 그녀의 의도와는 달리 더욱 완강해지고 있었다.

"그런데 그 언년이라는 하녀가 나한테 그렇게 문제시 되는 까닭이 대체 무엇이오?"

중산은 내심 자존심이 크게 상한 듯 쉽게 물러날 기색이 아니었다.

"서방님, 마음을 가라앉히시고 제 얘기를 마저 들어 보십시오. …이번에 친정아버님의 얘기를 듣고 보니, 그 하녀는 당시 우리 여흥민씨 척족 정권의 실세 중의 한 분으로 사헌부(司憲府) 집의(執義)로 계셨던 승당 할아버님께서 조정으로부터 공훈으로 배정받은 두 노비 중의 하나로 소싯적부터 동문수학한 막역지기인 운곡 할아버님에 대한 각별한 우의의 징표로 우리 집에 내려 보내셨던 모양이었습니다. 그런데 마음씨가 무던히도 곱고 착했다는 그 하녀도 임오군란 때 반란을 일으킨 부하 군병들을 사전에 막지 못한 죄목으로 참수를 당한 무위영 소속의 구 훈련도감 군관의 딸로서 승당 할아버님 순절 후에 한양에 홀로 남은 청관 스님의 생모와는 친자매 사이로 바로 손아래 동생이 된다고 하셨습니다. 사실은 저도 그런 말씀을 이번에야 듣고서 크게 놀라지 않을 수 없었답니다. 세상에 이보다 더 기막힌 일이 어디에 또 있겠느냐고요!"

"아니, 그렇다면 우리 친조부와 처조부님께서 임오군란 때 노비가 된 반란군 군관의 두 여식을 동시에 각각 하나씩 나누어 가지고 하녀로 부리셨단 말씀이오?"

경악하는 중산의 두 눈이 의외로 담담하기만 한 박씨 부인의 얼굴을 집어삼킬 듯이 더듬는다. 그는 장인어른으로부터 임오군란의 소용돌이 속에서 형편없는 급료미에 불만을 품고 선혜청(宣惠廳) 도봉소(都捧所)를 습격한 부하 군병들을 사전에 단속하지 못한 죄목으로 처형된 반란군 군관의 여식이 관노로 전락하여 척족 세력의 실세였던 승당 할아버지에게 전리품처럼 주어졌다는 사실은 알고 있었으나, 그때 노비 신분의 나락으로 굴러 떨어진 그 손아래의 친동생도 함께 승당 할아버지에게 전리품처럼 하사되었다가 해천껄의 처가에 우의의 징표로 내려보내게 된 사실은 금시초문이었던 것이다.

"예, 서방님! 저 역시도 믿고 싶지도 않은 놀라운 일이었지만, 엄연한 사실이었던 모양입니다. 하지만 그것이 사적인 일로 뒤엉킨 두 집안 간의 얘기가 아닌, 슬픈 역사 속의 잔재이기에 우리 친정아버님께서도 남의 일처럼 넘겨 버릴 수가 없어서 혼자서 고심에 고심을 거듭하시다가 서방님이 떠나신 후에야 저에게만 따로 말씀을 하신 모양이고요. 그 자매 노비들을 하사 받아 부리셨던 윗분들 당대에는 몰라도 오늘에 이르러 청관 스님이라는 분이 승당 할아버님을 모시던 하녀가 낳은 서출로 확인된 이상 장차 가업을 계승할 우리 세대에서는 반드시 정리하고 넘어 가야할 과제라 여기시고 저에게나마 그분의 이모가 되는 언년이의 얘기까지 함께 털어놓으신 것이 아닐는지요?"

"아무리 슬픈 역사 속의 잔재라고 해도 그렇지, 세상에 어찌 그런 일이…!"

중산은 부인이 들려 준 말이 쉽게 믿기지 않는 듯, 망연자실한 얼굴로 한동안 말이 없었다. 그러다가 무슨 문제점을 찾아냈는지 미간을 모으며 부인에게 다시 묻는다.

"서울에 남아 있던 노비는 승당 할아버지의 핏줄을 낳았는데, 그렇다면 그때 처조부님께 내려 보냈다는 그 하녀는 그 후로 어찌 되었다는 말씀이오?"

"사실은 두 자매의 처지가 서로 달라졌기 때문에 친정아버님께서 서방님한테 직접 말씀하시기가 난감했던 게 아닐는지요?"

"아니, 사정이 어떻게 달라졌기에 그러오?"

박씨 부인을 쳐다보는 중산의 얼굴이 심상치 않다는 듯이 굳어진다.

"언년이라는 그 하녀는 갑오년 노비 해방 때, 친정 할아버님께서 자유인이 되어 가정을 이루고 잘 살라며 노비 문서를 불태우고 지참금까지 마련하여 방면해 주었으니까 그렇지요!"

"아니, 뭐라고요?"

중산은 놀라다 못해 아연실색을 한다.

"서방님, 제 얘기를 마저 들어 보십시오! 그렇게 노여워하실 일만은 결코 아니랍니다. 우리 친정 할아버님께서 그런 조처를 취하시게 된 것은 서울에 계시는 승당 할아버님께서 당신의 시녀 몸에서 태어난 서출 자식을 적자 못지않게 애지중지하신다는 사실을 뒤늦게 전해 들으시고서 부득이 하게 그런 조처를 취하게 되셨나 봐요. 왜냐하면 일이 그렇게 되었다면 당신께서도 절친이 취해야 할 도리로 그 서자의 이모가 되는 언년이한테도 그에 상응하는 배려를 당연히 해 주어야 한다는 생각으로 그렇게 한 것이 아니겠는지요?"

"그렇다면 장인어른께서 청관 스님을 낳은 손위 하녀의 얘기를 해 주시면서도 해천껄로 내려 보냈던 그 언년이라는 하녀에 관한 얘기는 왜 나한테는 감추고 당신한테만 하셨다는 말씀이오?"

중산은 그 과정이야 어찌 되었던 간에 결과적으로 그들 두 자매의 운명이 대조적으로 극명하게 엇갈렸다는 사실이 무엇보다 신경이 쓰이고 부담스러워지는 모양이었다.

"서방님, 입장을 바꿔놓고 한번 생각해 보십시오! 우리 친정아버님께서도 무릉 선생이라는 분으로부터 근자에 이르러 표충사 인근의 토굴 움막 은거지에서 승당 할아버님이 의거 순절하실 때까지 침식을 같이하며 시봉을 받들던 떠꺼머리총각이 사실은 하인이 아니라 당신의 하녀가 낳은 서출 자식이라고 귀띔해 주는 것을 듣고서야 뒤늦게 그 사실을 알게 되었다고 하지 않았습니까? 그런데 그 사실 만으로도 당신께서 이미 느끼셨듯이 서방님께는 충격이 이만저만이 아닐 거라고 짐작하셨을 터인데, 어찌 그보다 더 충격적일 수 있는 언년이의 얘기까지 한꺼번에 털어놓을 수가 있었겠습니까? 그래서 차마 서방님께는 언급하실 수가 없어서 눌러 참으시고, 그 대신 저의 입을 통하여 시간을 두고 차차 아시게 하려고 그리하셨던 것이 아닐는지요?"

"허허, 이거야 원…! 사위의 충격이 겁나서 말 못할 일이 따로 있지, 명색이 백년지객인 나도 자식이라면 자식인데 어찌…!"

천정을 올려다보며 장탄식을 하던 중산은 무슨 생각을 했는지 다시 정색을 하며 따지듯이 묻는다.

"부인의 말이 백번 맞는다고 칩시다! …그런데 말이오. 그렇다면 부인께서는 왜 근 열흘이 다 되도록 그동안 아무런 내색을 하지 않고 있다가 뒤늦게 이제 와서야 그 언년이라는 하녀의 얘기를 나한테 하는 겐지, 그 까닭이 무엇이오? 거기에는 필시 그만한 곡절이 있었을 게 아니오?"

갑자기 언성을 높이며 박씨 부인을 바라보는 중산의 두 눈이 예사롭지 않게 뜨거운 불길을 뿜어낸다.

하지만 박씨 부인은 친정아버지의 깊은 뜻을 누구보다도 잘 알고 있었으므로 그 불길 속에서 자신의 몸을 송두리째 태우는 한이 있더라도 그대로 오롯이 감수하려는 듯이 결연히 고개를 끄떡인다.

"예, 서방님! 그렇답니다. 그럴만한 곡절이 있고말고요!"

"그렇다면 여태까지 함구하게 된 그 까닭이 무엇인지 알아듣기 쉽게 어디 한번 자세하게 설명을 해 보시오!"

너무도 뜻밖의 일이라, 자제하려고 애를 쓰고 있음에도 불구하고 한번 불붙은 중산의 감정은 식기는커녕 자꾸만 뜨거워지고 있었다. 그의 언성이 갑자기 높아지는 바람에 그때까지 이맛살을 찌푸리며 꼼지락거리고 있던 어린 병준이가 기어이 잠에서 깨어나 그대로 울음을 터뜨렸고, 크게 당황한 박씨 부인은 아기 울음소리가 행여나 밖으로 새어 나갈세라 꽈리처럼 입을 크게 벌리고 우는 아이를 포대기 째로 서둘러 품에 감싸 안고 흔들면서 달래기에 급급하다. 그러면서 그녀는 더욱 자세를 낮추며 거의 울음에 가까운 목소리로 애원을 하는 것이다.

"서방님, 제발 고정해 주십시오! 언년이가 저의 친정집에 내려오게 된 것은 제가 태어나기도 전인 까마득한 옛날의 일입니다. 그리고 그것은 승당 할아버님과 운곡 할아버님께서 소싯적부터 깊이 쌓아 온 남다른 우의 때문에 빚어진 일이기도 하고요. 또한 언년이 쪽의 문제는 과거의 일로서 이미 기억에서 멀어져 간 것이지만, 청년 승려가 되어 나타난 청관 스님과 그분의 생모에 관한 문제는 현실 속에 살아 있어서 장래에도 문제가 될 수 있는 민감한 사안인데다, 궁내부 칙임관까지 지내신 승당 할아버님의 위상과 명예와도 관련된 문제이기 때문이 아니겠습니까? 게다가, 손자 며느리인 저로서는 한없이 어렵기만 한 시댁의 일로서, 『내훈』에서 배운 대로 함부로 입질에 올릴 수 없는 민감한 문제라 말씀을 드릴 수 있는 적당한 기회가 오기만을 기다리느라고 그리하였을 뿐, 다른 의도는 결코 추호도 없었기에 드리는 말씀입니다. 그러니 제발 노여워하지 말아 주십시오!"

"그것은 우리 민씨 가문이 처하게 될 미래의 위상과도 관련될 수 있을 만큼, 우리한테는 막중하기 이를 데 없는 민감한 사안이란 말이오! 그런데 부인께서는 시집의 미래보다도 과거에 친정에서 배운 『내훈』의 가르침이 그토록 더 소중했더란 말씀이오?"

중산은 임오군란 때 노비가 된 하녀와 승당 할아버지 사이에서 태어났다는 청관 스님의 얘기를 듣고서도 지금까지 부인한테 함구하고 있었던 자기의 처사는 망각한 채, 『내훈』에서 배운 대로 민감한 시집의 일을 차마 함부로 입에 담을 수가 없어서 그렇게 할 적당한 기회가 오기를 기다려 왔다는 부인의 처사만 심각하게 받아들여서 문제 삼는 이중성을 드러내고 있었다.

하지만 박씨 부인은 그의 이중성과 논리적인 모순에 대해서는 생각할 겨를이 없었으며, 설령 생각이 거기에 미쳤다 한들 그것을 내색할 그녀도 아니었다.

"서방님. 방금 말씀 드렸다시피, 우리 친정에 있었던 언년이의 얘기를 하지 않았던 까닭은 이번에 불거진 시조부님의 과거사 얘기를 알기도 전의 일이고, 또 제가 이 세상에 태어나기도 전에 우리 집으로 보내어졌다가 제 나이 겨우 세 살이었을 때 자유인으로 방면되어 마무리가 된 일이라고 하지 않았습니까? 그리고 거듭 말씀 드리거니와, 지난 단옷날 친정아버님으로부터 승당 할아버님의 서출 자식에 관한 얘기를 듣고서도 지금까지 함구하고 있었던 까닭은 어릴 때 배웠던 『내훈』 교육의 가르침에 따르고자 함이었던 것일 뿐, 다른 뜻은 전혀 없었음을 믿어 주십시오. 그동안 그 사실을 함구하고 있었던 것도 다른 저의가 있어서가 아니라 서방님께서 청관 스님의 얘기를 저한테 먼저 흉금을 터놓고 말씀해 주시기를 기다리느라고 그리했던 것뿐입니다. 그러다가 마침 청관 스님의 생모로 여겨지는 여자 스님이 우리 집을 다녀갔다고 하는 바람에 마침 잘 되었다 싶어서 언년이의 얘기도 조심스럽게 전해 드리게 된 것이고요. 그런데 그것을 가지고 무슨 다른 의도가 있는 것처럼 이렇게 노여워하시면 저는 어찌합니까? 그러니 제발 저의 마음을 알아주시고 노여움을 거두어 주십시오!"

"그래도 그렇지요! 임오군란과 관련된 문제는 장차 세상인심과 맞닥뜨리게 될 우리 가문의 미래가 걸려 있는 민감한 문제라는 사실을 부인도 삼척동자가 아닌 이상 잘 알고 있었을 게 아니오?"

"서방님, 밖에서 누가 듣고 있을까 두렵습니다. 제발 언성을 낮춰 주십시오!"

말이 밖으로 새어 나갈지도 모른다는 말을 듣고서야 중산은 아차! 싶어서 겨우 마음을 가라앉힌다.

안절부절, 마음을 졸이던 박씨 부인은 중산이 겨우 마음을 가라앉히는 것을 보고서야 다시 입을 열었다.

"서방님! 그 언년이라는 하녀는 제가 어릴 때 지참금까지 주어서 방면하였기 때문에 민감한 사태에 얽힐 일이 없을 뿐만 아니라, 사실 이곳 시집과는 아무런 상관이 없는 일이기도 하지 않습니까? 그리고 서방님께서 청관 스님의 얘기조차도 전혀 언급하지 않으시는 상태에서 언년이의 얘기를 입에 담는다는 것은 저로서는 상상도 할 수 없는 일이었고요. 그래서 전날, 용화 할머님께서 불공 음식과는 별도로 사찰 음식을 따로 준비하라는 영을 내리셨다는 말씀을 들었을 때, 기대에 찬 마음으로 그 사실을 서방님께 곧바로 전해 드리면서 내심으로 눈치를 살피게 된 것도 서방님께서 임오군란과 엮여 있는 청관 스님에 관한 말씀을 먼저 해 주시기를 바라는 마음에서 그리하였던 것이 아니겠습니까?"

논리 정연한 박씨 부인의 설명에 말문이 막혀 버린 중산은 속절없이 입맛을 쩝쩝 다시다가 자신이 경솔했음을 뒤늦게 깨닫고 스스로 뉘우

치며 겸연쩍게 사과를 한다.

"부인의 말을 듣고 보니 과연 그렇구려! 청관 스님을 낳았다는 승당 할아버지의 하녀가 임오군란 때 참수를 당한 반란군 군관의 여식이었다는 사실만으로도 그 충격이 이만저만이 아니었는데, 그 손아래의 친여동생까지 해천껄 처가에서 종살이를 하였다고 하는 바람에 본의 아니게 그만 언성을 높이는 결과가 되고 말았소! 그러니 잘못 생각한 나를 용서해 주시구려. 정말로 미안하오!"

"서방님께서 제 뜻을 이렇게 쉽게 이해해 주시는 것만으로도 감복스럽고 고맙기 짝이 없는데, 그렇게 거듭 사과까지 하시다니 당치도 않으십니다."

"그렇게 이해해 주시니 정말 고맙소!"

중산의 언성이 낮아지니 한사코 울어대던 병준이도 거짓말처럼 울음을 그치고 여느 결엔가 다시 잠이 들고 있었다. 중산은 부인이 안고 흔들던 아기를 비단 금침 위의 제 자리에 눕혀서 재우는 것을 지켜보면서 현명하기 짝이 없는 그녀의 속 깊은 마음을 미처 생각지 못한 자신의 과오를 뉘우치며 혼잣말처럼 되뇌는 것이다.

"부인의 말을 진작 알아들었더라면 좋았을 터인데, 내 체면이 아주 말이 아니구려…."

"서방님, 제가 이런 것을 한번 여쭤 보아도 될는지요?"

중산의 마음이 평정되어 마침내 자신의 마음과 합치되는 것을 보고 나서야 박씨 부인도 궁금증이 있어 용기를 내어 조심스럽게 물어 보는 것이다.

"부인께서도 나한테 물어볼 말씀이 있다는 말이오?"

"그렇답니다, 서방님! 『내훈』의 서(序)에서 '천지의 영(靈)을 타고나 5상(常)의 덕을 머금고 태어난 사람들이 옥과 돌, 난초와 쑥 같은 차이가 생기는 것은 수신(修身)의 도(道)를 바르게 교육받지 못했기 때문'이라 하였고, 또 나라의 정치가 잘되고 못됨도 남자에게만 달린 것이

아니라 부녀자에게도 크게 상관된다고 하였습니다, 그리고 대개 남자
는 호연(浩然)한 마음을 가졌고 뜻은 오묘한 진리를 찾는 데 두어 옳고
그름을 분별할 수가 있지만, 다 같은 일인지하(一人之下)의 백성으로서
여자라는 이유만으로 오로지 방적(紡績)과 침선(針線)이 잘되고 못되
었는가만 따지고 나랏일을 모른대서야 어찌 부덕을 아는 부녀자라 할
수 있을는지요?"

단아한 얼굴, 오뚝한 콧날, 지혜가 가득 담긴 듯한 그녀의 반듯한 이
마에서 잘 익은 연시빛 같은 황촉의 불빛이 반사되어 거울처럼 반짝이
며 미끄러져 내린다.

"오, 그래요? 나는 집안 살림살이밖에 모르는 속 깊은 살림꾼인 줄로
만 알았는데, 부인의 생각이 이미 거기에 미치고 있었단 말씀이오?"

박씨 부인을 바라보는 중산의 눈에 찬사의 경지를 넘어선 경이로운
빛이 선연하다. 그것은 현명하기 짝이 없는 부인의 진면목을 발견한 놀
라움과 설렘 때문이기도 했지만, 다른 한편으로는 승당 할아버지의 과
거사 문제를 기필코 비밀에 부치고자 했던 미혹한 자신에 대한 때늦은
자각과 자괴감에서 비롯된 반작용 때문인지도 모를 일이었다.

"서방님, 나라의 정치가 잘되고 못됨도 남자에게만 달린 것이 아니
라 부녀자에게도 크게 상관되는 일이라고 어려서부터 배웠다고 하지
않았습니까? 그러니 솔직하게 말씀해 주십시오. 지난 연초의 〈광복단
사건〉으로 시국이 살얼음판으로 변해 버린 이러한 때에 제 친정아버님
께서는 무슨 까닭으로 우리 내외에게 임오군란과 엮여 있는 승당 할아
버님의 민감한 과거사 문제를 군이 알려 주셨다고 생각하시는지요?"

우연찮은 기회에 그동안 밖으로 드러나지 않았던 박씨 부인의 재기
넘치는 통찰력의 진면목이 속속 드러나면서, 중산을 하늘같이 우러러
보는 듯한 그녀의 눈빛 또한 흑진주처럼 영롱한 빛을 더욱 띠며 반짝이
고 있었다.

"아까는 몰랐지만, 부인의 뜻이 정히 그러하다면 내 솔직하게 털어

놓으리다. 장인어른의 의도를 속속들이 다 알 수는 없으되, 망국의 한을 품고 의거 순절하신 승당 할아버님의 명성과 우리 가문의 위상과 명예에 손상이 가지 않도록 종손으로서의 도리를 다하라는 뜻으로 취하신 조처가 아니겠소?"

물론, 이것은 지난 단옷날 신의주에서 왔다는 정체불명의 사나이가 지난 임오년에 무위영 소속의 구훈련도감 군병들이 선혜청 도봉소를 습격하여 군란을 일으켰을 때, 그들의 공격 대상이 되었던 척족정권의 실세였던 여흥 민씨 일파가 나라가 망한 지금도 향리 곳곳에서 가세를 유지하면서 위세를 떨치고 있다는 얘기는 이미 듣고 있었다며 자기에게 곱잖은 시선을 보냈던 일을 염두에 두고서 하는 말이었다.

"이제 알고 보니, 역시 서방님께서도 저와 같은 생각을 하고 계셨던 거로군요?"

박씨 부인 역시 복벽주의가 대세이던 의병운동의 판세가 공화주의 세력들이 급부상하면서 자기네 척족들에게 심히 불리하게 돌아가고 있는 현상을 내심 우려하고 있는 때문인지, 한 줄기의 어두운 그림자가 지혜로운 그녀의 단아한 얼굴을 스치고 지나간다.

"그렇다면 부인께서는 아까 낮에 다녀갔다는 그 여자 스님이 누구인지를 이미 다 알고 있다는 말씀이 아니시오?"

"예, 서방님! 옥이네한테서 얘기를 듣는 순간부터 직감적으로 갖게 된 느낌입니다만, 저의 생각으로는 아까 왔다 간 그 비구니 스님이야말로 승당 할아버님의 시중을 들면서 청관 스님과 같은 범상치 않은 서출 자식을 낳은 서울살이 때의 그 하녀가 분명하지 않겠습니까?"

"글쎄요, 그렇긴 하오마는…! 그런데 해천결 처가에서 갑오개혁 때 면천 방면한 그 언년이라는 하녀일 수도 있지 않겠소? 사람의 일이란 모르는 일이니…."

"하지만 우리 친정에 있다가 면천하여 방면된 언년이는 아닌 것 같습니다. 지난번에 친정아버님께서 이런 말씀을 하셨지요. 승당 할아버님께서 의거 순절하실 때, 표충사 절에서 해마다 사명대사의 향사를 주관해 온 무릉 선생이란 분에게 그동안 토굴 움막집에서 침식을 같이 하며 당신 곁에서 시봉살이를 하였던 서출 자식을 사명대사의 법손(法孫)이 되도록 주선해 달라는 유지를 남기셨고, 또 승당 할아버님 사후에 서울에 남아 있는 그 서출 자식을 낳은 생모의 뒤를 보살펴 주려고 우리 운곡 할아버님께서 사람을 보내어 수소문해 봤더니, 그 생모마저 승려가 된 아들의 뒤를 따라 유산으로 남겨 주신 북촌 사가를 정리하여 한성에 있는 어느 절간으로 들어가 미련 없이 중이 되어 버렸더라니 말씀입니다!"

"성씨를 속일 수는 있어도 핏줄은 속일 수가 없다고 하는데, 그렇다면 갑오개혁 때 노비에서 해방된 해천껄의 그 언년이라는 하녀도 명색이 뼈대 있는 무반 군관의 여식이라니 자유의 몸이 되어서도 팔자를 고칠 생각을 하기보다는 부하 장졸들의 폭거로 비명에 간 부친의 극락왕생을 빌며 여생을 중이 되어 살고자 했을 가능성도 얼마든지 있지 않겠소?"

"그야 그리할 수도 있기는 하겠지요! 하지만 승당 할아버님의 시중을 들었던 하녀의 몸에서 난 핏줄이 청관 스님이라는 범상치 않은 청년 학승이 되어 나타난 것을 보면, 홀로 남은 그분의 모친 되는 이도 불가에 귀의한 자식을 따라 머리를 깎고 중이 된 것으로 보는 것이 훨씬 더 자연스러운 이치가 아닐는지요? 더구나 지나치는 길에 우리 집을 일부러 찾아와서 용화 할머님의 안부까지 물어 보고 간 것도 그렇고 말입니다."

"하기야, 오늘 찾아온 바구니 스님이 해천껄 처가에서 데리고 있었던 그 언년이라는 하녀였다면 우리 집이 아니라 해천껄로 찾아가는 게 이치에 맞을 터이니, 부인의 생각이 역시 옳을 것 같구려!"

모처럼 의견의 일치를 이룬 그들 부부는, 그러나 한동안 말이 없었다. 그동안 운명의 장막처럼 앞을 가로막고 있던 크나큰 의문점 하나가

속 시원히 풀렸건만, 방 안에는 용화 할머니가 불공을 하러 떠나면서 남기고 간 의혹만큼이나 크고 무거운 침묵이 오래도록 흐르고 있었다.

하지만 그런 속에서도 중산은 용화 할머니와 부친이 당신들께서 하시는 일에 대해서는 일체 알려고도 하지 말 것이며, 언행에 대해서도 왜 그렇게 엄중하게 함구령을 내려가며 애써 단속하였는지를 이제는 어느 정도 이해할 수 있을 것도 같았다.

그럼에도 불구하고 청관 스님의 생모가 분명해 보이는, 아까 낮에 찾아왔던 그 비구니 스님이 용화 할머니의 안부를 묻고 간 까닭에 대해서는 여전히 마음에 걸리는 바가 없지 않았다.

"아까 석양 무렵에 다녀간 그 비구니 스님 말이오. 그 스님이 청관 스님의 생모가 확실하다면, 무슨 까닭으로 우리 용화 할머니의 안부를 묻고 갔다고 생각하시오?"

"설마하니 나쁜 마음으로 그리하기야 하였겠습니까?"

주저하지 않고 말하는 부인의 대답에 중산은 무겁게 고개를 흔든다.

"아니, 사람의 마음이란 모르는 것이니 그렇지만은 않을 수도 있는 일이오. 혹시라도 자기네 인척들 중에서 우리 집안을 음해하려는 자가 있다는 사실을 감지하고 우리 용화 할머님의 안위가 걱정이 되어 몸소 한번 확인하러 왔을 수도 있지 않겠소?"

"그 여자 스님이야 승당 할아버님의 남다른 배려로 지난날의 아픔과 우리 척족 집안사람들에 대해 품었던 원한이 모두 극복되었다 해도, 아직도 한을 품고 사는 자들이 있을 수도 있으니까 안타까운 마음에 그리할 수도 있었겠지요."

"그렇다면 부인 생각에는 지난번에 처조부님께서 용화 할머님이 친견하시도록 직접 전하라고 주셨던 밀서와 용화 할머니의 이번 표충사 불공 행차도 승당 할아버지의 극락왕생을 비는 단순한 천도제 외에 혹시 그와 같은 일들과 무슨 관련이 있을 것 같지는 않으오?"

중산의 머릿속에서는 지난 단옷날 운곡 선생으로부터 용화 할머니께 전하라는 밀서를 건네받는 자리에서 만났던 의성의 호암(毫巖) 선생과 〈광복단 사건〉으로 읍내 헌병대 감옥에 갇혀 있는 남포(南浦) 선생의 얼굴이 연이어 맴돌면서 마치 때를 기다리는 폭발물과도 같은 불길한 예감을 불러일으키고 있는 것이다.

"글쎄요…. 잘은 모르지만, 친정아버님께서 해 주신 말씀을 되짚어 보면 용화 할머님의 불공 목적과 관련된 수수께끼를 풀 수 있는 단서를 찾아낼 수 있지 않겠는지요?"

"아, 그래요?"

심각하게 긴장하고 있던 중산의 얼굴에 일순 화색이 돈다.

"제가 친정아버님으로부터 듣기로는 승당 할아버님 곁에서 시중을 들었던 그 노비는 참수를 당한 부친이 비록 부하 군병들이 선혜청 도봉소를 비롯하여 동별영(東別營)과 경기감영(京畿監營)의 무기고를 습격하고 우리 민씨 척신과 개화파 관료의 집을 습격하는 폭거를 일으키는 바람에 억울하게 반란군 수괴로 엮이어 형장의 이슬로 사라지고, 그 바람에 자신은 노비의 신세로 전락하고 말았지만 행실이 음전하고 자기 주관이 뚜렷한 무반의 여식다운 여인이었던 모양입니다. 그래서 그랬던지, 그가 낳은 서자도 여느 명문대가의 귀공자들 못지않게 어려서부터 영특한 천재성을 보였다고 하고요."

그런 까닭으로 승당 대감도 적자나 다름없이 무던히도 귀여워하면서 어릴 때부터 시간이 나실 때마다 무릎에 앉히고 천자문을 비롯하여 『소학』과 『동몽선습』을 가르쳤으며, 표충사 인근의 토굴 움막에서 은둔 생활을 할 때도 제자백가의 각종 경서와 병서들까지를 몸소 가르쳤다는 것이다. 또 서울살이를 청산하고 낙향하실 적에도 무반의 여식에서 노비로 전락하여 당신의 자식까지 낳아 기르면서 성심으로 받들어 모신 기구한 운명의 여인에 대한 보상으로 한양 북촌의 대궐 같은 사저를 물려주고 제반 생활의 여건까지 부족하지 않게 마련해 주었던 모양이었다. 그러나 그러한 특별한 배려에도 불구하고 승당 대감이 망국의 한을 품고 세상을 떠나고 나자 그 하녀는 노후의 안락을 취하지 않고 북촌 저택을 비롯한 그 모든 유산들을 절간에 시주로 내놓고는 아무 미련도 없이 머리를 깎고 중이 된 것을 보면, 예사로 보아 넘길 수 있는 여인은 결코 아니라는 얘기였다.

"그분이 그렇게 한 것도 무반의 딸로서 지난날 겪었던 은원(恩怨)의 소산일 수도 있겠고, 다른 한편으로는 임오군란 때 선혜청 도봉소를 습격하고 그 당시 선혜청 당상 겸 병조판서로 계시던 민겸호(閔謙鎬) 대감을 살해한 부하 군병들의 발호를 사전에 차단하지 못한 죄목으로 참수된 부친 때문에 노비 신세가 되고만 자기네 자매를 거두어 생활의 지붕이 되어 주셨던 승당 할아버님에 대한 보은 정신에서 비롯된 인간적인 선택일 수도 있지 않겠느냐고 하셨지요."

"장인어른의 생각대로 그게 사실이라면 오죽이나 좋겠소? 그러나 그들 모자의 뜻과는 상관없이 임오군란의 소용돌이 속에서 살아남은 군병들과 피해를 입은 주변 사람들의 원한 맺힌 끈질긴 발호가 이제도 계속되고 있을 수도 있다는 예감이 드니 더욱 큰 일이 아니겠소?"

"서방님, 그렇게 걱정부터 먼저 하실 일이 아니라 저희 친정아버님께서 우리에게 그러한 기막힌 과거사 얘기를 소상하게 말씀해 주신 의도가 무엇인지를 그것부터 먼저 되짚어 보는 것이 순서가 아닐는지요? 왜냐하면, 승당 할아버님의 피를 받아 하녀의 몸에서 태어났다는 그 서출 자식이 사명대사의 법통을 이어 받아 출중한 청년 학승이 되어 다시 나타났다는 말씀을 듣고 그런 인물이라면 왕조복원 사업에 절치부심하고 있는 우리 가문에 실보다는 득이 될 수 있겠다는 생각을 하셨을 수도 있겠고, 다른 한 편으로는 청관 스님의 외가 집안에 임오군란 때 집안이 풍비박산이 난 원한으로 아직도 호시탐탐 기회를 노리고 있는 자가 있음을 감지하셨을 수도 있으니까 말이지요."

"그렇다면 장인어른께서 우리를 따로 불러서 청관 스님의 애기를 아무도 모르게 은밀히 하신 까닭도 비록 서출이지만 사명대사의 집계 법손으로서 위풍당당한 청년 학승이 되어 돌아왔으니 한번 만나 보는 것이 같은 혈육으로서의 도리가 아니겠느냐는 뜻이 아니라, 윗분들께서 아직도 못 풀고 있는 숙제가 있을 수가 있으니까 우리더러 윗분들 모르게 대신 알아서 처리해 드리게 하려는 뜻이었다 그 말씀이오?"

"그렇답니다, 서방님! 윗대에서는 역사적인 혼란 속에 그런 엄청난 불상사가 일어나 원한과 반목의 세월을 살아 왔지만, 이제는 세상이 바뀌어 왜놈들 식민지 치하에서 양쪽 모두가 같은 운명에 놓인 동족으로서 고통을 함께 겪고 있는 처지가 아닙니까? 그러니 가문의 미래를 짊어지고 나갈 문중 종손인 우리가 나서 가지고 새 술은 새 부대에 담는 마음으로 윗대의 아픔을 걷어내고 서로 화합하여 광명한 새 시대를 열어 나가도록 숙제를 내 주신 것으로 보는 것이 어느 모로 보나 이치에 합당할 것 같아서 드리는 말씀입니다."

"그렇잖아도 왕조복고 운동 이외에는 내가 아버님을 대신하여 당주 일을 챙기고 있으니까 당연히 그렇게 생각하셨을 수도 있겠구료! 하지만 윗분들 모르게 문 밖으로 운신하기도 어려운데 조선 천지의 명산대찰들을 찾아 뜬구름처럼 돌아다니며 탁발 수행 중이라는 청관 스님을 무슨 수로 만난단 말이오? 더구나 지난 단옷날 무봉사에서 운좋게 만났다가 면전에서 보기 좋게 따돌림을 당하고 말았는데…!"

그러면서 중산은 가시처럼 목에 걸리던 얘기 하나를 이제야 비로소 부인에게 솔직하게 털어놓는다.

"부인, 만시지탄이 없지 않으나 내 얘기를 한번 들어 보시오. 사실은 지난 단옷날 친정으로 가는 당신과 헤어져 감내 마을에 갔을 때, 겹겹이 에워싼 〈감내 게줄 당기기〉 구경꾼들 속에서 조선 황실을 비롯하여 지난날 권력의 실세였던 우리 척족들과 권문세가들을 두고 나라를 말아먹고도 누구 하나 책임을 지고 나서는 자가 없다며 나를 지척에 두고 고성으로 싸잡아 비난하는 낯선 중년 사내가 있었다오. 그래서 그자한테 대드는 김 서방을 제지하고 나서 세상인심이 어떻게 돌아가고 있는지를 알아 볼 요량으로 정중하게 객줏집으로 데려고 가 주안상을 앞에 놓고 대작을 하면서 허심탄회하게 얘기를 나누게 되지 않았겠소! 그런데 말이오. 내가 동산리에 사는 여흥 민씨 종가의 종손이라고 신분을 밝혔음에도 불구하고, 신의주에서 미곡상을 하면서 대종교 사교 노릇을 하고 있다고 자기를 소개한 그 사내가 나한테 대놓고 그럽디다. 지난 임오년에 무위영 소속의 구훈련도감 군병들이 선혜청 도봉소를 습격하여 반란을 일으켰을 때, 그들의 공격 대상이 되었던 척족정권의 실세였던 여흥 민씨 일파가 나라가 망한 지금까지도 향리 곳곳에서 가세를 유지하면서 위세를 떨치고 있다는 얘기를 자기도 이미 듣고 있었다고 말이오!"

그때, 그 사내는 이 말을 지나가는 말처럼 흘렸지만, 임오군란에 대하여 맺힌 것이 있는지 그의 말 속에는 가시가 박혀 있었던 것이다.

그런데 어찌된 영문인지 박씨 부인은 중산의 그런 얘기를 듣고서도 별로 놀라는 기색이 아니었다.

"옛말에 때린 자는 쉽게 잊을 수 있어도 맞은 자는 평생토록 잊지 못한다는 말이 있지요. 그러니 아직도 임오군란 때의 일로 한이 맺힌 예전의 군병들이나 그 후손들이 의병 부대와 독립군 부대에서 활동하면서 우리의 왕조복고 운동을 방해하고 있을 수도 있지 않겠습니까?"

〈감내 게줄 당기기〉 놀이마당에서 나라를 망하게 한 책임 문제를 놓고 비분강개하면서 황실은 물론 우리 여흥 민씨 척족들과 권문세도가들을 싸잡아 비난하는 사람이 있었던 것을 보면, 임오군란 때의 원한에서 아직도 헤어나지 못한 사람들이 있다면 그보다 훨씬 심한 해꼬지를 할 수도 있겠구려!"

그러면서 중산은 비로소 천기에 버금간다던 운곡 선생의 서찰 얘기를 비로소 입에 담는 것이었다.

"여보, 사실은 지난 단옷날 운곡 할아버님을 찾아뵈었을 때, 천기에 버금간다는 밀서를 전달받아 용화 할머님께 전해 드린 바가 있었다오.

그런데 내 생각으로는 아무래도 그게 마음에 걸리는구료. 왜냐하면 지난 1월 달에 〈광복단 사건〉이 터지는 바람에 그동안 비밀결사 활동을 벌여 왔던 전국 각지의 지부와 연락소에서 활약하던 주요 인사들 대부분이 왜놈 경찰과 헌병들한테 체포를 당하게 된 것도 동족인 우리 동포의 밀고 때문이었다고 하니 말이오!"

중산이 말한 바와 같이, 1913년 3월에 풍기 한림촌의 채기중이 중심이 되어 〈풍기 광복단〉이란 이름으로 국내 최초의 독립운동 단체로 첫발을 내디뎠던 〈대한광복단〉이 소위 '광복단 사건'으로 전국의 조직망이 와해되면서 최후를 맞이하게 된 것도 바로 천안의 이종국이란 우리 동족의 밀고가 결정적인 원인이 되었던 것이다. 그 사건의 진행 과정은 대강 이러하였다. 지난해 11월에 채기중, 유창순, 강순필 등이 경북 칠곡의 친일 부호인 장승원을 처단한 후 '曰維光復天人是符聲此大罪戒我同胞 聲戒人 光復會: 외치는 바는 광복이다. 하늘과 사람이 도리에 일치된다. 너의 큰 죄를 꾸짖고 우리 동포에게 경고를 주노라. 꾸짖고 경고하는 자 광복회)'라는 격문을 붙인 바가 있었으며, 올해 1월 24일에 또다시 충남 아산군의 도고면장 박용하에게 사형 선고문을 제시하고 처단함으로써 〈대한광복단〉의 존재가 만천하게 알려지게 되었다. 그런 일이 있은 후에 전국 도처의 친일 지주들의 집에도 그와 유사한 취지의 격문들이 투입되기 시작하였는데, 문제는 중산의 집 후원에서도 그런 경고성의 격문이 몇 차례나 발견된 적이 있었다는 점이었다. 아마도 왕조 복고운동에 부심하고 있는 줄을 알고 있으면서도 왜놈들이 지역 제일의 부호인 점을 들어 강제로 떠맡긴 지주총대를 뿌리치지 않고 그대로 맡고 있다는 이유로 그렇게 한 것인지도 모를 일이었다.

그러나 그보다 먼저 1917년 12월에 동족인 천안의 이종국이란 자가 천안경찰서에 밀고하는 바람에 〈대한광복단〉의 전국적인 조직망이 발각되는 사태가 벌어진 바가 있었으며, 그것을 토대로 이루어진 우편물의 검열로 인하여 지난 1월달에는 그동안 극비리에 활약해 온 암살단과 주요 인사들 수십 명이 체포 구금되었고, 가까스로 화를 모면한 김좌진, 노백린을 비롯한 나머지 인사들마저 모두 중국으로 망명하는 바람에 〈대한광복단〉은 〈풍기 광복단〉으로 출발한 지 만 5년만에 와해지경에 이르게 되고 말았던 것이다.

"그런데 부인의 얘기를 듣고 보니 임오군란 때 집안이 풍비박산이 된 당사자들이나 그 후손들이 원한을 품고 우리 복벽파 유림들과 우리 문중의 왕조복고 운동에 대해 음해하려는 자도 있을 수 있는 일이니 사실은 나도 심히 걱정이 되는구료!"

하지만 박씨 부인은 그런 사실마저도 이미 간파하고 있었는지 눈 하나 까딱하지 않고 의미심장하게 묻는 것이다.

"서방님, 그렇다면 용화 할머님께서 올리시는 이번 표충사의 천도제에 대해서는 어떻게 생각하고 계시는 건가요?"

"글쎄요. 표충사는 이름 그대로 충의정신이 깃든 호국 사찰로서 그곳 표충서원에 사명대사를 비롯한 의승대장 세 분의 위패가 모셔져 있어 해마다 밀양 유림에서 사찰 측과 합동으로 추모 제향을 올리고 있는데다가, 그곳 명부전에 사십구제 때 사용하였던 승당 할아버님의 위패를 지금까지 모셔놓고 있지 않소? 그리고 청관 스님이 입산하여 사명대사의 직계 법손이 된 곳도 표충사이고 승당 할아버님께서 의거 순절하신 곳도 그 인근에 있는데, 용화 할마니께서는 왜 하필이면 시국이 칼날과 같은 이런 때에 그곳에서 천도제를 올리기로 하신 것인지 아무래도 예사롭지 않아서 자꾸만 신경이 쓰이는구료!"

중산은 거기에 대한 부인의 생각이 어떠한지가 더 궁금하여 대충 그 정도로만 얘기하고 나서 그녀를 물끄러미 바라본다.

"서방님은 용화 할머님이 표충사에서 천도제를 올리기로 하신 것이 단지 그 때문이라고 생각하시는지요?"

중산이 까닭을 몰라 아무 말이 없자 박씨 부인은 짐짓 낙담한 듯이 수심에 찬 어조로 자신의 생각을 이렇게 피력하는 것이었다.

"서방님, 친정아버님께서는 우리 밀양 유림의 일각에서도 나라를 되찾아 왕조를 복원하려는 복벽주의를 비판하는 사람들이 나날이 늘어나고 있다고 하셨습니다. 나라를 되찾아 왕조를 복원하려는 뜻이 누구보다도 간절하실 용화당 할머님과 중사랑 시아버님께서 우리도 모르게 어려움을 겪고 계시는 부분도 있지 않겠습니까? 해천껄 친정아버님께서 크게 우려하고 계시는 까닭도 사실은 그 때문이 아닐는지요?"

청관 스님의 일을 계기로 친정 어르신들을 통하여 여러 가지 이야기들을 들은 바가 많았는지, 박씨 부인은 시집의 어른들이 도모하고 있는 일에 대해서도 중산 이상으로 이미 알 만큼은 다 알고 있는 모양이었다.

"그렇다면 임오군란의 잔재인 승당 할아버님의 과거사 문제를 우리에게 말씀해 주신 까닭도 청관 스님의 모자가 던져 주는 부담감 때문이 아니라, 사실은 어려움에 봉착한 왕조복원 사업 문제 때문이라는 말이오?"

"예, 서방님. 이것은 아녀자의 좁은 소견입니다만, 저의 친정아버님께서 우리를 따로 불러 임오군란과 얽혀 있는 청관 스님의 출생에 관한 비밀 얘기를 은밀히 해 주신 것도 사실은 그 당시에 피눈물로 얼룩진 여러 가지 문제들 중에서 용화 할머님이나 시아버님께서 직접 해결하려고 팔을 걷어붙이고 전면에 나서기에는 남들의 이목도 있고 하여 여러 모로 어려운 부분이 있을 수가 있지 않았겠습니까? 그래서 다음 세대들인 저희들이 대신 그 해결책의 실마리를 한번 찾아보게 하려고 청관 스님을 만나도록 각별히 권하신 게 아닌가 싶은데, 서방님의 생각은 어떠하온지요?"

밤은 점점 더 깊어만 가는데 집 뒤의 동산에서는 옛날에 죽은 촉나라 망제(望帝)의 넋이라고 전해지는 두견이의 처절한 울음소리가 끊임없이 들려오고 있었다. 젊은 그들 종손 부부는 왕조 복원 사업에 매달리고 있는 것만은 분명한 용화 부인과 영동 어른의 엄명으로 그 문제에 대해서는 감히 나설 엄두를 내지 못한 채, 청관 스님 모자와 관련하여 필운 선생이 던져 준 숙제를 앞에 놓고 지금 당장 무엇이 문제가 되며, 또한 그 해결책이 무엇인지에 대해 그렇게 골몰하고 있었다.

잠시 생각에 잠겨 있던 중산이 비로소 입을 연다.

"용화 할머님께서 국권을 회복하는 일만큼 우리한테 화급하고 지중한 문제는 없다고 입버릇처럼 늘 말씀하셨으니까, 청관 스님 모자의 문제도 그 일과 깊은 연관이 있을 거라는 생각은 나도 들기는 하오. 하지만 당신네들이 하고 계시는 일에 대해서는 알아서는 안 되고 아예 알려고도 하지 말라며 내린 단속이 지엄하기 이를 데 없으니 이거야말로 소경의 술래잡기 형국이 아니고 무엇이겠소?"

그러자 박씨 부인은 갑자기 진지해지는 얼굴로 자신의 생각을 이렇게 조심스레 드러내는 것이었다.

"서방님. 그런데 청관 스님의 얘기를 전해 주었다는 무릉 선생은 어떤 분이시며, 또 무슨 까닭으로 하필이면 사돈지간인 우리 친정아버님께 임오군란과 관련된 승당 할아버님의 과거사 얘기를 해 주신 거라고 생각하시는지요?"

"아, 그야 중이 제 머리 못 깎는다고 그리하셨을 수밖에요! 무릉(武陵) 인익규(安益圭) 선생이라면 우리 밀양 유림에서도 몇 손가락 안에 드는 원로 유학자 중의 한 분으로서 단장면(丹場面) 태룡리(台龍里)의 유서 깊은 고촌인 태동(台洞) 부락의 터주대감이기도 하고요. 그래서 해마다 표충사 표충서원의 춘추 봉향대제 때마다 밀양 유림 측을 대표하여 사찰 측과 함께 집례를 맡아 보게 된 것이 아니겠소? 더구나 우리 승당 할아버지, 운곡 처조부님과 함께 동문수학한 절친 삼인방 중의 한 분으로서 승당 할아버지의 유지에 따라 청관 스님을 표충서원에 위패를 모신 사명대사의 직계 법손이 되도록 주선을 해 주신 장본인이시라니 오죽했겠소?"

"그렇다면 무릉 선생께서 그동안 승당 할아버님께서 순절하신 후 거의 십 년이 다 되도록 일체를 함구하고 계시다가 뒤늦게 임오군란 때 반란군의 여식으로 관노로 전락한 하녀의 몸에서 난 승당 할아버님의 핏줄이 표충사 근처의 은거지에서 하인 행세를 하며 시봉을 받들다가 할아버지 순절 후에 곧바로 입산하여 청관 스님이라는 청년 학승이 되었다는 것과, 성 안의 무봉사 절에 와 있다는 사실을 우리 친정아버님께 알려 주신 까닭이 무엇인지에 대해서는 한번 생각해 보신 적이 있으신 건가요?"

"글쎄요. 그야 승당 할아버지의 부탁을 받고 호국의 명승인 사명대사의 법손이 되도록 주선해 준 떠꺼머리 서출 자식이 출중한 청년 학승이 되어 다시 나타난 것을 보고 생각하신 바가 있었기 때문이 아니겠소? 더구나 태룡리의 광주 안씨(廣州 安氏) 하면 조선 헌종 때에 만포(晩浦) 안유중(安瑜重), 성재(省齋) 안정중(安珵重), 괴천(槐泉) 안수중(安琇重) 등 세 형제들이 부북면(府北面) 전사포리(前沙浦里)에서 그곳으로 이거하여 정착한 후에 단연정(亶然亭)이란 제사(齋舍)와 서당을 짓고 자손들에게 학문과 가업을 장려하여 대대로 큰 인물들을 배출해 온 명문 호족인데, 그 집안의 큰 어른이시니 아무래도 나랏일과 관계되는 무슨 큰 뜻이 있었기에 그리한 것이라는 생각이 들기는 하오마는…."

중산의 입에서 그런 얘기가 줄줄 흘러나오자, 박씨 부인은 부창부수의 모범을 보일 심산이기라도 한 것처럼 그의 말을 기다렸다는 듯이 무릉 선생 집안에 관한 말을 이어 간다.

"또, 그 집안의 시헌(時軒) 안희원(安禧遠) 선생이라는 분은 대과에 급제하여 승문원 권지부정자를 시작으로 여러 벼슬을 지낸 후에 고종 28년(1891년)에 승정원 동부승지를 사직하고 귀향하였다가 광무 7년(1903년)에 관찰사 박제흥(朴齊興)의 주천으로 비서원승(秘書院丞)을 겸하여 장례원(掌禮院) 장례(掌禮)에 제수된 바가 있었지요. 그 뒤, 그 분은 갑신정변 때 청나라 장수 원세개(元世凱)가 우리 고종 황제 폐하께 독대를 청하였다는 말을 듣고 분개하여 황제 폐하께 진언하기를, "원(元)의 공이 비록 중하지만 외국의 사신이고 신 등은 못났어도 내신(內臣)인데 어찌 외신(外臣)과의 독대를 용납하겠느냐며 물러가지 아니하였고, 나라가 망하자 융희처사(隆熙處士)로 자처하며 두문불출하며 지금도 부북면 삽포(사포리)에서 성호(星湖) 이익(李瀷) 선생의 전집 간행에 지금도 전념하고 있다고 들었습니다."

박씨 부인은 청관 스님의 일로 친정아버지 필운 선생으로부터 여러 가지 얘기들을 두루 들었는지, 중산 못지않게 무릉 선생과 그 집안의 내력에 대해서 알 만한 사실들은 이미 다 꿰뚫고 있었다.

"그렇다면 무릉 선생이 장인어른께 청관 스님의 얘기를 전해 주신 것도 임진란 때에 의승대장으로서 왜놈들을 크게 무찔렀던 사명 스님의 직계 법손으로서 당당한 품모를 갖추고 다시 나타났기 때문이다 그 말이시오?"

"예, 서방님! 그런데 우리 친정아버님께서 서방님더러 청관 스님을 집안 어르신들 모르게 은밀히 한번 만나 보라고 권하시면서 특별히 당부하신 말씀은 없으셨는지요?"

"아, 그야 물론 있었지요! 청관 스님이 사명대사의 법손이 된 사실과, 하녀의 몸에서 난 서자임에도 불구하고 그 인물됨이 보통이 아님을 강조하시면서 이러한 때에는 천군만마도 좋지만, 우리에게는 사명대사와 같은 걸출한 불세출의 인재가 다시 태어난다면 좋지 않겠느냐고 말씀하셨지요! 장인어른께서 〈광복단 사건〉이 터지고 난 시점에서 그런 말씀을 하시는 것을 보면, 아마도 청관 스님이 비록 노비의 몸에서 태어난 승당 할아버지의 서자이기는 하지만 우리에게 누가 되고 짐이 되기보다는, 오히려 큰 힘이 되리라는 기대감에서 그리하시지 않으셨는가 싶소이다마는…."

"서방님, 지금까지 시댁에서는 그 존재조차도 일체 밝히기를 꺼리고 있을 정도로 부담이 되는 인물을 두고 우리 친정아버님께서 그토록 곡진히 만나 보기를 권하셨다면, 거기에는 필시 그 이상의 다른 숨은 곡절이 있을 수도 있지 않을는지요?"

"하기야 아까 부인께서 말씀하셨듯이 장인어른께서도 우리한테 직접적으로 밝히기가 거북스러운 사실이 그분의 가슴 속에 남아 있을 수도 있지 않겠소?"

"서방님, 그러시다면 청관 스님의 종적은 물론 피해 당사자인 그분 모친 자매들의 형편에 대해서도 한번 알아보심이 어떨는지요? 그래야 윗분들께서 굳게 함구하고 계시는 그 내막에 대해서 가닥을 잡을 수가 있지 않겠습니까?"

"지당한 말씀이오. 지금으로서는 아무래도 청관 스님부터 먼저 한번 만나보는 것이 급선무일 것 같구려!"

"그러시다면 청관 스님이 표충사에서 얼마 동안 행자 노릇을 하다가 비구계를 받은 후에 연무사승을 따라 그분들의 큰스님이 조실 스님으로 계시는 동래 범어사에 승적을 두고 있다고 들었습니다. 그러니 서방님께서 초량의 우리 미곡창이나 동래로 행차하실 일이 있을 때, 그쪽부터 은밀히 한번 왕림해 보심이 좋지 않겠습니까?"

"허허, 그러고 보니 그 말부터 먼저 하였으면 내 진작 알아들을 것을, 종손인 나로 하여금 우리와 우리 문중이 처해 있는 현실을 하나하나 되짚어 보게 하려고 일부러 그리도 복잡하게 장광설을 늘어놓으셨다는 말씀이오?"

"서방님, 바쁠수록 둘러서 가고, 돌다리도 두드려 보고 건넌다는 말이 있습니다. 그러니 생활의 지혜가 담긴 옛말을 그대로 행한다고 해서 손해 볼 일이 없지 않겠습니까?"

"지당하신 말씀이오! 아까 어렸을 때부터 배웠다는 『내훈』 얘기를 하면서 나라의 정치가 잘되고 못됨도 남자에게만 달린 것이 아니라 부녀자에게도 크게 상관된다고 하더니, 이번 기회에 아주 부창부수의 모범을 보이려고 작정하신 모양 같구려!"

중산은 모처럼 요조의 지혜로 내조의 진면목을 보여 주는 부인을 바라보며 비로소 심각해 있던 얼굴을 활짝 펴고 웃는다.

만행(萬行) 길에 올라 전국의 유명 사찰로 떠돌아다니면서 수행 중이라는 청관 스님을 윗분들이 눈치 채지 못하게 감쪽같이 만나 보기란 방만한 문중 대소사를 부친 대신 맡아서 행하고 있는 그로서는 결코 만만치 않은 일일 것이다. 그러나 해마다 가을 추수가 끝나면 수천 석이나 되는 미곡 출하를 위하여 미곡 창고가 있는 부산 초량과 동래 객관을 다녀오는 게 관례였으므로, 마음을 가라앉히고 기다렸다가 그때의 기회를 이용해 보는 것이 상책을 터였다.

"친정아버님께서 저에게 어릴 적에 배웠던 내훈 교육을 일깨워 주시면서 천기(天機)와도 같은 시집의 비밀을 저에게 말씀해 주시면서 여필종부(女必從夫)의 소임을 다하라고 신신당부를 하셨는데, 제가 어찌 그 일에 무심할 수가 있겠습니까!"

"고맙소, 부인! 이제야 답답하던 가슴이 확 트이는 것 같구려!"

중산은 비로소 자신의 말과 행동에 대해 특단의 함구령과 경계령이 내려진 가운데 장인어른이 던져 준 숙제의 진의를 깨달음과 동시에, 자신이 헤쳐 나가야 할 길을 제대로 찾았다는 생각에 모처럼 답답하던 가슴 한쪽이 뚫리면서 남모를 희열을 느낀다.

◇ 월하망월도 月下望月圖

용화 부인의 불공 행렬이 밀양 읍성을 경유하여 단장면 태룡리에 당도한 것은 날이 완전히 저물었을 무렵이었다. 밀양 읍성 북문 밖에서 태룡리까지는 늘어진 사십릿길, 우마차가 겨우 다니던 옛길을 새로 넓혀 만든 신작로 길이 평탄하게 열려 있었다고는 하나, 노면의 토사 유실을 방지하기 위하여 자갈을 두껍게 깔아 놓았기 때문에 가마와 우마차들의 이동에는 오히려 큰 장애물이 되었다. 게다가, 곳곳에 자리 잡은 나루를 건너야 했고, 배가 없는 시내에서는 물이 얕은 여울목의 우회로를 이용하여야 했으므로 움직이는 속도가 그만큼 느려질 수밖에 없었다.

태룡리는 표충사로 가는 신작로가 1910년대 초에 새로 뚫리면서 단장리(丹場里)에 있던 면사무소가 옮겨져 오고, 경찰 주재소와 5일 장터까지 새로 생기면서 행정 중심지가 된 신생 마을인 연경(淵鏡)에서 남쪽으로 두어 마장 떨어진 곳에 위치한 고촌 지역이었다. 표충사가 있는 동쪽 산악 지대에서 뻗어 내려온 태산준령의 중첩된 지맥과 맞닿은 남쪽의 삼태산(三台山) 아래에 터를 잡은 이 마을과 연경 사이에는 들마라고 하는 신생 마을이 들판 한복판에 자리 잡고 있었고, 본동인 태동(台洞)과 들말 사이에는 무릉천이라고 하는 계류가 흐르고 있었다. 숲이 우거진 무릉천 양쪽으로는 꽤 넓은 들판을 따라 몇 개의 촌락이 형성되어 있었는데, 민가의 수가 줄잡아 이백 수십 호는 족히 넘을 정도로 산 속의 반촌 치고는 꽤 규모가 큰 마을이었다.

이 마을이 많은 인재들을 배출하면서 오래도록 생활권의 중심지 역할을 해 왔기 때문에 면내의 주민들 사이에는 지금도 태룡리 하면 행정의 중심지인 연경 마을보다도 고촌 마을인 이 태동 부락을 먼저 머릿속에 떠올리곤 하였다.

표충사까지는 거기서도 늘어진 이십 리 길이 더 남아 있었기 때문에 용화 부인 일행은 태룡리의 터주대감으로 널리 알려진 무릉 선생 댁의 신세를 지지 않으면 안 되었다.

스무 명이 넘는 그들 일행이 여장을 푼 곳은 태룡리 본동인 태동 부락에 있는 무릉 선생의 고택에서 조금 떨어진 남천 가에 자리 잡은 단연정(亶然亭)이란 광주 안씨 집안의 재사(齋舍)였다. 전에도 표충사를 오갈 때마다 몇 차례 신세를 진 적이 있어서 그들에게 생판 낯선 곳은 아니었다. 이번에도 미리 연락이 닿아 있었던 듯, 많은 길손들이 하룻밤을 묵고 가는데 아무 불편함이 없도록 방마다 깨끗하게 손질한 이부자리가 다 마련되어 있었고, 자체적으로 식사를 해결할 수 있도록 취사준비까지 거의 완벽하게 갖추어 놓고 있었다.

밀양 읍성 북문 십 리 밖의 송림이 우거진 긴늪이란 곳에 이르러 집에서 준비해 간 음식들로 대충 점심 요기를 하였으나, 먼 길을 강행군하다 보니 모두들 지치고 허기진 모습이 역력하였다. 그 바람에 찬모를 비롯한 하녀들은 무릉 고택을 거쳐서 단연정에 도착하기가 바쁘게 쉴 틈도 없이 집에서 준비해 가지고 간 쌀과 각종 반찬거리를 가지고 때늦은 저녁 식사 준비를 서두르지 않으면 안 되었다.

그러나 단연정에서 휴식을 취한 용화 부인과 영동 어른은 무릉 선생댁의 초대를 받아 김 영감과 교전비를 앞세우고 일찌감치 광주 안씨 고택으로 거동하여 저녁 식사를 하게 되었다. 용화 부인은 안주인인 김씨 부인과 함께 융숭하게 차린 겸상을 가운데 두고 안방에서, 그리고 영동 어른은 무릉 선생과 전망이 탁 트인 사랑의 대청마루에서 각각 마주앉은 뜻 깊은 만찬 자리였다.

저녁 늦게 귀한 손님을 맞이한 무릉 고택은 안채와 사랑채 할 것 없이 추녀와 문간 기둥마다 잔칫집처럼 장명등이 서둘러 내걸렸고, 그 바람에 때 아닌 불야성을 이루게 되었다. 고택 옆의 계곡에는 울창한 숲이 빼곡히 들어차 있었고, 사시사철 유량이 줄지 않는 맑은 계류가 그 사이로 흐르고 있었다. 그리고 낙락장송이 휘늘어진 층암절벽에서 풍악을 치며 쏟아지는 그림 같은 폭포수가 가까이 있어서 집 안의 대청마루에서도 손에 잡힐 듯이 훤히 바라다보였다. 아름다운 대자연과 하나가 된 무릉 고택은 불야성을 이룬 인위적인 장명등의 불빛과, 휘영청 밝은 대자연의 오월 보름 달빛이 한데 어우러져서 집 주인의 자호(字號)처럼 도연명(陶淵明)의 무릉도원(武陵桃源)과도 같은 산촌의 빼어난 야중진경(夜中珍景)을 만들어내고 있었다.

빼어난 진경은 절세의 시선(詩仙)을 만들어내고, 그 시선의 걸작 풍월은 세속에 찌든 인간 심성의 진애(塵埃)마저 유감없이 걸러내어 천연의 본심으로 되돌려 놓는다고 그 누가 말했던가?

영동 어른은 작고한 부친의 절친인 무릉 선생과 겸상으로 조심스럽게 식사를 하면서도 눈과 귀는 눈앞에 펼쳐진 월하의 진경산수 쪽으로 절로 향해지곤 하였다. 그리고 식사를 마친 후, 반주로 나온 동동주로 권커니 자시거니 하면서 대작할 때는 자기 자신이 갑자기 신선이 된 듯이 야중진경에 흠씬 젖어들면서 절로 싯구절이 흥얼흥얼 흘러나올 지경이었다. 아까 식사를 할 때는 정성껏 차린 성찬 못지않게 빼어난 주변 경관 때문에 없던 입맛도 되살아나는가 싶더니, 이제는 그동안 잊고 지냈던 풍월주인의 본색마저 절로 발동되는가 싶은 것이다.

하지만 야중진경에 흠씬 젖어든 나그네도, 그것을 일상적으로 누리며 살아 온 주인도 솔향기 그윽한 동동주를 묵묵히 음미할 뿐 아무런 말이 없었다. 그렇다고 서로 간에 할 얘기가 없을 수는 없는 입장들이었다. 다만, 하고 싶은 얘기들이 집안 식구들이 들어도 안 될 극비 사항들이기에 밤이 깊어 가기만을 기다리고 있을 뿐인 것이다.

그러나 일배(一杯) 일배(一杯) 부일배(復一杯)로 무언의 교감을 나누는 사이에 밤은 깊을 대로 깊어 갔고, 어느 결엔가 두 사람의 얼굴에도 달빛보다 진한 취기가 거나하게 번지고 있었다. 드디어 가슴 깊이 품고 있던 밀담을 나눌 시간이 되었음을 판단한 것일까? 남아 있던 술잔을 마저 비운 무릉 선생이 비로소 바깥일에 관하여 가만히 입을 열었다.

"이보시게, 민생(閔生). 요새 옥중에 계신 남포 선생의 근황은 어떠하시던가? 그 양반이 우리 유림의 후원 사실 일체를 함구하며 모든 책임을 혼자서 감당할 요량이신 모양인데, 저러다가 종내는 큰 변을 당하지 않을까 걱정이 이만저만이 아니로세!"

요동치는 한말의 시국 격랑을 고스란히 겪어 온 노유(老儒)의 얼굴에 당혹감과 회한의 빛이 무겁게 내려 쌓이는 듯하였다.

"조만간에 부산지방법원으로 옮겨져 재판에 회부될 모양이라 하였습니다. 그런데 근자에 이르러서는 조사를 받는 과정에 누적된 고문으로 인하여 아예 식음을 전폐하다시피 하고 계시니 명재경각(命在頃刻)이신 모양입니다."

시선을 떨어뜨리면서 앞에 놓인 놋쇠 술잔을 내려다보는 영동 어른의 얼굴에서도 죄인이 된 듯한 참괴함이 흐른다.

"허허, 통재 애재(痛哉哀哉)로다! 이거야말로 화급지사(火急之事)에 속수무책이니 큰일이 아닌가?"

"아무래도 조만간에 큰 불상사가 생길 듯 하여 소생도 걱정이 이만저만이 아닙니다. 그동안 운곡 사장 어르신과 무릉 선생님께서 우리 일을 잘 이끌어 주셨는데, 일이 이 지경이 되고 보니 뒤에서 보좌해 온 저로서는 작고하신 선고(先考)님과 윗분들을 대할 면목이 없습니다!"

"허허, 그게 어디 민생의 탓인가? 광복단의 조직망을 밀고한 변절자의 탓이지!"

"그렇기는 합니다만…. 일이 이 지경이 되고 말았으니 우리의 뜻을 대변할 인맥들을 다시 결집하고 새로운 인재들을 찾으려고 백방으로 알아보고는 있으나, 일이 예전처럼 뜻과 같이 되지를 않습니다…."

"뉘 아니래나! 세월이 하도 수상하니 권불십년(權不十年)이라는 말도 옛 시절의 호사(豪奢)로 여겨질 지경일세! 독립운동가들 중에서도 작탄혈전(炸彈血戰)인지, 민주공화제인지를 지향하는 소위 진보 유림이라는 개화파를 비롯한 시정(市井)의 혁신파 무리들이 대세를 잡아가는 판국이니, 이대로 중구난방으로 나라를 되찾더라도 왕조를 복원하는 일은 아무래도 어려워질 것 같지 아니한가? 황천에 계시는 면암 최익현 선생이나, 고종 태황제 폐하의 밀명을 받들고 창의하였던 임병찬(林炳瓚) 같은 의병장이 다시 환생하여 복벽주의 기치를 높이 들고 독립운동의 선봉에 나서 주기라도 한다면 또 모를까…."

무릉 선생은 예전 같잖은 흉흉한 세상 민심에서 무상감을 느꼈음인지 무겁게 고개를 가로 젓는다.

러일전쟁에서 승리한 일제의 강압으로 을사보호조약이 체결되었을때, 이에 비분함을 느끼며 거기에 가담한 을사오적인 학부대신 이완용(李完用), 내부대신 이지용(李址鎔), 외부대신 박제순(朴齊純), 군부대신 이근택(李根澤), 농상공부대신 권중현(權重顯)의 처단을 요구하고 왕의 인가를 받지 못한 조약은 무효임을 주장하면서 충남 홍주의 유학자 민종식(閔宗植)이 구성한 의병과 연대하여 74세의 노구로 의병장이 되어 제자인 돈헌(遯軒) 임병찬(林炳瓚)과 더불어 분연히 거병하였던 면암 최익현 선생—.

또, 그는 1894년의 청일전쟁 및 동학 농민운동과 갑오개혁 때도 끝까지 반대를 고수하며 특히 친일파 대신들의 척결을 주장함으로써 개화에 반대하는 유생을 비롯한 백성들과 함께 위정척사 운동을 전개하였고, 개화파의 처단과 외세 철수 등을 주장하며 임병찬과 함께 항일 의병운동을 벌였던 인물이었으니, 척족 세력의 일원인 승당 선생과 절친의 관계를 뛰어넘어 혼맥까지 맺은 운곡 선생과 더불어 영남학파 동방이학(東邦理學)의 산실인 예림서원을 중심으로 점필재 학통을 이어온 밀양 유림 내의 복벽파(復辟派) 삼인방의 일원인 무릉 선생으로서는 두고두고 아쉽게만 여겨지는 희대의 인물들인 것이다.

"처음부터 우리가 가는 길이 형극(荊棘)의 길이 될 것임을 모르지 않았으나 이렇게 허망하게 될 줄은 그 누가 알았겠습니까?"

"이보게, 민생. 그런데 말일세! 사정이 이럴 바에야 차라리 태황제 폐하의 해외 망명을 다시 한 번 도모해 보는 게 더 낫지 않을까 싶은데, 자네의 생각은 어떠한가?"

"황은을 많이 입은 저희들이야 길이 있다면 어찌 물불을 가리겠습니까?"

한 풀 꺾여 있던 영동 어른의 뜻이 그런 와중에도 강하게 분출되는 듯하였다.

"자네의 뜻이 곧 척족 민문(閔門)들의 뜻일 터이지? 그렇다면 황실 쪽의 움직임은 어떠한지 혹시 아시는 바가 없는가?"

무릉 선생으로서는 몸도 예전 같잖고, 산골 마을에 살다 보니 아무래도 바깥세상의 소식을 접할 기회가 마땅치가 않아서 여러 가지 일들이 다 궁금해지는 모양이었다.

"지난번의 신한혁명당(新韓革命黨) 사건을 겪으신 이후로 태황제 폐하께서 상심이 크셨던 터라, 해외 망명에 대한 내락을 받아내는 일부터 쉽지가 않았던 모양입니다. 게다가, 태황제 폐하께서 유폐되어 계신 경운궁(慶運宮: 지금의 덕수궁)의 함녕전(咸寧殿) 안팎이 내시와 궁인들 할 것 없이 왜놈들과 내통한 자들로 겹겹이 담을 쌓고 있어 직접 배알하는 것부터가 여간 어렵지 않았던가 봅니다."

"그렇다면 태황제 폐하의 해외 망명을 다시 추진하고 있단 말이 아닌가?"

영동 어른을 바라보는 무릉 선생의 파뿌리 같은 수염발이 파르르 떨린다.

"예, 어르신! 하지만 이미 한번 겪었던 일이라, 왜놈들의 감시가 이만저만이 아닌가 봅니다!"

"하기야, 왜놈들처럼 간사하고 교활한 족속들이 다시는 없을 터이니, 어련하겠는가?"

고종황제의 해외 망명을 가장 먼저 추진한 세력은 1914년에 이상설(李相卨)을 중심으로 러시아의 블라디보스토크에 세워진 최초의 망명 정부인 대한광복군(大韓光復軍) 정부였다. 정부 수립은 권업회(勸業會)의 중심 회원인 이상설·이동휘(李東輝)·이종호(李鍾浩)·정재관(鄭在寬) 등이 주도하였으며, 이상설·이동휘가 각각 정·부통령에 피선되었다.

권업회는 1910년대 초 재연해주(在沿海州) 항일 독립운동의 중심 기관으로서 민족정신의 고취, 항일 독립운동의 전개, 교민의 단결과 지위 향상 등을 목적으로 창립된 민족운동 단체였다. 권업회를 발판으로 수립된 대한광복군(大韓光復軍) 정부는 한일합방 이듬해인 1911년에 광복군을 양성하기 위해 러시아의 극동총독과 교섭하여 연해주 지역에 광복군 군영지(軍營地)를 조차(租借)하는 한편, 1913년에 대전학교(大甸學校)라는 사관학교를 설립하여 광복군 양성을 위한 비밀결사인 양군호(養軍號)와 해도호(海島號)를 설치, 운영하였다.

그 결과, 1914년에 권업회 초대의장 이상설(李相卨)이 블라디보스토크를 중심으로 시베리아 전역에 훈련받은 무장 병력만도 약 3만여 명을 확보하였는데, 1914년은 러일전쟁의 10주년이 되는 해로, 일본 군경에 압수당한 독립운동 관계 문서에 의하면, 이상설의 주관 하에 있던 시베리아 병력을 제외하고도 만주 길림성(吉林省)에 26만 명, 무송현(撫松縣)에 5천3백 명, 왕청현(汪淸縣)에 1만 9천5백7명, 통화(通化)·회인(懷仁)·집안(集安) 지역에 39만 명, 미국에 8백55명 등의 한인이 훈련을 받고 무장을 갖추고 있었다.

이때, 러시아에서는 러일전쟁의 패배를 설욕하겠다는 분위기가 팽배하여 개전설이 나돌았다고 한다. 이에 발맞추어 연해주의 권업회에서는 시베리아와 만주, 미주에 널리 퍼져 있는 무장력을 갖춘 각 독립운동 단체들을 모아 독립전쟁을 구현할 대한광복군 정부를 수립했던 것이다.

또한, 이 해는 조선 사람이 시베리아에 이민을 간 지 50주년이 되는 해이기도 하여, 이를 크게 기념하기 위한 기념대회를 준비하고 있었으므로, 많은 군자금을 모금할 수 있을 것이라는 생각도 정부 수립에 영향을 미쳤던 모양이었다.

이상설은 1915년 3월에 상해 영국 조계(租界) 내의 배달(倍達)학원에서 박은식(朴殷植)·신규식(申圭植)·조성환(曹成煥)·유동열(柳東

說)·유홍렬(劉鴻烈)·이춘일(李春一) 등의 독립 운동가들과 신한혁
명당(新韓革命黨)을 조직하였고, 신한혁명당은 광복군을 조직해 무장
투쟁을 계획하는 한편, 고종황제의 망명 계획을 수립하게 되었다. 그리
하여 신한혁명당 본부장 이상설은 외교부장 성낙형(成樂馨)을 국내로
잠입시켜 고종황제를 신한혁명당 당수(黨首)로 받들고 중국 정부와 〈
한중의방조약(韓中誼邦條約)〉을 체결하려고 했던 것이다.

성낙형 등은 1915년 7월 26일에 내관 염덕임(廉德任)을 통해 경운
궁(慶運宮) 함녕전에서 고종황제에게 중·독·영·러가 연합해 일본
을 공격할 것이 대세(大勢)라는 등의 보고서를 올리게 했다. 이 보고서
를 읽어 보고 크게 만족한 고종황제는 성낙형에게 〈한중의방조약안〉을
가지고 직접 알현하라고 하면서 승낙의 징표로 과거 정조(正祖) 임금
이 사용했던 '온여기옥(溫如其玉)'이라는 인영(印影)을 찍어 주었다고
한다.

그러나 싸고 싼 향내도 기어이 밖으로 새어 나가기 마련이라, 고종
황제와의 면담 직전에 성낙형을 비롯한 김사준(金思濬)·김사홍(金思
洪)·김승현(金勝鉉) 등 다수의 관련자가 그 첩보를 입수한 일제에 의
해 소위 '보안법 위반 사건'으로 검거됨으로써 그만 아깝게 실패로 돌
아가고 말았던 것이다. 이것이 이른바 '신한혁명당 사건'이었다.

그리고 같은 해 8월에 제1차 세계대전이 일어나자 일본과 공동 방위
체제를 확립한 러시아 정부에 의해, 러시아 내에서 조선인들의 모든 정
치·사회 활동이 금지되었고, 9월에는 정부 수립의 모체가 된 권업회
마저 해산당하면서 해체되고 만 것이었다.

술잔을 기울이며 깊은 생각에 잠겨 있던 무릉 선생이 다시 넌지시
묻는다.

"그렇다면 이번에는 누가 발 벗고 나섰다는 말인가?"

"이번에는 고종태황제 폐하의 사돈이신 우당(友堂) 이회영(李會榮)
선생께서 직접 나서셨다고 합니다. 그분은 지난 1907년에 이상설 선생

과 함께 헤이그 밀사 사건을 기획했던 경험을 갖고 있는데다가 당신의 장남인 이규학(李圭鶴)의 아내 조계진(趙季珍)이 태황제 폐하의 생질(甥姪)이어서 왜놈들의 눈을 피할 수 있는 통로 역할을 하고 있는 모양입니다."

"그렇다면 태황제 폐하께서도 해외 망명에 동의하셨다는 말인가?"

"우당 선생께서 시종인 이교영(李喬永)을 통해 망명 의사를 타진하자 고종태황제 폐하께서 선뜻 승낙하셨다고 합니다."

고종황제가 해외 망명을 다시 결심하게 된 외적인 요인은 올해 초에 미국의 윌슨 대통령이 연두교서에서 빌표한 민족자결주의(民族自決主義) 때문이었는데, 그것이 자주 독립을 갈망하던 피압박 민족들에게는 아주 고무적인 큰 힘이 된 셈이었다.

그리고 이때가 마침 황태자 이은(李垠)과 일본 왕실의 나시모토노미야 마사코(梨本宮方子)의 혼담 얘기가 전해지고 있던 터이라, 순종이 후사가 없는 판국에 황태자인 이은마저 일본 여인과 혼인을 해 버린다면 조선 황실의 혈통은 끊기고 마는 셈이어서 고종황제의 고민이 극에 달해 있던 시기이기도 하였다. 그래서 이시종이 이회영 선생의 생각을 상주(上奏)하자 고종황제도 뜻밖에 쾌히 승낙했다는 전언이었다.

고종황제의 시종 이교영으로부터 황제의 승낙 의사를 전달받은 이회영이 경기도 출신으로 보통학교 졸업 후에 독학으로 공부하여 1915년부터 주로 북경에 체재하면서 서울, 상해 등지를 왕래하여 이시영(李始榮) · 이동녕(李東寧) · 조성환(曹成煥) 등과 접촉하며 독립운동을 하고 있던 홍증식(洪增植)과 함께 고종황제의 측근인 전 내부대신(內部大臣) 민영달(閔泳達)을 만나 의사를 타진하기에 이르렀다.

우당 이회영이 고종황제의 뜻을 전하자, 조선 침탈 후 일제가 정국무마용으로 수여하는 남작(男爵) 작위를 거부했던 명성황후의 13촌인 민영달은 "태황제 폐하의 뜻이 그러하시다면 신하 된 나에게 무슨 이의가 있겠는가? 나는 분골쇄신(粉骨碎身)하더라도 황제의 뒤를 따르겠다.”고 하며 쾌히 동의했다는 것이다. 이회영과 민영달은 경비가 철통같이 삼엄한 육로(陸路) 대신에 해로(海路)를 이용하기로 하고 상해와 북경을 저울질하다가 우선 북경에 행궁(行宮)을 마련하기로 합의한 모양이었다.

용화 부인이 한성의 민영달 측으로부터 이 사실과 함께 자금 마련에 관한 밀지를 전달 받은 것이 지난 단오절 무렵의 일이었고, 단옷날 처가를 다녀온 중산이 전해 올렸던 운곡 선생의 서찰도 용화 부인이 이 사실을 전한 급보에 대한 의향서였던 것이다.

“그리고 보니 이번에도 민생의 문중에서 거사 자금의 일부를 조달하기로 하신 모양이군먼, 그래!”

“일부가 아니라 필요하다면 전 재산이라도 다 털어서 내놓아야 하지 않겠습니까?”

극비 얘기를 털어놓으면서 영동 어른은 저절로 바싹바싹 타들어 가는 목을 잔에 남아 있던 술로 축인 다음, 겨우 칼칼하게 트인 목소리로 다시 말을 잇는다.

“저희 용화당 자친(慈親)께서는 이번 불공을 마치고 돌아가는 길에 한양에서 선고(先考)님을 모셨던 김 영감을 민영달 대감 댁으로 직접 올려 보낼 계획이신 모양입니다.”

“이렇게 힘들고 번다한 행차 중에…! 역시 승당의 미망인다우신 비상한 결단이시로고! 참으로 대단하신 여장부일세!”

무릉 선생은 연로한 여인의 몸으로 왕조를 복원하는 일에 거침없는 행보를 보이고 있는 용화 부인을 통하여 절친인 옛 문우의 잔영(殘影)을 느끼는 듯, 감회가 남다른 모양이다.

“선고께서 망국의 한을 품고 의거 순절하셨으니 어머님인들 오죽하시겠습니까?”

“그래도 그렇지! 승려가 된 서출 자식을 십 년이 다 되도록 본인도 모르게 이토록 지극 정성으로 뒤치다꺼리를 하면서 남 모르게 후원하시는 것도 그렇고, 정경부인께서 행하시는 바가 남녀를 불문하고 아무나 할 수 있는 일은 결코 아니로세!"

영동 어른은 아무 말도 하지 않음으로써 무릉 선생의 말에 공감을 표하였다. 한참 동안 말이 없던 무릉 선생이 다시 입을 열었다.

"그런데 동래 민영돈(閔泳敦) 대감은 요새 어떻게 지내고 계신다고 하던가?"

민영돈 대감이란, 순종황제의 정후(正后)로서 지난 1904년에 경운궁의 강태실에서 33세의 젊은 나이로 세상을 뜬 바 있는 순명효황후(純明孝皇后) 민씨의 가까운 인척으로서 1907년에 열 살의 나이로 이은(李垠) 황태자의 약혼자로 간택되었던 민갑완(閔甲完)의 친부가 되는 사람이었다.

그는 고종 23년(1886년)에 정시 문과에서 병과로 급제한 뒤 이듬해 4월에 한림(翰林)을 거쳐 그해 6월 시강원(侍講院) 설서(設書)를 시작으로, 세자시강원(世子侍講院) 사서(司書), 왕세자의 계강책자(繼講冊子) 등을 두루 거친 후 1891년에 성균관 대사성에 올랐고, 1893년에 동래부윤, 1896년에 다시 동래감리 겸 동래부윤이 되었다가 1897년 비서원성을 거쳐 중추원 1등 의관(議官)에 임명되었으며, 이듬해 궁내부 특진관이 되었다가, 봉상사제조(奉常司提調)에 임명되어 칙임관(勅任官) 3등에 서임된 후, 1901년 3월에 주차(駐箚) 미국 특명전권공사를 거쳐 같은 해 4월 주차 영국·벨기에 공사로 임명되었으며, 1904년에 규장각 지후관(奎章閣祗候官)이 되었고, 이어 칙임관 2등에 오르는 등, 다양한 경력의 소유자였다.

"여식이 국본(國本)의 몸인 황태자의 비로 간택되어 다시없는 광영으로 여겼는데, 왜놈들이 유학이라는 미명 하에 이은 공을 일본으로 볼모 삼아 버젓이 납치해 가더니, 이제는 자기네 왕족 출신 왜녀와의 국혼을 서두르고 있는 판국이니 살아서 숨을 쉬고는 있어도 밥이 제대로 목에 넘어가겠습니까? 게다가, 지난 십년 세월을 한결같이 황태자 마마의 환국을 학수고대하고 있다가 하루아침에 파혼을 당한 갑완이는 죽음도 불사하고 한사코 수절하려고 버티고 있는데, 다른 남자와 결혼시키려는 왜놈 관리들과 그들 앞잡이 놈들의 공갈과 협박은 날이 갈수록 심해지고 있다 하니 그 심정이야 오죽하겠습니까? 갑완이가 파혼 당하는 것을 보고 그 아이를 극진히 아꼈다는 외조모마저 세상을 이미 떠나고 만 판국에…!"

헤이그 밀사 사건으로 고종 황제가 강제로 퇴위 당하고 대한제국의 군대가 해산되면서 고종황제와 명성황후의 둘째 아들인 순종(純宗)이 왕위를 계승하던 해에 고종의 셋째 아들로서 엄비가 낳은 순종의 이복동생인 이은(李垠)이 황태자로 책봉되면서 그와 11살 동갑내기로 태자비에 간택 되었던 민갑완은 조선 총독으로 새로 부임해 온 이토 히로부미에 의해 이은 황태자가 일본으로 볼모로 잡혀 갈 때까지만 해도 약혼단자와 결혼을 약속하는 신물(信物)까지 받은 상태로 택일 후 가례(嘉禮)만을 앞두고 있는 상황이었던 것이다.

그러나 세상이 바뀌어 순종이 즉위한 직후인 1907년 7월에 일제는 이른바 정미칠조약(丁未七條約)이라 일컬어지는 소위 한일신협약(韓日新協約)을 강제로 체결하여 국정 전반을 일본인 통감이 간섭할 수 있게 하였고, 정부 각부의 차관을 일본인으로 임명하는 이른바 차관정치를 시작하면서 상황이 이상하게 돌아가기 시작하였다.

조선 황실이 황태자비를 초간택하는 것을 본 일제 당국이 조선 황실의 혈통을 끊고 조선 식민지 통치를 영구히 하려는 간계로 황태자를 일본인화 하려고 이은 공을 유학이라는 미명 하에 볼모 삼아 일본으로 납치하듯이 서둘러 데려가 버렸던 것이다. 그러자 크게 당황한 창덕궁에서 민영돈의 집으로 급한 전갈을 보내왔다. 시국이 혼란스러워서 예를 갖추어 지킬 수 없으니 그냥 택일하여 신물(信物)을 전달코자 하니 그리 알고 받으라는 것이었다.

그리고 그날 오후에 순종 황제의 보모(保姆)인 문 상궁이 혼약의 증표인 신물을 가지고 집으로 찾아 왔다. 청·홍으로 된 공단 겹보에 금가락지 두 짝을 다홍실로 동심결(同心結)을 맺어 네모난 곽 속에 넣었고, 그 위에는 먹 글씨로 약혼지환(約婚指環)이라고 쓰여 있었다. 창덕궁에서 엄비가 보낸 혼인 약속의 정표인 신물이었던 것이다.

"이제 갑완 낭자께서는 황실의 사람이 되셨습니다! 진심으로 감축드리옵니다."

문 상궁이 하례 인사를 하였으나 갑완의 아버지 민영돈은 여식이 지존의 몸인 황태자의 정식 약혼녀가 되었음에도 불구하고 날로 기울고 있는 망국의 조짐 앞에서 불안하고 걱정스럽기 짝이 없었다. 그리고 역시 그가 우려했던 대로 일제의 치밀한 계획대로 대한제국은 결국 오래지 않아 일본에 합방되어 그들의 식민지가 되고 말았던 것이다.

그 후, 한일 합방 이듬해인 1911년 8월 2일에 엄비가 급서하였으나 일제 당국은 볼모 삼아 일본에 데리고 간 이은 황태자의 귀국을 허락하지 않았다. 그리고 이은 황태자의 혼기가 다가오자 조선 황실에서 이루어 놓은 갑완이와의 혼약을 자기네 멋대로 묵살하고 지난 1916년 8월 2일에 불임 소문이 은밀히 나도는 자국 왕족 출신인 왜녀를 새로운 황태자비로 간택하였다고 발표하였다. 그러더니 올해 들어 궁궐의 제조상궁을 민영돈의 집으로 보내어 어명이라며 혼례 약속의 정표인 약혼반지와 약혼단자를 돌려달라고 하였다. 민영돈은 간택을 치르고 신물까지 나눈 지가 벌써 십 년의 긴 세월이 흘렀는데, 정녕코 상의 뜻이 그러하냐고 언성을 높였다.

그러나 제조상궁은 한결같은 목소리로 맡은 바 소임에 따라 전할 말만 곡진하게 전하는 것이었다. 사정이 딱하게 되었으나 상의 뜻이 아니라 조선 총독부의 지령에 따른 것일 뿐이니 그리 알라며 돌이킬 수 없는 일임을 누누이 강조할 뿐이었다.

민영돈의 입장으로서는 자기네 일가를 파국으로 몰아넣는 청천벽력과도 같은 날벼락이 아닐 수 없었다. 왜냐하면, 조선시대 사대부의 경우 한번 정혼이 되면 신랑감이 사망한 경우는 물론, 파혼을 당한 경우에도 다른 곳으로 시집을 가지 못하게 국법으로 엄격하게 정해져 있었기 때문이었다. 따라서 태자비로 간택되어 약혼한 갑완이가 혼인을 하지 못하게 되면 이미 결혼을 한 갑완의 언니는 무관하나 파혼을 당한 당사자인 갑완이는 물론이려니와 그 아래로 셋이나 되는 동생들까지도 역혼(逆婚)을 금하는 국법에 따라 모두 결혼을 하지 못하는 상황에 처하게 되고 마는 것이다.

그 바람에 아무리 나라 일이 중하다 해도 생때같은 자식들의 앞날을 이렇게 막는 법이 어디 있느냐고 민영돈이 제조상궁에게 길길이 뛰면서 항변하였으나, 그게 황실의 뜻이 아니라 왜놈들의 강압에 의한 것이어서 어쩔 수 없다는 말만 되풀이 해 들어야만 했다. 그리고 날이면 날마다 수많은 궁인들과 친일 대신들이 민영돈의 집을 드나들며 보름이 넘게 괴롭혔고, 갑완이는 가족들이 그런 고통과 수모를 당하는 모습을 그대로 계속 두고만 보고 있을 수가 없었다. 고민에 고민을 거듭하던 끝에 총명하고 호방한 갑완이는 결국 목숨보다 소중하게 여기며 십년 동안이나 고이 간직해 왔던 약혼단자와 혼인 약속의 신물인 쌍가락지를 피눈물을 쏟아가며 내놓고 말았다.

그리고 지난 정월 초사흗날 밤 열두 시 경에 친일 대신들이 민갑완의 부친 민영돈을 혜당(惠堂)으로 불러들여 '신의 여식을 금년 내로 타문에 출가시키지 않으면 부녀가 중죄를 받아도 좋다는 것을 맹세한다.'는, 미리 작성하여 상(上)의 대리로 시종 부관이 가지고 온 결혼에 관한 서약서에 날인을 하게 하였다. 상의 뜻이 그러하다니 약혼단지와 신물까지 내어 준 마당에 이제는 민영돈도 더 이상 거역할 도리가 없었다.

그러나 그것은 파혼 문제가 종결되는 것이 아니라 그보다 더한 새로운 비극의 시작에 지나지 않았다.

신물 회수에 성공한 일제는 그로부터 친일파 벼슬아치들을 내세워서 전날 어명을 빙자하여 강제로 날인하게 하여 받아 갔던 결혼 서약서의 내용을 들먹이며 올해가 다 가기 전에 새로운 신랑감을 구하여 갑완이를 결혼시킬 것을 민영돈에게 강요하며 온갖 협박과 위압을 가하기 시작하였다. 그들은 한번 태자비로 간택된 갑완이 조선 천지의 어느 가문에 시집을 갈 수 있겠느냐며 삼만 원을 줄 테니 일본 황족의 아들과 결혼을 시키라느니, 일본 후작과도 혼처를 알선해 주겠다느니, 또 자기네의 제안에 응하기만 하면 높은 벼슬을 줄 것이라는 둥, 온갖 감언이설과 협박으로 회유하였으나 역대 왕비를 네 분씩이나 배출한 조선 왕실의 오랜 척족으로서 국혼의 법도를 너무도 잘 아는 민영돈으로서는 그대로 따르기는커녕 듣기조차 망극스러운 무례한 짓거리들이 아닐 수 없었다.

갑완이를 극진히 아꼈던 외조모는 택일과 가례만을 기다리고 있다가 이은 황태자와의 파혼이 되는 것을 보고 얼마 되지 않아 눈도 못 감고 이미 세상을 떠났고, 부친 민영돈마저 생사를 가늠할 수 없을 정도로 왜놈들과 그들 앞잡이들의 등쌀에 밤낮으로 시달리며 술의 힘을 빌어 근근이 버티고 있는 형편이었다.

"오죽했으면 서울 사저를 매물로 내놓고 동래 본가로 거처를 옮겼을까요?"

영동 어른은 고개를 절래절래 흔들면서 길게 한숨을 내쉬었다.

"그래서 하는 얘기인데, 왜놈들이 무슨 술수를 부릴지 알 수 없는 일이니, 민영돈 대감 부녀의 안위에 대한 대책도 세워 둬야 하지 않겠나?"

"글쎄요. 비록 약혼단자와 신물은 강압에 못 이겨 내놓고 말았지만 아직도 이은 황태자와의 혼약이 유효한 것으로 철석같이 믿고 있는데다, 이은 황태자 마마께서 환국(還國)하실 날만 일구월심으로 기다리고 있는 형편이니 결코 그럴 수는 없는 일이 아니겠습니까?"

"딴은 그렇기도 하겠네 그려! 허허, 그것 참! 나라가 망하면 세자시강원 사서 댁의 구들장부터 내려앉는다고 하더니만, 발등에 떨어진 불똥이 한둘이 아니니 이거야 원…!"

영동 어른과 무릉 선생이 이러고 있을 때, 안채 내실에서는 저녁상을 물린 용화 부인은 안주인과 함께 다과상을 앞에 놓고 정답게 한담을 나누고 있었다. 부인네들이 하는 얘기란 남정네들과는 달리 집안의 살림살이나 대소사에 관한 일상적인 생활 잡사(雜事)가 화제의 대상이 되기 마련이었다.

가채머리와 원삼으로 성장을 한 용화 부인과는 달리, 안주인 김씨 부인은 단아하게 차려입은 단목 평상복 그대로여서 외양에서 풍기는 분위기부터가 서로 달랐지만, 대화에 임하는 언행에 있어서는 사대부가의 여느 여인네들과 다를 바 없이 안존하고 기품 있는 모습을 보여 주고 있었다.

그러나 용화 부인은 손님의 입장인데다가 사대부가의 일반 여인네들과는 달리 거대 문중의 대소사를 관장하는 위치에 있다 보니 대화의 모양새가 자연스럽게 관심이 지대한 안주인의 질문에 용화 부인이 대답하는 형국이 되어 갈 수밖에 없었다.

"동산리 여흥 민씨 집안에서는 해마다 청명절(淸明節)이 되면 옹천 강에 배를 띄워 놓고 부녀들의 글짓기 솜씨를 겨루는 백일장 행사를 갖는다고 들었습니다."

용화 부인 앞으로 찻잔을 옮겨놓는 김씨 부인의 손길에 지극정성으로 손님을 모시려는 정성이 넘친다.

"예, 그렇기는 합니다만…. 이곳 태동의 광주 안씨 집안도 대대로 큰 인물들을 길러낸 명문이니 당연히 내력 깊은 문중 행사가 있지 않겠습니까?"

"이런 산골에 사는 저희이야 기껏 일이백 석 남짓한 살림살이 규모로 소꿉놀이 하듯이 살아가는 형편이지요. 그러니 수천석지기나 되는 대처의 명문대가와 어디 견줄 수나 있겠습니까?"

안주인의 겸손에 용화 부인은 잠자코 고개를 흔든다.

"겸손이 지나쳐 듣기에 민망합네다. 넓은 평야 지대에서 조상 대대로 식솔들이 많이 딸린 집성촌을 이루며 살다 보니 우리만의 생활양식이 쌓여 저절로 그렇게 된 것이지요. 예전부터 전해 내려온 문중의 연례행사로 남정네들은 가을 추수가 끝나면 승마대회와 활쏘기 대회를 열어 호연지기를 길러 주고, 우리 아녀자들은 선유(船遊)놀이라 하여 돌티미 나루에서 배를 타고 오우정 나루를 오가면서 글을 짓고, 화전놀이라 하여 응천 강변의 풀밭에서 화전(花煎)을 부쳐 먹으면서 화목을 도모하곤 하지요. 학문과 병행하여 호연지기를 길러야 하는 남정네들과는 달리, 우리 부녀들은 집안에서 어린 자녀들을 돌봐야 하는 까닭에 가훈과 집안의 내력에 따른 내훈 교육과 심성 교육이 마땅히 있어야 한다는 생각에 그리하였던가 봅니다. 옛 조상님들의 발자취가 남아 있는 경치 좋은 오우정 벼랑 아래의 응천강에 배를 띄워놓고 선유놀이를 하면서 대대로 전해 내려오는 여러 조상님들의 유훈을 기리는 일과 겸하여 그런 문중 행사를 갖게 된 것도 다 전통적인 내력 때문이 아닌가 싶습니다.”

“그러시다면 올해에도 백일장 행사를 하셨겠네요?”

고개를 들고 바라보는 김씨 부인의 소박한 얼굴에 잔잔한 선망의 미소가 흐른다.

“글쎄요. 그렇게 할 수가 있었다면야 오죽이나 좋겠습네까?”

“아니, 왜요?”

“아무 능력도 없는 아녀자의 몸으로 망부(亡夫)의 빈자리를 채우면서 문중 일과 집안일을 돌보느라고 동분서주하다 보니 그렇게 할 시간도 여력도 부족했음이 아니겠습네까?”

의례적인 말투로 사정을 설명했지만, 부군과 사별한 용화 부인으로서는 가슴에 맺힌 말이었다.

“우리 집 바깥양반께서는 용화당 정경부인을 두고 웬만한 남정네들 못지않은 여걸이라는 말씀을 노상 입에 달고 사시는데, 아무려면 여력이 부족했을 리가 있겠습네까?”

용화 부인이 크게 신경을 쓰는 일이란 것이 반가의 부녀자들이 하는 일상적인 일과는 달리 바깥어른이 해야 할 일을 도맡아 하다 보니 그리 된 것이지만, 집안의 대소사는 물론 밀양 유림의 거목으로서 조선 유학의 종조인 점필재 학통을 이어가는 바깥일에도 조홀함이 없는 무릉 선생이고 보니, 김씨 부인으로서는 당연히 그런 느낌이 들었을 것이다. 칠십 노령에도 불구하고 아직도 왕성한 생활력을 보이고 있는 무릉 선생의 그늘 밑에서 집안일에만 신경을 쓰면서 안존하게 살고 있는 김씨 부인에게는 시국과 관련된 일에 부대끼며 골몰하고 있는 용화 부인의 생활 내력이 상상조차 되지 않을 터였고, 그녀가 하는 얘기마저 겸양의 뜻으로만 여겨지는지 쉽게 납득이 되지 않는 눈치였다.

"여력도 여력이지만, 다 시절을 잘못 만난 탓이 아니겠습네까?"

용화 부인은 자신의 처지를 이해하지 못하는 안주인의 생각이 마치 먼 나라 사람의 그것인 양 신기하다는 듯이 바라본다.

"그래도 문중의 다른 행사들도 있다고 들었습니다. 명절 때마다 문중 부녀들끼리 종가에 모여 앉아 그동안에 필사하거나 돌려 가면서 읽었던 각종 서책과 내간들에 대한 독서회도 열고, 각자가 써 온 내방의 글들을 가지고 서평회도 갖는다고 하던데, 집안에서 이루어지는 그런 행사들이야 여축없이 열고 계시지 않았겠습네까?"

"그야 그렇지만, 그런 일들은 이곳 광주 안씨 집안에서도 행하고 있다고 들었습네다."

"남정네들의 학문을 흉내 내는 그런 행사를 행하고는 있지만, 이곳에는 배를 띄울 만한 곳이 없으니 선유놀이 같은 것은 꿈도 꿀 수가 없답니다."

"물 좋은 응천강이 가까운 데서 예전과 다름없이 흐르고 있으면 뭐 합네까? 시절이 예전 같지 않으니, 남정네들의 승마대회와 활쏘기 대회는 우리 승당 대감께서 망국의 한을 품고 의거 순절하신 이후로는 아예 중단되고 말았답니다."

집안의 행사를 화제 삼아 이렇게 한창 한담이 무르익어 가고 있을 때, 이제 곧 무릉 선생이 사랑채에서 용화 부인을 친견하러 건너온다는 전갈이 왔다. 활짝 열어젖힌 안방 문 앞에 미리 걸어 두었던 대나무 죽렴(竹簾)이 내려지고, 대청마루 바닥에 비단 방석이 깔리면서 용화 부인은 안방 주인과 나란히 자리에서 일어나 옷매무새를 고치면서 바깥 주인을 맞이할 준비를 한다.

드디어 무릉 선생이 함께 온 영동 어른이 지켜보는 가운데 헛기침을 하고 대청마루로 올라와서 허리를 굽혀 예를 갖추자, 먼저 대기하고 서 있던 용화 부인은 대나무 발을 가운데 두고 사별한 부군의 옛 문우를 향하여 정중하게 허리를 굽혀 맞절을 한다.

"인사가 늦었소이다. 부인. 원지 행차에 노고가 크셨을 터인데, 마땅치 않은 소찬이나마 저녁 진지는 잘 드셨는지요?"

무릉 선생이 약간 거리를 두고 앉으면서 죽렴 이쪽의 용화 부인에게 먼저 인사말을 건넨다. 그러자 용화 부인도 방석이 깔린 자리에 앉으면서 답례의 말을 전한다.

"소찬이 아니라 분에 넘치는 성찬이어서 입에 달게 잘 먹었답니다. 그동안 밀양 유림과 시국에 관한 일로 동분서주하시느라고 노고가 커셨을 터인데, 또 이렇게 많은 가속들을 거느린 객식구가 되어 민폐까지 끼치게 되어 송구스럽습네다. …그동안 현부인(賢夫人)과 더불어 내내 강녕하셨는지요?"

"민폐라니오? 당치도 않으신 말씀입니다. 그리고 보시다시피 우리는 이렇게 산골에 살아서 늘 건강하답니다."

무릉 선생은 용화 부인 옆에 배석한 자신의 안식구를 바라보며 만족스럽게 미소를 짓는다.

"그런데 해가 거듭 바뀌어도 예나 변함없이 음으로 양으로 저희들을 도와주고 계시니 송구하기도 하고 고맙기도 하고, 무어라 감사의 말씀을 드려야 할지 모르겠습네다."

"승당 동문이 살아 계실 때 예림서원을 오가며 신세를 졌던 일이 태산 같은데, 그 빚을 다 갚자면 아직도 백년하청이 아니겠습니까? 그런데 민생에게 듣자 하니 이번에도 또 표충사 절에 시주금과는 별도로 청년 학승들의 후원금을 기탁하실 의향이시라고요?"

"바깥양반이 순절하실 때 동행치 못하고 미망인으로 남은 죄가 크니 죽어서도 그분께 부끄럽지 않게 남은여생이나마 성심을 다하여 열심히 살다 가야하지 않겠습네까?"

"귀로 듣기에는 당연한 말씀 같지만, 당사자로서 감당하시는 크고 작은 일이 태산 같기에 드리는 말씀입니다. 그리고 지금 도모하고 계시는 거사 얘기는 민생으로부터 잘 전해 들었습니다. 앞으로도 혹여 시생이 도와야 할 할 일이 있으시면 기탄없이 기별을 넣어 주시면 좋겠습니다. 시생 또한 죽어서 옛 문우를 대할 때 아무런 참괴함이 없어야 되지 않겠습니까?"

아마도 고종황제의 해외 망명 문제를 염두에 두고 하는 말인 모양이었다.

"예, 말씀만 들어도 고맙기 한량없습네다."

"시생이 무봉사의 향봉 스님한테 듣자 하니 청관 스님은 전국의 사찰을 돌아다니면서 머잖은 장래에 있을 모종의 큰일을 도모하고 있다고 하더이다. 그것 또한 선친이신 승당 문우의 유지를 받들고자 함이 아니겠습니까?"

"예, 저도 그렇게 듣고 있었습네다. 그것 또한 무릉 선생님께서 그 아이의 앞길을 잘 열어 주신 덕분이 아니겠습네까?"

"친자는 아니지만, 무반의 기질을 타고난 출중한 인재인데다 안팎에서 그리도 잘 거두어 주시는 것을 보고 천심이 감응을 하신 것이지요!"

그 정도로 남녀 간의 어려운 자리의 어색함을 메꿀 만한 의례적인 담화는 대충 끝이 났기에, 무릉 선생은 피로해 있을 손님을 생각하여 서둘러 자리에서 일어난다.

"그러시다면 오늘은 이만 뵙고, 불공을 마치고 돌아가시는 길에 다시 만나 뵙게 되면 오늘 못다 한 말씀들을 그때 다시 나눌 시간을 갖게 되었으면 좋겠습니다."

"예, 그리하도록 하겠습네다."

무릉 선생이 사랑으로 다시 건너간 뒤, 용화 부인도 내일의 행차를 위하여 안주인과 나누던 얘기를 서둘러 마무리 짓고는 침소가 마련된 단연정을 향해 무릉 선생의 고택을 나섰다. 멀리 있는 인가의 불빛들이 사라진 산촌의 밤은 대낮처럼 밝은 만월(滿月)임에도 불구하고 산꼭대기의 하늘가에는 감청색 명주 천위에 뿌려진 유리알과도 같은 별들이 눈이 아리도록 총총하게 반짝이고 있었다.

김 노인과 교전비가 앞뒤에서 등롱을 들었고, 용화 부인과 영동 어른은 어깨를 나란히 하고 등불보다 훨씬 더 밝은 보름 달빛을 밟으며 밤이슬이 맺힌 들판 가의 둑방길을 묵묵히 걸어간다.

밤이 어지간히 깊었는지, 멀리서 두견새 우는 소리가 들려오고, 길 아래의 숲속으로 흐르는 계곡 물소리마저 더욱 또렷하게 여물어 가고 있었다.

◇ 밀사密使가 된 절친切親

용화 부인이 표충사로 불공을 떠난 다음날 아침나절이었다. 중산이 전날 다녀갔다는 비구니가 청관 스님의 생모라는 사실을 기정사실로 여기고 앞으로의 일을 생각하고 있을 때, 매화주가 익을 때쯤이면 찾아오겠다던 운사가 예상보다 빨리 중산을 불쑥 찾아왔다.

"아니, 자네가 갑자기 웬일인가?"

자기의 거처로 운사를 맞아들인 중산은 모처럼 활짝 편 얼굴로 두 팔을 크게 벌려 그를 와락 껴안으면서 반긴다.

　"자네가 보고 싶어서 말을 타고 파발처럼 단걸음에 달려왔는데 갑자기 웬 일이라니, 이런 섭섭한 인사가 또 어디에 있는가?"

　운사도 그를 마주 껴안으면서 반가움을 숨기지 않고 얼굴을 활짝 펴고 웃는다.

　"자네가 약속을 어기고 이렇게 갑자기 들이닥치니 푸대접을 할 수밖에 없지를 않는가, 이 사람아!"

　중산은 그렇잖아도 청관 스님과 임오군란의 잔재에 관한 일로 골치가 아프던 참이라, 운사가 반가워서 어쩔 줄을 모른다. 용화 할머니가 뭇 가속들을 거느리고 불공을 떠나고 난 집안은 오늘도 전에 없이 조용하였다. 연일 팽팽하게 줄을 당기고 있던 긴장감이 풀리면서 심란하게 전신을 파고드는 피로감과 온갖 상념을 한꺼번에 잊게 찾아 준 운사야말로 그에게는 단순한 문경지우(刎頸之友)의 차원을 넘어 선 영원한 절친으로서 생활에 활력을 불어넣어 주는 아주 귀하고 반가운 손님이 아닐 수 없었다.

　중산과 뜨거운 포옹을 하며 깊은 우의를 확인한 운사는 마치 첩첩산중에 있는 먼 이역의 산방(山房)에라도 온 사람처럼 자리에 앉을 생각도 않고 중산이 거처하는 드넓은 방 안을 이리저리 유심히 둘러본다. 각종 문서들로 보이는 종이 묶음과 한지 두루마리들이 수북이 쌓여 있는 문갑이며, 한 옆에 세워져 있는 임야의 측량 도면이며, 아직도 물기가 마르지 않은 채로 놓여 있는 서안 위의 지필묵연(紙筆墨硯)이며…. 방 안 곳곳에는 문중 종손으로서 당주인 부친의 일을 대신하고 있는 방 주인의 방만한 일상사를 한눈으로 엿볼 수 있게 해 주는 흔적들이 곳곳에 남아 있었다.

　그런데도 방 안의 분위기는 세상을 등지고 자연을 벗 삼아 유유자적하며 살아가는 옛 선비의 은둔처에라도 온 것처럼, 시간이 정지된 듯한 여유로운 한적감마저 자아내고 있었다. 아마도 윗분들이 멀리 불공을 떠나고 없는 대궐처럼 넓은 집 안의 조용한 분위기와, 방 안에 그윽이 배어 있는 묵향과 수목이 우거진 산사와도 같은 주변의 경관 탓인지도 모를 일이었다.

"일거리가 산적해 있는 모양인데, 내가 때를 잘못 택하여 온 것이 아닌지 모르겠네…."

방 안을 둘러보고 나서 하는 운사의 말에 중산은 펄쩍 뛴다.

"무슨 소리! 나는 이렇게 자네가 반가워서 죽겠는데, 때를 잘못 택하여 찾아 왔다고…?"

뜨거운 포옹으로 체온을 서로 나누면서 깊은 우의를 확인한 그들 두 친구는 신록이 우거지기 시작한 집 뒤의 산자락이며, 수련이 자라는 연못과 후원이 한 눈에 내려다보이는 육모정 정자로 나가 책상다리를 하고 마주 앉는다. 지난 날 예림서원의 경학원 시절에 온갖 기화요초가 만발하여 계절 풍경이 두드러지는 화창한 봄날이나 감나무의 색깔 고운 나뭇잎들이 빨갛게 익은 감만 남기고 우수수 떨어지는 가을철이면 으레껏 술잔을 기울이면서 시작(詩作)으로 음풍농월하던 곳이라, 봄꽃들이 다 지고 없는 지금도 초여름의 정취가 물씬 풍기는 후원의 풍경은 절로 시구가 떠오르게 하는 예전 그대로의 무릉도원 같은 진경을 드러내고 있었다.

그러나 지금의 중산에게는 그렇게 한가하게 풍류를 즐길 만한 계제가 되지 못하였고, 운사도 어쩐지 따로 지니고 온 방문 목적이 있는 듯, 그리 홀가분한 얼굴 표정은 아니었다.

어쨌든 술잔부터 나누어야 얘기가 되겠기에 중산은 일단 심부름꾼부터 부른다.

"거기 춘돌이 있느냐?"

"예, 서방님. 소인 여기 대령하고 있습니더!"

육모정 정자 누마루 밑에서 대기하고 있던 말구종 춘돌이의 목소리가 들려온다.

"안으로 냉큼 달려가서 아씨 마님께 귀한 손님이 찾아 오셨으니 서둘러 주안상을 차려 올리라고 말씀 드리거라. 술은 작년 이맘 때 담가 둔 매화주를 준비하도록 하고…!"

이렇게 분부를 내린 중산은 새삼스럽게 운사를 바라보며 병원 개원 준비로 자신의 일도 한창 바쁠 텐데, 일부러 짬을 내어 바쁘게 찾아 줘서 분복에 넘치도록 고맙다는 듯이 환하게 미소를 짓는다.

"그런데 개원 준비는 잘 되어 가는가?"

"그런 대로…. 칠석날이면 예정대로 문을 열 수 있을 것 같네!"

"그렇다면 한창 바쁠 터인데 이렇게 예고도 없이 불시에 들이닥치는 것을 보니 그냥 한가롭게 대작이나 하려고 달려온 것만은 아닌 것 같은데, 대체 무슨 바람이 불었는가?"

생기가 넘치는 운사를 바라보니 중산은 자신도 갑자기 몸속에서 잠을 자던 생기가 기지개를 켜면서 화르르 되살아나는 것만 같다.

"귀국한 지도 달포가 넘었는지라, 밀양 사정을 어느 정도 파악하게 되다 보니 여러 가지로 할 얘기가 겹겹이 쌓이는 바람에 입이 근질근질 하여 견딜 수가 있어야 말이지!"

그러면서 운사는 앉은 자세로 새삼스럽다는 듯이 초여름의 싱그러운 정취가 물씬 풍기는 정자 밖의 풍경을 둘러보는 것이다.

"그래도 한가롭게 잡다한 세상살이 얘기나 하자고 찾아온 것만은 아닌 것 같은데, 그래?"

"하기야 할일 많은 자네가 잡다한 내 얘기를 듣자고 한가하게 귀를 활짝 열어 줄 사람인가, 어디?"

이렇게 운을 뗀 운사는 술상이 날라져 올 때까지 별 다른 얘기를 하지 않았다.

"자, 한 잔 받게나. 자네가 좋아하는 매화주일세!"

중산은 술상을 들고 온 부인의 몸종인 도화가 밖으로 사라지기도 전에 자기네 문중의 상징인 청학 문양이 아로새겨진 운사의 백자 술잔 가득 매실주를 따라 주고, 자기의 잔에도 술을 가득 채운다. 술잔을 받아 든 운사는 하녀가 사라지는 것을 바라보며 중산의 술잔과 맞부딪친 다음에야 입으로 가져가 천천히 술을 들이킨다. 그리고는 그 잔을 내려놓으며 가만히 입을 여는 것이었다.

"이보게, 중산! 내가 오늘 자네를 찾아 온 목적이 뭔 줄 아는가?"

"이 사람 참, 싱겁긴… 갑자기 그런 건 왜 묻는가?

중산은 농말조로 받아 넘기면서도 두 눈 가득 호기심이 실린다.

"그럴 만한 이유가 있어서 그런다네!"

"지난번에 자네의 입으로 말하지 않았는가? 우리 집의 매화주가 익을 만할 때쯤이면 찾아오겠노라고!"

"그야 그랬었지. 하지만 앞으로는 이 맛좋은 매화주를 영원히 못 마시게 될지도 모르게 되었으니 하는 말이 아니겠는가!"

"매화주를 영원히 못 마시게 되다니, 도대체 그게 무슨 말인가? 설마하니 술을 먹으면 안 되는 중병에 거릴 것은 물론 아닐 터이고?"

중산은 심상치 않은 운사의 태도에 의아해 하면서도 내심 긴장하는 기색이 역력하다.

"그런 건 아니고, 육신의 병이라기보다는 일종의 정신적인 문제라고 나 해야 할까…."

무슨 중대한 일인지, 운사는 속에 든 말을 선뜻 털어놓지를 못한다.

"허허, 이 사람 참…. 사람은 오래 살고 볼 일이구먼 그래! 얘깃거리가 있으면 잠시도 못 참는 자네가 오늘따라 정말로 왜 이르는가?"

중산은 어리둥절한 얼굴로 그를 멍하니 바라본다. 사람이 달려져도 이렇게 갑자기 달라질 수가 없는 것이다.

"이보게, 중산! 그렇게 웃을 일이 아니라네. 그러니 내가 하는 얘기를 듣고 놀라지는 말아 주시게나!"

이렇게 뜸을 들일 대로 들이며 단단히 뒤를 다지고 난 다음에야 한 운사는 다시금 중산의 눈치부터 자세히 살피는 것이었다.

"허허, 이 사람이 오늘따라 정말 왜 이러나?"

갈수록 태산이라더니, 중산은 운사의 의중을 도무지 종잡을 수가 없었다. 그리고 슬며시 겁도 나는 것이다. 지난날 경학원을 그만두고 동경 유학을 떠날 때도 그는 자기의 동의를 구하기 위하여 이렇게 길게 허두를 장식하며 어렵사리 이야기를 끄집어낸 적이 있었던 것이다. 아마도 이렇듯이 길게 뜸을 들이면서 지레 다짐부터 하는 것을 보면 대단한 얘기를 하려는 게 분명하였고, 또한 자기 딴에는 그것 때문에 대단한 마음고생을 해 왔다는 뜻으로도 해석할 수가 있는 것이다.

중산의 눈에는 긴장감이 감돌고, 뜸을 들일 대로 들이던 운사의 눈에서도 갈수록 심각한 빛이 더해지고 있었다.

"이보게 중산!"

마침내 운사의 입에서 본론이 튀어나올 순간이다. 중산은 마른침을 삼키면서 그의 입을 주시한다.

"이번에도 내가 자네 몰래 큰일을 하나 저지르고 말았다네!"

"자네가 큰일을 저지르다니, 도대체 그게 무슨 말인가?"

중산은 눈을 크게 뜨고 운사를 바라보는 두 눈이 경련을 일으킬 정도로 바짝 긴장한다. 혹시 왜놈들을 잘못 건드리는 일을 하지 않았나 해서였다.

"다름이 아니라, 바로 얼마 전에 내가 양이(洋夷)들의 소산물로서 자네 집안의 금기 사항이자 우리 유림의 척사(斥邪) 대상이었던 기독교로 개종(改宗)을 하고 말았거든!"

"우리 유교에서 서양 오랑캐들이 전파한 예수교로? …자네가?"

되묻는 중산의 시선이 무엇에 부딪힌 듯 멍해지면서 잠시 허공에 머무른다. 그러나 좀 전에 잔뜩 긴장했던 모습과는 달리 그의 반응은 의외로 담담한 편이었다.

"아니, 왜 그리도 무덤덤한가? 자네는 나의 결단이 결코 놀랍지 아니

한가?"

중산의 표정 하나하나까지를 놓치지 않고 살피던 운사의 얼굴이 오히려 더 긴장하며 주춤한다. 지난날 경학원 시절, 신학문으로 전향하겠다는 뜻을 불쑥 털어놓았다가 중산에게 호되게 당했던 가슴이라, 운사는 그의 담담한 반응이 오히려 더 부담스러운 모양이다.

그래도 크게 고개를 끄떡이고만 있는 중산의 입에서는 이렇다 할 말이 튀어나오지 않는다.

"이보게, 중산! 내가 그토록 좋아하던 이 매화주도 이제는 결코 먹어서는 안 되는 예수쟁이가 되고 말았단 말일세! 앞으로는 자네와 이렇게 대작을 하면서 지난날처럼 풍월을 읊을 일도 다시는 없게 되었는데, 자네는 어떻게 생각하나? 나의 둘도 없는 절친한 동문으로서 어떻다고 한 말씀해 보게나! 나는 담담하게 침묵하는 자네의 그 냉정한 모습만 보면 등골에 진땀이 다 배어난다네!"

그러자 중산은 오히려 그런 운사를 나무란다.

"이 사람, 운사! 유림을 뛰쳐나갈 때의 그 당당하고 호연(浩然)하던 기상은 다 어디 가고 이렇게 나약한 모습을 보이는가? 나에게 말하고자 하는 용건이 겨우 그것이었더란 말인가?"

"아니, 그렇다면 자네는 내가 이렇게 엄청난 일을 저지르고 말았는데도 결코 놀랍지 않다는 겐가?"

운사는 떨리는 손으로 자기의 잔에 스스로 술을 따라 마시면서 저으기 놀란 눈으로 중산을 쳐다본다. 예상 밖의 그의 반응이 도무지 믿어지지가 않는 모양이다.

"허허, 이 사람! 사나이 대장부가 일단 발검(拔劍)을 했으면 일당백의 용력을 보여 줘야지, 반역죄를 지은 졸부도 아니고 왜 그렇게 줏대를 잃고 자네답잖게 허둥거리는가?"

"아니, 자네는 내가 기독교로 개종을 했다는 데도 정녕코 아무렇지도 않다는 말인가?"

"자네의 개종이야 경학원을 그만둘 때에 이미 예상했던 일인데, 새 삼스럽게 내가 놀랄 이유가 무에 있겠나?"

중산은 운사의 일에 관한한 이미 산전수전을 다 겪은 사람답게 의아해 하는 그의 태도가 오히려 더 이상스럽다는 표정이다.

그래도 운사는 여전히 긴장을 늦추지 않는 모습이다. 둘이서 태중언약까지 해 가며 자식을 낳아 사돈을 맺어 운명을 같이 하기로 하였던 만큼, 평상시의 상식대로라면 자신의 기독교 입문에 대해서 이렇게 담담할 수가 없고, 또 담담해서도 안 되는 것이다.

그를 바라보는 중산의 두 눈은 어딘지 모르게 우수가 어리는 듯하였으나, 물속에 잠긴 유리알과도 같은 그의 눈동자는 일상의 모습 그대로 조금도 흔들림이 없이 잔잔하게 빛을 발하고 있었다.

"그리고 보니 자네는 경학원을 그만둘 때부터 나를 아주 의리 없는 이단자로 아예 접어두어 버렸던 모양일세 그려!"

운사의 얼굴에 일순간 서운한 빛이 스치고 지나간다.

"이단자가 아니라, 차라리 배신자나 반역자로 표현하는 편이 더 나았을 걸세! 솔직히 말해서 그 당시의 내 심정은 정말로 그러하였다네! 나를 남겨두고 나라 밖으로 분연히 떠나가는 자네의 뒷모습이 그때는 왜 그리도 야속하고 원망스럽기만 했던지…. 하지만 지금은 아닐세! 자네에게 서양 바람을 불어 넣어 일본 유학을 떠나게 만든 장본인이 바로 밀양읍교회의 장로이신 우리 죽명 숙부님인 줄을 알게 되었으니, 그분께 불효가 되는 짓을 내가 어찌 감히 할 수가 있겠는가?"

"죽명 선생님께서 뭐라고 하셨건 일본 유학을 하게 된 것도, 이번에 기독교로 개종하게 된 것도 전적으로 이 운사 손태준의 뜻이었단 말일세!"

"이 보게, 운사! 자네가 이렇게 말하고 저렇게 말한들 내가 어찌 그 심정을 모르겠는가? 그리고 나도 사람인데, 어찌 자네만 시대 변화에 따라 변신할 줄 아는 사람으로 생각하겠는가? 말이 난 김에 하는 말이지만, 나도 지난날의 내가 아니란 말일세! 농담 같지만 나를 이렇게 변하게 만든 것은 바로 자네였다네! 그러니 이제 자네는 의리 없는 친구가 아니라, 선경지명을 가진 개화의 본보기이자 앞으로 내가 후견인으로 받들어 모셔야 할 귀하신 몸이 버렸단 말일세!"

"이 사람, 갑자기 왜 이러는지 두무지 알 수가 없구먼! 면전지찬(面前之讚)에 언중유골(言中有骨)이라 더니, 도대체 무슨 바람이 불어서 이러는가? 설마하니 나 혼자 이단의 무리 속으로 밀어 넣고 자기 혼자만 변치 않는 지조 높은 영원한 보수적 유생임을 자처하면서 독야청청(獨也靑靑)으로 뒤에 남을 생각은 물론 아니겠지?"

모처럼 한 고비를 넘긴 운사는 중산의 아픈 데를 슬쩍 건드려 보는 여유까지 보이면서도 여전히 긴장을 풀지 않고 있는 눈치였다.

"진보주의자이든 보수주의자이든 자네는 자네이고 나는 나일세! 그러니 이제부터 우리 사이에 그런 언어적인 수사는 가당치가 않을 것이니, 그런 편 가르기 식의 논리는 들이대지 말기로 하세나. …이보게, 운사! 난 말일세. 시대를 앞서가는 개척자 운사 손태준, 양의원을 개업하여 우리 밀양에서 장차 의료계의 선구적인 역할을 하게 될 능력 있는 운사라는 친구가 좋은 것이지, 다른 수사학적인 논리에는 이제 관심이 없어지고 말았단 말일세!"

"나는 자네의 얘기를 듣고도 뭐가 뭔지 도무지 모르겠네!"

그쯤 되자 운사의 얼굴에서 일시에 기장감이 풀렸으나 어리둥절한 기색만은 여전히 사라지지 않고 남아 있었다.

"어쨌든 나에게 있어서 자네는 나를 배신하고 일본으로 떠났던 예전의 자네가 아닌 것만은 분명하니 그 정도로만 알고 있게나…!"

"그렇다면 나의 전격적인 기독교 입문에 대해서도 자네는 정녕코 아무런 이의가 없다는 말이지?"

"이미 예정되어 있던 수순이고, 예상하고 있었던 일인데 새삼스럽게 무슨 이의가 있겠는가?"

중산의 대답은 어디까지나 담박하고 명쾌하였다. 죽명 숙부와 뜻이 통해, 그분의 조언에 따라 변신에 변신을 거듭해 온 운사 손태준이었다. 그래서 중산은 운사가 유학에서 돌아왔을 때부터 이런 날이 올 것으로 예상하고 있었던 것이다. 그렇게 본다면, 막역한 친구 사이인 자기보다도 문중의 풍운아인 죽명 숙부와 더욱 죽이 맞아 있는 그가, 그 어른이 장로로 있는 밀양읍교회에 다니게 되었다고 해서 결코 놀랄 일은 아닌 것이다.

"그래애? 자네의 뜻이 정녕 그러하단 말이지?"

운사는 두 눈이 둥그레져서 중산의 진의를 한참 동안 살피더니, 급기야는 주안상 너머로 상체를 뻗어 그의 두 손을 덥석 잡는 것이다.

"이 보게, 중산! 역시 자네는 언제나 변함없는 나의 든든한 둘도 없는 문경지우일세! 한바탕 야단을 맞을 걱정은 하고 왔지만, 결국은 나의 개종을 기꺼이 이해하고 용납해 줄 것이라 믿고 있었다네. 하지만, 이렇게까지 순순히 받아들여줄 줄은 정말로 몰랐단 말일세! 고맙네, 참으로 고마우이!"

운사는 감격한 나머지 눈시울까지 붉어지고 있었다. 이념적으로는 1876년의 강화도조약에 반대하여 도끼를 메고 광화문에 나아가 『병자척화소(丙子斥和疏)』를 올린 뒤부터 개항 반대와 위정척사 운동을 전개하면서, 을사보호조약 체결 이후로는 항일 의병활동을 전개해 나갔던 면암(勉菴) 최익현(崔益鉉) 선생의 위정척사 정신을 열렬하게 신봉하던 사람이 양이들이 전파한 기독교 신자가 되고 말았으니 엄연한 배신은 배신인 셈이었다. 그러나 듣기 쉽게 기독교인이 되었다고 해도 될 것을, 굳이 신앙적인 변절을 의미하는, '개종'이라는 자학적인 말까지 쓰는 것을 보면, 아닌 게 아니라 자신의 결단에 대해 중산이 어떻게 나올지 몰라 그만큼 고심을 하며 마음고생이 심했음을 운사는 반증해 주고 있었다.

그러나 중산은 사뭇 감격해하는 그를 보며 오히려 소탈하게 웃는다.

"허허, 이 사람이 왜 이러는가? 누가 들으면 내가 마치 대단한 시혜라도 베풀어 준 성인군자라도 되는 것처럼 알겠네 그려!"

"막역지우의 이단을 이리도 흔쾌히 용납해 주는데, 내가 어찌 감동하지 않겠는가?"

그랬다. 운사는 자기의 말대로 목숨처럼 소중하게 여기던 조선 유학의 길을 접고 적국인 일본으로 유학을 떠났던 학문적인 이단이요, 변절자라면 변절자일 수도 있었다. 그래서 경학원을 비롯한 밀양 유림 내의 여러 문우들을 비롯한 선후배들과 스승님들로부터 적지 않은 지탄과 비난을 받아 온 것도 또한 사실이었다. 그래서 그는 이번에 기독교인이 된 개종에 대해서도 그에 못지않은 반발과 질타가 있을 것으로 예상하고 사전에 미리 얘기하지도 못했던 것이고, 오늘도 이렇게 지레 선수를 치고 나오고 있는지도 모를 일이었다.

그러나 중산은 그때나 이제나 그의 변신을 보고 그런 꿈을 꿀 수조차 없는 자신의 처지에 대한 번민과 함께 자신과의 적지 않은 갈등을 겪으며 혼자서 괴로워는 할지언정 그리 나무라고 싶은 생각이 사실 남아 있지도 않았다.

"나에게 말 못할 사연이 있었다면 그것은 시대를 앞질러 가는 자네를 이해해 주지 못하는 일이 아니라, 나 자신의 변신을 도모하지 못하는 스스로에 대한 불만과 몸부림이었던 것일세! 다시 말하자면, 내 코가 석 자였다는 말이네! 사정이 이러하니 나 대신 개화의 지름길로 내달리고 있는 자네를 보면 오히려 위안이 되었으면 되었지, 어찌 감히 탓할 수가 있겠는가?"

"그러고 보니 자네도 많이 변해 버린 모양일세 그려! 옛날 같으면 나를 가만히 두지 않았을 터인데 말이네!"

"세월을 이기는 장사가 있다던가? 우리 집안의 어르신들이 문호를 개방하고 문중의 개화를 이루지 못할 바에야 나만이라도 먼저 그 길을 모색해 보아야 하지 않겠는가? 안 그런가?"

중산은 은연중에 그동안 달라져 버린 마음의 일단을 내보이며 가슴에 맺혀 있던 말을 한다. 구한말 대원군 집정 시절, 시대에 뒤떨어지고 낙후된 조선 반도를 가운데 두고 세계열강들이 서로 집어삼키고자 으르렁거리고 있을 때, 나라를 지키려고 문호를 단단히 걸어 잠근 채 궁여지책으로 외국과의 통상마저 거부했던 대원군의 쇄국 정책—. 운사는 일찍이 중산네 집안의 그와 별반 다를 바 없는 철저한 개화 거부 사태를 지켜보면서 대원군의 그 쇄국 정책에 비유하곤 하였던 것이다.

하지만 중산네 집안에서 수구적인 가풍을 고집하는 이유가 대원군이 쇄국정책을 펼칠 때 내세웠던 명분과는 달리, 비록 나라는 빼앗겼을망정 정신만은 빼앗길 수 없다는 유교정신에 깊이 뿌리를 박은 가풍 수호의 일념에서 나온 것이니만큼, 국권을 침탈한 적국 일제에 대한 배일사상(排日思想)의 수호라는 명분에 있어서는 삶의 효율성과 합리성을 강조하는 운사로서도 함부로 나무랄 입장이 아니었던 것이다.

하지만, 그런데도 불구하고 그동안 그가 굳이 쇄국정책 운운하며 중산네 집안의 지나친 수구적 태도를 공공연하게 비판해 온 것은, 중산의 절친으로서 그 융통성 없는 배일사상 때문에 필연적으로 빚어지게 될 그들 문중의 낙후된 앞날을 염려하는 마음에서 우러나온 것이라 할 수 있었다. 말하자면, 신교육을 비롯한 일제의 식민지 정책에 대한 거부 사태로 인하여 빚어지게 될 동산리 여흥 민씨네 문중의 사회 문화적인 공동화(空洞化) 현상과, 그 낙후된 거대 문중을 이끌어 가야 할 차세대 당주로서 그 부담감을 고스란히 떠안게 될 중산의 앞날을 걱정하는 우정 어린 충정에서 비롯된 셈이었다.

하지만 그러한 운사의 마음 한 구석에는 앞으로 운명을 함께 하기로 맹세한 그와 보조를 맞추지 못한 자신의 미안함에서 오는 역설적인 뉘우침도 함께 숨어 있었다. 사실, 문중 개화에 대한 거부 사태는 한일합방 이후에 일제가 제시하는 봉작(封爵)을 단호히 거부한 바 있는 중산네 집안에서만 유난스럽게 고집하고 있는 것처럼 보이지만, 그 핵심이라고 할 수 있는 교육 문제에 있어서만은 자기네 집안도 그러했듯이, 밀양 부중의 사대부 집안들 치고 한바탕 홍역을 치르지 않은 집안이 없다고 해도 과언은 사실 아니었다.

일제가 추진하고 있는 식민지 통치 전략이 대동아공영권을 확립하기 위한 사전 포석으로서 취하고 있는 정책이 완벽한 '내선일치제(內鮮一致制)의 확립'이요, 그 실현을 위한 교육 목표가 곧 '충성된 황국 신민의 양성'이라는, 조선 반도의 항구적인 식민지화 전략에 그 초점이 맞추어져 있는 만큼 그러한 일제의 간계에 따른 교육정책에는 결코 응할 수가 없다 하여 그런 교육이 버젓이 이루어지고 있는 정규학교에 사기네 집안의 아이들을 내보내지 않고 문중 교육으로 대신하고 있는 것이 비단 중산네 집안에서만 고수하고 있는 게 아니었기 때문에 그 명분에 있어서는 타의 귀감으로서 수구적인 위정척사파 유림들로부터 칭찬받을 일로 치부될 수 있기도 하였다.

그런데 사정이 그러함에도 불구하고 뼈대 있는 유림 명문가들 사이에서도 일제의 식민지 통치 전략과 교육 정책에 대응하는 방식들은 집안의 형편에 따라 저마다 중구난방이요, 제 각각인 것이다.

일찍이 밀양사립개창학교를 설립하여 민족의 인재를 양성하여 나라를 지키고자 했던 성내의 밀양 손씨나, 일제의 농지 점탈(占奪)을 위한 〈토지 조사 사업〉에 대항하기 위하여 남 먼저 〈화악의숙(華岳義塾)〉을 창설하고 외국인 교사를 초빙하여 측량 기술부터 먼저 가르치고자 나섰던 부북면 퇴로리(退老里)의 여주 이씨(麗州李氏)네 문중은 말할 것도 없고, 내로라하는 그 밖의 거의 모든 양반 사대부 집안에서도 한일합방 이후에는 같은 문제로 신·구의 가치 충돌이 일어나고 적지 않은 내분과 우여곡절을 겪은 바가 있었고 또한 겪고 있기도 하였다.

하지만 교육 문제에 대해서만은 저마다 닫아걸었던 빗장들을 하나 둘씩 풀고 자녀들을 신교육을 시키는 관립의 정규학교에 취학시키는 현상이 대세를 잡아가고 있을 정도로 융통성을 보이고 있는 것이 현실이었다.

그렇다고 동산리 여흥 민씨네의 쇄국적인 가풍의 유지를 곱지 않은 시선으로 바라보며 비판하는 양반 사대부들이 있느냐 하면 그런 것은 물론 아니었다. 어느 모로 보면, 자기네들이 엄격히 지키지 못한 식민 치하의 조선 백성으로서의 자존심과 조선 선비 정신의 꼿꼿한 기개를 중산네 집안에서 대신 지키고 있는 셈이기에 내심으로 동조하고 찬사를 보내는 축들도 없지는 않을 터였다.

그러나, 중산의 입장에서 보면, 당사자인 자기네의 집안, 그 중에서도 문중의 명운을 두 어깨에 걸머진 차세대 당주로서 자기 자신은 문중 어른들의 그러한 배타적인 가풍 유지에 대한 극단적인 노력은 대단히 곤혹스러운 일로 받아들여지지 않을 수 없었다. 내 나라 내 강토를 집어삼킨 섬나라 주구들의 '충성된 황국 신민'이 되지 않기 위하여 그들의 지배하에 있는 조선총독부 산하 교육기관의 학교 교육을 거부한다는 것은, 명분상의 가치가 있을지언정 인재 교육을 가업의 으뜸으로 삼아 온 자기네 문중의 지상 과제와 시대 변화에 적절하게 대응해야 하는 현실 문제와는 정면으로 배치되는 일이었기 때문이다.

그런데 그토록 완고하게 버티던 민씨네 집안의 차세대 당주격인 중산의 입에서 문중의 개화를 못 이룰 바에야 자기만이라도 먼저 달라져야 하지 않겠느냐는 식으로 서슴없이 호언을 하고 있으니, 그의 입장과 처지를 가장 잘 아는 운사로서는 여간 놀랍지 않는 것이다. 더구나 운사 자신은 시대를 앞서가는 진보적인 사고방식 때문에 절친인 중산으로부터 늘 비판만 받아왔던 처지가 아니었던가?

"그렇다면 자네도 이참에 큰 맘 먹고 우리 기독교로 과단성 있게 한번 개종을 해 보면 어떻겠는가?"

운사는 늘 완강하게 공세를 펴던 중산의 입에서 믿어지지 않는 말이 슬슬 흘러나오자 못 먹는 감이라도 한번 찔러나 보자는 식으로 과감한 농담까지 하는 여유를 보인다.

"아니, 이 사람! 누구 죽는 꼴을 보려고 이러는 겐가?"

그의 속을 뻔히 들여다보면서도 중산은 짐짓 엄살을 피우며 펄쩍 뛴다.

"아니. 농담일세, 농담! 하하하…."

이렇게 가슴을 툭툭 털어 버린 두 지기는 모처럼 서로의 처지를 이해해 주며 가슴을 활짝 열어놓고 웃으면서 권커니 마시거니 하면서 연거푸 술잔을 비워 내기 시작하였다.

자신의 신상에 대한 얘기가 끝나자 운사는 화제의 방향을 중산네 집안 얘기로 슬며시 돌리는 것이다.

"이보게 중산! 자네 용화당 할머님께서 이번에 남부여대하여 표충사 절에 불공을 드리러 가셨다면서?"

"아니, 나도 얘기를 안 한 그 일을 성내에 있는 자네가 어떻게 알고 그러는가?"

"자네 죽명 숙부님으로부터 얘기를 들었다네! 아마도 해천껄의 필운 선생님께서 그 사실을 은밀히 귀띔해 주신 모양이야. 엊그제 용화 할머니의 밀명을 받은 자네 집의 늙은 충복이 해천껄로 와서 알려 준 것을 죽명 숙부님한테 전해 주신 모양이야. 근래에 와서 자네가 죽명 숙부님 댁을 자주 드나들면서 여러 가지로 도움을 받는 것을 보고 그동안 자네 집안의 〈수화불통〉의 조처 때문에 내왕이 거의 없던 두 분 사이에서도 빈번하게 교류가 이루어지고 있기 때문이 아니겠는가?"

그 정도의 얘기라면 중산도 어느 정도 감지하고 있던 참이라 그리 놀랄 일은 되지 못하였다. 그는 자기의 술잔을 단숨에 비우고 나서 그 잔을 운사에게 건네고 술을 따라 준다.

"우리 장인어른이라면 그리하셨을 수도 있었을 걸세. 죽명 숙부님이 〈수화불통〉의 굴레에서 풀려나신 것은 아니지만, 내가 문중 일과 집안 일을 대신 맡아 하게 되면서 죽명 숙부님의 도움이 필요할 때마다 무시로 출입하며 도움을 받고 있다는 사실을 처가에서도 다 알고 계셨거든.

그러니 지척에서 살고 계시는 사돈지간의 두 어른들께서도 나를 도우실 일이 있으면 은밀하게 서로 소통하고 지낼 수밖에 없지 않겠나?"

중산은 절로 마음이 든든해짐을 느끼면서 환하게 웃는다.

"이보게, 중산. 그런데 말일세! 죽명 숙부님은 자네 할머님께서 표충사로 행차하신 것을 두고 단지 승당 할아버지의 극락왕생을 비는 천도제를 올리기 위함이라고 말씀하셨지만, 내 짐작으로는 그보다도 더 큰 다른 목적이 있을 것 같다는 생각이 드는데, 자네 생각은 어떠한가?"

술잔을 입으로 가져가면서 중산을 바라보는 운사의 눈이 가늘게 모아진다.

"아니, 이 사람아! 난데없이 그건 또 무슨 말인가?"

그렇잖아도 용화 할머니의 불공 목적에 대하여 여러 가지로 생각이 많았던 중산으로서는 그의 말이 예사로 들리지 않으면서 그의 대답이 어떻게 나오는지에 대해 지대한 관심을 보이지 않을 수 없었다.

"이것은 국제 정세며 경향각지의 국내 소식에 밝은 우리 교회의 기독교 청년회 회원들한테서 들은 얘긴데, 요즘 표충사의 젊은 중들이 그 절에 있는 〈영정학교(靈井學校)〉라는 사찰학교의 학생들과 연대하여 모종의 항일 독립운동을 도모하기 위하여 무술 단련을 하면서 여러 가지로 준비를 하고 있다는 게야. 그런데 말일세. 이런 때에 맞추어 자네 할머니의 대대적인 표충사 불공 행차가 있는 것을 보면 아무래도 그곳에서 순절하신 자네 승당 할아버지의 천도제를 올리는 김에 그 절간의 중들이 추진하고 있는 모종의 항일운동도 함께 지원하시려는 의향이 있으신 게 아닌가 싶은데, 자네의 생각은 어떠한가 그 말일세!"

"우리 용화 할머니께서 항일 독립운동을 지원하려면 당연히 우리 유림계의 복벽주의 독립운동 단체에 할 터인데, 무엇하러 그 먼 표충사의 젊은 중들에게 하러 간단 말인가?"

중산은 짐짓 시치미를 떼고 물으면서 운사가 그렇게 보는 마땅한 근거를 가지고 있는 게 아닌가 했다.

"자네 승당 할아버지께서 경술국치 때 망국의 한을 품고 의거 순절한 곳이 표충사 인근의 금강동 골짜기가 아니었는가? 그리고 그 어른의 사십구제와 그 후의 추모 대제를 대대적으로 봉행한 곳도 표충사였고, 임진왜란 때의 전쟁 영웅인 사명대사의 위패를 봉안해 놓고 해마다 춘추로 밀양의 유림계와 사찰 측이 합동으로 추모대제를 봉행하는 곳도 그 사찰의 경내에 있는 표충서원인데, 요즘 호국사찰인 그곳에서 청년 승려들과 경내에 있는 불교학교 학생들이 힘을 합쳐 항일 운동을 도모하고 있다면, 자네 할머니께서도 당연히 무언가 힘을 보태고 싶은 마음이 생기지 않으셨겠는가 그 말일세!"

"나는 또 자네가 무슨 대단한 얘기라도 풀어 놓을 줄 알았는데, 겨우 그 얘기였단 말인가?"

내심으로 은근히 긴장하고 있던 중산은 그의 입에서 청관 스님의 얘기가 먼저 튀어나오지 않을까 하고 은근히 긴장을 하고 있다가 겨우 안도의 한숨을 내쉰다.

"그렇다면 자네는 내가 그보다 더 중대한 자네 집안의 기밀 사항이라도 듣고 나올 줄 알았다는 말이지?"

속을 꿰뚫을 듯이 파고 묻는 운사의 질문에 중산은 술잔을 입으로 가져가려다 말고 갑자기 심각해진 얼굴로 그를 유심히 쳐다본다. 지난 단옷날 무봉사로 아이들의 축수 불공을 드리러 갔을 때, 목적도 밝히지 않은 채 그와 함께 요사채로 청관 스님을 만나러 갔지만, 그 까닭에 대해서는 아직까지 그에게 한 번도 설명을 해 준 적이 없었던 중산이었다. 그런데 자신이 말하기도 전에 운사가 먼저 그렇게 물어 오니 여간 당혹스럽지가 않은 것이다.

운사가 대답을 재촉하는 듯이 바라보자, 중산은 들고 있던 술을 마신 뒤에 그 잔을 운사에게 건네고는 거기에 술을 가득 채워 주면서 가만히 묻는다.

"이 보게, 운사. 내 여기서 자네한테 크게 사과할 일이 하나 있는데,

용서해 줄 수 있겠는가?"

어쩌면 죽명 숙부가 가문의 비밀 사항인 청관 스님의 존재를 그에게 이미 알려 주었을지도 모르는 일이며, 그리고 그가 그것을 짐짓 숨기고 있을 수도 있다는 생각이 뒤늦게 들었기 때문이다.

"갑자기 사과라니, 그건 또 무슨 말인가?"

운사는 술잔을 입으로 가져가다 말고 중산을 멍하니 쳐다본다.

"여태까지 외부의 그 어느 누구에게도 발설한 적이 없는 가정사의 비밀인데다 윗분들 외에는 우리 식구들도 모르는 일이라, 허물없이 지내는 자네한테까지 본의 아니게 굳게 숨겨 온 얘기가 있어서 하는 말이라네! 얘기를 하기 전에 먼저 용서부터 구하고 싶은데, 목숨도 대신 버릴 수 있는 자네한테 흉금을 털어놓지 못한 내 잘못을 이해하고 용서해 줄 수 있겠느냐고 묻고 있는 것일세!"

"무슨 비밀이기에 서두가 그리도 장황한가? 그렇게도 지중한 가정사에 관한 일이라면 자네가 나에게 발설하지 못한 사실을 난들 어찌 탓할 수가 있겠는가?"

"고맙네. 그렇다면 참으로 고마우이!"

중산은 운사가 채워 주는 자기의 백자 술잔을 단숨에 비우고는 그 잔에 다시 철철 넘치도록 스스로 술을 쏟아 붓는다.

"이보게, 운사! 한일합방의 소식을 접하자마자 할복으로 의거 순절하신 우리 승당 할아버지 말일세! 나도 지난 삼월달 중정일 제향 때 예림서원을 다녀온 지 달포쯤 지난 후에 처가에 들렀다가 장인어른으로부터 비밀리에 들어서 알게 되었던 사실인데, 승당 할아버님께서 한양 현직에 계실 때 북촌 사저에서 시중을 받들던 하녀한테서 후사를 하나 보셨던 모양일세! 예림서원의 지난 춘계 제향 때 단장면 태룡리에서 온 유림들과 함께 표충서원에서 봉행될 사명대사의 추모 제향에 대한 얘기를 나누는 도중에 자네도 잘 아는 무릉 선생으로부터 우연찮게 들으셨던 얘기라, 장인어른께서도 나에게 알려야 되나 말아야 되나 하고 한

동안 꽤나 고심을 하셨던 모양일세!"

그러면서 중산은 승당 할아버지가 표충사 금강동 계곡의 토굴 움막 집에서 은거생활을 할 때, 그 하녀의 몸에서 난 열예니곱 살쯤 된 서출 자식이 하인 행세를 하며 최후의 순간까지 시중을 들었다는 것과, 승당 할아버지 순절 후에 그 서출 자식이 표충사 절에서 행자 노릇을 하다 가 비구계를 받으면서 사명대사의 직계 법손이 되어 몇 년 동안 심신수 련을 거듭하다가 연무사승(鍊武師僧)을 따라 그들의 큰스님이 조실 스 님으로 있는 동래 범어사로 승적을 옮겨 간 뒤로 사명대사가 입적했다 는 합천 해인사를 필두로 전국의 유명 사찰들을 두루 돌아다니면서 탁 발수행 생활을 해 왔다는 것, 그리고 지난 단오절 무렵에 무봉사에 와 서 한동안 머무르고 있던 그를 찾아갔을 때 자운 스님을 자처하면서 자 기네 둘을 보기 좋게 따돌렸던 그 청년 학승이 바로 청관 스님이었다는 사실까지 자세하게 들려주었다.

"이 사람, 나는 또 무슨 대단한 낯 뜨거운 천고의 비밀이라도 있는가 했더니, 겨우 그런 얘기인가? 벼슬길에 나아가 타관살이를 하게 된 사 대부들 치고 현지 첩실을 두고 후사를 보지 않은 사람이 어디 있다고 그러는가? 그런 것은 당대의 관행이자 지체 높은 고관대작들에게 있어 서는 권위의 상징처럼 치부되었다고 들었네. 그런데 지난 단옷날 자네 가 청관 스님을 만나 보고자 나와 함께 불공을 끝내고 무봉사 요사채를 찾아 갔을 때, 우리한테 자기는 청관 스님의 상좌인 자운 스님이라며 면전에서 보기 좋게 우리를 따돌렸던 그 강렬한 인상의 범상치 않은 청 년 스님이 바로 청관 스님 자신이었단 말이지?"

운사는 중산이 미처 설명해 주기도 전에 그렇게 되묻고 있었다.

"그렇다네! 내가 그리도 조심하였음에도 불구하고 승당 할아버님의 본가에서 온 사람임을 금방 눈치 채고 그리하였던 모양일세!"

"역시 그랬었군! 사실은 그날 무봉사에서 청관 스님이라는 중을 찾 는 자네를 따라 갔다가 자운이라고 하던 그 청년 승려를 처음 대하는 순간부터 나는 속으로 이만저만 놀라지 않았다네. 이제 와서 자네가 그분의 얘기를 먼저 하니까 하는 말이네만, 숱이 짙은 긴 눈썹에다 선이 굵고 무쇠처럼 단단한 체형하며, 그 사람이 온몸으로 풍기면서 사람을 압도하는 첫인상이 자네 승당 할아버지와 닮아도 너무 많이 닮았다는 생각이 들었거든! 그리고 누구에게나 직감이라는 게 있는 법이 아닌가? 그 양반은 스스로 자운이라는 법명을 대면서, 청관 스님은 멀리 지리산 쪽으로 갔다고 들려댔지만 나는 그 사람이야말로 자네가 찾는 청관 스님임을 금방 알아보았단 말일세!"

"야, 이 사람아! 그렇다면 그 사실을 왜 거기서 진작 내게 말해 주지 않았는가?"

"나도 예전에 우리 아버님으로부터 임오군란 때 반란군의 여식이 자네 승당 할아버지의 한양 사저에서 종살이를 하고 있다는 얘기를 들은 적이 있어서 짐작은 하고 있었지만, 자네가 절친한 친구인 나한테도 승당 할아버지의 하녀 소생임을 밝히지 못하는 서출 자식을 두고 내가 무슨 말을 할 수가 있었겠나? 하지만 나는 자운 스님을 자처하는 그 범상치 않은 청년 스님이야말로 자네가 찾는 청관 스님임이 틀림없다고 속으로 부르짖었단 말일세! 온유함 속에서 발하던 범상치 않은 그 눈빛이 소름이 끼칠 정도로 너무나도 강렬했었거든!"

운사는 자기에게 지나칠 정도로 미안해하는 중산에게 듣기 좋으라고 하는 말인지, 아니면 진실로 느낀 그대로의 소감을 피력하고 있는지는 몰라도 청관 스님에 대한 인물평을 필요 이상으로 과하게 늘어놓고 있었다.

"운사, 어찌 됐건 고맙네! 자네가 이렇게 내 마음을 이해해 주니!"

"이보게, 중산! 표충사는 사명대사의 충렬을 기리는 호국사찰일세! 경술병탄 때 망국의 한을 품고 의거 순절하신 자네 승당 할아버님께서 그런 표충사 경내의 계곡을 순절지로 미리 정하고 은둔생활을 시작한 것도 그렇고, 시봉을 받들던 서자가 무인(武人) 집안인 외가의 피를 이어 받아 사명대사의 법손이 되어 종적을 감추었다가 시국이 칼날과도 같은 이러한 때에 풍모가 범상치 않은 청년 승려가 되어 우리 밀양 땅에 불쑥 나타난 것도 결코 우연히 이루어진 일은 아닐 것일세!"

"이보게, 운사! 자네도 그렇게 생각하는가?"

중산은 운사의 확신에 찬 태도를 보고서야 용화 할머니의 이번 표충사행 불공길이 긴가민가했던 청관 스님과도 직접적인 관련이 있으리라는 확신이 드는 것이다.

"그날 무봉사에서 내려오는 길에 절간을 돌아다보면서 출중한 그 첫인상이 잿빛 승복 속에서 썩히기에는 너무 아깝다고 난적으로 내 말하지 않았던가? 자네 할머니의 이번 불공 행차가 표충사의 젊은 중들이 자기네 영정학교의 학생들과 연대하여 모종의 항일 독립운동을 도모하려고 준비하고 있는 일과 무관치 않으리라고 한 내 말뜻을 이제야 알겠는가?"

운사까지 그렇게 기정사실처럼 말해 주니 중산도 거기에 대해서 부인하고 싶은 생각은 없었다. 그렇다면 운사가 오늘 아무 예고도 없이 불쑥 찾아오게 된 것도 결국 그 때문이었단 말인가?

청관 스님에 대한 얘기가 일단락되자, 운사는 그동안 밀양읍교회에 예배를 보러 다니면서 알게 된 〈밀양청년독립단〉에 대한 얘기를 슬며시 끄집어내면서 중산의 반응을 눈여겨 살피는 것이었다.

"이 보게, 중산! 등하불명(燈下不明)이라더니, 이번에 기독교로 개종을 하고 보니 내가 그동안 모르고 있었던 별천지가 바로 거기에 있었다네!"

"예수교도 불교처럼 내세를 믿는다고 하더니만, 벌써 그 사이에 천당인가 하는 곳을 미리 구경하기라도 했다는 말인가?"

"내가 접하게 된 것은 내세가 아니라 분명한 현실이었네! 밀양읍교회와 일제의 〈종교 통제령〉으로 이미 간판을 내렸다는 대종교 밀양지사 말일세! 알고 봤더니 거기가 바로 조선 독립군을 키우는 산실이자 왜놈들을 몰아낼 인재 양성의 복마전(伏魔殿)이나 다름없기에 하는 말일세!"

"자네 교회와 대종교 밀양지사에서 조선 독립군을 키운다고?"

대종교라고 하는 바람에 중산은 자기도 모르게 신경을 곤두세우고 되묻는다. 부지불식간에 지난 단옷날 감내 장터에서 만났던 양복 입은 북방 신의주 사내의 모습이 문득 머리에 떠올랐던 것이다. 임오군란을 언급하면서 자기네 민씨 척족 세력들에 대해 거침없이 비판을 가하던 그 정체불명의 사내도 대종교 신의주 지사에서 사교 노릇을 하고 있다고 스스로 말하지 않았던가?

"그렇다네! 기독교계와 대종교계가 연합하여 바로 얼마 전에 우리 교회에서 〈밀양청년독립단〉이란 비밀결사 단체를 하나 결성하였다네! 그런데 알고 봤더니 이미 오래 전에 그 씨앗이 뿌려진 뒤로 음지에서 남모르게 싹이 터고 쑥쑥 자라나서 드디어 결실을 맺게 되었던 모양일세!"

기독교인이 되었다고 고백한 운사는 자기네 교회에서 결성된 비밀결사 단체 얘기를 하면서도 교인들이 마시지 못하게 되어 있다고 스스로 얘기한 술을 중산에게 따라 주고, 자기도 아무 거리낌 없이 잔을 채워 마시면서 열띤 목소리로 얘기를 계속 이어가고 있었다.

"예전에 우리 집안의 큰 어른이셨던 문산(聞山) 손정현(孫貞鉉) 선생께서 지난 정유년(1897년)에 읍성 안 내일리에 세웠던 밀양 최초의 근대 교육기관인 사립 개창학교에 대해서 자네도 물론 알고 있겠지? 지금은 그 학교도 왜놈들의 수중으로 넘어가 밀양공립보통학교로 이름마저 바뀌어 버리고 말았지만 말일세!"

"문산 선생이 당시에 개화한 향사림(鄕士林)의 뜻을 모아 내일리에 있는 향청 부속건물에 설립한 학교인데, 내가 그걸 모를 리가 있겠나?"

"그런데 그 학교 출신의 열혈 애국 청년들이 뜻을 모아 일찌감치 〈일합사(一合社)〉라는 비밀 결사 단체를 조직하였던 모양이네."

"〈일합사〉라니, 그건 또 무슨 말인가?"

"『조국 독립을 위하여 청춘의 일편단심(一片丹心)을 合한다』는 뜻이라는군! 그리고 대종교 밀양지사의 을강 전홍표 선생이라는 분이 세운 향청껄의 동화학교 출신들도 거기에 발맞추어 〈연무단〉이라는 유사한 비밀결사 단체를 조직하였던 모양이고…!"

"이거야말로 근묵자흑(近墨者黑)이 따로 없구먼! 자네도 예수교 교인이 되더니, 그 사이에 벌써 한 통속이 되어 그런 적극적인 민족 운동에 눈을 뜨기 시작하였다 그 말씀이로군 그래?"

잔뜩 긴장해 있던 중산의 얼굴에 일순간 장난기 어린 회심의 미소가 스치고 지나간다.

"그런 것은 아니고…. 이번에 〈밀양청년독립단〉을 결성하던 날 낮에, 그 두 단체의 얘기를 나한테 자세하게 해 주신 분이 누구인 줄 아는가?"

"글쎄, 어느 오지랖 넓으신 우국지사께서 자네의 그 현실적인 합리주의 노선에 전투적인 애국사상의 기름을 들이 부으려고 그런 비밀결사 단체들의 얘기를 하셨는가?"

농담처럼 에둘러 말을 하고는 있었지만, 중산도 내심으로는 궁금증이 일면서 크게 관심을 가지지 않을 수 없었다.

"그게 그리도 궁금한가?"

운사가 그의 궁금증에 불을 붙이려는 듯이 뜸을 들이며 다시 묻는다.

"그렇다마다, 이 사람아!"

한참이나 중산의 궁금증과 호기심을 증폭시키려는 듯이 뜸을 들이면서 천천히 안주를 집어 먹던 운사는 조바심이 고조되는 중산의 얼굴을 보고서야 드디어 속에 있던 말을 열띤 어조로 입 밖으로 밀어내는 것이었다.

"이보게 중산, 놀라지 말게! 그분은 다름 아닌 바로 자네의 막내 숙부님이신 죽명 선생님이셨단 말일세!"

"아니, 뭐라고? 우리 막내 숙부님께서?"

반신반의하는 중산의 얼굴이 의외라는 듯이, 그러나 크게 허를 찔린 듯이 한참 동안이나 멍해 있다가 딱딱하게 굳어진다.

"그렇지만 자네도 내 얘기를 끝까지 듣고 나면 아마도 크게 실망하게 될 걸세!"

"아니, 그건 또 왜?"

"왜냐하면, 그런 사람들은 어린 학창 시절부터 될성부른 나무의 떡잎이 되어 독립운동가로서의 자질을 키워 왔었다는 게야. 그러니 나 같은 사람은 올라가지도 못할 그런 나무를 아예 쳐다보지도 말라고 하셨거든! 그러면서 뭐라고 말씀하셨을 줄 아는가? 내가 일본 유학까지 가서 배운 게 서양 의술이니, 그것을 가지고 죽을병이 들어도 치료 한번 받지 못하고 짐승처럼 죽어 가는 힘 없고 불쌍한 우리 백성들의 목숨부터 먼저 구해 주라고 하셨다네! 그것이 목숨을 던져서 대일 무력 투쟁에 뛰어드는 독립운동가들 못지않게 거룩한 일을 하는 셈이라고 강조하시면서 딴 생각이랑 아예 하지 말라고 내게 아주 신신당부를 하셨다 그 말일세!"

"나는 또 무슨 얘기라고…. 동·서양의 의술을 사이좋게 나누어 지니신 두 의관(醫官) 나으리들께서 그야말로 유유상종(類類相從)으로 담합을 하신 게로구먼!"

잔뜩 굳어져 있던 긴장감이 풀리면서 중산은 한꺼번에 밀려드는 실망감을 감추지 못하고 실소를 한다.

"예끼, 이 사람아! 흥분하지 말고 내 얘기를 끝까지 들어보고 난 연후에 그런 말을 하든지 말든지 하게나!"

그러면서 운사는 죽명 선생으로부터 들었던, 최수봉(崔壽鳳)이라는 이곳 마산리 출신의 〈연무단〉 청년에 관한 얘기며, 밀양공립보통학교 시절에 일장기 훼손 사건을 일으킨 같은 〈연무단〉 출신의 김원봉과 윤세주, 강인수의 얘기까지 들려주는 것이었다.

"중국으로 망명하여 독립운동을 하고 있다는 밀양 출신 인사들의 얘기는 나도 이미 듣고 있었다네. 그러니 자네가 더 이상 설명을 해 주지 않더라도 무슨 뜻인지 내 알만하네 그려! 그런 사람들은 출신 성분부터 다르니 그럴 수가 있었다는 얘기가 아니겠는가?"

그러면서 중산은 다시 현실적인 입장으로 돌아 와서 그가 자기를 불쑥 찾아 온 목적과 그가 하고자 하는 얘기에 저으기 관심을 가져 보는 것이었다.

"출신이라기보다는 유년 시절부터 쌓아 둔 무력투쟁에 대한 내공이 그만큼 쌓여 있으니 우리네 같은 필부들하고는 그 근본적인 역량부터 다르다는 게야."

"이보게 운사! 내 앞에서 그런 장황한 얘기를 실타래처럼 풀어 놓으며 변죽부터 먼저 울리는 까닭이 대체 무엇인가?"

쉽게 얘기를 꺼내지 못하고 본론의 언저리부터 언급하며 거듭 뜸을 들이는 운사를 보고 중산은 그가 의도하는 바가 무엇인지 어느 정도 짐작할 수 있을 것 같기도 하였다.

"그야 자네도 만석지기 토호 집안의 장손으로 태어나 윗분들의 섭정 하에 차세대 당주 노릇을 하고 있으니 입장이 나와 별반 다르지 않겠기에 해 보는 소리지. 그러니 자네도 시국이 심상치 않게 돌아가고 있는 이러한 때에 미곡 증산 운동을 하여 헐벗고 굶주린 민초들의 허기진 배를 채워 주든, 뒤에서 독립군들의 군자금 지원을 하든 형편에 맞게 나와 유유상종으로 항일운동을 함께 하면 좋지 않겠느냐는 뜻이 아니겠는가?"

"오호라! 내가 그리하여야 예수교인이 되고서도 〈밀양청년독립단〉이란 그 비밀결사 조직에 가입하지 않은 자네의 선택이 합리화 되고 정당화 될 수 있다 그 말이지?"

그런 경황 속에서도 중산은 은근히 그를 놀렸고, 운사 역시 굳이 변명하려 하지 않고 씁쓸하게 웃으며 그냥 고개만 끄떡인다.

중산도 말은 그렇게 하고 있었지만, 왜놈들에 대한 증오심으로 가득 찬 자신의 뜻과는 상관없이 윗분들의 뜻에 따라 군소리 없이 움직여야만 하는 처지였으나 개화 개방으로 문중의 활로를 찾아야 한다는 생각만은 간절하였으므로, 비교적 현실적이고도 합리적인 얘기를 곧잘 하곤 하는 운사의 그와 같은 얘기에 대해서 달리 토를 달 생각은 없었고, 또한 그럴 만한 처지가 되지도 못하였다.

"이보게 운사. 자네가 방금 말한 김원봉이란 청년과 중국에 망명하여 독립운동을 하고 있다는 그의 고모부 황상규 선생에 관한 얘기는 우리 집 김 서방한테서 들은 바가 있었다네!"

"오, 그래? 김 서방은 아무나 알 수 없는 그런 극비 사항을 어디서 들었다고 하던가?"

"아마도, 감내 외가에서 지내는 김원봉의 동생인 김경봉한테서도 들은 바가 있었고, 마산리교회의 교인들이 자기네들끼리 수군거리는 소리도 어쩌다가 듣게 되었던 모양이야."

"마산리 교회라면 우리 교회하고 인적 교류가 긴밀하게 이루어지고 있는 교회니까 그런 정보들이 그 쪽으로 흘러 들어갔을 수도 있었을 걸세. 그런데, 중산! 자네가 방금 말한 그 백민 황상규 선생도 〈일합사〉 출신으로서 자네가 말했던 그 〈대한광복단〉에서 활동한 바가 있었던 모양일세!"

"오호, 그래? 그런데, 자네가 방금 얘기한 우리 상남면 마산리 출신이라는 그 최수봉이란 청년 말일세! 그 사람도 〈연무단〉 출신이니까, 이번에 창설된 그 〈밀양청년독립단〉인가 하는 단체에 당연히 창립 단원으로 가입하였겠지?"

중산은 최수봉이란 사람이 청관 스님이 승적을 두고 있는 동래 범어사의 〈명정학교〉에서 수학했다는 사실에 주목하고 있었다.

"아닐세. 내가 들은 얘기로는 요새 평안도 창성군에 있는 어느 사금광에서 날품팔이를 하고 있는 모양이야"

"뭐라고? 평안도 사금광에서 날품팔이를 하고 있다고? 아니, 우리 밀양 사람이 그 먼 국경지대의 사금광에는 왜?"

"역사 시간에 조선 역사를 날조하는 왜놈 선생한테 대들었다가 밀양 공립보통학교에서 퇴교를 당한 뒤에 을강 전홍표 선생이 세운 사립 동화학교에서 항일 민족교육을 받던 중에 그 학교마저 일제의 억압으로 강제로 폐교되는 바람에 동래 범어사에 있는 명정학교(明正學校)라는 불교학교를 거쳐서 마산리교회의 어느 장로의 주선으로 애국지사들이 많이 봉직하는 평양 숭실학교에 편입학을 하게 되었던 모양일세. 그런데 거기서도 자신이 존경하던 애국 교사들이 일제에 의해 줄줄이 퇴출되는 바람에 학교를 그만둔 뒤로 그리되었다고 하더라니까!"

"학교를 그만두고 일거리를 찾아 나선 것은 이해가 되네만, 왜 하필이면 뼈가 녹아난다는 중노동 판인 사금광이었단 말인가?"

"글쎄, 을강 선생의 얘기를 들어 보니 역시 떡잎 때부터 남달랐던 그 사람다운 계획이 따로 서 있었던 모양일세! 자네도 알다시피 외국 자본이 들어와 운영하는 사금광이라면 왜놈들의 감시도 받지 않고 날마다 바위에 구멍을 뚫어서 화약을 밀어 넣고 발파 작업을 하는 곳이라고 하지 않던가? 그러니 일부러 그곳으로 찾아갔을 거라는 얘기였네!"

"왜놈들 몰래 화약을 구하여 폭탄 제조 기술을 배우려는 목적이었단 말이지?"

"을강 선생의 말로는 그러고도 남을 사람이었다고 했으니까 그거야 보나마나 뻔한 일이 아니겠나?"

"이보게, 운사! 우리 상남면 마산리 출신이라는 그 최수봉씨 말일세! 동래 범어사 안에 있는 명정학교에 다닌 것은 확실하단 말이지?"

"물론 그렇고말고! 우리 단원들도 다 알고 있는 사실이라니까."

"그렇다면 표충사에서 그곳으로 승적을 옮겨간 청관 스님과도 서로 잘 아는 사이일 가능성도 충분히 있겠는데 그래?"

중산은 기대가 큰지 관심을 가지고 거듭 확인을 한다.

"사실은 나도 그럴 가능성이 충분하기에 그 사람의 얘기를 자네한테 일부러 꺼낸걸세!"

운사도 그러면 그렇지 하는 얼굴로 공감을 표시한다. 그러나 더 이상 아무 말도 하지는 않았다.

"이보게, 운사! 이제 변죽일랑 그 정도로 그만 울리고 파발처럼 달려온 목적이 무엇인지, 그것부터 말해 주지 않겠나?"

중산은 드디어 운사가 자기에게 달려온 속셈을 실토하게 만들 기회를 잡았다는 듯이 그의 의표를 찌르며 재우쳐 묻는다.

"이제 얘기를 할 만큼 했으니 내가 오늘 내가 가지고 온 자네 죽명 숙부님의 밀명이 무엇인지 말해 주겠네! 그러니, 내가 전하는 말을 듣고 반드시 그리하겠다는 약조부터 우선 해 주게나."

운사는 이대로 털어놓기가 아쉽다는 듯이 조건을 내세운다. 그러나 참을 만큼 참은 중산도 이제는 호락호락 물러날 기세가 아니다.

"이 사람아, 그게 무엇인지 알아야 약조를 해 주든지 말든지 할 것이 아닌가?"

"하기야, 내가 맡은 임무는 자네 막내 숙부님의 밀명을 전하는데 있었으니, 그에 다른 선택은 자네의 몫이니까 자네가 알아서 하게!"

이렇게 한 발 물러 선 운사는 드디어 자기가 맡은 임무에 대하여 한껏 묵직한 어조로 이렇게 밝히는 것이었다.

"내가 오늘 여기로 오게 된 것은, 죽명 숙부님께서 나를 직접 불러 용화 할머님의 표충사 불공 행차 사실을 말씀하시면서 당신께서도 자식 된 도리로 가문의 중대사를 이대로 가만히 앉아서 남의 일처럼 구경만 하고 있을 입장이 아니라고 하시면서 자네에게 긴히 전해 달라고 하신 중대한 부탁 말씀이 있으셨네!"

"우리 죽명 숙부께서 자네에게 대체 무슨 부탁을 하셨기에 그러는가?"

"지난 단옷날 영남루 아래에 있는 일본 헌병대 앞을 지나치면서 자네가 나한테 저 헌병대 감옥 안에서 남포 선생을 비롯한 많은 조선인들이 옥고를 치르고 있다고 말했었지? 그런데 바로 어제 낮에 왜놈들의 취조를 받으며 식음을 전폐하다시피 하면서 끝까지 버티고 계시던 남포 선생께서 마침내 순국하시고 만 모양일세!"

"뭐? 남포 선생께서 결국 거기서 운명하셨다고?"

중산은 가슴이 쿵하고 내려앉는 듯함을 느끼면서 허망한 눈으로 운사를 바라본다.

"우리 밀양 유림의 마지막 열혈 의병운동가이신 남포 선생께서 복벽주의 독립운동의 선봉에서 고군분투하시다가 마침내 헌병대 감옥에서 그렇게 운명을 하시고 말았으니 자네 집안의 왕조복원 운동에도 그만큼 어려움에 처하게 되었다며 크게 상심을 하셨다네! 그런데 문제는 복벽주의 대신에 작탄혈전(炸彈血戰)으로 독립을 쟁취하여 백성들이 주인이 되는 나라를 세우자는 공화주의 바람이 〈중광단〉을 비롯한 각 독립운동 단체들 내부에서 거세게 불고 있는 게 현실이어서 죽명 선생은 그 점도 심히 안타까워하고 계셨다네!"

"우리 죽명 숙부께서 자네한테 그런 말씀들까지 하셨단 말이지?"

"그렇다네! 자네가 내게 얘기한 〈대한광복단〉은 의병운동 계열의 〈풍기광복단〉을 발판으로 계몽운동 계열과 독자적으로 활동하던 혁신적 독립운동가들이 합세하는 형태로 발전하면서 이념에 있어서는 근대 국민국가의 공화주의를, 방략에 있어서는 무장 혁명노선을 표방하게 되었던 모양일세! 그런데 문제는 만주에서 군대를 편성하여 무력으로 국권을 회복한다는 목표 하에 독립군 사관학교와 연락기관 설립을 위해 친일 부호들 집에 군자금 모집 취지서와 군자금 배정 문서인 특정배당금증(特定配當金證)을 투입한 뒤 그것에 불응할 때의 본보기로 경북 칠곡의 장승원과 충남 아산군의 도고면장 박용하와 같은 친일파를 처단하였다는 게야!"

"이보게, 운사! 우리 죽명 숙부께서 자네한테 정말로 그런 얘기까지도 다 하셨단 말인가?"

중산은 그렇게 재우쳐 물으면서 〈감내 게줄 당기기〉 놀이마당에서 떡 조각을 얻어먹으려고 이비규환을 이루던 민초들의 참담한 광경을 지켜보다가 비분강개하여 망국의 책임을 들먹이며 조선 황실을 비롯하여 자기네 여흥 민씨 척족들과 권문 사대부들을 싸잡아 목청껏 성토하던 대종교 신의주의 사교라고 하던 북방 사내의 모습을 불현 듯이 떠올린다.

"그렇다네! 아마도 을강 선생을 통하여 독립운동에 관한 얘기들을 여러 가지로 많이 듣고 계셨던 모양이야."

"을강 선생이란 분은 대체 어떤 사람이기에 아무나 알 수 없는 그런 사실들을 그렇게 속속들이 다 알고 있단 말인가?"

"그 양반은 예전부터 향교와 사마소(司馬所)를 드나들며 유생 노릇으로 소일하다가 을사보호조약이 강제로 체결되는 것을 보고 한 때는 궁내부 주사 출신인 감암(紺巖) 박상일(朴尙鎰) 선생이라는 분과 공모하여 의병진을 구성하여 거병을 준비했을 정도로 민족정신이 골수에 사무친 분이라네. 그리고 지난 한 때는 시헌 안희원 선생이 설립한 진성학교에서 교편을 잡다가 스스로 사설 동화학교를 설립하여 항일 인재 교육에 투신하신 분이시지. 그러다가 그 학교마저 왜놈들의 탄압으로 문을 닫게 되는 바람에 지금은 지하화 된 대종교 밀양지사의 사교로 소일하시면서 이번에 결성된 〈밀양청년독립단〉 창단에도 산파 역할을 하시지 않았겠나?"

"아니, 그렇다면 우리 밀양에도 대종교 지사가 있다는 말인가?"

중산은 을강 선생이 대종교 사교라고 하는 바람에 깜짝 놀란다.

"그야 물론이지! 왜놈들의 종교 탄압으로 간판을 내리고 말았지만, 대종교가 비밀 결사단체로 지하화 하면서 밀양지사 사교로서의 활동은 지금도 계속하고 계신다네. 그래서 지난 단오절 무렵에는 대종교 신의

주 지사의 사교이자 만주 길림성 왕청현에 본영을 둔 〈중광단〉의 국내 연락책이라는 분이 우리 밀양을 다녀가지 않았겠나?"

"뭐라고? 자네 방금 대종교 신의주 지사의 사교라는 사람이 지난 단오절 무렵에 우리 밀양을 다녀갔다고 했는가?"

"그렇다네. 그런데 왜 그렇게도 놀라는가?"

"혹시 그 사람이 신의주에서 온 황상태라는 이름의 미곡상은 아니었나?"

불똥이 튀며 운사를 쳐다보던 중산의 눈빛이 허공에서 잠시 정지되는 듯하였다.

"난데없이 황상태라니, 그 사람이 도대체 누구이기에 그러는가?"

운사도 뜻밖의 물음에 어리둥절하기는 마찬가지였다.

"사실은 지난 단옷날, 자네와 헤어진 뒤에 집으로 돌아오는 길에 〈감내 게줄 당기기〉 구경을 하려고 감내 장터에 들렀다가 거기서 망국의 책임을 들먹이며 황실 사람들과 우리 척족 세력들을 비롯하여 당시의 정권 실세였던 권문세도가들을 싸잡아 비난하는 외지에서 온 낯선 사내 하나를 만난 적이 있었다네! 그런데 허름한 검정색 양복 차림에 갈색 중절모를 쓴 그 의문의 사내도 객줏집으로 자리를 옮겨 나와 대작하는 자리에서 황상태라는 이름을 대며 대종교 신의주 지사에서 사교 노릇과 〈반도상회〉라는 미곡상을 겸하고 있다고 하였거든!"

"자네가 만난 그 신의주 사람도 검정색 양복에 갈색 중절모를 쓰고 있었다고? 그렇다면 그 양반이 방금 내가 말한 대종교 신의주 지사의 사교이자 만주 길림성 왕청현에 본영을 둔 〈중광단〉의 국내 연락책으로 활동하고 있는 최응삼 사교가 분명한 모양일세! 왜냐하면, 그 양반이 단오절 다음날 밤에 자네가 말한 옷차림 그대로 〈밀양청년독립단〉의 창단 예비 모임이 열렸던 우리 교회의 목사관을 찾아왔다가 을강 선생을 만난 자리에서 만주로 독립운동을 하러 간 김원봉 군의 동생 김경봉 군의 안내로 〈감내 게줄 당기기〉 구경을 한 뒤 구포를 거쳐서 부산을 다녀오는 길이라고 했었거든."

"그렇다면 자네도 거기서 신의주에서 온 그 양반을 직접 만났단 말인가?"

중산은 자신이 감내 장터에서 만났던 수상쩍은 북방 사내가 대종교 신의주 지사의 사교로서 〈중광단〉의 국내 연락책이라는 사실도 놀랍지만, 운사가 그런 사실들을 다 알고 있는 것 역시 그에 못지않게 놀라운 것이다.

"그렇다마다, 이 사람아! 아까 내 이 자리에서 말하지 않았는가? 내가 이번에 서양의 오랑캐들이 전파한 것이라 하여 우리 유림에서 척사의 대상으로 배격하던 바로 그 기독교로 개종을 하였다고 말일세!"

"이 사람아! 기독교로 개종을 한다고 해서 누구나 다 그런 비밀스러운 일들 모두 알게 되는 것은 아니지 않는가? 더구나 자네는 이번에 창단되었다는 〈밀양청년독립단〉에 가입을 아예 하지도 않았다면서?"

"정식 단원으로 가입한 것은 아니지만, 우리 교회의 기독교 청년회 회장의 초청을 받았던 터라 호기심도 있고 하여 예비 모임에는 인사치레 삼아서 일부러 한번 참석해 보았거든!"

그러면서 운사는 이렇게 자세하게 설명을 덧붙이는 것이었다.

"그런데 말일세. 대종교 신의주 지사의 최응삼 사교는 동만주 화룡현에 있는 대종교 총본사에 업무를 보러 갔다가 총전강으로 계시는 우리 밀양 출신의 단애 윤세복 선생을 만나 뵙는 자리에서 〈대한광복단〉에서 활동하다가 중국으로 망명한 우리 밀양의 황상규 선생과 조우하게 되었던 모양이야. 〈중광단〉에서 재무담당으로 활동 중이라는 황상규 선생과 〈중광단〉의 국내 연락책인 최응삼 사교가 거기서 우연히 마주쳤으니 오죽이나 반갑고 할 얘기가 많았겠는가? 그래서 거기서 하룻밤을 함께 지내면서 우리 밀양에 관한 온갖 얘기를 다 나누고 온 모양이었다네. 그런데 그때 황상규 선생으로부터 긴히 부탁 받은 게 있어서 이번에 볼일을 보러 구포를 거쳐 부산으로 가는 길에 그 양반의 처가가 있는 감내 마을에 들렀다가 처조카가 되는 김경봉 군의 안내로 〈감내 게줄 당기기〉 구경을 하게 되었던 모양이더라니까!"

"세상이 넓고도 좁다더니, 그런 사연이 있어서 그 양반이 우리 밀양까지 내려오게 되었던 게로구먼!"

중산은 그제야 모든 의문이 풀렸다는 듯이 고개를 끄덕이면서도 〈감내 게줄 당기기〉 구경을 하고 돌아온 이후로 그동안 머릿속에서 막연하게 떠돌던 불안감이 구체적인 어떤 모양새를 갖추고 들어앉는 듯함을 느끼면서 사뭇 긴장된 얼굴로 운사에게 묻는다.

"이보게 운사. 오늘 자네가 나를 찾아오게 된 주목적도 그와 같은 사실들을 나에게 전해 주기 위함이었단 말이지?"

"그렇다네! 죽명 선생님께서는 평소에 가까이 지내는 을강 선생을 통하여 대종교를 비롯한 〈중광단〉 쪽의 사정도 어느 정도 파악하고 계셨던 모양인데, 최근에 해천껄의 자네 장인어른과도 더러 내왕을 하게 되면서 자네 집 어르신들께서 겪고 계신 골칫거리도 뒤늦게 아시게 된 모양일세. 그게 무언고 하니 과거 〈대한광복단〉 시절에 왕정복고를 지향하는 위정척사파 유림들과 이념적으로 크게 갈등을 겪었던 혁신적 공화주의파 인사들 대다수가 〈광복단 사건〉으로 만주로 망명을 하면서 그곳에 본영을 두고 있는 〈중광단〉에 가담하였는데, 그 중에는 임오군란 때 멸문의 화를 입고 자네 집안에 원한을 품은 자도 있을 수 있다는 얘기였네."

"그렇다면 바로 그 자가 청관 스님의 외가 쪽 사람일 수도 있다는 얘기가 아닌가?"

"나도 그렇게 판단하였네. 하지만 아직도 명확히 확인된 바가 없기 때문인지, 죽명 선생께서는 그런 사람이 있다는 사실을 자네한테 전해 주기만 하면 자네 스스로가 판단하여 윗분들을 돕는 길을 찾을 수 있을 것이라고 하셨다네."

"다른 말씀은 없으셨고?"

"그렇다네. 하지만 나를 이리로 떠나보내시면서도 안색이 별로 좋지 않았던 걸로 봐서는 걱정이 여간 크지 않으신 눈치였네!"

중산은 죽명 숙부가 무슨 걱정을 하고 계시는지 충분히 이해할 수 있을 것 같았다.

"이 보게, 운사! 이번 일은 아무래도 내가 그 을강 선생이라는 분을 직접 한번 만나 뵈어야 문제 해결의 실마리를 찾을 수 있을 것 같은데, 그분을 자연스럽게 만날 수 있도록 자네가 다리를 좀 놓아 줄 수 없겠나?"

"역시 전광석화처럼 돌아가는 자네의 머리는 여전하구먼! 사실은 나도 이미 그렇게 할 생각을 가지고 있었다네! 오는 칠월칠석에 있을 내 병원 개업식 때 그분을 초청할 생각인데, 그 때 따로 한번 만나 뵙도록 하게나."

"고맙네! 역시 자네는 나한테 없어서는 안 될 소중한 보물일세그려! 그런데 개업 준비로 눈코 뜰 새 없이 여러 가지로 바쁠 텐데, 나를 위해 일부러 이렇게 틈을 내어 먼 길을 멀다 하지 않고 찾아와 줘서 무어라 고마운 마음을 전해야 할지 모르겠네. 성내로 돌아가거든 우리 숙부께님께 이렇게 전해 주게. 숙부님께서 무슨 걱정을 하고 계시는지를 잘 알겠으며, 앞으로 문중의 개화 개방은 물론, 모든 걱정거리들을 덜어드리도록 노력할 터이니 그리 아시고 아무런 걱정 없이 마음 편히 잘 지내시라고 말일세!"

"알겠네. 내 그리 전함세!"

중산에게 다짐을 해 보인 운사는 그래도 미진한 얘기가 남았는지,

"그건 그렇고…."

하고 토를 달면서 스스로 잔을 채워 매화주를 마시더니 진지한 얼굴로 이런 얘기를 슬며시 꺼내는 것이었다.

"앞으로 자네의 주관대로 집안일을 처리해 나가자면 꼭꼭 닫혀 있는 문중의 개화 개방부터 서둘러 보는 게 좋지 않겠나?"

"갑자기 문중의 개화 · 개방이라니, 나더러 자네처럼 예수교를 믿어 보라는 말인가?"

중산은 농담으로 그렇게 응수하기는 하였으나 운사가 문중의 개화 · 개방에 뜻을 두고 있는 자기의 마음을 눈치 채고서 그것을 이룩하여 일찍이 개화파로 낙인이 찍혀 문중에서 축출된 죽명 숙부에게 유리한 국면을 열어 주기 위한 포석으로 그런 권유를 과감하게 해 보는 게 아닌가 했다.

"그런 게 아니라, 앞으로 자네가 해결해야 할 숙제를 원만히 풀기 위해서는 대외적으로 보나 대내적으로 보나 문중의 개화 · 개방만이 자네에게 운신의 폭을 넓혀 주는 결과가 될 수 있겠기에 감히 권해 보는 얘기일세. 더구나 대종교 쪽이나 〈중광단〉을 상대하려면 우선 그들을 척사의 대상으로 여기는 자네 문중 어르신들의 사고방식부터 먼저 바꾸어 놓는 것이 무엇보다 급선무가 아니겠나 이 말일세!"

"이 사람, 예수쟁이가 되면 벙어리도 말을 할 수 있게 된다고 하더니만, 자네야말로 말재주가 아주 비상해졌네 그려!"

"이건 농담으로 하는 말이 결코 아니라네! 첫째는 문중의 앞날을 두 어깨에 걸머진 자네를 위하고, 둘째는 일찍이 개화의 희생양이 되신 자네 막내 숙부님의 〈수화불통〉의 해금을 위하는 길이며, 셋째는 시대에 뒤떨어지고 있는 자네 집안을 위해서 충심으로 하는 얘기란 말일세."

"자네가 그렇게까지 얘기하는데, 내 본심을 더 이상 숨겨서 뭐 하겠나? 사실은 나도 그 문제에 대해서 고민을 해 온 지가 꽤 오래 되었다네. 그러니 읍내로 돌아가거든 문중 개화·개방에 대한 나의 뜻도 우리 죽명 숙부님께 꼭 좀 전해 주게나."

"그야 여부가 있겠나? 내 이럴 줄 알았다니까! 이것이야말로 죽명 선생님께 갖다 바칠 큰 선물이 되겠는걸!"

운사는 파안대소를 하면서 언성을 높인다. 백자 항아리에 남아 있던 매화주를 마저 나누어 마신 그들은 누가 먼저랄 것도 없이 자리를 털고 일어난다. 죽명 선생으로부터 밀명을 받고 달려온 운사는 자기의 소임을 다하고 죽명 선생께 바칠 커다란 선물까지 하나 얻어 가지고 돌아가게 되는 바람에 득의만만한 모습이었다.

그는 육모정 난간 쪽으로 천천히 걸어 나가 한낮의 눈부신 햇빛이 들끓고 있는 후원을 바라본다. 그러다가 중산이 가까이 다가오자 지금까지 가슴 속에 간직하고 있던 또 다른 소망 하나를 비로소 그에게 드러낸다.

"이보게 중산! 앞으로 잘해 보게. 자네의 노력으로 문중의 개화·개방과 함께 임오군란으로 빚어진 어두운 과거사가 청산되고, 그동안 문중을 위해서 남모르게 애쓰신 죽명 선생님의 숨은 공덕이 널리 알려지게 되는 날에는 아직도 족쇄가 되어 당신의 발목을 붙잡고 있는 '수화불통'의 조처도 능히 풀리게 될 수 있지 않겠나?"

"이 사람, 그러고 보니 마음은 어느 새 콩밭에 가 있었네 그려?"

농담으로 면박을 주는 중산도 사실은 그와 같은 포부를 가지고 있었으므로 운사의 마음을 이해하지 못할 까닭이 없었다. 죽명 숙부의 도움으로 일본 유학을 가서 양의(洋醫)라는 첨단의 개화 인사가 되어 돌아온 운사가 그 은공에 보답하기 위하여 이런 노력들을 자기의 일처럼 서슴지 않는 마음속에는 시대에 낙후된 문중을 개화·개방의 길로 이끌어야 하는 자기를 위하는 우정 어린 마음이 그의 가슴 깊은 곳에 자리잡고 있다는 것을!

비록 두 어깨는 여전히 무거웠지만 마음만은 어둡고 깊은 상념의 골짜기를 벗어나 전망이 탁 트인 능선에 올라선 듯, 중산은 적이 설레는 가슴을 활짝 열고 신록이 한창 우거진 자기네 집 뒤의 종산 기슭을 망연히 바라본다.

거기에는 승당 할아버지를 비롯하여 각종 벼슬을 지낸 기라성 같은 자기네 조상들의 무덤이 곳곳에 자리를 잡고 있었다.

제6장

종손(宗孫)의 반역(反逆)

◇ 이유 있는 모반(謀叛)
◇ 불청객(不請客)

◇ 이유 있는 모반謀叛

운사를 배웅하고 자기의 처소로 돌아온 중산은 한참 동안 방 안을 서성이며 생각에 잠겨 있었다. 이르면 내일이나 모레쯤 용화 할머니와 부친이 돌아오게 될 것이다. 그렇게 되면 자신의 모든 일상들이 다시금 부처님 손바닥과도 같은 윗분들의 투명한 보호 관찰 속에서 다람쥐 쳇 바퀴 돌듯 하는 본래의 상태로 되돌아가게 될 것이기에 중산으로서는 조바심이 날 수밖에 없었다.

죽명 숙부의 뜻을 받들어 문중의 개화·개혁의 발판을 마련하기 위 해서는 이번 기회를 놓쳐서는 안 될 형편이었다.

그런데 이상한 일이었다. 애초에 무리수가 따르지 않는 개화와 혁 신이란 있을 수 없다는 인식에서 출발한 일이었지만, 막상 죽명 숙부 의 지원과 자신의 소신만을 가지고 일을 추진하려고 하니 아무래도 이 것저것 마음에 걸리는 바가 적지 않은 것이다. 적수공권으로 개화 의지 를 다지고 있던 차에 후원자를 자처하고 나선 죽명 숙부의 단호한 의지 가 더할 나위 없이 큰 힘이 된 것은 분명한 사실이었다. 하지만 아직도 풀리지 않고 있는 〈수화불통〉의 조처로 인하여 여전히 문중에서 이단 시 되고 있는 처지이기에 그분의 지원만 믿고 자칫 잘못 움직이다가는 자기 자신도 〈수화불통〉이라는 이단의 덫에 걸릴지도 모른다는 생각이 새로운 부담감으로 작용하기 시작한 것이었다.

차세대를 책임져야 할 문중 종손으로서 자신의 신념을 펴 나가기 위 해서는 젊은 객기에서 비롯된 무모한 도전이라는 오명을 벗어나기 위 해서라도 새로운 후원자를 확보하지 않으면 안 된다는 게 중산의 생각 이었다. 그래야 위계질서가 엄연한 자기네 집안에서 있어서는 안 되고,

또 있을 수도 없는 반역이라는 직격탄에서 한 발자국이라도 벗어날 수가 있는 것이다.

하지만 그 정도의 역량을 지닌 새로운 후원자를 찾아내는 것 역시 문중의 개화처럼 결코 쉬운 일은 아니었다. 우선 기라성 같은 문중 어르신들 중에서 아직도 원로의 위상을 견지하며 생존해 계시는 승당 할아버지의 다섯 형제분들을 비롯하여, 부친의 네 형제분들을 대상으로 한 분 한 분 차례대로 짚어 보았으나 한결같이 넘을 수 없는 첩첩한 보수의 준령으로만 보일 뿐, 선뜻 머릿속에 떠오르는 얼굴이 없는 것이다. 궁여지책으로 동산리 쪽보다 개화에 훨씬 더 유연한 태도를 보이고 있는 파서리 쪽에서 원군을 찾아보려고 해도 그 역시 마땅한 분을 찾기가 힘들뿐더러, 일이 자칫 잘못 되는 날이면 비밀이 탄로 날 공산이 커서 함부로 나설 일이 되지는 못하였다.

중산은 초조해지기 시작하였다. 새로운 묘안을 떠오르지 않고 무심한 시간은 화살처럼 빠르게 흘러가고 있었다.

'이 일을 어찌한다, 이 일을 어찌한다…!'

우리 속에 갇힌 맹수처럼 바쁜 걸음으로 방 안을 한참 동안이나 서성이던 중산은 몇 번이나 주먹으로 문설주를 내리치며 마음을 달래다가 머리를 후딱 곧추 세운다.

'아, 그렇구나!'

속수무책으로 용광로처럼 들끓는 막막한 의식 속에서 번개처럼 섬광을 발하며 불쑥 떠오른 얼굴, 그것은 뜻밖에도 혜성과도 같은 자기 아내 박씨 부인의 얼굴이었다. 지난번에 한양 땅 삼각산 진관사에서 왔다는 비구니가 다녀가던 날 밤에 『내훈』에서 밝히고 있는 아내의 도리를 말하면서 정연한 논리로 자기를 놀라게 하였던 그녀라면 이번에도 좋은 묘책을 가지고 있지 않을까 하는 생각이 궁여지책으로 불쑥 떠오른 것이다.

'남자는 호연(浩然)한 마음을 가졌고 뜻은 오묘한 진리를 찾는 데 두어 옳고 그름을 분별할 수 있으나, 여자는 오로지 방적(紡績)과 침선(針線)이 잘 되었는가만 따지고 덕행을 알지 못한다는 『내훈』의 지적에 따라 부덕(婦德)과 부언(婦言)·부용(婦容)·부공(婦功) 등의 부녀가 갖추어야 할 도리에 관한 성인의 가르침을 배웠다는 그녀라면 해법을 알고 있을지도 모를 일이 아니겠는가!'

생각이 거기에 미친 중산은 지체 없이 후원 별당으로 향하였다. 중문을 거쳐서 별당이 있는 후원으로 돌아나간 그는 섬돌 앞에 이르러 호흡을 가다듬으며 헛기침을 한다. 그러나 그의 얼굴은 여전히 딱딱하게 굳어 있었다.

방에서는 어린 병준이를 재우고 있는지 박씨 부인의 극진한 애정이 담긴 자장가 소리가 한가롭게 새어 나오고 있었다.

금자동아 은자동아
만첩 청산에 보배동아

하늘처럼 높으거라
무쇠처럼 굳세거라

자장 자장 자장 자장
우리 아기 잘도 잔다

앞집 개야 짖지 마라
뒷집 개도 짖지 마라

어화둥둥 보배동이
우리 준이 달도 잔다…

중산이 심상치 않은 얼굴로 방으로 들어섰을 때, 박씨 부인은 병준이를 품에 안고 자장가를 부르며 토닥토닥 낮잠을 재우고 있는 중이었고, 한 옆에서는 유모 옥이네와 도화가 깨끗이 빨아 말린 아이의 옷가지들을 쌓아 놓고 도란도란 얘기꽃을 피우며 다림질을 하고 있었다. 속 타는 자기의 마음과는 달리 평화롭고 한가롭기 짝이 없는 방 안의 풍경에 중산은 잠시 주춤하였다.

　하지만 바깥양반이 나타나자 화들짝 놀란 하녀들은 서둘러 자리를 치우고 밖으로 사라지기에 바빴고, 박씨 부인은 서둘러 방석을 내다가 그가 앉을 자리부터 마련하는 등 바쁘게 움직인다. 환한 대낮에 중산이 이렇게 아무 예고도 없이 별당 내실에 불쑥 나타나기란 결코 흔한 일은 아닌 것이다.

　"운사 선생님께서는 벌써 성내로 돌아가셨습니까?"

　겨우 자리를 정리한 박씨 부인이 옷매무새를 가다듬고 옆에 와 앉으며 근심과 호기심이 뒤섞인 얼굴로 묻는다.

　"그렇다오."

　중산은 자신의 속을 꿰뚫듯이 반짝이는 부인의 시선을 피해 고요히 잠들어 있는 아이의 얼굴을 내려다보며 짐짓 태연한 척 고개를 끄떡인다.

　"아직 때가 너무 일러 점심 밥상도 미처 차려 올리지 못했는데, 멀리서 오신 귀한 손님을 그대로 돌려보내고 말았으니 일을 어찌하면 좋습니까?"

　박씨 부인은 짐짓 울상을 지으며 당혹감을 감추지 못한다. 말을 타고 달려서도 몇 식경은 좋이 걸려야 올 수 있는 친구라, 운사가 한번 오기만 하면 한나절 이상 푸근하게 머물러 있다가 가는 것이 상례였기 때문이다.

　"개업 준비로 한창 바쁜 중이라, 용무를 마치기가 바쁘게 서둘러 돌아가고 말았다오!"

중산도 운사가 서둘러 돌아가고 만 것이 못내 아쉽기는 마찬가지였다.

"바쁘신 중에 일부러 오셨다면 혹시 향청껼 숙부님의 뜻을 전하러 오신 것은 아닌지요?"

그런 와중에도 생각이 깊은 박씨 부인의 혜안은 또다시 유감없이 진가를 발휘하고 있었다.

"그러고 보니 부인께서도 주안상을 내보내면서 운사가 죽명 숙부님의 밀명을 가지고 찾아왔다는 사실을 이미 알고 계셨던 모양이구려?"

그러면서 중산은 주안상을 들고 왔던 그녀의 몸종이 그 사실을 눈치 채고 벌써 고해 올린 것이 아닌가 했다.

"일이 돌아가고 있는 상황으로 보아서 수순에 따라 당연히 짐작할 수 있는 일인데, 왜 그리도 놀라십니까?"

"허허, 부인! 내가 어디 놀라지 않게 생겼소?"

"서방님, 이것은 결코 놀라실 일이 아니랍니다. 제가 들어서 알기로는 향청껼의 막내 숙부님도 친정아버님과 따로 소통을 하고 계셨으니까 당연히 우리가 처한 사정을 다 아시게 되었을 터이고요. 숙부님과 뜻이 가장 잘 통하는 운사 선생님께서 바쁜 중에도 용화 할머님이 안 계실 때 급히 우리한테로 달려온 것을 보면 불문가지의 일이 아닐는지요?"

중산은 이번에도 벌린 입을 다물지 못한 채 자기의 추측을 막힘없이 말하는 부인의 얼굴을 멀거니 바라본다. 그의 시선이 못내 부담이 되었던 것일까. 박씨 부인은 가만히 자리에서 일어나더니 횃댓보에 걸려 있던 행주치마를 허리에 두르며 밖으로 나가는 것이다. 어쩌면 중산에게 조용히 마음을 정리할 여유를 주고자 일부러 부엌으로 피해 주는지도 모를 일이었다.

중산은 그녀가 밖으로 나가는 것을 아는지 모르는지, 새근거리며 곤히 잠들어 있는 어린 아들의 얼굴을 하염없이 내려다본다. 손수 한 땀

한 땀 공을 들여 만든 비단 누비이불 속에서 세상모르고 잠들어 있는 아이의 모습이 이날따라 그의 눈에는 평화롭다 못해 거룩해 보이기까지 하는 것이다.

이 세상에 해탈의 경지에 이른 아기 부처의 얼굴이 있다 한들 이만큼 평화로울 수 있을까. 그런데 자기는 이 아이가 앞으로도 이런 모습을 계속 유지하며 살아갈 수 있도록 평탄한 길을 과연 열어 줄 수가 있을 것인지, 생각만 해도 모골이 다 송연해지는 것이다.

중산이 지고지순한 어린 아들의 모습을 지켜보며 한참 동안 깊은 상념에 잠겨 있을 때, 밖으로 나갔던 박씨 부인이 손수 주안상을 차려 들고 돌아왔다. 방금 운사와 대작을 하고 왔음에도 불구하고 중산은 밝은 대낮에 왜 또 술이냐고 말하지 않는다. 사실은 그도 맨 정신으로는 찾아 온 용건을 입에 담기가 겸연쩍었는데, 박씨 부인이 그의 그런 마음을 먼저 알아차리고 주안상을 봐 온 것이었다.

"서방님, 무슨 생각을 그리도 골똘히 하고 계십니까?"

술상을 내려놓은 박씨 부인이 옆에 와 앉으며 가만히 물었다. 자신의 대를 이어 갈 어린 아들의 얼굴에 머물러 있던 중산의 시선이 비로소 그녀에게로 천천히 옮아간다.

"글쎄요…. 부인의 눈에는 내가 지금까지 무슨 생각을 하고 있었을 것 같소?"

중산은 자신의 생각을 감춘 채 오히려 반문을 한다. 이런 대낮에 별당에 불쑥 나타나게 된 속사정을 자기 스스로 말하기가 궁한 것이다.

"막중대사를 앞두고 자는 아이의 얼굴을 오래도록 들여다보고 계셨으니 당연히 우리 병준이에게 물려 줄 앞날에 대한 과제를 생각하고 계시지 않으셨는지요?"

거침없이 명쾌한 대답을 내놓은 박씨 부인은 조심스럽게 매실주를 잔에 따라 두 손을 받들어 중산에게 건넨다. 중산은 기다렸다는 듯이 그 잔을 받아 단숨에 들이켰고, 박씨 부인은 그의 속을 훤히 들여다본

듯이 조심스럽게 다시 묻는 것이다.

"그런데 문중의 명운이 걸린 큰일들을 앞두고 늠름한 기상이 호연하게 넘쳐흐르고 있어야 할 서방님의 얼굴에 그렇게 수심이 가득한 것을 보니 아무래도 새로운 걱정거리가 생긴 것 같은데 그렇지 않은지요?"

그런 말을 하면서도 어찌 된 영문인지 박씨 부인의 얼굴에는 어두운 빛이 전혀 없다.

"허허! 용화당에 홀로 앉아 계셔도 집안사람들의 일을 훤히 꿰뚫고 계시는 할머님만 부처님의 손바닥을 가지고 계신 줄로 알았는데, 이제 보니 그게 아니었던 모양이구려?"

부인을 바라보며 무연하게 웃는 중산의 얼굴이 속절없이 붉어진다.

"서방님, 저를 앞에 두고 갑자기 부처님 손바닥이라니요?"

"호랑이가 무서워서 도망을 쳤더니 호랑이를 잡아먹는 담비 한 쌍이 나타나서 앞을 턱 가로막는다고 하는 옛말이 있지 않소? 이제 와서 생각해 보니 내가 바로 그런 꼴이 되고 만 것 같아서 해 보는 소리가 아니겠소?"

중산이 속마음을 감추고자 농담 삼아 해 보는 말이었으나 그것을 모를 리 없는 박씨 부인은 짐짓 아연 실색하며 적이 놀라는 척한다.

"서방님, 제가 호랑이보다 무섭다니요? 그 말씀이 진정이십니까?"

"부인이 언제나 내 마음을 훤히 꿰뚫어 보고 있는 것 같기에 해 보는 소리이니 그렇게 놀랄 일은 아니지 않소?"

박씨 부인은 그 말에 대해서는 아무런 이의를 달지 않는다. 그 대신 그가 비운 잔에 매화주를 따라 주면서 정색을 하고 다시 묻는다.

"서방님, 그렇게 말씀을 빙빙 돌려서 하실 게 아니라 진심을 말씀해 주십시오. 혹시 제가 도와 드려야 할 걱정거리라도 생긴 것이 아닌지요?"

그제서야 중산은 비로소 찾아온 속내를 드러내며 쓸쓸하게 웃는다.

"사실은 새로운 걱정거리가 생겨서 왔는데, 도무지 묘안이 떠오르지 않는구려!"

"새로운 걱정거리라니요?"

"앞으로 내가 종손의 소임을 다하기 위해서는 문중의 개화와 개방이 우선되어야 할 것 같은데, 아무리 생각해 보아도 죽명 숙부님 한 분의 후원만으로는 겹겹이 앞을 가로막고 있는 장벽을 극복하기가 어려울 것 같기에 해 보는 소리가 아니겠소?"

"그러고 보니 서방님께서도 저와 똑같은 생각을 하고 계셨던 거로군요!"

"아니, 그렇다면 부인께서도 우리 문중의 개화와 개방부터 서둘러야 한다는 생각을 하고 계셨단 말씀이오?"

"예, 서방님! 서방님께서 앞으로 우리 문중의 난제들을 소신껏 처리해 나가시려면 무엇보다도 집안에 무겁게 드리워져 있는 대외적인 장막부터 우선 걷어내어야 하지 않겠습니까? 그래야 대외적인 행보에도 한결 도움이 될 터이고요."

"하지만 문중 개화·개방이 제 아무리 화급을 다투는 막중지대사라 하여도 윗분들 몰래 감히 손댈 수 없는 일이 아니오?"

"소첩인들 그런 사실을 어찌 모르겠습니까?"

부인의 거침없는 대답에 비로소 중산의 얼굴이 활짝 펴진다.

"그렇다면 그런 불효를 저지르지 않고서도 우리의 계획을 도모할 수 있는 좋은 묘책이라도 찾아냈다는 말씀이오?"

"여러 가지 방도를 강구해 보았으나 성공 여부도 장담할 길이 없는데, 제가 어찌 감히 좋은 묘책이라고 말씀 드릴 수가 있겠습니까? 다만, 조심스럽게 우리의 뜻을 전해 올리고 지원을 요청해 볼 수 있는 분을 제 나름대로 생각해 보았기에 드리는 말씀이지요."

"아니, 부인! 그게 정말이오?"

"서방님, 그래도 모르시겠어요? 여자의 마음은 아무래도 우리 여자들이 더 잘 알게 되어 있답니다."

"여자의 마음은 여자들이 잘 알게 되어 있다고요?"

"예, 서방님! 우리 문중의 대소사는 결국 용화 할머님 한분의 뜻에 달려 있다고 해도 과언이 아니기에 드리는 말씀이지요."

"그렇다면 부인께서 직접 용화 할머니의 허락을 받아 내겠다는 말씀이오?"

"그게 아니라, 우리에게는 용화 할머님보다 한 발 더 가까운 안방의 어머님이 계시질 않습니까? 그 누구보다도 서방님의 뜻을 존중해 주시는 어머님께서 우리의 뜻을 이해해 주시고 용납해 주신다면, 그것만으로도 윗분들께 불효를 면할 수 있는 방패막이가 되지 않겠느냐는 뜻이지요!"

"아니, 그렇다면 어머님께서 우리의 뜻을 이해해 주실 것이라고 믿는단 말씀이오?"

잔뜩 기대에 차 있던 중산의 얼굴이 금세 어두워지고 만다. 그 역시도 어머니의 얼굴을 떠올려 보지 않은 바가 아니었기 때문이다.

"부인 생각에는 어머님께 말씀 드린다면 우리의 뜻에 따라 후원자가 되어 주실 것 같으오?"

"물론 쉽지는 않으시겠지요. 하지만 서방님께서 감내 장터에서 직접 경험하신 바가 있었듯이, 하루가 다르게 흉흉하게 변해 가는 세상인심에 대한 실상을 소상하게 설명해 드린 다음에, 우리 집안과 문중이 처한 현실을 사실 그대로 말씀 드린다면 우리의 포부에 대해서도 대승적인 견지에서 마음이 움직이지 말라는 법도 없지 않을는지요?"

"글쎄요. 그렇게 되기만 한다면야 그보다 더 바랄 게 무에 있겠소? 하지만 내 생각으로는 암만 해도 기대 난망일 듯싶구려!"

"서방님, 미력으로나마 제가 직접 나서 가지고 어머님께 그 모든 사실들을 이치에 합당하게 잘 말씀 드리고 나서 도움을 부탁드리고 싶은데, 서방님의 뜻은 어떠하신가요?"

"부인께서 직접 말씀 드린다고요?"

"예, 서방님! 이것은 윗분들 세대와 우리 젊은 세대를 놓고 대립적으로 따질 일도 아니고, 또 마냥 미룬다고 해서 저절로 해결될 일도 아니질 않습니까? 그리고 저희 친정아버지와 향철껄 막내 숙부님께서 우리한테 던져 주신 숙제를 근본적으로 해결하기 위해서라도 위정척사적인 우리 문중 어르신들의 완고하신 수구적인 생각부터 시대 조류에 맞게 바꾸시도록 하는 것이 무엇보다 선결되어야 할 과제라 하겠지요."

"부인의 그러한 생각에는 나 역시도 전적으로 동감이오! 하지만 당신께서도 자칫 잘못하다가는 용화 할머님께 불효를 저지르는 꼴이 되기 십상인데, 어머님께서 과연 우리의 뜻을 쉽게 가납해 주실 수 있겠습니까?"

중산은 그렇게 하고 싶은 생각은 간절하나 아무래도 어려울 것 같다는 눈치다.

"서방님, 방금 말씀 드렸다시피 여자의 마음은 우리 여자들이 더 잘 안다니까요! 용화 할머님께서 하시는 일들에 대해서 아무 말씀도 아니하고 계시지만, 어머님도 사람인데 우리 후손들의 일을 두고 어찌 당신의 생각이 없을 수 있겠습니까? 더구나 장차 종손인 당신의 아드님이 고스란히 떠안게 될 일인데요!"

"글쎄요. 그렇기는 한데, 윗분들이 하시는 일에 한 번도 거역하거나 불편한 심기조차 드러내신 적이 없으셨던 어머님께서 과연 우리 편이 되어 주실 수 있을지 그게 미심쩍어서 하는 말이지요!"

"어머님께서 우리의 뜻을 지금 당장 용납하시기가 어려우시더라도 문중의 개화 개방을 공론화 하여 용화 할머님과 문중 어르신들께 말씀 드리게 될 때까지 만이라도 어머님께서 눈을 감아 주시도록 설득을 한다면 우리로서는 그것만으로도 막강한 우군을 확보하는 셈이 되지 않을는지요? 더구나 나날이 시국 상황은 악화 일로를 치닫고 있는데, 얘기가 나온 김에 일단 어머님께 말씀이나 먼저 드려 보아야지요. 그리고 설령 어머님께서 우리의 지원자가 되어 주시지 않으시더라도 우리를 야단치지 않으시고 그냥 못 들으신 척 덮어만 주신다면 그것만으로도 불효를 모면할 수 있는 길이 되지 않겠습니까?"

"부인의 뜻이 정히 그러하다면 나도 기꺼이 따르리다!"

달리 방도가 없기에 중산도 결국 그렇게 마음을 굳히고 만다. 용화 부인이 돌아오기 전에 양단간에 결단을 지어야겠기에 박씨 부인은 지체하지 않고 곧장 별당과 뚝 떨어진 곳에 있는 시어머니 이씨 부인의 안방 처소로 건너갔다.

박씨 부인의 예상은 적중하였다. 그녀는 친정아버지로부터 전해 들었던 임오군란과 관련된 모든 과거사 얘기를 비롯하여 거기서 비롯된 여러 가지 문제점들과, 중산이 지난 단옷날 감내에서 겪었던 일은 물론, 운사가 중산에게 전해 주고 간 죽명 숙부의 얘기까지 전부 전해 올리고 나서 앞으로 중산이 그 일들을 윗분들 모르게 해결하여 돕기로 했다는 사실과 함께 그것을 위한 선결 과제로 문중의 개화·개방에도 서서히 힘을 쏟고자 한다는 점도 시어머니 이씨 부인에게 아울러 완곡하게 전해 올렸다.

그러자 승당 선생의 하녀 소생인 청관 스님의 존재는 알고 있었지만 나머지의 일에 대해서는 아는 바가 별로 없다고 밝힌 이씨 부인은 당혹 감을 감추지 못하면서 자신도 기꺼이 그 일에 동참하겠다는 뜻을 밝혔고, 반드시 일이 성사될 수 있도록 성심을 다 하라는 부탁까지 하면서 단순한 승낙의 차원을 넘어 결연한 후원 의지까지 내비치는 것이었다.

"그렇잖아도 얼마 전에 용화당 뒤꼍에 '경고어재내동포(警告於在內同胞: 국내에 있는 동포에게 경고함)'라고 겉봉에 적힌 수상한 격문이 떨어져 있는 것을 술래잡기를 하던 아이들이 발견하여 글방 훈장 선생한테 전한 것을 용화당에 올렸다는 얘기를 전해들은 바가 있었는데, 아무래도 그 문건이 에미 네가 얘기하는 그 〈중광단〉인지 뭔지 하는 독립운동 단체에서 투입한 것이 아닌지 모르겠구나!"

바깥일에는 손방인 이씨 부인으로서는 바깥세상에서 벌어지고 있는 그러한 일들이 막상 자기네 집안과 직결되고 있다는 얘기를 듣고서는 그 놀라움이 이만저만이 아닌 모양이었다.

어쨌든 죽명 숙부에 이어 모친까지 그렇게 나오는 바람에 중산의 어깨는 한결 가벼워졌다.

모친의 뜻을 확인한 중산은 자신이 추구해야 하는 일의 선후를 따져 본 연후에 장차 자기에게 가장 든든한 후원자가 되어 줄 청암 아우에게 보낼 장문의 편지부터 먼저 작성하였다. 그 내용을 요약해 보면 첫째, 초량으로 가서 그곳에 있는 자기네 미곡창의 김 서기를 자기한테로 즉시 올려 보낼 것과, 둘째로 동래 범어사로 가서 청관 스님이 요새 어디에 가 있으며, 언제쯤 찾아가면 만날 수 있는지를 소상하게 알아서 아무도 모르게 기별해 달라는 내용이 그것이었다. 그리고 편지의 말미에 더 이상 미룰 수 없게 된 자신의 소신에 따라 자기네 가문의 개화를 시도해 보겠다는 뜻을 밝힌 다음에, 청암과 송암의 동래고보로의 편입학 문제도 그들의 소원대로 모친의 묵시적인 승인 하에 은밀하게 추진할 수 있게 되었다는 소식과 함께 조만간에 거기에 필요한 두 아우들의 호적초본도 각각 발급 받아서 보내겠다는 의향까지 미리 밝혀 주었다.

아침 댓바람으로 김 서방을 면사무소로 보낸 중산은 그가 청암과 송암의 호적초본을 떼어 오기도 전에 밖에 있던 춘돌이를 시켜서 삼수를 은밀히 불러 오게 하였다. 불공을 떠났던 어르신들이 이제라도 들이닥칠 것만 같은 조바심이 그에게 채찍질을 가한 결과였다. 그가 삼수 녀석을 심부름꾼으로 택한 것은 그의 삼촌이 초량 미곡창의 고지기로 있고 그곳 지리에도 밝은데다, 주변 사람들의 시선을 피하기 위해서는 천지 사방을 쏘다니면서 온갖 개망나니 짓을 다하여 식구들의 눈 밖에 나 있는 그 녀석을 이용해 보는 것이 주변의 시선을 피하는 데는 제격이라는 판단이 섰기 때문이었다.

"삼수 네놈에게 아주 중요한 심부름을 시키고자 하는데, 성심을 다하여 아무 차질 없이 수행할 수 있겠느냐?"

"중요한 심부름을 이놈한테 시키시겠다는 말씀이십니껴?"

전혀 예상치 못한 중산의 제안에 말썽꾸러기인 삼수 녀석 자신도 믿기지 않는 모양이었다.

"굼벵이한테도 구르는 재주가 있듯이, 말썽꾸러기인 네놈한테도 제격인 임무가 있을 수 있기에 하는 말이니라."

"그래도 하늘 겉은 서방님의 심부름인데 소인 놈이 감당할 수 있을지도 모르면서 우찌 함부로 그 일을 할 수 있다고 장담할 수 있겠습니껴?"

삼수는 지금까지 자기의 개망나니 짓에 대해 한 번도 경을 치거나 꾸짖은 적이 없기에 막중하다는 그의 심부름이 오히려 더욱 두렵게 받아들여지는 것이리라.

"허허, 이놈이 겉으로 보기보다는 제법이로구나. 네놈이 그 정도의 생각을 가졌다면 안심하고 맡길 수가 있겠구나!"

"도대체 무신 일을 시키시려고 이러시는 깁니껴?"

"이 서찰을 가지고 동래 객사로 내려가서 청암 도련님한테 직접 전해 올리고 거기서 시키는 대로만 하고 오면 되느니라. 내 노잣돈을 두둑하게 내어 줄 터이니 오늘 중으로 다녀 올 수 있겠느냐?"

"그 정도의 일이라모 냉큼 댕겨 오고말고요! 지금 떠난다면 오늘 중으로 충분히 다녀오고도 남을 깁니니더!"

그러잖아도 속에 바람이 잔뜩 들어 한창 몸이 근질근질해 있는 녀석이었다. 게다가 마산리 교회의 같은 신자 패거리로서 형처럼 따르며 자주 어울리곤 하는 종팔이와 또출이까지 가마꾼을 자청하여 떠나간 표충사 불공 행렬에도 끼지 못하여 속이 뒤집힌 나머지 무작정 집을 뛰쳐나가 바깥바람이라도 실컷 쐬고 싶은 차였던 것이다. 노잣돈까지 두둑히 받아 쥐고 동래 객사를 다녀오는 심부름이라는 바람에 눈이 확 뒤집혀 버린 삼수 녀석은 태도가 돌변하여 감지덕지하면서 연신 머리가 땅에 닿도록 조아리는 것이다.

"이 일은 아무한테도 발설해서는 안 되는 극비 사항이니라. 죽음 앞에서도 함구할 각오로 차질 없이 행하고 돌아올 수 있겠느냐?"

"예, 서방님! 어느 안전이라꼬 감히 허튼 수작을 부리겠습니까요!"

"이 서찰이 네 목숨만큼이나 소중한 것이니 그리 알고 단단히 품속에 지녀야 한다. 그리고 아무한테도 알리지 말고 지금 당장 이대로 떠나거라!"

중산의 밀명을 받은 삼수란 놈이 적잖은 여비까지 챙겨 가지고 집을 나선 것은 김 서방이 호적초본을 떼러 면사무소로 떠나기 훨씬 전인 이른 아침이었다. 기차 값을 아끼기 위해 느린 배편으로 구포까지 내려간 삼수는 점심때가 되기도 전에 만덕고개를 넘어 동래 객사에 도착하였다. 그리고 삼수로부터 중산의 서찰을 전달 받은 청암은 중산이 지시한 대로 자기 자신은 동래 범어사로 가서 청관 스님의 근황을 알아보기로 하고, 미곡 창고가 있는 초량에는 같이 있던 송암 아우더러 자기네의 마차 편으로 삼수와 함께 내려가서 중산이 서찰에 적어 놓은 다른 용무를 보게 하였다.

송암을 따라 초량 미곡창으로 내려간 삼수 녀석이 그곳의 김 서기를 대동하고 동래를 거쳐서 다시 동산리로 돌아온 것은 그날 저녁 식사 시간이 채 되기도 전이었다.

중산이 일부러 사람을 보내어 김 서기를 직접 소환한 것은 비밀리에 쓸 자금을 마련하기 위해서였다. 승당 선생의 충복인 김 영감의 아들로 서당에서 언문과 한문을 깨친 바 있는 김 서기는 미곡창의 사무장인 윤 영감 밑에서 미곡 거래와 회계 업무를 담당하고 있는 사람이었다. 그의 부친은 용화 부인이 경북 의성에서 시집 올 때 교전비와 함께 달구지를 이끌고 따라 왔다가 눌러 살게 된 그녀의 충복 중의 충복인 김 영감이었다. 비록 협수룩할망정 양복 차림에 말쑥하게 이발까지 하고 있었기 때문에 그는 겉으로 보기에는 하인의 자식이라기보다는 개화한 여느 미곡 사업가들 못지않게 틀이 잡혀 있는 삼십대 초반의 사내였다.

"김 서기, 미곡 이백 석 정도를 매도하여 어음으로 끊자면 시간이 대충 어느 정도 걸리겠는가?"

중산은 아무런 영문도 모른 채 저녁 늦게 상기된 얼굴로 들이닥친 그의 인사를 받기가 무섭게 거두절미하고 그것부터 먼저 물었다.

"도정을 하지 않고 그냥 매도하면 당일로도 가능하지만, 그렇게 하면 아무래도 제값을 받지는 못할 겝니다."

갑자기 무슨 일로 그러는지 한번쯤 물어 볼 법도 하련만, 김 서기는 그런 내색은 일체 하지 않았다. 그는 상전들의 지시에 따라 맡은 바 소임을 다할 뿐, 거기에 대해서 이것저것 캐물으며 알려고 하는 것 자체가 금기 사항임을 조부한테서 귀에 못이 박히도록 들어서 잘 알고 있는 것이다.

"도정 과정을 거쳐서 백미 상태로 매도를 한다면 며칠 정도 걸릴 것 같은가?"

"아무리 빨리 해도 한 이삼일은 걸릴 것 같은데요."

"그렇다면 내일 아침에 초량으로 내려가는 즉시 나락 이백 석을 도정하도록 하게. 그런데 자네 혹여 부산부(釜山府) 본정(本町) 3정목(町目)에 있는 백산상회라는 데를 알고 있는가?"

"예, 알다마다요! 재작년까지는 우리하고도 미곡 거래를 쭉 해 오고 있었지요!"

"호오, 그래? 그렇다면 이번에도 나락 이백 석을 전량 도정하여 백산상회에다 넘기되, 절반은 일본 제일은행의 부산지점에서 발행한 어음으로 받아 오도록 하게. 그리고 나머지는 전부 고액권 현찰로 만들어 어음과 함께 아무도 모르게 나한테 직접 전해 주게나."

"서방님, 그렇게 하자면 4, 5일 정도는 걸릴 텐데, 그래도 괜찮으시겠습니까?"

중산이 어른들 모르게 추진하는 일인 줄을 직감적으로 감지하고서도 김 서기는 저어하는 기색이 전혀 없다. 비록 서른 살도 안 되는, 자기보다 나이가 어린 젊은 상전이지만, 섭정을 받아 가며 당주의 일을 대신 행하고 있는데다 명실 공히 내일의 당주가 될 종손이니 그의 영을 받드는 자기로서도 아무 거리낄 바가 없는 것이다.

"내달 칠월 초에 쓸 것이니 아직 시간은 많다네. 다만 남들이 알아서는 안 될 일이니 용화당이나 아버님한테도 당분간은 비밀로 해 두어야 할 것일세!"

"그렇다면 장부상에는 무슨 항목으로 기재해 둘까요?"

"칠월칠석날 있을 내 친구 운사 손태준 군의 병원 개업 축하 물품 자금으로 일부를 적고, 나머지는 빈민 의료 구휼 사업 지원금으로 적당히 적어 두시게."

"예, 서방님. 잘 알겠습니다!"

김 서기는 이튿날 아침 일찍 중산이 본인들에게 직접 전하라며 건네준 청암과 송암의 호적초본을 받아 가지고 동래를 거쳐서 초량 미곡창으로 가기로 하고 길을 떠났다.

표충사로 떠났던 용화 부인의 가마가 기진맥진한 권속들을 거느리고 동산리로 돌아온 것은 김 서기가 돌아간 바로 그날 저녁 무렵이었다. 먼 길을 다녀 온 상전들은 말할 것도 없고, 양쪽 어깨의 살갗이 벗겨진 가마꾼들은 물론이요, 우마차를 끌고 갔던 마부들이며, 그 밖의 잡무를 맡았던 남녀 종들도 파김치처럼 축 늘어져서 사색이 되어 있기는 매한가지였다.

영동 어른이 무릉 선생과 대작을 하면서 밝혔던 대로 김 영감은 집으로 돌아오는 길에 밀양역에서 기차 편으로 한성으로 올라갔는지, 그가 타고 갔던 당나귀는 다른 짐을 등에 진 채로 집으로 돌아왔다. 큰일을 치르고 돌아온 용화 부인의 얼굴은 다소 지친 모습이었으나 의도한 일들이 모두 제대로 마무리가 되었는지 그리 어두운 표정은 아니었다.

큰일을 치르고 나자 종가의 모든 일상들은 본래의 자리로 다시 되돌아갔다. 영동 어른은 표충사 불공 길에서 얻은 피로가 채 가시기도 전에 또다시 여장을 갖춘 삼수의 형 이수를 종자로 데리고 유람 길에 나섰고, 한동안 발길이 뜸해졌던 시인묵객들의 발길도 다시 이어지기 시작하였다. 또, 춘궁기를 넘기느라고 죽을 고생을 한 절량 소작인들 중에서 김매기 삯일을 미리 청탁하러 오는 이가 있는가 하면, 숫제 종가에서 취급도 하지 않는 장리 벼를 얻으러 왔노라며 읍소하는 축들도 없지 않았다.

"사람이 굶어서 죽을 때는 죽더라도 염치가 있어야지. 염치가! 그만큼 얻어 묵었으면 됐지, 여기가 어데 당신네들 생떼나 들어 주는 호구인 줄 아나? 이거는 죽자 사자 피를 빨아 묵을라꼬 설치는 쌀따구 떼도 앙이고, 이래 가지고사 사람이 귀찮아서 어디 살겠나!"

의관을 갖춘 내방객들이야 그럴 까닭이 없었지만, 별의별 이유를 대며 찾아오는 빈민들을 거의 매일이다시피 일상적으로 상대해야 하는 청지기 서 서방한테는 온갖 이유를 대며 손을 내미는 그들의 존재가 쇠파리 떼처럼 성가시기만 한 모양이었다.

유월로 접어들면서 근 한 달 가까이 장마가 계속되었다. 그러나 장마가 길면 길수록 볕이 나는 날도 늘어나기 마련이라, 그렇게 긴 장마속에서도 들판의 벼들은 하루가 다르게 짙푸른 빛깔을 띠며 쑥쑥 자라고 있었다.

드디어 성내에 사는 운사 손태준의 병원 개업일인 칠월칠석날이 다가왔다. 벼 이백 석을 직권으로 매도한 중산은 남 다른 관계인 운사의 병원 개업을 축하해 주기 위하여 근 한 달 전부터 선물을 마련하기 위하여 나름대로 신경을 쓰며 공을 들인 바가 있었다.

강 건너 삼랑진의 용전리 사기골로 사람을 보내어 자기네 문중의 상징인 청학 문양의 백자 주전자와 크고 작은 항아리를 비롯한 주발이며, 찻잔을 비롯한 다기(茶器) 일습을 주문 제작한 것을 필두로 하여, 첫째 아우 초암과 김 서방을 부산으로 내려 보내어 병원 개업에 필요한 여러 가지 물품들을 구입하느라고 열과 정성을 다하였다. 병원에서 쓰는 가위와 핀셋과 같은 작은 의료 기구는 숫제 상자 째로 구입하였고, 청진기와 벽시계에다 심지어 일본 미술 전람회에서 입상한 조선인 화가가 그렸다는 큼직한 서양화 액자까지 고액으로 여러 개 구입하는 등, 이만저만 공을 들인 게 아니었다.

개업식 당일 날 아침, 그들 부부는 금이야 옥이야 하고 돌보던 귀한 아들 병준이마저 유모에게 맡겨 둔 채 바라바리 준비한 개업 선물들을 가마와 말과 함께 배에 옮겨 싣고 김 서방과 함께 여러 비복들을 거느리고 일찌감치 돌티미 나루를 출발하였다. 성내로 나갈 때마다 늘 그랬듯이, 이번의 축하 나들이도 행차의 규모를 줄인다고 노력을 했음에도 불구하고 열의와 정성을 다하여 마련한 많은 선물들 때문에 지난 단옷날 성내 행차 때보다 오히려 규모가 훨씬 더 커지고 말았다.

운사의 병원이 들어선 곳은 밀양 읍성 안에서도 가장 번화가라고 할 수 있는 향청껄 한복판의 중심가로서 죽명 선생이 오래 전부터 기반을 다져 온 〈혜민당 한의원〉 근처의 대로변에 자리 잡고 있었다. 새로 생겨난 관공서들처럼 값비싼 대리석으로 현관과 외벽을 장식한 서구 풍의 병원 건물 측면에는 멀리서도 알아볼 수 있게끔 〈민중의원(民衆醫院)〉이라고 쓴 커다란 한문 간판이 높다랗게 붙어 있었다.

중산이 짐꾸러미를 둘러멘 여러 하인들을 거느리고 병원 앞에 도착했을 때, 개원식장이 마련된 병원 앞마당에는 먼저 당도한 축하객들로 크게 북적거리고 있었다.

'아무리 명문거족인 밀양 손씨네의 병원 개원 잔칫날이기로서니 웬 사람들이 이리도 많은 겐가!'

인파로 뒤덮인 행사장으로 들어서면서 중산은 내심 혀를 내둘렀다. 밀양의 대표적인 명문 호족 집안의 행사라 지역 유지급 인사들은 물론, 밀양읍교회의 신도들까지 새로 교인이 된 운사를 축하해 주기 위하여 단체로 몰려온 데다, 마침 오늘이 밀양장날이라 성내 최초로 들어서는 서양식 병원의 개업식을 구경하려는 장꾼들까지 떼 지어 몰려드는 바람에 병원 앞에 운집한 인파는 중산의 예상을 훨씬 초월할 정도로 많았다.

향청결의 새로운 명물로 등장한 운사네 병원의 개업식장은 그들의 위상에 걸맞게 거창하고도 화려하게 꾸며져 있었다. 서양의 작은 궁전 하나를 그대로 옮겨다 놓은 것처럼 빼어난 외관을 갖춘 건물 정면의 여러 대리석 원형 기둥들마다 청사초롱이 내걸렸고, 이층 슬래브 지붕 꼭대기에서 부채꼴 모양으로 길게 드리워진 청 · 홍 · 백 삼색의 휘장들이 바람이 불 때마다 상스러운 기운을 떨치며 마치 하늘의 축복인 양 현란하게 하늘거리고 있었다.

그리고, 작은 정원이 아담하게 꾸며진 병원 앞마당에 설치된 연단 위의 귀빈석 둘레는 물론이요, 일반 하객들이 끊임없이 들어서는 마당 객석 사이의 통로에도 활짝 핀 수국 화분들이 끝도 없이 줄지어 놓여 있었다.

또한, 빈자리가 없을 정도로 빽빽하게 들어찬 일반 하객들마저도 남먼저 개명을 하여 양복과 양장 차림으로 멋을 부린 밀양읍교회의 교인들과 청년회 회원들이 주류를 이루고 있어서 가뜩이나 문중의 개화·개방에 목말라 있는 중산으로 하여금 더욱 마음이 설레게 하였다.

중산 내외가 상기된 얼굴로 사방을 둘러보며 식장 마당으로 들어섰을 때, 식장 앞에서 내방객들과 얘기를 나누고 있던 운사 내외가 그들을 발견하고 뛸 듯이 반기며 맞이하였다.

"어서들 오십시오!"

"어서들 오세요. 먼 길을 오시느라고 수고가 많으셨지요?"

"잔뜩 들떠서 즐거운 마음으로 왔는데, 무슨 수고가 있었겠습니까? 개업을 진심으로 축하드립니다."

중산은 운사의 부인에게 즐거운 마음으로 축하의 뜻을 전하였고, 그들이 거느리고 온 하인들이 둘러멘 묵직한 선물들을 발견한 운사는 얼굴 가득 웃음을 띠고 축하의 예를 표하는 박씨 부인에게,

"시간을 내기가 여간 힘들지 않았을 터인데, 이렇게 함께 귀한 발걸

음으로 왕림해 주셔서 정말 감사합니다!"

하고는 중산을 바라보며 선물이 너무 지나치다고 막 야단을 친다.

"이 사람아, 웬 선물들을 이처럼 거창하게 바리바리 준비해 가지고 왔는가? 아무리 나를 축하해 주고 싶은 마음이 간절해도 그렇지, 이건 한 살림 차리고도 남을 정도이니 선물이 아니라 아주 뇌물일세, 뇌물!"

"이 사람아, 서운하게 그런 말 마시게나! 내 마음 같아서는 태산이라도 덜렁 떼어 오고 싶었지만, 그렇게 하지는 못하고 이 정도로 겨우 때우기로 하고 가져 왔으니 아무 말 말고 받아 주게나!"

장군 멍군 식으로 주고받는 농담조의 말에서도 그들의 남다른 우정이 깃들어 있었다.

한편, 우르르 몰려드는 구경꾼들을 헤치고 벌떼처럼 몰려나온 손씨 문중의 남녀 하인들은 또 그들대로 축하 선물들을 바리바리 옮겨 온 이쪽의 하인들을 맞이하여 제각기 짐들을 받아 챙기고 그들이 쉴 수 있는 자리로 안내하느라고 야단법석들이었다.

식장 안으로 들어선 중산은 바다 건너 서양에서 그대로 옮겨다 놓은 것처럼 주변의 딴 집들하고는 비교가 되지 않을 정도로 아주 색다른 모습으로 서 있는 서구풍의 대리석 병원 건물을 바라보면서 마치 자신의 일이나 되는 것처럼 반기다 못해 사뭇 감격스러워 한다.

"이 사람, 축하하네! 오래 전부터 공사하는 것을 보았네만 막상 완공이 되고 보니 대단하구먼, 생각했던 것보다 정말 대단해!"

"이제 겨우 시작인데, 무얼 그러는가? 이것 가지고 대단할 것까지는 없고, 앞으로가 문제이지만 진심으로 축하해 주는 자네 덕분에 만사가 형통하리라고 기대는 하고 있다네!"

중산에게 거듭 사의를 표명한 운사는,

"자, 이리로들 오시지요!"

하면서 그들 내외를 연단 쪽으로 안내한다.

서양 사람이나 일본 귀족들이 입는 연미복 차림으로 정장을 한 운사가 옥색 도포 차림에 대갓을 쓴 중산과 그 역시 한복으로 한껏 치장을 한 박씨 부인을 안내해 간 곳은 병원 마당 앞 단상 아래의 일반 내빈석이었다. 그러나 박씨 부인은 앞쪽의 내빈석으로 나아가기를 극구 사양하며 양장을 한 운사의 부인과 함께 행사장 후미의 객석 쪽으로 자리를 옮기고 만다.

"이 보게, 운사. 을강 선생께서도 물론 이 자리에 오셨겠지?"

연단 밑에 당도한 중산이 단상의 귀빈석에 앉아 있는 죽명 숙부 쪽을 향하여 고개를 숙여 보이고 나서 운사에게 묻는다.

"조선 두루마기를 입고 자네 막내 숙부님 왼쪽 옆에 나란히 앉아서 이쪽을 바라다보며 말씀을 나누고 계신 분이 바로 을강 선생일세!"

중산이 올려다보는 단상 위의 귀빈석에는 양복 차림의 죽명 선생과 흰색 두루마기를 입은 을강 선생 외에도 학식 높은 선비들이 주로 입는 심의(深衣) 차림을 한 운사의 부친 능파(陵坡) 선생과 손씨네 집안사람들로 보이는 유복(儒服) 차림의 그만그만한 선비들을 비롯하여, 고을 내에서도 이름을 대면 누구나 다 알만 한 유지급 인사들도 귀빈용 의자에 점잖게 자리를 잡고 앉아 있었다. 그리고 그들 사이에서 밀양읍교회의 고삼종 목사와 성내의 모모한 유지급 기관장들의 모습도 보였는데, 그들 대부분이 죽명 선생처럼 하이칼라 머리에 말쑥한 양복 차림들을 하고 있었다.

그 중에서도 단연코 중산의 관심을 크게 끄는 인사로는 방금 운사가 설명해 준 을강 전홍표 선생이었다. 〈밀양청년독립단〉의 창단을 진두지휘했다는 전홍표 선생은 낡은 흰색 두루마기 차림에 중삿을 쓰고 있었으나 눈에 띄게 청빈해 보이는 그 범상치 않은 풍모부터가 그의 호기심을 불러일으키기에 충분하였다.

그러나 이렇게 훌륭한 자리에 자기네 예림서원의 경학원 원장이자 밀양 유림을 대표하는 큰 스승인 운곡 선생과 〈예림서원〉 경학원의 유림 인사들의 모습을 찾아볼 수 없다는 사실이 중산으로서는 못내 아쉬운 점이 아닐 수 없었다. 하기야 따지고 보면 자기의 부친 영동 어른도 운사의 유림 탈퇴로 분란을 일으키지 않았더라면 유람 길에 나서지 않고 그 자리에 당연히 참석하게 되었을 것이다. 그런데 지금은 그 어른이 어느 명산대천을 찾아 유람하고 계시는지 알 수 없는 일이었고, 자기네 처가 쪽의 다른 인사들은 물론이요, 운사를 잘 아는 예림서원 경학원의 관계자들까지도 이 자리에 불참하고 있다는 사실이 모처럼 들떠 있는 중산의 마음 한 구석을 어둡게 하고 있었다.

연단 밑에서 단상 위의 인사들에 대해 미리 간략하게 설명을 해 준 운사는 드디어 중산을 데리고 단상 위로 올라간다. 오늘의 주인공인 운사의 모습을 발견한 단하의 축하객들 사이에서 지레 박수가 터져 나왔다.

마음을 가다듬으며 연단 위로 올라간 중산은 먼저 운사의 집안 어른들께 차례대로 인사를 올린 다음, 을강 선생과 고삼종 목사에게도 정중하게 목례를 해 보이고는 죽명 숙부 앞으로 다가간다.

죽명 숙부는 을강 선생과 무언가 얘기를 나누고 있다가 그를 맞이하였다. 귀골 풍으로 외양이 출중한 중산은 뭇 사람들의 시선을 받으며 단오절 이후로 처음 만나는 죽명 숙부께 깊이 허리를 굽히고 인사를 한다.

"숙부님, 그동안 별고 없으셨는지요?"

"오, 그래! 어서 오너라. 그러잖아도 자네가 왜 이리 늦나 하고 기다리고 있던 참이야. 집안 어르신들께서는 다들 무고하시고?"

"예, 집안 어르신들께서는 모두 강녕들 하십니다. 숙모님께서도 안녕하시겠지요?"

"그럼, 잘 있고말고! 그 사람이야 항상 잘 있는걸 뭐."

죽명 숙부는 늘 하던 그대로 자기의 질문을 가볍게 받아 넘겨 버리고 말았지만, 숙모님은 그렇지 않다는 것을 중산은 누구보다도 잘 알고 있었다. 오늘 자기 내외가 여기까지 나온 줄을 알았으면 아마도 버선발로 뛰어와서 문중 소식들을 하나하나 물으면서 출문 당한 사대부 집안 며느리로서의 안타까움과 한을 달래었을 숙모님이었다. 하지만, 그런 숙모님의 마음을 잘 아는 까닭에 죽명 숙부는 이런 모임이 있다는 사실조차도 숨긴 채 집을 나왔는지도 모를 일이었다.

"그런데, 이런 자리에 해천껄 사돈댁 사람들의 모습이 전혀 보이질 않는구나! 운곡 사장어른은 몰라도 사돈어른께서는 그래도 왕림하실 줄 알았는데…."

죽명 선생은 고추 먹은 소리를 하더니, 중산이 아무런 해명도 하지 못하자 무슨 생각을 했는지 잠자코 고개를 끄떡이는 것이었다.

중산은 죽명 숙부가 왜 그러는지 그 이유를 어느 정도 알 수 있을 것 같았다. 당신의 주선으로 일본 유학을 떠났던 운사에 대한 섭섭한 감정 때문이기도 하겠지만, 까탈스럽도록 고고한 그분들의 성격에 왜인들과 개화된 인사들이 대거 참석할 것이 예상되는 이런 자리에 발을 들여놓기가 거북했을 거라는 사실을 죽명 숙부님께서도 짐작하고 계시는 것이리라.

그래도 중산은 공연히 죽명 숙부에게 미안한 생각이 들어서 슬며시 말머리를 돌린다.

"참, 하기 방학을 할 때가 되었는데 관식이하고 인식이가 집에 내려와 있겠네요?"

갑작스럽게 끄집어내는 자녀들의 얘기에 죽명 선생도 금방 얼굴이 활짝 펴진다.

"오다마다! 하기 방학을 한 지가 벌써 언젠데…. 그러잖아도 자네 내외가 개업식에 참석할 줄을 알고 둘이서 아침부터 신바람이 나가지고 서둘던 걸. 아마도 저 아래의 객석 어딘가에 와 있을 게야."

"그렇다면 숙모님께서도 와 계시겠네요?"

"그렇다마다!"

그러면서 죽명 선생은 개업 식장을 빽곡히 메우고 있는 식장 마당

쪽의 하객들을 둘러보다가 저쪽 연단 아래의 객석 후미 쪽을 가리킨다.

"아! 저기에 있구먼, 내 저럴 줄 알았지. 벌써 질부하고 만나서 깨가 쏟아지게 얘기들을 하고 있는 모양인데 그래?"

죽명 선생은 자신이 일일이 챙기지 않아도 스스로 알아서 지인들의 경조사를 챙기기에 조금도 조홀함이 없는 그런 부인의 모습이 그리도 보기가 좋은지 얼굴에 희색이 넘친다.

"그렇군요! 그러면 저도 그만 저쪽으로 내려가 보기로 하겠습니다. 나중에 식이 끝나면 다시 뵙도록 할게요!"

중산이 뒤로 물러나며 을강 선생 쪽을 쳐다보자 죽명 선생이 기다렸다는 듯이 그에게 을강 선생을 소개하는 것이다.

"전에 운사로부터 얘기를 이미 들었겠지만, 이분이 바로 을강 전홍표 선생이시니 인사 드리거라."

그러잖아도 정식으로 인사를 드리려던 참이라 중산은 정중하게 예를 갖추어 인사를 올린다.

"처음 뵙겠습니다. 시생은 동산리 민씨 종가의 종손 중산 민정식이라는 사람입니다. 옆에 계신 죽명 숙부님한테는 장질이 되지요."

"그렇잖아도 방금 죽명 선생으로부터 민 공자의 얘기를 듣고 있었다오!"

을강 선생도 가까이 지내는 죽명 선생의 장질이 되는 중산을 만나게 된 것이 꽤나 반가운지 얼굴을 활짝 펴고 웃는다.

"을강 선생님의 고명은 오래 전부터 운사 친구로부터 듣고 있었던 터라 꼭 한번 만나 뵙고 싶었습니다."

"아, 그래요? 민 공자께서 원한다면야 언제라도 좋고말고요!"

"그러면 나중에라도 짬이 생기면 그렇게 해도 괜찮겠는지요?"

"물론. 그렇다마다요!"

을강 선생도 죽명 선생으로부터 중산의 얘기를 듣고 있었는지 그의 뜻을 기꺼이 받아들인다.

이것으로써 오늘 읍내로 나온 또 하나의 목적 달성하게 된 중산은 황감한 마음으로 감사의 뜻을 전한 뒤, 뒤로 물러난다. 그러면서 연단 아래의 일반 객석 쪽을 내려다보니 그 사이에 사촌동생 관식이와 인식이가 자기 아내를 가운데 두고 양쪽에 하나씩 붙어 앉아서 깨가 쏟아지게 정담을 나누고 있었다. 중산이 그것을 보고 서둘러 연단 아래로 내려오려고 하자 죽명 선생이 또다시 그의 손을 잡아끌더니 귀에다 대고 조심스럽게 속삭이는 것이었다.

"자네 혹시 비위에 거슬리는 사람이 나중에 이 단상에 불쑥 나타나더라도 놀라지 말게나!"

"………?"

아닌 밤중에 홍두깨 격으로 불쑥 던지는 죽명 숙부의 말에, 중산은 무슨 말인지 몰라 잠시 멍한다.

"내가, 예상컨대 아무래도 관공서의 왜놈 관리들이나 그놈들한테 빌붙은 친일 인사들이 불청객으로 여기에 버젓이 나타날 것 같아서 하는 말이야. 그러니 속이 다소 뒤집히거나 반일 감정으로 소요 사태가 벌어지는 일이 생기더라도 자네는 절대로 앞으로 나서지 말고 꾹 눌러 참아야 하네. 알겠는가?"

"누가 왜놈 관리들이 여기에 참석하기로 돼 있다고 했습니까?"

중산도 우려되는 그런 경우를 생각해 보지 않은 바는 아니었다. 그런데 죽명 숙부로부터 그런 말을 막상 듣고 보니 신경이 여간 곤두서지 않는 것이다.

"그럴 예정으로 있다는 게 아니라, 불청객으로 불쑥 나타날 가능성이 충분히 있어서 하는 얘기야! 우리 민족의 계층 간 분열 책동에 혈안이 돼 있는 왜놈들이 양반하고 상민들 사이를 이간질하기에 더없이 좋은 이런 기회를 두고 그냥 지나칠 리가 있겠느냐? 그리고, 조선 사람들이 한데 뭉치는 것을 막기 위해 민속놀이도 제대로 못하게 막고 나서는 그놈들이 이렇게 많은 사람들이 운집해 있는 것을 보면 지레 겁을 먹고 총검을 들고 달려오기 십상일 게다!"

"그러고 보니 숙부님께서도 저와 똑같은 생각을 하고 계셨군요! 무지하고 배고픈 일반 서민들한테 우리 같은 사대부 집안의 사람들을 친일 인사처럼 보이게 만들지 못해서 안달인 저들인데, 이렇듯이 거창하게 치르는 밀양 손씨 문중의 막중대사를 그냥 보고만 있을 리가 있겠습니까? 제 생각으로는 군수는 몰라도 와타나베(渡邊末次郎)라는 왜놈 경찰서장 놈은 틀림없이 나타날 거라고 믿습니다! …사실은 제 처가 쪽에서 이 자리에 모두 불참하시게 된 까닭도 전부 그놈들 때문이 아니겠습니까?"

중산은 경학원 시절의 은사인 장인어른과 처조부를 비롯하여 예림서원의 쟁쟁한 유림계 인사들이 운사의 병원 개업식에 불참한 이유를 유림의 장래 재목감으로 촉망되던 운사가 죽명 숙부의 끈질긴 권유로 뿌리 깊은 조선 유학을 저버리고 일본으로 서양의학을 배우러 떠난 서운함과 배신감 때문이라는 말은 하지 못하고 그렇게 듣기 좋은 소리로 에둘러 표현한다.

"내 생각도 마찬가지야! 그러니, 왜놈들이 나타나더라도 남들이야 뭐라고 하든 자네는 못 본 척하고 눌러 참으라는 게야. 괜한 일을 가지고 긁어서 부스럼을 만들지 말고!"

죽명 선생은 문중 종손으로서 남들의 이목을 받기 십상인 중산이 평소부터 남다른 반일 감정을 품고 있다는 사실을 잘 아는 까닭에 행여나 그의 젊은 혈기가 본의 아니게 무슨 사단이라도 불러일으키지나 않을까 하는 기우 때문인지 그런 당부도 잊지 않는다.

"제가 이런 자리에서 그런 경거망동이야 하겠습니까? 숙부님, 그러면 저는 이만 저쪽 동생들한테로 내려가 보겠습니다."

중산은 죽명 숙부의 말에도 일리가 있었고, 자기 스스로도 단상에 있기가 거북하여 그렇게 대답하고는 서둘러 연단 아래로 내려오고 말았다. 하지만, 그의 가슴 속에서는 새삼스러울 것도 없이 오래 전부터 켜켜이 쌓여 있던 해묵은 반일 감정이 되살아나면서 뜨거운 회오리바람이 일기 시작하였다.

그들은 아득한 옛날부터 우리 민족에게 수없는 노략질을 일삼았고, 임진년에도 왜란을 일으켜서 동래성을 사흘 만에 함락시키고 낙동강 뱃길을 따라 북상하면서 자기네의 삼강서원과 오우정을 불사르고 그곳에서 거주하던 조상들마저 모두 처참하게 도륙했던 것도 모자라 한반도를 식민지로 집어 삼키면서 승당 할아버지마저 죽음의 길로 몰아넣은 원흉들이 아니었던가? 그런데 이제는 나라마저 빼앗긴 채 〈토지조사 사업〉이다 뭐다 하는, 그들의 경제 수탈 정책으로 인하여 하루아침에 삶의 터전을 잃은 무수한 동포들이 만주로, 연해주로 유랑의 길을 떠나가는 작금의 민족 현실을 생각하면 절로 치가 떨리는 것이다.

그런데 이렇게 즐겁고 경사스러운 막역지우의 병원 개원식에서도 저들의 미개한 야만적 근성을 경계하며 전전긍긍해야 하다니!

죽명 숙부의 말처럼, 정말로 왜놈 관리들이 이 자리에 불쑥 나타나서 마치 이쪽에서 굴종의 저자세로 초청하기라도 한 것처럼 당당하게 행세하며 저희들 입맛대로 고약한 연설이라도 하게 되는 날이면, 운사네 집안은 물론이요, 여기에 참석한 모든 유지급 인사들마저도 그동안 하늘같은 존재로 여기며 살아 온 일반 서민 대중들의 눈에는 영락없이 왜놈들의 앞잡이나 친일 인사로 비춰지게 될 가능성이 얼마든지 있는 것이다.

연단 아래로 내려온 중산은 하객들이 빈틈없이 들어찬 객석 사이를 지나서 부인과 숙모님을 비롯하여 사촌 동생들이 앉아 있는 객석 후미 쪽으로 걸어간다. 그의 사촌 동생들은 박씨 부인을 가운데 두고 깨가 쏟아지게 정담을 나누느라고 중산이 다가가는 줄도 까맣게 모르고 있었다.

"숙모님 오셨어요? 관식이하고 인식이도 왔구나!"

중산이 활짝 웃으며 가까이 다가가자, 그제서야 모두들 띌 듯이 반기면서 이구동성으로 그를 맞이하는 것이었다.

"종손 조카님, 어서 오시게!"

막내 숙모 송곡 부인이 중산을 반기자, 그녀 옆에 앉아 있던 관식이 자리에서 벌떡 일어난다.

"형님, 오셨습니까? 그러잖아도 앞에 계시는 걸 보고 뛰어나가려고 했는데, 곧 이리로 오실 거라며 형수님께서 말리시는 바람에 그냥 여기에 앉아 있었습니다!"

사촌 동생 관식이는 종가의 큰형님을 멀리서 바라보고만 있다가 맞이한 게 송구스러운지 구구한 해명까지 하면서 예를 갖추어 인사를 한다. 그리고 옆에서 자기 차례를 기다리던 인식이도 관식이의 인사가 끝나기를 기다렸다가 두 손을 모은 자세로 허리를 깊이 숙이며 다소곳이 인사를 한다.

"오라버님, 이렇게 만나 뵙게 되어 반갑습니다. 지난 정초에 저희 집에서 뵙고 난 뒤 벌써 반년이 넘었는데, 그동안 별고 없으셨는지요?"

"그래, 그동안 객지 생활을 하느라고 고생이 많았겠구나?"

"아니에요. 저희들은 오라버님께서 염려해 주신 덕분으로 잘 지내고 있었습니다. 그런데 병준이도 앞니가 날 정도로 벌써 많이 자랐다면서요? 우리는 병준이를 오늘만은 꼭 안아 볼 수 있을 거라고 눈이 빠지도록 기다리고 있었답니다!"

중산을 맞이하는 그들 남매의 인사는 남다른 데가 있었다. 나이 차이가 있다고는 하여도 사촌 형님·사촌 오빠한테 하는 인사치고는 지나치다 싶을 정도로 공손한 편이었고, 말 한마디와 대하는 눈빛 하나에도 깊은 신뢰와 남 다른 애정이 배어 있는 것 같았다.

어쩌면 그것이 아버지에 대한 금족령 때문에 고립무원의 고아들처럼 마음속으로만 삭여야 했던 문중 혈육들에 대한 사무친 그리움이 그대로 공경스러운 마음이 되고 애틋한 남다른 애정이 되어 그렇게 한꺼번에 표출되고 있는지도 모를 일이었다.

늘 걱정스럽고 신경 쓰이던 사촌 동생들의 밝고 건강한 모습을 대하자, 한동안 어두워져 있던 중산의 마음도 어느 새 비 온 뒤의 가을 하늘처럼 활짝 개었고, 사촌 동생들도 평소에 가지고 있던 그에 대한 고마운 감정을 굳이 숨기려 하지 않았다. 그들의 얼굴에는 함박꽃 같은 웃음기가 잠시도 떠날 줄을 몰랐으며, 감격에 겨운 나머지 눈에서는 시종 뜨거운 물기가 어려 있었다.

관식이는 넥타이까지 맨 검정색 양복 차림이었으나, 인식이는 두 갈래로 땋은 머리에 이화 학당의 교복인 하얀 조선 저고리와, 종아리가 살짝 드러난 검정색 통치마를 입고 있었다. 하지만 아직도 생경스럽기만 한 그런 사촌 남매의 모습마저도 중산의 눈에는 세한(歲寒)의 적설(積雪) 속에 피어난 한 떨기의 매화꽃과 청청한 소나무처럼 더없이 청초하고 싱그러워 보였다.

그들은 동산리 여흥 민씨네 문중의 수많은 젊은이들 중에서도 유일하게 신식 교육을 받고 있는 드문 인재들이었기 때문에 문중 개화의 과제를 안고 있는 중산의 입장으로서는 다시없는 미래의 원군들이라 그만큼 소중한 존재들일 수밖에 없었다.

그들은 문중에서 축출된 이단자의 자식으로서 이제 더 이상 의기소침해 있지 않았으며, 더 이상 동정을 받을 만큼 가련하고 나약해 보이지도 않았다. 그들은 개화된 죽명 선생의 자녀답게 훤한 신수와 서구적인 교양을 겸비한 의젓한 신사 숙녀가 되어 가고 있었으며, 특히 열여섯 살밖에 안 된 인식이는 지난 초봄에 보았을 때만 해도 앳된 소녀의 티를 벗지 못했는데, 불과 여섯 달 만에 숙녀의 모습으로 몰라보게 성장해 있었다.

"사람은 나면 서울로 보내고, 말은 제주로 보내야 한다는 말이 있더니만, 과연 한성의 물이 좋긴 좋은가 보구나!"

중산은 자랑스러운 그들 남매의 모습을 부신 듯이 바라보면서 그동안 지니고 있던 온갖 근심 걱정들을 모두 다 잊어버린 듯이 활짝 웃는다. 그것은 전에는 느껴 본 적이 없는 뜻밖의 감정이었다. 문중에서는 전무후무하게도 서울까지 유학을 간 사촌 동생들이기에 막연한 어떤 기대감을 가지고 있었던 것은 사실이었지만, 이렇게 확고한 믿음과 자랑스러운 감정을 동시에 느껴 보기는 이번이 처음이었다.

세상이 개명되었다고는 하나, 아직도 서울까지 유학을 시킨다는 것은 일반 서민들로서는 언감생심 꿈도 못 꾸는 형편이라, 서울의 외국 선교사 집에서 생활을 하고 있는 이들 남매가 교복 차림으로 가방을 들고 집으로 내려올 때면 지나가던 사람들이 모두 쳐다볼 정도로 주변 사람들의 주목을 받는 인물이 되어 가고 있는 것이다.

그들은 자유분방하되 경망스럽지가 않았고, 자기표현에 있어서 막힘이 없되 수다스럽지가 않았다. 자기네 문중의 어른들이 지금까지 우려해 왔던 것처럼, 신분이 서로 다른 온갖 계층의 사람들이 한 자리에 모여서 상하 구분 없이 친구가 되어 함께 배운다는 신식교육 방식이 전혀 걸림돌이 될 수 없다는 사실을 그들 남매가 극명하게 보여 주고 있는 셈이었다. 그리고 그들이 일본식 교육제도 안에서 신교육을 받고 있다고 해서 친일 인사로 변하거나 민족정신이 옅어진다는 그 어떤 흔적도 또한 발견할 수가 없었다.

그래서 일제 치하에서 그들이 만들어 놓은 신교육 제도 하에서 교육을 받으면 저들이 원하는 친일적 인간밖에 되지 못할 것이라는 식의 문중 어른들이 가진 배타적 논리는 이제 더 이상 통하지 않는다는 사실을 그 사촌 동생들이 극명하게 보여 주고 있어서 중산에게는 그것 또한 여간 고무적인 일이 아니었다.

"관식이는 이번 학기를 끝으로 경성의전(京城醫專)에 진학하기로 했다면서?"

중산은 청암과 송암 두 아우들을 동래고보에 이제 곧 편입학을 시키게 된 처지라 신교육에 대한 지대한 관심을 가지고 묻는다.

"네, 형님! 저도 저기 단상에 계신 운사 형님처럼 일본 유학까지 갔다 와서 이보다 더 큰 병원을 개업하고 싶습니다. 그게 아버님께서 간 곡하게 원하시는 바이기도 하구요!"

관식이는 분명한 목표를 가지고 서울로 올라가 공부하는 유학생답게 소신이 뚜렷하고 목소리마저 시원시원한 게 자신감이 넘치고 있었다.

"그래라! 우리 집안이라고 해서 유능한 인재가 나서 이렇게 훌륭한 병원을 개업하지 말라는 법은 없지 않겠느냐? 숙부님께서 향약원을 겸하여 한의원을 운영하고 계시니, 기왕에 할 바에야 너의 뜻대로 구색을 갖추어 양의원을 해야 되지 않겠느냐? 앞으로는 어차피 너희들의 세상이 되고 말 테니까, 열심히 노력하다 보면 반드시 좋은 날이 오게 될 게다. 그래야만이 일찍이 남 먼저 개화의 길로 나선 숙부님의 선택이 결코 헛되지 않았다는 게 증명이 될 것이다. 또한 그래야만이 너희들과 부모님들의 앞을 가로막고 있는 문중의 장애물도 자연히 그 명분을 잃고 철폐되고야 말 테니 말이다!"

그리고, 그때가 되면 너희들도 자랑스러운 오우 선생들의 후손으로서, 그리고 점필재 선생의 학풍을 이어 온 이 지역 유림 집안의 후예로서 당당하게 종가의 솟을대문을 밀치고 들어올 수가 있지 않겠느냐! 물론, 그렇게 되면 죽명 숙부님께 내려진 〈수화불통〉의 조처도, 문중 출입을 막고 있는 금족령도 먼먼 왕조 시대의 전설 같은 옛날이야기가 되고 말겠지!

중산은 사촌 동생들의 두 손을 번갈아 잡아 주면서 만감이 교차된 나머지 다음 말을 잇지 못한 채 그런 말들을 속으로 꿀꺽 삼키고 만다.

"네, 형님! 제 힘이 닿는 대로 혼신의 힘을 다하여 부모님들의 한을 반드시 풀어 드리도록 노력하겠습니다! 그리고, 밀양 유림과 우리 문중 교육의 최고 덕목이라고 귀에 못이 박히도록 들었던 효제충신으로 진충보국하는 사람이 되어서 형님의 기대에 보답하고, 우리 식구들이 가문의 족보에도 당당하게 이름을 다시 올릴 수 있도록 이를 악물고 노력하겠습니다!"

중산의 아낌없는 격려에 관식이도 크게 고무되어 한층 더 힘이 넘치는 모양이었다.

"그리고, 인식이 너한테도 이 오빠는 기대가 크단다! 물론, 집에서도 열심히 가정교육을 받아 왔겠지만, 여기 있는 네 올케언니한테 우리 집안의 규방 생활의 법도에 대해서도 시시때때로 배우고, 학교 공부도 열심히 해서 우리 민가 집안의 딸로서 아무런 손색이 없도록 해야 한다. 문중 내에 평지풍파를 일으키지 않고도 죽명 숙부님의 평생 한을 풀어 드릴 수 있는 열쇠를 쥐고 있는 당사자가 바로 너희 남매들이기에 특별히 당부하는 말이야! 너희들이 크게 성공을 하게 되면, 너희들 앞에 여황처럼 버티고 계시는 용화 할머님은 물론, 수많은 문중 어르신들의 생각도 크게 바뀌게 되고 말 테니까 말이다!"

중산은 운사네 가문의 역사적인 서양식 병원 개업에 참석하여 고무된 바가 적지 않은 만큼, 그동안 사촌 동생들을 만나면서도 하지 못했던 가슴 아픈 중요한 말들을 거침없이 쏟아낸다.

동산리 여흥 민씨네 문중의 규방 교육은 연로하신 어른들로부터 시시때때로 배우고 익히는 경우를 제외하고는 주로 청명절에 행하는 춘절 야유(春節野遊) 행사 때 웅천강을 따라 오르내리면서 행하는 선유놀이에서나, 설과 추석 명절 때 윗분들께 인사를 올리거나 문중 여인네들의 서책 강독회 자리에서 갖게 되는 규방 교육 때에 이루어지는 게 상례였다. 그러나 인식이는 여태까지 그런 기회를 가져 본 적이 없기 때문에 아무래도 그 방면의 교육에 대해서는 말만 들었을 뿐, 모르는 부분이 많으리라는 생각에서 해 보는 소리였다.

◇ 불청객不請客

그들의 얘기가 이 정도로 오가고 있을 때였다. 멀리서 날카로운 호
각 소리가 들리는가 싶더니 얼마 안 있어 구경꾼들이 겹겹이 에워싼 후
미의 행사장 입구 쪽이 갑자기 소란스러워지기 시작하였다. 그리고 얼
마나 지났을까. 행사장 뒤쪽을 에워싼 구경꾼들이 크게 술렁거리기에
중산이 무슨 일인가 하고 뒤돌아보았더니 총을 든 한 무리의 왜놈 순사
들이 겹겹이 에워싼 구경꾼들을 헤치고 먹잇감을 찾는 야수들처럼 행
사장 안으로 들이닥치는 것이다. 중산이 예상했던 대로 바로 그 와타나
베라는 밀양 경찰서장과 그 부하들이었다.

사전 통보도 없이 들이닥친 그들 때문에 사회를 맡은 김병환은 연단
앞으로 나와서 막 시작하려던 개원식의 선포를 중단한 채 멍한 얼굴로
멀리서 그들을 바라보고 서 있었다.

부하들을 앞세우고 혼비백산한 군중들 사이를 뚫고 들어온 와타나
베 서장은 일반 하객들 사이를 가로질러 각반을 찬 군화발로 귀빈들이
앉아 있는 단상 위로 훌쩍 뛰어 올라간다. 그러더니 지난 단옷날 영남
루 연회에 참석했던 운사의 부친 능파 선생을 발견하고는 밑도 끝도 없
이 사뭇 위압적으로 대뜸 시비부터 걸고 나오는 것이었다.

"이보시오, 능파 선생! 오늘 이 개업식이 불법 집회라는 사실을 알고
나 있스무니까?"

느닷없는 황당스러운 사태에 능파 선생은 멍한 얼굴로 운사 쪽을 바
라보았고, 자리에서 벌떡 일어나 무례하기 짝이 없는 와타나베의 짓거
리를 지켜보고 있던 운사가 그의 곁으로 다가간다.

"와타나베 서장님! 남의 집 병원 개업식에 난데없이 쳐들어 와서 아
무 설명도 없이 대뜸 불법이라니요? 이 무슨 해괴한 말씀입니까?"

지체 높은 여느 왜인들처럼 연미복 차림에 실크해트까지 쓴 운사가 언성을 높이며 항의를 하자 와타나베는 기다렸다는 듯이 말채찍으로 운사의 어깨를 툭툭 치며 이렇게 묻는 것이었다.

　"오호라, 자네가 바로 우리 대일본제국의 자랑인 도오꾜 제대에까지 가서 의학 공부를 하고 돌아왔다는 그 손태준이노 의사인가?"

　"그렇게 잘 아시면서 왜 남의 행사장에 와서 이렇게 함부로 방해를 하시는 겁니까?"

　손에 든 말채찍으로 금방이라도 후려칠 듯이 기세를 올리는 와타나베 앞에서도 운사는 조금도 기죽는 법 없이 항의를 한다.

　"이봐, 손태준 군! 방해를 한 쪽은 내가 아니라 바로 자네가 아닌가?"

　와타나베는 들고 있던 말채찍으로 숫제 운사의 배를 쿡쿡 찌르면서 윽박지른다.

　"아니, 와타나베 서장님! 도대체 내가 무얼 방해했다는 겁니까?"

　"자네가 정말로 몰라서 묻는 겐가? 대일본 제국의 심장부인 도오꾜까지 가서 유학을 하고 왔다는 친구가 황국신민의 도리를 모르고 있다니 이게 대체 말이노 되는가, 응?"

　"아니, 이보시오! 나 보고 도대체 무슨 말을 하고 있는 것입니까?"

　"이봐, 햇병아리 의사 선생! 이렇게 많은 군중들을 모아놓고 병원 개업식을 가지려면 먼저 우리 경찰서에 와서 집회 신고부터 해야 하는 것을 정말로 몰랐단 말인가? 또 행사를 시작하려면 먼저 연단 위에 일장기부터 게양하고 모두가 기립하여 대일본제국의 요시히토 다이쇼 천황폐하가 계시는 도오꾜 황궁을 향하여 궁성요배(宮城遙拜)부터 해야 하지 않는가? 황궁이 있는 도오꾜에서 유학을 하고 돌아왔다는 친구가 어찌 기본적인 황국신민의 도리를 모른단 말인가?"

　사실, 이 지역의 치안을 책임지고 있는 와타나베로서는 경찰 병력을 모두 합쳐 봐야 열여섯 명밖에 되지 않았으므로 다른 무엇보다도 조선인들이 한데 모이는 궁중 집회에 대하여 언제나 신경을 곤두세우지 않을 수 없었을 것이다. 그런 차에 운사가 경찰서와 가까운 곳에서 이런 행사를 가지면서 하인을 보내어 병원 개업식을 연다는 사실과 그 날짜만 일방적으로 통고해 주고는 날짜가 임박하도록 기다려도 집회 신고서를 제출하기는커녕 초청장조차 보내지 않자 괘씸한 마음에 단단히 본때를 보여 줘야겠다는 생각으로 총을 든 부하들을 여섯 명이나 거느리고 부랴부랴 달려온 게 분명해 보였다.

진작부터 이런 일이 벌어지리라 짐작하고 있던 귀빈석의 죽명 선생이 아니나 다를까 개원식 벽두부터 일이 심상치 않게 돌아가는 것을 보고 자리에서 일어나 그들 사이에 끼어들면서 점잖게 중재를 하고 나섰다.

"이보시오, 와타나베 선생! 일을 추진하면서 실무를 맡은 하인들 사이에서 무언가 혼선을 빚는 바람에 불찰이 있었던 모양이니 너그럽게 봐 주시고 고정하시구려!"

그는 와타나베가 이런 시비를 걸고 나오리라고 예상하고 있었기 때문에 별로 당황하지도 않았고, 그가 의도하는 바가 무엇인지에 대해서도 훤히 꿰뚫고 있었다.

안하무인격으로 설치던 와타나베도 그가 일찍이 개화파 친일 인사들과 교류하였다는 이유로 문중에서 축출된 인사인데다, 평소에 〈혜민당 한의원〉을 들락거리면서 인삼을 비롯한 온갖 보약을 챙겨 먹거나 심심찮게 푼돈을 뜯어 가곤 했기 때문에 그의 중재에 대해서 언짢아하기는커녕 오히려 반기는 듯이 비굴하게 미소를 지으면서 이렇게 능치는 것이었다.

"오! 이거 〈혜민당〉의 죽명 선생이 아니시무니까? 이런 자리에서 선생과 마주치다니 이거 참으로 뜻밖이무니다!"

단상으로 올라오면서 맨 앞자리에 앉아 있는 죽명 선생을 보지 못했을 리가 만무한데, 무슨 꿍꿍이 속에서인지 그는 짐짓 놀랍다는 듯이 죽명 선생을 보고 큰 소리로 떠들면서 반색을 하는 것이다. 어쩌면 수많은 사람들이 보는 앞에서 죽명 선생이 자기와 아주 가까운 친일 인사인 것처럼 보이게 하려는 속셈인지도 모를 일이었다.

"와타나베 선생! 집회 신고도 신고지만 바쁘게 일을 처리하다 보니 초청장을 미처 보내 드리지 못한 것 같소이다. 그러니 너무 언짢게 생각지 마시고 그만 노여움을 풀고 내 옆으로 와서 좀 앉으시지요!"

죽명 선생이 사회를 맡고 있는 김병환의 의자를 자기 옆으로 옮겨놓고 앉기를 권한다. 그러자 와타나베는 앞으로 운사의 신세를 지게 될지도 모르는 일이고, 또 날마다 좁은 지역사회에서 날마다 얼굴을 대하며 생활하는 사람들이라 더 이상 행패를 부려봤댔자 자기에게 이로울 것도 별로 없었기 때문에 내심 그렇게 해 주기를 바라고 있었는지, 의외로 쉽게 꼬리를 내리며 그의 권유를 마지못해 받아들이는 척 하는 것이었다.

"그야 뭐 죽명 선생께서 이러시니 난들 가까이 지내는 처지에 어쩔 도리가 있겠스무니까, 하하하…!"

죽명 선생이 마련해 준 의자에 마지못한 듯이 엉덩이를 붙이고 앉은 와타나베는 개원식 마당에 운집해 있는 수많은 조선 민중들을 한 바퀴 빙 둘러보더니 기고만장하던 조금 전까지의 당당한 기세와는 달리 입을 굳게 다물면서 내심 긴장하는 모습을 여실히 드러내는 것이었다. 만약, 이 자리에서 자기의 지나친 행동으로 민중들의 소요가 일어난다면 자기네의 병력만으로는 결코 감당하기가 쉽지 않을 것이란 사실을 이제야 뒤늦게 깨달은 것이리라.

와타나베로 인하여 잠시 지체되었던 개원식 행사는 다시 일사천리로 진행되었으나 식장 안의 분위기는 찬물을 끼얹은 정도가 아니라 마치 한 차례 소나기가 퍼붓고 지나간 것처럼 맥 빠진 파장이나 다름없이 변하고 말았다.

그러나 와타나베는 그런 식장의 분위기가 오히려 아주 만족스럽다는 듯이 총을 든 부하들의 호위 속에서 정식으로 초빙된 주빈처럼 행세하면서, 그러나 예의를 지키기는커녕 맨 앞자리의 귀빈석에 앉은 채로 포개고 앉은 다리를 경망스럽게 흔드는가 하면, 들고 있던 말채찍을 가지고 손바닥에 찰싹거리면서 무례하기 짝이 없는 경거망동을 일삼는 것이었다.

손 씨네 문중의 대표가 인사말을 하고 난 뒤였다. 다음으로 내빈의 축사가 있겠다는 사회자 김병환의 말이 미처 끝나기도 전에, 와타나베가 말채찍을 거만스럽게 흔들어 보이면서 자기가 먼저 축사를 하겠노라고 김병환에게 신호를 보내는 것이었다. 그리고는 자기의 말마따나 일본 황궁을 향하여 거수경례에다 허리를 크게 굽혀 궁성요배를 시범삼아 절도 있게 한 다음에 요시히토 천황의 전권 특사라도 되는 것처럼 오만방자하게 거드름을 피우면서 만약의 사태에 대비하여 각반까지 찬 군화발로 연단 앞으로 뚜벅뚜벅 걸어 나오는 것이었다.

"에에, 친애하는 밀양 면민이노 여러 분! 아리가또 고자이마스, 오하이오 고자이마스! 모두들 안녕하셔스무니까? 나는 자랑스러운 대일본제국의 영광된 신민의 한 사람으로서 외경스럽게도 공경하옵는 요시히토 다이쇼 천황 폐하의 과분한 은총을 입고 우리 밀양군의 치안을 책임지고 있는 경찰서장 와타나베올시다! 에에… 오늘, 우리 밀양 읍성 한복판에 〈민중 의원〉이라는 간판을 달고 최신식 병원을 개원하게 된 우리 도오꾜 유학생 출신의 손태준 군을 말할 것 같으면, 조선 천지에서도 양반 고을로 소문이노 난 우리 밀양 고을, 그 중에서도 가장 뼈대 있는 밀양 손씨 집안의 명예과 정기를 타고난 새 시대의 인물로서 우리 대 일본제국의 내선일체(內鮮一體) 정책에 솔선수범하는 영광스러운 황국 신민의 한 사람으로서 천황 폐하께서 재임하고 계시는 도오꾜에서 유학 생활을 하면서 궁성요배와 신사 참배를 충실하게 이행하였을 뿐만 아니라, 우리 대일본제국에서 배운 최신식 의술을 가지고……."

애초에 죽명 어른과 중산이 예견했던 것처럼, 와타나베는 거의 한 시간 가까이 지루하게 늘어놓은 축사 대부분을 지난날 손씨 문중이 조상 대대로 누린 부귀영화에 대한 열거와, 한일 합방 이후 그들이 보인 후의에 힘입어 자기네가 식민지 통치를 하는 데에 적지 않은 도움을 주어서 고맙다는 식으로, 사실과 전혀 다른 말로 도배질을 하면서 친일파 집안임을 은근히 부각시키는가 하면, 우리 민족의 계층 간 갈등을 조장하려는 자극적인 장광설을 서슴지 않고 지루하게 늘어놓는 것이었다.

그리고, 병원 건물 안에서 베풀어진 피로연에서도 그의 방약 무도한 작태는 계속되었고, 그 때문에 참다못한 점잖은 하객들이 주위의 눈치를 슬슬 살펴 가면서 중도에 빠져 나가는 일들이 속출하고 있었다.

"참으로 낯짝 두껍고 뻔뻔스럽기도 하지! 남의 잔치에 와서 저기이 무신 꼴이고! 왜놈들은 〈게다〉를 신고 댕기는 바람에 버선도 앞쪽이 두 갈래로 갈라진 〈찌까다베라〉는 요사시러분 것을 신고 다닌다 카더마는 하는 짓도 상스럽기는 짝이 없네예!"

"그러게나 말입니더! 윤세주씨의 혼인 잔치 날짜가 구월 초하루로 잡혔다 카던데, 왜놈 경찰서장이라는 놈이 하는 짓거리를 보니 그 혼인 잔치 때는 또 무신 트집을 잡아서 행패를 부리게 될지 모르겠네예."

김이 빠진 개원식의 분위기를 살려 주려고 끝까지 자리를 지키고 있던 밀양읍교회의 여신도들이 중산의 뒤에서 다과상을 가운데 두고 둘러앉아 저쪽의 주빈 석에 앉아 있는 와타나베 경찰서장을 힐끔힐끔 쳐다보면서 자기네들 끼리 쑥덕거리며 주고받는 말이었다.

"아무려면 그럴 리가 있겠습니껴? 오늘처럼 길 가던 장꾼들까지 몰려드는 바깥에서 벌이는 잔치도 앙이고 집에서 올리는 혼인잔치인데, 지놈들도 낯짝이 있지 무신 트집을 잡을 수 있겠습니껴?"

"그래도 그렇지예! 옛날부터 노략질이나 해 묵고 살다가 우리나라까지 빼앗아 간 놈들인데, 무신 짓인들 몬하겠습니껴? 그러니 집에서 벌이는 혼인잔치라고 해도 왜놈들한테 알려져서 좋을 거는 하나도 없지예."

"맞습니더! 윤세주 교우는 밀양공립보통학교 시절부터 항일 소년으로 소문이 난데다 지금도 우리 교회에서 여러 가지 활동을 많이 하고 있으니까 조심해야 하고 말고예!"

그들의 얘기에 귀를 기울이고 있던 중산은 하객들이 하나 둘씩 자리를 뜨기 시작하는 것을 보고 을강 선생의 모습을 찾아 사방을 두리번거리다가 손님을 배웅하기 위하여 병원 현관 밖으로 나가는 운사를 발견하고 서둘러 자리에서 일어난다.

피로연이 베풀어지는 병원 안에도 와타나베를 호위하는 순사 네 명이 그림자처럼 붙어 다니고 있었지만 그것만으로는 안심이 되지 않았넌지, 현관 밖에도 왜놈 순사 두 명이 집총 자세로 외부 사람들의 동태를 살피며 보초를 서고 있었다.

"이 보게 운사. 와테나베 때문에 일이 아주 고약하게 되고 말았네 그려! 기가 차서 무슨 말로 위로를 해야 할지 모르겠네. 하지만 그래도 어쩌겠는가? 이것도 다 나라 없는 백성이 겪어야 하는 숙명으로 알고 우리 다 같이 힘을 모아 나라를 되찾는 일에 나설 수밖에는!"

기분이 상하여 중도에 돌아가는 손님을 배웅하고 돌아오는 운사를 보고 중산이 손을 마주 잡으며 속삭이자 운사는 아주 소태 먹은 얼굴을 하고 넌덜미를 내는 것이었다.

"그러게나 말일세! 정성을 다하여 대대적으로 개원식을 준비했는데, 대체 이게 무슨 꼴인가? 이거야말로 죽 쒀서 미친개한테 줘 버린 꼴이 아닌가 말일세!"

병원 개원 잔칫날로서는 최상의 길일이라는 칠월칠석날을 택하여 화려하게 막을 올렸던 운사의 병원 개원식은, 그러나 민족 갈등을 책동하려는 와타나베의 시국 연설장으로 만들어 준 꼴이 되고 만 셈이었다.

운사는 생각할수록 분한지 일손을 놓은 채 거듭 치를 떤다.

"이런 일이 생길까 염려되어 미리 개원 사실과 날짜까지 알려 주면 되는 줄로 알았지 집회신고서까지 작성하여 제출해야 하는 줄을 누가 알았나?"

"와타나베란 놈은 정식으로 집회 신고서를 제출해도 또 다른 티끌이를 잡아 똑같은 짓을 하였을 것일세. 아까 일장기를 게양하고 궁성요배를 하지 않았다고 시비를 거는 것을 보면 모르겠나?"

　"하기야 그렇기는 하지만, 느닷없이 나타나서 이렇게까지 노골적으로 훼방을 놓을 줄은 정말로 예상하지 못했다네! 문중의 어른들께서는 저놈들이 경부선 철도 부설 공사를 할 때, 우리한테 당했던 수모에 대한 앙갚음으로 이러는 것이라고 뒤에서 격앙하여 말씀들을 하고 계신다네. 하지만 아무리 그렇더라도 그렇지, 일본 유학까지 다녀와서 도대체 내 꼴이 이게 뭐냐 말일세! 정말로 맨 정신으로는 상종하지 못할 아주 더럽고 치사한 종족일세 그려!"

　늘 낙천적이던 운사도 이날만큼은 왜놈들의 야비한 짓거리에 이성을 상실할 정도로 분노하고 있었다.

　운사가 방금 말한 왜놈들의 앙갚음이란 1876년의 〈강화도 조약〉 체결로 인하여 부산항, 인천항, 원산항 등 세 개의 항구를 강제로 개항시키면서 교통망 확충에 심혈을 기울이고 있던 일제가 식민지 조선 경제 수탈을 위하여 벌인 국책사업의 일환으로 경부선 철도를 부설하는 과정에서 밀양 손씨들을 비롯한 이 지역의 명문호족 유림들로부터 한바탕 호된 곤욕을 치렀던 일을 두고 하는 말이었다.

　왜놈들이 조선경제 수탈의 야욕을 품고 경부선 철도 부설 사업을 처음 시작한 것은 광무 5년(1901년) 8월 21일의 일이었다. 그 사업은 구간별로 이루어져서 북부 기공식을 그 해 8월 21일 서울 영등포에서, 남부 기공식을 동년 9월 21일에 부산 초량에서 각각 가진 뒤 전 구간 공사에 들어갔는데, 그 당시만 해도 기세가 하늘을 찔렀던 밀양 고을의 유림들이 토목 공사를 빙자하여 내 고장의 산하를 제멋대로 파헤치는 왜놈들의 만행을 그냥 두고 볼 수 없다며 벌떼같이 들고 일어나서 공사를 막았던 일이 바로 '밀양 철도 부설공사 저지 사건'인 것이다.

　그 당시, 조선 합병을 눈앞에 두고 식민지 경영 준비에 박차를 가하고 있던 일제 당국은 식민지 경제 수탈을 원활하게 수행하기 위하여 교통망 확충에 심혈을 기울이고 있었는데, 일찌감치 한반도의 지형지세며 풍수지리에 대한 전국적인 조사까지 철저하게 벌인 그들은 한민족의 민족정기와 국토에 대한 뿌리 깊은 애정이 풍수지리설에 대한 신봉과 무관치 않음을 인지한 후, 각 지역의 명당자리를 파괴하고 그 지맥을 끊기 위하여, 기왕에 추진하려던 경부선, 진주선 철도 부설 계획도 그런 목적을 동시에 달성할 수 있도록 철도 노선 설계도를 완성하고 구간별 공사에 들어갔던 것이다.

그런 사태가 벌어지게 된 것은 밀양 읍성이 풍수 지리서에서 말하는 자좌오향(子坐吾向)의 명지(名地)로서 아득한 그 옛날 삼한(三韓) 시대에 변한(弁韓) 12 소국 중의 하나인 미리미동국(彌離彌凍國)의 심장부로서 그때부터 신라, 고려, 조선 시대에 이르기까지 그때마다 걸출한 인재를 길러내어 나라에 충성하고 학문과 생활 문화를 꽃피우면서 남긴 조상들의 각종 문화유산들이 곳곳에 산재해 있는 곳이 바로 이 밀양 읍성 지역이었기 때문이다. 그런데 읍성의 배산(背山)이자 오랜 전략 요충지로서 퇴뫼식 산성과 봉수대가 남아 있는 북쪽의 추화산(推火山) 밑으로 굴을 뚫어 괴물 같은 철마가 읍성의 심장부를 가로질러 요란하게 기적을 울리며 달리게 하려고 한 것은 배산인 추화산의 지맥을 끊어 명당자리에 들어선 밀양읍성의 뜨거운 지기(地氣)를 멸실시킴으로써 그에 따른 밀양인들의 충효 열혈 기질을 원천 차단하려는 일제 당국의 흉계에 따른 조처임은 두 말할 나위 없는 일이었다.

하지만, 예로부터 애국 충절의 고장으로서 걸출한 인재들을 무수히 배출해 온 밀양 박씨 · 밀양 손씨들을 비롯한 이 지역의 명문거족 유림들이 벌떼같이 들고 일어나서 결사적으로 반대하는 바람에 기세등등하던 왜놈들도 그 막강한 위세에 놀란 나머지 부랴부랴 설계를 변경하고 읍성 동쪽 십리 밖으로 우회하여 선로를 깔아 놓은 것이 지금의 밀양 지역 경부선의 철도 노선인 것이다. 그리고 지선(支線)인 진주선을 밀양역을 시발점으로 하여 연결하려던 애초의 계획을 바꾸어 삼십 리 밖의 삼랑진역으로 변경하여 부설하게 된 것 역시 그와 같은 유림들의 완경한 반대에 부딪혀서 생긴 일이었다.

중산은 얘기가 나온 김에 운사의 마음을 위무하는데 도움이 될까 하여 자기네 집안과 처가 쪽의 유림 인사들이 대거 참석지 않은 속사정에 대해서도 한마디 덧붙인다.

"이보게 운사! 이렇게 경사스러운 날에 왜놈 경찰서장 때문에 그야말로 찬물을 뒤집어 쓴 꼴이 되고 말았네 그려. 하지만 왜놈들이란 원래부터 이런 족속이라는 사실을 수많은 하객들과 구경꾼들에게 그대로 인식시켜 주는 좋은 기회가 된 셈이 아닌가? 그리고 또 유람 길에 나서고 안 계시는 우리 아버님과 자네가 일본 유학을 떠날 때 크게 진노하셨던 해천껄 처가의 운곡 처조부님을 위시하여 예림서원의 여러 거유분들께서 참석하시지 않은데 대해 심히 안타깝고 유감스럽게 생각하고 있었는데, 이런 어처구니없는 꼴을 당한 결과를 보면 차라리 잘된 일이라고 자위를 할 수도 있지 않겠는가?"

예림서원 경학원 원장인 처조부와 강장인 장인어른을 위시한 예림서원의 내로라는 원로 유림들 대부분이 절친 중의 절친인 운사의 병원 개원식에 불참한데 대하여 심히 유감스럽고 미안했던 중산으로서는 그를 위로하느라고 한껏 표현한 말이었다. 그 바람에 운사도 다소 마음이 진정된 셈인지, 언제 와타나베 때문에 격분했느냐는 듯이 얼굴을 활짝 펴면서 그의 위로에 이렇게 화답하는 것이었다.

"그렇잖아도 사실은 자네가 나에게 충고한 일도 있고 하여 며칠 전에 운곡 선생님을 찾아가 뵙고 칠석날 개업식을 연다고 말씀드린 바가 있었는데, 그때 여러 가지 사정으로 직접 참석할 수가 없게 되어 대단히 미안하다는 말씀을 하시더니 오늘 아침 일찍이 하인을 통하여 축하 분재까지 보내 주셨다네!"

자기도 모르는 사이에 그런 일이 있었다니, 운곡 선생의 손제자이자 손녀사위인 중산으로서는 참으로 다행스런 일이 아닐 수 없었다.

"아, 그런가? 나는 그런 소식도 모르고 있었다네! 때는 늦었지만 이제 그 어른께서도 그렇게 하셨다니 참으로 다행일세! 그것은 자네를 전적으로 용서해 주신다는 뜻이 아니겠는가? 고진 감내라더니, 이것이야말로 정녕코 축하해 주어야 할 일일세그려! 축하하네, 운사!"

울적해 있던 운사가 얼굴이 활짝 펴지는 것을 보고 마음이 한결 가벼워진 중산은 거듭 축하의 뜻을 나타내면서 그의 어깨를 두르려 준다.

그러나 운사는 대답도 제대로 하지 못한 채 이따 보자며 다른 손님을 배웅하기 위하여 또다시 현관 밖으로 바쁜 걸음을 친다. 그러사 중산도 운사의 부인과 저쪽에서 따로 앉아 담소를 나누고 있는 자기 아내 쪽을 한번 바라보고 나서 김 서방을 불러 집으로 돌아갈 차비를 차리라고 이르고는 아까부터 은밀히 따로 만나 보려고 기회를 엿보다가 행방을 놓친 을강 선생의 모습을 찾아 사방을 두리번거린다.

그때, 마침 화장실에서 나와 다른 하객들과 함께 현관 밖으로 나서는 을강 선생의 모습을 발견한 중산은 그가 일행들과 헤어져 혼자서 집을 향해 저만큼 멀어져 갈 때까지 현관 안에서 기다리고 있다가 남들의 이목을 피하여 바쁜 걸음으로 그의 뒤를 쫓아 간다.

"저어… 을강 선생님!"

중산의 부르는 소리에 을강 선생이 발길을 멈추며 이쪽을 돌아본다. 바쁜 걸음으로 다가간 중산은 가쁜 숨을 몰아쉬며 그를 뒤쫓아 온 용건을 말하였다.

"아까도 말씀 드렸다시피 선생님을 조용히 뵙고 싶어서 염치 불구하고 이렇게 뒤따라 왔습니다."

"아, 그래요? 민 공자께서 원하신다면 시간이야 얼마든지 내어 드리고말고요! 그렇다면 여기서 이럴 게 아니라 가까이 있는 우리 사무실로 좀 가실까요?"

을강 선생은 예를 갖추어 자기에게 만나 뵙기를 청하는 이 점잖은 젊은 귀공자를 길거리에 세워놓는 것이 예가 아님을 알고 시장통에 있는 대종교 밀양지사의 예전 사무실로 데리고 갈 심산인 모양이다.

"예, 바쁘신 중에도 시간을 내어 주시니 정말로 고맙습니다. 사실은 집사람을 비롯하여 함께 데리고 온 식솔들이 있는지라…잠깐만 실례를 해도 될는지요?"

"예, 그렇게 하시지요."

양해를 구한 중산은 다시 병원으로 되돌아가서 부인을 비롯한 일행들에게 죽명 숙부 댁으로 먼저 가서 기다리게 하고는 다시 되돌아 와서 시장통 상가 거리에 있는 을강 선생의 사무실로 따라갔다. 을강 선생의 사무실은 지물포 간판을 달고 있는 허름한 목조 건물의 이층에 자리를 잡고 있었다. 보통학교의 교실과도 같은 방 안에는 여러 가지 물품 상자와 마대 자루 같은 것들이 일정한 간격을 두고 먼지를 뒤집어쓴 채로 잔뜩 쌓여 있었다. 그리고 지난겨울에 사용하였던 무쇠 난로 옆의 한쪽 벽면을 따라 기다란 나무 의자들이 잔뜩 쌓여 있는 것으로 보아 지난 한때에 대종교 밀양 지사의 시교당 겸 사무실로 사용되었으나, 지금은 아래층 지물포와 이웃집 가게의 물품 보관 창고로 쓰이고 있는 모양이었다.

"왜놈들의 '종교 통제안'이 발효된 이후로 우리 대종교 밀양지사의 꼴이 이 지경이 되고 말았소이다. 다소 불편하시겠지만 여기에 좀 앉으세요."

난로 옆에 쌓여 있던 맨 위의 나무 의자를 끌어 내려서 중산에게 앉기를 권한 을강 선생은 자신도 그 아래의 의자를 끌어내려 그를 향하여 마주 놓고 앉는다. 먼지가 켜켜이 쌓여 있어야 할 나무 의자는 뜻밖에도 먼지 하나 없이 윤이 날 정도로 깨끗하였다. 이곳이 외견상으로는 물품 보관 창고처럼 보여도 사실은 지금도 여전히 비밀결사 단체로 지하화 한 대종교 밀양지사의 연락처와 〈밀양청년독립단〉의 비밀 회합 장소로 가끔씩 이용되고 있는 모양이었다.

"한때는 날아가는 새도 떨어뜨렸다는 권문 세도가 집안의 귀공자께서 나같이 보잘것없는 백면서생을 이렇게 몸소 찾아 주시니 영광이외다. 헌데, 나를 따로 만나고자 하신 용건이 무엇인지 물어 보아도 되겠습니까?"

을강 선생은 아무나 만날 수 없는 동산리 여흥 민씨 가의 종손인 중산이 자기를 직접 찾아와 준 것만으로도 고마운 듯, 연배가 한창 아래인 그에게 정중하게 예를 갖추어 묻는다.

"시생이 을강 선생님을 뵙고자 기회가 오기를 기다리다가 오늘에야 좋은 기회를 얻어 이렇게 직접 찾아뵙게 되었습니다. 하지만 형편이 형편인지라 거두절미하고 간단하게 용건만 말씀 올리도록 하겠습니다. 을강 선생님께서는 지난 단오절 무렵에 부산에서 업무를 보고 돌아가던 길에 밀양에 들렀던 대종교 신의주 지사의 최웅삼 사교와 하룻밤을 함께 지내셨다는 얘기를 들었습니다."

"물론 그런 일이 있었지요. 그런데 민 공자께서 그 양반을 어떻게 아십니까?"

"사실은 지난 단옷날 읍내에 나와 볼일을 보고 돌아가는 길에 〈감내 게줄 당기기〉 구경을 하려고 감내 장터에 들렀다가 그 사람과 우연히 마주치게 된 것이지요."

"최웅삼 사교가 자기의 신분을 함부로 밝혔을 리가 없었을 터인데, 민 공자께서 그 양반이 대종교 신의주 지사의 사교라는 사실을 어떻게 알게 되었습니까?"

"그렇게 된 데에는 그럴만한 곡절이 있었기 때문이지요!"

그러면서 중산은 쓰디쓴 표정을 지으면서 수많은 군중들 앞에서 공개적으로 봉변을 주던 최웅삼 사교를 데리고 객줏집으로 자리를 옮겨 대작을 하면서 여러 가지 대화를 나누는 중에 그가 대종교 신의주 지사의 사교라는 사실을 알게 되기까지의 전 과정과 운사로부터 들었던 얘기를 소상하게 털어놓았다.

"그 양반이 부산으로 가는 길에 만주에 갔다가 우리 밀양 출신의 독립운동가인 백민 황상규 선생의 부탁을 받은 게 있어서 감내에 있는 선생의 처가에 들렀다가 〈감내 게줄 당기기〉 구경을 하였다는 얘기는 나도 들었다오. 헌데 그런 기막힌 일이 있었다니 민 공자의 충격이 이만저만이 아니었겠구료?"

낯 뜨거웠던 얘기를 아무 거리낌 없이 솔직하게 털어놓는 중산을 바라보며 을강 선생은 같은 대종교 사교로서 참으로 민망한 듯 낯을 붉히면서 혀를 끌끌 찬다.

"그때 시생이 크게 충격을 받은 건 사실이지만, 이상하게도 그 양반에 대한 반감은 별로 느끼지 못했습니다. 그 대신 시생의 면전에서 아무런 거리낌도 없이 망국의 책임을 거론하며 저희 집안을 공개적으로 성토하는 바람에 그 양반에 대한 호기심과 궁금증이 더 크게 느껴졌기 때문이지요. 그래서 허심탄회하게 얘기를 나누며 대체 어떤 사람인지 알아나 보려고 그곳 객줏집으로 자리를 옮겨서 주안상을 앞에 놓고 마주 앉아서 대작을 하게 되었던 것이 아니겠습니까? 그래서 이런저런 얘기를 나누는 동안에 상호간의 믿음이 어느 정도 생기는 바람에 그 양반이 대종교 신의주 지사의 사교라는 자신의 신분까지 시생에게 털어놓게 된 것이 아니겠습니까!"

"그렇다면 민 공자께서 나에게 묻고 싶은 게 무엇인지 물어 봐도 될까요?"

"시생이 을강 선생님께 여쭙고 싶은 것은 그 양반이 무슨 목적으로 임오군란에 관한 과거사 얘기까지 들먹이면서 민족기업인 백산상회와의 미곡 거래를 권유하는 듯한 얘기를 수수께끼처럼 남기고 갔는지 그 까닭에 대해서 알아야 할 일이 생겼기 때문이지요!"

"허허, 나는 그 양반이 긴한 용무가 있어서 부산과 구포를 다녀오는 길이라고 하기에 그저 그런 줄로만 알았는데, 이제 보니 대종교의 사교로서가 아니라 〈중광단〉의 국내 연락책으로서 군자금 확보를 하려고 그렇게 한 모양이로군!"

하고 적잖이 놀란 을강 선생은,

"그 양반이 민 공자에게 그런 이야기를 던지고 간 것은 아마도 내 짐작으로는 귀댁의 춘부장께서 예전부터 백산상회와 미곡 거래를 계속해 오다가 어느 날 갑자기 끊어 버린 사실을 알게 되었기 때문이 아닌가 싶소이다."

하고 동의를 구하듯이 중산을 유심히 쳐다본다.

"시생도 백산상회의 얘기는 들은 적이 있지만 거래를 끊었다는 얘기는 아무한테서도 들은 바가 없어서 아직도 잘 모르고 있는데, 을강 선생님께서는 혹여 시생의 가친께서 그러한 조처를 취하시게 된 까닭이 무엇인지 아시는 바가 있으신지요?"

"사실은 나도 그런 일이 있었다는 사실을 모르고 있었는데, 얼마 전에 죽명 선생을 통하여 알게 되었소이다. 내가 들은 바로는 백산상회가 왕정복고를 지원하는 귀댁과 이념적으로 크게 갈등을 빚으면서 경쟁 관계에 있는 공화주의 계열의 혁신 독립 운동가들에게 군자금을 지원해 주고 있다는 사실을 알게 되면서 그리되었다고 하더이다."

"시생의 막내 숙부님께서 그런 말씀을 을강 선생님께 직접 하셨단 말씀입니까?"

"그렇다오. 허나 죽명 선생께서도 최근에 와서야 해천껄 사돈어른을 통하여 그런 사실을 아시게 된 모양입디다."

"그렇다면 혹시 그 공화주의 계열의 혁신 독립 운동가들 중에 임오군란 때 멸문지경의 변을 당한 반란군 집안의 인사가 있다는 말씀은 없으셨습니까?"

"웬걸요. 그런 인사가 있다는 얘기는 들었지만 그 인사가 구체적으로 누구인지는 죽명 선생도 들은 바가 없는 모양이더이다."

중산은 장인어른이 그가 누구인지에 대하여 죽명 숙부에게 구체적으로 알려 주지 않은 까닭이 어디에 있는지 알 수 있을 것 같았다. 그리고 용화 할머니와 부친이 당신들이 하시는 일에 대해여 일체 알아서는 안 될 것이며, 알려고 하지도 말라고 한 까닭도 이제 알고 보니 바로 그 사람이 청관 스님의 외가 집안사람이기 때문이라는 확신이 들었다. 그렇다면 장인어른이 청관 스님의 얘기를 해 주면서도 자기네 집안에 원한을 품고 있다는 그 인사에 대해서 일체 언급하지 않은 것은 그 사람이 혁신 공화주의파 독립운동가이기 때문이라는 얘기도 되지 않는가!

"을강 선생님! 시생의 친가와 처가에서 그 인사에 대한 얘기를 함구하시는 까닭이 무엇인지 시생도 어느 정도 알 수 있을 것 같습니다. 그 공화주의 계열의 혁신 독립 운동가들 중에 임오군란 때 멸문지경의 변을 당한 반란군 집안의 인사가 대종교 계의 인사일 거라는 생각이 드는데, 그렇지 않겠습니까?"

"글쎄올시다. 미상불 나도 오늘 민 공자의 얘기를 듣고 보니 그런 생각이 드는구료!"

"그렇다면 혹시 대종교 신의주 지사의 최응삼 사교와 친분이 있는 사람일 수도 있지 않겠습니까?"

"그렇기는 한데…. 이거야말로 내 입장이 참으로 난처하게 되고 마는구료!"

문제 인물에 대한 범위가 점점 좁혀지자 을강 선생도 당혹감을 감추지 못한다.

"선생님, 구포나 부산에도 대종교 지사가 물론 있겠지요?"

"그야 그렇기는 하오마는, 허헛 그것 참…!"

"선생님! 시생이 감내 장터에서 대종교 신의주 지사의 최응삼 사교한테 공개적으로 봉변을 크게 당하면서도 크게 반감을 느끼지 못했던 까닭이 망국의 책임이 황실의 척족인 우리한테도 일부 있다는 신념 때문이라는 사실을 믿어 주시겠습니까?"

"그야 그렇소이다마는…."

"그러시다면 시생을 믿으시고 우리 집안에 원한을 품은 자가 누구인지 지피는 바가 있으시면 말씀해 주실 수 없으신지요?"

"내가 어찌 민 공자의 뜻을 모르겠소이까? 다만, 그 사람에 대하여 친가와 처가에서 한결같이 민 공자에게 함구를 하고 계시다는데, 내가 직접 발설해도 되는 겐지 참으로 입장이 난처해지는 구료!"

중산은 말끝을 흐리며 당혹스러워 하는 을강 선생의 모습을 보고 기회를 놓치지 않고 파고든다.

"선생님! 그 점에 대해서는 조금도 염려하실 필요가 없습니다. 왜냐하면 시생이 그 사람이 누구인지 알고자 하는 것은 맞대응을 하자는 것이 아니라, 임오군란 때의 원한과 독립운동의 이념 문제로 갈등을 겪고 계신 우리 집 어르신들의 짐을 덜어 드리고, 그와 함께 죽명 숙부님이 하루 속히 〈수화불통〉의 출문 조처에서 풀려나 문중 종원의 자격을 되찾으시도록 도와 드리기 위함이기 때문입니다."

"민 공자의 뜻이 정히 그러시다면 알려 드리지 못할 것도 없지요!"

죽명 선생의 해금을 돕고자 한다는 바람에 을강 선생의 태도가 금방 달라진다.

"내가 짐작컨대는 최웅삼 사교가 민 공자 앞에서 망국의 책임과 임오군란의 일을 들먹이며 비분강개로 문제를 삼은 것을 보면 아무래도 대종교 동래 지사의 사교 때문이 아닌가 싶소이다. 왜냐하면, 대종교 신의주 지사의 최웅삼 사교가 만주 길림성 황청현에 본영을 두고 있는 우리 대종교 산하의 〈중광단〉 국내 연락총책으로 활동하고 있는 것처럼, 대종교 동래 지사의 사교라는 사람도 의병 생활과 〈대한광복단〉 단원 시절을 거쳐서 지금은 〈중광단〉으로 들어가 영남 총책을 겸하고 있다고 한 것으로 보아 〈중광단〉의 일로 서로 연락을 주고받으면서 친분을 쌓았을 공산이 크기 때문이지요."

을강 선생의 설명에 중산은 뛸 듯이 기뻐한다.

"감사합니다, 선생님! 사실은 시생도 그럴 줄 알았습니다. 그런데 기왕에 알려 주시는 김에 그 양반의 존함을 말씀해 주실 수는 없으신지요?"

"존함이라 하시었소? 민 공자께서도 최웅삼 사교를 통하여 겪어 봐서 아시겠지만, 우리 대종교에서는 같은 사교끼리도 누가 누구인지 모를 정도로 신분을 드러내지 않고 활동하는 게 원칙인데, 하물며 작탄혈전(炸彈血戰)을 지향하는 〈중광단〉에서 활약하는 요원이라면 더 더욱 신분 관리가 철저할 거외다!"

하지만 그대로 물러날 중산이 아니었다.

"그렇다면 별호나 가명이라도 쓰고 있지 않겠습니까?"

"그야 그렇기는 합니다만…."

잠시 망설이던 을강 선생은 잠시 심사숙고 하는 눈치이더니 명문 사대부 집안의 종손인 중산의 인격을 믿은 때문인지 어렵지 않게 결단을 내린다.

"민 공자의 인격을 믿고 말씀 드리지요! 별호는 '소백산인(小白山人)', 또는 줄여서 '백산(白山)'이라 하고, '박철(朴鐵)'이라는 가명을 쓰고 있는 모양이더이다."

"시생을 믿고 그런 기밀 사항까지 기꺼이 말씀해 주시니 정말로 고맙습니다. 그렇다면 대종교 동래 지사로 찾아가서 백산 박철 사교가 되시는 분을 만나 보면 되겠군요?"

중산이 크게 고무된 얼굴로 물었으나 을강 선생은 고개를 흔든다.

"글쎄요…. 대종교 동래 지사가 간판을 내린 지도 오래 되었을 뿐더러, 만주를 오가며 독립운동을 하시는 분이 아무한테나 신분을 노출시킬 까닭이 없지를 않겠습니까? 모르긴 해도 가까운 지인이나 이웃 사람들에게도 자신이 쓰고 다니는 가명만은 결코 발설하지 않았을 겝니다. 그러니 우리 밀양 지사를 수시로 옮기는 것처럼 동래 지사를 어디에 두고 있는지도 알 만한 사람이 없을 터이고, 설령 용케도 찾아간다 한들 쉽게 만나 주지도 않을 터이니 그야말로 뜬구름 잡기가 십상일 거외다!"

중산은 그의 말이 틀린 말이 아니어서 더 이상 물어 볼 수가 없었다. 그러나 문제를 일으키고 있는 당사자를 찾을 수 있는 단서를 일단 찾았으니 그것만으로도 발품을 판 보람이 되고도 남을 일이었다.

"선생님의 도움으로 이제야 문중 종손 노릇을 좀 할 수가 있을 것 같습니다."

"그나마 도움이 되었다고 하니 다행이구려!"

"을강 선생님께서는 그동안 애국 교육 사업에 헌신해 오셨고, 지금도 독립운동에 나설 훌륭한 인재들을 많이 키우고 계신다고 들었습니다. 이왕에 이렇게 인연을 맺었으니 앞으로도 기회가 생긴다면 대한독립 운동에 힘쓰시는 선생님과 뜻이나마 함께 하고 싶습니다."

"동산리 여흥 민씨 집안에서도 조선왕조를 복원시키고자 독립운동에 심혈을 기울이고 있는 것으로 알고 있소이다. 비록 공화주의 노선을 지향하는 우리 대종교와 이념적으로 다소 거리가 있으나 대한의 독립이라는 큰 목표는 똑같지 않소이까? 그러니 지금까지 민 공자의 숙부이신 죽명 선생과 내가 그러하였듯이, 민 공자의 뜻이 그러하다면 당연히 그렇게 해야 하고말고요!"

"선생님, 젊은 인재들을 불러 모아 훌륭한 독립 일꾼 양성에 헌신하고 계신다는 얘기는 그동안 운사 친구로부터 많이 듣고 있었습니다. 그래서 큰 도움은 못 드리더라도 선생님께서 하시는 일에 약소하나마 힘을 좀 보태고 싶었습니다."

그러면서 중산은 도포 속의 허리에 차고 있던 전대(錢帶)를 풀어내어 을강 선생에게 두 손으로 바친다. 그 속에는 나락 일백 석을 도정, 매각하여 마련한 2만5천원 상당의 어음과 현찰 5천원이 들어 있었다. 2만5천 원짜리 어음은 독립운동 자금으로 쓰고, 5천원의 현찰은 을강 선생의 생활비로 써 달라는 뜻이었다.

그 돈이 중산에게는 쉽게 마련할 수 있는 금액이었으나 전 재산을 애국 교육 사업에 털어 넣고 지내는 청빈한 선비인 을강 선생에게는 쉽사리 만져 볼 수 없는 거금이었다.

"이거 얼마 되지는 않지만 조국 독립을 열망하는 시생의 뜻이오니 사양치 마시고 받아 주십시오!"

"아니, 이렇게나 많은 돈을 내가 받아도 되겠습니까?"

을강 선생은 중산이 대뜸 건네는 전대를 무심결에 받아 들기는 하였으나 어찌할 바를 모르고 멍한다.

"초면에 이런 뜻밖의 일을 당하고 보니 염치없이 선뜻 받을 수도 없고, 그렇다고 큰 뜻이 담긴 소중한 기탁금을 사양할 수도 없고, 이거야 말로 진퇴양난이구료!"

"누가 엿볼 수도 있으니 사양치 마시고 받아 주십시오. 대한 독립을 열망하는 저의 간절한 마음입니다!"

대한독립을 열망하는 마음이라는 바람에 을강 선생도 더 이상 사양하지 않고 기꺼이 그 전대를 두루마기 속의 허리에 두른다.

"나도 대한 독립을 열망하는 민 공자의 마음으로 알고 고맙게 받겠습니다. 그런데 고맙기는 그지없으나 불시에 겪는 일이라 어떻게 고마움을 전해야 할지 모르겠구려!"

"약소하여 부끄럽습니다."

"부끄럽다니 당치도 않아요! 일원이면 어떻고 십전이면 어떻습니까?"

을강 선생은 단둘이 있는 줄을 뻔히 알면서도 본능적으로 주위를 두리번거리면서 옷깃을 여미고는 새삼스럽게 두루마기 속에 두른 불룩한 전대를 만져 보는 것이었다.

"그런데 송구하오나 한 가지 부탁이 있습니다. 오늘의 이 일은 쥐도 새도 모르게 아주 없었던 일로 덮어 주시면 좋겠습니다!"

"공자의 뜻이 정히 그러시다면 당연히 그렇게 해 드려야지요!"

중산의 말뜻을 어떻게 이해했는지, 을강 선생은 기꺼이 그의 청을 받아들인다.

"그러면, 다음에 다시 뵈올 기회를 기약하며 시생은 여기서 결례를 무릅쓰고 이만 작별 인사를 드리고 물러가도록 하겠습니다."

중산은 남들의 이목도 있고 하여 결례를 무릅쓰고 먼저 자리에서 일어나 하직인사를 하였다.

"고맙소. 잘 가시오, 민 공자! 어젠가 또다시 만나 뵙게 되기를 바라겠소이다!"

을강 선생도 중산의 뜻에 감동했는지, 그의 두 손을 굳게 잡으면서 감격한 목소리로 정중하게 배웅 인사를 한다.

〈제2권에서 계속〉

한국 독립운동사의 총체적인
밑그림을 그려낸 작품

내가 아는 정대재 작가는 왕성하게 작품 활동에 전념해 온 전업 작가는 아니다. 그는 교육 일선에서 후학들을 가르치는 틈틈이 석간수의 물방울들이 하나 둘씩 모여 웅덩샘을 채우듯이, 자신의 문학적 열정과 감성이 웬만큼 모여져서 작품의 얼개를 어느 정도 갖추게 되었을 때에야 비소로 작품을 써서 세상에 내놓을 정도로 아주 조심스럽고 신중한 과작의 생태를 유지해 왔기 때문이다.

이러한 그의 문학적 생태는 그가 1976년에 「한국문학」 신인상으로 문단에 등단한 초창기부터 주로 장편소설에만 집착하여 그 당시 모 일간지의 창사 기념 장편소설 현상 공모전에 의욕적으로 응모했다가 최종심에서 탈락하는 뼈아픈 경험을 연이어 두 번씩이나 겪고 난 후유증 때문이 아닌가 싶다.

1980년대에 그가 펴낸 두 개의 장편소설 〈집시의 달〉과 〈달빛 서곡(序曲)〉도 사실은 앞에서 언급한 모 일간지의 창사 기념 장편소설 현상 공모전에서 당선작과 최종심에서 자웅을 겨루다가 탈락한, 그에게 뼈아픈 상처와 아쉬움을 안겨 주었던 바로 그 문제의 작품들로서 제목만 바꾸어서 출간한 것이었다.

그 후 그는 명문 사학으로 근무지를 옮겼었고, 그의 문학 활동이 소강 국면에 접어들며 과작의 상태에 빠져들게 된 것도 바로 그 무렵부터의 일이었다. 그것은 직무상 밤늦게까지 학생들의 입시교육에 매달려야 하는 직장인으로서의 여건 탓도 물론 있었겠지만, 장편소설 현상 공모전에서 연이어 두 번씩이나 쓰라린 고배를 마시면서 왕성하던 패기가 송두리째 겪여 버린 일과도 결코 무관치 않아 보이는 것이다.

그러던 그가 아주 오랜만에 〈떠오르는 지평선〉이라는 묵직한 대하장편소설을 이번에 내놓는 것을 보니, 그동안 단편과 중편 몇 편만 내놓고 침묵하였던 것도 사실은 새로운 도전에 나서기 위하여 각종 자료를 수집하며 자기 나름대로 와신상담으로 새로운 의지를 벼리는 기간으로 삼고 있었음이 분명한 것이다.

이번에 내놓는 〈떠오르는 지평선〉은 2부작 8권을 목표로 하는 묵식한 대작이다. 이 작품은 각종 드라마와 영화를 통하여 많이 소개됨으로써 선비의 고장 밀양을 한국 독립운동사의 성지로 부상하게 만든 이곳 출신의 기라성 같은 독립 운동가들의 활약상과, 황실의 척족 집안인 그곳 상남면 동산리 여흥 민씨가의 왕조복고를 위한 복벽주의 독립운동을 그려낸 작품이다. 유사이래로 국가가 누란의 위기를 맞이할 때마다 멸사봉공의 충의 정신이 불같이 일어나서 힘차게 꿈틀거렸던 유서 깊은 밀양의 독립 운동사를 다루는 만큼, 그리고 효제충신의 선비 정신을 특징으로 하는 지역 향민들의 우국 정서를 비롯하여, 그러한 생태적인 특이 환경 속에서 배출된 기라성 같은 독립 운동가들의 활약상을 그려내기 위해서는 그에 따른 자료 준비도 결코 만만치 않았을 것이다.

이 작품은 한국의 독립 운동사를 논하기 위해서는 반드시 짚고 넘어가야 하는 〈의열단〉과 그들을 길러낸 이 지역 출신의 우국지사와 선배 독립 운동가들의 눈부신 활약상을 비롯하여, 그들을 배출한 유향(儒鄕) 밀양의 역사·문화적인 배경을 총체적으로 그려내고 있는 역작이다. 이 작품 곳곳에는 선비의 고장인 밀양을 한국 독립운동의 성지로 부상하게 만든 기라성 같은 인물들의 뜨거운 숨결과 밀양 향민들의 나라 사랑하는 마음이며 생활상이 역동적으로 꿈틀거리고 있다.

따라서 이 〈떠오르는 지평선〉은 한마디로 말해서 한국 독립운동사의 총체적인 밑그림을 그려낸 역작인 동시에, 우리 민족이 앞으로 열어 가야 할 새로운 지평을 제시하는 교본이라 할 만하다.

30여년 만에 한국 독립운동사에 길이 남을 대단한 역작을 빚어낸 정 대재 작가에게 큰 박수를 보내며, 독자들의 일독을 진정으로 권해 마지 않는다.

한국소설가협회 이사장 김지연

정대재 대하장편소설 (제1부)

떠오르는 지평선 *1*

초판 1쇄 인쇄 2017년 5월 08일
초판 1쇄 발행 2017년 5월 17일

지은이 | 정대재
발행인 | 노용제

펴낸곳 | 정은출판
주   소 | (우) 04558 서울시 중구 창경궁로 1길 29
전   화 | 02-2272-8807, 9280
팩   스 | 02-2277-1350
등   록 | 2004년 10월 27일 제2-4053호
이메일 | rossjw@hanmail.net

ISBN 978-89-5824-326-7 04810
ISBN 978-89-5824-325-0 (세트)